KRISTIN MACIVER

DIE LIEBE DER LADY RIVER

ROMAN

Besuchen Sie uns im Internet:
www.droemer-knaur.de

Originalausgabe Mai 2024
© 2024 Knaur Verlag
Ein Imprint der Verlagsgruppe
Droemer Knaur GmbH & Co. KG, München
Alle Rechte vorbehalten. Das Werk darf – auch teilweise –
nur mit Genehmigung des Verlags wiedergegeben werden.
Die Nutzung unserer Werke für Text- und Data-Mining
im Sinne von § 44b UrhG behalten wir uns explizit vor.
Dieses Werk wurde vermittelt durch die
Literarische Agentur Gaeb & Eggers.
Redaktion: Heike Fischer
Covergestaltung: Alexandra Dohse / grafikkiosk.de
Coverabbildung: Umschlagmotiv Alexandra Dohse unter Verwendung
von eigenen Bildern (auch unter Verwendung von Midjourney)
und eines Motivs von Shutterstock.com
Ornamente im Innenteil: MLWilson / stock.adobe.com
Satz und Layout: Adobe InDesign im Verlag
Druck und Bindung: GGP Media GmbH, Pößneck
ISBN 978-3-426-53031-3

2 4 5 3 1

Liebe Leser:innen,

bestimmte Themen lösen bei manchen Menschen unbeabsichtigte Reaktionen aus. Deshalb findet ihr am Ende des Buches eine Triggerwarnung.

Ich wünsche euch ein schönes Leseerlebnis.

Eure Kristin

Für meine Schwestern.

Und alle, die immer an sich zweifeln. Habt euch lieb.

VORWORT

»Niemals hätte ich gedacht, dass du dazu fähig bist.«

»Man segelt entweder in den Sturm hinein oder um ihn herum. Aber man lässt ihn nicht einfach auf sich zukommen.«

KAPITEL 1

CASTLE VARRICH, FRÜHJAHR 1486

Die Feder in Rivers Hand kratzte über die abgegriffene Buchseite. *Morgan Su...* Sie hielt inne und kaute auf ihrer Lippe. Stimmte nun Suzerland mit z? Oder schrieb man den Clannamen ihres Verlobten doch mit thz?

Vorsichtig schielte sie über den Tisch der Bibliothek zu ihrem Lehrer Jan van Bergen, der einen Stapel vergilbter Schriftstücke ordnete. Wäre der dreißigjährige Mann nach seiner Zeit in Flandern nicht schon mit kahlem Schädel nach Castle Varrich gekommen, hätte sie geschworen, dass sie der Grund für den Verlust seiner Haare war.

Die schon bekannte Schwere legte sich auf ihre Brust, während auf der Buchseite ein stetig wachsender See aus Schwarz entstand. Noch ein wenig mehr, und sie könnte behaupten, dass ihr die Tinte aus Versehen genau auf die Stelle des Clannamens getropft war.

Mit zusammengepressten Lippen strich sie das *Su* durch. Das Buch vor ihr, das eigentlich von der Kunst des Schachspiels handelte, diente ihr seit einiger Zeit als Tagebuch. Die freien Ränder um die Worte herum und die nur zur Hälfte beschriebenen Seiten am Ende jedes Kapitels gehörten ihr. So hatte es Jan gesagt, als er ihr die von Wasser beschädigte Ausgabe aus Brügge zu ihrem siebzehnten Geburtstag geschenkt hatte. Und nun machte sie sich Gedanken, ob sie darin fehlerhaft schrieb? Wo es doch niemand außer ihr je lesen würde?

Sie berührte mit dem Federkiel erneut das Papier, hob ihn aber sofort wieder an. Was wäre, wenn doch jemand ihr Tagebuch zu

Gesicht bekäme und herausfand, dass sie nicht einmal ihren zukünftigen Clannamen richtig schreiben konnte? Sollte sie nicht doch besser die holzgerahmte Wachstafel nehmen, auf der man alle Fehler gleich wieder verschwinden lassen konnte?

Trotz der lauwarmen Brise, die von der Meeresbucht unterhalb der Burg durch die Fenster des holzgetäfelten Raums wehte, stellten sich die Härchen auf ihrem Unterarm auf. Sie sah abermals zu Jan. Er wusste gewiss, ob sich der Clanname mit z oder thz schrieb. Doch wie oft konnte sie ihn noch fragen, bis er die Geduld mit ihr verlor?

»Kann ich dir helfen, River?«

Sie zuckte ertappt zusammen und wich dem gutmütigen Blick seiner braunen Augen aus. »Nein, nein, danke. Aber lieb, dass du fragst.«

Jan nickte langsam und blinzelte mehrmals, bevor er sich wieder dem Stapel mit Schriftstücken zuwandte. Es bestand kein Zweifel, dass der schlaksige Mann mit dem Langmut eines Felsens, dessen Kanten seit Jahrhunderten vom Ozean geschliffen wurden, sie durchschaut hatte. River krümmte ihre Zehen, die in weichen ledernen Stiefeln steckten. Was stimmte nur nicht mit ihr, dass sie immer wieder vergaß, wie Worte geschrieben wurden?

Sie wollte ihr Tagebuch gerade zuklappen und Jan erklären, dass sie sich mit Isla zu ihrem üblichen Spaziergang am Strand von Coldbackie verabredet hatte – was auch der Wahrheit entsprach, wenn auch etwas später –, als ihr Blick auf das mittlerweile zerknitterte Schriftstück fiel, das zwischen der letzten Seite und dem Buchrücken ihres Tagebuchs steckte. Die Schwere, die auf ihrer Brust lastete, verschwand sofort, und ein Lächeln legte sich auf ihr Gesicht, als ihr ein Gedanke kam. Zwar mochte sie zu dumm sein, um Morgans Clannamen richtig zu schreiben, aber einfältig war sie nicht.

Hastig legte sie ihren Zeigefinger in die Mitte des Buchs, um die eben beschriebene Seite später wiederzufinden, und schlug es ganz am Ende auf. Das erhabene Rot des gebrochenen Siegelwachses, das Morgans Schreiben zierte, löste noch immer Ehrfurcht in ihr aus.

Behutsam strich sie mit dem Daumen über das Schriftstück. Wie oft hatte sie es in den letzten Wochen gelesen. Obwohl sie seinen Inhalt mittlerweile auswendig konnte, holte sie den Brief nach wie vor jeden Abend vor dem Einschlafen aus ihrem Tagebuch hervor. Ihre Augen flogen dann voller Freude über die gleichmäßig geschwungenen Buchstaben und Worte, die sie zum Glück ohne Schwierigkeiten lesen konnte, und sie stellte sich vor, wie Morgan sie behutsam an einem silberbeschlagenen Eichentisch mit Blick in die Ferne geschrieben hatte. Ob er geahnt hatte, wie viel sie ihr bedeuten würden?

Sie schüttelte den Kopf wegen dieser Vorstellung und nahm den Brief heraus. Natürlich hatte Morgan das nicht gewusst. Sie waren sich noch nie begegnet, und außerdem war das Schreiben an ihren Vater gerichtet und nicht einmal besonders gefühlvoll verfasst. Vielmehr teilte Morgan dem Lord von Castle Varrich darin in knappen Worten mit, dass er zu Besuch kommen und River MacKay – also sie – kennenlernen wolle. Was ihrer Mutter zufolge eindeutig bedeutete, dass er sie zu heiraten beabsichtigte. Ein warmes Gefühl durchflutete sie. War das zu glauben?

Sie schlug ihr Tagebuch an der Stelle auf, wo noch immer ihr Zeigefinger lag, ehe sie den Brief mit beiden Händen öffnete. Aus Gewohnheit las sie ihn noch einmal ganz von vorn. Welche Worte hätte Morgan wohl gewählt, wenn der Anstand es ihm nicht verboten hätte, ihr unmittelbar zu schreiben? *Liebste River, nachdem deine Schwester mir auf der Hochzeit meines Cousins Logan so viel von dir erzählt hat, muss ich dich kennenlernen. Ich habe gehört, dass deine Augen so tiefblau wie der unendliche Ozean sind und dein Lächeln so strahlend wie die Morgensonne. Warst du schon einmal im Land des ewigen Ostens? Wegen meiner Handelsgeschäfte reiste ich vor einigen Jahren dorthin ...*

River drehte einen ihrer hellbraunen Fischgrätenzöpfe zwischen ihren Fingerspitzen und meinte fast, Morgans warmen Atem an ihrem Ohr zu spüren. Sie bekam eine Gänsehaut, und erst als Jan forschend zu ihr sah, blickte sie wieder auf das Schriftstück und die Worte, die an seinem Ende standen: Lord Morgan Sutherland.

Sie verengte die Augen. Das konnte doch nicht wahr sein. Mit gerunzelter Stirn legte sie ihren Finger unmittelbar unter das Wort Sutherland und fuhr es Buchstabe für Buchstabe ab. Doch auch beim zweiten Mal stand dort weder ein z noch ein thz, sondern nur ein th. Sie schluckte. Wie hätte sie jemals darauf kommen sollen?

»Sei nicht zu hart mit dir«, vernahm sie Jans ruhige Stimme. Als sie den Kopf hob, sah er sie jedoch nicht an, sondern zog gerade seelenruhig das nächste Schriftstück aus dem Stapel. So als sei es nicht weiter von Bedeutung, dass sie in der Flut von Buchstaben jeden Tag aufs Neue ertrank.

River biss sich abermals auf die Lippe und richtete den Blick zurück auf ihr Tagebuch. Kurz war sie versucht, ihren Verlobten der Einfachheit halber nur Morgan zu nennen. Das taten Eheleute – zumindest ihre Eltern – doch ohnehin. Dann aber packte sie der Ehrgeiz, und sie vollendete die Zeile, wie sie es sich ursprünglich vorgenommen hatte: *Komt heute entlich mein Eeman Lort Morgan Sutherland an?*

»Gut gemacht«, lobte Jan, als sie die Feder wieder sinken ließ.

»Wie willst du das wissen?« River klappte schnell ihr Tagebuch zu und schob den Brief wieder zwischen die letzte Seite und den Buchdeckel. »Du hast doch gar nicht gelesen, was ich geschrieben habe.«

»Darum geht es nicht.« Jan blinzelte, was seine Art zu lächeln war.

River erwiderte darauf nichts, sondern sah aus dem Fenster auf die von Hügeln gerahmte Meerzunge. Sie hielt die Luft an, während ihre Augen über das blaugraue Wasser wanderten. Immer noch nichts.

»Das ist jetzt das achte Mal, dass du in der letzten Stunde nachgesehen hast.« Jans Stimme war frei von jeder Wertung.

River atmete hörbar aus. Er hatte mitgezählt?

Jan nickte, bevor sie die Frage überhaupt stellen konnte, mit nach wie vor unbewegtem Gesicht. »Dein Vater hat heute Morgen zwölf Mal nachgesehen.«

Ungewollt musste River lachen. Wüsste sie es nicht besser, hätte sie, so sehr, wie ihr Vater Morgans Ankunft entgegenfieberte, meinen können, dass er diesen selbst heiraten wollte. Dagegen wirkte die Freude ihrer Mutter beinahe verhalten.

»Meinst du, heute ist es so weit?« Sie fand es noch immer etwas befremdlich, mit Jan über ihre Gefühle zu sprechen. Doch seit er und ihre beste Freundin Isla sich nähergekommen waren – und das, obwohl Isla die Enkelin des Fischers Dubh war –, fiel es ihr leichter, ihn nicht nur als ihren Lehrer und den engsten Berater ihres Vaters, sondern auch als einen Freund anzusehen.

»Vielleicht«, antwortete Jan. »Je nachdem, wie stark der Wind ist.«

Rivers Blick wanderte wieder zu den Schaumkronen auf dem Meer. Sie waren höher als sonst. Eine Unruhe, die sowohl Vorfreude als auch Anspannung war, ließ sie mit den Fingern auf den Tisch trommeln. »Erzählst du mir noch etwas über Brügge? Etwas, das ich noch nicht weiß?«

Jan hob seine dunklen Augenbrauen. »Es gibt nichts, was du noch nicht weißt.«

»Bestimmt gibt es das«, widersprach River mit einer Heftigkeit, die nur selten in ihrer Stimme lag. Auch wenn ihre große Schwester Flower einem Gespräch über Morgan immer wieder auswich, hatte sie ihr doch verraten, dass dieser schon einmal in Brügge, dem Mittelpunkt des ausländischen Handels, gewesen war. Wie sollte es auch anders sein, da Clan Sutherland doch für seine Verbindungen zum Kontinent bekannt war. Folglich wollte River, wenn das Gespräch darauf käme, auf dieses Thema vorbereitet sein.

Als Jan schwieg, drängte River abermals: »Bitte, Jan.« Sie wollte Morgan doch gefallen, und was wäre da besser, als sich mit ihm über seine Reisen unterhalten zu können?

Jan räusperte sich, und auf seiner Stirn zeigte sich eine Falte. »Die Kaufleute in der Herberge meines Vaters haben ihre Geschäfte oft nicht nur auf dem Markt, sondern auch beim Essen und in den Badehäusern abgeschlossen. Ich kann mir vorstellen, dass sie in ihrer freien Zeit gern einmal über etwas anderes sprechen würden als über ihre Geschäfte.«

River verstand den versteckten Hinweis sofort. Sie stützte ihr Kinn in die Hand. »Und das wäre?«

»Ich spreche mit Isla gern über die einfachen Dinge des Lebens. Ob sie gut geschlafen hat, wie das Wetter wird, was es zu essen gab.«

River hob eine Augenbraue. »Damit hast du ihr Herz gewonnen?«

Jan senkte den Blick und rieb sich über den Kopf. »Ich höre ihr auch gern zu. Gestern hat sie gesagt, dass ein Boot ...«

River sprang auf die Füße. »Aye, ein Boot!«

Jan wirkte für einen Moment irritiert, bis er ihrem Blick folgte und ebenfalls aus dem Fenster sah. Dort am fernen Horizont, noch hinter den zwei heidekrautbewachsenen Inseln in der Bucht von Tongue, ließen sich die Umrisse eines Boots – nein, eines Schiffs! – auf dem blauen Wasser erahnen.

River wurde es heiß und kalt, während sie um den hölzernen Tisch herum zum Fenster eilte und zum Schutz vor dem hellen Licht eine Hand über die Augen legte. »Ist er das?« Ihre Stimme klang noch höher als sonst und zitterte leicht.

Jan trat neben sie und schaute ebenfalls in die Ferne. »Aye, ich denke, das ist er.«

Rivers Herz setzte einen Schlag lang aus. Heute war also tatsächlich der Tag, an dem sie ihrem zukünftigen Ehemann begegnete. Nach all den Stunden des Wartens traf sie nun endlich den Mann, mit dem sie ihr Leben verbringen würde. Ihn, den sie insgeheim schon seit Jahren herbeisehnte. Für den sie nicht die zweitgeborene Tochter wäre, sondern bei dem sie genau wie ihre Mutter bei ihrem Vater oder Flower bei ihrem Ehemann Cailan an erster Stelle stünde. Ob sie ihm gefallen würde?

Ängstlich sah sie an sich herunter. Sie trug seit Tagen ihr schönstes Kleid aus himmelblauer Seide und den Armreif aus Flussperlen, den sie mit Isla gefertigt hatte. Ihre Zöpfe hatte sie kunstvoll geflochten, den Dreck unter ihren Fingernägeln erst heute Morgen entfernt und ihren Hals mit frischen Minzblättern eingerieben. Aber ob das reichen würde?

Jan nickte in Richtung des Schiffs. »Warum gehst du nicht schon einmal an den Strand? Ich hole deine Eltern.«

River sah ihn mit weit aufgerissenen Augen an. »Sie sind nicht hier?«

Jan schüttelte den Kopf. »Sie sind mit Flower auf der Rinderweide.«

»Was, heute?« River schnappte nach Luft und merkte, wie schon so oft, Eifersucht in sich aufkommen. Ihre Eltern hatten doch genau gewusst, dass Morgan jeden Tag ankommen konnte. Und nun waren sie trotzdem mit ihrer großen Schwester auf der Rinderweide, nur um dieser dabei zuzusehen, wie sie sich eines kranken Kalbs annahm? War der Besuch Flowers auf Castle Varrich also wichtiger als die Ankunft ihres Verlobten?

Jan legte ihr kurz eine Hand auf die Schulter. »Keine Sorge. Bevor das Schiff ankert, sind wir da.«

KAPITEL 2

Das Klopfen an der Tür riss ihn aus seiner Starre und ließ ihn von der Decke der Kajüte zur Tür blicken. »Morgan, wir sind fast da.«

Er antwortete nicht, blieb stumm, weil er nichts zu sagen hatte.

»Morgan?« Wieder ein Klopfen, dieses Mal stärker und dringlicher. »Dein Schiff hat sein Ziel fast erreicht.«

Sein Ziel! Dass er nicht lachte. Castle Varrich war nicht sein Ziel. Es war das endgültige Eingeständnis, dass sein Leben nie mehr so sein würde wie zuvor. Dass seine Frau tot war und er sie unwiederbringlich verloren hatte.

»Morgan? Wenn wir umkehren wollen, müssen wir jetzt ...«

»Nein.«

»Also bist du wach.«

»Geh weg, Hewie.«

Kurz herrschte Stille, und Morgan befürchtete schon, dass sein langjähriger Freund trotzdem in den Raum treten würde. Nach all den Schwernissen, die sie seit ihrer Jugend gemeinsam bewältigt hatten, war er schließlich fast wie ein Bruder für ihn. Doch Hewie ging, und er lag weiterhin in seinem Bett, das sich für ihn allein viel zu groß anfühlte.

Es war nun vier Monate her, seit er das letzte Mal ihre Stimme gehört hatte. Ihr letzter Satz war so belanglos gewesen, dass er ihn vergessen hatte. Es war furchtbar. So vieles hatten sie sich noch sagen wollen, doch nun war seiner Erinnerung sogar das, was sie gesagt hatte, entglitten. Hatte einen leeren Raum hinterlassen, den er schon mit den unterschiedlichsten Sätzen zu füllen versucht hatte: Wir sehen uns. Oder: Findest du auch, dass der Winter dieses Jahr anders riecht?

Morgan schloss die Augen. Der Winter hatte anders gerochen. Nicht nach den warmen Gewürzplätzchen, die Caitriona stets gebacken hatte, und auch nicht nach wildem Rosmarin, dessen Zweige sonst in ihrem gemeinsamen Schlafzimmer auf Dunrobin Castle in Wandhalterungen hingen. Er hatte sie weggeworfen. Denn er hatte es nicht ertragen können, dass sie noch dufteten, obwohl sie schon am Vertrocknen waren.

Eine Träne lief ihm über die Wange, und er ballte die Hände zu Fäusten. Warum? Warum hatte es so kommen müssen? Das Schiff schwankte kaum, und trotzdem war ihm übel, was sonst nicht einmal beim heftigsten Sturm der Fall war. Vielleicht wäre ein Sturm heute sogar ein Segen gewesen. Das Wüten der Urgewalten hätte ihn vielleicht aus dem Bett gezwungen. Raus an Deck zu jener Handvoll Männer, die ihn begleiteten.

Er sollte bei ihnen sein, das wusste er. Wenn sie ankamen, musste er zudem einen guten Eindruck machen. Aber trotz seines eisernen Willens, diese Reise anzutreten, war er dazu nicht imstande. Sein Herz war schwer, sein Körper taub und träge. Diese Heirat war der schlimmste Verrat. Dabei war es Caitrionas letzter Wunsch gewesen, dass er nach Castle Varrich fuhr und River MacKay ehelichte.

Er schlug die Augen wieder auf. Wie hatte Caiti das nur von ihm verlangen können? Sie wusste doch, wie sehr er sie liebte. Und trotzdem hatte sie darauf beharrt, brauchte ihr Sohn doch eine neue Mutter. Es war ihm unbegreiflich, wie sie selbst im Angesicht des Todes so viel Stärke hatte aufbringen können.

Wieder ein Klopfen an der Tür.

Er starrte weiter an die hölzerne Decke. »Ich habe gesagt, du sollst gehen.«

Nichts geschah. Weder öffnete Hewie die Tür, noch entfernten sich seine Schritte.

Morgan war versucht, sich einfach auf die Seite zu drehen und seinen Freund nicht weiter zu beachten. Doch wie ihm die letzten Jahre gezeigt hatten, war Hewie kein Mensch, den man so leicht loswurde. Morgan presste seine trockenen Lippen zusammen. »Dann komm eben rein, wenn du musst.«

Nach einem Augenblick der Stille öffnete sich die Tür einen Spaltbreit. Doch niemand betrat den Raum. Seine Geduld schwand, und er wollte Hewie schon wieder zum Teufel jagen. Da streckte ein dünner Junge seinen hellbraunen Lockenschopf in den Raum und sah ihn mit verschreckten grauen Augen an. Caitrionas Augen.

»Leith.« Seine Stimme war bestenfalls ein Krächzen, und er setzte sich auf. »Was tust du hier?«

Der Junge blickte kurz über die Schulter, ehe er vorsichtig einen Schritt in den Raum trat. In den Händen hielt er eine Möwe, die Caitriona ihm aus einem Leintuch genäht hatte. Dem Tier fehlten beide Flügel. Morgan zog die Brauen zusammen. Wann war das geschehen?

Als Leith seinen Blick bemerkte, versteckte er die Möwe hinter seinem Rücken. Kurz suchte der Junge seinen Blick, dann senkte er ihn auf seine Stiefelspitzen und murmelte: »Hewie hat mich geschickt.«

Morgan stöhnte und setzte sich auf. Musste Hewie ihm das Leben noch schwerer machen?

Er sah Leith mit zusammengebissenen Zähnen an. Dieser trat einen Schritt zurück, sodass er jederzeit durch die Tür zurück aufs Deck fliehen konnte. Dann murmelte er undeutlich: »Hewie sagt, dass ich fragen soll, was wir hier machen.«

Morgans Augenlider verengten sich. Jetzt zog Hewie also auch noch das Kind mit in die Sache hinein. Kannte er wirklich keine Scham? Er bohrte seine Fingernägel so fest in die Handflächen, dass es schmerzte. »Wir machen einen Ausflug.«

Leith nickte hastig und wollte sich schon wieder umdrehen, als die Tür weiter geöffnet wurde und Hewies leicht gebeugter Oberkörper neben Leith zum Vorschein kam. Er legte dem Jungen eine Hand auf die Schulter und schob ihn weiter in den Raum hinein. »Frag deinen Vater doch einmal, warum wir diesen Ausflug machen.«

Morgan funkelte Hewie warnend an, doch dieser verzog keine Miene. »Na los, Leith.«

Doch Leith schüttelte nur den Kopf, sodass Hewie sagte: »Wir machen diesen Ausflug, weil dein Vater unbedingt eine neue Mutter für dich finden will.«

Leiths Kopf fuhr ruckartig nach oben, Trotz und Entsetzen lagen in seinem Gesicht. »Aber ich will keine neue Mutter.«

»Das habe ich deinem Vater auch gesagt«, beruhigte Hewie ihn und strich ihm über die Locken. »Aber vielleicht muss er es von dir selbst hören.«

Tränen stiegen in Leiths Augen auf, und Morgan wurde bei diesem Anblick das Herz schwer. »Schluss jetzt. Ein Sutherland weint nicht.«

Leiths kleine Schultern zuckten weiter, auch wenn er tapfer jeden Schluchzer unterdrückte. Morgan wusste, er sollte den Jungen in den Arm nehmen. Ihn trösten. Für ihn da sein. Und vermutlich hatte Caitriona genau deshalb darauf bestanden, dass er sofort wieder heiratete. Weil sie wusste, dass er das nicht konnte. Dass er das nie können würde.

»Kann ich zurück zum Koch gehen?« Leith blickte flehend zu Hewie. Dieser nickte, und ehe Morgan es sich versah, huschte das Kind aus dem Raum, die Möwe fest an sein Gesicht gedrückt.

Morgan sah seinen Freund finster an. »Dafür sollte ich dich über die Planke gehen lassen.«

Hewie zeigte sich davon nicht im Mindesten beeindruckt, sondern hob die Arme. »Du machst einen großen Fehler. Womit, wenn nicht mit der unmittelbaren Reaktion deines Sohnes, hätte ich dir das sonst noch klarmachen können?«

»Wir hätten Leith zu Hause bei seiner Großmutter lassen sollen.« Warum nur hatte er sich von Hewie dazu überreden lassen, den Jungen mitzunehmen?

Hewie schloss die Tür hinter sich und nahm auf dem Stuhl gegenüber von Morgans Bett Platz. »Noch ist es nicht zu spät. Morgan ...«, er lehnte sich nach vorn und sah ihn eindringlich an, »ich kenne dich mein halbes Leben lang. Du trauerst. Du leidest. Warum also willst du dir und dem Kind noch mehr Schmerz zufügen?«

»Du weißt genau warum.«

Hewie stand, anscheinend zu unruhig, um sitzen zu bleiben, wieder auf und ging auf und ab. »Das ist doch Wahnsinn. Du kennst diese River doch überhaupt nicht. Lass mich eine Amme für Leith finden und ...«

Morgan erhob sich, sein Mund war nicht mehr als ein Strich. »Lass es gut sein.« Das alles war schon schwer genug, warum musste Hewie ausgerechnet dieses Mal anderer Meinung sein als er? Dabei wusste sein Freund doch, dass er früher oder später wieder heiraten musste. Nicht nur wegen Leith, sondern auch, weil er weitere Erben brauchte. Und weil keine Ehe mehr einzugehen bedeutete, ein vorteilhaftes Bündnis in den Wind zu schlagen, was sich in Zeiten wie diesen kein Clan leisten konnte.

Hewie raufte sich die Haare. »Sie hätte das nicht gewollt. Ich weiß, dass sie das nicht gewollt hätte.«

»Hewie.« Morgan packte seinen Freund an der Schulter. »Ich schätze deinen Rat.« Und das tat er wirklich. »Aber wenn du noch einmal davon sprichst, dass du die Gefühle meiner Frau besser kennst als ich, werfe ich dich über Bord. Hast du verstanden?«

Die Ader an Hewies Stirn pochte schneller. Sie wussten beide, dass er sich nicht aus Morgans starkem Griff befreien konnte. Dennoch hielt er seinem Blick stand und brachte beinahe flehend hervor: »Und wenn du doch einmal mit mir die Geister befragen würdest?«

Morgan stieß Hewie ruckartig zurück. »Bleib mir bloß fern mit diesem Unsinn.«

Hewie rieb sich die schmerzende Schulter. »Sag aber nachher nicht, ich hätte dich nicht gewarnt.«

Morgan ließ sich zurück aufs Bett sinken und nickte. Hewie wollte nur das Beste für ihn, doch in diesem Fall hatte er unrecht. Er konnte das letzte Versprechen nicht brechen, das er seiner Frau gegeben hatte. Nicht nach dem, was zwischen ihnen vorgefallen war und sie trotz ihrer Liebe einander entfremdet hatte.

»Sieh zu, dass der Koch Leith nicht wieder zu viel Wein zu trinken gibt.«

Hewie schwieg einen Moment. »Der Junge würde sich viel mehr freuen, wenn du selbst nach ihm sehen würdest.«

Morgan fühlte erneut hilflose Wut in sich aufsteigen und schüttelte grimmig den Kopf. »Nicht heute.«

Wenn er nachher tatsächlich River MacKay kennenlernte, musste er schließlich sich und all seine Kraft zusammennehmen.

KAPITEL 3

»Sollten sie nicht langsam das Segel einholen und ankern?« River legte eine Hand über die Augen, um trotz des blendenden Sonnenlichts aufs Wasser sehen zu können. Sie war noch immer außer Atem, so schnell war sie zum Strand von Coldbackie geeilt, und der salzige Wind in der Meeresbucht zog einzelne Strähnen aus ihren Zöpfen. Trotzdem galt ihre Aufmerksamkeit ausschließlich dem Schiff, das sich zwar noch in einigem Abstand zum Ufer befand, aber doch mit direktem Kurs auf den Sandstrand zusteuerte.

Isla, die vor wenigen Momenten noch ausgelassen darüber gescherzt hatte, dass sie nun anstatt des gemeinsamen Spaziergangs die Ankunft von Rivers Piraten miterleben würde, runzelte die Stirn. Sie schob sich die roten Locken aus dem sommersprossigen Gesicht, das sonst nur Übermut zeigte, und stellte treffend fest: »Sie sollten das verdammt schnell tun, sonst reißen sie sich den Rumpf auf.«

River nickte besorgt und eilte einige Schritte näher ans Wasser. Ihr Kleid hob sie dabei an, damit sich keine Muscheln im Saum des Rocks verfingen. Die Flut war zwar am Abebben, aber der sich unweit des Strands bis ins tiefere Wasser erstreckende Felsstreifen, der sich nur knapp unter der Wasseroberfläche befand, war noch immer schwer auszumachen. Ihr Unbehagen wuchs. Mit dem Fischerboot von Islas Großvater konnte man vielleicht noch unbeschadet über das Riff hinwegfahren, doch Morgans Schiff hatte mehr Tiefgang. Entweder er ankerte bald oder steuerte etwas mehr nach Backbord. Wenn er jedoch weiter den bisherigen Kurs hielt, würde es ein Unglück geben.

Isla trat neben sie und stützte den Ellbogen auf ihre Schulter. Normalerweise pfiff die Freundin immer, wenn sie das tat, aber diesmal war nur das Rauschen der Wellen zu hören. River schob Islas Arm unruhig zur Seite und stellte sich auf die Zehenspitzen. Das Schiff war noch zu weit weg, um die Gesichter der Männer an Deck erkennen zu können. Welcher von ihnen war wohl Morgan? Und warum nur kontrollierte niemand die Wassertiefe?

»Die passen überhaupt nicht auf, was sie tun«, stutzte Isla und zeigte mit dem Finger auf den Mann im Ausguck. »Sieh mal, der schaut sogar in die falsche Richtung.«

River kniff die Augen zusammen. Tatsächlich, anstatt nach Gefahren Ausschau zu halten, schien der Mann im Ausguck die Aussicht zu genießen. Ihr Herzschlag beschleunigte sich, als ihr ein unheilvoller Gedanke kam. »Sie wollen überhaupt nicht ankern. Sie wollen so nah wie möglich an den Strand, damit das Schiff bei Ebbe trockenfällt.«

Isla sog scharf die Luft ein. »Sind die noch ganz bei Verstand? Das kann man doch nicht machen, wenn man das Gewässer und seine Untiefen nicht kennt.«

River sah sich gehetzt um. Doch auf dem hügeligen Pfad, der an Felsen und Gräsern vorbei zum Strand hinabführte, näherte sich weder Jan noch ihr Vater noch sonst ein Mitglied ihrer Familie. *Und das alles nur wegen Flower,* schoss es ihr kurz durch den Kopf, ehe ihr Blick wieder zurück zu dem Schiff wanderte. Das hielt immer noch genau auf sie und den gefährlichen Felsstreifen zu, der schräg zwischen ihnen lag.

»Wir müssen sie warnen.« River trat von einem Fuß auf den anderen. Aber sie konnte doch jetzt nicht anfangen zu brüllen wie eine Marktschreierin? Was würde Morgan dann nur von ihr denken?

Isla schien diese Sorge nicht zu teilen. Ohne Zögern legte sie ihre von der täglichen Arbeit rauen Hände an den Mund und rief aus Leibeskräften: »Hey, ho, ihr Anfängerpiraten. Da sind Felsen im Weg!«

»Isla«, keuchte River und zog die Hände der Freundin nach unten. »So kannst du doch nicht mit einem Lord reden.«

Isla zuckte unbekümmert mit den Schultern. »Ich sage nur, wie es ist.« Im nächsten Moment formte sie mit ihren Händen wieder einen Trichter vor dem Mund. »Haltet an, ihr Freizeitseeräuber! Da sind Felsen! Haltet an! Hey, ho!«

Doch nichts geschah. Nicht einmal der Mann im Ausguck wandte sich zu ihnen um. »Sie hören uns nicht«, murmelte River und verwünschte den Wind, der von der See landeinwärts blies und das Schiff damit nur noch schneller auf den Felsstreifen trieb.

»Sieht ganz danach aus, als ob Graham, Kerr und die anderen Jungs aus dem Dorf bald eine Menge Planken zusammenzimmern dürfen.« Isla spitzte die Lippen und ließ die Hand sinken.

»Auf keinen Fall«, entfuhr es River. Sie schob nun all ihre Bedenken beiseite, legte ebenfalls die Hände an den Mund und wies Isla an: »Los, lass uns zu zweit weiterrufen. Vielleicht hören sie uns ja dann.«

Doch die Männer hörten sie nicht. Auch nicht, als River nicht länger auf ihre Würde als Lady achtete, sondern wie ein aufgeregtes Kind mit den Armen winkte, um ihnen zu bedeuten, dass sie zumindest weiter nach links steuern mussten. Isla hatte die Hand schon wieder nach unten genommen, als sich endlich der Mann im Ausguck zu ihnen drehte, sie musterte und etwas nach unten aufs Deck schrie, das sie wiederum nicht verstanden. *Bitte lass das nicht Morgan sein,* flehte River insgeheim. *Bitte lass ihn mich nicht so kennenlernen.*

»Na endlich wird's was bei denen«, atmete Isla schon erleichtert auf, als plötzlich das Unerwartete geschah. Zwei Männer traten an die Reling, doch anstatt den Kurs zu ändern, hoben sie ebenso wie der Mann im Ausguck nur die Hände, um ihnen zu winken.

River blieb der Mund offen stehen, während Isla in ungläubiges Gelächter ausbrach. »Das gibt's doch nicht«, keuchte sie und hielt sich den Bauch. »Die ...«, Isla schnappte nach Luft, »die winken einfach. Tut mir leid, aber denen ist einfach nicht mehr zu helfen.«

River warf Isla einen mahnenden Blick zu und danach einen musternden zu den Männern an Bord. Nun, da das Schiff näher heran war, konnte sie diese besser erkennen, zum Glück aber keinen mit schwarzem Haar unter ihnen entdecken. Schenkte man Flowers spärlicher Beschreibung von Morgan Glauben, befand sich ihr Verlobter demnach gar nicht an Deck.

Wieder wandte River den Kopf und hoffte, endlich ihren Vater und Jan an den Strand kommen zu sehen. Doch der Pfad war noch immer leer. Sie waren auf sich allein gestellt.

»Wir müssen näher zu ihnen.« Sie blickte suchend nach links zu der steinigen Klippe, unterhalb derer Isla ihr Fischerboot oft an Land zog, wenn sie nicht zu Fuß kam. Heute jedoch waren dort nur Algen und Sand zu sehen. Das durfte doch nicht wahr sein.

»Das Boot ist bei meinem Großvater«, erklärte Isla, die ihre Gedanken erraten hatte. »Es hat ein Leck.«

»Was, ausgerechnet heute?«, entfuhr es ihr ungehalten.

Isla zuckte mit den Schultern. »Soll ich nachsehen gehen, ob er es schon abgedichtet hat?«

»Aye. Nein. Dazu reicht die Zeit nicht.« Innerlich wappnete sich River schon dagegen, den Rumpf von Morgans Schiff auf den Felsen auflaufen zu sehen. Da wusste sie, dass es nur noch einen Weg gab, um dies zu verhindern.

Wehmütig fuhr sie über ihr himmelblaues Kleid aus Seide, das einzige, das so fein gewebt und kostbar war. Sie roch die frische Minze an ihrem Hals, spürte das Perlenarmband an ihrem Handgelenk. Ihr Blick wanderte zu Isla und deren grob gewebtem Kleid, dem immer der Geruch von Fisch anhing, zu deren wilden Haaren, den abgenutzten Lederstiefeln.

»Könntest nicht du ...«, setzte sie an, doch Isla schüttelte sogleich heftig den Kopf. Ihre Miene verhärtete sich, und River erinnerte sich, dass die Vergangenheit im Mai jeden Jahres noch schwerer auf Islas Herzen lastete als sonst. »Ohne Boot gehe ich kurz vor Ebbe ganz sicher nicht ins Meer.«

Sie drückte kurz Islas Hand, obwohl sie fand, dass die Freundin übertrieb. Denn noch war es Nachmittag, und die Ebbe kam erst am Abend. Trotzdem kannte sie Isla gut genug, um zu wissen, dass diese sich nicht umstimmen lassen würde.

Noch einmal prüfte River den leider noch immer menschenleeren Pfad hinter sich. Dann schloss sie für einen Moment die Augen, ehe sie ihre Röcke hob und zu jener Stelle am Strand rannte, an der der Felsstreifen im Wasser begann.

»River, was tust du da?«, verfolgte sie Islas spitzer Schrei. »Diese Möchtegernmatrosen fahren dich noch um, wenn es dich davor nicht schon ins Meer hinauszieht!«

Doch River durfte daran nicht denken und hastete mit festen Schritten auf den Felsstreifen. Das kalte Wasser schwappte in ihre Stiefel, und sie musste aufpassen, dass sie nicht auf den glitschigen Steinen ausrutschte. Doch sie kämpfte sich weiter durch die den Fels überspülenden Wellen, die ihr schon bald bis zu den Knien reichten. Höher konnte sie ihr Kleid wirklich nicht mehr anheben und musste nun hinnehmen, dass der feine Stoff von Salzwasser durchnässt wurde. Immer und immer wieder schrie sie »Halt«, doch die Schiffsbesatzung starrte sie nur weiter verständnislos an. Sie winkte mit den Armen, deutete nach links, doch nichts geschah.

Noch dreißig Bootslängen, bis das Schiff die Felsenbank erreichte, noch achtundzwanzig, noch fünfundzwanzig ... Ein schrecklicher Gedanke durchfuhr River. Dachten die Männer am Ende noch, dass sie zu ihr segeln sollten? Um dort zu ankern? Oder gar, um sie zu retten?

Ein Schauer jagte über ihren Rücken, und sie schrie noch lauter als zuvor gegen den Wind an.

Und dann trat er an Deck.

Sein schwarzes, schulterlanges Haar peitschte im Wind um sein Gesicht mit dem dichten dunklen Bart. Sein Leinenhemd war an den Armen hochgekrempelt, und selbst von hier aus konnte sie sehen, dass er hochgewachsen und gut gebaut war. Ihr Herz setzte einen Schlag lang aus. Das musste Morgan sein.

Für einen Moment vergass sie alles um sich herum und sah nur ihn, wie er dort auf dem Schiff stand, so sicher und selbstbewusst, als wäre er schon Tausende Meilen darauf gesegelt. Als käme er gerade von einer abenteuerlichen Reise auf dem Kontinent zurück und wäre nun bereit, sie, seine langersehnte zukünftige Frau, endlich zu sich zu holen.

Eine Welle riss sie aus ihrem Tagtraum, und sie ruderte mit den Händen, um nicht das Gleichgewicht zu verlieren. Der Bug des Schiffs steuerte noch immer auf die Felsen zu. Ihr Blick kreuzte sich mit dem Morgans, der seine verwundert, der ihre zutiefst erschrocken. Sie machte erneut eine ausladende Geste und rief: »Fahrt weiter nach links. Hier kommen Felsen!«

Zuerst rührte sich Morgan nicht, und für einen aberwitzigen Moment bangte sie, dass er ihr nun ebenfalls zuwinken würde. Dann aber sprang er zum Steuermann, stieß diesen zur Seite und riss das Ruder herum. Er zeigte auf die Segel, brüllte den Männern etwas zu, und sogleich eilte die Besatzung zu den Leinen.

River atmete auf und bemerkte erst jetzt, dass sie am ganzen Körper zitterte. Das war knapp gewesen.

KAPITEL 4

»Hau ruck, hau ruck, hau …«
»Seid still«, fuhr Morgan die zwei Männer an, die das Beiboot in Richtung Land ruderten. Der Schreck saß ihm noch immer in den Gliedern, und nun benahmen sich die beiden Taugenichtse auch noch so, als ob sie das erste Mal in einem Ruderboot säßen. Was sie womöglich sogar taten. Denn nicht er, sondern Hewie hatte die Besatzung für diese Reise zusammengestellt. Und so langsam beschlich ihn das Gefühl, dass dieser dafür vielleicht absichtlich die unerfahrensten Männer ausgewählt haben könnte.

»Zu Befehl, Capt'n«, kicherte der knollennasige Steuermann, und Morgan nahm den süßlichen Weindunst wahr, der seinem Mund entströmte. Sein Kamerad stimmte in das Kichern mit ein, ehe er aufstoßen musste und das gleichfalls lustig fand.

»Reißt euch auf der Stelle zusammen!«, befahl Morgan scharf und warf ihnen einen Blick zu, der finsterer war als die schwärzeste Nacht. Die Männer nickten, doch schon nach einigen Ruderschlägen begann der Steuermann nun zu summen.

Morgan rieb sich über die Stirn. Das war doch nicht auszuhalten. Er hätte besser allein rudern und die zwei Männer zusammen mit seiner vollkommen betrunkenen Mannschaft auf dem Schiff lassen sollen. Woher hatten sie eigentlich den ganzen Alkohol gehabt? Hatte der Koch etwa das letzte Weinfass ohne seine Zustimmung angezapft? »Noch ein weiteres Wort, und ich lasse euch hier zurück.«

»Wenn die schöne Wassernixe von gerade eben wiederkommt, hätte ich nichts dagegen«, lallte der Kamerad des Steuermanns, von dem er nicht wusste, wie er ohne Knochenbrüche überhaupt aus dem Ausguck an Deck gekommen war.

Morgan lief ein eisiger Schauer über den Rücken. »Dann hast du sie also auch gesehen?« Er hätte nun eigentlich erleichtert sein müssen, war insgeheim aber bitter enttäuscht. Als er vorhin an Deck gekommen war, hatte er entgegen seinem sonst so scharfen Verstand kurz geglaubt, dass ihn tatsächlich Caitrionas Geist inmitten des Wassers vor den Felsen warnte. Doch mehr als einen kurzen Blick hatte er der Erscheinung nicht zuwerfen können, denn nachdem einer der Männer die falsche Leine gelöst hatte, musste alles ganz schnell gehen. Und als er sich wieder nach ihr umgedreht hatte, war sie verschwunden gewesen.

»Klar haben wir die hübsche Nixe auch gesehen«, bekräftigte der Steuermann. »Das süße Ding hat uns schon eine ganze Weile zugewunken, bevor es uns entgegengelaufen ist.«

Also nicht Caitrionas Geist. Er schalt sich innerlich einen Narren, dass er das überhaupt nur einen Moment in Erwägung gezogen hatte. Aber Hewie und sein Gerede setzten ihm wohl mehr zu, als er sich bisher eingestanden hatte. Nur wer war die Frau dann gewesen? Und wo war sie nun hin?

»Hau ruck, hau ...«

Noch einmal schlechter gelaunt als davor, packte er seinen Steuermann an der Schulter, sodass dieser tatsächlich verstummte. »Ein weiteres ›Hau ruck‹, und ich lasse dich kielholen.«

»Aye, aye, Capt'n«, krächzte der Mann, der nun wohl endlich verstanden hatte, dass mit Morgan heute nicht zu spaßen war. Er straffte seine Schultern und rang um seine Fassung, während das Boot sich langsam den drei Gestalten näherte, die am Strand auf sie warteten. Sollte er nicht doch besser umkehren und sich zusammen mit Hewie, der unter Protest bei Leith geblieben war, betrinken?

Er presste die Lippen zusammen und verwarf den Gedanken. Stattdessen zwang er sich mit einem unguten Gefühl im Bauch, jene Frau anzusehen, die Caitrionas Platz einnehmen sollte.

Das war sie also.

Sie hatte eine aufrechte Haltung und langes, dunkelbraunes Haar. Ihr im Wind wehendes Kleid umschmeichelte ihre schlanke Taille, und ihr ovales Gesicht war anmutig und zugleich sehr ausdrucksstark. Ihre Haut war ebenmäßig und gebräunter, als er es erwartet hätte. Als sich ihre Blicke trafen, lächelte sie leicht und nickte ihm freundlich zu. Irgendetwas kam ihm seltsam an ihr vor, und spätestens als die Sonne nicht nur ihre goldenen Armreife, sondern auch den Ring an ihrem Finger zum Glänzen brachte, wusste er, wer sie war.

Er kannte diese Frau. Das war nicht River MacKay, sondern deren Schwester Flower. Er hatte sie letzten Sommer zusammen mit Caitriona auf der Hochzeit seiner eigenen Schwester Niamh kennengelernt. Flower und Caitriona hatten sich auf Anhieb gut verstanden, und er vermutete, dass Caitriona sich nicht zuletzt wegen Flowers Herzlichkeit gewünscht hatte, dass Leith nach ihrem Tod von einer deren Schwestern aufgezogen wurde.

Er biss die Zähne zusammen und schwang sich aus dem Boot, sobald sie den Strand erreicht hatten. Barsch wies er die Männer an, zum Schiff zurückzurudern, noch bevor sie ihn vor den MacKays blamieren konnten. Dann schritt er mit erhobenem Haupt auf den älteren der beiden Männer zu, der neben Flower stand und Gregor MacKay sein musste.

»Lord Sutherland«, grüßte dieser und kam ihm seinerseits entgegen. »Welch eine Freude, Euch hier zu empfangen.«

»Die Freude ist ganz meinerseits«, log Morgan und drückte dem etwas kleineren Mann fest die Hand.

»Darf ich Euch meinen engen Vertrauten Jan und meine älteste Tochter Lady Flower Sinclair vorstellen?«

Morgan nickte Jan kurz zu, ehe er sich an Flower wandte und sich knapp vor ihr verbeugte. »Das letzte Mal hießt Ihr noch MacKay.«

Flower knickste kaum merklich und sah ihn aus ihren goldgrünen Augen an, in denen eine seltsame Mischung aus Mitgefühl und Wachsamkeit lag. »Das letzte Mal, als wir uns gesehen haben, war noch einiges anders.«

Morgans Unwohlsein verstärkte sich. Wenn er jetzt die Gedanken an Caiti zuließ, war er verloren. »Ist Euer Ehemann auch hier?«, erkundigte er sich gepresst.

»Nein.« Flower schüttelte den Kopf. »Cailan musste schon zurück nach Castle Girnigoe. Ich reise ihm in ein paar Tagen nach.«

Morgan nickte, ehe Lord MacKay wieder das Wort an ihn richtete. »Die Reise war lang. Darf ich Euch und Eure Männer zur Burg geleiten?«

Morgan warf einen Blick über die Schulter zu dem Beiboot, das im Schlingerkurs zurück zu seinem Schiff fuhr. »Lasst uns ruhig schon einmal vorausgehen.« Seine Gedanken kehrten zu der Frau zurück, die ihn vor den Felsen gewarnt hatte, und er fügte zögernd hinzu: »Oder warten wir vielleicht noch auf Lady River?«

Lord MacKay kratzte sich am Kopf und wirkte für einen Moment ertappt. »Nein, also ... River wird vermutlich erst beim Abendessen zu uns stoßen.«

Morgan atmete auf, woraufhin ihm Flower einen Blick zuwarf, den er nicht zu deuten vermochte.

»Geht es Lady River heute nicht gut?«, fragte er mit zusammengezogenen Brauen nach. *Oder noch schlimmer,* fügte er in Gedanken hinzu: *Ist sie vielleicht von kränklicher Natur?* Erinnerungen an seine Frau stiegen in ihm auf, und seine Kehle wurde eng.

»Keine Sorge, River ist voller Lebenskraft.« Lord MacKay nickte bekräftigend. »Sie freut sich sehr auf Euch.«

»Gut«, brummte Morgan.

»Gut?«, wiederholte Flower mit gerunzelter Stirn. Er verschränkte die Arme vor der Brust. Warum hatte er auf einmal das irritierende Gefühl, dass sie genau wusste, was gerade in ihm vorging?

»Sehr gut sogar«, rettete Lord MacKay ihn vor einer Antwort. »Und jetzt lasst uns zur Burg gehen. Lang ist es nicht mehr bis zum Abendessen, und vielleicht findet Ihr davor ja noch Gefallen an einer Partie Schach?«

Morgan neigte den Kopf. »Mir wäre es lieber, wir kämen gleich zum Geschäftlichen.«

»Zum Geschäftlichen?« Wieder war es Flower, die ihn prüfend ansah. »Bevor Ihr River überhaupt gesehen und mit ihr gesprochen habt?«

Während er sich selbst für seine unverblümte Ausdrucksweise rügte, wurde Flower bereits von ihrem Vater zurechtgewiesen. »Lord Sutherland lernt River doch beim Abendessen kennen.«

Doch Flower wollte es offensichtlich nicht dabei bewenden lassen. »Wenn man es genau nimmt, hat Lord Sutherland ...«

Da griff Jan heftig nach Flowers Arm und sackte keinen Lidschlag später in sich zusammen.

»Jan!« Flower ließ sich sofort neben ihn in den Sand gleiten. Sie legte zwei Finger an seinen Hals, und wenig später blinzelte Jan schon wieder. Er blickte erst verwirrt um sich und begriff dann, was geschehen war.

»Oh, nein ...«, hüstelte er und wollte sich aufrichten. »Das ist mir jetzt aber sehr unangenehm.«

»Nicht doch«, beschwichtigte Flower ihn. »Hast du heute schon gegessen?«

Als Jan den Kopf schüttelte, nickte sie wissend. Dieser zeigte sich von ihrer Reaktion jedoch kein bisschen erleichtert, sondern blickte entschuldigend zu Lord MacKay.

»Lasst Euch bitte nicht von mir aufhalten, Mylord. Ich bleibe einfach noch ein paar Augenblicke hier sitzen, danach geht es schon wieder.«

Lord MacKay zögerte kurz, dann nickte er. »Flower, bleibst du bei ihm?«

»Nicht doch«, bat Jan, dessen Wangen rot aufflammten, doch dieses Mal stimmte Flower mit ihrem Vater überein.

Morgan war das nur recht. Er mochte die Art und Weise, wie Flower ihn ansah, nicht und würde diese leidige Sache viel schneller hinter sich bringen können, wenn er nur mit Lord MacKay unter vier Augen sprach.

Und das würde er tun. Noch vor dem Abendessen.

KAPITEL 5

»Wie siehst du denn aus?« Mit hastigen Schritten eilte ihre Mutter über den Burghof, und kurz befürchtete River, dass sie den eineinhalbjährigen Conall fallen lassen würde, so bleich, wie sie war. »Hat dich eine Welle überrascht?« Rhona fächelte sich Luft zu. »Himmel, hat dich Lord Sutherland etwa so gesehen?«

River senkte den Blick und verschränkte ihre Hände ineinander. Reichte es nicht schon, dass ihr Vater sie mit harschen Worten zurück zur Burg geschickt hatte? Musste ihre Mutter ihr nun ein zweites Mal verdeutlichen, wie erbärmlich sie mit ihrem bis zu den Knien durchnässten Kleid und den vom Wind zerzausten Zöpfen aussah?

Rhona rümpfte die Nase. »Rieche ich da etwa Algen? Und Fisch?« Sie sah ihre Tochter streng an. »Du warst doch nicht wieder schwimmen? Wenn du nämlich auch noch wie Leaf wirst ...«

»Nein, natürlich nicht«, unterbrach River ihre Mutter eilfertig. »Nur war es so, dass ...«

Als sie geendet hatte, war jegliche Farbe aus Rhonas Gesicht gewichen. »Und du dachtest, dass Lord Sutherland sich darüber freuen würde?« Conall zog an den Haaren seiner Mutter, brabbelte ein »Will runter«, doch diese schien es nicht wahrzunehmen. »Welcher anständige Mann will denn eine Braut, die sich wie eine Fischersfrau in die Fluten stürzt?«

Rhonas Unterlippe zitterte, und die Übelkeit in River wuchs. Sie hatte aufrichtig geglaubt, das Richtige zu tun, war sich dessen nun aber nicht mehr sicher. Was, wenn Morgan jetzt schlecht von ihr dachte, weil er davon ausging, dass sie kein gutes Benehmen hatte? Sie grub ihre Finger in den feuchten Stoff des Kleids.

»Wir müssen dich sofort baden«, entschied ihre Mutter und fasste sie beim Arm. »Und das Kleid waschen.« Sie betrachtete River abermals von oben bis unten und zog sie in Richtung der Burg. »Himmel, was tun wir nur, wenn es nicht bis zum Abendessen trocknet?«

»Vielleicht kann ich mir ein Kleid von meinen Schwestern borgen?«, brachte River leise hervor.

»Ja von welcher denn?«, rief Rhona aus, während sie auf das Wohngebäude zugingen, dort die große Halle betraten und sich nach rechts wandten, um über die Holztreppe mit Säulenbalustrade in den ersten Stock zu den Gemächern der Familie und Rivers Kammer zu gelangen. »Leaf hat vor zwei Wochen all ihre Kleider bis auf eins verbrannt. Skye ist noch zu jung, als dass dir ihre Gewänder passen, und Flowers Gewänder«, Rhona warf einen Blick auf Rivers Brüste, die sich oft zu schwer für ihren Körper anfühlten, »sind dir zu eng.«

River schluckte. »Ich habe noch das Kleid aus blauer Wolle.«

»Das sieht doch aus wie ein gefärbtes Bauernkleid.« Rhona fächelte sich abermals Luft zu, während sie schnellen Schrittes voranging. »Nein, das kannst du nicht tragen. Unmöglich. Dein jetziges Kleid muss trocknen.«

»Es ist weg!« Die Tür zu Rivers Kammer flog auf, und ihre Mutter kam hereingeeilt, dieses Mal ohne Conall im Arm. »Einfach weg.«

River trug nach dem langen Bad nur ihr Unterkleid und flocht ihre wieder getrockneten Haare zu neuen Zöpfen. »Wie meinst du, weg?« Sie sprang auf. »Wie kann es weg sein?«

Ihre Mutter schloss fahrig die Tür und hob die Hände in die Luft. »Es ist davongeweht. Über die Zinnen des Turms hinaus aufs Meer.«

River verstand gar nichts mehr. »Wie kommt mein Kleid auf den Turm?«

Rhona machte eine hilflose Handbewegung. »Ich habe dem neuen Mädchen gesagt, dass das Kleid schnell trocknen muss, und da dachte es wohl, dort oben würde der Wind stärker wehen.«

Was dann auch so war, dachte River, während die Angst in ihr wuchs. Aus Gewohnheit griff sie wieder nach ihren Zöpfen. Was sollte sie nun tun?

»Wir müssen es mit Flowers Kleid versuchen«, murmelte ihre Mutter, ehe sich die Tür ein weiteres Mal öffnete und Flower mit einem moosgrünen Kleid über dem Arm zögernd eintrat. Noch ehe ihre Schwester etwas sagen konnte, nahm Rhona ihr schon das Gewand aus der Hand und eilte zu River. »Es ist das Beste, was wir tun können.«

River nickte, während sie den fein gewebten Stoff mit den goldenen Stickereien betrachtete. In diesem Kleid hatte Flower ihren Ehemann Cailan geheiratet. Es war Flowers Kleid, verbunden mit Flowers Liebesgeschichte. Und nun sollte sie ebenfalls in einer Art Nachahmung ihre eigene Ehe darin beginnen?

River schüttelte den Gedanken ab und bemühte sich um ein Lächeln in Flowers Richtung. »Danke.«

»Gern«, erwiderte Flower, doch wirklich glücklich wirkte sie nicht.

»Noch wissen wir nicht, ob wir das Kleid überhaupt zubekommen«, mahnte Rhona und drängte River, es endlich anzuprobieren.

Doch es passte nicht.

»Vielleicht wenn du noch einmal ganz tief einatmest, sodass sich dabei dein Körper streckt ...«, bat Rhona mit schriller Stimme, während River nunmehr zum zwanzigsten Mal kraftvoll Luft holte.

»Das ist doch abartig«, widersprach Flower und verschränkte die Arme. »Das kann unmöglich den ganzen Abend gut gehen, wenn du nicht mehr natürlich atmen kannst.«

»Es geht schon«, log River, denn sie wusste, dass ihr das Kleid nicht nur zu lang war, sondern ihre Brüste auch aus seinem Ausschnitt hervorquollen wie zwei Quallen, die um ihren Weg zurück ins offene Meer rangen. Ganz davon zu schweigen, dass das Grün des Stoffs sich mit dem Blau ihrer Augen biss.

Ihre Schwester schüttelte den Kopf. »River, ich bitte dich. Du siehst aus, als ob ...«

»Als ob was?« Ihr Mund wurde trocken. »Ich zu dick bin?«

»Rede keinen Unsinn«, widersprach Flower barsch. »Es sieht aus, als ob das ungesund für dich wäre.«

Rhona musterte den Ausschnitt mit gefurchter Stirn. »Flower hat recht. Wenn du so zum Abendessen gehst, wirkst du wie eine Dirne.«

River grub die Finger in ihre Handflächen. »Wenn ihr heute Morgen nicht bei den Hochlandrindern gewesen wärt, hätte Vater Lord Sutherland warnen können. Was habt ihr überhaupt dort getan, das wichtiger war als seine Ankunft?«

»Wir dachten nicht, dass er heute schon kommt.« Rhona wich ihrem Blick aus und verschränkte die Arme. »Und dein Vater wollte lernen, wie man die Wunde eines Rinds versorgt.«

River starrte ihre Mutter mit offenem Mund an. »Und warum bist du da mitgegangen?«

Rhona schwieg ertappt, doch schon ergriff Flower das Wort. »Das tut doch jetzt nichts zur Sache. Lass mich dir ein Tuch bringen, dann kannst du es dir um die Schultern legen und das Kleid loser schnüren.«

»Damit ich aussehe wie eine alte Frau?« Während Flower beim Abendessen bestimmt wieder die goldenen Armreifen trug, die Cailan ihr geschenkt hatte? River funkelte ihre Schwester streitlustig an. »Willst du, dass ich meinen Verlobten vollends vergraule?«

Flower räusperte sich. »River, was Lord Sutherland angeht ...« Sie zögerte kurz und griff nach ihren Händen. »Ich würde gern noch mit dir über ihn reden.«

River stieß einen verächtlichen Laut aus. »Ach, jetzt auf einmal?« In den letzten Tagen war ihre Schwester schließlich jedem

Gespräch über Morgan ausgewichen, auch wenn sie diese noch so sehr darum gebeten hatte, ihr mehr über ihn zu verraten. Dabei konnte Flower unmöglich eifersüchtig sein, so glücklich, wie sie mit Cailan verheiratet war.

Rhona griff nach Flowers Arm, aber diese sprach unbeirrt weiter. »Ich habe vorhin kurz mit ihm gesprochen. Er war freundlich, aber ...«

»... er will mich nun nicht mehr heiraten, nachdem ihr ihm gesagt habt, dass ich diejenige war, die ihn im Wasser gewarnt hat?«, schlussfolgerte River beklommen.

»Nein, das nicht«, wehrte Flower ab. »Er war sogar sehr erpicht auf die Ehe mit dir.«

River traute ihren Ohren kaum, und sie atmete erleichtert auf. »Dann habe ich meine Chance also doch nicht vertan? Wieso hast du das nicht früher gesagt?«

Flower drückte ihre Hände. »Weil es andere Dinge gibt, die deinem Glück im Weg stehen. River ...«

Doch River ließ ihre Schwester nicht zu Ende reden. Wenn Flower wirklich den Eindruck gewonnen hatte, dass Morgan sie trotz ihres unstatthaften Benehmens am Meer noch heiraten wollte, würde sie nicht zulassen, dass die Eheschließung an einem fehlenden Kleid scheiterte.

Die Enge in ihrer Brust schwand, auch weil sie sich hastig aus Flowers Gewand befreite. Ihr Blick fiel auf ihr Perlenarmband, das auf einem der beiden Betten in ihrer Kammer lag, und da kam ihr ein Gedanke. Augenblicklich reichte sie Flower das Kleid zurück. »Danke, aber das werde ich nicht brauchen.«

»Ach nein?«, wunderte sich nun Rhona mit leiser Stimme.

»Nein«, bestätigte River und war selten so dankbar für ihren aufgeweckten Geist gewesen wie in diesem Augenblick. »Nur lasst ihr mich jetzt besser allein, wenn ich nicht zu spät zum Abendessen kommen soll.«

KAPITEL 6

»Ihr fordert also nur fünf Hochlandrinder als Mitgift«, räusperte sich Lord MacKay und betrachtete Morgan mit hochgezogenen Augenbrauen. »Habt Ihr etwas zu verbergen, Lord Sutherland?«

Morgan nahm einen Schluck von dem Ale, das man ihnen in den mit Wandteppichen behangenen Raum im ersten Stock der Burg gebracht hatte, um nicht laut zu stöhnen. Warum bloß hatte er nicht mehr Rinder als Mitgift verlangt, als Rivers Vater ihn nach seinen Vorstellungen gefragt hatte? Nur fünf kamen fast schon einer Beleidigung gleich.

Er zwang sich zur Ruhe und setzte den Krug langsam auf dem runden Tisch mit der Bienenwachskerze ab. Bei dieser Hochzeit ging es ihm nicht darum, sein Vermögen zu mehren. Sonst hätte er gewartet, bis Rivers Onkel Malik, der Clanführer der MacKays, seine Tochter Fia endlich verheiraten wollte. Doch niemand wusste, wann das sein würde, und seine zweite Eheschließung sollte nur eines: schnellstmöglich vorübergehen. Durch die niedrige Mitgift von fünf Hochlandrindern hatte er genau das erreichen und sich eine lange Verhandlung mit Lord MacKay ersparen wollen. Doch mit seinem diesbezüglichen Entgegenkommen hatte er wohl nur dessen Misstrauen geweckt.

»Mein lieber Lord MacKay«, setzte er an und bemühte sich um eine möglichst bedachte Sprechweise, die seinen eigenen Vater stolz gemacht hätte. »Geht es Euch bei dieser Hochzeit nicht ebenfalls vorrangig darum, ein starkes Bündnis zwischen unseren Clans zu schaffen?«

Gregor nickte, ohne zu zögern, doch sein Blick blieb zweifelnd. Morgan zwang sich zu einem kleinen Lächeln. Er kämpfte das flaue Gefühl in seinem Magen nieder und drehte seine Handflächen nach oben, so wie es sein Vater ihn und seinen Bruder gelehrt hatte. »Wenn dadurch der Friede an unserer Grenze gesichert ist, reichen mir sogar drei Rinder.«

»Das ist sehr bescheiden.« Zwar prostete Lord MacKay ihm mit seinem Alekrug zu, doch sein Blick blieb forschend, als suchte er noch immer den Haken an dieser Sache. »Nur führt Bescheidenheit selten zu einer stattlichen Burg wie Dunrobin Castle.«

Morgan nickte langsam, während er sein Gegenüber insgeheim verwünschte. Lagen ihm nicht schon genug Steine im Weg, um Caitriona ihren letzten Wunsch zu erfüllen? Er unterdrückte das Bedürfnis, gegen das Tischbein zu treten, und nahm wieder einen Schluck Ale, um sich seine Antwort zurechtzulegen. »Die Pracht von Dunrobin Castle verdanken wir meinem Vater, Gott hab ihn selig. Er hatte gute Verbindungen nach Aberdeen und auf den Kontinent.« Morgan versuchte sich erneut an einem Lächeln. »Meine Verhandlungskünste hätten, wie Ihr seht, vermutlich nicht zu so viel Reichtum geführt.«

Lord MacKays Mundwinkel zuckten kurz. »Dann soll ich also glauben, dass meine Tochter einen schlechten Geschäftsmann heiratet?«

Morgans Geduld schwand, und es kostete ihn viel Anstrengung, nicht einfach aufzustehen und sich zurück auf sein Schiff zu flüchten. »Lord MacKay«, versuchte er es dieses Mal in einem harscheren Ton, der zeigen sollte, dass er vielleicht ein schlechter Geschäftsmann, aber kein schwacher Clanführer war. »Ich habe Euch vor einigen Wochen unmissverständlich geschrieben, dass ich Lady River heiraten will. Eure Antwort war eine Einladung nach Castle Varrich. Habt Ihr mir falsche Hoffnungen gemacht?«

Lord MacKay kratzte sich an der Stirn und musterte ihn verwundert. »Ihr schriebt, dass Ihr River gern kennenlernen würdet.«

Morgans Gesichtszüge verhärteten sich. »Nein, ganz gewiss schrieb ich von meiner Eheabsicht.« Genauso hatte er Hewie schließlich aufgetragen, das Schreiben an Rivers Vater für ihn abzufassen. Litt dieser etwa an Gedächtnisschwäche?

Lord MacKay sah sich kurz im Raum um, als suche er nach etwas. Dann winkte er ab. »Versteht mich nicht falsch, ich begrüße eine Verbindung zwischen unseren Clans sehr.« Er lehnte sich im Stuhl zurück und verschränkte die Arme. »Aber zu gerechten standesgemäßen Bedingungen.«

Morgan hätte beinahe laut aufgelacht, obwohl ihm wirklich nicht zum Lachen zumute war. Er schüttelte leicht den Kopf und bemühte sich um einen gefassten Gesichtsausdruck. »Also besteht *Ihr* darauf, *mir* mehr Rinder zu geben? Nur zu.«

Nun verschwanden die Falten auf Lord MacKays Stirn, er legte den Kopf in den Nacken und lachte seinerseits. Lachte, bis ihm Tränen in die Augen traten. Morgan verstand nun überhaupt nichts mehr. Als Lord MacKay schließlich einen rettenden Schluck Ale trank, tat er es ihm gleich.

»Ob ich mehr zahlen will«, echote Lord MacKay, als er wieder zu Atem gekommen war, und schlug mit der flachen Hand auf die Tischplatte. »Lord Sutherland, ich muss schon sagen, Ihr seid ein gerissener Mann und viel besser in diesem Spiel als ich. Ich gebe auf.«

»Ihr gebt auf?«, wiederholte Morgan ungläubig. Was hatte das nun wieder zu bedeuten?

»Aye, ich gebe auf«, bestätigte Lord MacKay und stützte einen Ellbogen auf den Tisch. »Ich werde nicht weiter so tun, als wüsste ich nicht genau, warum Ihr diese niedrige Mitgift gefordert habt.«

Morgan fühlte sich immer unwohler in seiner Haut. Lord MacKay wusste folglich, dass er im Grunde seines Herzens diese Hochzeit nicht wollte, sondern verabscheute und einfach nur zurück nach Dunrobin Castle wollte? Wie war das möglich?

»Ich dachte ja, ich bekomme Euch dazu, es selbst zu sagen«, fuhr Lord MacKay fort und verschränkte die Finger. »Aber ein wahrer Geschäftsmann legt seine Karten wohl nur offen, wenn er es wirklich muss?«

Morgan zwang sich, Lord MacKays Blick standzuhalten. Sicheres Auftreten bei völliger Ahnungslosigkeit, ermahnte er sich. »Hättet Ihr es denn an meiner Stelle anders gemacht?«

Lord MacKay legte den Kopf zur Seite. »Kein Mann mit einem Funken Verstand hätte es anders gemacht.«

Morgan rutschte auf seinem Stuhl nach hinten. Er war sich noch immer nicht sicher, worüber sein Gegenüber sprach. »Was schlagt Ihr also vor?«

»Mehr als nur eine geringe Mitgift.« Lord MacKay sah ihn streng an. »Denn auch wenn Ihr gehofft habt, dass ich aufgrund Eurer Nachgiebigkeit sofort in die Ehe einwillige, darf man doch die gegebenen Umstände nicht vergessen.«

Morgan stieß hart die Luft aus. »So ungewöhnlich sind die Umstände nun auch wieder nicht.« Kein Mann würde wahre Freude über eine zweite Ehe verspüren, wenn seine große Liebe gerade erst vor wenigen Monaten verstorben war. Eine Ehe war ein Geschäft. Sie schuf eine Verbindung zwischen zwei Clans. Und jetzt hielt ihm Lord MacKay seine fehlenden Gefühle für River vor?

Lord MacKay hob eine Braue. »Das stimmt schon. In anderen Clans gibt es auch Kinder aus erster Ehe. Doch Leith ist nicht nur ein Kind, er ist vor allem Euer Sohn und Erbe. In seinen Adern fließt das Blut der Sutherlands, aber eben nicht das Blut der MacKays.«

Morgans Augen weiteten sich. Lord MacKay sprach also überhaupt nicht von seinen anhaltenden Gefühlen für Caitriona, sondern von Leith und dessen Abstammung. Seine Miene wurde hart. »Ihr wusstet um Leith, als Ihr mich eingeladen habt.«

Lord MacKay nickte. »Weil ich hoffte und noch immer hoffe, dass wir einen Weg finden, wie das Bündnis zwischen unseren

Clans trotzdem über mehrere Generationen hinweg halten kann.«

Morgan blinzelte. »Ihr wollt, dass ich Leith sein Erbe vorenthalte?« War das überhaupt möglich?

Lord MacKay schüttelte den Kopf. »Mir ist klar, dass Ihr Euch darauf nicht einlassen könnt. Aber Ihr besitzt eine Burg an der Grenze zu unseren Ländereien. Sie wäre ein gutes Zuhause für Euren erstgeborenen Sohn mit River, oder nicht?«

Morgan verschluckte sich beinahe. Auch wenn die gemeinsamen Kinder, die er mit River hätte, seinen Clan stärken würden, wollte er an die Hochzeitsnacht noch weniger denken als an die Eheschließung selbst.

Lord MacKay schien sein Unbehagen zu bemerken und lehnte sich nach vorn. »Wenn Ihr echten Frieden wollt, ist das der einzige Weg.« Er seufzte. »Ihr müsst Euch nur einmal an unsere südliche Grenze begeben, um zu erkennen, wie leicht es sonst zu einer Fehde kommt wie mit Clan Ross.«

Morgan nickte langsam, denn sein Gegenüber hatte recht. Dennoch zitterte seine Stimme leicht, als er versprach: »Wenn River und ich einen Sohn bekommen, soll ihm die Burg im Grenzgebiet gehören.«

Sofort stand Lord MacKay auf und streckte ihm die Hand zur Bekräftigung ihrer Abmachung über den Tisch entgegen. »Dann sind wir uns also einig. Ich zahle Euch eine Mitgift von fünf Hochlandrindern, und im Gegenzug versorgt Ihr River und überlasst ihrem Sohn die Burg.«

»Fast.« Morgan erhob sich ebenfalls.

»Wusste ich doch, dass Ihr Euch am Ende doch nicht über den Tisch ziehen lasst.« Lord MacKay schmunzelte. »Sieben Rinder also, sofern die Abmachung mit der Burg gilt.«

»Zehn Rinder.« Morgan bemühte sich um eine feste Stimme, die seinen inneren Aufruhr verbarg. »Und die Hochzeit findet noch diesen Samstag statt.«

»Was, schon so bald?«, entfuhr es Lord MacKay überrascht, ehe er sich vermutlich entsann, dass er soeben ein sehr gutes Geschäft gemacht hatte, dessen Durchführung er besser nicht hinauszögern sollte. »Aber wenn Euch das recht ist, soll es mir das ebenso sein.«

»Sehr recht sogar«, log Morgan mit unbewegter Miene und schüttelte die Hand seines zukünftigen Schwiegervaters.

»Fehlen nur noch zwei Dinge«, sagte dieser und lächelte zufrieden.

Morgan stöhnte innerlich. Was kam denn nun noch?

»Erstens muss jemand Eure Männer fürs Abendessen auf die Burg holen.«

Bloß nicht. »Und zweitens?«

Lord MacKay lachte, als hätte er einen guten Scherz gemacht. »Zweitens müsst Ihr Eure Braut noch kennenlernen.«

KAPITEL 7

Als River aus ihrer Kammer trat, drangen bereits Gesprächsfetzen und ausgelassenes Gelächter zu ihr hinauf. Angespannt machte sie einen Schritt nach vorn an die Balustrade und spähte nach unten. War er schon da?

Ihr Blick streifte kurz den Bereich, in dem bereits einige Burgbewohner an den ordentlich in Reihen aufgestellten Tischen saßen. Dann blickte sie zu der hölzernen Empore an der Stirnseite der Halle, auf der ihre Familie im Lichtschein eines im Kamin flackernden Feuers gewöhnlich speiste. Tatsächlich saß ihre Mutter bereits an ihrem Platz, ebenso wie Flower und ihre Schwester Leaf. Der Stuhl neben der drittgeborenen MacKay, auf dem sonst Rivers dreizehnjährige Schwester Skye saß, war allerdings noch leer, und auch Artair, den Gregor vor Jahren als erinnerungslosen Jungen am Strand gefunden und in die Familie aufgenommen hatte, fehlte.

Ebenso wie ihr Vater.

Und Morgan.

River atmete erleichtert auf und beeilte sich, über die Treppe im Turm neben Flowers einstiger Kammer in die große Halle zu gelangen. Das war nicht nur der schnellere, sondern auch der weniger auffällige Weg als der über die große Holztreppe. Bevor sie nicht die Meinung ihrer Mutter gehört hatte, wollte sie schließlich kein großes Aufsehen erregen.

Diese Mühe hätte sie sich sparen können. Denn als Rhona sie erblickte, rief sie laut: »Das ist ja unglaublich!«, und alle Gespräche verstummten.

Rivers Herzschlag beschleunigte sich, während sie zu ihrer Mutter trat und wisperte: »Unglaublich gut oder unglaublich schlecht?«

»Das fragst du noch?« Flower schüttelte den Kopf und berührte ihr Kleid. »Du siehst noch anmutiger aus als der Sternenhimmel bei Mitternacht.«

River atmete auf und sah an dem einst so schmucklosen Kleid hinab. Sie hatte die Schnüre ihres Armbands aufgetrennt und dessen silbrig schimmernde Perlen auf den Stoff genäht. Besser wäre es natürlich gewesen, wenn sie noch mehr davon gehabt hätte. Doch Islas Großvater Dubh fischte schon lang nicht mehr in den Flüssen um Castle Varrich nach Perlen, weil die Ausbeute gering war und kaum jemand in dieser Gegend bereit war, ihm den Aufwand dafür zu bezahlen.

»Also denkt ihr, dass ich Lord Sutherland darin gefalle?«

Rhona und Flower nickten, während Leaf die Augen verdrehte. »Das macht er doch hoffentlich nicht vom Kleid abhängig.«

Rhona warf Leaf einen strengen Blick zu, doch diese zeigte sich unbeeindruckt. River nahm derweil Platz, straffte ihre Schultern und legte ihre Zöpfe zurecht. »Glaubt ihr, sie kommen bald?« Ihr Blick wanderte zur Balustrade, hin zu jenem Raum, in dem ihr Vater seine Gäste empfing.

»Na, hoffentlich.« Leaf stützte beide Ellbogen auf dem Tisch ab und bettete ihr Gesicht in ihre Handflächen. »Sonst geh ich in die Küche und hole mir da mein Essen.«

Rhona legte beruhigend eine Hand auf Rivers. »Keine Sorge, Liebes. Verhandlungen brauchen ihre Zeit.«

Flower zog die Brauen zusammen. »›Verhandlungen‹ hört sich an, als ob River ein Rind wäre, das zum Verkauf steht.«

Leaf nickte heftig. »Die Ehe ist eben ein verfluchter Kuhhandel.« Sie lehnte sich im Stuhl zurück und sah River ernst an. »Und du bist die Kuh.«

Wider ihren Willen musste River lachen. »Und was ist dann der Mann?«

Leafs Mundwinkel zuckten frech. »Der Ochse, der dich heiratet?«

Obwohl sie wusste, dass Leaf Spaß machte, setzte ihr deren Bemerkung zu. Denn was wäre, wenn Morgan sich tatsächlich wie ein Ochse fühlte, sobald er herausfände, was sie alles nicht gut konnte? Sie schluckte. »Denkt ihr eigentlich, ich hätte meine Haare lieber offen tragen sollen?«

Leaf schlug die Hände über dem Kopf zusammen. »Ich nehme alles zurück. Du bist ohne Zweifel der Ochse, wenn du dir darüber Gedanken machst.«

Rhonas Gesicht wurde rot vor Zorn. »Leaf MacKay, wenn du dich nicht benehmen kannst, gehst du.« Sie schüttelte den Kopf. »Und überkreuze die Beine, wie es sich für eine Lady gehört.«

Leaf rückte ihren Stuhl geräuschvoll vom Tisch zurück und machte es sich im Schneidersitz gemütlich. »So besser?«

Rhona öffnete gerade den Mund, vermutlich, um Leaf tatsächlich in ihre Kammer zu schicken, als oben die Tür des Empfangszimmers aufschwang. River hielt den Atem an. Das war der Moment. Gleich würde sie Morgan wiedersehen.

Als Erster trat ihr Vater aus dem Raum, ein zufriedener Ausdruck lag auf seinem Gesicht. Ihm folgte Jan, und auch er lächelte. River blinzelte mit den Wimpern und sah gespannt nach oben. Sollte sie vielleicht aufstehen und knicksen?

Die Augenblicke verstrichen, und sie blinzelte weiterhin unruhig, wo blieb Morgan denn nun nur? Da hörte sie oben die Tür ins Schloss fallen und verstand gar nichts mehr.

Irritiert erhob sie sich und eilte ihrem Vater und Jan entgegen. Die verwunderten Blicke der anderen Burgbewohner nahm sie kaum wahr.

»River, mein Kind«, hielt ihr Vater sie auf. »Wo willst du denn hin?«

Sie überging die Frage. »Wo ist Lord Sutherland?« Ihr Herz schlug heftig gegen die Brust. »Ist er etwa doch abgereist?«

»Aber nicht doch.« Gregor schüttelte den Kopf. »Er ist nur zurück zu seinem Schiff, um seine Männer zum Essen zu holen.« Ihr Vater schmunzelte. »Und um ihnen die frohe Nachricht zu überbringen.«

»Welche Nachricht?« River versteckte ihre zitternden Hände hinter dem Rücken.

Ihr Vater legte ihr eine Hand auf die Schulter. »Na, dass ihr beide in zwei Tagen heiratet.«

»W... was?« River wurde schwindelig. Morgan wollte sie heiraten. Würde sie heiraten! Das war doch genau, was sie sich gewünscht hatte. Eigentlich sollte sie sich jetzt vor Freude im Kreis drehen und ihrem Vater um den Hals fallen. Doch alles, was sie in diesem Moment dachte, war: *Und das sagt er zuerst seinen Männern anstatt mir?*

Gregor legte ihr eine Hand auf den Rücken und schob sie sanft Richtung Tisch. »Er kommt doch gleich wieder zurück.«

River wandte ihren Kopf zu Jan, doch der blinzelte ihr aufmunternd zu, während er sich zu den anderen Burgbewohnern setzte. »Als ich vorhin beinahe in Lord Sutherland hineingelaufen bin, konnte er es kaum erwarten, dich zu treffen.«

Sie warteten eine ganze Weile. Doch erst erschien Skye mit leichter Verspätung zum Essen und danach Artair, der verstimmt eine Entschuldigung brummte und Leaf dabei einen grimmigen Blick zuwarf. Diese grinste ohne jegliche Reue. Hatte sie ihn etwa wieder, wie schon im letzten Monat, von Ninian, dem neuen Söldner, und Graham, dem Sohn des Schmieds, überfallen lassen? Danach hatte ihre Schwester jedenfalls stolz erklärt, dass sie das nur zu Artairs Schutz getan hätte, denn man könne einen überraschenden feindlichen Angriff nie oft genug üben.

An jedem anderen Tag hätte River sich erkundigt, ob sie mit ihrer Vermutung recht hatte und wie viel Silber Leaf dieses Mal dafür hatte aufbringen müssen, doch heute konnte sie nur mit einem flauen Gefühl im Magen auf das Tor zum Burghof starren.

Das sich einfach nicht öffnete. Und auch die Plätze für Morgans Männer unter den Burgbewohnern blieben leer.

Eine Suppe wurde zur Vorspeise aufgetragen, es folgte Wildbret als Hauptgang, und spätestens bei den viel zu trockenen Apfelküchlein zur Nachspeise wusste selbst ihr Vater nichts Beschwichtigendes mehr zu sagen.

»Das hätte sich Cailan nicht getraut«, durchbrach Rhona schließlich die Stille, nachdem auch die Nachspeise abgeräumt worden war und Gregor den Burgbewohnern das Zeichen gab, dass sie die große Halle verlassen konnten.

»Ich wusste doch die ganze Zeit, dass mit Morgan etwas nicht stimmt«, knurrte Leaf und stellte ein Bein auf die Sitzfläche ihres Stuhls.

»Wie das?« River sah ihre Schwester verwundert an, und auch Flower zog überrascht die Augenbrauen hoch.

Leaf lehnte sich nach vorn und senkte ihre Stimme verschwörerisch. »Die Handschrift in seinem Brief war zu gerade.«

Artair lachte auf und strich sich seine blonden Haare aus dem Gesicht. »Deswegen kannst du ihm doch nicht misstrauen, Wildfang.«

Leafs Augen blitzten. »Man muss auf jedes Zeichen achten.«

Rivers Brust wurde eng. Sie rieb ihre Handflächen aneinander und räusperte sich. »Vielleicht gibt es eine gute Erklärung für sein Wegbleiben.«

Skye sah sie aus ihren grauen Augen ernst an. »Vielleicht hat sich der Anker seines Schiffs vom Meeresboden gelöst, und es treibt jetzt mit allen davon?«

Leaf erhob sich, lachte höhnisch und zerzauste Skye die Haare. »Guter Versuch. Aber ein Mann, der sein Schiff nicht im Griff hat, taugt auch nichts.«

»Jetzt reicht es aber, Leaf«, fuhr Rhona auf, und rote Flecken erschienen auf ihren Wangen. »Du gehst jetzt in dein Zimmer.«

Leaf zuckte mit den Schultern. »War schon dabei.«

Während sie sich mit gestrafften Schultern und langen Schritten entfernte, erhob sich Artair ebenfalls. »Ich passe wohl besser auf, dass sie Lord Sutherlands Anker nicht mit ihren eigenen Händen löst. Oder gleich das ganze Schiff versenkt.«

Rhona nickte, während River immer schwerer Luft bekam. Sie sah an sich hinunter, auf das Kleid, das sie mit so viel Mühe verziert hatte. Sollte das alles vergebens gewesen sein? Ihre Stimme klang heiser, als sie sagte: »Hat er es sich doch anders überlegt?«

Ihr Vater schüttelte den Kopf und setzte seinen Krug laut ab. »Natürlich nicht. Er hat bestimmt nur zu viel mit seiner Mannschaft getrunken. Das machen Seemänner eben, wenn sie etwas zu feiern haben.«

Rhona gab sich einen Ruck und fragte Gregor zögerlich: »Oder gibt es einen anderen Grund?«

Gregor verschränkte die Arme und mahnte mit scharfer Stimme: »Was zählt, ist, dass er der Ehe zugestimmt hat. Zu unseren Bedingungen.«

River sah unsicher zwischen ihren Eltern hin und her. »Was meint ihr damit?«

»Ich meine, dass wir es nicht besser hätten treffen können.« Gregor nickte zufrieden und legte die Hände auf den Tisch. »Lord Sutherland fordert zwar zehn Hochlandrinder, aber dafür ...«

Flower schob ihren Stuhl geräuschvoll zurück und stand auf. »Das reicht jetzt.«

River wandte den Kopf zu ihrer Schwester, und ihr wurde angesichts deren entschlossener Miene angst und bange. »Was reicht?«

Flower sah erst sie, dann ihre Eltern mit ernstem Blick an. »Entweder ihr sagt es ihr, oder ich tue es.«

Gregor presste die Lippen zusammen. »Es gibt nichts zu sagen.«

»Doch, gibt es«, beharrte Flower und wandte sich zu River. »Denn selbst wenn Lord Sutherland überhaupt keine Mitgift verlangt hätte, ändert sich eines nicht.«

Unwillkürlich, als müsse sie sich vor dem, was nun kam, schützen, zog River ihre Schultern nach oben. Ihr unsteter Blick streifte Flower, die noch einen Moment zögerte, ehe sie behutsam sagte: »Es tut mir leid, dir das sagen zu müssen, aber Lord Sutherland liebt dich nicht.«

»B… bitte was?« Rivers Mund klappte auf, und schwarze Punkte traten vor ihre Augen, so wie damals, als Leaf sie angeblich ohne Absicht geschlagen hatte.

Ihr Vater erhob sich ruckartig und hieb mit der Faust auf den Tisch. »Rede doch keinen Unsinn, Flower. Lord Sutherland hat River doch noch nicht einmal kennengelernt.«

Flower funkelte ihren Vater an. »Das sagt doch alles, oder?«

Nun reichte es River. Sie hielt sich an der Tischkante fest, schluckte zweimal und verlangte mit zittriger Stimme: »Erklärt mir bitte jemand, was hier vor sich geht. Wisst ihr etwas, das ich nicht weiß?«

Das Gesicht ihrer Mutter nahm einen schuldbewussten Ausdruck an, und auch ihr Vater senkte kurz den Blick. Nur Skye sah ahnungslos zwischen allen hin und her, während sie an einem Fingernagel kaute.

»Was ist denn?«, fragte River, während Kälte von ihren Füßen aus über die Beine nach oben kroch und ihren ganzen Körper zu lähmen schien. »Nun sagt schon.«

Ihr Vater schüttelte den Kopf, setzte sich wieder und nahm einen Schluck Ale. »Nichts ist. Aber bitte, wenn ihr euch unbedingt Sorgen herbeireden wollt.«

Flower nahm ebenfalls wieder Platz und griff nach Rivers Hand. Die von Flower war warm, ihre eigene hingegen eiskalt. »Hast du dir gemerkt, wie Lord Sutherlands Schiff hieß?«

River musste einen Moment nachdenken. Vorhin war sie vor allem darum bemüht gewesen, dass besagtes Schiff nicht auf die Felsenbank auflief. Doch nun, wenn sie es sich genau in Erinnerung rief, tauchte vor ihrem inneren Auge wieder der kunstvolle

Schriftzug auf, der in großen schwarzen Lettern auf dem Heck prangte. Sie zog ihre Hand zurück und schlang die Arme um ihren Oberkörper. »Caitriona.«

Flower berührte ihre Schulter. »Und weißt du, wer Caitriona war?«

River schüttelte den Kopf. Es war nur eine kleine Bewegung, denn zu mehr war sie nicht imstande. Ihre Schwester nickte langsam, während sie ihr fest in die Augen sah. »Caitriona war Lord Sutherlands erste Ehefrau. Ich habe sie letztes Jahr auf Ardvreck Castle kennengelernt, bevor sie keine fünf Monate später gestorben ist.«

Der Raum vor Rivers Augen verschwamm, und sie hielt sich an der Tischplatte fest. »Er war schon einmal verheiratet?« Sie schluckte mehrmals schwer. »Wieso hat mir das niemand gesagt?«

Gregor setzte seinen Alekrug ab. »Weil es da nichts zu sagen gibt.« In seiner Stimme schwang Ungeduld mit. »Du hättest dir nur unnötige Sorgen gemacht, und es spielt ohnehin keine Rolle. Viele Männer waren schon einmal verheiratet, so ist das nun einmal.«

»Aber diese Männer kommen dann auch zum Abendessen«, merkte Flower an.

»Nun seht doch, wie blass River ist«, mischte sich ihre Mutter ein. »Flower, hör doch auf, deiner Schwester ihr Glück zu verderben.«

Skye räusperte sich nachdenklich. »Vielleicht war es keine glückliche Ehe.«

Doch Flower schüttelte den Kopf. »Ich habe selten ein Ehepaar gesehen, das so verliebt war.«

River bekam keine Luft mehr. »Bitte, hör auf.«

Doch Flower griff nach ihrem Arm. »River, das war noch nicht alles. Es ist zudem so, dass Lord Sutherland ...«

Rivers Brust drohte bei diesen Worten zu zerbersten. Sie stieß den Stuhl zurück und schlug mit den Händen auf den Tisch. »Ich habe gesagt, hör auf!« Eine Träne rann über ihre Wange, und sie wiederholte leiser: »Hör einfach auf.«

»River, ich will doch nur, dass ...«

»... ich mich schlecht fühle?« Etwas in ihrem Inneren zerriss, und sie funkelte Flower giftig an, während sie um Fassung rang. »Vermisst du Cailan wirklich so sehr, dass du deshalb meine Ehe niedermachen musst, bevor sie überhaupt begonnen hat?«

Flower wollte wieder nach ihrer Hand greifen, doch River wich vor ihr zurück. »Ich wollte dich nur warnen, damit du weißt, worauf du dich einlässt«, versuchte Flower ihr zu erklären.

»Damit ich stattdessen einen Mann wie Cailan heiraten kann, der mich auf Händen trägt?« River schnaubte bitter und blickte auf Flowers goldene Armreife. »Anscheinend bekommst wieder einmal nur du diesen Traum erfüllt.«

»Genug.« Gregor erhob sich abermals und blickte sie mit zusammengezogenen Augenbrauen an. »River, du beruhigst dich jetzt. Das sind doch alles nur wilde Vermutungen.«

»Sind es nicht, denn ...«, setzte Flower an, als ein leises Räuspern erklang.

Überrascht drehte River den Kopf zur Seite und bemerkte Jan, der sich zögerlich der Tafel näherte. Sofort senkte er seinen Blick zu Boden und richtete dann das Wort an Gregor. »Ich wollte eigentlich nur einen Punkt des Ehevertrags abklären ... Aber ich denke, ich kann auch zum jetzigen Gespräch etwas beitragen, wenn ich darf?«

»Wenn du meinst«, brummte Gregor. »Heute sagt ja ohnehin jeder, was er will.«

River musterte Jan mit angehaltenem Atem. Dieser blinzelte ihr kurz zu, ehe er das Wort an Flower richtete. »Vielleicht lag es an meiner Verfassung, aber ich hatte den Eindruck, dass Lord Sutherlands Männer vorhin das Beiboot in keinem geraden Kurs zum Schiff gesteuert haben. Hast du das auch bemerkt?«

Flower nickte, woraufhin Jan sich an River wandte. »Wenn die Besatzung also schon betrunken war, finde ich es nicht abwegig, dass sie ordentlich mit Lord Sutherland auf die gute Nachricht angestoßen haben. Außerdem«, Jan kam einen Schritt näher, »sagte mir dein Vater, dass Lord Sutherland unbedingt schon diesen Samstag heiraten will. Ich denke, das ist kein Zufall.«

Rhona atmete scharf ein und keuchte: »Was, schon so bald?« Doch River sah ihren Freund und Lehrer nur mit gehobenen Augenbrauen an. Dieser neigte den Kopf leicht nach vorn. »In zwei Tagen ist Beltane. Das Fest, an dem wir feiern, dass der harte Winter vorüber ist und der Frühling kommt.«

»Das Fest des Neubeginns«, pflichtete ihr Vater Jan wohlwollend bei. »Selbst wenn Lord Sutherland also seiner ersten Frau sehr zugetan war, wie Flower sagt, bedeutet das noch lange nicht, dass er seine zweite nicht ebenfalls gernhaben wird.« Er breitete die Arme aus. »Wir lieben doch auch alle unsere Töchter. Nicht wahr, Rhona?«

River sah in das selbstzufriedene Gesicht ihres Vaters, während ihre Mutter ihm beipflichtete. Hoffnung kam in ihr auf, doch sie war noch nicht vollständig überzeugt. »Glaubst du das wirklich, Jan?«, fragte sie daher.

Er neigte abermals den Kopf. »Ich will nichts mutmaßen, ohne zuerst mit Lord Sutherland darüber gesprochen zu haben. Und genauso wenig rate ich dir dazu.«

Flower räusperte sich. »Vielleicht hast du recht. Aber das ändert trotzdem nichts daran, dass ...«

»... ich nicht weiter darüber rätseln will«, schnitt River ihrer Schwester in scharfem Tonfall das Wort ab. Jans Worte waren ein Funken Zuversicht, und für heute würde sie sich daran klammern. Sie nickte ihrem Lehrer dankbar zu und meinte dann an ihre Eltern gewandt: »Ich gehe jetzt schlafen.«

Unter keinen Umständen wollte sie Augenringe haben, wenn sie morgen ihren Verlobten kennenlernte. Keine Schatten, die ihn an den Winter erinnerten, da sie doch für ihn der Frühling sein wollte.

KAPITEL 8

»Wo warst du denn so lang?« Isla warf ihre feuerrote Mähne in den Nacken und kam River barfuß über den Sand entgegen. »Ich platze vor Neugier, seit dein Vater uns gestern vom Strand fortgeschickt hat.«

River hob entschuldigend die Hände, während sie den mit hohen Gräsern bewachsenen Pfad hinabstieg. Isla war wie jeden Freitagmorgen zu früh zu der Badebucht gekommen, die durch hohe Felsen vor der Meeresbrandung geschützt war und etwa eine halbe Meile von Coldbackie Beach entfernt lag. »Sei froh, dass ich es heute überhaupt geschafft habe«, tadelte sie ihre Freundin lachend. »Jemand anders hätte dich vermutlich versetzt.«

»Ach, will dich Morgan schon gar nicht mehr gehen lassen?« Isla drückte ihr einen kurzen Kuss auf die Lippen, wie sie es immer zur Begrüßung tat, und fasste sie an den Schultern. »Sag schon, wie ist er so, wenn er nicht gerade sein Schiff im letzten Moment rettet?«

River zog ihre Lippe zwischen die Zähne und zuckte mit den Schultern. »Ich weiß es nicht, er kam nicht zum Abendessen.«

»Ach was?« Isla blieb der Mund offen stehen. »Dann hat er das also ernst gemeint, dass er das Schiff nicht mehr verlässt, bis seine Männer wieder nüchtern sind.«

»Du hast mit ihm geredet?« Rivers Stimme überschlug sich beinahe.

Isla nahm sie bei der Hand und zog sie näher ans klare Wasser. Zwar konnte man Morgans Schiff wegen der vorgelagerten Felsen von hier aus nicht sehen, doch die Freundin zeigte eindeutig in die Richtung, in der es vor Anker lag. »Als ich gestern Abend mit dem Fischerboot rausfahren wollte, habe ich zwei Schreie von dort gehört. Keine Ahnung, was an Bord vor sich ging, also bin ich näher hingerudert.«

Isla legte grinsend eine Pause ein, und River kniff sie ungeduldig in den Arm. »Und dann?«

»Ich kam zu spät. Als ich das Schiff erreichte, hatte ein gewisser Mann mit nachtschwarzen Haaren und eisblauen Augen schon zwei klitschnasse Gestalten in sein Beiboot gehievt.« Isla verzog das Gesicht und stellte die gestrige Szene mit tiefer Stimme nach: »Wenn ich gewusst hätte, dass du dich lieber betrinkst, anstatt auf den Jungen aufzupassen, hätte ich dir nicht erlaubt, ihn auf die Reise mitzunehmen! Hewie, hörst du mir überhaupt zu?« Isla warf in einer dramatischen Geste die Hände in die Luft und fuhr fort: »Gott, wie soll ich nur dieses Schiff verlassen, wenn hier keiner mehr klar denken kann?« Sie kicherte und schnippte mit dem Fuß eine Muschel zur Seite. »Also nein, ich habe nicht wirklich mit deinem Piraten gesprochen. Nur gehört, wie er seiner Besatzung vergeblich ins Gewissen geredet hat.«

Rivers Augen weiteten sich. Morgan hatte sich also nicht lieber betrunken, anstatt sie kennenzulernen, sondern auf dem Schiff ausharren müssen, damit niemand Weiteres über Bord ging und ertrank? »Der Ärmste«, murmelte sie und folgte Isla weiter zum Wasser. Morgan musste an einem furchtbar schlechten Gewissen leiden. »Und ich dachte doch tatsächlich, dass ich ihm gleichgültig bin.« Sie schüttelte den Kopf, als sie daran dachte, wie leicht sie Flowers Erzählungen über ihn geglaubt hatte.

Isla drehte die Freundin mit Schwung zu sich herum. »Wie bist du denn auf so einen Unsinn gekommen?«

In wenigen Worten berichtete River ihr von Morgans erster Ehefrau, doch Isla ließ sich davon ebenso wenig beeindrucken wie ihr Vater oder Jan.«Natürlich ist das mit Beltane ein klares Zeichen. Er ist bereit für eine neue Liebe, für dich.«

River wollte erwidern, dass diese Annahme ebenso voreilig war wie ihre, doch Isla ließ sie nicht zu Wort kommen. »Damit fangen wir erst gar nicht an, River MacKay. Wenn du ihn magst, wirst du ihn haben. So einfach ist das.«

Islas gute Laune und Leichtigkeit übertrugen sich auf sie und verdrängten den letzten Rest Schwere des gestrigen Abends. Ihre Mundwinkel hoben sich. »Nur weil du immer alles bekommst, was du willst.«

Isla blinzelte unschuldig mit den Augenlidern. »Wenn du dir etwas vorstellen kannst, ist es auch möglich.« Ihr Grinsen wurde frecher. »Und nachdem ich Morgan gestern gesehen habe, könnte ich mir da so einiges vorstellen.«

River prustete los, während eine Libelle an ihr vorbeisurrte. »Nur dass wir uns richtig verstehen. Morgan gehört mir.«

Isla strich sich eine widerspenstige Locke aus dem Gesicht. »So ist es richtig, meine Liebe. Und jetzt zieh dich aus und lass uns schwimmen gehen. Ich stinke schon viel zu lange nach Fisch.«

»Ach, jetzt willst du auf einmal ins Wasser?«, neckte River sie.

Islas Gesichtsausdruck wurde ernst. »Du weißt genau, dass es hier anders ist.«

River bereute ihre unüberlegte Bemerkung. Natürlich wusste sie das. Anders als gestern befanden sie sich heute schließlich in einer geschützten Bucht ohne Zugang zum offenen Meer.

»Tut mir leid«, sagte sie, und Isla nickte. Im nächsten Moment beugte sich die Freundin nach vorn und zog an Rivers sandigem Stiefel. »Los, hilf mit.«

Doch River schüttelte den Kopf. »Ich kann heute nicht baden. Erstens rieche ich dann wieder nach Meer und zweitens – was ist, wenn jemand kommt?« Nach allem, was gestern am Strand geschehen war, wollte sie unter keinen Umständen, dass sie Morgan als Nächstes auch noch nackt zusammen mit Isla begegnete.

Diese zuckte nur mit den Schultern und zog weiter an dem Stiefel, sodass River sich an einem der Felsen abstützen musste, um nicht das Gleichgewicht zu verlieren. »Was sollte dann schon sein?« Nachdem der Stiefel in hohem Bogen davongeflogen war und wenig später der zweite folgte, zog Isla sich ihr einfaches Wollkleid über den Kopf, sodass sie nur noch in ihrem Unterkleid dastand. »Du verlierst doch nicht etwa deinen Sinn für Abenteuer, River MacKay?«

Ohne deren Antwort abzuwarten, streifte Isla auch noch ihr Unterkleid ab und rannte nackt ins kalte Wasser. River lachte. Wie oft hatte sie das in den letzten Jahren zusammen mit der Freundin getan. Isla brachte in ihr immer die Unbekümmertheit zum Vorschein und holte ihre Fröhlichkeit zurück, wenn sie wieder einmal an sich selbst zweifelte. Hätte sie nicht gewusst, dass Isla schamlos ihre mühevoll geflochtenen Haare nass spritzen würde, wäre sie ihr vielleicht sogar an diesem Tag ins Wasser gefolgt. So aber hob sie nur ihr Kleid an und watete bis zu den Knöcheln ins Wasser.

Isla trieb noch eine Weile weiter draußen auf dem Rücken liegend in der Bucht, die Brüste der Sonne entgegengestreckt, ehe sie zitternd, aber mit einem breiten Grinsen wieder zurück an Land kam. »Was für ein Leben, ey?«

River stimmte sofort zu, zumal noch immer kleine Kiesel zwischen ihren Zehen steckten und die Kühle des Wassers ihre Sinne belebte. Da riss Isla die Augen auf und zeigte auf einen Punkt hinter Rivers Schulter. »Da ist ja Morgan!«, rief sie und winkte eifrig. River blieb augenblicklich wie erstarrt stehen. *Bitte nicht.* Sie starrte auf Islas nackten Körper. *Bitte, bitte nicht.*

»Nimm sofort die Hand runter«, zischte sie und wagte es nicht, über ihre Schulter zu sehen. »Und zieh dich schnell an.«

Doch Isla warf nur den Kopf in den Nacken und lachte. »War doch nur ein Scherz, weil du Langweilerin nicht mit ins Wasser bist. Obwohl ich wirklich kurz dachte, dass da jemand ist.«

River sah Isla ungläubig an und wandte dann den Kopf vorsichtig um. Doch der Pfad war verlassen.

Isla stupste sie mit dem Zeigefinger auf ihre Nasenspitze. »Jetzt lach schon darüber und sei nicht so ernst. Das gefällt deinem Piraten bestimmt auch besser.«

»Er ist kein Pirat«, erwiderte River, während sie sich nur langsam wieder beruhigte.

Isla legte den Kopf schief. »Vielleicht kannst du ihn ja dazu anstiften, einer zu werden?« Sie wies mit der Hand gen Horizont. »Morgan und River – die gefürchtetsten Seeräuber der nördlichen Meere.«

Nun musste River doch lachen, weil ihr unwillkürlich das Bild Morgans vor Augen trat, wie er sich mit einem Säbel in der Hand auf das Deck eines fremden Schiffs schwang. Um seine Lippen spielte ein gefährliches Lächeln, das seine Gegner zittern ließ, doch sobald er sie ansah, zwinkerte er ihr verschwörerisch zu.

Ein warmer Schauer lief über ihre Haut, und zum ersten Mal seit gestern Abend begann sie, sich wieder auf die Hochzeit zu freuen. »Glaubst du, er küsst auch wie ein Pirat?«

Islas Augen funkelten im Sonnenlicht. »Du meinst stürmisch und fordernd und unnachgiebig? Eine Hand in deinen Haaren, die andere hinter euch am Mast?«

River biss sich auf die Lippen. War es abartig, dass ihr diese Vorstellung gefiel? Sie meinte kurz, Morgans kratzigen Bart auf ihrer Haut zu spüren, und berührte ihre Wange. »Vielleicht hebt er mich auch auf seine Hüfte?«

»Gefangen in seiner glühenden Leidenschaft und vollkommen fiebrig nach dir.«

Sie ergaben sich noch eine Weile dieser Vorstellung, bevor Isla sich anzog und auch River sich ihre Stiefel wieder überstreifte. »Ich gehe wohl besser zur Burg zurück.«

»Zur Burg?« Isla schnitt eine Grimasse. »Du willst ihn wirklich zusammen mit deinen Eltern kennenlernen?«

River nickte, doch Isla schüttelte den Kopf. »Nein, nein, so geht das nicht. Besonders nicht, weil du ihn etwas für mich fragen musst, auch wenn Jan gestern Nacht dagegen war.«

River traute ihren Ohren kaum. Jan und gestern Nacht? »Ich dachte, du würdest nicht ... also nachts mit ihm ...«

Isla machte eine wegwerfende Handbewegung. »Nein, du weißt doch, dass ich so nicht bin. Und er auch nicht.« Sie lächelte verträumt. »Deshalb hat er mir einen Heiratsantrag gemacht.«

»Er hat was? Und das sagst du mir erst jetzt?«, entfuhr es River so überrascht, dass Isla die Hände in die Hüften stemmte und sie vorwurfsvoll ansah.

»Na, so unvorstellbar ist das ja wohl nicht.«

»Nein, natürlich nicht«, murmelte River, musste sich aber trotzdem kurz an einem Felsen abstützen. Jan, ihr gutmütiger Lehrer, wollte tatsächlich ihre ungestüme beste Freundin heiraten? Nicht nur für eine Weile Zeit mit ihr verbringen, wie sie bisher angenommen hatte, sondern sich ganz ernsthaft an Isla, die Enkelin des Fischers, binden? Für immer? Was würde das für sie selbst bedeuten?

Unruhe überkam sie, und obwohl sie die Antwort schon auf Islas Gesicht ablesen konnte, fragte sie: »Und was hast du geantwortet?«

»Natürlich ja, was denn sonst?« Isla nahm eine Handvoll Sand und ließ ihn vom lauen Morgenwind fortwehen. »Er erinnert mich an meinen Vater. Er kann gut zuhören und weiß für alles eine Lösung. Ich liebe ihn.«

River umarmte ihre Freundin und bat leise: »Sag mir, dass du ihn nicht wegen deiner Eltern heiraten willst.«

Doch Isla trat einen Schritt zurück und machte eine wegwerfende Handbewegung. »Jetzt kommst du mir auch noch damit. Meine Großmutter hat heute Morgen das Gleiche zu mir gesagt. Und das nur, weil Jan älter ist als ich.« Sie wrang ihre roten Haare kraftvoll aus und bekam jene steile Zornesfalte, bei der man sich besser in

Acht nahm. »Ist doch ganz gleich, wie alt jemand ist oder wie er aussieht. Selbst wenn Jan ein Krüppel wäre oder eine Frau, ich würde ihn trotzdem lieben.«

River blickte erschrocken über die Schulter. »Sag das bitte nicht zu laut. Du weißt, dass das gefährlich ist.«

Isla schnalzte mit der Zunge. »Hier ist doch niemand außer dir, und du weißt, dass ich recht habe.«

River suchte mit den Augen dennoch einmal die Umgebung ab, dann nickte sie. Sie vermutete schon seit einiger Zeit, dass Islas Liebe weder Alter noch Geschlecht kannte, und hatte zeitweise sogar die Sorge gehabt, dass ihre Freundin in sie verliebt wäre. Außerdem stimmte sie Isla tatsächlich darin zu, dass es nicht von Belang war, welches Geschlecht oder Alter der von einem geliebte Mensch hatte. Was jedoch nichts daran änderte, dass sie vorsichtig sein mussten, weil Leute genau für diese Meinung verstoßen wurden oder sogar den Tod fanden.

»Jan und du also«, wiederholte River und konnte es noch immer nicht ganz fassen. Würde ihr Lehrer nun anfangen, Fische zu putzen, und Isla beginnen, Bücher zu lesen?

»Jan und ich«, nickte Isla. »Das sollte dich doch freuen. Wenn du mit deinem Piraten auf den Weltmeeren herumsegelst, haben sich deine besten Freunde wenigstens gegenseitig zum Trost.«

River musste über ihren leicht beleidigten Tonfall lachen und schüttelte den Kopf. »Da hast du schon wieder recht.« Ganz wohl fühlte sie sich bei dem Gedanken trotzdem nicht, aber immerhin schien Isla glücklich zu sein. »Wie hat dich Jan denn gefragt?«

»Er hat Fackeln am Strand aufgestellt und es in den Sand geschrieben. Dass ich es nicht lesen konnte, war ihm furchtbar peinlich, aber mir hat es trotzdem gefallen.«

River konnte sich Jans entsetztes Gesicht nur zu gut vorstellen, nachdem er seinen Fehler bemerkt hatte. Er wurde immer ganz aufgeregt, sobald er etwas falsch machte, nahm er doch alles sehr wichtig und wollte es möglichst richtig machen. Ob Morgan sie später auch noch fragen würde, ob sie ihn heiraten wollte? Was hatte er sich wohl überlegt?

Sie schloss Isla in den Arm. »Ich wünsche euch nur das Beste.« Diese hielt der Umarmung einen Moment stand, ehe sie River einen kurzen Kuss auf den Mund gab. »Das will ich doch hoffen. Und jetzt husch, geh zu deinem Morgan und sag ihm, dass wir uns eurem Fest anschließen wollen.«

»Ihr wollt auch morgen heiraten?« River verschlug es schon wieder die Sprache.

Isla grinste frech. »Im Gegensatz zu dir sind wir arme Leute, Lady River MacKay. Und ich hätte nichts gegen ein ordentliches Fest zu meiner Hochzeit.«

Wie jedes Mal, wenn Isla sie auf ihre unterschiedlichen Lebensumstände hinwies, fühlte sich River insgeheim schuldig. Es war nicht gerecht, dass sie in einer Burg lebte und Isla in einer zugigen Kate und dass sie ein großes Fest haben sollte und die Freundin nicht. Nur was würde Morgan dazu sagen, wenn sie ihn bat, seinen Hochzeitstag mit einem anderen Paar zu teilen? Dazu noch mit einem, das so weit unter seinem Stand war? »Ich könnte vielleicht meinen Vater fragen, was er dazu meint?«

Doch Isla winkte ab. »Nichts da, geh und frag Morgan. Wenn er nichts dagegen hat, wird es dein Vater auch nicht. Außerdem«, Isla zwinkerte, »wer sagt dir denn, dass es nicht noch Stunden dauern wird, bis die Mannschaft deines Seeräubers wieder nüchtern ist und er sein Schiff verlassen kann?«

River seufzte. War das wirklich eine gute Idee? Sie kannte Morgan noch nicht einmal, sollte aber schon etwas von ihm fordern? Andererseits: Was, wenn sie tatsächlich noch bis zum Mittag oder gar Abend warten müsste, bis sie ihn endlich kennenlernte? Oder es vor lauter Hochzeitsvorbereitungen am Ende gar keine Gelegenheit mehr zu einem Gespräch gab? Sie könnte zumindest zu der Stelle gehen, an der sein Schiff lag. Vielleicht tat sich dann auch eine Möglichkeit auf, vorsichtig Islas Wunsch zu äußern.

»Hopphopp«, schnalzte Isla. »Oder willst du mich etwa im Stich lassen?«
»Das habe ich doch noch nie getan«, protestierte River.
»So ist es richtig.« Isla drückte ihr ein Küsschen auf die Wange. »Und vergiss nicht, dass du später noch bei mir vorbeikommen musst, ja? Ich habe noch eine Überraschung für dich.«

KAPITEL 9

Klong. Morgan schreckte aus dem Schlaf hoch, der weder tief noch erholsam gewesen war. Das Licht der Morgensonne blendete ihn, und er kniff die Augen zusammen, während er sich aufrichtete und zu dem hölzernen Aufbau am Heck seines Schiffs sah. Doch auch nachdem er sich mehrmals die Lider gerieben hatte, änderte sich nichts. Dort war niemand, der die Schiffsglocke läutete.

Grimmig ließ er sich zurück auf die Wolldecke sinken, die er aus seiner Kajüte mit an Deck genommen hatte. Seine Knochen waren steif von der Nacht auf den harten Schiffsplanken, und sein Rücken schmerzte. Trotzdem überlegte er keinen Augenblick lang, zurück in seine Kajüte zu gehen. Nicht solange *er* dort schlief. Stattdessen schloss er abermals die Augen. Vielleicht würde er ja dieses Mal nicht davon träumen ...

Klong, klong, klong. Dann ein entsetzter Ruf: Mann über Bord! Mann über Booord! Und eine andere, hellere Stimme, Hewies Stimme. *Das ist kein Mann, das ist Leith, ihr Lumpenhunde!* Kind über Bord. Kind über Booord! Morgan zögerte nur einen winzigen Moment. Die Schiffsglocke läutete Sturm, alle brüllten und schrien durcheinander. Dann erreichte er die Reling. Hewie war bereits im Wasser, paddelte wild und betrunken umher, rief nach Caitrionas Sohn. Doch Leith ... Leith war ertrunken.

Zitternd schreckte Morgan zum zweiten Mal an diesem Morgen in die Höhe, sein Herz raste. Alles um ihn herum war still, nur der

Schrei einer Möwe und das Schnarchen der Männer, die verteilt auf dem gesamten Deck lagen wie faule Seehunde, störten die Ruhe. Sein Blick blieb an der Schiffsglocke hängen, doch niemand stand dort und läutete sie. Seine Männer schliefen. Leith schlief. Sicher eingesperrt in seiner Kajüte im Heckaufbau, damit er auf keinen Fall ein zweites Mal auf die Reling klettern konnte, um den Sternen näher zu sein. *Ich wollte doch nur zu Mutter. Du hast gesagt, sie wohnt jetzt da.*

Morgan bekam eine Gänsehaut. Er sollte überhaupt nichts mehr zu Leith sagen. Er verstand es sowieso nicht, seinem Sohn gegenüber die richtigen Worte zu finden. Im Gegensatz zu Caiti. Sie hatte immer gewusst, was sie sagen musste, um Leith zu beruhigen, aufzumuntern und zum Lachen zu bringen.

Er hob seinen Blick zum Himmel, an dem keine Wolke zu sehen war, sondern nur strahlendes Blau. So hell, dass es die Sterne vertrieb. Dabei war Caiti bei den Sternen, in der Dunkelheit. Hinter dem grellen Schein, irgendwo in der unendlichen Einsamkeit. An einem Ort, an dem er sie nicht aufsuchen konnte.

Erneut überkam ihn tiefe Trauer, und als er sich auf die Seite drehte, wünschte er sich nicht zum ersten Mal, dass Hewie recht hätte. Dass es Wege gab, die Stimmen der Verstorbenen zu vernehmen. Was gäbe er doch darum, noch einmal seinen Namen aus ihrem Mund zu hören und …

Klong. Morgan zuckte zusammen. Was ging hier vor sich? Er legte die Hand schützend über die Augen und sah abermals zum Heck. Aber wieder war niemand an der Schiffsglocke zu sehen. Er schüttelte ungläubig den Kopf. Das konnte doch nicht sein. Einmal konnte man sich durchaus einbilden, den Klang einer Glocke zu vernehmen, aber gleich ein zweites Mal? Er fröstelte, als der Wind auffrischte. Hatte etwa *sie* geläutet, ihm ein Zeichen gegeben?

Er verwarf den Gedanken, schloss abermals die Augen und fand dennoch keine Ruhe. Was, wenn es doch ein Zeichen war? Ein

Ruf? Er erhob sich, in seinem Nacken prickelte es. Um ihn herum an Deck regte sich kein einziger seiner Männer. Weil es das Geräusch nicht gegeben hatte? Oder weil sie noch immer zu betrunken vom vielen Wein waren?

Mit zögernden Schritten näherte er sich dem Heck. Er stieg über lose auf dem Deck liegende Leinen und Krüge, die teils zerbrochen, teils noch halb voll waren. »Caiti?«, wisperte er leise, als er die Glocke fast erreicht hatte. »Caiti, bist du es?«

Keine Antwort. Natürlich keine Antwort. Er durfte sich nicht länger seinen Hirngespinsten hingeben, sonst würde er noch wahnsinnig werden. Auch wenn Caitriona ihm grollte, weil Leith in seiner Obhut fast ertrunken wäre, konnte sie schließlich nicht von den Sternen auf sein Schiff kommen, um ihm ins Gewissen zu reden. Sie war für immer in jenen schimmernden Friedhof verbannt, der nachts am Firmament über ihm stand. Alles, was ihm von ihr blieb, waren ihre Worte und Wünsche, die sie ihm noch als Lebende mitgeteilt hatte. Und der Brief in ihrem Zimmer auf Dunrobin Castle, die letzte Botschaft, die er von ihr erhalten, aber nicht geöffnet hatte. Er lehnte den Kopf gegen das kalte Metall der Schiffsglocke und fühlte sich innerlich wie erstarrt. Es gab keine weiteren Zeichen. Keine weiteren ...

»Autsch!« Er fühlte einen unerwarteten Schmerz in der Schulter. Wie von einem gut platzierten Schlag. »Was zur Hölle«, fluchte er, blickte sich dann um und entdeckte auf den Planken neben sich schließlich drei walnussgroße Steine. Und etwas weiter von ihm entfernt noch einmal zwei.

Mit wenigen Schritten war er bei der Reling und sah nach unten auf den Meeresgrund, auf dem sein Schiff bei Ebbe trockengefallen war – als ihn der nächste Stein an der Brust traf.

»Teufel noch mal«, entfuhr es ihm. Auch dieser Stein war fest geworfen worden und hatte ihn genau an der Stelle getroffen, wo seine Rippen zusammenliefen. Er kniff die Lider zusammen, während er entgeistert die Frau anstarrte, die vor seinem Schiff stand.

Sie hatte die Hand vor den Mund geschlagen und sah ihn aus schreckgeweiteten Augen an.

»Oh Gott, das tut mir leid«, stammelte sie, senkte den Blick und knickste hastig. Im nächsten Moment sprang sie eilig einen Schritt zurück, da die ersten Ausläufer der beginnenden Flut nach dem Saum ihres Kleids griffen.

Morgan legte die Hände auf die Reling, und ein Schauer lief ihm über den Rücken. Denn es war nicht irgendeine Frau, die da im feuchten Sand stand. Sondern jene Frau, die ihn gestern vor den Felsen gewarnt hatte.

In ihrem dunkelblauen, mit Perlen besetzten Kleid sah sie aus wie eine Selkie, die dem Meer entstiegen war. Ihr langes, hellbraunes Haar war zu Zöpfen geflochten, aus denen sich einzelne Strähnen gelöst hatten, und ihre Stimme war hoch und hell.

Irritiert betrachtete er ihr Gesicht. Alle Muskeln in seinem Körper spannten sich an. Ihre Unterlippe, die ein wenig voller war als die Oberlippe. Die großen, tiefblauen Augen mit den dichten Brauen. Die ebenmäßige Haut, die niedrige Stirn. Sie sah aus wie Caiti.

Obwohl er die Reling mittlerweile fest umklammert hielt, schwankte er. Die Frau blickte ihn derweil wieder an und lächelte scheu, wobei sich ihr linker Mundwinkel etwas mehr verzog als ihr rechter. Wie bei Caiti. Ihm wurde übel.

»Guten Morgen, Mylord«, brachte sie krächzend hervor, als er nur dastand und schwieg. »Habe ich ... Habe ich Euch sehr wehgetan?«

»Aye«, antwortete er, meinte damit aber nicht die Körperstellen, an denen ihn die von ihr geworfenen Steine getroffen hatten. Am liebsten wäre er davongelaufen. Weg von diesem Schiff, weg von diesem Ort, weg von diesem Trugbild, das für sein schmerzendes Herz schlimmer war als ein Mastbruch auf offener See.

»Das wollte ich wirklich nicht«, stotterte die Frau und senkte erneut den Blick. »Ich dachte nur nicht, dass Ihr Wache halten würdet.«

»Also galt der Angriff meinen Männern?«, hörte er sich mit einer fremd klingenden Stimme sagen, die aus weiter Ferne zu kommen schien.

»Nein, nein, natürlich nicht.« Die Frau rieb sichtlich aufgeregt ihre Hände aneinander, während sie einer weiteren Welle auswich. »Ich dachte nur ...« Sie verstummte.

»Du dachtest was?«

Sie sah ihn an, und ihre Unterlippe bebte, während sie leise gestand: »Ich dachte nur, dass die Schiffsglocke zu läuten besser wäre, als an der Ankerkette emporzuklettern.«

Wider Willen zuckte kurz sein Mundwinkel, als er vor seinem inneren Auge die zarte Frau an der von Muscheln und Algen bewachsenen Ankerkette hängen sah, dann wurde seine Miene wieder hart und reglos. »Da wärst du ohnehin nicht hochgekommen.«

Die Frau hob für einen Lidschlag das Kinn, ehe sie nickte.

»Selbstverständlich nicht.« Sie zögerte kurz. »Seid Ihr mir sehr böse?« Ihre Stimme klang so bestürzt, als ob ihre ganze Welt von seiner Antwort abhing.

Morgan fixierte einen Punkt hinter ihrer Schulter. Je schneller er sie loswurde, desto besser. »Weil du mein Schiff gestern gerettet hast, vergebe ich dir.« Er neigte den Kopf und wollte sich abwenden, doch die Augen der Frau weiteten sich abermals vor Schreck.

»Ihr habt mich erkannt?«

Er schloss kurz die Augen. Ein Gesicht wie das ihre würde er unter Tausenden erkennen.

»Nun, also, das war etwas überstürzt von mir.« Ihre Stimme klang noch höher als davor, und sie wich abermals den letzten Ausläufern einer Welle aus. »Ich wollte Eure seemännischen Fähigkeiten nicht anzweifeln, aber Eure Männer ...« Sie verstummte wieder. »Es tut mir jedenfalls leid.«

Morgan zog seine Brauen zusammen. Ohne ihre Hilfe hätte sein Schiff jetzt ein Leck. »In Ordnung.«

Sie hob den Blick und sah ihm unmittelbar in die Augen. »Wirklich?« Ihre Körperhaltung entspannte sich merklich, und zum ersten Mal wirkte ihr Lächeln, das er nie wieder sehen wollte, aufrichtig. »Da bin ich aber erleichtert.« Sie trat einen Schritt näher an das Schiff. »Würdet Ihr mir eine geknotete Leiter hinablassen?«

Er rührte sich nicht. Ganz sicher würde diese Frau nicht sein Schiff betreten.

Sie streckte ihm ihre Handflächen entgegen. »Ich habe keine weiteren Steine, falls Ihr deshalb besorgt seid.«

Und da meldete sich seine Vorahnung zurück. Jener flüchtige Gedanke, der ihm gestern schon gekommen war und den Gregor mit seiner Aussage, River erwarte ihn auf der Burg, besänftigt hatte. Er trat einen Schritt von der Reling zurück und hielt den Atem an, ehe er hervorpresste: »Wir haben uns noch nicht vorgestellt.«

Auf Rivers Gesicht erschien ein Strahlen. »Oh, natürlich, wie dumm von mir.« Sie knickste wieder. »Ich bin Lady River MacKay. Auch wenn Ihr natürlich River zu mir sagen könnt.«

Er taumelte rückwärts, ehe er in die Knie ging, würgte und sich beinahe auf den Schiffsboden übergab. Das war also seine Verlobte?

»Alles in Ordnung?« Rivers hohe Stimme holte ihn in die Gegenwart zurück.

Er griff nach einem Krug Wein, der nach dem gestrigen Trinkgelage seiner Männer noch auf dem Deck stand, und spülte sich damit den Geschmack von Galle aus dem Mund. Danach richtete er sich mit Mühe wieder auf und starrte in das entsetzte Gesicht seiner Verlobten. Die noch immer verloren vor seinem Schiff wartete.

»Ich komme besser zu Euch«, brachte er schließlich hervor und warf die geknotete Leiter, die für diesen Zweck vorgesehen war, über die Bordwand.

»Seid Ihr sicher, dass es Euch gut geht?« River sah ihn noch immer mit großen Augen an.

Nein. Sein ganzer Körper verkrampfte sich, als er sich über die Reling schwang und zu ihr hinabstieg. Wenn er Caitrionas letzten Wunsch nicht gefährden wollte, musste er wohl lügen. »Ich habe gestern Nacht zu viel Wein getrunken.«

Seltsamerweise führte diese Aussage bei River zu einem erleichterten Seufzen. »Grämt Euch nicht. Ich hätte bestimmt auch irgendwann angefangen zu trinken.« Sie schlug sich wieder die Hand vor den Mund, als seine Stiefel auf dem Sand aufkamen und er sich zu ihr umdrehte. »Also nur, wenn ich an Eurer Stelle gewesen wäre. Ich trinke natürlich nicht mehr Wein, als ich sollte.«

Er zog die Augenbrauen hoch. Was redete sie da?

Sie strich sich eine Haarsträhne hinter die Ohren, die der Wind aus ihrem Zopf gelöst hatte. Dann zögerte sie kurz, ehe sie ihm die Hand hinstreckte.

Er blickte unsicher darauf. Als sie das bemerkte, ließ sie ihren Arm leicht sinken. Er legte den Kopf schief. »Wolltet Ihr mir die Hand schütteln?«

River räusperte sich verlegen. »Ich dachte, weil Kaufleute das doch tun ...«

»Aber wir sind doch keine Kaufleute?«

»Nein, natürlich nicht«, stimmte sie zu. »Also ich bin natürlich kein Kaufmann. Aber ich dachte, weil Ihr ...« Sie verstummte wieder und wollte ihre Hand vollends zurückziehen, doch aus irgendeinem Grund – vielleicht weil sie so betroffen wirkte, nachdem er ihr die seine verweigert hatte – griff er danach. Sie strahlte und erwiderte den Gruß mit erstaunlich festem Druck.

»Versucht Ihr, mir die Hand zu brechen?«

Sie sah ihn verwundert an. »Drückt man also weniger fest zu?«

Er hatte keine Ahnung, wovon sie sprach. »Ich denke, das kommt auf den Umstand an.«

Sie musste lachen. »Aye, richtig.« Ihr Blick wanderte zu seinem Mund, ehe sie schnell woanders hinsah. Er ließ ihre Hand wieder los und trat einen Schritt zurück. »Ich werde Hewie bitten, Euch zur Burg zurückzubringen.«

»Ich soll schon wieder gehen?«

Der Schmerz in ihren Augen erinnerte ihn unangenehm an seinen eigenen. Er schluckte das Aye, das ihm auf der Zunge lag, hinunter und verschränkte die Arme vor seiner Brust. Trotzdem war seine Stimme schroff. »Habt Ihr heute nicht unheimlich viel zu tun?«

Ihr leicht schiefes Lächeln kehrte zurück. »Ach, wegen der ganzen Vorbereitungen meint Ihr?« Sie nickte. »Die Köchin war ganz außer sich, weil Ihr ...«, sie schien nach den richtigen Worten zu suchen, »das Fest schon morgen feiern wollt.«

Er schwieg. Das war es also in ihren Augen. Ein Fest.

»Ihr müsst Euch deshalb keine Vorwürfe machen«, fügte River hastig hinzu. »Alle haben Verständnis dafür, dass Ihr Beltane für den Tag unserer Hochzeit gewählt habt.« Ihr Blick glitt kurz am Rumpf seines Schiffs nach oben, und sie trat unsicher von einem Fuß auf den anderen. »Das war doch Eure Absicht?« Ihre Stimme klang erstickt. »Dass Ihr den Tag des Neubeginns ausgesucht habt?«

Morgan glaubte keine Luft mehr zu bekommen. Daran hatte er überhaupt nicht gedacht. Er sah in Rivers Gesicht, das dem Caitis so ähnlich und dennoch nicht das ihre war. Er schluckte mehrmals und befeuchtete seinen Gaumen. Nein, er wollte keinen Neubeginn. Hätte er sich heute entscheiden müssen, hätte er einen anderen Tag gewählt. Doch das kam nun nicht mehr infrage. »Ich sah keinen Grund, noch länger zu warten.«

River atmete auf und trat vorsichtig einen Schritt auf ihn zu. »Ich ... ich teile dieses Gefühl.« Sie beugte den Oberkörper ein wenig nach vorn, ihre Augenlider blinzelten öfter als zuvor.

Wollte sie etwa, dass er ...? Er rührte sich nicht, sah auf ihre Lippen, Caitis Lippen, und bekam eine Gänsehaut. »Wir ...« Er räusperte sich und legte ihr seine Hände auf die Schultern, damit sie ihm nicht noch näher kommen konnte. »Ich sehe Euch noch immer doppelt.«

Rivers Augen weiteten sich, dann musste sie wieder lachen. »Wird zwischen uns je etwas sein, wie ich es mir vorgestellt habe?«

Morgan merkte, dass ihre fröhliche Leichtigkeit zumindest ein wenig die Schwere in ihm vertrieb. Das war doch genau das, was Caitriona sich für Leith gewünscht hatte. Eine Stiefmutter, die gern lachte. Die ihrem Sohn zu einer glücklichen Kindheit und Jugend verhalf. Vielleicht würde er Caiti also tatsächlich ihren letzten Wunsch erfüllen können, wenn er River MacKay heiratete.

Er sah wieder zu River. »Kann das mit dem Wein unter uns bleiben?«

»Selbstverständlich, darauf könnt Ihr Euch verlassen.« Sie legte den Kopf zur Seite, und kurz schien es, als hielte sie die Luft an. »Darf ich Euch auch um etwas bitten?«

Morgan verschränkte die Arme. »Kommt Ihr etwa nach Eurem Vater? Gewährt einen Gefallen gegen einen anderen? Er hat es mir gestern Abend wirklich nicht leicht gemacht.«

»Ihr hättet ja auch zuerst mich fragen können, ob ich Euch heiraten will.« Sobald die Worte ihren Mund verlassen hatten, biss sich River so heftig auf die Lippe, dass es Morgan wunderte, kein Blut austreten zu sehen.

Er hob eine Augenbraue. »Wollt Ihr das denn nicht?« Bisher hatte er immer nur daran gedacht, wie schwer ihm diese Eheschließung fiel. Vielleicht auch deshalb, weil River als zweitgeborene Tochter eines zweitgeborenen Lords dank ihm plötzlich zur Frau eines Clanführers wurde. Wollten das nicht alle Mädchen? Oder gehörte ihr Herz, ebenso wie das seine, jemand anderem?

River blinzelte mehrfach. »Ist das Euer Antrag?«

Morgan musterte sie überrascht. Er hatte nicht einmal Caiti einen Antrag gemacht, war ihre Ehe doch von seinen und ihren Eltern vereinbart worden. »Eine Frau, die mit mir verhandeln will wie ein Laird, wird sich wohl kaum von schönen Worten beeindrucken lassen. Wie viele Burgen hättet Ihr denn von mir gefordert?«

»Wie kommt Ihr denn auf Burgen?« Rivers Lächeln kehrte zurück, und sie griff nach einem ihrer Zöpfe. »Wir hätten uns gewiss auch auf die zehn Rinder einigen können.« Sie zögerte. »Und vielleicht auf einen kleinen Gefallen?«

Morgan knirschte mit den Zähnen. Beinahe so hatte ihr Vater gestern auch geklungen. »Und der wäre?«

River suchte seinen Blick, dann sagte sie hastig: »Meine beste Freundin würde sehr gern ihre Hochzeit zusammen mit unserer feiern.« Sie hielt die Luft an. »Bitte.«

Morgan strich sich über den Bart. So fein, wie sie sich hergerichtet hatte, hätte er eher mit der Forderung nach einem neuen Kleid oder nach Schmuck gerechnet. Aber wenn er sie mit seiner Zustimmung endlich loswurde, war ihm alles recht. »Einverstanden.«

Rivers Lächeln wurde breiter, während er sich zunehmend elend fühlte. Musste er diesen Anblick jetzt jeden Tag ertragen? Er presste die Lippen aufeinander und sagte harsch: »Dafür seht Ihr es mir nach, wenn ich mich jetzt wieder hinlege und Euch nicht zurück zur Burg bringe.«

River streckte ihm zum zweiten Mal an diesem Morgen ihre schmale Hand entgegen, in ihren Augen stand Mitgefühl. »Abgemacht.«

KAPITEL 10

»Isla, wach auf!« River rüttelte ihre Freundin nun zum dritten Mal. »Isla, ich glaube, es hat sich entzündet.«

Islas Antwort war ein herzhaftes Gähnen, dann öffnete sie die Augen und streckte sich genüsslich in dem Bett aus, das einst Leaf gehört hatte, bevor diese in Flowers Kammer gezogen war. »Gott, hat das gutgetan«, meinte sie und verschränkte die Arme hinter dem Kopf. »Wieso haben wir das nicht schon früher gemacht?«

River ließ sich auf der Bettkante nieder. Obwohl das zweite Bett in ihrer Kammer schon seit mehreren Monaten nicht mehr genutzt wurde, wären ihre Eltern bislang niemals damit einverstanden gewesen, dass die Enkelin des Fischers darin schlief. Doch nachdem sie ihnen gestern von der angedachten Doppelhochzeit erzählt hatte, hatte ihre Mutter sogar von sich aus darauf bestanden, dass Isla auf die Burg kam, ordentlich gewaschen wurde und anschließend die Nacht dort verbrachte.

Der Grund dafür war River noch immer ein Rätsel. Hatte sie Angst gehabt, dass Isla bei der Trauung sonst nach Fisch stinken würde? Oder war es Jan zuliebe geschehen, der im Haus hohe Achtung genoss? In jedem Fall hatte ihre Mutter ihr damit einen Gefallen getan, nicht nur weil Isla nun anständiger vor Morgan hintreten würde, sondern weil sie ohne die Zuversicht der Freundin in dieser Nacht womöglich kein Auge zugetan hätte. Andererseits war Isla überhaupt erst der Auslöser für die ganze Aufregung gewesen, die zu ihrer Schlaflosigkeit geführt hatte.

»Isla, hörst du nicht? Mein Ohr ist immer noch geschwollen!« Sie neigte sich nach vorn, damit die Freundin es besser sehen konnte. »Was machen wir denn jetzt?« So konnte sie Morgan doch unmöglich unter die Augen treten.

Isla strich sich eine rote Locke aus dem Gesicht und stützte sich auf den Ellbogen auf. »Ach, das ist doch nur noch halb so rot wie gestern.«

River stieß die Freundin in die Seite. »Mach dich nicht lustig über mich, sondern überlege dir, was wir jetzt tun.«

Isla zuckte mit den Schultern. »Du bist von uns doch diejenige mit den schlauen Einfällen.«

River fand noch immer, dass es ein guter Gedanke von Isla gewesen war, sich Ohrlöcher für die Hochzeit stechen zu lassen. Mit den halb offenen Eisenringen, deren Enden der Sohn des Schmieds für sie angespitzt hatte, war das sogar erstaunlich gut gegangen. Zwar hatte es höllisch wehgetan, doch Isla hatte ihr versichert, dass sich der Schmerz auszahlen würde. Was eine Lüge war, wenn ihr Ohr weiterhin so rot und geschwollen blieb. Im besten Fall hätte Morgan Mitleid mit ihr, im schlimmsten Fall würde er sich davon abgestoßen fühlen. Musste sie also doch ihre Schwester Flower um Hilfe bitten?

Nein. River presste die Lippen aufeinander. Flower war Morgan beim gestrigen Abendessen beinahe feindselig begegnet und hatte kaum mit ihm gesprochen. Gut, Morgan hatte ebenfalls nicht viel gesprochen, aber das lag sicher noch am übermäßigen Weingenuss vom Vorabend. Als sich der Ärmste auch noch früh verabschieden musste und kaum etwas hatte essen können, hatte sie es fast bedauert, dass er sich eigens für sie auf die Burg gequält hatte. Zum Glück war er von seinem Freund Hewie zum Schiff zurückbegleitet worden – obwohl dieser sich gerade noch angeregt mit Jan im hinteren Teil der großen Halle unterhalten hatte.

Isla blinzelte mit den Augen. »Ist dir was eingefallen?«

»Nein, wieso?«

»Du hast plötzlich gelächelt. Hast du etwa an Morgan gedacht?«
River fühlte sich ertappt. »Wäre das etwa schlimm?«
Isla verdrehte die Augen. »Solange ich mir dann nicht wieder anhören muss, dass er den wohlbemessenen Händedruck eines Kaufmanns hat oder dich fast geküsst hätte, nein.« Sie lachte. »Oder – und das fand ich wirklich am besten – dass seine Augen glänzen wie die eines Meergotts und seine tiefe Stimme so rau ist wie die See bei Sturm.«
River verzog den Mund. »Was kann ich denn dafür, dass er einfach vollkommen ist?«
Isla drehte sich gähnend auf die Seite und zwinkerte. »Na, dann ist ja alles in Ordnung. Den vollkommenen Mann werden deine geschwollenen Ohren nämlich nicht stören.«
River schüttelte den Kopf und zog Isla die Decke weg. So konnte man das natürlich auch sehen. Dennoch: Was, wenn die Freundin sich irrte? Und hatte Caitriona etwa geschwollene Ohren bei ihrer Hochzeit mit Morgan gehabt?
Sie nahm das silberne Garn von ihrem Waschtisch, mit dem ihre Mutter und sie gestern Nachmittag den Saum ihres Perlenkleids verziert hatten. Rhona besaß den kostbaren Faden seit ihrer Jugend in den Lowlands und hatte ihn all die Jahre für einen besonderen Anlass aufgehoben, der – wie sie River gestern liebevoll erklärt hatte – nun gekommen war. Viel war nicht mehr von ihm übrig, doch mit etwas Glück würde es reichen.
»Dir ist doch noch etwas eingefallen.« Isla sah sie gespannt an.
»Aye.« River nickte und hielt das Garn in die Höhe. »Auch wenn jetzt meine Haare größtenteils gelöst bleiben müssen.«

Etwa eine Stunde später bedeckten Rivers Haare seitlich in einer langen Welle ihre Ohrläppchen, während sich auf ihrem Oberkopf zwei Zöpfe, in denen ein Teil des silbernen Garns schimmerte, immer wieder überkreuzten.

»Wie die Wellen im Meer«, lobte Isla beeindruckt, der River die gleiche Frisur geflochten hatte.

»Meinst du?« Sie betrachtete sich in dem viereckigen Handspiegel, den sie sich von ihrer Mutter geliehen hatte. Sie war stolz auf die Frisur, bei der ihr offenes Haar nun hinter den Ohrläppchen sofort wieder nach oben verlief, um sich am Hinterkopf kunstvoll mit den Zöpfen zu vereinen. Noch stolzer war sie jedoch, dass die Ohrlöcher trotzdem nicht vergebens waren, da sie mit dem silbernen Garn die fast völlig geschlossenen runden Silberohrringe, ein bislang ungenutztes Erbe ihrer Großmutter, zu hängenden erweitert hatte. An ihnen prangte mit dem silbernen Garn befestigt jeweils gut sichtbar eine Perle, die sie kurzerhand wieder von ihrem Kleid abgetrennt hatte.

»Jede Frau sollte solche Ohrringe haben«, strahlte sie. »Ich fühle mich damit wie eine Prinzessin.« Ob Morgan das auch so sehen würde?

Isla trat hinter sie und legte ihr die Arme um die Taille. »Keine Prinzessin, sondern eine Göttin. Du heiratest doch den Herrscher der Meere.«

River musste lachen und lehnte ihren Kopf gegen den Islas. »Ich werde dich vermissen.«

Isla gab ihr ein Küsschen auf die Backe. »Noch bin ich ja da. Und jetzt mach mir auch so schöne Ohrringe, ja?«

»Was, jetzt noch?« River sah aus dem Fenster, wo das erste Morgenrot schon lang einem mit zarten Wolkenschwaden bedeckten Himmel gewichen war. Skye hatte ihr zwar erklärt, dass sie die Hochzeitsüberraschung ihrer Geschwister erst nach der Trauung bekäme, aber ihre Mutter würde jeden Moment kommen.

»Willst du deine Perlen etwa nicht mit mir teilen?«, fragte Isla schnippisch.

River schüttelte den Kopf. »Natürlich teile ich sie mit dir. Auch wenn ich wünschte, dass wir mehr Perlen hätten. Stell dir nur vor, was wir damit alles machen könnten. Halsketten, Ringe, Kopfschmuck, Gürtel ...«

»Ja, ja«, winkte Isla ab. »Nur dass wir das alles nach unserer Hochzeit nie wieder brauchen. Dafür müssten wir schon in einem Palast leben.«

Oder in einer reichen Stadt, dachte River, ehe sie einen kurzen Dolch nahm, um zwei weitere Perlen von ihrem Kleid abzutrennen.

In diesem Moment flog die Tür zu ihrer Kammer auf, und ihre Mutter trat mit Conall auf dem Arm herein. »River, was tust du da! Nimm sofort das Messer von deinem Herzen weg. Ganz gleich, was Flower zu dir gesagt hat, es gibt keinen Grund, sich zu verletzen.«

River hielt mitten in der Bewegung inne. »Verletzen?« Sie schüttelte den Kopf, als sie verstand, was sich ihre Mutter bei ihrem Anblick wohl gedacht hatte. »Nein, ich wollte doch nur eine Perle für Isla damit abtrennen.«

Ihre Mutter warf dieser einen prüfenden Blick zu. Jan hatte Isla am gestrigen Abend ein Kleid aus dunklem Stoff geschenkt, über das sie sich sehr gefreut hatte. Für Rhonas Geschmack war es jedoch zu bäuerlich gewesen, weshalb sie Isla einen seidenen Schal geliehen hatte. »Ich denke, der Schal wird als Zier reichen. Lass die Perlen an deinem Kleid.«

River wollte gerade etwas einwenden, doch Isla drückte ihre Hand, ein stummes *Lass es gut sein,* und meinte dann: »Ich geh mal an die frische Luft.«

Ihre Mutter sah Isla streng an. »Solange du innerhalb der Burgmauern bleibst.«

Isla lachte. »Das hat noch nie jemand zu mir gesagt. Aber keine Sorge, Mylady, ich tausche das Gemach hier bestimmt nicht freiwillig gegen unsere Fischerkate.«

Rhona antwortete darauf nichts, und so verschwand Isla mit einem letzten Zwinkern in Rivers Richtung durch die Tür. Ihre Mutter seufzte und ließ sich auf der Bettkante nieder. »Dass Lord Sutherland das erlaubt hat ...«

River stemmte die Hände in die Hüfte. »Isla ist meine Freundin, und ich freue mich, dass wir gemeinsam heiraten.« Oder hatte Morgan doch etwas dagegen? Aber nein, sonst hätte er ihr das gewiss gesagt?

Ihre Mutter presste die Lippen zusammen und schenkte ihr ein gequältes Lächeln. »Ich weiß und will ja auch, dass es ein schönes Fest für dich wird.«

»Das wird es.« River setzte sich neben ihre Mutter auf die Bettkante. »Lord Sutherland geht es heute sicher wieder besser, und auch wenn es nicht mehr für Blumenbänder gereicht hat, haben wir zumindest ein paar Rosen als Schmuck für den Burghof.«

»Und den Sand«, fügte ihre Mutter mit verzogenem Mund hinzu.

River strahlte. »Ich fand das sehr lieb von Skye und Artair, dass sie so viel davon vor die Kapelle getragen haben.«

Rhona schüttelte sich kurz. »Sie haben es sicher gut gemeint.«

River lächelte. »Weißt du eigentlich, wie viele Jahre ich mich auf diesen Tag gefreut habe? Ich kann gar nicht glauben, dass ich endlich heirate.« Sie stupste Conall auf die Nase. »Findest du das nicht auch wunderbar?«

»Wundabar!« Conall lachte.

Ihre Mutter runzelte die Stirn, und River schob die Lippe nach vorn. »Warum freust du dich denn nicht? Bei Flowers Eheschließung hast du das doch auch. Außerdem hast du uns doch seit Jahren immer wieder gesagt, wie glücklich die Ehe uns machen wird.«

Rhona strich ihr über den Arm. »Oh, natürlich freue ich mich. Dein Vater strotzt vor Zufriedenheit über das neue Bündnis, und Lord Sutherland wird sicher gut für dich sorgen.«

»Aber es fällt dir trotzdem nicht leicht, nach Flower nun auch noch mich gehen zu lassen?« River hatte in den letzten Monaten genau beobachtet, wie sehr Rhona noch immer damit zu kämpfen hatte, dass Flower nun nicht mehr auf Castle Varrich weilte.

Ihre Mutter legte den Kopf schief, während Conall an deren Kleid zog. »Das ist das eine, aye. Du wirst mir schrecklich fehlen, mein Liebling.«

»Du mir auch.« River griff nach der Hand ihrer Mutter und drückte sie liebevoll. »Und was ist das andere?«

Rhona zögerte kurz, dann offenbarte sie: »Ich habe über das nachgedacht, was Flower gesagt hat.« Sie hielt abermals inne. »Vielleicht war es doch falsch von mir, dir nicht die Wahrheit über Lord Sutherland zu sagen.«

River strich ihr sanft über den Arm. »Das ist schon vergessen. Du hast es ja nur gut gemeint.«

Rhona schwieg und drückte nun ihrerseits Rivers Hand. Conall streckte derweil glucksend seine Finger nach River aus. »River eiratet!«

»Du hast wieder einmal nur Unsinn im Sinn, was?«

Ihre Mutter lächelte wehmütig, ehe sie sich erstaunlich ernst erkundigte: »Wenn du jetzt sofort ein Kind bekämst, würdest du dich darüber freuen?«

River war nun doch etwas irritiert. Denn ihre Mutter lächelte noch immer nicht, stattdessen lag ein beunruhigter Ausdruck in ihren Augen. Befürchtete sie etwa, dass sie wie Flower nach ihrer Hochzeit erst einmal eine Zeit lang ohne Kinder leben wollte?

Sie schüttelte den Kopf. »Keine Sorge. Wenn es nach mir geht, schenken Lord Sutherland und ich euch ein Dutzend Enkel.«

Rhona nickte langsam. »Also freust du dich, Mutter zu werden, ja? Du bist dafür bereit – mit allem, was dazugehört?«

River sah ihre Mutter verständnislos an, bis sie begriff, warum diese sich so blumig ausdrückte. Es war der Versuch, mit ihr über das zu sprechen, was in der Hochzeitsnacht geschah! Sie senkte den Blick und räusperte sich. »Flower hat ...«, Gott, war ihr das unangenehm, »Flower hat mit mir schon darüber gesprochen.«

Auf die Stirn ihrer Mutter trat eine steile Falte. »Sie hat mir doch versprochen, dass sie das nicht tut.«

River räusperte sich abermals. Sie erinnerte sich noch genau an das Gespräch mit ihrer Schwester vor vier Monaten, in dem ihr Flower ganz genau erklärt hatte, was sich in der Hochzeitsnacht zwischen Mann und Frau abspielte. Vieles davon hatte sich seltsam angehört, doch ihre große Schwester hatte ihr versichert, dass es nichts als pure Glückseligkeit nach sich zog. Dass es wäre, als würde eine ungestüme Welle endlich an den Strand rollen und in Tausende belebende Wassertropfen zerbersten.

»Nun gut«, entschied ihre Mutter. »Dann muss ich es dir immerhin nicht mehr sagen.« Sie sah sie mit zusammengepressten Lippen an und atmete einmal tief durch. »Es sei denn, die Vorstellung bereitet dir Unwohlsein und du würdest die Hochzeit lieber absagen?«

Die Hochzeit absagen? Deshalb?

Ihre Mutter drückte ihre Hand. »Erst dachte ich, dass du da einfach durchmusst. Weil es eine gute Verbindung für unseren Clan ist. Aber dann habe ich noch einmal nachgedacht. Vielleicht sollte man doch besser dem folgen, was einem das eigene Herz sagt. Und wenn du dich nicht dafür bereit fühlst …«

River schüttelte heftig den Kopf. »Ich schaffe das schon. Flower hat gesagt, dass es …«, sie suchte nach den richtigen Worten, »… auch eine Bereicherung sein kann.«

»Das hat sie gesagt?«, fragte Rhona erstaunt. »Na, das freut mich aber, dass Flower zu diesem Schluss gekommen ist.«

River blinzelte verwundert. Hatte ihre Mutter etwa gedacht, dass Flower die gemeinsamen Stunden mit Cailan nicht genoss?

Ehe sie länger darüber nachdenken konnte, tätschelte ihre Mutter ihr jedoch den Rücken und fuhr, das Thema abschließend, fort: »Was wirklich zählt, ist doch, dass deine Familie dadurch größer wird.«

»Ich wollte immer eine große Familie haben.«

»Aye, eine Familie ist ein Geschenk.« Rhona neigte den Kopf. »Ganz gleich, ob man nun verwandt ist oder nicht.«

River musste sofort an Artair denken. Wie viele Jahre hatte ihre Mutter ihn auf Abstand gehalten, weil sie keinen leiblichen Sohn geboren hatte. Nun von ihr zu hören, dass sie Artair vollumfänglich annahm, erfüllte ihr Herz mit Freude. Auch wenn Rhona dies erst leichterfiel, seitdem es Conall gab. »Das solltest du ihm sagen, nicht mir.«

»Ja, aber nicht unbedingt heute.«

Doch River winkte ab. »Warum denn nicht? Eine Hochzeit ist ein Fest der Liebe. Gibt es einen besseren Zeitpunkt?«

Rhona wollte gerade etwas erwidern, als die Tür aufschwang und Flower den Raum betrat. »Entschuldigt, aber Hewie steht im Burghof und will unbedingt mit dir sprechen, River.«

»Mit mir? Jetzt?« Verwundert sah sie von ihrer Schwester zu ihrer Mutter.

Diese wirkte ebenso überrascht. »Vielleicht geht es Lord Sutherland doch nicht gut?«

»Bitte nicht«, stöhnte River und hakte dann bei Flower nach. »Hat er dir nicht gesagt, was er will?«

Doch ihre Schwester schüttelte den Kopf. River musterte Flower aufmerksam. Wusste sie vielleicht doch mehr, hielt es aber vor ihr zurück, um sie am Ende von den Hochzeitsvorbereitungen abzuhalten, damit sie zu spät zur Trauung kam und diese am Ende nicht stattfand?

Nein. River schüttelte leicht den Kopf. So war Flower nicht. Auch wenn sie das in den letzten Tagen manchmal vergessen hatte, wusste sie tief in ihrem Inneren, dass ihre Schwester es nur gut mit ihr meinte. Was Flower aber nicht davor bewahrt hatte, Morgans Gefühle und Handlungen ihr gegenüber falsch einzuschätzen.

Denn Morgan wollte sie heiraten. Das durfte sie sich weder von ihrer Schwester noch von sonst jemandem ausreden lassen. Nur warum war Hewie dann hier?

Ein kalter Schauer durchfuhr sie. Hatte es sich Morgan etwa doch anders überlegt?

Als River wenig später den Burghof betrat, war von Hewie keine Spur mehr zu sehen. Flower war bei ihrer Mutter geblieben, und so ging sie zu Jan, der den Sand vor der Kapelle beäugte.

»Hast du Hewie gesehen?«

Dieser nickte in Richtung des Burgtors. »Leider nur von hinten. Er war schon am Gehen, als ich kam.« Jan hob die Schultern. »Dabei hätte ich gern unser Gespräch von gestern fortgeführt.«

River atmete auf. »Dann wird es schon nichts Wichtiges gewesen sein. Denn Flower sagte mir, er wolle mit mir sprechen.«

Jan neigte den Kopf. »Sie muss sich geirrt haben. Sonst wäre Hewie doch geblieben.«

River nickte ihrem Lehrer freundlich zu. Vielleicht hatte er recht, aber so ganz konnte sie das nicht glauben. Denn warum hätte Flower es sonst behaupten sollen? Sie schüttelte sich kurz, während ihre innere Aufregung beim Anblick der Kapelle wuchs. »Bist du auch so aufgeregt wie ich?« Nicht mehr lang, und sie würde genau dort stehen, Morgans Hände auf ihrer Hüfte, sein Mund auf ihren Lippen.

»Aye«, erwiderte Jan in ernstem Tonfall. »Aber ist man das nicht immer am Beginn von etwas Großem?«

Eine wohlige Wärme breitete sich in River aus, während die Sonne die Perlen auf ihrem Kleid zum Funkeln brachte. Sie schloss die Augen und sog die frische Frühlingsluft ein. »Aye«, flüsterte sie und dachte mit einem Kribbeln im Bauch an Morgans eisblaue Augen. »So ist es.«

KAPITEL 11

Wo waren Hewie und Leith? Mit jedem Schritt, den sich Morgan dem Burghof von Castle Varrich näherte, wurde seine Miene finsterer. Er hatte mit Hewie vereinbart, dass sie sich nach dessen morgendlichem Landausflug mit Caitis Sohn im Dorf vor Castle Varrich trafen, doch weder sein Freund noch der Junge waren dort gewesen.

Waren sie also doch schon voraus auf die Burg gegangen? Oder hatte Leith wieder zu weinen begonnen, weil Morgan ihn gestern zur Strafe für seinen Leichtsinn, auf der Reling zu balancieren und prompt ins Wasser gestürzt zu sein, nicht mit auf die Burg genommen hatte und er sein Abendessen mit dem ausgenüchterten Koch in der Kajüte einnehmen musste?

Oh, to be a sailor's wife, a sailor's wife, is madness, drang der misstönende Gesang seines Steuermanns an seine Ohren, den er entschlossenen Schrittes überholte. *He is married to the sea, the ...*

»Ruhe jetzt«, fuhr Morgan den Mann an. Nachdem Hewie ihn im Stich gelassen hatte, brauchte er zusätzlich nicht noch trübe Seemannslieder.

»Lord Sutherland«, begrüßte ihn Lord MacKay, als er schließlich durch das von Efeu umrankte Tor in den Burghof von Castle Varrich trat. Sein zukünftiger Schwiegervater zeigte auf Morgans schwarzes Wams, um das er einen silbernen Gürtel trug. »Prächtig seht Ihr aus.«

»Das kann ich nur zurückgeben«, erwiderte Morgan gezwungenermaßen, während sein Blick über Lord MacKays Schulter wanderte und die Gesichter der Anwesenden musterte. Hewie und Leith waren nicht unter ihnen.

»Ihr müsst Euch noch ein kleines bisschen gedulden«, schmunzelte Lord MacKay wissend.

Morgan zog eine Braue nach oben, sodass Rivers Vater hinzufügte: »Ich habe meine Tochter bis zum Beginn der Trauung zurück in die Burg geschickt.«

»Ach so«, nickte er, während sich seine Stimmung augenblicklich verdüsterte. Der Wind frischte auf, und aus dem Kräutergarten stieg ihm der vertraute Geruch von Rosmarin in die Nase. Nicht auch noch das. Ihm wurde übel. Wie sollte er nur die nächste Stunde überstehen?

Während der Trauung fühlte sich Morgan, als wäre er in einem schlechten Traum gefangen. Zuvor hatte er River begrüßt, als sie zusammen mit Isla aus der großen Halle getreten und von den Anwesenden mit Applaus in Empfang genommen worden war. Nun schritt er über einen mit Muscheln verzierten Streifen aus Sand die Stufen zur Kapelle hinauf, an deren Ende ein gewisser Father Maxwell mit stoischem Gesicht über den Bund der Ehe rezitierte. Er registrierte kurz, dass Hewie und Leith in den Burghof kamen und sich ganz hinten unter die Versammelten mischten. Aber mit seinen Gedanken war er bei *ihr*.

Es war ein regnerischer Tag gewesen, damals vor sieben Jahren. Sein Vater hatte noch gelebt, und sein Bruder und seine Schwester waren bei ihm gewesen, als Caitriona in ihrem Kleid aus himmelblauer Seide auf ihn zugeschritten war. Mit unsicheren Schritten, weil sie nie gern im Mittelpunkt gestanden hatte. Also war er ihr entgegengekommen. Er erinnerte sich noch ganz genau an ihr leicht schiefes Lächeln, das er aber als so strahlend schön empfunden hatte, als würde sich der Himmel für ihn auftun. Und spätestens ab diesem Moment hatte er gewusst, dass das Leben mit ihr an seiner Seite nie wieder düster sein würde.

»… willst du, Isla, diesen Mann zu deinem Ehemann nehmen?«
Morgan atmete langsam aus, als Father Maxwell schließlich diese Worte sprach. Erst Isla und Jan, dann zur Krönung der Zeremonie River und er. So hatte er es mit Lord MacKay völlig neben sich stehend ausgemacht, als er vorhin erfahren hatte, dass Isla mitnichten eine adelige Freundin von River, sondern die Enkelin des Dorffischers war.

»Natürlich will ich, sonst wäre ich wohl kaum hier«, lachte diese.

»Und willst du, Jan, diese Frau zu deiner Ehefrau nehmen?«

Das war die Frage, die Father Maxwell ihm ebenfalls gleich stellen würde. Die man ihm schon einmal in seinem Leben gestellt hatte und die er nie wieder bejahen wollte. Seine Brust zog sich schmerzhaft zusammen, als er daran dachte, mit welchem Stolz er damals geantwortet hatte. Es war der gleiche Stolz gewesen, der auch in Jans Stimme lag, als dieser nun bedächtig »Ja, ich will« sprach.

Morgan blähte die Backen und ließ die Luft leise entweichen. Was zur Hölle tat er hier? Er wandte seinen Kopf zu Leith, der sich hinter Hewies Bein versteckte und ihn mit großen grauen Augen ansah. Caitis Augen. *Versprich mir, dass du River MacKay heiratest. Mein Sohn braucht eine Mutter. Versprich es mir, Morgan.*

Seine Hände zitterten, seine Augen wurden feucht. Gott, er wollte keine neue Frau. Er wollte Caiti. Hatte immer nur sie gewollt, trotz allem, was zwischen ihnen geschehen war. Er blinzelte mehrmals, sah, wie Leith sich verstohlen mit dem Ärmel über die Augen wischte.

Gott, war der Junge tapfer. Das hatte er von seiner Mutter. Diese innere Stärke, diese Tiefe. Aber er musste es tun. Er hatte keine andere Wahl.

»Und wollt Ihr, Lady River MacKay, Lord Morgan Sutherland zu Eurem Ehemann nehmen?«

Er musste sie jetzt ansehen. Er *musste* den Kopf jetzt zu ihr drehen. Um sich dazu zu überwinden, biss er sich so fest auf die Zunge, dass er Blut schmeckte. Dann holte er tief Luft und betrachtete zum ersten Mal an diesem Tag seine Braut wirklich.

Rivers Unterlippe zitterte leicht, doch sie schenkte ihm ein strahlendes Lächeln. Ihre tiefblauen Iris waren groß und glänzten noch mehr als die Perlen, die an ihren Ohren hingen und ihr Kleid zierten. Sie roch nach Minze und Meer und sah in ihrem dunkelblauen Kleid und mit den geflochtenen Haaren aus wie das Wasser, wie die Wellen, wie der Wind. Aber eben nicht wie die Sterne. Niemals wie die Sterne. Er schluckte und fragte sich, ob Caiti ihn gerade von dort oben sehen konnte.

»Ja, ich will«, sagte River bestimmt, während sich ihre offen gezeigte Zuneigung für ihn tief in seine Seele schnitt. »Von ganzem Herzen.«

Er bekam keine Luft mehr.

»Und wollt Ihr, Lord Morgan Sutherland, Lady River MacKay zu Eurer Ehefrau nehmen?«

Nein. Nein. Nein, niemals. Die Zeit stand still, und er senkte den Blick. Wie konnte er das nur tun? Wie konnte er River heiraten, dieses unschuldige Mädchen, das er nie lieben könnte? Wie konnte er sie zur Frau nehmen, obwohl sie sich ganz offensichtlich Hoffnungen auf eine glückliche Ehe mit ihm machte und er doch wusste, dass diese vergebens waren? Und er obendrein selbst daran zerbrach?

Er atmete ein und aus, sah in ihre erwartungsvollen Augen, hörte das leise Raunen hinter sich. Es war falsch. Hewie hatte recht gehabt, es war einfach nur falsch. Father Maxwell räusperte sich, und er hielt die Luft an. Drei Worte, mahnte er sich. Es sind nur drei Worte.

Die Welt vor seinen Augen drehte sich, er sah Caiti vor sich, ihr schiefes Lächeln, das dem von River glich, ihren unendlich tiefen Blick. *Du hast es versprochen, Morgan.*

»Ja«, stieß er schließlich leise hervor. Ohne das *Ich will.*

Father Maxwell wartete noch kurz, ehe er erst die Hände von Isla und Jan und dann die Hände von River und ihm ineinanderlegte. Ihre waren warm und ruhig, seine zittrig und eiskalt.

»Hiermit erkläre ich euch zu Mann und Frau«, tönte die Stimme des Geistlichen. »Mögen diese Ehen glücklich sein, mögen sie stark sein und mögen sie Hoffnung schenken.«

Applaus brandete auf, und River drückte sanft seine Hand. Morgan rang die vor seinen Augen aufkommende Schwärze nieder und wollte sich erneut zu Leith umdrehen. Da erklang Father Maxwells Stimme abermals: »Ihr dürft eure Bräute nun küssen.«

KAPITEL 12

River schlug das Herz bis zum Hals, als sie in Morgans eisblaue Augen blickte und darin Verletzlichkeit, Ergriffenheit und Tränen stehen sah. Sie bekam eine Gänsehaut, während sie seinen Duft nach Salz und Leder wahrnahm. Seine starken Hände hielten ihre, umklammerten sie fast, so als wolle er sie nie wieder loslassen.

All ihre Sinne waren wach wie nie zuvor, als ihr Blick auf seine vom dunklen Bart umrandeten Lippen fiel. Sie blinzelte und kam ihm vorsichtig entgegen.

Auch er näherte sich ihr, langsam, behutsam, so als wolle er sie fragen, ob das in Ordnung war. Sie nickte unmerklich, umfasste seine Hände stärker. Nur noch wenige Fingerbreit trennten ihre Münder, sie roch seinen warmen Atem und stellte sich leicht auf die Zehenspitzen.

Einen Fingerbreit. Ihr schwindelte fast vor Glückseligkeit, und sie schloss die Augen.

Wartete.

Wartete einen Moment länger.

Und dann küsste er sie. Auf die Backe.

Schlagartig riss River die Augen auf und sah ihren frisch angetrauten Ehemann an. Was hatte das zu bedeuten? Ein Blick zur Seite verriet ihr, dass Isla die Arme um Jans Hals geschlungen hatte und diesen hemmungslos küsste. Und Morgan gab ihr einen Kuss auf die Backe? Hatte er etwa Sorge, dass sie keinen echten Kuss wollte, weil sie sich noch nicht lange genug kannten?

Sie suchte seinen Blick, doch er wich ihrem aus. Sie zögerte, ehe sie sich wieder auf die Zehenspitzen stellte und in sein Ohr wisperte. »Ihr dürft mich küssen, auch wenn wir uns erst seit gestern kennen.« *Stürmisch und feurig und lang.*

Er starrte sie an, als hätte er sie gar nicht gehört. Und gerade als er doch noch etwas erwidern wollte, verkündete Father Maxwell, dass es nun Zeit für die Messe wäre.

Irgendetwas stimmte hier ganz und gar nicht. River wusste dies spätestens, seit Morgan während der Messe seine Hand zurückgezogen und ihr weder danach einen Kuss gegeben hatte noch kurz darauf, als sie unter dem Jubel der Burg- und Dorfbewohner wieder auf den Burghof getreten waren.

Scham konnte nicht der Grund dafür sein. Zwar waren ihre Eltern sofort zu ihnen geeilt, um ihnen zu gratulieren. Aber das hatten sie auch bei Flowers Hochzeit im letzten Jahr getan, und deren Ehemann Cailan hatte das trotzdem nicht daran gehindert, ihre Schwester voller Leidenschaft zu küssen. Ebenso wenig ließen sich Isla und Jan davon abhalten, sich zu küssen.

»Ist alles in Ordnung?«, raunte sie Morgan zu, als ihre Eltern nun zur Seite traten, um Isla und Jan zu beglückwünschen.

Morgan nickte knapp. Dabei sah er sie jedoch nicht an, und auch das schmale Lächeln, das er ihren Eltern geschenkt hatte, war verschwunden.

River verstand überhaupt nichts mehr. Litt er doch noch an den Folgen übermäßigen Weingenusses?

Sie sah sein bleiches Gesicht, seine zusammengezogenen Augenbrauen und fröstelte. Sein Blick wanderte über die Menschenmenge, schien jemanden zu suchen, obwohl ihre Schwestern und Artair sie fast erreicht hatten.

»Ich muss weg«, presste Morgan hervor und hastete davon. Ihren Geschwistern nickte er noch kurz zu, ehe er zwischen den Dorfbewohnern verschwand.

Leaf, die zu ihr trat, grinste. »Nanu, hast du ihn jetzt schon in die Flucht geschlagen? Ich dachte nicht, dass du so schnell zur Einsicht kommst.«

Flower starrte Leaf grimmig an, und Rivers Mut sank. »Nein ... nein«, stammelte sie. »Ich weiß nicht, habe ich etwas falsch gemacht?«

River strich über den Stoff ihres Kleids. War er doch zu grob? Leaf kam ihrem Gesicht ganz nah und sog geräuschvoll die Luft durch die Nase ein. »Hast du vielleicht Mundgeruch?«

River starrte sie entsetzt an, doch ihre Schwester lachte nur. »Ich scherze. Natürlich hast du nichts falsch gemacht. Du hattest doch überhaupt nichts zu sagen bei dieser Eheschließung.«

Flower legte ihr eine Hand auf die Schulter. »Aye, River. An dir lag es sicher nicht.«

»Hätte ich ihn vielleicht stürmischer küssen sollen?« River runzelte die Stirn. »So wie Isla ihren Ehemann?«

Nun schmunzelte Artair. »Dann wäre Rhona wohl ebenso nah an einer Ohnmacht gewesen wie Lorna.«

Augenblicklich fuhr Flower herum. »Islas Großmutter ging es nicht gut?«

Artair nickte. »Erst hat sie die ganze Zeit über gemeint, dass Isla einen jüngeren Mann heiraten sollte, der Fische zerlegen kann. Und beim Hochzeitskuss ist sie dann schlagartig verstummt, und Dubh musste sie stützen.«

Flower nickte besorgt. »Dann gehe ich wohl besser zu ihr.« Sie drückte Rivers Hände kurz. »Alles Gute, River. Ich wünsche dir von Herzen, dass du glücklich wirst. Wir reden nachher noch miteinander.«

River nickte, während sich ihre Schwester durch die Menschenmenge kämpfte. Aus den Augenwinkeln sah sie die eigentliche Dorfheilerin Greer, die mit Kerr, dem Sohn des Schankwirts, tändelte, anstatt Islas Großmutter zu helfen. Seltsamerweise störte River sich nicht daran, sondern war beinahe froh, dass Flower nun anstelle der Heilerin nach Lorna sehen musste.

»Jetzt zu unserer Überraschung«, strahlte Skye, nachdem sie und Artair ihr ebenfalls gratuliert und Leaf »Mit etwas Glück wirst du früh Witwe« gebrummt hatte.

»Was jetzt?« River sah auf die verbliebenen Burg- und Dorfbewohner, die darauf warteten, sie zu beglückwünschen: der Schmied mit seinen Kindern Graham und Nessa, der Schankwirt mit seiner Tochter Mhairi, die stets betrunkene alte Moira, Tevin, der jugendliche Stallknecht, der Schäfer mit seinem Sohn und sogar Ninian, der neue Söldner. Nur Morgans schwarz gekleidete Gestalt war nirgendwo mehr auszumachen.

Skye ließ sich davon jedoch nicht beeindrucken, sondern nickte vehement. »Aye, jetzt. Spürst du den Sand unter deinen Füßen?«

River sah hinab auf den liebevoll gestalteten Boden aus Sand und Muscheln und nickte. »Es ist wundervoll, dass ihr das Meer zu meiner Hochzeit mitgebracht habt.« Dann kam ihr ein Gedanke. Vielleicht war ja das der Grund für Morgans Verhalten gewesen? Weil er sich die ganze Trauung anders vorgestellt hatte und nun enttäuscht war?

Das Glänzen in Skyes Augen wurde strahlender. »Niemand kann das Meer hierherbringen. Nicht wirklich.«

»Und deshalb«, fuhr Artair fort, »bringen wir deine Hochzeit jetzt zum Meer.«

Rivers Herz setzte einen Schlag aus. »Ihr meint ... wir feiern am Strand?« Etwas Schöneres konnte sie sich nicht vorstellen. Nur wollte Morgan das auch?

Leaf grinste. »Du hast doch nicht wirklich gedacht, dass wir gerade bei dir mit deiner Liebe zum Wasser in der ungeschmückten großen Halle feiern?«

»Aye«, schmunzelte Artair. »Du wolltest doch immer ein unvergessliches Fest. Jetzt bekommst du es.«

»Du bist unsere Schwester«, bekräftigte Skye. »Wir würden alles für dich tun.«

River war zu Tränen gerührt und schloss ihre drei Geschwister gleichzeitig in die Arme. »Wessen Einfall war das?«

»Flowers«, sagte Artair. »Nachdem du ihr zur Hochzeit Blumen geschenkt hast, wollte sie dir das Wasser schenken.«

»Und wir haben ihr dabei geholfen«, strahlte Skye.

»Ihr seid die Besten.« River schloss ihre Geschwister nochmals in die Arme, doch dann musste sie wieder an Morgan denken. »Weiß mein Ehemann denn davon, und ist er vielleicht schon vorgegangen, weil er eine eigene Überraschung für mich hat?«

Leaf zuckte mit den Schultern. »Ich habe ihm gestern jedenfalls von unserem Plan erzählt.«

Erleichtert atmete River aus. Also war Morgan mit dem Ablauf der Hochzeit einverstanden, und sein merkwürdiges Verhalten lag nicht daran.

Sie ließ ihren Blick nochmals über die Menschen wandern. Ihr Ehemann war noch immer nicht zu sehen, und so blickte sie zum Burgtor, durch das man hinunter an den Strand gelangte. Die Enttäuschung brannte noch immer in ihr, doch da war auch noch die Hoffnung, dass Morgan nur deshalb so schnell gegangen war, weil er tatsächlich eine Überraschung für sie im Sinn hatte. Denn warum sonst würde er seine eigene Hochzeit fluchtartig verlassen?

Als sie nach der Annahme der Glückwünsche aller Versammelten endlich gemeinsam mit ihrer Familie und den Dorfbewohnern am Strand von Coldbackie ankam, erkannte sie den Ort kaum wieder. Vier große Lagerfeuer brannten dort zwischen den Felsen, und Skyes Freundinnen Mhairi und Nessa reichten nun jeder Frau einen Kranz aus gelben Blumen als Haarschmuck. Genau in der Mitte zwischen zwei Feuern ragte jeweils ein dünner Baumstamm aus dem Sand, an dessen Ästen bunte Bänder im Wind flatterten und um den herum Wolldecken auf dem Boden ausgebreitet waren. Körbe mit Früchten, Brot und Käse standen darauf und wurden von je einem Dorfjungen gegen die Möwen verteidigt, während etwas abseits ein Fass Wein und ein Spanferkel auf dem Spieß zu finden waren.

»Das ist umwerfend«, hauchte River und blieb gerührt stehen. Skye, die neben ihr ging, strahlte. »Dann hatte Flower recht, dass es dir gefallen wird.«

»Und wie das River gefällt«, lachte nun auch Isla, die beinahe in Skye hineingelaufen wäre. »Du weißt doch: Je gefühlvoller etwas ist, desto mehr mag es deine Schwester.«

River hakte sich bei Isla unter und ging weiter, während ihr Blick immer wieder über den Strand glitt. Bezaubernder hätte sie sich ihr Hochzeitsfest nicht vorstellen können. Nur: Wo war ihr Ehemann?

Sie fröstelte und zog Isla enger an sich. »Hast du Morgan gesehen? Er muss doch hier sein.«

Isla warf ihr einen aufmunternden Blick zu. »Er kommt schon noch.«

River blickte erneut über den Strand. »Was macht dich da so sicher?« Und was, wenn Leaf mit ihrem Scherz recht gehabt hatte und er doch die Flucht vor ihr ergriffen hatte?

Isla zögerte kurz, ehe sie in Gregors Richtung nickte. »Dein Vater lächelt noch.«

River folgte ihrem Blick. Aye, ihr Vater unterhielt sich fröhlich mit Father Maxwell. Aber das Gesicht ihrer Mutter, die neben den beiden stand, war totenbleich.

»Tanzt Ihr mit mir?« Das Essen war längst verzehrt und River vom Wein und ihrer Verzweiflung schon ganz benebelt. Zu ihrer großen Erleichterung war Morgan doch noch auf dem Fest erschienen, hatte bisher aber nur das Nötigste mit ihr gesprochen. Und nun bat er sie endlich um einen Tanz?

Mit einer schwungvollen Bewegung drehte sie sich um. Da stand er. Das schwarze Haar vom Wind verweht, die Lippen zu einem schmalen Strich zusammengepresst, der Blick seiner eisblauen Augen verschlossen. Was hatte das nur zu bedeuten?

»Seid Ihr sicher, dass Ihr tanzen wollt?«, antwortete sie und hoffte, dass sie dabei nicht allzu beleidigt klang. Kein Mann mochte schließlich eine anstrengende Ehefrau.

Morgans Miene blieb unbewegt. »Euer Vater hält es für angebracht.«

»Ach so, na dann«, entfuhr es River.

Doch Morgan blinzelte daraufhin nicht einmal, sondern reichte ihr nur seine Hand, um sie zu der Gruppe von Menschen zu führen, die ausgelassen zu den Klängen von Artairs Flöte und Kerrs Dudelsack um das Feuer wirbelten. River zögerte kurz, ehe sie sie ergriff.

Sie gingen ein paar Schritte schweigend nebeneinanderher. Wollte er denn gar nichts sagen? Ihr nicht erklären, warum er den ganzen Tag über schon so abweisend und seltsam war?

Sie blieb abrupt stehen. Der Wein verlieh ihr Mut, und sie wollte endlich die Wahrheit wissen. »Warum habt Ihr mich nicht geküsst?«

Sie suchte Morgans Blick, doch er wich dem ihren aus, wie schon so oft an diesem Tag. Gleichzeitig waren seine Gesichtszüge so verzerrt, als litte er Schmerzen.

River überwand sich und trat näher an ihn heran. »Habe ich Mundgeruch?«

»Wie bitte?«, platzte es aus Morgan heraus, und nun sah er sie doch noch an.

Sie zwang sich, seinem Blick standzuhalten. »Bitte, sagt es mir. Stimmt etwas nicht mit mir? Soll ich etwas anders machen?«

Er blickte kurz zur Seite, bemerkte, dass Gregor sie beobachtete, und presste schließlich hervor: »Es war der falsche Moment.«

»An unserer Hochzeit?«

Ihr Ehemann holte tief Luft, sah wieder zu ihrem Vater und fügte eine Spur weicher als zuvor hinzu: »Kein Mann sollte seine Frau das erste Mal vor Zuschauern küssen.«

Mit dieser Antwort hatte River nicht gerechnet. Morgan hatte ihren Ehebund also nur deshalb nicht mit einem Kuss besiegelt, weil er sie in einem ganz besonderen Moment der Zweisamkeit küssen wollte?

»Und warum seid Ihr so schnell gegangen?«

Morgan knirschte mit den Zähnen. »Tanzt Ihr nun mit mir oder nicht?«

River blinzelte. Wich er einer Antwort aus, weil er doch eine Überraschung für sie vorbereitet hatte? Vielleicht mit Hewies Hilfe? Schließlich hatte sie Hewie heute kaum gesehen, und vielleicht war Morgans Vertrauter am Morgen deswegen auch wieder so eilig gegangen?

»Wo ist denn eigentlich Hewie?«

Morgan zögerte kurz, als habe er etwas zu verbergen. »Er ist beschäftigt.«

Rivers Miene hellte sich auf. »Also gibt es doch eine Überraschung?« Vielleicht ein Herz aus Holzzweigen, das bei Einbruch der Nacht entzündet wurde?

Morgan sah sie forschend an. »Mögt Ihr denn Überraschungen?«

River nahm seine Hand und zog ihn nun selbst zu den Tanzenden. »Ich liebe sie.«

Spätestens als sie mit Morgan auf der einen Seite und Isla mit Jan auf der anderen wild im Kreis der Tanzenden um das Feuer wirbelte, kehrte Rivers Unbeschwertheit zurück. Die Magie von Beltane pulsierte in ihren Adern, und sie genoss lachend Morgans Berührung, seine Nähe, seinen Geruch.

»Weißt du eigentlich, wie viele Jahre ich auf einen Ehemann gewartet habe«, strahlte sie, als der Tanz zu Ende war. Sie fühlte sich so lebendig wie schon lange nicht mehr und konnte noch immer nicht glauben, dass ihr langes Warten nun ein Ende hatte.

Er verharrte kurz im Schritt, und erst da merkte sie, dass sie ihn geduzt hatte. Sollte sie sich dafür entschuldigen? Aber war das nicht sogar angebracht, nachdem sie nun verheiratet waren?

Doch Morgan äußerte sich nicht dazu, sondern nickte nur in Richtung des Weinfasses. »Ich brauche etwas zu trinken.«

»Aber nicht, dass du mich dann heute Nacht doppelt siehst.« Sie verstummte erschrocken über sich selbst. Warum nur dachte sie in seiner Gegenwart nicht nach, bevor sie redete?

Morgan schluckte heftig. »Heute Nacht? Ihr meint, wegen ...« Seine Stimme brach.

River wäre am liebsten im Boden versunken. »Verzeih, dass ich das gesagt habe.« Ihre Wangen glühten. »Ich sollte besser nichts mehr trinken.«

Morgan neigte kaum merklich den Kopf. »Ich bin wirklich durstig.«

»Wir haben uns noch gar nichts gewünscht.« Isla zog River in Richtung des nächststehenden Baumstamms, an dessen Ästen die bunten Bänder im Wind flatterten. Flower und Skye waren ebenfalls dort und hatten sich bereits je ein Stoffband genommen, das sie wie an Beltane üblich mit einem Wunsch versehen hatten.

»Was hast du aufgeschrieben, Skye?«, drang Flowers Stimme zu ihr.

Skye sah ihre große Schwester streng an. »Das darf man doch nicht verraten.«

Flower legte den Kopf schief. »Es sieht doch sowieso jeder, sobald du das Band wieder an den Ast geknotet hast.«

River musste schmunzeln, als sie zu ihnen trat und die Empörung in Skyes Augen sah. »Darum geht es doch gar nicht. Nicht wahr, River?«

River strich ihrer jüngsten Schwester über den Kopf. »Du kennst dich damit besser aus als ich.« Skye vertraute ihre Wünsche schließlich oft dem Glücksbaum im Dorf oder dessen Abkömmling im Bergkloster an.

Skye steckte sich den Zeigefinger in den Mund, während Isla herausplatzte: »Wer wettet mit mir, dass sich River eine Reise nach Brügge wünscht?«

Skye schlug sich mit der Hand gegen die Stirn, und River ermahnte Isla mit einem Stoß in die Seite. »Das sollst du doch nicht laut sagen.«

Isla grinste frech, während River ein dunkelrotes Band von den Ästen des Baums löste, und konterte: »Nachdem dein Wunsch, einen Ehemann zu bekommen, jetzt erfüllt ist, war das doch sowieso schon allen klar.«

»Können wir auch ein Band haben?«

Überrascht drehte sich River um und sah Hewie und ein Kind mit hellbraunen Locken, das eine flügellose Stoffmöwe an seine Lippen presste, auf sie zutreten.

»Ihr beide wünscht euch besser, dass ihr nicht wieder über Bord geht«, spottete Isla, während River dem rotblonden Mann mit der leicht gekrümmten Haltung ihr Band reichte und sich selbst ein himmelfarbenes abmachte.

Hewie sah Isla mit zusammengezogenen Brauen an, bevor er sich neben den Jungen kniete, der bisher kaum den Blick gehoben hatte.

»River.« Flowers Stimme klang dringlich, als sie sie am Arm fasste. »Kommst du mal kurz mit?«

River sah ihre Schwester verwirrt an. Sie sollte jetzt gehen? »Nein, das geht nicht.« Da Hewie endlich aufgetaucht war, war es gewiss bald Zeit für Morgans Überraschung.

»Na, Leith, was wünschst du dir?«, erklang Hewies Stimme neben ihr.

Kurz herrschte Stille, dann kam die leise Antwort: »Meine Mutter.«

Flower sog scharf die Luft ein, und River stockte der Atem vor Mitleid. Die Trauer, die in der Stimme des Kinds mitschwang, war herzzerreißend. Sie betrachtete den Jungen, der nicht älter als sechs Jahre sein konnte, und beugte sich einer inneren Regung folgend zu ihm hinab.

»Hier.« Mit einem sanften Lächeln reichte sie ihm ihr Band. »Jetzt hast du noch einen Wunsch frei.«

Leith hob nur zögernd den Blick und starrte sie mit großen, ängstlichen Augen an.

»Möchtest du das Band nicht?«, fragte sie verwundert und lächelte dem Jungen aufmunternd zu.

Dieser rührte sich nicht, sondern drückte sich die Möwe nun mitten ins Gesicht.

»Du kannst es nehmen, Leith«, ermunterte ihn Hewie, sodass das Kind schließlich doch danach griff.

»Was ist nun dein zweiter Wunsch?«, fragte River. »Vielleicht ein Pferd? Oder ein Schiff?«

»Habt ihr mir alle vorher denn nicht zugehört?« Skye schüttelte den Kopf und ging davon.

Leith dagegen schwieg, bis Hewie ihm mit einem schwer zu deutenden, fast feindseligen Ausdruck im Gesicht über die Schultern strich. »Na los, sag es ihr.«

Der Junge schluckte, ehe er leise krächzte: »Ich wünsche mir nur, dass Mutter von den Sternen zurückkommt.«

River lief ein Schauer über den Rücken, und sie murmelte in Hewies Richtung: »Das tut mir leid.«

»Danke«, erwiderte dieser mit zusammengekniffenen Augenlidern. »Es war für uns alle sehr schlimm, dass Caitriona verstorben ist.«

»Das heißt ... er ...« River taumelte, und es war Flowers Hand, die verhinderte, dass sie zu Boden sank. »Leith ist Morgans Sohn?«

»Wollt Ihr mir etwa sagen, dass Ihr das noch nicht wusstet?« Hewie schob den Jungen mit angeekelter Miene nach vorn, während River schwummrig wurde. »Dann sag mal deiner neuen Mutter Guten Abend, Leith.«

Die Hand des Kinds zitterte, und Tränen traten in seine Augen. »Guten Abend.«

Ihr wurde heiß und kalt zugleich. Morgan hatte einen Sohn? Sie starrte Leith an wie eine seltene, unerklärbare Himmelserscheinung. Mit den hellbraunen Locken und den grauen Augen ähnelte er seinem Vater überhaupt nicht. Aber das musste er natürlich nicht, und gleichzeitig erklärte das natürlich auch, weshalb der Junge überhaupt auf die Schiffsreise hierher mitgenommen worden war. »Guten Abend, Leith«, flüsterte sie schließlich heiser, ehe sie Hilfe suchend zu Flower sah.

Diese funkelte Hewie zornig an, ehe sie River am Arm nahm und beiseitezog. Isla wollte ihnen nachkommen, doch Flower wies sie an, bei Leith und Hewie zu bleiben.

»Du wusstest es«, stammelte River zitternd, als sie ihre Sprache wiederfand. »Ihr alle wusstet es.«

Flower presste die Lippen zusammen. »Ich habe wirklich versucht, es dir zu sagen.«

Die Welt um River herum drehte sich, und das lag nicht am Wein. »Oh, Gott«, stöhnte sie und sank auf die Knie. »Oh, Gott.« Warum hatte sie nur nie daran gedacht, dass Morgan Kinder aus erster Ehe haben könnte? Weil sie wegen ihrer Heirat einfach zu aufgeregt gewesen war oder weil niemand in ihrer Familie sie darauf hingewiesen hatte?

Flower streichelte ihr behutsam über den Rücken. »Atme, River, atme.«

Doch sie konnte nicht. Ihr war, als wäre in ihrer Brust ein Damm gebrochen, der sie mit eisigem Wasser flutete. Das hatte ihre Mutter also gemeint, als sie vorhin mit ihr übers Kinderkriegen gesprochen hatte. Sie stützte die Hände Halt suchend in den Sand. Und Morgan? Warum hatte er ihr nichts gesagt?

Ihr Blick glitt unwillkürlich zu seinem Schiff. Die Strahlen der sinkenden Sonne tauchten die schwarzen Lettern am Heck in ein rotgoldenes Licht. *Caitriona.*

Sie keuchte und schnappte nach Luft. »Dann hattest du also doch recht?« Sie schauderte und krallte ihre Finger in Flowers Arm, während sie den heutigen Tag in Gedanken noch einmal durchlebte. Den Kuss auf die Backe. Die Flucht aus dem Burghof. Die Kälte in Morgans Augen.

»Was genau meinst du?«, flüsterte ihre Schwester und zog sie eng an sich.

Die Zeit blieb stehen. River atmete mühevoll tief ein und wieder aus, kämpfte gegen das Wasser in ihrem Inneren an, in dem sie zu ertrinken drohte, und hauchte schließlich: »Was, wenn er sie noch immer liebt? Und mich überhaupt nicht will?«

»Mylady«, drang da Hewies hämische Stimme zu ihnen und verhinderte damit, dass Flower ihr antwortete. »Es ist Zeit.«

»Zeit?« River sah mit bebender Lippe erst zu ihm, dann zu ihrer Schwester.

»Leith muss schlafen gehen, also wird Morgan zum Schiff zurückkehren wollen.«

Flower erhob sich und stemmte die Hände in die Hüfte. »Das wird Lord Sutherland meiner Schwester sicher selbst sagen. Außerdem haben wir einen Raum auf der Burg für das frisch vermählte Ehepaar hergerichtet.«

Hewie verschränkte die Arme. »Caitriona hat immer getan, was Morgan wollte.«

Rivers Zittern wurde stärker, und sie brauchte Flowers Hilfe, um sich zurück auf die Beine zu kämpfen. »Was soll ich denn jetzt tun?«

Ihre Schwester sah sie ernst an, während Hewie bereits zurück zu Morgan ging. »Ich bin in meiner Hochzeitsnacht weggerannt.«

River fröstelte und fühlte sich auf einmal schrecklich nüchtern. »Nur dass Morgan mir ganz bestimmt nicht wie Cailan hinterherkommt, wenn ich das Gleiche tue.«

Flower zog die Augenbrauen zusammen. »Du brauchst keinen Mann, um glücklich zu sein.«

Doch River schüttelte den Kopf. »Aber das ist alles, was ich jemals wollte. Jemanden, der mich liebt. Genau wie Vater Mutter. Oder Cailan dich.«

Flower schwieg eine Weile, bevor sie antwortete. »Dann musst du um deinen Mann kämpfen. Aber ich warne dich: Jeder Traum hat seinen Preis. Und du musst wissen, ob du ihn zahlen willst.«

KAPITEL 13

Noch nie war Morgan seine Kajüte so eng vorgekommen wie in dem Moment, als River die Tür hinter ihnen schloss. Den ganzen Weg zurück zum Schiff hatten sie kein Wort miteinander gesprochen. Nur als sie Leith eine gute Nacht gewünscht hatte, hatte er kurz Rivers zittrige Stimme vernommen.

Wie hatte es so weit kommen können? Morgan starrte zu dem hölzernen Tisch, an dem nur ein Stuhl stand, dann auf sein Bett. Er hätte sie in die Kammer auf der Burg senden und einfach nicht nachkommen sollen. Aber Hewie, dessen Meinungswechsel er nicht nachvollziehen konnte, hatte darauf beharrt, River mit auf das Schiff zu nehmen. Nun stand sie hinter ihm an der Tür und wartete darauf, dass er sich zu ihr umdrehte.

Er rückte den Stuhl zurück, blieb dann aber doch lieber stehen. Wenn sie wenigstens noch Wein an Bord hätten ... Obwohl er den ganzen Abend keinen einzigen Schluck getrunken hatte, war er in diesem Moment mehr als bereit, dieses eiserne Prinzip zu brechen.

»Morgan?« Rivers Stimme war kaum mehr als ein Flüstern.

Er umfasste die Lehne des Stuhls fester und rührte sich nicht. Wie um alles in der Welt sollte er nur vollbringen, was jetzt von ihm verlangt wurde? Er war ratlos, wandte aber langsam den Kopf.

River stand mit dem Rücken zur Tür, ihr Gesicht war blass. Ihr hellbraunes, mühevoll frisiertes Haar, dazu das perlenbesetzte Kleid – in einem anderen Leben hätte er sie schön gefunden. Doch heute und hier hätte er die ihm nunmehr angetraute Frau am liebsten eigenhändig aus seiner Kajüte gestoßen.

»Ich darf doch Morgan sagen?«, hauchte River und vergrub ihre Finger im Rock ihres Kleids, so als suche auch sie nach etwas, an dem sie sich festhalten konnte.

Er nickte knapp und wandte wieder den Blick ab. Ihr die vertrauliche Anrede zu verweigern würde weder etwas bringen noch etwas zwischen ihnen ändern.

»Soll ich uns etwas zu trinken holen?«, hörte er sie leise fragen und nahm gleichzeitig die Verzweiflung in ihrer Stimme wahr. Er wusste, dass sie für all das nichts konnte, und so zwang er sich dazu, sich wieder zu ihr umzudrehen und auch nicht wieder wegzusehen. Er war der Erfahrenere von ihnen. Er sollte ihr etwas zu trinken bringen, damit sie sich entspannen konnte.

Widerwillig ließ er die Lehne des Stuhls los und trat einen Schritt näher auf sie zu. Unwillkürlich wich sie vor ihm zurück, doch da war die Tür in ihrem Rücken. Er blieb daraufhin sofort stehen und stützte die Hände auf den Tisch. Er musste ruhig atmen. Nicht nachdenken. Sondern einfach das tun, was jeder Mann tun würde, wenn eine Frau wie River nachts in seiner Kammer war.

»Komm her.« Ohne sie anzusehen, richtete er sich wieder auf.

River rührte sich einen Moment nicht. Dann kam sie näher, blieb mit zwei Schritt Abstand vor ihm stehen. Er sah die heftig pochende Ader an ihrem Hals und die Hände, die sie schützend vor ihren Bauch hielt. Ihr erfrischender Geruch nach Minze stieg ihm in die Nase, und sein Blick wanderte ungewollt zu den vollen Brüsten, die sich unter ihrem Kleid heftig hoben und senkten.

Auch das noch ... Er presste die Lippen aufeinander und sah wieder in ihr Gesicht. Die niedrige Stirn, die fein geschwungenen Nasenflügel, das vermaledeite schiefe Lächeln.

Wieder regte sich Widerwillen in ihm, und er fühlte sich erneut versucht, sie von sich zu schubsen. *Hast du daran auch gedacht, Caiti? Dass ich mit ihr das Bett teilen muss?*

Wut mischte sich in seine Trauer, und er ballte unwillkürlich die Hände zu Fäusten. Als er bemerkte, dass River dies nicht entgangen war und sie zusammenzuckte, öffnete er die Hände wieder.

»Hat man dir gesagt, was jetzt geschieht?«

River betrachtete ihn mit großen Augen, und ihr Blick huschte zum Bett, ehe er wieder zu ihm zurückkehrte. Sie nickte.

Er streckte die Hand aus, um sie an der Schulter zu berühren. Doch als sie erschauderte, zog er seine Hand zurück. Er schloss die Augen. Nein, so ging das nicht.

River räusperte sich. »Kann ich mich setzen?«

Er nickte. Aye, es war vermutlich das Beste, wenn sie nicht im Stehen beginnen mussten.

River atmete sichtbar auf, drückte sich hastig an ihm vorbei und nahm auf dem Stuhl Platz.

Er fühlte sich hilflos. Was war nur los mit ihm? Er sollte ihr sagen, dass sie sich aufs Bett legen sollte, doch stattdessen schwieg er und stützte sich wieder mit beiden Händen auf dem Tisch ab.

»Hat dir das Fest gefallen?«, fragte River mit piepsiger Stimme.

Er sah sie stirnrunzelnd an. Hatte er etwa so auf sie gewirkt, als hätte er Freude an der Feier gehabt?

River schluckte. »Es tut mir jedenfalls leid, dass ich vorhin von einer Überraschung geredet habe. Ich … ich hoffe, du bist mir deswegen nicht böse?«

Er schüttelte den Kopf, als er sich vage daran erinnerte. »Nein.«

River befeuchtete ihre Lippen mit der Zunge. »Es war auch wirklich anmaßend von mir, ein Geschenk zu erwarten.«

Ihre Blicke kreuzten sich, und die schlecht verborgene Enttäuschung in ihren Augen machte ihn betroffen. Seit wann war er so abgestumpft, dass er sich um die Empfindungen anderer nicht mehr scherte und keine Rücksicht mehr darauf nahm?

Sein Blick fiel auf die Truhe neben seinem Bett. Dort, zwischen seinen Kleidern und verschnürt in ein Tuch, ruhte eine dünne Silberkette mit einem blauen Saphir, die seine Großmutter ihm mitgegeben hatte, damit er sie River zur Hochzeit schenkte. Er hatte sie an diesem Morgen bewusst zurückgelassen, aber nun schämte er sich dafür.

Er ging zu der Truhe, öffnete sie und zog das mit Leinen umwickelte Schmuckstück unter seinem Kompass und der Landkarte hervor, die er nach seiner Ankunft dort verstaut hatte. Dann setzte er sich kurzerhand ihr gegenüber auf die Bettkante. »Hier.«

Rivers Augen weiteten sich, als sie vorsichtig ihre Hand ausstreckte und nach dem verschnürten Leinenbündel griff. Als sich ihre Finger dabei kurz berührten, zog er seine Hand sofort wieder zurück.

River schien das nicht zu bemerken, denn sie war damit beschäftigt, den Knoten der Schnur zu lösen. Als sie das Tuch schließlich zurückschlug, legte sie sich vor Staunen eine Hand auf die Brust. »Morgan, sie ist wunderschön.«

Er schenkte ihr ein kurzes Lächeln, das aber sofort erlosch, als River das Schmuckstück emporhielt. Denn das war nicht die Kette mit dem blauen Saphir. Das war die Kette mit dem silbernen Herz. Die er Caiti vor Jahren zur Hochzeit geschenkt hatte.

»Würdest du sie mir umlegen?« River ließ sich sanft neben ihm auf der Bettkante nieder und ließ das Herz behutsam in seine Hand gleiten.

Ihm wurde übel. Sie wandte ihm den Rücken zu, griff nach ihren Haaren und hielt sie nach oben, damit ihr Hals, an dem die Ader noch immer schnell pulsierte, freilag.

Bewegungslos starrte er auf die silberne Kette. Seine Großmutter konnte etwas erleben, wenn er wieder zurück auf Dunrobin Castle war. Er fuhr mit dem Daumen über den silbernen Anhänger. Er wusste noch genau, wie er Caiti die Kette umgelegt hatte. Auch sie war voller Freude gewesen und hatte sie bis kurz vor ihrem Tod nicht abgenommen.

Er schloss die Augen und lauschte seinem stolpernden Herzschlag. Es war Verrat. Aber was sollte er tun? Schließlich konnte er River die Kette jetzt nicht wieder wegnehmen.

Mit zitternden Fingern legte er das Schmuckstück von hinten um Rivers Hals. Vorsichtig zog er seine rechte Hand unter ihren Haaren hindurch, um die Kette zu verschließen, doch er brauchte drei Versuche, bis es ihm endlich gelang.

»Danke«, sagte River leise. »Du ahnst nicht, wie viel mir das bedeutet.«

Er schluckte und schwieg, als sie sich umdrehte und nach seinen Händen griff. »Möchtest du mich jetzt küssen?«

Morgans Blick wanderte zu Rivers Mund. Seit Caiti gestorben war, hatte er keine andere Frau geküsst. *Ein Kuss ist eine Berührung von Herzen,* hatte Caiti immer gesagt. Doch er hatte kein Herz mehr.

Ruckartig erhob er sich und ging zu der Kerze, die auf dem Tisch brannte. Entschlossen löschte er sie mit den zuvor befeuchteten Fingern.

»War es dir zu hell?«, wisperte River, während er froh war, ihr Gesicht nicht länger vor Augen zu haben.

Er zögerte kurz, bevor er zum Bett zurückging und sich wieder neben sie setzte. »Hast du Angst im Dunkeln?«

»Nein«, wisperte sie und suchte seine Hände.

Er schloss die Augen. Obwohl es nun dunkel war und er sie nicht mehr sah, konnte er nicht vergessen, wer da neben ihm saß. »Lass uns nicht mehr reden«, bat er leise und legte seine Hände auf ihre schmalen Schultern.

Er beugte sich nach vorn, sie kam ihm entgegen. Er roch ihren süßlichen Atem, spürte ihren schnellen Puls. Sie kam näher, immer näher, und da wusste er, dass er sie nicht küssen konnte. Dass das zu viel war.

»Huch«, entfuhr es River, als er stattdessen mit dem Mund ihren Hals berührte und sie nach hinten aufs Bett drückte.

Sie schlang ihre Arme um ihn und zog ihn zu sich. Ihr Mund suchte wieder den seinen, doch er küsste weiterhin die Kuhle an ihrem Hals. Ihre Haut schmeckte so süß und warm, wie auch Caitis Haut geschmeckt hatte.

Du hast es so gewollt, Caiti, dachte er und griff in Rivers Haare, damit sie den Kopf endlich stillhielt.

»Autsch«, entfuhr es ihr, und sofort öffnete er seine Hand wieder. Es war eine Sache, sie von ihrem Versuch abzuhalten, ihn zu küssen, aber eine andere, wenn er ihr dabei wehtat oder jene Grenzen überschritt, die er ganz unabhängig von seinen Rechten als Ehemann aus Achtung vor ihr und sich selbst seit jeher zog.

»Du musst nicht loslassen, nur nicht ganz so fest zugreifen«, murmelte River und legte ihre Finger auf seine. »Ich mag es, wenn du ... also wenn uns ...«

»Wenn was?«

River schüttelte stumm den Kopf.

»Wenn was?«

Sie atmete scharf aus und wisperte hastig mit ihrer piepsigen Stimme: »Ich mag es, wenn die Leidenschaft uns überkommt.«

Die Leidenschaft? Morgan presste seine Lippen zusammen. Zumindest der erste Teil des Wortes traf zu, denn was er hier tat, verursachte ihm tatsächlich Leiden. Andererseits: Wenn sie es stürmisch mochte, wären sie immerhin schneller fertig.

Er atmete langsam aus. »Sag mir, wenn etwas nicht für dich in Ordnung ist.« Kurz kam ihm der aberwitzige Gedanke, ob das nicht sogar der Weg aus seinem Dilemma wäre. Sie so ungeschickt zu küssen, dass sie ihn bat, er möge damit aufhören?

»Oh, Morgan«, seufzte River. »Natürlich werde ich dir das sagen. Flower meinte auch, dass ein Ehepaar ...«

Ein Ehepaar? Ihm wurde übel bei dem Wort, und er legte einen Finger auf ihren Mund. »Sprich nur im Fall, dass dir etwas nicht zusagt, ja?«

River nickte, und so griff er wieder in ihre Haare, wenn auch vorsichtiger. Sie ließ es geschehen, und sein Mund kehrte zurück zu ihrem warmen Hals. Der Geruch von Minze stieg ihm in die Nase, und er verspannte sich. Könnte er ihn abschwächen, wenn er nur oft genug mit seiner Zunge darüberstrich?

Er schloss die Augen und zwang sich dazu, an nichts zu denken. Und je mehr Zeit verging, je länger er einfach tat, was ihm sein Körper vorgab und die Frau unter ihm ihn machen ließ, desto mehr konnte er sich vorstellen, dass es eine andere Frau war, die da unter ihm lag.

Seine Hände umfassten nun ihren Po, die ihren waren in seinen Haaren, und endlich regte sich etwas zwischen seinen Beinen. Sogleich schob er ihr das Kleid nach oben, und sie half ihm dabei, indem sie ihr Becken leicht anhob.

Kaum war der Stoff über ihrer Hüfte, zog er sich die Hose bis unter die Knie hinab. Er drückte ihre Schenkel auseinander und brachte sich zwischen ihnen in Position, war kurz davor, sie zu berühren, als River mit heiserer Stimme flüsterte: »Küss mich dabei.«

Und von einem Moment auf den anderen war die Illusion verflogen.

Stöhnend rollte er sich von ihr herunter. »Ich habe doch gesagt, du sollst still sein, außer etwas gefällt dir nicht oder es geht dir zu schnell.«

River sog erschrocken die Luft ein, und er hörte, wie sie ihr Kleid wieder nach unten zog.

»Warum?«, hauchte sie schließlich. »Warum soll ich sonst still sein?«

Er stand auf und zog sich seine Hose wieder zurecht.

Sie berührte ihn an der Hand, doch er zog sie zurück.

»Es ist wegen ihr, oder?« In Rivers Stimme lag tiefer Schmerz.

Er schwieg, als ihn die Erinnerung überrollte. Und dann ging er.

KAPITEL 14

Sobald man sie vom Schiff aus nicht mehr sehen konnte, rannte sie. Ihre Röcke schwangen um ihre Beine, und sie hob sie an, damit sie sich nirgends verfingen. Sie hastete über Gras und Steine, vorbei an Sträuchern, deren Morgentau ihr Kleid benetzte, immer weiter, immer schneller, Hauptsache fort. Ihr Herz schlug schnell, ihre Augen waren feucht, und das Kreischen der Möwen über ihr kam ihr heute wie höhnisches Gelächter vor.

Morgan war in der letzten Nacht nicht mehr in die Kajüte zurückgekommen. River wischte sich mit dem Ärmel über die Augen, ohne dabei langsamer zu werden. Bis zu den ersten Strahlen der Morgensonne war sie wach gelegen, doch die Tür zur Kajüte hatte sich nicht wieder geöffnet. Als das Schiff dann bei Ebbe trockengefallen war, war sie gegangen. Vorbei an ihrem Ehemann, der sitzend gegen den Schiffsmast gelehnt schlief, und über die Körper der schnarchenden Mannschaft hinweg war sie von Bord geklettert.

Warum? Diese Frage brannte wie der Stich eines Seeigels in ihrem Herzen, während das Dorf Tongue immer näher kam. Warum hatte alles so furchtbar schieflaufen müssen? Warum hatte der Himmel ihr keinen Mann gesandt, der sie lieben konnte? Für den sie nicht an zweiter Stelle stand? Weil nach wie vor nur Caitriona für ihn zählte? Und was hatte diese gehabt, das ihr fehlte?

»Isla?« River traute ihren Augen kaum, als sie die Freundin vor der Kate entdeckte, in der diese bis vor wenigen Tagen mit ihren

Großeltern gelebt hatte. »Warum bist du denn so früh hier?« Sollte sie nicht auf der Burg in Jans Armen liegen?

Sofort senkte Isla den Fischerhaken, den sie gerade an eine Schnur hatte knüpfen wollen. Auch wenn unter ihren Augen dunkle Schatten lagen, lag in ihrem Lächeln für einen Moment der übliche Übermut. Bis sie River genauer ansah.

Der Haken samt Schnur fiel zu Boden, und Isla sprang auf. »Ach je, River, du machst deinem Namen heute ja alle Ehre.« Sie eilte zu ihr und legte ihr beide Hände auf die Wangen, um mit den Daumen die Tränen fortzuwischen.

»Das hätte *er* tun sollen.« Ein Schluchzen schüttelte River, und sie vergrub ihren Kopf an Islas Schulter. Die Freundin nahm sie fest in den Arm und strich ihr über den Rücken. »Weine nur, weine, dann geht es dir danach besser.«

»Warum?«, krächzte River, während sie die Augen fest zusammenpresste und am liebsten mit den Fäusten auf etwas eingeschlagen hätte. »Warum nur?«

Isla sagte eine Weile überhaupt nichts, sondern hielt sie einfach nur fest. Sie strich ihr über den Kopf, gab ihr einen Kuss auf die Schläfe, um ihr gleich danach beruhigend über den Rücken zu reiben. Und dann, River wusste nicht, wie viel Zeit vergangen war, schob sie sie plötzlich von sich fort. »Jetzt hilfst du mir mal mit den Haken und erzählst mir dabei, was überhaupt geschehen ist.«

River schniefte, während Isla sie zu sich auf den Baumstamm vor der Fischerkate zog. Von hier aus konnte man zum Glück nicht den Strand von Coldbackie sehen, sondern nur den Strand unterhalb von Castle Varrich und die Burg.

Isla reichte ihr eine Schnur und einen Haken und sah sie schelmisch dabei an. »Weißt du überhaupt noch, wie du den Knoten machen musst, damit er hält?«

River blinzelte. »Natürlich, das haben wir doch schon hundertmal gemacht.«

Isla stupste sie leicht an. »Das ist die River, wie ich sie haben will.«

Rivers Mundwinkel hoben sich kurz, ehe die Traurigkeit wieder über sie hereinbrach und sie die Schnur sinken ließ. Erneut rannen Tränen aus ihren Augen. »Er ...« Sie schnappte nach Luft. »Er ist einfach gegangen.«

Isla rutschte ein Stück näher an sie heran und stützte den Ellbogen auf ihre Schulter. »Greer hat gesagt, dass nicht jeder ein Kuschler ist.«

»Ein was?« Sie wischte sich wieder mit dem Ärmel über die Augen. Und seit wann sprach Isla mit der koketten Dorfheilerin über so etwas?

»Ein Kuschler.« Isla zwinkerte. »Vor ihrer Beziehung mit Kerr, oder wie auch immer man das Verhältnis zwischen den beiden bezeichnen will, waren Greer diese Männer wohl am liebsten, weil sie danach noch ein paar erfüllende Augenblicke für sich haben konnte.« Sie stupste River an. »Falls es ihr Liebhaber nicht gebracht hat.«

River barg ihr Gesicht in beiden Händen und fühlte sich leer, ohnmächtig und traurig. »Aber ich weiß gar nicht, ob Morgan es ... gebracht hätte.« Auch wenn sie sich diesbezüglich ziemlich sicher war, so leidenschaftlich, wie er sie davor berührt hatte.

»Ach so.« Isla spitzte die Lippen und stützte das Kinn in ihre Hand.

»Genau«, murmelte River, ehe sie Isla niedergeschlagen berichtete, was vorgefallen war.

»Na ja«, meinte Isla schließlich. »Bis du den Kuss verlangt hast, hat er dich doch verführt wie ein echter Pirat. Und dass er auch noch aufgepasst hat, dass es dir dabei nicht zu schnell geht, ist doch ein Ding.«

»Er hat mir auch eine Kette geschenkt«, brachte River leise hervor. Sie zog das Schuckstück aus ihrem Ausschnitt und hielt es Isla hin. Diese nahm den Anhänger sofort in ihre schmutzigen Finger.

»Ist das echtes Silber?«, staunte die Freundin. »Und da denkst du noch, dass er dich nicht will?«

River starrte auf das fein gearbeitete Herz in Islas Händen. Als Morgan es ihr gestern Abend gegeben hatte, war ihre Zuversicht schlagartig zurückgekehrt. Wer schenkte seiner Ehefrau zur Hochzeit schließlich ein Herz, wenn er nicht vorhatte, sie zu lieben?

Sie schluckte. »Aber warum ist er dann gegangen?« Es musste wegen Caitriona gewesen sein, welchen anderen Grund sollte es sonst geben?

Isla zögerte. »Jan hatte schon gestern Sorge, dass es zu Schwierigkeiten zwischen euch kommen könnte.«

River sog scharf die Luft an. »Jan und du, ihr redet über ... das?«

Isla legte den Kopf schief. »Na, er ist doch mein Ehemann. Und er hatte ehrlich Sorge um dich, als Morgan sich nicht einmal mehr die Zeit nehmen wollte, mit dir zur Burg zurückzugehen.«

River zog den Kopf zwischen die Schultern. »Also war es für alle offensichtlich, dass er mich nicht will.«

»Nein«, fuhr Isla dazwischen. »Jan hat eher befürchtet, dass Morgan schon so lange auf eine Frau in seinem Bett verzichtet hat, dass er vollkommen von seinen Trieben überkommen wird.«

»Und als ich dann gesagt habe, dass er mich küssen soll ...?« River verstand nicht, was Isla meinte. Waren Küsse nicht ein Teil davon?

»... hat sich gezeigt, dass Jan falschlag. Morgan ist kein triebgesteuertes Tier, sondern ein Mensch mit Gefühlen. Und er hat sich angegriffen gefühlt.«

»Von der Bitte, mich zu küssen?«

Isla tippte mit dem Finger gegen ihre Schläfe und nickte. »Er dachte wohl, dass er seine Sache bisher nicht gut gemacht hat, wenn du ihm Anweisungen dafür geben musst.« Sie sah River eindringlich an. »Was vollkommen in Ordnung ist. Wenn du einen Kuss willst, solltest du das sagen.«

»Vielleicht nicht nur das ...« River rieb sich mit der Hand über die Stirn und fühlte sich auf einmal entsetzlich dumm. Da hatte Morgan alles getan, um sie zu verführen, und sie hatte ihm den Eindruck vermittelt, dass er es nicht gut genug gemacht hatte. Kein Wunder, dass er da gegangen war.

Sie räusperte sich betreten und sah Isla an. »Wie war es denn bei dir?«

Die Freundin wirkte entgegen ihrem sonstigen Naturell auf einmal verlegen. »Ich hab's vergessen.«

»Was?«

»Ich weiß nur noch, dass wir uns geküsst und viel zu viel Wein getrunken haben und dann – Gott, River, ich kann mich einfach nicht mehr erinnern.«

River glaubte, nicht richtig gehört zu haben. »Weiß Jan das?«

»Na klar.« Isla nickte. »Er sagt, ich sei über ihn hergefallen wie eine wilde Katze, aber als ich es heute Morgen noch mal versuchen wollte, war er zu müde dafür.«

River kaute auf ihrer Lippe. »Immerhin habt ihr ... na ja, du weißt schon.«

Isla verdrehte die Augen. »Jetzt mach mal nicht so ein trauriges Gesicht, das wird schon noch bei euch. Und bis dahin kannst du mit ihm ja über Brügge sprechen. Dann muss ich mir das nicht immer wieder anhören.«

River drehte den Fischerhaken in ihrer Hand. Sie wollte tatsächlich mehr über Morgans Reisen nach Flandern wissen. Aber noch lieber würde sie wieder in seinen Armen liegen ... Wenn er das überhaupt noch wollte. Schlagartig kamen ihre Zweifel zurück. »Und was ist überhaupt mit seinem Sohn? Er hat mir noch nie von ihm erzählt.«

»Hast du ihn denn danach gefragt?«

River schüttelte den Kopf. »Nein, aber ...«

Isla schnitt ihr das Wort ab und zuckte mit den Schultern. »Er dachte bestimmt, dass du von ihm weißt.«

River zögerte. Konnte das sein? Eher ja als nein. Ihre Familie hatte ja sehr wohl von Leith gewusst, nur hatte sie ihr nichts davon erzählt. Sie sah zum Himmel, wo noch immer der blasse Mond zwischen den rosafarbenen Wolken schimmerte. »Der Junge hat sich gestern seine Mutter zurückgewünscht.«

»Kannst du das dem Kind verdenken?«, entgegnete Isla, und ihr Blick glitt zum Meer, dorthin, wo die Ebbe nichts als Sand zurückgelassen hatte.

River drückte die Hand der Freundin. »Nein, natürlich nicht.«

Isla schüttelte sich kurz, und sie schwiegen einen Augenblick, ehe River hinzufügte: »Nur weiß ich nicht wirklich, wie ich damit umgehen soll. Ich ... Gott ... ich weiß doch überhaupt nicht, ob ich ihm eine gute Stiefmutter sein kann. Wenn man eine Nacht im Stall schläft, wird man ja auch nicht plötzlich zum Pferd.«

Isla musste lachen. »Ich glaube auch nicht, dass Leith eine neue Mutter sucht.«

River hob fragend die Augenbrauen, sodass Isla erklärte: »Ich habe damals vor allem eine Freundin gebraucht. Jemand, der mit mir Spaß hat, wenn alles andere grau ist. Jemanden wie dich.«

In Islas Blick lag eine solche Zuneigung, dass River warm ums Herz wurde. »Also soll ich besser doch noch nicht die Hoffnung aufgeben und allein mit einem Pferd in Richtung Flandern fliehen?«

Isla zog sie an sich. »River MacKay, wenn du nach Flandern willst, brauchst du kein Pferd, sondern ein Schiff.« Sie zeigte mit dem Finger in die Richtung des Strands von Coldbackie. »Vorzugsweise mit deinem Piraten am Steuer.«

Bei dieser Vorstellung musste River unwillkürlich lächeln. »Dann soll ich jetzt besser aufs Schiff zurückgehen?« Vielleicht hatte Morgan vor Sorge um sie ihre Kränkung vom letzten Abend ja mittlerweile vergessen und nahm sie mit stürmischen Küssen in Empfang? Und wenn nicht: Sollte dann nicht sie versuchen, ihm näherzukommen? Als ein klares Zeichen dafür, dass sie seine Berührungen sehr wohl genossen hatte?

Isla schüttelte heftig den Kopf und hielt ihr einen Fischerhaken vor die Nase. »Willst du mich etwa die ganze Arbeit allein machen lassen? Nein, River, so leicht kommst du mir nicht davon. Ich bin immer noch deine beste Freundin, auch wenn du jetzt mit dem Herrscher der Meere verheiratet bist.«

KAPITEL 15

So konnte es nicht weitergehen. Er hatte so viele Jahre auf diesen Zeitpunkt gewartet. Darauf, dass er endlich das bekam, was ihm zustand. Vielleicht würde ausreichen, was er bislang dafür in die Wege geleitet hatte. Vielleicht aber auch nicht.

Er wollte gerade in die Kajüte gehen, als er eine Bewegung hinter sich wahrnahm. Er blickte über die Schulter, bemerkte, wie Morgan sich vor dem Schiffsmast regte, während die anderen Seemänner noch schnarchten.

Er griff nach dem Dolch. Nein, noch war es nicht so weit. Noch musste er das stumpfe Ende nehmen, um Morgan mit einem Schlag gegen die Schläfe so lange in das schwarze Nichts zu senden, bis er seine Tat vollbracht hatte.

KAPITEL 16

Wo zur Hölle war sie? Morgan hob die Bettdecke in seiner Kajüte an und glitt erneut mit den Händen über die Matratze. Nichts. Er suchte den Boden nochmals ab, den Tisch. Nichts. Er hastete zurück zur Truhe und wühlte abermals darin. Wieder nichts.

Sein Herzschlag beschleunigte sich. Er hastete noch einmal durch den Raum, sah in jedem Winkel und jeder Ecke nach, doch sie blieb verschwunden, war einfach weg.

Stöhnend ließ er sich auf das Bett sinken und rieb sich die Wange. Wie sollte er ohne seine Landkarte zurück nach Dunrobin Castle segeln? Zumal auch sein Kompass fehlte?

Sein Blick glitt zurück zu der geöffneten Truhe, in der seine Navigationsinstrumente gestern noch über Caitis Kette gelegen hatten. Genau an der Stelle, wo er sie nach ihrer Ankunft auf Castle Varrich verstaut hatte. Er schlug mit der Hand gegen die Bettkante. Das konnte doch nicht wahr sein. Seine Karte und sein Kompass konnten sich doch nicht einfach in Luft aufgelöst haben!

»Haben sich deine Kopfschmerzen in einen Tobsuchtsanfall verwandelt?« Hewie stand in der Tür und sah ihn forschend an.

»Erinnere mich bloß nicht daran«, brummte er und fuhr sich über die Beule an seinem Kopf, mit der er heute Morgen aufgewacht war. Er hatte keine Ahnung, woher sie kam, aber Hewie hatte gemutmaßt, dass er gestern bei seiner überstürzten Flucht aus der eigenen Kajüte wohl gegen einen Balken oder Mast gelaufen war. Ebenso wie damals, als er und Hewie als Jugendliche den Kerker von Dunrobin Castle erkundet hatten und von einem Schwarm Fledermäusen überrascht worden waren.

Sein Freund grinste. »Ich habe dich ja gewarnt, dass das kein gutes Ende nimmt.«

Morgan starrte ihn finster an. Warum nur hatte er ausgerechnet auf Hewie stoßen müssen, nachdem er vor River geflohen war? Zwar hatte ihm dessen stumme Gesellschaft gestern gutgetan, besonders als sein Freund auch noch Wein aufgetrieben hatte. Doch war es das wert gewesen, wenn er ihn nun mit der gescheiterten Hochzeitsnacht aufzog?

»Hilf mir lieber, meine Karte und meinen Kompass zu finden.«

Hewie runzelte die Stirn und sah zu der Truhe. »Ich dachte, du hast beides dort hineingelegt?«

»Was du nicht sagst«, brummte Morgan und blähte die Backen.

Hewie legte den Kopf schief. »Hast du sie vielleicht schon mit an Deck genommen? Weil du doch heute zurücksegeln wolltest?«

»Wann denn? Gestern Nacht hatte ich sicher keinen Kompass in der Hand, als ich aus der Kajüte kam.«

Um Hewies Lippen zuckte ein Grinsen. »Vielleicht wäre das gut gewesen? Du hast ziemlich verloren gewirkt.«

Morgans Miene wurde noch düsterer. »Mir ist nicht zum Scherzen zumute.« Der Kompass, den sein Vater von einem Händler aus dem Orient erstanden hatte, hatte zusammen mit der Karte schließlich aus gutem Grund zu dessen meistgeschätzten Besitztümern gezählt. »Wir können ohne nicht aufbrechen.«

»Sicher können wir das«, widersprach Hewie und zog die Augenbrauen zusammen. »Wir fahren einfach an der Küste entlang.«

Morgan schüttelte den Kopf. »Und was ist mit den vielen Felsinseln vor der Küste?«

»Wenn wir sorgsam und beständig Ausschau halten, sehen wir die auch ohne Karte.«

»Mit der Besatzung, die du ausgewählt hast?« Morgan konnte sich diese Bemerkung nicht verkneifen.

»Dann gehe ich eben auf den Mast.«

Er schnaubte und massierte sich seine schmerzende Schläfe. Vielleicht hatte Hewie ja recht, vielleicht konnten sie ohne Karte fahren. Aber ganz sicher nicht ohne Kompass. »Wenn ein Sturm kommt und wir den Blick auf das Land verlieren, kannst du so viel Ausschau halten, wie du willst. Dann siehst du nur noch Wasser.«

Hewie schwieg. »Es wird schon kein Sturm kommen. Und falls doch, haben wir immer noch die Sterne.«

Die Sterne. Augenblicklich musste er an Caiti denken, aber bei einem Sturm sah man natürlich meist auch keine Sterne. »Hast du denn vergessen, was mein Vater immer gesagt hat?«

Hewie verschränkte die Arme. »Na und?« Er runzelte die Stirn. »Bevor du Caitriona geheiratet hast, sind wir doch auch ohne Kompass und ohne Karte gesegelt. Und da war Schottlands Himmel nachts auch manchmal wolkig anstatt sternenklar.«

»Weshalb das wirklich dumm von uns war.« Morgan rieb sich über die Augen. »Glaub mir, ich will genauso wenig wie du noch länger hierbleiben. Also hilf mir doch einfach beim Suchen.«

Hewie brummte etwas Unverständliches, und gemeinsam durchkämmten sie Morgans Kajüte ein weiteres Mal. Vergebens.

»Das kann doch nicht sein«, knurrte Morgan und sah seinen Freund mit zusammengepressten Lippen an. Noch eine Nacht an diesem Strand bedeutete noch ein Abendessen mit Rivers Familie. Und nachdem sie sich heute Morgen vermutlich bei ihren Eltern ausgeweint hatte, konnte er darauf gut verzichten. Außerdem konnte er es kaum noch erwarten, dass River auf Dunrobin Castle ihre eigene Kammer bezog und er sie dann so gut wie gar nicht mehr sehen müsste.

Hewie lehnte sich an die Bordwand und betrachtete ihn nachdenklich. »Was, wenn nicht du, sondern jemand anders den Kompass verlegt hat?«

Morgan setzte sich auf die Bettkante. »Wer außer mir sollte das gewesen sein?«

Hewies Tonfall wurde härter. »Jemand, der will, dass ihr länger hierbleibt.«

»Du meinst River?« Weil sie ihre Familie nicht zurücklassen wollte? Morgan runzelte die Stirn. »Sie weiß doch bestimmt nicht einmal, was ein Kompass ist.«

Sein Freund zögerte kurz, dann gab er zu bedenken: »Vielleicht ist sie nicht selbst darauf gekommen.«

»Sondern wer?« Morgans Geduld schwand. »Hat ein Geist sie darauf gebracht?«

Hewie öffnete den Mund, um etwas zu sagen, schloss ihn dann aber wieder, um hastig zu nicken. »Aye, das ist das Naheliegendste.«

»Das Naheliegendste?« Morgan starrte ihn fassungslos an. »Ein Geist hat River dazu angestiftet, meinen Kompass zu stehlen? Mir scheint, du bist noch immer betrunken?«

Hewie kam einen Schritt näher und hob beschwichtigend die Hände. »Ich weiß, dass du dich dem Gedanken verwehrst. Aber gestern war Beltane. Und da ist das Band zwischen unserer Welt und ihrer Welt am dünnsten.«

»Ich hätte diesen Druiden in dem Moment von meinem Land verbannen sollen, als er den Fuß über die Schwelle meiner Burg gesetzt hat.« Morgan schüttelte den Kopf. Wer hätte gedacht, dass der sonst so scharfsinnige Hewie für solch einen Unsinn anfällig war?

Hewie verschränkte die Arme. »Du hast ihn nach zwei Tagen vor die Tür gesetzt. Dabei hätte ich noch so viel von ihm lernen können. Er hat schließlich auch für König James die Geister befragt.«

Morgan starrte Hewie mit offenem Mund an. »Du glaubst diesen ganzen Humbug also tatsächlich?«

»Natürlich, denn es ist kein Humbug.« Sein Freund setzte sich auf den Stuhl. »Denk doch mal nach. Irgendwo müssen unsere

Seelen doch hin, wenn wir sterben. Und hast du etwa nie das Gefühl, dass Caitriona noch bei dir ist?«

»Du denkst, dass sie River eingegeben hat, den Kompass an sich zu nehmen?« Das wurde ja immer abenteuerlicher.

Hewie neigte den Kopf. »Was, wenn Caitriona nicht wollte, dass du losfährst. Weil du mit deiner neuen Braut jemanden mitgenommen hättest, der nicht zu dir gehört?«

Morgans Augen verengten sich. »Das war bei Weitem dein schlechtester Versuch, mir die Ehe mit River auszureden.« Er strich sich über den Bart. »Ganz im Ernst, Hewie, da hättest du besser darauf beharrt, dass sie eine hinterhältige Diebin ist.«

»Was natürlich auch sein kann«, bekräftigte Hewie sogleich.

Morgan stöhnte. Hatte sich denn die ganze Welt gegen ihn verschworen?

»Warum gibst du den Ritualen nicht eine Chance?«, beharrte Hewie zunehmend ungehalten. »Vielleicht ist es der einzige Weg, wie Caitriona dir sagen kann, was sie wirklich will.«

Morgan ballte die Hand zur Faust. »Du warst doch dabei, als sie mir das Versprechen abgenommen hat, River zu heiraten. Du hast doch gehört, dass sie genau das wollte.«

Hewie nickte. »Aber was, wenn sie da schon nicht mehr ganz bei sich war? In allen Ehren, aber Caitriona konnte es doch nie ertragen, wenn du in Gesellschaft einer anderen Frau warst. Und dann will sie plötzlich, dass du nach ihrem Tod sofort wieder heiratest?«

Morgan schluckte. Diese Frage hatte er sich auch schon oft gestellt. »Sie hat es wegen Leith getan.«

»Aber sie wusste doch nicht einmal, ob ihm River eine gute Stiefmutter sein wird. Was ich übrigens zutiefst bezweifle, so wenig, wie deine Braut gestern mit Leith gesprochen hat.«

Morgan schwieg und überlegte. Was, wenn Hewie recht hatte? Wenn Caiti in ihren letzten Stunden tatsächlich nicht mehr klar bei Sinnen gewesen war und gewusst hatte, was sie wollte? Oder nun anderer Meinung war? Er dachte an den gestrigen Abend und daran, welche Qual es für ihn gewesen war, River zu berühren. Was, wenn das alles überhaupt nicht sein sollte? Wenn er einem riesigen Irrtum erlegen war und sich völlig ohne Grund marterte? Und das, obwohl die Ehe ohnehin noch nicht vollzogen war? Er räusperte sich. »Und du weißt ... du weißt, wie man dieses Ritual durchführt?«

Hewie atmete auf und schlug sich auf die Oberschenkel. »Der Druide hat gesagt, dass es dauern kann, bis man die Stimmen zum ersten Mal hört. Aber ja, ich denke, ich weiß, was zu tun ist.«

Morgan zögerte und war sich noch nie so lächerlich vorgekommen wie in diesem Moment. »Und was ist mit Leith? Wolltest du nicht mit ihm an Land gehen?«

Hewie machte eine wegwerfende Handbewegung. »Ich wecke ihn einfach später auf als geplant. Kinder lieben es schließlich auszuschlafen.«

KAPITEL 17

»Überfall!«

River verstand die Botschaft ihrer Schwester erst, als sie kopfüber in den Sand stürzte. »Spinnst du, Leaf?« Sie spuckte die feinen Körner in ihrem Mund aus und versuchte, sich aus dem Griff ihrer Schwester zu befreien. »Geh sofort von mir runter. Mein Kleid!«

Aber Leaf, die es sich auf ihrem Po bequem gemacht hatte, rührte sich nicht. »So wirst du jedenfalls keinen einzigen Angreifer los. Na los, wirf mir Sand in die Augen.«

»Den Teufel werde ich tun. Wenn ich mich bewege, reiße ich mir die Perlen an meinem Ausschnitt ab.«

Leaf griff nach ihren Hängeohrringen, was ein schmerzhaftes Ziehen in Rivers geschwollenen Ohrläppchen zur Folge hatte. »*Darüber* solltest du dir Gedanken machen. Ich kann dir damit das Ohr einreißen. Und was ist denn das?« Leaf schob Rivers Haare zur Seite und zog die Kette, die Morgan ihr gestern geschenkt hatte, so stark nach oben, dass sie gegen Rivers Kehle drückte. »Die musst du unbedingt ausziehen, bevor man dich damit erstickt.«

»Niemand außer dir hat das vor.« River spuckte erneut Sandkörner aus. »Wehe dir, wenn du die Kette zerreißt.«

Leaf zog das Schmuckstück noch fester um ihren Hals, sodass das Silber unangenehm in ihre Haut schnitt und River nach Luft schnappte. »Du weißt nie, wem du vertrauen kannst, River.«

»Und du wirst von Jahr zu Jahr schlimmer.« River stemmte sich mit zusammengepressten Lippen auf die Ellbogen. »Lass mich jetzt los, oder ich überrede Artair, dass er sich den bissigsten Hund zulegt, den er nur finden kann.«

»Deinem Feind zu drohen ist nicht schlecht«, lobte ihre Schwester und stand tatsächlich auf. »Auch wenn du dir besser etwas ausdenken solltest, das Artair dann auch wirklich tun würde.«

River drehte sich um, setzte sich auf und klopfte den Sand von ihrem Kleid. »Stimmt. Er würde sich wohl eher die Hand abhacken, als dir zu schaden.« Sie schüttelte den Kopf. »Bist du wirklich den ganzen Weg von der Burg hierhergekommen, nur um mich zu Boden zu werfen?«

»Nimm es als mein Abschiedsgeschenk.« Leaf verbeugte sich spöttisch. »Eine letzte gute Tat, bevor ihr nachher davonsegelt.«

River kam wieder auf die Beine. »Sei nicht dumm, Leaf, wir reisen heute noch nicht ab.«

»Da habe ich Morgan gestern aber etwas anderes zu Hewie sagen hören.«

River blinzelte ungläubig. Nachdem ihr Ehemann tagelang nach Castle Varrich gesegelt war, wollte er nur drei Nächte hierbleiben?

Leaf legte den Kopf schief. »Soll ich den Mast seines Schiffs fällen, damit ihr noch länger bleibt?«

»Das würdest du nicht tun.«

Leaf musste lachen. »Jetzt klingst du wie unsere Mutter.« Sie zögerte. »Schreib Skye manchmal. Sie vermisst dich schon jetzt schrecklich.«

»Und was ist mit dir?« River wollte ihre Schwester in die Seite stupsen, doch diese wich ihr aus.

»Was soll schon sein?« Leaf zuckte mit den Schultern. »Du weißt doch, dass ich gut allein klarkomme.«

Ein warmes Gefühl durchströmte River. Sie trat einen Schritt näher zu ihrer Schwester, die daraufhin einen weiteren Schritt zurückwich. »Was wird das?«

River schmunzelte verwegen, ehe sie einen Satz nach vorn machte, um Leaf fest in ihre Arme zu schließen. »Ein Überfall!«

Natürlich entkam ihr Leaf. River bekam nicht einmal den Ärmel ihres Leinenhemds zu fassen, während sie sie über den Strand jagte, und als ihre Schwester schließlich abseits des Pfads die Böschung hinaufkletterte, gab sie auf. Schwer atmend ließ sie sich auf eine der Wolldecken sinken, die nach dem gestrigen Fest noch immer am Strand lagen, als ihr der Gedanke kam, dass Morgan sie bei der Jagd nach ihrer Schwester vielleicht beobachtet hatte.

Sofort wanderte ihr Blick zum Schiff, doch an Deck war niemand zu sehen. Sie atmete auf und wollte die Augen für einen kurzen Moment schließen, als sie ein leises Geräusch hinter sich vernahm. War Leaf etwa zurückgekommen?

Ruckartig wandte sie den Kopf und sah gerade noch einen hellbraunen Haarschopf hinter einem der Felsen verschwinden, die den Strand überzogen. »Leith?«

Sie bekam keine Antwort, entdeckte dafür aber kleine Fußabdrücke, die hinter den Felsen führten. War das Kind etwa allein am Strand? Und wollte sie ihm überhaupt begegnen?

Zögernd erhob sie sich und ging auf den Felsen zu. Isla hatte gemeint, dass Leith sich eher eine Freundin als eine Stiefmutter wünschte. Aber was sagte man zu einem sechsjährigen Jungen, der um seine Mutter trauerte und dem es wahrscheinlich missfiel, dass sein Vater wieder geheiratet hatte? *Hallo, ich bin River. Wollen wir Freunde sein?*

Sie hielt inne. Sie hatte immer Kinder bekommen wollen, aber wollte sie auch dieses Kind? Caitrionas Kind? Andererseits: Hatte sie überhaupt eine Wahl, wenn sie Morgans Herz gewinnen wollte? Und verdiente der Junge nach allem, was er durchgemacht hatte, nicht ihre Zuneigung?

Sie schluckte und straffte die Schultern. Womit hatten ihre Schwestern und sie sich die Zeit vertrieben, als sie in Leiths Alter gewesen waren? Sie überlegte, und es dauerte nicht lang, bis ihr etwas Passendes einfiel.

Zögernd drehte sie sich etwas von dem Felsen weg und legte ihre Hand über die Augen. »Wo ist Leith denn jetzt?«, brummte sie mit gespieltem Verdruss. »Ich dachte, ich hätte ihn gesehen, aber er hat sich einfach zu gut versteckt. Ist er vielleicht im Meer?« Sie trat näher an das spiegelglatte Wasser und runzelte die Stirn. Aus den Augenwinkeln heraus sah sie, wie der hellbraune Haarschopf wieder aufblitzte. »Nein, hier ist er nicht.« Sie wandte sich um und ging näher Richtung Böschung. »Ist er vielleicht dort hochgeklettert?«

Sie stemmte die Hände in die Seiten und wartete einen Moment ab. »Nein, hier ist er auch nicht.« Sie sah zu dem Felsen. »Hat er sich vielleicht dort versteckt?«

Wieder bekam sie keine Antwort und seufzte dramatisch. »Ach herrje, bei den Felsen ist er auch nicht.« Sie tat so, als wolle sie gehen. »Dann muss ich ihn wohl auf der Burg suchen.« Sie machte einen Schritt in Richtung Castle Varrich. »Außer natürlich, er gibt mir ein Zeichen, dass er doch irgendwo hier ist? Ein Piepen vielleicht, damit wir danach etwas spielen können?«

Wieder nur Stille. Warum musste der Junge es ihr nur so schwer machen? »Also suche ich ihn jetzt auf der Burg?«

Sie verharrte. Und dann, ganz leise, ertönte ein Piepen.

»Ah, habe ich da etwas gehört?« River wandte sich langsam um und blickte mit gerunzelter Stirn zu dem Felsen. »Oder habe ich mir das nur eingebildet?« Sie stemmte wieder die Hände in die Hüfte. »Wenn Leith wirklich hier wäre, hätte er bestimmt lauter gepiept.«

Wieder war Ruhe, dann schob sich der Haarschopf vorsichtig hinter dem Felsen hervor.

River tat überrascht. »Leith! Und ich dachte schon, ich würde dich nie finden, so gut, wie du dich versteckt hast.«

Der Junge sagte nichts, sah sie einfach nur an. Sie ging in die Hocke und lächelte ihn an. »Nachdem du beim Versteckspiel gewonnen hast, hättest du vielleicht Lust auf Fangen spielen?«

Leith schüttelte den Kopf. »Ich mag kein Fangen.« Seine grauen Augen blickten so traurig, dass sie sich plötzlich tief bewegt fühlte. Hatte er das immer mit seiner Mutter gespielt?

»Weißt du«, sie setzte sich in den Sand, »ich mag auch kein Fangen.« Sie zuckte mit den Schultern. »Ich bin immer zu langsam und schaffe es nie, jemandem zu entkommen. Aber vielleicht wollen wir noch mal Verstecken spielen? Darin bin ich ganz gut.«

Leith hob trotzig das Kinn. »Du hast mich doch nur gefunden, weil ich gepiepst habe.«

River nickte. »Das Versteck hinter den Felsen war auch sehr gut.«

Leiths Gesichtsausdruck hellte sich kurz auf, dann sah er sie prüfend an. »Kannst du denn überhaupt bis zwanzig zählen?«

River musste wider Willen lachen. »Na hör mal. Ich kann sogar bis zweihundert zählen.«

»Wirklich?«

»Aber sicher.« Sie klopfte neben sich in den Sand und gab sich einen Ruck. Sie würde jetzt einfach vergessen, wer Leiths Mutter war, und nur daran denken, wie dankbar Morgan ihr für ihre Bemühungen sein würde. »Wenn du herkommst, bringe ich es dir bei.«

Leith zögerte kurz, dann lief er zu ihr und setzte sich und seine flügellose Stoffmöwe in einigem Abstand neben sie. Seine hochgezogenen Schultern verrieten ihr, dass er ihr nicht wirklich traute, aber dennoch brannte in seinen Augen unverkennbar jener Wissensdurst, den sie von sich selbst kannte.

Sie lächelte. »Zuerst müssen wir den Sand ganz flach machen.« Sie beugte sich nach vorn und wischte die Unebenheiten hinfort. »Und dann brauchen wir ganz viele Muscheln und Steine.« Ihre Finger legten sich um eine graublaue Muschelschale, die schon leicht zerbrochen war, und sie bat Leith: »Hilfst du mir dabei?«

Er nickte, und schon bald hatten sie einen kleinen Berg Schalen und Steinchen zwischen sich errichtet. River nahm die erste Muschel und legte sie auf die Sandfläche. »Das ist unsere Eins.« Sie nahm eine weitere Muschel und platzierte sie rechts daneben. »Und das ist unsere Zwei.« Sie legte alle Muscheln bis neun in eine waagrechte Reihe, ehe sie unterhalb der Eins, aber ein Stück nach links versetzt, senkrecht mit einer zweiten Reihe weitermachte. »Das ist unsere Zehn.« Sie nahm die nächste Muschel und legte sie darunter. »Und das ist unsere Zwanzig.« Nun griff sie nach einem Kieselstein und legte ihn in die Reihe mit der Zwanzig-Muschel und unterhalb der Drei-Muschel. »Weißt du, was für eine Zahl das ist?«

Leith legte den Kopf schief. »Nein. Aber du hast die Elf nach der Zehn vergessen.«

River musste schmunzeln. Die Genauigkeit des Kinds erinnerte sie seltsam an sich selbst. »Sollen wir also besser zuerst überlegen, wo die Elf zu finden ist?«

Leith nickte und rutschte auf seinen Knien weiter nach vorn. »Und dann die Zwölf.«

Sie schafften es bis zur Dreiunddreißig, nachdem Leith die Logik verstanden hatte, ehe er plötzlich herausplatzte: »Wieso spielst du mit mir, wenn du mich nicht magst?«

River hielt sofort in ihrer Bewegung inne und legte den vierunddreißigsten Stein zurück auf den Muschel- und Steinhaufen zwischen ihnen. »Wie kommst du denn darauf, dass ich dich nicht mag?« Hatte sie etwas gesagt oder getan, das dem Jungen den Kampf in ihrem Inneren verraten hatte?

Leith schwieg, aber seine Augen wurden trotzdem feucht. »Weil du einen Keil zwischen mich und Vater treiben willst.«

»Du meinst einen Keil?« River hob die Augenbrauen. Das waren doch nicht die Worte eines Kindes.

Leith nickte mit gesenktem Kopf.

Sie berührte ihn sanft an der Schulter. »Wer immer das gesagt hat, ist ein Lügner. Ich will dir deinen Vater nicht wegnehmen.« Das wollte sie wirklich nicht.

Der Junge hob das Kinn und meinte trotzig. »Hewie ist aber kein Lügner, sondern mein Freund.«

Rivers Augenlider verengten sich. Schon gestern hatte sie Hewies Abneigung gespürt. Dabei hatten sie kaum miteinander gesprochen. Was hatte das zu bedeuten? Sie räusperte sich, als Leith sie erwartungsvoll anblickte. »Nein, natürlich ist Hewie kein Lügner. Aber auch unsere besten Freunde können sich manchmal irren.« Sie lächelte ihn aufmunternd an. »Oder würde jemand mit dir Steine zählen, der dich nicht mag?«

Leith antwortete darauf nicht. Stattdessen nahm dieses Mal er den nächsten Kieselstein und legte ihn auf die Sandfläche.

River gingen seine Worte jedoch nicht mehr aus dem Kopf. »Wo ist denn Hewie? Du bist doch bestimmt nicht allein an den Strand gekommen?«

Leith zeigte zu dem Baum, an dessen Ästen noch immer die bunten Wunschbänder hingen. »Hewie ist bei Vater. Er hat mir gesagt, dass ich zusammen mit dem Koch noch einmal an Land gehen und mir etwas wünschen soll.«

In River zog sich innerlich alles zusammen, als sie an Leiths gestrigen Wunsch dachte. »Und wo ist der Koch?«

Leith zuckte mit den Schultern und deutete auf eine Stelle hinter den Felsen, die man von ihnen aus nicht einsehen konnte. »Er schläft im Beiboot.«

»Er schläft?« River überlegte kurz und zeigte zu dem Baum mit den Wünschen. »Soll ich dann anstelle des Kochs mit dir kommen und deinen Wunsch aufschreiben?« Irgendetwas musste es doch noch geben, was der Junge außer der Rückkehr seiner Mutter wollte.

Leith sah sie mit großen Augen an. »Also kannst du auch schreiben? Aber du bist doch eine Frau.«

River verkniff sich ein Schnauben, während sie sich aufrichtete. Das Kind sprach nur das aus, was auf die meisten Frauen in den Highlands zutraf. »Auf Castle Varrich lernen auch wir Frauen das

Lesen und das Schreiben.« Ihre Brust verengte sich. *Oder versuchen es zumindest ...*

Sie brauchte einen Moment, ehe sie zu ihrem Lächeln zurückfand und Leith die Hand reichte. Der Junge griff nicht danach, sondern nach seiner Möwe, lief aber trotzdem mit ihr zu einem der in den Sand gesteckten Bäume mit den Wunschbändern.

»Welche Farbe hättest du gern?«, fragte ihn River, woraufhin Leith auf ein himmelblaues Band deutete.

»Gute Wahl. Blau ist auch meine Lieblingsfarbe.« Sie stellte sich auf die Zehenspitzen und löste das Band vom Ast.

»Und welchen Wunsch darf ich für dich aufschreiben?« Sie öffnete die Holzbox, die nahe dem Baumstamm stand, und holte Feder und Tinte heraus, bevor sie den Jungen aufmunternd ansah. »Aber es muss ein anderer sein als gestern.«

Leith schwieg. »Dann wünsche ich mir, was Vater sich gewünscht hat.«

River kaute auf ihrer Lippe, während die Anspannung in ihr wuchs. »Und das wäre?« Eine glückliche Ehe? Eine Weltumsegelung? Die Rückkehr nach Brügge?

Leith kniff die Augen zusammen. »Wilden Rosmarin.«

River hob eine Augenbraue. »Du meinst wilden Rosmarin?« Was wollte Morgan denn mit einem Gewürz?

Leith nickte eifrig. »Kannst du das schreiben?«

River kniff die Augen zusammen und verdrängte die Unsicherheit, die aufgrund seiner Frage in ihr aufkam. »Na hör mal. Ich kann doch auch bis zweihundert zählen.«

Leith strahlte, und sie nahm die Feder in die Hand. So schwer konnten sechzehn Buchstaben doch nicht sein. Vor allem nicht, wenn sie dem Kind damit eine Freude machte ...

KAPITEL 18

»Wir rufen dich, Caitriona Sutherland. Komm und sprich zu uns.«

Morgan öffnete die Augen und sah voller Zweifel zu Hewie, der vor ihm mit geschlossenen Lidern eine Kerze schwenkte. Warum nur hatte er sich zu diesem Unsinn überreden lassen?

»Gib uns ein Zeichen, Caitriona. Zeige uns deinen Willen. Weise uns den Weg.« Hewie hob die Flamme höher, seine Stimme wurde tragender, und er breitete die Arme aus. »Caitriona, die du bei den Sternen weilst, sprich zu deinem Ehemann.«

Morgan räusperte sich, woraufhin sein Freund die Augen öffnete und ihn mahnend anfunkelte. »Du musst schon mitmachen. Sonst geht es nicht.«

»Ich habe mitgemacht.« Morgan wollte aufstehen, doch Hewies Blick wurde so vorwurfsvoll, dass er seufzend erneut die Augen schloss. Die Luft in der Kajüte war abgestanden, der Rauch der Kerze machte es noch schlimmer. Er war müde und erschöpft und wollte einfach nur schlafen. Oder seinen Kompass finden, damit er endlich nach Hause fahren konnte.

»Erinnere dich an sie«, tönte Hewie. »Wie klang ihre Stimme? Wie war ihr Gang?«

Morgan riss die Augen auf und ballte seine Hände. »Willst du mir absichtlich Kummer bereiten?«

Hewie blinzelte. »Nur wenn wir sie ganz genau vor uns sehen, kannst du ihren Geist spüren.«

»Gottverdammt, ich spüre überhaupt nichts.« Morgan rieb sich über den Bart und kniff die Lippen zusammen. Im besten Fall war diese Beschwörung Zeitverschwendung, aber viel wahrscheinlicher war, dass er damit seine Wunden nur noch weiter aufriss.

»Weil du es nicht richtig versuchst«, protestierte Hewie. »Willst du nun wissen, was sie zu sagen hat oder nicht?«

Morgan murmelte einen gälischen Fluch. Da würden sich wohl eher die Felsen auflösen, auf die sie bei ihrer Ankunft beinahe aufgelaufen wären, als dass Hewie seine Sturheit ablegte. Aber was, wenn er doch recht hatte? Er schloss abermals die Augen. »Einen Versuch noch, und danach ist Schluss.«

Hewie brummte etwas Unverständliches, ehe das Rauschen seines Leinenhemds verriet, dass er die Kerze wieder schwenkte. »Denke jetzt an ihre Hände. Wie haben sie sich angefühlt?« Seine Stimme wurde ruhiger, leiser. »Und ihr Lachen. Wie klang es in deinen Ohren?«

Hewie stimmte eine tiefe, traurige Melodie an, und vielleicht waren es diese Klänge, die Morgan schließlich doch noch berührten. Er atmete langsam ein und aus, ließ die Augen geschlossen und horchte tief in sich hinein, tauchte in die Vergangenheit ein.

Ihre Hände ... Er schluckte. Ihre Hände hatten sich meist kalt angefühlt. Caitriona hatte sie wegen ihres kurzen Daumens nicht gemocht, doch für ihn war ihre Form vollendet gewesen. Er dachte an das sternförmige Muttermal auf ihrem rechten mittleren Fingerknöchel. Wie oft hatte er diese Stelle geküsst, bis sie warm war. Sie mit seinen Lippen sanft berührt, bevor er seinen Mund weiter ihren Arm hinaufwandern ließ.

Er griff sich an den Hals.

»Gut, lass deine Gefühle zu«, murmelte Hewie, ehe er wieder jene traurige Melodie anstimmte.

Ihr Lachen ... oh, ihr Lachen war so perlend gewesen wie die Schaumkronen auf dem Meer. In den letzten Wochen hatte er es nur noch selten gehört, meistens dann, wenn Leith bei ihr war.

Aber es hatte alle Trübseligkeit davongespült und selbst ihn für einen Lidschlag mit Hoffnung erfüllt. Die Brust wurde ihm eng.

»Spürst du sie schon?« In Hewies wispernder Stimme schwang Aufregung.

»Ich weiß nicht«, antwortete er mit belegter Stimme, woraufhin Hewie murmelte: »Dann denke jetzt an ihren Geruch. Wie hat ihre Haut gerochen?«

Er wollte gerade den Mund öffnen, als Hewie leise mahnte: »Sage nichts, Morgan. Fühle nur.«

Genug war genug. Er riss die Augen auf. »Herrgott, Hewie, wie soll ich denn einen Geruch fühlen?«

Sein Freund zeigte mit der Kerze zu der Truhe neben dem Bett. »Hast du darin noch ein Kleidungsstück von ihr?«

Er dachte an Caitrionas seidenes Tuch, das er seit ihrem Tod jede Nacht unter sein Kissen legte. Seine Muskeln verspannten sich. »Daran rieche ich jetzt ganz bestimmt nicht.« Während er aufstand, überkam ihn plötzlich eine seltsame Enttäuschung. »Wenn es wirklich Geister gibt, hätte Caiti längst mit mir gesprochen.«

Hewie hob abwehrend die Hände. »Bitte, Morgan, setz dich wieder. Deine Wut öffnet dir das Tor zu deinen Gefühlen. Sie spürt es auch. Ich glaube, wir sind kurz davor.«

Morgan legte seine Finger um den Docht der Kerze und löschte sie. »Ich glaube, ich bin kurz davor, dir mit dem Kerzenständer eins überzuziehen.«

Hewie presste die Lippen zusammen. »Na gut. Der Druide hat gesagt, dass man Geduld haben muss.«

Morgan trat zu Hewie und legte ihm die Hände auf die Schulter. »Ich weiß, dass du es gut meinst. Aber sie ist weg, verstehst du? Weg.«

Er fühlte sich auf einmal vollkommen erschöpft, sogar das Atmen fiel ihm schwer, als von draußen ein schriller Schrei zu ihnen drang. Hewie hörte ihn auch und starrte mit großen Augen zur Tür. »War das etwa ...?«

»Ich glaube schon.« Sofort sprang Morgan auf und riss die Tür zu seiner Kajüte auf. Sein Herz schlug schnell, und es brauchte einige Lidschläge, ehe er River im Licht der strahlenden Sonne einige Schritte vor sich auf dem Deck erkannte. Ihre Brauen waren zusammengezogen, und sie rieb sich mit einem Lumpen heftig über einen weißen Fleck auf dem Ärmel ihres Kleids. »Diese verdammte Möwe«, schimpfte sie und sah mit zusammengekniffenen Augenlidern zum Himmel. »Wenn ich dieses Tier erwische ...«

»Das ist es, Morgan.« Hewie zog aufgeregt am Ärmel von Morgans Leinenhemd, seine Augen hatten einen fiebrigen Glanz. »Das ist das Zeichen, nach dem wir gesucht haben, du weißt es genau.«

Morgan nickte nur leicht, denn zu mehr war er nicht imstande. Hatte tatsächlich ausgerechnet eine Möwe auf River ...? Die Härchen auf seinem Arm stellten sich auf, und er sah zu dem Tier, das oben auf dem Mast saß. Es schien ihn direkt anzusehen, und er meinte in graue Augen zu blicken, dann flog die Möwe davon. Er erschauderte. Konnte das wirklich möglich sein, oder war es nur Einbildung?

Hewie umfasste aufgeregt seinen Arm, und seine Wangen färbten sich rot, als könnte er es selbst kaum glauben. »Möwen waren Caitrionas Lieblingstiere. Und diese Möwe konnte River eindeutig nicht leiden. Da hast du deine Antwort, Morgan. Deine Frau ist in Wahrheit gegen die Ehe mit ihr.«

Morgan zitterte. Er glaubte nicht an Geister. Wirklich nicht. Aber konnte das noch ein Zufall sein?

»Du musst mit ihr brechen.« Hewie redete sich immer mehr in Rage. »Anders kannst du mit diesem Vorfall nicht umgehen, Morgan. Du musst sie verlassen, hörst du?«

Bei Hewies letzten Worten bemerkte River, dass sie nicht länger allein war, und verbarg umgehend den Arm mit dem Schmutzfleck hinter ihrem Rücken. Ihr Gesicht wurde bleich, als sie zwischen ihm und Hewie hin und her sah und stammelte: »Guten Morgen. Und wer verlässt wen?«

Morgan warf Hewie einen finsteren Blick zu und zischte: »Kein weiteres Wort mehr.« Dann ging er mit einem flauen Gefühl im Magen auf River zu und deutete mit einer Kinnbewegung auf ihren versteckten Arm. »Ist dir das gerade eben zum ersten Mal passiert?«

River zog den Arm noch etwas weiter hinter ihren Rücken. »Ähm ... ja, ja, entschuldige bitte, ich hätte besser aufpassen sollen.«

»Du hättest es nicht verhindern können, die Möwe hatte es auf dich abgesehen«, erklang nun Hewies triumphierende Stimme hinter Morgan.

Der sah ihn warnend an, während River erstickt antwortete: »Aye, vielleicht. Möwen können teuflische Wesen sein, nicht wahr?«

Morgan schwieg, während er River genauer betrachtete. Sie hatte dunkle Ringe unter den Augen und Sand an ihrem Kleid. Hatte sie etwa am Strand geschlafen? Sein Blick fiel auf die Kette, die sie noch immer um den Hals trug, und er presste die Lippen noch fester zusammen. Sie sollte nicht zwischen Rivers Brüsten hängen, sondern zwischen Caitis.

River bemerkte seinen Blick und legte eine Hand auf die Kette. »Ich habe sie die Nacht über nicht abgelegt. Sie ist ein sehr schönes Geschenk.«

Da meldete sich eine leise, heisere Stimme zu Wort. »Du darfst die nicht haben. Die gehört doch Mutter.«

Überrascht sah Morgan zu Leith, der seitlich von ihm an der Reling stand und dessen Kommen er bisher nicht bemerkt hatte. Was auch besser so geblieben wäre, denn der Vorwurf in den grauen Augen des Jungen schnitt ihm wie ein Dolch ins Herz.

»Würdest du lieber selbst darauf aufpassen?« Verdutzt beobachtete er, wie River sich vor den Jungen kniete und vorsichtig nach seiner Hand griff.

Leith schob die Lippe nach vorn, presste seine flügellose Möwe gegen die Brust, und Tränen traten in seine Augen. »Ich will, dass Mutter darauf aufpasst.«

»Da hörst du es«, zischte Hewie leise neben ihm. »Leith will keine neue Mutter.«

Morgans Kehle verengte sich, und er sah rasch zu River, die Hewies Bemerkung aber anscheinend nicht gehört hatte. Stattdessen nickte sie langsam. »Ich verstehe, Leith. Was schlägst du also vor?«

Hewie atmete scharf ein und wandte sich dieses Mal unmittelbar an River. »Erwartet Ihr gerade ernsthaft von einem Kind, dass es Euch sagt, was Ihr tun sollt?« Er trat zu dem Jungen, der sich zitternd von ihm in den Arm nehmen ließ. »Seht Ihr nicht, dass Ihr Leith zu viel zumutet?«

»Aye«, stimmte Morgan mit Blick auf das bleiche Gesicht seines Sohnes zu. Natürlich war das alles zu viel für Leith, und ebenso für ihn. War River also doch zu unerfahren, um ihm eine gute Stiefmutter zu sein? Er zog die Brauen zusammen und kämpfte gegen das dumpfe Pochen in seiner Schläfe an. »Hewie, nimm den Jungen und geh mit ihm in die Kajüte.«

Sein Freund blickte ein letztes Mal bedeutungsschwer zu River, die noch immer vor Leith kniete. So als wolle er ihr damit sagen, dass das doch eigentlich ihre und nicht seine Aufgabe sei. Oder wollte er Morgan nur nicht mit ihr allein lassen?

»Jetzt«, fügte Morgan deutlich hinzu. Er konnte den Anblick seines weinenden Kindes keinen Augenblick länger ertragen und fühlte sich zunehmend hilflos.

Hewie zögerte kurz, dann aber nahm er Leith bei der Hand. »Also gut«, brummte er. »Lass uns nach drinnen gehen, Leith. Wir beide haben uns doch schon immer gut verstanden, oder nicht?«

Sobald die Tür hinter den beiden ins Schloss gefallen war, blickte Morgan zu River. Sie hatte sich zwar wieder aufgerichtet, stand nun aber mit hängenden Schultern vor ihm. »Am Strand haben wir uns so gut miteinander verstanden.«

Morgan verschränkte die Arme. »Unter den gegebenen Umständen solltest du mir die Kette zurückgeben. Ich werde dir eine andere schenken.«

Doch River schüttelte den Kopf. »Nicht doch. Es ehrt mich, dass du mir anstatt einer eigenen Kette genau diese gegeben hast.« Sie nahm das Herz und steckte es in ihren Ausschnitt zurück. »Ich werde sie zukünftig einfach unter dem Kleid tragen.« Sie lächelte zaghaft. »Ganz nah an meinem Herzen.«

Morgan fühlte sich zunehmend unwohl, und er wusste nicht, was er darauf erwidern sollte.

River sah ihn aufmerksam an, dann kam sie einen Schritt auf ihn zu. Ihr Blick wanderte kurz zu seinem Mund, dann legte sie vorsichtig ein zusammengeknülltes Band in seine Hand. »Hier.«

Er zuckte zusammen, als er ihre warmen Finger auf seiner Haut spürte, und widerstand dem Drang, sich auf der Stelle umzudrehen und gleichfalls in seiner Kajüte zu verschwinden. »Was ist das?«

»Es gehört Leith.« Sie senkte die Stimme und sah ihm hoffnungsvoll in die Augen. »Vielleicht hängst du es später mit ihm an einer der Leinen auf?«

Morgan starrte auf den Stoffstreifen. War das etwa von einem der Wunschbäume? Ein Spruch stand offensichtlich darauf, doch die Tintenschrift war verlaufen, sodass er ihn nicht auf den ersten Blick entziffern konnte. Er sollte lesen, was der Junge geschrieben hatte, doch River hielt noch immer seine Hand, und ihre Berührung war ihm unerträglich. Ruckartig zog er die seine zurück und steckte das Band in den Bund seiner Hose.

Er bemerkte zwar die Enttäuschung in Rivers Gesicht, ließ sich davon aber nicht beeindrucken. Zu viel kam einfach zusammen: Er hatte starke Kopfschmerzen, Leiths vorwurfsvoller Blick machte ihm zu schaffen, die Sache mit der Möwe wollte ihm nicht mehr aus dem Kopf gehen, und obendrein fehlte noch immer sein Kompass, ohne den er Castle Varrich nicht verlassen konnte. Weder mit noch ohne River.

»River, ich muss mit dir reden.« Seine Stimme klang harsch, aber das schien ihm durchaus angebracht zu sein. Hatte sie doch womöglich seinen Kompass und seine Karte entwendet.

Er sah, wie sie sich verspannte. »Es tut mir leid.«

Seine Augenbrauen schossen nach oben. »Also weißt du, wovon ich spreche? Und gestehst deine Schuld ein?«

Sie hielt mit bebender Unterlippe seinem Blick stand. »Aye. Ich hätte gestern offener mit dir reden sollen. Deine Berührungen ... also ich muss ganz ehrlich sagen, dass ... also es war in jedem Fall ... genug.«

»Genug?« Ein kalter Schauer lief ihm über den Rücken, als ihm klar wurde, dass River ihn missverstanden hatte und nun von ihrer Hochzeitsnacht sprach. Nur was genau meinte sie? Dass ihr seine körperliche Annäherung zu viel gewesen war?

Er verschränkte die Arme. »Das kommt etwas spät.«

River räusperte sich. »Es tut mir leid, ich hätte das schon gestern sagen sollen.«

»Und wieso hast du das nicht?«

»Na ja, ich dachte eben, dass du weißt, dass ich nicht wollte, dass ... also, dass du denkst, dass ... wie sage ich das am besten? Ich wollte dir nicht das Gefühl geben, dass du ...«

»Dass ich was, River?« Seine Muskeln verspannten sich. Erst verlangte sie, dass er sie küsste, und jetzt sagte sie ... ja was eigentlich? »Raus mit der Sprache. Ich kann schließlich nicht Gedanken lesen.«

»Natürlich nicht«, stammelte sie. »Was ich meine, ist ... vielleicht können wir gestern vergessen? Und es von jetzt an anders handhaben? Wenn wir unsere Worte sorgsam wählen und ...«

Sie verstummte, als er ungläubig die Luft ausstieß. Schlug River ihm etwa gerade auf sehr umständliche Art und Weise vor, die Ehe überhaupt nicht zu vollziehen?

»Oder eher nicht?«, krächzte River und sah ihn beinahe flehend an.

Er schluckte. Ganz sicher würde er nicht derjenige sein, der darauf beharrte, sie zu berühren, wenn sie das nicht wollte. Im Gegenteil, eigentlich kam ihm das gerade recht. Solange sie nicht beieinandergelegen hatten, ließe sich die Ehe leichter annullieren. Und er gewann zudem mehr Zeit, um sich klar zu werden, was Caiti wirklich gewollt hatte und was Leith brauchte. Also nickte er. »An mir soll es nicht liegen.«

»Oh, das ist eine Erleichterung.« Sie legte sich die Hand auf die Brust. »Ich danke dir dafür.«

»Mit so viel Freude hätte ich nicht gerechnet«, brummte er und war für einen Moment sogar gekränkt.

River zog die Brauen zusammen. »Oh, aye, entschuldige, eine Lady sollte doch ihre Gefühle besser für sich behalten.« Sie ließ die Hand wieder sinken und straffte ihre Schultern. »Aber ... bist du denn gar nicht erleichtert, dass wir über gestern geredet haben?«

»Doch natürlich«, brachte er hervor. Nur würde dies nichts bringen, wenn River in ihrem Überschwang ihrem Vater oder einem anderen Familienmitglied von ihrer Abmachung berichtete. »Solange du auch schweigen kannst.«

River atmete erleichtert auf. »Natürlich. Es ist doch immer ein Geben und Nehmen.« Sie warf ihre offenen Haare zurück, streifte dabei mit der Hand ihr Ohr und zuckte kurz zusammen.

Er runzelte die Stirn, als er sah, wie rot es war. »Du solltest die Ohrringe besser herausnehmen.«

»Gefallen sie dir also nicht? Wenn sie dir nicht gefallen, kann ich sie natürlich ...«

»Sie sind schön«, unterbrach er sie. »Aber sie bereiten dir offensichtlich Schmerzen.«

River machte eine wegwerfende Handbewegung. »Ach, das geht schon.« Sie strich ihre Haare wieder vor die Ohren und trat einen Schritt näher auf ihn zu, ihre vorherige Verunsicherung schien verschwunden zu sein. »Tragen die Frauen in Brügge denn auch Ohrringe mit Perlen?«

»Wie bitte? Was soll denn diese Frage?«

River legte den Kopf schief. »Ich meine, welcher Schmuck ist dort in Mode?«

»Das weiß ich nicht.« Morgan schüttelte unwillig den Kopf. War das der Versuch, ihn von seiner eigentlichen Frage abzulenken? Wurde sie jetzt mutig, weil er ihr zuvor etwas zugestanden hatte?

Aber Rivers Antwort überraschte ihn erneut. »Entschuldige, natürlich achtet ein Mann in einer Stadt wie Brügge nicht auf den Schmuck, wenn es so viel anderes zu sehen gibt.«

Er musterte River. Wie kam sie denn überhaupt auf Brügge? Er warf ihr einen strengen Blick zu. »River, weißt du, wofür ein Kapitän einen Kompass braucht?«

Sie wirkte kurz überrascht über seine Frage, dann nickte sie. »Um auf dem Wasser den richtigen Weg zu finden. Besonders wenn man weder das Land noch die Sterne sieht.« Sie sah ihn unverwandt und offen an. »Kein guter Kapitän würde ohne Kompass segeln.«

Er verschränkte die Arme. »Und wusstest du, dass ich heute von hier aufbrechen wollte?«

»Aye, Leaf hat es mir gesagt.«

»Und das hat dir wohl nicht gefallen, was?«, fragte er und beobachtete ihre Reaktion genau.

Sie blinzelte zunächst verwirrt. »Ich war zwar etwas überrascht, dass du nicht noch länger bleiben wolltest.« Dann aber trat auf ihre Lippen ein strahlendes Lächeln. »Aber ich bin bereit für die weite Welt.«

Morgans Augenlider verengten sich, einmal mehr war ihm, als würde er keine Luft mehr bekommen. »Ich hasse es, wenn man mich anlügt.«

Rivers Stimme wurde dünner. »Aber das habe ich doch nicht.«

Er sah sie prüfend an. »Also willst du mir sagen, dass du keine Ahnung hast, wo mein Kompass hingekommen ist?«

Bei seinem barschen Tonfall wurde sie schlagartig blass. »Vielleicht ...« Sie räusperte sich. »Vielleicht habe ich eine Idee, wer ihn genommen haben könnte.«

»Ach wirklich?« Er mahlte mit den Zähnen und verbarg seine Enttäuschung über ihr Verhalten hinter einer unbewegten Miene.

»Wo ist er?«

River trat von einem Fuß auf den anderen. »Das ist doch nicht wichtig, solange er am Ende wieder da ist, oder?«

»Also kannst du nicht einmal zugeben, dass du ihn genommen hast.« Seine Schuld nicht einzugestehen war für Morgan die schlimmste aller Lügen.

River verschränkte ihre Arme so, dass er den Fleck der Möwe auf dem Ärmel ihres Kleids nicht sehen konnte, dann blickte sie ihm offen in die Augen. »Ich habe ihn nicht genommen. Das kannst du mir ruhig glauben.«

Er schnaubte bitter. Seit jener Nachricht in den toten Händen seines Vaters würde er einer Frau nie wieder etwas glauben.

»Du hast Zeit bis zum Abendessen«, knurrte er und wandte sich bebend von ihr ab, da er ihren Anblick nicht länger ertragen konnte.

Rivers hohe Stimme klang ihm hinterher. »Ich werde dich nicht enttäuschen. Versprochen.«

KAPITEL 19

Als River in die große Halle hastete, wäre sie beinahe mit Jan zusammengestoßen. »Lady Sutherland.« Er blickte sie mit einem nachsichtigen Gesichtsausdruck an. »Ich nehme an, du hast gut geschlafen, nachdem du nicht zu unserem Unterricht gekommen bist.«

»Oh, das tut mir leid.« River schlug die Hände vor den Mund. »Ich dachte nicht, dass du heute auf mich warten würdest, nachdem wir gestern alle beide unsere Hochzeit gefeiert haben.«

Jan neigte leicht den Kopf. »Hast du denn nach deiner Eheschließung deine Liebe für Bücher verloren?«

River musste lachen, so aberwitzig war dieser Gedanke. »Natürlich nicht. Aber ich habe unsere Bücher schon alle gelesen. Und du hast mir doch auch bereits alles über die weite Welt erzählt, was du weißt.«

Jan wiegte seinen Kopf bedenklich hin und her. »Also brauchst du mich jetzt nicht mehr?«

River sah ihn strafend an. »Solange meine Aufsätze noch voller Schreibfehler sind, werde ich dich immer brauchen.«

Er schüttelte den Kopf. »Mach dich nicht schlecht, River. Immerhin schreibst du Aufsätze im Gegensatz zu Leaf.«

Bei dem Gedanken an Leaf stemmte sie die Hände in die Hüfte. »Irgendwann bekommst du meine Schwester schon auch noch dazu.«

Jan hob zweifelnd eine Braue, sodass River wider Willen schmunzeln musste. »So wird das nichts. Du musst ihr schon einmal gehörig die Leviten lesen.« So, wie sie es gleich tun würde, wenn sie diese hinterlistige Diebin zu fassen bekäme. Wie hatte ihre Schwester ihr das nur antun können? Sie hatte sich vor der Entwendung des Kompasses so gut mit Morgan verstanden, er hatte sie sogar von sich aus auf die letzte Nacht angesprochen und sich dann auch noch Sorgen wegen ihrer schmerzenden Ohren gemacht.

»Ich fürchte, dafür bin ich einfach nicht gemacht«, murmelte Jan und kratzte sich am Kopf. »Nachdem du abgereist bist, werde ich hier wohl das triste Leben eines Lehrers ohne Schüler fristen.«

»Du hast doch noch Skye.« River wippte unruhig auf den Zehenspitzen.

Doch Jan winkte ab. »Skye hat mehr Freude am Zeichnen als an dem, was ich ihr beibringen kann.« Er seufzte. »Ich muss vermutlich einfach einsehen, dass meine Tage als Lehrer hier gezählt sind.«

Jans Stimme klang auf einmal so traurig, dass River ihn am liebsten in den Arm genommen hätte, und das, obwohl sie wirklich keine Zeit hatte. Da kam ihr plötzlich ein Einfall. »Warum kommt ihr, du und Isla, nicht mit nach Dunrobin Castle? Du könntest dort Leith unterrichten und auch mit mir weiter üben.«

Jans Miene hellte sich für einen Moment auf, ehe er abwinkte. »Isla hat doch ihre Großeltern hier.«

»Aye, das stimmt. Aber du könntest sie ja trotzdem fragen, wenn sie nachher aus dem Dorf zurückkommt.«

Jan zögerte. »Wir werden sehen.«

River begann, sich bereits innerlich mit diesem Gedanken anzufreunden. Zumal Islas Großeltern sehr gut mit den anderen Dorfbewohnern auskamen und gewiss nicht allzu einsam ohne ihre Enkelin wären. Doch sie musste jetzt wirklich los. »Hast du Leaf gesehen?«

»Sie ist vorhin in den Rosengarten geschlichen. Was willst du denn von ihr?«

River seufzte, als sie sich an Morgans vorwurfsvolle Stimme erinnerte. »Der Kompass meines Ehemanns wurde gestohlen. Und ich kann mir gut vorstellen, dass meine Schwester etwas damit zu tun hat.«

Als River den Rosengarten betrat, war Leaf weder zwischen den Beeten noch unter der knorrigen Esche zu sehen. Dafür hörte sie sofort die schneidende Stimme ihrer Mutter, die nicht zu dem fruchtig-lieblichen Duft der zarten Blüten passen wollte: »… finde das nicht richtig, Gregor. Wir sollten zumindest dafür sorgen, dass sie noch eine Weile auf Castle Varrich bleiben.«

Ihr Vater verschränkte die Arme, während River nun der salzige Geruch des Meers entgegenschlug, das sich am Ende des Gartens unterhalb der hüfthohen Mauer an den Kalkfelsen brach. »Ich kann doch Lord Sutherland nicht vorschreiben, was er zu tun hat. Ehen wie diese beginnen eben nicht ohne Schwierigkeiten.«

Ihre Mutter widersprach ihrem Vater in einem unnachgiebigen Tonfall, den River noch nie zuvor vernommen hatte. »Ich wäre damals gern noch etwas länger auf der Burg meiner Eltern geblieben.«

Gregor funkelte ihre Mutter an. »Du hattest damals auch deinen Kopf nicht richtig beisammen.«

Rhona wollte gerade etwas entgegnen, als sie River entdeckte. Sie warf Gregor einen bedeutungsschweren Blick zu und eilte dann auf sie zu. »River, mein Liebling, wie geht es dir?« Sie nahm Conall von ihrer rechten auf die linke Seite und fasste ihre Zweitgeborene sanft am Kinn, um ihr Gesicht genau zu examinieren. Suchte sie etwa nach blauen Flecken?

»Mir geht es bestens«, beruhigte sie ihre Mutter. Als diese jedoch noch immer die Stirn runzelte, fügte sie hinzu: »Es war ein schönes Fest gestern.«

»Da hörst du es.« Ihr Vater trat zu ihnen. »River hat es gefallen.«

Ihre Mutter legte den Kopf zur Seite. »Wieso kommst du denn erst jetzt auf die Burg? Und wo ist Lord Sutherland?«

River senkte den Blick. Sie wollte nicht davon erzählen, dass er wegen des gestohlenen Kompasses schlecht gelaunt auf seinem Schiff geblieben war. »Er ... verbringt etwas Zeit mit seinem Sohn.«

»Na, da haben wir's doch«, tönte Gregor. »Ein guter Vater ist er auch noch. Es gibt keinen Grund zur Sorge.«

Ihre Mutter warf ihrem Vater einen Blick zu, den River nicht zu deuten vermochte und den dieser gekonnt übersah. Stattdessen legte er ihr eine Hand auf die Schulter. »Bist du gekommen, um dich zu verabschieden, mein Kind?«

»Nein«, druckste River herum. »Wir segeln nicht vor dem Abendessen.«

»Ah, gut«, nickte ihr Vater. »Ich muss jetzt nämlich zu Flower auf die Weide.«

Rhona räusperte sich. »Gregor. Es wäre unserem Bündnis mit Clan Sutherland sehr zuträglich, wenn River und ihr Ehemann zumindest bis zu Flowers Abreise bleiben würden.« Ihre Stimme wurde schärfer. »Oder kannst du jetzt schon von einer Freundschaft zwischen dir und Lord Sutherland reden?«

Ihr Vater sah ihre Mutter nachdenklich an, sodass diese mit einem weiteren undeutbaren Gesichtsausdruck hinzufügte: »Ewan Sinclair würde sich diese Gelegenheit zumindest nicht entgehen lassen.«

Gregor zog seine Brauen zusammen und schien einen Moment tatsächlich darüber nachzudenken, was Cailans Vater, den er für einen bemerkenswerten Strategen hielt, an seiner Stelle wohl tun würde. Er seufzte, ehe er schroff erwiderte: »Dann frage ich Lord Sutherland eben beim Abendessen, ob er nicht noch länger bei uns verweilen will. Aber ich werde keinen Streit mit ihm anfangen, nur weil du alle deine Töchter noch eine weitere Woche bei dir haben willst, ist das klar?«

»Du hast nichts verstanden«, murmelte ihre Mutter, während ihr Vater sich umdrehte und ging.

River wollte gerade nachfragen, was ihre Mutter damit meinte, hatte sie doch noch nie zuvor mitbekommen, dass es in der Ehe ihrer Eltern Unstimmigkeiten gab. Da aber nahm ihre Mutter sie schon bei der Hand und zog sie unter den Baum in der Mitte des Rosengartens. »Sprich offen mit mir, Liebes. Ist wirklich alles in Ordnung? Du warst gestern so bleich, als du mit ihm zum Schiff gefahren bist, und Flower hat mir ein entsetzlich schlechtes Gewissen deswegen gemacht.«

River zögerte. Sollte sie ihrer Mutter erzählen, was an Bord geschehen war? Oder vielmehr, was aufgrund ihres Missverständnisses eben nicht geschehen war? »Es ist nur ...« Nein. Sobald sie ihm seinen Kompass zurückgegeben hätte, würde sie wieder in Morgans Armen liegen und dieses Mal nicht nur seine stürmischen Liebkosungen, sondern auch seine Küsse genießen. Und dies gern auch stillschweigend, wie er ihr vorhin bedeutet hatte. Denn spürte man nicht sowieso mehr, wenn man nur auf einen Sinn achtete? »Ich war einfach aufgeregt.«

Ihre Mutter nickte. »Und was ist mit Flowers anderer Sorge? Hast du den Eindruck, dass er noch immer seiner ersten Frau nachhängt?«

River schwieg und verspürte auf einmal Eifersucht. »Ehrlich gesagt habe ich mit Morgan noch kein einziges Wort über sie gewechselt.« Entweder war Caitriona ihm also gleichgültig, oder er trauerte so sehr um sie, dass er nicht einmal über sie sprechen wollte.

Rhona setzte Conall auf dem Boden ab, der sogleich auf seinen kurzen Beinchen einem Schmetterling hinterherstolperte. Sie sah ihrem Jüngsten kurz nach, dann wandte sie sich wieder River zu. »Ich dachte ja erst, dass es nicht gut wäre, in der Vergangenheit zu graben ... Aber vielleicht solltest du ihn doch einmal danach fragen.«

»Natürlich solltest du das tun«, ertönte da eine schneidende Stimme, und ehe River wusste, woher diese kam, sprang Leaf auch schon aus den Ästen des Baums. Entgegen einer früheren Behauptung nutzte ihre Schwester diesen also immer noch als Versteck.

»Ach, du bist ja doch da«, bemerkte River trocken, während ihre Mutter nur erschreckt keuchte.

Leaf deutete eine spöttische Verbeugung an. »Man muss seinen Feind kennen. Nachdem du schon dumm genug warst, deine Freiheit gegen eine Ehe einzutauschen, musst du wenigstens alles über Morgan wissen. Sonst bist du ihm vollkommen ausgeliefert.«

River sah ihre Schwester ernst an. »Morgan ist kein Hund, der mich angreifen will.«

Leaf schnaubte abfällig. »Dachten wir das von Bhaic nicht auch?« Sie krempelte den Arm ihres Leinenhemds hoch und hielt River die zwei punktförmigen Narben hin, die sie von dem Angriff des Hundes in ihren Kindertagen davongetragen hatte. »Ich will nur nicht, dass dein Herz genauso verletzt wird wie damals mein Arm und du für immer Narben davonträgst.«

»Aber Caitriona ist doch schon tot.« River schluckte. »Ich sollte Mitleid mit Morgan haben.«

Ihre Mutter legte ihr eine Hand auf den Arm. »Natürlich sollst du das. Nur ... Manchmal halten die Erinnerungen an einen Menschen ein Herz genauso stark gefangen, wie wenn derjenige noch am Leben wäre.«

River fragte sich insgeheim, woher ihre Mutter das wissen wollte.

Leafs Lippen kräuselten sich. »Auch wenn ich nie dachte, dass ich das je sagen würde: Aber unsere Mutter hat recht. Nicht jeder Gegner muss vor dir stehen, um dir Schaden zuzufügen.«

River legte den Kopf schief. Es war ja nicht so, dass sie nicht wissen wollte, wie Caitriona gewesen war und was sie Morgan bedeutet hatte. Aber wäre es nicht besser, einfach zu vergessen, das Morgan schon einmal verheiratet gewesen war? Zumal er sicher nicht gern über Caitriona sprechen würde?

»Du musst alles über sie in Erfahrung bringen.« Leafs Tonfall wurde härter. »Was ihr liebstes Essen war, ob sie auf dem Rücken geschlafen hat oder auf der Seite, wann sie Geburtstag hatte, woran sie gestorben ist.«

River zog unwillig die Augenbrauen zusammen. »Du übertreibst.«

Leaf schüttelte heftig den Kopf. »Ungleiches Wissen ist ein Nachteil. Willst du etwa im Nachteil sein?«

»Was Leaf vorschlägt, ist ganz sicher übertrieben und unangebracht«, mischte sich nun ihre Mutter ein und sah Leaf streng an. »Ihn einfach zu fragen, ob er dir etwas über seine erste Frau erzählen will, aber nicht.«

River tastete nach der Rinde des Baums hinter sich. »Und was mache ich, wenn er noch Gefühle für sie hat?«

Ihre Mutter schwieg, und so war es Leaf, die antwortete: »Na, was wohl? Du lässt ihn allein mit seinem Schiff zurückfahren und machst, worauf du Lust hast.«

River fasste vorsichtig an ihre Perlenohrringe. »Ohne ihn komme ich doch nie nach Flandern.« Sie schüttelte sich. »Und außerdem will ich doch vor allem, dass er mich mag.« Sie betrachtete Leaf, und ihre Wut kehrte zurück. »Was nicht leicht für mich werden wird, seit er mich für eine Diebin hält.«

Leaf tat so, als wüsste sie von nichts. Ihre Mutter dagegen zog die Augenbrauen zusammen. »Was sollst du denn gestohlen haben?«

River biss sich auf die Zunge, weil ihr das nun doch rausgerutscht war. Sie sah wieder zu ihrer Schwester. »Morgans Kompass fehlt. Ohne ihn können wir nicht abfahren.«

»Oh, das ist doch wunderbar.« Rhona klatschte in die Hände. »Das heißt, dass ihr noch bleiben müsst.«

River sah ihre Mutter überrascht an. »So wunderbar findet er das nicht.« Sie sah zu Leaf. »Weshalb ich für jeden Hinweis dankbar bin.«

Leaf zuckte mit den Schultern. »Du kannst ruhig sagen, dass du mich verdächtigst. Aber ich habe den Kompass nicht.«

River sah ihre Schwester prüfend an. »Schwörst du das auf deine Schwerthand?«

Die schnaubte. »Den Kompass zu klauen wäre feige. Außerdem würde ich, wenn ich Morgan schaden wollte, dafür sorgen, dass er genau weiß, dass ich es war. Oder sehe ich etwa aus wie jemand, der seine Tat anderen in die Schuhe schiebt?«

River rieb sich über die Wange. Leaf war vieles, aber hinterlistig und feige war sie ganz sicher nicht. »Und was mache ich jetzt?« Sie fröstelte. »Ich habe ihm doch versprochen, dass ich den Kompass finde.«

Ihre Mutter tätschelte ihren Arm. »Das ist sicher nicht der einzige Weg, um Morgan zu beeindrucken.«

»Ach ja?«

Rhona blickte rasch zu Conall, der noch immer dem Schmetterling nachjagte, und in ihre Wangen stieg eine zarte Röte. »Na ja, also ... Wenn du dich an letzte Nacht zurückerinnerst, gab es vielleicht Dinge, die ...« Rhona brach ab. »Aber nein, also ich glaube, das sollte dir lieber Flower erklären.«

River blinzelte überrascht, als sie verstand, was ihre Mutter meinte, während Leaf nur auf den Zehenspitzen wippte und frech grinste: »Das hat Flower doch schon längst. Aber vielleicht ist Cailan ja noch etwas Neues eingefallen, von dem sie uns erzählen kann.«

Rhona hüstelte verlegen. »Nur dass wir uns da richtig verstehen, Leaf. Was immer das Neue ist, du wirst es nicht ausprobieren, bevor du verheiratet bist.«

Leaf zwinkerte River verschwörerisch zu. »Als ob ich je etwas täte, das ich nicht tun soll.«

River musste wider Willen lachen. »Könntest du dann bitte *nicht* zum Schiff gehen und Morgan zum Abendessen auf die Burg einladen? Mir kam nämlich gerade noch ein anderer Gedanke.«

KAPITEL 20

»Erkläre es mir noch mal.« Morgan stützte die Hände auf den Rand des Ausgucks, nachdem Hewie zu ihm auf den Mast hinaufgeklettert war und ihm die Nachricht von Rivers Schwester überbracht hatte. »In welchen Worten von Leaf siehst du den Beweis dafür, dass River den Kompass tatsächlich gestohlen hat?«

»Na ja, Leaf sagte: ›Bevor ihr noch verhungert, könnt ihr zum Abendessen in die Burg kommen, obwohl ihr keine warme Mahlzeit verdient habt, wenn ihr nicht einmal auf einen Kompass aufpassen könnt.‹« Hewie richtete sich neben ihm kerzengerade auf, legte ebenfalls eine Hand auf den Rand des Ausgucks. »Wie sollte Leaf denn von dem gestohlenen Kompass wissen, wenn River sie nicht eingeweiht hat?«

Morgan ließ seinen Blick über das klare Wasser und die von Heidekraut bedeckten Hügel zu Castle Varrich schweifen. »River könnte ihr verraten haben, dass sie auf der Suche nach dem Kompass ist.«

»Warum sollte sie das tun? Nein, Morgan, ich denke, sie hat ihn bei Leaf versteckt, und Leaf konnte den Mund nicht halten. Und hast du nicht gesagt, dass River vorhin kreidebleich wurde, als du sie auf den Kompass angesprochen hast?«

Morgan überlegte eine Weile und stöhnte dann. »Liegt es an mir, dass mich meine Ehefrauen immer belügen?«

Hewie suchte zögernd seinen Blick. »Dann glaubst du also immer noch, dass Caitriona dich damals belogen hat?«

Morgan zuckte mit den Schultern. »Was weiß ich? Vielleicht ja, vielleicht aber auch nicht? Sie hat zumindest bis zu ihrem Ende beteuert, dass sie unschuldig ist.«

Hewie zog die Augenbrauen zusammen und strich sich die Haare zurück, die ihm der Wind ins Gesicht geweht hatte. »Wenn du mich fragst: Ich würde meinen letzten Groschen darauf verwetten, dass sie die Wahrheit gesagt hat.«

»Und warum hat sich mein Vater dann umgebracht?« Wie immer, wenn er sich diese Frage stellte, wurde ihm eiskalt, und er unterdrückte das Zittern seiner Hände, indem er sie fest um den Rand des Ausgucks legte.

Hewie schien darauf keine Antwort zu haben, und Morgan schloss kurz die Augen. Es war eine leidige Angelegenheit, über die sie schon unzählige Male gesprochen hatten und die bis zu ihrem letzten Atemzug zwischen ihm und Caiti gestanden hatte. Vielleicht fiel es ihm auch deshalb so schwer, seine Frau zu vergessen, weil sie diese Sache nun nie mehr bereinigen konnten.

»Es ist so viele Jahre her«, murmelte er erschöpft und meinte, in der Ferne Seehunde am Strand zu erkennen. »Und trotzdem schmerzt es mich wie gestern.«

Hewie räusperte sich. »Warum hältst du dann trotzdem an einer Ehefrau fest, die lügt?«

»Das weißt du doch.«

Hewie nickte langsam, und Morgans Blick glitt hinunter zum Deck. Leith saß dort, den Kopf auf seine zusammengezogenen Knie gelegt, drückte seine Stoffmöwe an sich und rührte sich nicht. Was auch der Grund dafür war, dass er sich auf den Mast geflüchtet hatte. »Ich habe immer gedacht, dass der Junge sich über eine neue Mutter freuen würde, nachdem Caiti so darauf gedrängt hat. Aber wenn ich ihn so sehe ...«

»Aye.« Hewie räusperte sich. »Und wenn du dann noch an die Möwe denkst ...«

Morgans Mund wurde trocken. »Du und diese Möwe. Ich kann immer noch nicht glauben, dass das tatsächlich Caitis Geist gewesen sein soll.« Er sah gen Himmel, wo dieses Mal keine Möwe zu sehen war. »Und dann ist auch noch das hinzugekommen.« Er schluckte und holte das himmelblaue Band aus seinem Hosenbund, das River ihm vorhin gegeben hatte.

Hewie nahm es entgegen und faltete es auseinander. »Was steht darauf geschrieben?«

»Wilter Rossmarien.« Morgans Kehle wurde eng, als er den herben Geruch, der ihn immer an Kiefernnadeln erinnerte, zu riechen glaubte. »Das war wohl, was Leith sich in Rivers Beisein gewünscht hat.«

Hewie atmete scharf ein. »Du meinst den Geruch von Caitriona? Seiner leiblichen Mutter?« Hewie hob die Schultern und wirkte für einen Moment mehr als zufrieden. »Brauchst du wirklich noch mehr Zeichen?«

Morgan setzte sich auf die Seite des Masts, auf der Hewie nicht stand. »Nein, eigentlich nicht.« Er griff nach der Leine, die beim Abstieg, wenn er sie zu schnell durch seine Finger gleiten ließ, ein Brennen in seinen Handflächen zurücklassen würde. »Nur weiß ich nicht, wie ich aus der Sache wieder herauskommen soll.«

»Ganz einfach«, eiferte sich Hewie. »Du lässt River hier bei ihren Eltern zurück.«

»Damit wir eine Fehde mit den MacKays am Hals haben?« Er sah wieder zu Castle Varrich und musste unvermittelt daran denken, wie standhaft die MacKays die Fehde mit Clan Ross aufrechterhielten, die nur wegen ein paar gestohlener Rinder geführt wurde. »Das ist das Letzte, was ich brauche.«

Hewie kam ihm nun auf die andere Seite des Ausgucks nach. »Dann nehmen wir sie eben mit und senden sie zu deinem Bruder Aidan nach Aberdeen. Deine Schwester war doch früher auch oft dort.«

Morgan zog die Stirn zusammen. »Ich kann doch meine Ehefrau nicht ins Haus eines Kaufmanns ziehen lassen.«

Hewie hob einen Zeigefinger. »Ich habe gestern mit Jan gesprochen. Er sagte mir, dass River ganz begeistert von allem ist, was mit Handelsgeschäften zu tun hat.«

»Ach, deshalb wollte sie, dass ich ihr von Brügge erzähle?« Wäre Aberdeen tatsächlich eine Möglichkeit, um Rivers Gegenwart und der Ehe mit ihr zu entkommen?

»Lass uns doch einen Brief an Aidan senden«, drängte Hewie. »Er wird bestimmt nicht Nein sagen. Am besten laden wir ihn nach Dunrobin Castle ein. Deine Schwester und Logan kommen doch bald zu Besuch. Aidan könnte zum gleichen Zeitpunkt kommen, die beiden wiedersehen und River dann auf seiner Rückreise mitnehmen.«

Morgan runzelte die Stirn. »Ich weiß nicht.« Er konnte River doch nicht nur wegen einer Möwe und eines beschriebenen Wunschbandes fortsenden? Wo diese Ehe doch immer noch Caitrionas letzter Wunsch zu Lebzeiten gewesen war? »Was, wenn Leith seine Meinung ändert?«

Hewie presste die Lippen aufeinander und deutete nach unten auf den Jungen, der nicht einmal auf den Koch reagierte, der ihn gerade ansprach. »Glaubst du das wirklich?«

»Ich weiß es nicht.« Morgan schwieg eine Weile und starrte auf den hellbraunen Lockenkopf seines Sohns. Wenn River ihn nicht aufmuntern konnte, würde am Ende er noch diese Aufgabe übernehmen müssen. Ein kalter Schauer lief ihm über den Nacken. »Doch ich werde nichts überstürzen. Setz meinetwegen den Brief an Aidan auf, aber wir versenden ihn noch nicht.«

Hewie wollte ihm gerade widersprechen, als Morgan ihn am Arm packte. »Nach dem Abendessen. Denn wenn ich schon zum Essen auf die Burg gehe, brauche ich dabei wenigstens deine Gesellschaft.«

»Also würdest du die Hochlandrinder gern einmal sehen, Leith?« Morgans Schwiegermutter sah den Jungen mit einem einladenden Lächeln an, sodass dieser den letzten Bissen des Bratapfels wieder zurück auf den Teller legte und mit großen Augen nickte. Morgan konnte es nicht glauben. Wie hatte sie es nur geschafft, Leiths trübe Stimmung innerhalb eines Abendessens zu vertreiben? Wie sehr er sie doch um diese Fähigkeit beneidete.

»Vater und ich wollten später ohnehin noch einmal auf die Weide gehen und dort nach dem Rechten schauen«, sagte Flower. »Willst du mitkommen, Leith?«

Bevor der Junge antworten konnte, nickte Rivers Mutter. »Das wäre doch wundervoll. Und wenn du keine Furcht hast, kannst du bestimmt sogar eines der Rinder streicheln.«

»Wirklich?« Jetzt lachte Leith sogar freudig und sah zu Hewie anstatt zu ihm. Noch nie hatte Morgan sich so beschämt gefühlt wie in diesem Moment.

Er räusperte sich. »Du kannst gern mitgehen, Leith. Ich ...« Was sollte er jetzt sagen? Etwa: Ich komme auch mit? Er sah erst zu dem Jungen, dann zu Gregor, den er seit Kurzem ebenso wie die anderen Familienmitglieder ohne Titel ansprach. Wollte er wirklich mehr Zeit in der Gesellschaft einiger Familienmitglieder der MacKays auf der Weide verbringen? Vor allem, nachdem er die Einladung seines Schwiegervaters, noch eine Woche länger auf Castle Varrich zu bleiben, nicht ausschlagen konnte, da sein Kompass nach wie vor fehlte? »Hewie wird euch begleiten und bringt dich dann zurück zum Schiff«, sagte er schließlich.

»Aber nicht doch«, warf Rhona sogleich ein. »Ihr könnt selbstverständlich alle auf der Burg schlafen.«

Morgan schüttelte den Kopf. »Danke, aber Leith liebt es, bei mir in der Kajüte zu schlafen.«

Leaf zog eine Augenbraue hoch. »Und wo nächtigen dann River und du, wenn der Junge in der Kajüte schläft?«

Morgans Augen verengten sich. Hatte dieses aufsässige Mädchen etwa Spaß daran, ihn in eine missliche Lage zu bringen?

»Wir schlafen unter den Sternen.« Überrascht sah er zu River, deren Miene man, wie er fand, nicht entnehmen konnte, dass sie log. »Morgan hat Wolldecken und Felle für uns auf dem Deck ausgelegt.«

»Neben Morgans Männern?« Nun war es Rhona, die eine Augenbraue hob. Ihrem Gesichtsausdruck war deutlich zu entnehmen, dass sie dies missbilligte.

»Nein, wir schlafen auf dem Heckaufbau.« River nickte Morgan verschwörerisch zu. »Ich könnte mir keinen schöneren Platz vorstellen.«

»Auch bei Regen nicht?«, fragte Gregor ungläubig und lehnte sich in seinem Stuhl zurück.

River ließ sich nicht aus der Ruhe bringen. »Der Himmel war vorhin wolkenfrei, nicht wahr, Morgan?«

Morgan nickte daraufhin. »Es sieht nicht nach Regen aus.«

»Wie ihr meint«, seufzte Rhona schließlich. »Aber ihr könnt es euch immer noch anders überlegen.«

River griff nach der Hand ihrer Mutter. »Danke, das wissen wir sehr zu schätzen.«

»Wo hast du gelernt, so zu lügen?« Morgan breitete die Felle auf dem Heckaufbau seines Schiffs aus und sah zu River, die die Wolldecken im Arm hielt.

Sie schmunzelte. »Ich habe nicht gelogen. Wir schlafen jetzt doch unter den Sternen.«

Er zog die Augenbrauen zusammen. »Aye, jetzt schon.«

River kniete sich neben ihn und faltete die Decken auseinander. »Jan hat es mir beigebracht.«

»Das Lügen?«

River musste lachen. »Nein, das Geschichtenerzählen.«

»So nennst du das also.« Morgans Unmut wuchs.

River schien das jedoch nicht zu bemerken. »Jan sagt, man muss sich immer fragen, was der andere will.« Sie setzte sich auf die Felle und zog sich einen Stiefel aus. »Und dann eine Geschichte erzählen, die dazu passt. So sind alle glücklich.«

Er verschränkte die Arme. »Deine Mutter wollte aber offensichtlich, dass wir in ihrer Nähe bleiben.«

»Nein«, erklärte River. »Sie wollte ... etwas anderes.«

Er hob eine Augenbraue. River sah kurz zu ihm, sah wieder weg und wieder zu ihm hin und zog sich dann den anderen Stiefel aus.

Er sollte das Gespräch beenden, sich unter die Felle legen, zur Seite drehen und einfach schlafen, war dann aber doch zu neugierig. »Und das wäre?«

River zögerte einen Moment, ehe sie mit einem verlegenen Lächeln gestand: »Sie wollte Zeit für uns ... zu zweit.«

»Oh.«

River fuhr mit den Händen durch das Fell. »Am Ende hätte sie sogar noch vor unserer Tür gelauscht.« Ihre Hand näherte sich der seinen. »Und wenn sie dann nichts gehört hätte, weil wir es ... ruhig angehen ...«

Morgan zog die Wolldecke über seine Schulter, damit ihn River nicht berühren konnte. »So lässt du sie also in dem Glauben, dass unsere Ehe bereits auf dem Schiff vollzogen wurde.« Das war ... schlau. Sehr schlau sogar.

River rutschte näher an ihn heran. »Außerdem wusste ich sofort, dass du nicht auf der Burg bleiben wolltest. Und nachdem ich deinen Kompass schon nicht finden konnte, wollte ich dir das nicht auch noch aufbürden.«

Seine Miene verhärtete sich. »Das ist also die Geschichte, die du mir erzählst?«

River blickte ihn irritiert an. »Na ja ... je weniger Ärgernisse du hast, desto besser ist es doch, oder nicht?«

Er lachte trocken auf. Erst bewies sie ihm, wie kaltblütig sie lügen konnte, und dann sollte er glauben, dass sie ihm die Wahrheit sagte und seinen Kompass nicht hatte? Andererseits gefiel ihm ihre verwegene Art sogar, obwohl er wusste, wie gefährlich sie war! Er beugte sich nach vorn. »Vielleicht wärst du unter Kaufleuten tatsächlich gut aufgehoben.«

River riss die Augen auf. »Denkst du wirklich?«

Er legte einen Finger unter ihr Kinn. Wenn er an all die Halsabschneider, Lügner und Betrüger dachte, von denen sein Bruder Aidan ihm erzählt hatte, stand River diesen in nichts nach, außer darin, dass sie eine Frau und Lady war. »Du wärst vermutlich sogar einer der erfolgreichsten.«

River blinzelte mit den Lidern. »Danke. Es bedeutet mir unheimlich viel, dass du das sagst.«

Er schüttelte den Kopf. Sie wollte ihr Spiel also wirklich zu Ende bringen. Hatte sie gar nicht bemerkt, dass er sie durchschaut hatte?

Er drehte ihr Gesicht prüfend zur Seite, wobei sein Blick auf das Muttermal auf ihrem Nasenflügel fiel. »Für einen Kaufmann ist alles ein Geschäft. Warum hast du mich also geheiratet?« Schließlich sah es ganz danach aus, als wolle sie nicht von ihrer Familie fort und habe auch keine Hemmungen, ihren Eltern zu widersprechen.

River legte ihre Hand auf seine und sah ihm tief in die Augen. »Hättest du mir denn von diesem Geschäft abgeraten?«

Morgan musste schlucken, während ihre Finger über seinen Handrücken strichen. So hatten es die Frauen in den Badehäusern von Brügge auch getan, für die jede Berührung ein Geschäft war.

Er zog seine Hand zurück. »Aye. Du kanntest mich schließlich nicht.«

River rutschte noch näher an ihn heran und griff sich unvermittelt in den Ausschnitt. Ihm stockte der Atem. »Was wird das?«

»Warte, ich hab's gleich ...« Sie fasste noch tiefer zwischen ihre Brüste. Mit zusammengezogenen Brauen verfolgte er die Bewegung ihrer Hand, ehe River einen gefalteten Zettel hervorzog. »Hier.«

Er starrte auf ihre Hand. »Was ist das?«

»Nun nimm es schon.« River hielt ihm das Blatt mit zittrigen Fingern vor die Nase. Hatte sie ihrem Vater etwa den Ehevertrag gestohlen und wollte nun dessen Bedingungen nachverhandeln?

Er griff mit den Fingerspitzen nach dem Zettel und faltete ihn auseinander. Was er in Händen hielt, war aber nicht der Ehevertrag, sondern eine herausgerissene Buchseite am Ende eines Kapitels. Er runzelte die Stirn und betrachtete sie genauer. Dort, wo die lateinischen Wörter des eigentlichen Texts endeten, begann eine Art Liste, deren Ränder mit Wellen verziert waren und deren Buchstaben er kaum entziffern konnte. Hatte Leith das geschrieben? Er blickte auf und fragte: »Seit wann bemalt Leith denn die Ränder?«

River schien ihn erst nicht zu verstehen, dann schüttelte sie den Kopf. »Nein, nein, das war nicht Leith. Ich habe die Wellen gezeichnet, nachdem Skye mir gezeigt hat, wie es geht. Gefallen sie dir?«

Er sah sich die fein gearbeiteten Verzierungen an. Sie waren tatsächlich gut gelungen, auch wenn er nicht verstand, warum River sie auf Leiths Liste gemalt hatte, woher Leith die Buchseite überhaupt hatte und was er nun damit sollte.

»Nun lies schon«, drängte sie ihn.

Er runzelte die Stirn. Ahnte River etwa, dass er sie gleich nach ihrer Ankunft auf Dunrobin Castle wieder fortschicken wollte? Sollte dies hier eine Art Beweis sein, dass sie sich doch mit Leith verstand, weil sie es irgendwie zustande gebracht hatte, die Liste von ihm zu stehlen und sie zu verzieren?

Mintze. Plau. Zonnenuntagang. Perllen. Prücke. Einsamkeit. War das eine Art Gedicht? Dichtete der Junge nun, um seiner Trauer besser Herr zu werden? Und warum schrieb er nahezu jedes Wort falsch? Morgan presste die Lippen zusammen. Hatte Hewie es denn nicht geschafft, ihm fehlerloses Schreiben beizubringen? »Ich verstehe das nicht«, murmelte er kopfschüttelnd. Zumindest Blau sollte Leith doch schreiben können? Zumal er sein Erbe war.

River lächelte ihn an. »Ich erkläre es dir.« Ihre Schulter berührte die seine, und sie zeigte auf das erste Wort. »Minze ist mein liebster Geruch.« Ihr Finger wanderte eine Zeile nach unten. »Blau ist meine liebste Farbe. Sonnenuntergänge sind meine liebste Tageszeit. Perlen sind mein liebster Schmuck. Brügge ist der Ort, an den ich am liebsten reisen würde. Und Einsamkeit ...« Sie senkte den Blick, ehe sie etwas leiser sagte: »Das ist meine größte Angst.«

»Du hast das geschrieben?« Morgan sah River mit offenem Mund an. Auch wenn dies keineswegs üblich war, hatte Gregor ihm doch stolz erklärt, dass alle seine Töchter lesen und schreiben konnten. Doch wenn er sich die Schreibung der Worte besah, fing River wohl gerade erst damit an.

»Damit wir uns besser kennenlernen.« Sie kaute auf ihrer Unterlippe und sah ihn forschend an. »Jetzt bist du dran, wenn du magst. Was ist dein liebster Geruch?«

Er sah zurück auf die Liste, dann wieder zu River. »Wilder Rosmarin«, murmelte er, sah erneut auf die Liste und wieder zu River. »Dann hat gar nicht Leith diese Worte auf das hellblaue Band geschrieben, sondern du?«

Rivers Augen strahlten. »Du hast dir gemerkt, wie meine Schrift aussieht?«

Morgan reichte ihr das Papier zurück. »Wohl eher deine Schreibweise.«

Schlagartig wurde River bleich. »W... was?« Sie nahm ihm das Blatt aus der Hand und starrte darauf. »Aber das ist doch gar nicht möglich, Jan hat mir doch dabei geholfen ...«

»... die Worte richtig zu schreiben?« Er sah sie aufmerksam an. »Man hat dir das Schreiben nicht beigebracht, oder?«

»Doch, seit ich sechs bin«, murmelte River und presste das Blatt so eng an sich, dass er nicht mehr darin lesen konnte. »Das ist die falsche Liste.«

Er zog die Augenbrauen hoch. »Also gab es mehrere?«

»Ja. Nein. Das ist ... eine alte Liste.« River nickte eifrig. »Die habe ich vor zehn Jahren geschrieben.«

»Also hast du dir schon mit acht gewünscht, nach Brügge zu gehen?«

»Ja, ganz genau.«

»Ich habe mit acht keine Fehler mehr beim Schreiben gemacht.«

River presste ihre Lippen aufeinander. »Ich muss mich geirrt haben, die Liste ist sicher zwölf Jahre alt.« Sie knüllte sie in ihrer Hand zusammen und straffte die Schultern. »Wilder Rosmarin also? Wir hatten einmal ein Küchenmädchen, Hailey, die damit wahre Köstlichkeiten zubereitet hat. Einfach unvergesslich.«

Er schluckte. Er kannte auch eine Frau, dank der wilder Rosmarin für ihn unvergesslich war. Seine Nackenhaare stellten sich auf, er nahm seine Wolldecke und erhob sich.

»Was tust du?« Rivers Stimme klang erstickt. »Schläfst du nicht bei mir?«

»Nein«, antwortete er und ging.

KAPITEL 21

Wie hatte sie nur so dumm sein können? Die Kerze in Rivers Hand zitterte, als sie die holzgerahmte, handgroße Wachstafel aus dem Buchregal holte. Beinahe wäre sie ihr auf den Boden der Bibliothek von Castle Varrich gefallen, doch sie fing sie gerade noch rechtzeitig auf.

Sie eilte zum Tisch, wo die Liste, die sie Morgan gezeigt hatte, bereits neben einer weiteren Wachstafel lag, und stellte die Kerze heftig daneben ab.

Ohne sich zu setzen, verglich sie die Worte der Liste mit denen auf den beiden Wachstafeln. *Minze. Blau. Sonnenuntergang. Perlen. Brügge. Einsamkeit.* Das stand auf der Wachstafel, die sie gerade erst aus dem Regal geholt hatte, von der sie dann aber offenkundig nicht abgeschrieben hatte.

Sie fuhr sich durch die Haare und hätte das Wachs am liebsten mit ihren Nägeln aus dem Rahmen gekratzt. So hatte sie die Worte schreiben wollen. Und so hatte Jan sie ihr auch geduldig Buchstabe für Buchstabe auf eine zweite Wachstafel diktiert, nachdem sie ihm ihren fehlerhaften Entwurf auf der ersten Wachstafel gezeigt hatte, damit sie die Worte auf jeden Fall richtig auf die Buchseite übertrug. Doch danach hatte sie nichtsdestotrotz die falsche Tafel als Vorlage benutzt und die richtige zurück ins Buchregal gestellt? War das zu fassen? Warum nur hatte sie Jan zur Sicherheit nicht auch noch die fertige Liste gezeigt?

Sie biss sich heftig auf die Lippe und legte die Liste unmittelbar neben die richtige Wachstafel. M und M, i und i, n und n, t und ... *kein t.* Minze schrieb man also ohne t. Ohne t, ohne t, ohne t.

Sie setzte ihren Finger eine Zeile tiefer an. B und ... P. Sie sog scharf die Luft ein. Bereits den ersten Buchstaben hatte sie falsch geschrieben. Das Wort war also noch nicht einmal zu Ende geschrieben gewesen, da hatte sie es schon verhunzt. Natürlich wollte Morgan da nichts mehr von ihr wissen. Er musste ja davon ausgehen, dass sie dumm war. Falsch, er dachte es nicht nur, sie war es auch.

Ich habe mit acht keine Fehler mehr beim Schreiben gemacht. River knüllte die sie beschämende Liste zusammen und warf sie gegen die Wand. Oh, wie hätte sie sich nur gewünscht, wie jeder andere schreiben zu können, ohne dass alles falsch war. Ohne dass sie immer Jans Hilfe brauchte, um sicher zu sein, dass ein Wort richtig war. Obwohl nicht einmal das half, wenn sie dann trotzdem von der falschen Wachstafel abschrieb.

Was sollte sie jetzt nur tun? Zitternd ließ sich River auf den steinernen Boden sinken und schlug ihre Stirn gegen die Sitzfläche des Stuhls. Es musste doch irgendwie in ihren Kopf hineingehen, wie man richtig schrieb. Tränen rannen aus ihren Augen. Es musste, musste, musste einfach, wenn sie wollte, dass Morgan sie je wieder ansah. Minze. Ohne t, ohne t, ohne ...

»River?«

Erschreckt blickte sie auf und wischte sich über die Wangen. Als sie sah, dass es Jan war, ließ sie den Kopf wieder auf die Sitzfläche des Stuhls sinken und murmelte: »Nein, ich bin nicht da.«

»River.« Jan schloss leise die Tür und kam zu ihr. Er zögerte kurz, dann ging er neben ihr in die Hocke und legte ihr eine Hand auf den Rücken. »River, warum weinst du denn?«

Seine Berührung war warm, fast beschützend. Kein Vorwurf kam über seine Lippen, sondern er tröstete sie wortlos, ohne zu werten. Vielleicht brach sich ihr Schmerz auch genau deshalb Bahn und ließ sie ihren Kopf an seine Schulter betten.

»Ich bin so dumm, so dumm.« Ihre Enttäuschung nahm ihr die Luft zum Atmen. »Warum ich? Warum muss ich so sein? Warum kann ich nicht sein wie du? Oder wie Flower? Oder wie irgendwer anders?« Ihre Stimme brach. »Warum muss ich ich sein? Ich will nicht mehr ich sein. Ich will nicht dumm sein.« Dann flüsterte sie nur noch. »Ich will einfach nicht mehr, Jan. Ich habe genug.«

Jan sagte noch immer nichts, sondern strich weiterhin über ihren Rücken. Dann nahm sie den unterschwelligen Geruch von Fisch an ihm wahr. Sie hob ihren Kopf. Das musste von Isla kommen, die er wahrscheinlich in den Arm genommen hatte, so wie es ein Ehemann nun einmal tat. Der nicht seine Wolldecke genommen hatte, um woanders zu schlafen.

Ihre Tränen flossen wieder stärker, und sie drückte sich fester an ihren Lehrer, den einzigen Menschen, der gerade da war, um sie zu halten. »Na, na«, flüsterte Jan. »Nichts ist so schlimm, dass es so viele Tränen verdient.«

»Du irrst dich«, murmelte River, als sie endlich die Kraft fand, sich von ihm zu lösen. »Ich habe von der falschen Wachstafel abgeschrieben. Verstehst du, Jan? Morgan weiß jetzt, dass ich nicht schreiben kann.«

Jan schwieg. Vermutlich fragte auch er sich, wie das hatte passieren können, nachdem er sich so viel Mühe mit ihr gegeben hatte.

»Es tut mir leid«, murmelte sie. »Es tut mir leid, dass ich so bin.«

»Diesen Satz will ich nie wieder von dir hören.« Jans Stimme klang plötzlich so rau und streng wie sonst nur bei Leaf, wenn diese ihn über alle Maßen reizte. »Wir haben alle unsere Schwächen, aber deshalb sind wir immer noch gute Menschen.«

»Und was ist deine Schwäche? Oder Flowers? Oder Islas? Oder ...«

»Das weißt du doch«, sagte Jan leise. »Ich war nie der Sohn, den mein Vater sich gewünscht hat.«

»Er war ein Narr, dass er dich aus Brügge hat fortgehen lassen«, schniefte River. »Du wärst ein großartiger Kaufmann geworden.«

»Mag sein«, sagte Jan. »Aber dann wäre ich nie dein Lehrer geworden. Und könnte dir jetzt auch nicht sagen, dass wir es schaffen werden und du eines Tages richtig schreiben wirst, wenn du das unbedingt willst.«

River löste sich aus seiner Umarmung. »Aber ich versuche es doch schon seit Jahren, Jan. Es geht nicht.«

Er sah sie ernst an. »Alles geht. Man braucht nur Geduld.«

River wischte sich über die Augen. »Meinst du wirklich?«

Jan nickte. »Wir fangen gleich an.« Er nahm die falsche Wachstafel in die Hand. »Mintze. Fünf der sechs Buchstaben stimmen schon einmal.«

River machte sein gutherziger Versuch beinahe wütend. »Aber das t stimmt nicht. Minze schreibt man ohne t.«

Jan nickte. »Und wie merkst du dir das?«

River zuckte mit den Schultern. »Ohne t, ohne t, ohne t?«

Jan schüttelte den Kopf. »Wir brauchen einen Merkspruch.« Er legte seine Hände an die Schläfen. »Wie wäre es mit: River mag Minze lieber ohne Tee?«

Ohne Tee wie ohne t. River legte den Kopf schief. »Ich reibe mir Minze tatsächlich lieber auf die Haut.«

Jan setzte sich auf den Stuhl, vor dem sie noch immer kniete. »Blau schreibt man mit B wie Blick. Wenn ich aufs Meer blicke, sehe ich Blau?«

River überlegte. »Aber wie merke ich mir, dass man Blick mit B schreibt?«

»Ah, ja, ja, ich verstehe«, nickte Jan. »Lass mich kurz in Ruhe überlegen.«

River ließ die Schultern sinken und lehnte ihren Rücken gegen das harte Tischbein. Sie wusste, dass Jan es gut meinte, aber wenn sie sich jetzt falsche Hoffnungen machte und er ihr doch nicht helfen konnte, würde das alles nur noch schlimmer machen. »Schon gut«, murmelte sie leise. »Du kannst ja nichts dafür.«

»Ich hab's.« Jan überging ihre letzten Worte. »Leg einmal die Hand vor den Mund und sage Blau.«

River tat widerwillig, worum er sie bat.

»Und jetzt sagst du Pfau.«

»Was ist denn ein Pfau?«

Jan winkte ab. »Ein grün-blauer Vogel, der seine hinteren Federn gleich einem halben Wagenrad aufstellen kann. Die Maler in Flandern bekommen nicht genug von diesen Tieren.« Er legte seine Hand vor den Mund. »Sag Pfau.«

»Na gut.« Ihre Handfläche berührte ihre trockenen Lippen. »Pfau.«

»Merkst du den Unterschied?«, wollte Jan wissen. »Pfau macht beim Aussprechen einen Windzug, Blau nicht. Wenn du also nicht weißt, ob du ein B oder ein P schreiben sollst, sprichst du das Wort und beobachtest, was du spürst.«

River rappelte sich auf und lehnte sich gegen die Tischkante. Konnte es so einfach sein? »Blau.« Kein Windzug. »Pfau«. Ein Windzug. »Bär.« Kein Windzug. »Pferd.« Ein Windzug. »Brügge.« Kein Windzug. Ihr Herz schlug schneller. »Also schreibt man Brügge mit B?«

Jan blinzelte mehrmals und nickte. »Siehst du? Irgendeinen Weg gibt es immer. Man muss ihn nur finden.«

River wollte sich freuen, traute ihrem Glück jedoch noch nicht so ganz. »Was ist mit den anderen Buchstaben? Was ist mit Sutherland? Warum ist in dem Namen kein z?«

Jan zögerte. »Da müsste ich erst ein wenig nachdenken, ja? Es ist aber auch mitten in der Nacht, und du musst nicht gleich alles heute lernen.«

»Oh, doch, mir läuft die Zeit davon.« Denn sobald Morgan seinen Kompass wiederfand, würde er losfahren wollen. Und wer würde ihr dann mit den Buchstaben helfen?

»Du musst mitkommen, Jan.« River stieß sich von der Tischkante ab und griff nach seinen Händen. »Bitte. Ich brauche dich. Ich brauche meinen Lehrer.«

Jan schwieg. »Ich glaube, Isla würde das nicht gefallen.«

River umklammerte ihre Zöpfe wie ein Ertrinkender ein Seil. »Hast du sie denn schon gefragt? Hängt sie so sehr an ihren Großeltern, dass sie nicht einmal für eine bestimmte Zeit fortgehen will?«

Jan zögerte. »Das ... ist es nicht.«

Was war es dann? War es das Leben als Fischerin, das Isla nicht aufgeben wollte? Aber wollte sie nicht auch bei ihr sein und ihr beistehen? So wie es Freundinnen taten? »Sie kann ein neues Boot in Dunrobin Castle haben«, meinte River mit mehr Gewissheit, als sie tatsächlich besaß. »Und ein Zimmer in der Burg, das würde ihr doch gefallen?«

Jan wiegte unsicher den Kopf. »Das schon, nur ...« Es war ihm sichtlich unangenehm weiterzusprechen, doch River musste es wissen. Sie brauchte Jan. Es ging nicht ohne ihn.

»Nur was?«

Er zögerte abermals, ehe er sie ansah. »Isla hat Sorge, dass du und ich ... dass wir ...« Er winkte ab. »Jedenfalls, wenn ich ihr jetzt auch noch vorschlage, mit dir mitzugehen ...« Er ließ die Schultern sinken. »Was, wenn sie das falsch versteht und mich dann verlässt?«

»Oh, Jan.« Ihr Lehrer wirkte auf einmal so verletzlich, dass sie ihn am liebsten in den Arm genommen hätte. »Sie will dich doch nicht verlassen, sie hat dich geheiratet.« Und außerdem: Wie konnte Isla von ihr und ihrem frisch angetrauten Ehemann denn nur so etwas denken?

Jan presste die schmalen Lippen aufeinander und murmelte leise: »Das war, bevor sie herausgefunden hat, dass ich in einer Hinsicht nicht ihre Erwartungen erfüllen kann.«

River zögerte. Sprach Jan etwa von seinen Fähigkeiten im Ehebett? Sie sah zur Seite, da sie darüber nun wirklich nicht mit ihm reden wollte.

»Vielleicht ...«, Jan räusperte sich, »vielleicht solltest du sie daher besser selbst fragen? Es stimmt schon, dass ich auf Dunrobin Castle mehr für dich und vielleicht auch für den jungen Leith tun kann.«

»Also kommst du mit, wenn Isla Ja sagt?«

Jan hielt kurz die Luft an und atmete tief wieder aus, dann nickte er.

River wollte ihn vor Erleichterung in den Arm nehmen, doch er trat einen Schritt zurück. »Ich gehe jetzt besser zurück zu Isla. Und du solltest auch schlafen gehen.«

»Ja, ich weiß.« Sie würde nur noch ein paar Mal Blau und Pfau schreiben, bevor sie zu Morgan zurückkehrte und so täte, als sei sie überhaupt nicht fort gewesen.

KAPITEL 22

Das laute Klopfen riss River aus dem Schlaf. Sofort schreckte sie hoch und wischte entsetzt mit der Hand über den Speichelfleck, der auf die Wachstafel vor ihr getropft war. »Jan?« Sie sah zu der geschlossenen Tür der Bibliothek, dann hinter sich aus dem Fenster: Morgenlicht. Oh, bitte nicht.

Sie sprang auf und stieß dabei gegen den Stuhl. Beinahe wäre er umgefallen, doch sie bekam gerade noch die Lehne zu fassen, als die Tür aufschwang.

»Morgan?«

Entsetzt sah sie an sich hinunter. Ihr Kleid war von den vielen Stunden auf dem Stuhl zerknittert und ihre Zöpfe zerzaust. Vermutlich war ihr Gesicht zudem auf der einen Seite gerötet, nachdem sie es auf ihren Ellbogen gebettet hatte, und sie hatte ohne Zweifel furchtbaren Mundgeruch. Und war das ... Oh, Gott, war das etwa ein weiterer Speichelfleck, diesmal auf ihrem Kleid?

Sie legte sich sofort die Hand auf die Brust, um ihn schnell zu verdecken, während sie vor lauter Verwirrung auch noch knickste.

»Mit so viel Ehrerbietung hätte ich nicht gerechnet, nachdem du davongelaufen bist.« Morgans Stimme war so kühl wie gefrorenes Wasser, seine Miene dafür bewegt und aufgewühlt.

River richtete sich wieder auf, beließ aber die Hand auf ihrem Kleid. »Ich wollte gerade aufbrechen und aufs Schiff zurückkommen.«

»Du hast wohl eher Jan als mich erwartet.« Morgan mahlte mit den Zähnen.

»Er ... ist eben oft in der Bibliothek.«

»Auch nachts?« Morgan kam näher und hielt ihren Blick mit seinem gefangen. Seine Unterlippe bebte, und kurz glaubte sie sogar, dass er sie entweder schlagen oder aber küssen würde.

Morgans Stirn berührte beinahe ihre. »Warum war Jan nachts hier?«

River traute sich kaum mehr zu atmen. War das eine Art Spiel, das sie nicht verstand? So leidenschaftlich hatte sie Morgan noch nie erlebt, so eindringlich hatte er sie noch nie angesehen. Dabei hatte er doch gestern nicht einmal neben ihr schlafen wollen. »Woher weißt du überhaupt, dass er hier war?«

Morgans Augen waren den ihren jetzt so nah, dass sie sie nicht mehr scharf sehen konnte, und er packte sie an den Schultern. So fest, als wollte er sie nie wieder loslassen. Als überkäme ihn nun doch das Bedürfnis, seine Lippen auf ihre zu drücken und sich seiner Leidenschaft für sie hinzugeben. Hatte er sie in der Nacht etwa doch vermisst? War das möglich?

Sie öffnete ihre Lippen leicht und beugte sich unmerklich zu ihm. Bis ihr einfiel, dass er sie jetzt auf keinen Fall küssen durfte, weil sie doch Mundgeruch hatte.

Ihr Herzschlag beschleunigte sich. Sofort legte sie ihre freie Hand auf seine und wollte seinen Griff lösen, doch er ließ es nicht zu. »Warum war Jan hier?«

River war verwirrt. Warum fragte Morgan immerzu nach Jan? Er war doch nicht etwa eifersüchtig auf ihn? »Jan hat mich heute Nacht wohl gehört.«

Morgans Atem ging immer schneller, seine Lippen bebten. Nein, so erregt, wie er sie ansah, musste er sie küssen wollen. Zumal er doch wusste, dass Jan mit Isla verheiratet war.

Was sollte sie jetzt nur tun? Es gab nur einen Weg, wenn sie diesen Kuss verhindern wollte, damit Morgan sich nicht auch noch vor ihr ekelte. Sie schloss die Augen, fand mit den Fingern hinter sich ein Buch auf dem Tisch liegen und schob es, ohne lang nachzudenken und wie aus Versehen, bis an den Rand und von dort hinab, sodass es ihm auf den Fuß fiel.

»Bei allen Feuern der Hölle«, entfuhr es ihm, und er ließ sie tatsächlich los. Sie nahm schnell Abstand von ihm, während sie eine Entschuldigung murmelte und hoffte, dass er ihr verzeihen würde.

Morgan warf einen Blick auf das Buch und hob es auf. »Hat er dich auf diese Weise überreden können?« Auf einmal klang seine Stimme noch schroffer als zuvor. »Ist das etwa ein Geschenk von ihm?«

River blickte auf das Buch und erschrak bis ins Mark. Sie hatte nicht irgendein Buch auf Morgans Fuß geworfen. Sondern ihr Tagebuch. *Oh, bitte nicht.*

»Gibst du mir das bitte zurück?«, bat sie und war nun doch gezwungen, wieder einen Schritt auf ihren Ehemann zuzugehen.

Er zog die Brauen zusammen. »Steht da vielleicht etwas drin, das ich nicht lesen soll? Eine Widmung vielleicht?« Er schlug das Buch auf. *Mögen deine Erinnerungen in diesem Buch ein Zuhause finden. Jan.* Er schnaubte, und seine Augen schleuderten geradezu Blitze. »Schämst du dich denn kein bisschen?«

River nahm einen ihrer Zöpfe zwischen die Finger. Warum sollte sie sich schämen? Was glaubte er denn, dass sie getan hatte? Dass sie das Buch über das Schachspiel als Tagebuch nutzte, konnte ihm doch nicht wirklich missfallen? Sie trat näher auf ihn zu. »Bitte, gib es mir zurück.«

Doch Morgan rührte sich nicht, sondern begann in dem Buch zu blättern, dessen Seiten sich am unteren Rand wegen eines Wasserschadens wellten.

Rivers Verzweiflung wuchs, denn Jan hatte ihre Einträge im Tagebuch nie auf Fehler untersucht, um sie zu verbessern. Wenn Morgan eine von ihr beschriebene Seite fand, wäre sie verloren. Sie griff nach seinem Arm. »Der Inhalt war immer nur für meine Augen bestimmt.«

Er lachte trocken und blätterte weiter, ehe er die Stirn runzelte und innehielt. Ihr blieb das Herz stehen. Er war auf eine von ihr beschriebene Seite gestoßen!

»Du hast ein Herz um meinen Namen gemalt?«

River holte wieder Luft. Seinen Vornamen hatte sie dank des Briefs, den er an ihren Vater ge- und unterschrieben hatte, Buchstabe für Buchstabe auswendig gelernt. Doch das änderte nichts daran, dass ihr der Eintrag an sich nun unglaublich peinlich war.

»Aye.« Sie trat von einem Fuß auf den anderen. »Würdest du mir mein Tagebuch jetzt bitte zurückgeben?«

Morgan zögerte kurz, dann reichte er es ihr. »Es tut mir leid«, entschuldigte er sich.

River blickte ihn überrascht an, während sie gleichzeitig ihr Tagebuch auf den Fleck auf ihrem Kleid presste. Sie schüttelte den Kopf. »Nein, nein, mir tut es leid. Ich hätte gestern nicht das Schiff verlassen dürfen.«

Morgan verschränkte die Arme. »Ich muss es wissen, River. Isla hat mir gesagt, dass du mit Jan die halbe Nacht über in der Bibliothek warst. Warum?«

River senkte den Blick. Was konnte sie ihm sagen, das ihm nicht ihre Schreibschwäche verriet? Sofern Morgan ihre Lügen von gestern nicht längst durchschaut hatte ... Sie nahm ihre Lippe zwischen die Zähne. Angriff war wohl die beste Verteidigung. Sie konnte nur hoffen, dass sie Morgan damit nicht allzu sehr verärgerte.

»Ich war traurig, dass wir doch nicht gemeinsam unter den Sternen geschlafen haben. Jan hat mich weinen gehört und hatte wohl Sorge, dass ich damit alle anderen aufwecke.«

»Du hast geweint?« Morgan schluckte sichtbar.

River legte schützend die Arme um ihren Oberkörper. Was sollte sie darauf antworten?

Ihr Ehemann schwieg eine Weile, dann räusperte er sich. »Die Bibliothek ist sehr schön.«

River nickte sofort und war mehr als erleichtert, dass er von etwas anderem sprach. Sie setzte sich hastig auf einen Stuhl, legte zuerst ihr Tagebuch auf ihren Schoß und danach einen Arm so auf den Tisch, dass sie damit die Übungen der letzten Nacht auf den beiden Wachstafeln verdeckte, und den anderen auf den Fleck auf ihrem Kleid. »Hat Dunrobin Castle auch eine Bibliothek?«

Morgan zog einen Stuhl zu sich heran, blieb dann aber doch stehen. »Aye. Mein Vater hat sie eingerichtet. Jedes Mal, wenn er aus Brügge zurückkam, hatte er neue Bücher dabei.«

Rivers Augen weiteten sich. »Die Stadt muss ein unvergleichlicher Ort sein – allein schon die Wasserhalle.« Sie schüttelte leicht den Kopf, während sie an Jans Beschreibungen des Gebäudes im Herzen der Stadt dachte, zu dem die Waren auf Flachbooten gebracht und eingelagert wurden. »Ich würde jede Schatzkammer dagegen eintauschen.«

Morgan neigte den Kopf. »Warst du denn schon einmal dort?«

Auf ihre Lippen trat ein wehmütiges Lächeln. »Bisher nur in meinen Gedanken, aber das viele Male.« Sie suchte seinen Blick. »Wann wirst du wieder dorthin segeln?«

Morgan blinzelte. »Ich segle nicht dorthin.«

»Du ... hast also schon genug von der Stadt gesehen und sendest andere Männer?« Die Enttäuschung traf sie wie ein Schlag in die Magengrube. »Und ich dachte, der Reiz von Brügge nimmt nie ab, ganz gleich, wie oft man es sieht.«

»Das kann ich nicht beurteilen. Ich war nur ein einziges Mal dort.«

»Was?« River blieb vor Staunen der Mund offen stehen, und sie schloss ihn erst wieder, als sie den irritierten Ausdruck in seinen Augen sah. Dennoch musste sie nachfragen: »Hast du denn keine Lust, öfter auf deinen Schiffen mitzufahren? Oder vielleicht keine Zeit?«

Morgan verschränkte die Arme. »Ich habe keine Schiffe, die nach Brügge fahren.«

»Du ... du hast keine Schiffe?« River hielt sich an der Tischkante fest. »Wie ... wie das? Ich dachte immer, die Sutherlands wären beinahe zu Hause im schottischen Nationenhaus in Brügge.«

Morgan betrachtete sie mit zunehmender Verwunderung. »Das waren wir auch. Als mein Vater noch gelebt hat.«

River sah ihre Träume wie ein Kartenhaus in sich zusammenfallen. »Würdest du mir das erklären, bitte?«

Morgan schwieg eine Weile, dann gab er sich einen Ruck. »Mein Vater hatte einen guten Freund, Marten van Geleen. Marten kam als junger Kaufmann nach Aberdeen, um dort die ausländischen Geschäfte für die van Geleens zu tätigen. Mein Vater ist in jungen Jahren oft mit ihm auf den Kontinent gefahren, und einmal hat er auch mich und meinen Bruder mitgenommen.«

»Du hast einen Bruder?« Sie hatte bisher nur von einer Schwester gewusst, auf deren Hochzeit Flower Morgan kennengelernt hatte.

Er nickte. »Ja, sein Name ist Aidan. Er hat die älteste Tochter von Marten geheiratet, mit der er in Aberdeen lebt, um eines Tages in die Fußstapfen seines Schwiegervaters zu treten.«

»Also ist er derjenige, der nach Brügge fährt.« Sie ließ die Schultern sinken und bemühte sich darum, dass Morgan ihr die Enttäuschung nicht allzu sehr ansah. Dabei war Jan so sicher gewesen, dass Morgan als Händler nach Brügge reiste.

Ihr Ehemann musterte sie aufmerksam. »Du dachtest also, dass ich ein Kaufmann bin. Hast du das Herz um meinen Namen also gar nicht wegen meines Adelstitels gemalt?«

River senkte den Blick. Es war ihr noch immer peinlich, dass Morgan die Zeichnung gesehen hatte, zumal sie ihn damals noch nicht gekannt hatte und er zudem kein Kaufmann war, wie sie jetzt wusste. »Nein, obwohl dein Titel natürlich beeindruckender ist als der Beruf eines Kaufmanns.«

Er lachte trocken. »Vielleicht wärst du in Aberdeen tatsächlich sehr glücklich. Würdest du gern dorthin gehen?«

Ihre Miene hellte sich auf. »Natürlich würde ich dich gern begleiten, wenn du deine Waren an Aidan übergibst.«

Morgan runzelte die Stirn. »Ich übergebe keine Waren an Aidan.«

»Aber warum denn nicht?« Jetzt verstand sie überhaupt nichts mehr. »Gibt es an der Küste von Dunrobin Castle denn nicht genug Fische, um sie über Aberdeen ins Ausland zu bringen und zu verkaufen?«

Morgan strich sich über den Bart. »Das schon, nur gibt es auch an der Küste von Aberdeen die von allen begehrten Lachse. Aidan würde mir für die meinen hier also nur einen niedrigen Preis zahlen, und das lohnt sich nicht.«

River nahm einen ihrer Zöpfe zwischen die Hände. »Islas Großvater bekommt auch viel zu wenig für seine Fische. Mit seinem hinkenden Bein kann er außerdem nur noch schlecht laufen und bezahlt deshalb einen Mann aus dem Nachbardorf dafür, dass der seine Lachse abholt und dort verkauft. Ein echter Halsabschneider.«

Morgans Mundwinkel zuckte kurz. »Dass gerade du das sagst...«

River sah ihn verwirrt an, ehe sie glaubte, ihn zu verstehen. »Oh, nein, ich meinte nicht, dass dein Bruder ein Halsabschneider ist. Es ist nur ... wenn du ein eigenes Schiff hättest, das nach Brügge fährt, könntest du ohne Aidan als Mittelsmann doch einen höheren Preis erzielen.«

»Und wenn es sinkt?« Morgan kam näher und lehnte sich gegen die Tischkante. »Marten ist das einmal passiert, und er teilt sich seine Schiffe mit anderen Kaufleuten. Es hat beinahe drei Jahre gedauert, bis sie diesen Verlust ausgleichen konnten.«

River kaute auf ihrer Lippe. »Das tut mir leid... Aber es hatte bestimmt einen Grund, oder nicht? Vielleicht hatte die Besatzung...«

»... keinen Kompass?« Morgan beugte sich näher zu ihr und sah sie eindringlich an. »Ich habe deinem Vater versprochen, dass wir bis Ende der Woche bleiben. Aber spätestens dann muss mein Kompass wieder auftauchen, verstehst du?«

River nickte. »Natürlich.«

Morgans Miene wurde versöhnlicher. »Ich muss jetzt mit deinem Vater jagen gehen.« Er sah auf den Tisch vor ihr. »Und du bleibst noch etwas hier und schreibst ... Pfau und Blau und ... Perlle und Brükke?«

River lief ein Schauer über den Rücken. Sie war so tief in ihre Gedanken über den Handel versunken gewesen, dass sie ihren Arm, ohne es zu merken, von den Wachstafeln genommen hatte. Zwar waren die Worte richtig geschrieben – sie mussten es sein, sie hatte schließlich die Wachstafeln erst mit ihrem Griffel von den falschen Worten befreit und danach immer geprüft, ob der Anfangsbuchstabe einen Windzug machte –, aber trotzdem musste das seltsam wirken. Sie räusperte sich. »Ich übe mich in Schönschrift, nachdem du eine so gleichförmige Handschrift hast.«

»Ach ja?« Morgans eisblaue Augen schienen bis auf den Grund ihrer Seele zu sehen. »Meistens kann ich meine Schrift selbst nicht mehr lesen.«

River blinzelte. »Wie das, so gestochen scharf und gleichmäßig, wie dein Brief an meinen Vater geschrieben war?« Machte er sich etwa lustig über sie?

Aber Morgans Miene blieb unbewegt. Er sah erneut auf die Wachstafeln mit den Übungen und dann zu ihr. Kurz glaubte sie, dass er noch etwas sagen wollte, doch dann hörten sie Schritte im Gang. »Dein Vater wartet sicher schon.« Er richtete sich auf, und kurz glaubte sie, Mitgefühl – oder vielmehr tiefe Bewegtheit – in seinem Blick zu erkennen. »Wir sehen uns später.«

Wir sehen uns später? River konnte die Worte kaum glauben. Er hatte noch nie gesagt, dass er sie wiedersehen wollte, und vor allem hatte sie nach gestern Abend nicht damit gerechnet. Bestand also doch noch Hoffnung? Hatte er sie gerade vielleicht sogar zu einem gemeinsamen Ausflug einladen wollen und sich dann doch nicht getraut? »Aye«, strahlte sie. »Vielleicht ...« Sollte sie es wagen? »Vielleicht willst du dir ja den Sonnenuntergang mit mir anschauen? Auf den Klippen?«

Sie hielt die Luft an und hatte den Eindruck, dass er es auch tat. Einige Lidschläge verstrichen, und sie wollte sich schon für ihre Frage entschuldigen, als Morgan knapp nickte und dann ohne ein weiteres Wort die Bibliothek verließ.

KAPITEL 23

»Den Sonnenuntergang betrachten?« Hewie stemmte die Hände in die Hüfte. »Das macht ihr doch nur falsche Hoffnungen.«

Morgan sah vom Heckaufbau seines Schiffs zu besagtem Himmelskörper, der die umliegenden Hügel bereits in orangefarbenes Licht tauchte. Wenn er rechtzeitig zu den Klippen kommen wollte, musste er langsam losgehen. »Ich weiß.«

»Du weißt?« Hewie trat einen Schritt näher an ihn heran und wäre dabei beinahe über eine lose Leine gestolpert. »Warum hast du dann zugestimmt? Gefällt es dir seit Neuestem, Frauen zu quälen?«

Morgan warf seinem Freund einen warnenden Blick zu. Die Wahrheit war, dass River ihm leidgetan hatte. Wie sie da in der Bibliothek gesessen hatte, mit dunklen Augenringen und dem Speichelfleck auf ihrem Kleid, und ihn beinahe flehend angesehen hatte. Sein Blick wanderte zu dem Fell mit der Wolldecke, das noch immer auf den Planken lag. »Sie hat wegen mir geweint.«

Hewie schwieg, und Morgan drückte mit der Zunge von innen gegen seine Zähne. Er hasste es, wenn jemand wegen ihm weinte. Erinnerte ihn das doch immer an den Tag, als er mit Hewie seinen toten Vater gefunden hatte, und er, Morgan, Caitriona gegenüber den Vorwurf wiederholt hatte, der auf dem Zettel in der Hand des toten Manns stand. Seine Frau hatte am ganzen Körper gezittert und gebebt und alles geleugnet, doch er hatte sie weiter angebrüllt, bis sie nur noch hilflos schluchzte.

Er ballte die Hände zu Fäusten. Er hatte ihr glauben wollen. Er hatte ihr so sehr glauben wollen. Doch dann war Caitriona auf eine Art und Weise gestorben, die ihm das nochmals schwerer machte. Die, wie selbst seine Großmutter widerwillig eingestehen musste, Caitrionas Wahrheit kaum noch zuließ.

»Wenn du sie so grimmig wie jetzt ansiehst, wird River bestimmt wieder weinen.« Hewie musste niesen und suchte kurz nach seinem bestickten Taschentuch, ehe er sich einfach mit der Hand über die Nase fuhr. »Soll ich zu ihr gehen und ihr sagen, dass du nach der Jagd zu müde bist?«

»Um einen Sonnenuntergang anzuschauen?« Morgan spürte den langen Ritt tatsächlich in seinen Beinen, aber er war weit davon entfernt, deswegen ernsthaft erschöpft zu sein.

Hewie zuckte mit den Schultern. »Hat sie dich nicht auch angelogen?«

»Aye«, murmelte er. Sie hatte ihn angelogen. Erst mit dem Kompass, dann darüber, dass sie nicht richtig schreiben konnte. Er musste kein schlechtes Gewissen haben, wenn er nun doch nicht zu den Klippen käme. Und trotzdem sträubte sich etwas in ihm dagegen. Zumal es ihn gerührt hatte, dass sie ein Herz um seinen Namen gemalt hatte. Dass ihr seine Meinung so wichtig war, dass sie die ganze Nacht versucht hatte, die falschen Worte doch noch richtig zu schreiben. Und dass sie sich ähnliche Gedanken über den Handel mit dem Festland machte, wie er sie einst gehegt hatte, bevor Caitriona aus Angst, er würde auf See ertrinken, ihn inständig gebeten hatte, diese Geschäfte seinem Bruder zu überlassen.

»Findest du eigentlich, dass es ein Fehler war, mich ganz aus den Handelsgeschäften zurückzuziehen?«

»Wie kommst du denn jetzt darauf?« Hewie sah ihn verständnislos an, ehe er schließlich meinte: »Du hattest deine Gründe. Du wolltest mehr Zeit auf Dunrobin Castle verbringen, genauso, wie es für einen Clanführer üblich ist.«

»Aber mein Vater hat das nicht getan.« Er sah in der Ferne, wie eine Möwe ihre Kreise über dem Wasser zog, so als sei ihr noch nie der Gedanke gekommen, dass das Meer auch Gefahren barg.

»Du hast genug Gold.« Hewie verschränkte die Arme. »Und wenn du etwas aus dem Ausland brauchst, kann Aidan es für dich besorgen.«

»Das stimmt schon.« Morgans Blick glitt aus der Bucht von Tongue auf das offene Meer hinaus. »Und du hast nie das Gefühl, dass du noch mehr von der Welt sehen möchtest? Oder zumindest wieder einmal deine Familie in Brügge besuchen willst?«

Hewie schüttelte den Kopf. »Clan Sutherland ist meine Familie. Die Highlands sind mein Zuhause. Warum sollte ich da woanders hinwollen?«

Morgan trat an die Reling und legte seine Hände darauf. Er konnte Hewie verstehen. Auch er liebte die raue Schönheit Schottlands und würde immer wieder in die Highlands zurückkommen. Aber was war mit all den anderen Ländern?

»Ich muss jetzt los«, murmelte er und wollte sich abwenden.

Doch Hewie hielt ihn noch einmal am Arm fest. »Bist du dir ganz sicher? Wenn sie sich erst einmal in dich verliebt hat, kannst du sie nur schwer zu Aidan senden.«

»Keine Sorge.« Morgan presste seine Lippen aufeinander. »Ich passe schon auf, dass das nicht geschieht.«

Morgan vernahm die vorwurfsvolle Stimme schon, noch bevor er die dazugehörige Frau auf den Klippen sehen konnte. »Du denkst wirklich, dass du damit durchkommst, was?«

»Warum sollte ich nicht?«, hörte er River daraufhin antworten, die plötzlich laut lachte und dann schnaufend hervorbrachte: »Jetzt hör schon auf damit, er kommt sicher gleich.«

»Soll er doch. Mir macht dein Pirat keine Angst. Und wenn er denkt, dass ich dich loslasse, bevor du mir nicht noch ein eigenes

Pferd versprochen hast, hat er sich gewaltig geschnitten.« Zum Teufel, wozu sollte River der anderen Frau denn zusätzlich noch ein Pferd versprechen?

»Aber du kannst doch gar nicht reiten?«

»Tja, das werde ich schon lernen. Und zwar nicht nur auf meinem Pferd.«

»Isla«, zischte River. »Hör damit auf, so etwas zu sagen. Wenn er dich hört.«

Die andere Frau, die also Isla war, lachte. »Wieso, was sollte schon sein? Glaubst du, er fesselt mich dann an seinen Mast?« Morgan war nun so nah herangekommen, dass sie ihn sehen würden, wenn er weiterginge. Also blieb er stehen, denn er wollte Rivers Antwort darauf hören.

»Also dann eben noch ein Pferd. Aber dafür bist du jetzt still.«

Isla lachte perlend. »Weißt du, River, du solltest mir dankbar sein. Vielleicht bekommst du ihn mit meinen Einfällen ja schneller in dein Bett.« River wollte doch mit ihm schlafen? Oder wusste Isla nichts von ihrer Abmachung, so wie hoffentlich auch sonst niemand?

»Isla, bitte.« Rivers Stimme klang verzweifelt. »Was muss ich denn noch sagen, damit du ruhig bist?«

»Also ein neues Kleid wäre schon eine feine Sache. Und du sprichst mit meinen Großeltern.«

River stöhnte. »Wann bist du eigentlich so gnadenlos geworden? Ich dachte, die Ehe mit Jan würde dich gütiger machen.«

»Ach ja?« Islas Stimme klang auf einmal schroff. »Hat er das zu dir gesagt?«

»Hör schon auf, Isla. Wir haben doch vorhin erst darüber gesprochen. Ich bin deine beste Freundin. Ich würde dich nie hintergehen.«

»Ja, ja, stimmt schon«, lenkte Isla ein. »Nur habe ich mir die Ehe mit Jan ganz anders vorgestellt. Irgendwie mit mehr ...«

»Pferden? Und Kleidern?«

Isla musste lachen. »Ach, was soll's, welche Ehe ist schon, wie man sie erwartet?« Aye, stimmte Morgan innerlich zu, welche Ehe war das schon.

Er wartete noch einige Augenblicke, doch das Gespräch der beiden Frauen hatte ein jähes Ende gefunden. Also erklomm er den restlichen Pfad, nur um dort im Gras vor sich ein ineinander verschlungenes Knäuel aus Armen und Beinen und wildem Lachen zu finden.

»Da ist er ja!« Isla zeigte tatsächlich mit dem Finger auf ihn, während sie mit der anderen Hand River von sich wegdrückte. Was allerdings nicht nötig gewesen wäre, da diese sich sofort von Isla befreite und aufrichtete.

»Entschuldige bitte«, murmelte sie in seine Richtung und warf Isla unter gesenkten Lidern einen finsteren Blick zu.

»Na hör mal«, protestierte diese. »Wenn sich jemand entschuldigen muss, dann er. Die Sonne ist schon fast weg.«

Morgan musterte die Frau mit den roten Locken und den Sommersprossen. »Das wird wohl daran liegen, dass ich zu sehr damit beschäftigt war, Frauen an meinen Mast zu fesseln.«

Islas Kinnlade klappte nach unten, dann aber lachte sie. River dagegen wurde totenbleich. »Das hat Isla ganz sicher nicht so gemeint. Richtig, Isla? Bitte sag Morgan, dass du nur Spaß gemacht hast.«

Isla kam nun ebenfalls auf die Beine und sah ihn forsch an. »Einmal umdrehen, bitte.«

»Warum?«

Die rothaarige Frau grinste. »Na, ich muss mich doch vergewissern, dass Ihr nicht doch noch ein Seil auf dem Rücken habt.«

»Isla«, keuchte River nun scharf. »Ich nehme alles zurück, wenn du nicht sofort gehst.«

Diese zögerte kurz, ehe sie mit den Schultern zuckte. »Ich muss sowieso noch ein paar Fische putzen.«

River trat unruhig von einem Bein auf das andere, während die Enkelin des Fischers sich zwinkernd an Morgan vorbeidrückte und Richtung Tongue verschwand. »Das ist mir wirklich sehr unangenehm«, stammelte sie. »Ich weiß auch nicht, was heute mit ihr los war.«

»Ich würde sagen, das war der reine Übermut.« Morgan trat einen Schritt näher auf sie zu. »Isla scheint einen guten Handel gemacht zu haben, oder nicht? Waren das meine Pferde, die du ihr da versprochen hast?«

River wurde noch bleicher. »Ich hätte ganz sicher noch nach deiner Erlaubnis gefragt.«

»Ich höre.«

River sah zur Seite, wo die Sonne schon beinahe den heidekrautbewachsenen Hügel hinter der Meeresbucht streifte. »Wollen wir nicht erst den Sonnenuntergang ansehen?«

»Nein, die sind sowieso am schönsten, wenn die Sonne schon untergegangen ist.« Schließlich verwandelten sich das Wasser, der Himmel und die Wolken erst dann in ein wahres Farbenmeer. »Also, ich höre?«

Er sah River streng an, sodass sie verlegen mit leiser Stimme sagte: »Ich hatte überlegt, dass Isla und Jan uns vielleicht nach Dunrobin Castle begleiten könnten, wenn du nichts dagegen hast?«

»Jan?« Morgan glaubte nicht richtig gehört zu haben, und sein Gesichtsausdruck musste dementsprechend sein, denn River wich unwillkürlich einen Schritt vor ihm zurück. Ging es ihr bei diesem Vorschlag um ihren Lehrer oder um Isla?

»Er ist ein wunderbarer Lehrer.« River deutete hinter sich zur Burg. »Er kann Leith sicher einiges beibringen.«

»Das Schreiben zum Beispiel?«

River zögerte einen Lidschlag, ehe sie nickte. »Ja, zum Beispiel.«

»Also findest du, er hat es dir gut beigebracht?«

Wieder zögerte River einen Moment zu lang, ehe sie nickte. »Ja, das hat er.«

Morgan presste seine Lippen zusammen. Sie log schon wieder. Und nicht nur das, sie versprach anderen auch hinter seinem Rücken seine Güter. Und da hatte Hewie sich Sorgen gemacht, dass

River sich in ihn verlieben könnte? Obwohl es ihr in Wahrheit um niemand anderen als sich selbst ging?

»Jan könnte doch eine Übungsstunde mit Leith machen, wenn du nicht von ihm überzeugt bist?« Rivers Hand strich durch die hohen Grashalme, die sie umgaben. »Ich bin mir sicher, die beiden werden sich hervorragend verstehen. Oder hat er schon einen Lehrer?«

Morgan zögerte kurz. Zunächst wollte er Rivers Vorschlag ausschlagen, einfach weil er von River kam und er ihr nicht traute. Aber was, wenn Jan tatsächlich ein guter Lehrer für Leith war? Und es an River lag, dass sie nicht richtig schreiben konnte?

»Meinetwegen«, brummte er. So würde Hewie immerhin wieder mehr Zeit haben, mit seinen Männern auf Dunrobin Castle das Bogenschießen zu üben, und Jan wäre beim Unterricht nicht mehr mit River allein.

Beglückt sah River ihn an. Sie hastete zu ihm, stellte sich auf die Zehenspitzen und gab ihm einen kurzen Kuss auf die Wange, der ihn erschauern ließ. »Ich wusste doch, dass du ein guter Mann bist. Wollen wir uns ins Gras setzen?«

Nein. Er wollte sich nicht zwischen die im Wind wiegenden Halme setzen. Er hatte genug von River gehört und gesehen und wollte wieder gehen, bevor sie ihn erneut berührte. Aber die Vorstellung, dass Hewie dann recht behalten würde und es falsch von ihm gewesen war, überhaupt zu kommen, störte ihn. Und außerdem ... außerdem musste er eine Sache endgültig klären.

»Ist es nicht seltsam?« River sah ihn mit ihren blauen Augen an, in denen sich das letzte Licht der Abendsonne spiegelte, als er sich neben sie an den Rand der Klippe setzte. »Ich bin sonst eigentlich am liebsten nah am Wasser, aber die Sonnenuntergänge sind von hier oben einfach am schönsten.«

Er folgte mit den Augen der Bewegung ihrer Hand, die erst die Bucht von Tongue mit seinem Schiff, dann die steinigen Inseln, die am Ende der Bucht lagen, und schließlich das offene Meer mit einschloss. Das Wasser schimmerte orange, wo die Sonne es streichelte, und die laue Brise krönte es majestätisch mit kleinen weißen Schaumwellen.

»Vielleicht liegt es auch daran, dass man erst hier oben versteht, wie unendlich weit das Meer eigentlich ist«, überlegte River weiter und ließ ihre Beine über dem klaffenden Abgrund baumeln. »Wie viel Wasser da noch kommt.«

Morgan schluckte und wandte seinen Kopf zu ihr. Der Wind hatte eine Strähne aus ihrem Zopf gelöst, und ihr ebenmäßiges Gesicht mit der niedrigen Stirn und den dichten Brauen erinnerte ihn schmerzhaft an Caiti. Doch noch viel schlimmer war, dass es den Anschein unschuldiger Schönheit hatte und sie ihn mit ihren Überlegungen ungewollt in ihren Bann zog. Er presste die Lippen zusammen. »Die Weite des Meers ist aufregend. Aber seine Tiefe gefährlich.« Er blickte an der Klippe hinab. »Manchmal schlummert nämlich gleich unter der Wasseroberfläche etwas, das man nicht vermutet.«

River nickte bedächtig. »Aye. An solchen Stellen braucht man jemanden, der einen warnt.« Sie lächelte. »Wie ich dich vor den Felsen.«

Er legte seine Hand an Rivers Gesicht und drehte es zu sich. »Also würdest du das wieder tun? Mich warnen, wenn mir Unheil droht?« *Auch, wenn es von dir und deinen Lügen herrührt?*

Sie blinzelte unsicher. »Natürlich. Du bist doch mein Ehemann.« Er ließ seine Hand sinken, doch sie griff danach. »Wie hat Marten damals eigentlich sein Schiff verloren?« River fuhr mit dem Daumen über die dunklen Härchen auf seinem Handrücken. »Ist es etwa auf einen Felsen aufgelaufen und gesunken?«

Morgan brauchte einen Moment, um ihrem Gedankensprung zu folgen. Er hatte auf etwas ganz anderes hinausgewollt, doch ihre Berührung, die erneut einen Schauer auf seiner Haut auslöste, hatte ihn abgelenkt. »Das weiß man nicht. Fest steht nur, dass das Schiff und seine gesamte Mannschaft nie in Brügge ankam.«

»Vielleicht gab es einen Sturm«, überlegte River. »Und wenn es zudem noch ein altes Schiff war, könnte der Mast früh gebrochen sein und es mit sich in den Abgrund gerissen haben.«

Morgan sah sie verwundert an. Sie wusste also, dass der Mast in solch einem Fall eine Gefahr darstellte? »Martens Männer waren erfahren. Sie hätten den Mast abgehackt.«

»Oh, natürlich.« River strich sich die hellbraune Strähne hinters Ohr, ehe sie nachdenklich fortfuhr: »Und weil sie dann nicht mehr vorankamen, waren sie ein leichtes Ziel für Piraten.«

Er zog die Brauen zusammen. »Vorhin hat es sich so angehört, als würdest du durchaus Gefallen an einem Piraten finden.« Wie jede naive Frau, die keine Ahnung davon hatte, wie barbarisch sich Seeräuber in Wahrheit verhielten.

River kniff die Augenlider zusammen. »Kannst du nicht einfach vergessen, was du gehört hast?«

Er musste wider Willen schmunzeln und wollte gerade wieder zu seiner eigentlichen Frage überleiten, als River ernst erklärte: »Aber nein, nach dem, was ich gehört habe, würde ich lieber keinem Piraten begegnen. Ist das auch ein Grund, warum du nicht mit deinem Schiff nach Brügge fahren willst?«

Täuschte er sich, oder hatte Rivers letzter Satz tatsächlich vorwurfsvoll geklungen? »Wäre daran etwas auszusetzen?«

River schwieg einen Moment, dann drückte sie seine Hand. »Es wäre ein Grund, der der Furcht entspringt. Würden alle so denken, gäbe es überhaupt keine Handelsschiffe mehr.«

»Demnach hältst du mich also für feige?«

River keuchte. »Nein, natürlich nicht, das meinte ich nicht. Du bist ganz sicher nicht feige. Du bist sehr mutig und ... entschuldige.«

Morgan zog seine Hand nun endgültig zurück. Wie war es überhaupt zu diesem Gespräch gekommen, in dem sie ihm lauter falsche Komplimente machte? Dennoch musste er ihr zustimmen. Furcht war kein guter Grund. »Es liegt nicht nur an den Piraten«, hörte er sich zu seiner eigenen Überraschung sagen.

»Sondern?«

Er sah River wieder an. Sollte er ihr von Caitrionas Angst erzählen? Sofort verwarf er den Gedanken, und Scham kam in ihm auf. »Denkst du etwa, jeder darf Handel im Ausland treiben?« Er rutschte ein Stück von ihr weg. »Das dürfen nur Kaufmänner in einer freien Stadt oder Lords mit einer Sondererlaubnis.«

River zuckte zusammen. »Das wusste ich nicht.«

Sie wollte wieder nach seiner Hand greifen, doch er stand auf. Caiti hatte auch immer versucht, ihn durch Berührungen zu beruhigen. Er starrte in Rivers tiefblaue, unschuldig dreinblickende Augen und schluckte. Es mochte unklar sein, ob seine erste Frau River wirklich als Mutterersatz von Leith gewollt hatte. Aber eines wusste er ganz genau: Was auch immer River mit ihm versuchte, hätte Caitriona ganz sicher nicht gutgeheißen.

»Wie bekommt man denn eine solche Erlaubnis?« River kam ebenfalls auf die Beine.

Er straffte die Schultern, während er sich über sich selbst ärgerte. Hatte er sich doch gerade von River in ein Gespräch verwickeln lassen, obwohl eigentlich er etwas über sie hatte herausfinden wollen. Brauchte es nicht mehr als ihre unschuldigen Augen und ihr träumerisches Lächeln, damit sie ihn wie eine Puppe nach ihrem Willen tanzen lassen konnte? Sein Blick wurde hart. »Indem man sich an die richtigen Menschen wendet. Per Brief.«

Unsicherheit trat auf Rivers Gesicht. »Das hört sich nicht an, als ob es unmöglich wäre. Könnten wir das nicht tun?«

Wir. Er wollte dieses Wort nie wieder aus ihrem Mund hören. Er schnaubte trocken, während jene Grausamkeit in ihm emporstieg, die mit der Trauer gekommen war. »Du denkst doch nicht ernsthaft, dass ich zulassen würde, dass du mir bei meinen Briefen hilfst? Du kannst ja nicht einmal den Schmuck richtig beschreiben, den du dir gebastelt hast.«

Unvermittelt griff River an ihre Perlenohrringe. »Warum … wie … Natürlich kann ich das.«

Morgan lachte. »Ach ja? Dann buchstabiere Perle doch einmal.«

River schob das Kinn nach vorn. »P–e–r–l ... l?« Ihre Stimme brach. »Woher weißt du davon?«

Morgan sah sie mit zu Fäusten geballten Händen an. Er war plötzlich unendlich wütend auf diese Frau, die sich in sein Leben drängen wollte. »Ich habe dir keinen Lidschlag lang geglaubt, dass deine gestrige Liste vor zwölf Jahren abgefasst worden sein soll. Oder dass du das Wort Brükke absichtlich zwanzig Mal mit einem doppelten k anstatt mit g geschrieben hast.«

Er holte kurz Luft, aber sein Groll war noch nicht aus ihm gewichen. Ganz im Gegenteil, die Wut kochte gerade erst richtig in ihm hoch. River wollte den Mund öffnen, um etwas zu sagen, doch er gebot ihr mit einer Geste zu schweigen. Denn alles, was sie sagte, war ohnehin gelogen.

»Ich will deine Ausreden nicht länger hören«, wetterte er, während er einen Schritt näher auf sie zutrat und auf sie hinabsah. Sein Zorn überflutete ihn und ließ ihn nun aussprechen, weswegen er eigentlich geblieben war. »Du hältst dich vielleicht für besonders schlau, aber das bist du nicht. Du denkst vielleicht, dass du mich mit unserer Abmachung getäuscht hast und ich jetzt unaufmerksam werde, weil ich mich in Sicherheit wiege. Aber das hast du nicht. Du wirst mich nie mit irgendeiner faulen List in dein Bett bekommen, damit du von keiner Menschenseele mehr anfechtbar die Lady von Dunrobin Castle wirst.«

»Aber das wollte ich doch nie«, stammelte River.

»Natürlich nicht«, höhnte er. »Du hast selbstverständlich verstanden, dass ich einfach nicht mit dir schlafen will.«

River blinzelte. »Du willst nicht ... Aber ich dachte ... ich dachte, wo wir doch darüber gesprochen haben und das Gleiche wollen ...?«

Er packte sie an den Schultern. »Du bist wirklich unglaublich.« Sein Kiefer bebte. »Wenn du wirklich das Gleiche willst wie ich, gehst du mir jetzt aus den Augen.«

»Das meinst du nicht ernst.« Ihre Unterlippe zitterte. »Ich will doch nur ...«

»Schluss jetzt.« Er ließ sie los, bevor er sich nicht länger beherrschen konnte und sie noch von der Klippe stieß. »Wenn du weiterhin reden willst, dann erkläre doch den Fischen, warum ich sie auf einem eigenen Schiff nach Brügge fahren soll. Wo doch jeder weiß, dass sich das trotz einer Sondererlaubnis nicht lohnt, weil es schon viel zu viele Lachse in Brügge gibt. Aber das hast du, wie so vieles andere, eben auch nicht bedacht, was?«

River vergrub die Hände in ihrem Kleid, während die Sonne hinter dem Horizont versank und das Wasser mit einem Schlag zu glitzern aufhörte. »Nein, das habe ich nicht.«

Im nächsten Moment wandte sie sich ab und rannte davon. Und erst jetzt, als er Rivers Tränen fließen sah, verstand er, was er gerade getan hatte. Er hatte absichtlich jede Möglichkeit, dass sie Freunde wurden, zerstört, hatte mit seiner angestauten Wut und Trauer das Band zwischen ihnen zerschnitten, bevor es überhaupt geknüpft worden war.

Ein besserer Mann als er würde sich dafür schämen, River nachgehen und sich für seine barschen Worte entschuldigen, auch wenn sie der Wahrheit entsprachen.

Doch er blieb einfach stehen und blickte in die lilafarbenen Wolken. Schließlich hatte er recht behalten. Für ihn war es der schönste Teil des Sonnenuntergangs, denn zum ersten Mal seit Wochen fühlte er sich nicht nur elend. Nein. Zum ersten Mal seit Wochen fühlte er sich elend und frei.

KAPITEL 24

Konnte man jemandem böse sein, der recht hatte? Als Flower sie nach dem verheerenden Sonnenuntergang vor vier Tagen getröstet hatte, hatte ihre Schwester diese Frage mit einem eindeutigen Ja beantwortet und ihr eingeschärft, dass sie sich niemals wieder von jemandem so vorführen lassen dürfte. Doch während River zum nunmehr hundertfünfzigsten Mal das Wort Perle auf ihre Wachstafel schrieb, war sie sich dessen nicht mehr so sicher. In einer ehrlichen Ehe musste man doch auch die Wahrheit sagen können. Und die Wahrheit war: Sie war einfach nicht gut genug. Sie konnte weder gut genug schreiben noch wusste sie genug über den Handel. Sie war Morgan nicht ebenbürtig und hatte ihn enttäuscht. War es da nicht verständlich, dass er sie nicht lieben konnte?

Perle. Perle. Perle. Sie würde zu einer Perle werden. Jan hatte ihr versichert, dass das möglich wäre. Auch er war erbost über Morgans Verhalten gewesen, sogar noch mehr als Isla, und hatte mit ihm sprechen wollen. Doch das hatte River zum Glück verhindert, sodass Jan mit ihrem Ehemann nur übereingekommen war, Leith fortan jeden Tag in der Bibliothek für zwei Stunden zu unterrichten.

88. 89. 90. River schielte auf die Wachstafel des Jungen, auf die er neben ihr Zahlen schrieb. Sie lächelte kurz, als sie sah, dass er dafür genau wie Jan die linke Hand benutzte. 90 war ein deutlicher Fortschritt im Vergleich zu der 55 von gestern, und es war wichtig, dass Leith Fortschritte machte. Denn nur dann bestand Hoffnung,

dass Jan und Isla mit nach Dunrobin Castle kamen, und sie brauchte beide mehr denn je. Sie sah Leith aufmunternd an. »Wenn du so weitermachst, schaffst du heute noch die Hundert.«

Leith hob den Kopf und lächelte kurz zurück. Ein warmes Gefühl durchströmte River. Seit sie die Nächte gemeinsam mit ihm in der Kajüte verbrachte und ihm das Bett überließ, während sie selbst auf dem Boden schlief, konnte Leith sie anscheinend besser leiden. Vielleicht gefiel es ihm aber auch, dass sie ihm abends Geschichten erzählte, wenn weder er noch sie einschlafen konnten. Oder aber er mochte sie inzwischen, weil Morgan sowohl sie als auch den Jungen mied und sie damit zu Leidensgenossen machte. Auch wenn sie nicht verstand, womit sich Leith, den sie trotz ihres anfänglichen Unbehagens mit jedem Tag mehr in ihr Herz schloss, solch eine Missachtung verdient haben könnte ...

»Mo sagt, ich schaffe sogar zweihundert. Richtig, Mo?« Leith griff nach der flügellosen Möwe aus Leinen, die vor ihm auf dem Tisch saß, und tat so, als würde diese nicken.

River neigte den Kopf. »Mo hat vorhin auch mit mir gesprochen.«

Leith riss die Augen auf. »Was hat er gesagt?«

»Es war eher eine Frage.« Sie nahm Mo in die Hand und hielt das Tier vor Leith. »Denkst du, River soll mir neue Flügel nähen?«

»Mo will keine neuen Flügel.« Leith riss ihr die Möwe aus der Hand und setzte sie wieder vor sich ab.

Rivers Mundwinkel sackten nach unten. »Das weißt du natürlich am besten.«

Sie widmete sich wieder ihrer Wachstafel, bis die Tür aufging und Leaf erschien. »Wusste ich doch, dass ihr hier seid.« Sie lehnte sich gegen den Türrahmen und warf ihrer Schwester einen strengen Blick zu. »Versuchst du dich etwa vor unseren Übungen zu drücken? Skye hat sich das noch nie erlaubt.«

River riss erschrocken die Augen auf. Nachdem Leaf mitbekommen hatte, wie geknickt sie nach dem Streit mit Morgan gewesen war, hatte sie versprochen, ihr zu helfen. Zwar war Leafs Vorgehen fragwürdig, doch River würde alles tun, um schnellstmöglich zu einer Frau zu werden, die Morgan als ihm ebenbürtig betrachtete. Und nun sollte sie schon wieder zu spät zu ihrer Verabredung sein?

Ihre Schwester trommelte mit den Fingern gegen den Türrahmen. »Na los. Von nichts kommt nichts.«

River sah zu Leith. »Ich hole nur noch schnell Jan.«

»Nicht notwendig«, ertönte dessen gutmütige Stimme hinter Leaf im Türrahmen. »Ich bin schon da.«

»Und jetzt nimmst du den Schlamm und schmierst ihn dir gründlich ins Gesicht und in die Haare.«

River verschränkte die Arme. Wozu sollte das gut sein? Sie hatte sich schon bereit erklärt, ein viel zu großes Leinenhemd und eine lederne Hose von Artair anzuziehen und, obwohl die Männer heute wieder dort jagten, mit Leaf ausgerechnet in den Wald zu gehen. Sie war mit hocherhobenem Kopf über Baumstämme balanciert, ohne ein einziges Mal zu Boden zu blicken, und hatte sich an Ästen hochgezogen, um stärker zu werden. Sie hatte gebrummt wie ein Bär, damit ihre Stimme tiefer klang, und war sogar auf einen Baum geklettert, um von der Höhe aus einen anderen Blick auf die Umgebung zu gewinnen. Aber was sollte nun der Schlamm? »Leaf, hat Skye das wirklich auch alles gemacht? Führt das nicht zu weit?«

»Ganz im Gegenteil, das ist erst der Anfang.« Ihre Schwester tauchte die Hand kurzerhand selbst in den Matsch und rieb die stinkende Masse großzügig auf Rivers frisch gewaschene Haare.

»Hör auf.« Sie hob schützend ihre Hände und funkelte Leaf vorwurfsvoll an. »Was ist, wenn der Geruch nicht mehr weggeht?«

»Dann machst du das, was ich dir schon vor vier Tagen gesagt habe. Du schneidest dir die Haare ab, damit du nicht mehr so lieb und unschuldig aussiehst.«

»Aber das hast du doch auch nicht gemacht.«

Leaf zeigte auf den Ausschnitt ihres Leinenhemds. »Ich habe auch nicht deine Brüste.«

»Was ist denn an denen nun wieder falsch?« River legte ihre Hände schützend vor den Oberkörper.

Ihre Schwester rollte mit den Augen. »Willst du meine Hilfe oder willst du sie nicht?«

River zögerte, doch Leafs Frage war keine Frage gewesen, denn die nächste Ladung Schlamm landete bereits auf ihrer Wange.

»So«, grinste Leaf einige Augenblicke später. »Jetzt bist du kaum mehr vom Boden zu unterscheiden.«

»Und was soll das bringen?« Ein Ast knackte, und River blickte erschrocken über ihre Schulter. Kamen die Männer etwa schon von der Jagd zurück?

»Das war nur ein Reh«, beruhigte sie Leaf, ehe sie sie in den Graben neben dem schmalen Pfad schubste, sodass nun auch ihre Hose mit Schlamm bedeckt war.

»Leaf!« Das war jetzt wirklich genug. »Ich gehe jetzt zurück. Du verstehst doch ohnehin nichts von Liebesangelegenheiten.«

»Sagt wer?«

»Na ja«, räusperte sich River. »Wenn du es tätest, hättest du sicher bemerkt, dass Artair ...«

»Artair ist unser Adoptivbruder und mein bester Freund«, fiel Leaf ihr barsch ins Wort und baute sich mit verschränkten Armen vor ihr auf. »Und jetzt hör auf, vom Wesentlichen abzulenken. Auf geht's durch den Schlamm, River. Lass ihn in deine Augen spritzen. Lass ihn deine Ohren verstopfen. Lass ihn in deinem Mund brennen. Du kriechst weiter. Du gibst nicht auf, verstanden?«

»Also wirklich, das ist doch ...«

»Willst du es Morgan zeigen oder nicht?« Leafs Stimme glich der eines Kriegers in einer Schlacht. »Du musst durchhalten. Du musst durch den Schlamm, damit du den Bach erreichst und dich waschen kannst.« Sie schnalzte mit der Zunge. »Und jetzt los.«

Ehe River es sich versah, sprang ihre Schwester hinter ihr in den Graben und stieß sie nach vorn, sodass sie auf allen vieren landete. Sie schloss kurz die Augen. Wie hatte sie nur zulassen können, dass Leaf einen solchen Narren an dieser Sache fraß? Andererseits: Wollte sie nicht alles dafür tun, dass Morgan sie endlich liebte? Auch wenn der Gedanke noch so abwegig war?

»Linker Ellbogen, rechter Ellbogen, Augen nach vorn, weiter. Mach mit! Linker Ellbogen …«

River zögerte kurz, schloss die Augen und ließ sich dann vollends in den Matsch sinken. »Linker Ellbogen.« Sie wuchtete ihren Körper nach vorn. »Rechter Ellbogen.« Sie stieß an einen kantigen Stein. »Augen nach vorn.« Warum konnte man den Gestank des Schlamms eigentlich nicht in Schwaden aufsteigen sehen? »Weiter.«

»Lauter, sag es lauter!«

»Linker Ellbogen.« Sie schob sich weiter durch den zähen Schlamm und behauptete sich gegen seine saugende Kraft, mit der er sie zurückhalten wollte. »Rechter Ellbogen.« Gegen die Kälte und die Feuchte. »Augen nach vorn.« Unter dem seitlich des Grabens wuchernden Gestrüpp hindurch. »Weiter!«

»So ist es richtig.«

»Linker Ellbogen.« Sie würde nicht aufhören. »Rechter Ellbogen.« Sie würde es schaffen. »Augen nach vorn.« Sie würde besser werden. »Weiter.« Sie würde Morgan für sich gewinnen. »Linker Ellbogen!« Er würde nach Brügge fahren. »Rechter Ellbogen!« Und sie mitnehmen. »Augen nach vorn!« Er würde sie wollen. »Weiter!« Er würde sie lieben.

»Linker Ellbogen!« Er würde sie küssen. »Rechter Ellbogen!« Er würde sie berühren. »Augen nach vorn!« Er würde … Rivers Herz setzte einen Schlag lang aus, als sie Hufe auf dem Pfad neben dem Graben sah. »Oh, Gott, Leaf, da kommen sie!«

Sie konnte sich nicht bewegen, weder nach vorn, wo das Gestrüpp über ihnen endete, noch zurück, wo ihr ihre Schwester den

Rückweg versperrte, und begann augenblicklich, am ganzen Körper unkontrolliert zu zittern. Er würde sie sehen. In diesem Zustand. Lieber wollte sie sterben.

»Kopf in den Schlamm«, zischte Leaf, »und stillhalten.« Nun hörte River eine Stimme. Morgans Stimme. Sie würgte. Jetzt war es aus. Sie würde ihm nie wieder in die Augen sehen können.

»Kopf in den Schlamm, verdammt.« Leaf schlug ihr gegen den Fuß, was sie endlich aus ihrer Starre löste. Sie holte Luft und grub ihr Gesicht mit zusammengepressten Zähnen in den graubraunen Matsch.

Die Reiter brachten die Pferde nun wenige Fuß weit von ihnen entfernt zum Stehen. Stille. Bitte, nein, das durfte nicht sein.

»Wo ist das Reh nun hin?«, hörte sie Morgan sagen. Wenn er genau hinsah, würde er ihre Körper unter dem Gestrüpp im Graben erkennen.

»Weg.« War das Hewie? »Wir jagen dieses Tier jetzt schon den ganzen Morgen. Lass uns doch einfach zum Schiff zurückkehren und endlich losfahren.«

»Du weißt, dass das nicht geht.«

»Natürlich geht es. Caitrionas Geist hat dir doch gestern selbst gesagt, dass sie das will.«

Morgan sprach mit dem Geist seiner verstorbenen Frau? Und warum konnte sie kaum noch atmen?

»Rivers Vater würde mir das nicht verzeihen.«

»Nachdem er dir eine schwachsinnige Frau untergejubelt hat?« Sprach Hewie etwa von ihr?

»Er kann von Glück reden, wenn wir ihm verzeihen.«

»Rede nicht so über sie«, befahl Morgan barsch.

»Du nimmst sie schon wieder in Schutz.« Hewies Stimme klang vorwurfsvoll. »Ist es wegen der Sache mit den Fischen? Du hast doch selbst gesagt, dass der Gedanke nichts taugt.« River sah schwarze Punkte vor ihren Augen tanzen, gleich würde sie tief Luft holen müssen.

»Es geht dabei doch nicht ausschließlich um Fische. Ich könnte auch mit Fellen und Wolle handeln.«
»Dafür würdest du Caitriona also verraten? Für Fische, Felle und Wolle?«
Morgan schwieg. River wollte nichts mehr, als zu atmen, doch sie musste reglos liegen bleiben, durfte ihren Kopf nicht heben.
»Da ist das Reh, Hewie.« Und gerade als die Pferde wieder angaloppierten, riss sie ihr Gesicht aus dem widerwärtigen Schlamm und holte keuchend Luft.

»So liegen die Dinge also.« Leaf hatte ihnen nach diesem Zwischenfall in einem Anfall von Großherzigkeit erlaubt, zum Bach zu laufen. »Es liegt nicht an Morgan, sondern an Hewie.«
River zitterte noch immer am ganzen Körper, sodass es nun eh keine Rolle mehr spielte, wenn sie sich samt Leinenhemd und Lederhose in das kühlende Wasser setzte. Hauptsache, sie befreite sich schnell von dem Schlamm und konnte zurück zur Burg, bevor das Reh am Ende noch in ihre Richtung lief und Morgan und Hewie zurückkamen.
»Er ist die Pest, die die Luft vergiftet«, überlegte Leaf weiter, während sie ihre Stiefel von sich schleuderte und ebenfalls in den Bach sprang. »Nur warum?«
River fuhr sich mit den Händen fahrig durch die schlammverklebten Haare. Vielleicht lag es an dem vorangegangenen Schreck oder sie war unterkühlt, in jedem Fall konnte sie keinen klaren Gedanken fassen.
»Was hat Hewie davon, wenn er dich von Morgan fernhält?« Leaf legte sich bäuchlings in den Bach, tauchte ihren Kopf unter Wasser und starrte sie dann aus zusammengekniffenen braunen Augen an. »Und warum denkt er, dass du schwachsinnig bist?«
River wrang ihre Haare aus. »Leaf, ich bin schwachsinnig.« Sie stieß einen tiefen Seufzer aus. »Du hast doch selbst gehört, dass

Morgan lieber mit seiner verstorbenen Frau spricht anstatt mit mir.«

»Und daraus schließt du, dass du schwachsinnig bist?« Leaf spritzte ihr einen Schwall Wasser ins Gesicht.

Während River noch immer um Luft rang, richtete sich ihre Schwester auf und drückte ihre Stirn fest gegen die ihre. »Hewie will in Morgans Kopf. An seinen Verstand, verstehst du?« Leafs Stimme wurde hart, und sie packte sie an den Schultern. »Denn dann hat er Macht über ihn und Clan Sutherland.« Sie ließ River abrupt los und spuckte aus. »Und du stehst dem im Weg.«

»Bitte?« River schlang die Arme um ihren Oberkörper. Ihre Beine waren mittlerweile fast taub vor Kälte, doch erst musste sie verstehen, auf was Leaf hinauswollte.

Der Blick ihrer Schwester wurde ernst. »Weil du auch Macht über Morgan hast. Du hast doch gehört, was Hewie gesagt hat. Morgan nimmt dich in Schutz. Und er denkt über deine Idee mit Brügge nach.«

River blinzelte mehrmals, während ihr das klare Bachwasser von den Haaren über das Gesicht rann und endlich wieder ihre Sicht rein wusch. Leaf hatte recht. Morgan hatte weiter über ihren Einfall nachgedacht. Und es war Hewie, der ihn davon abhalten wollte. Der die tote Caitriona ins Spiel gebracht hatte, wo es doch Zeit für sie war.

Ihre Hände fuhren über den Bachboden, und das kühle Wasser fühlte sich auf einmal belebend an. Was, wenn sie tatsächlich Fische, Felle und Wolle verkaufen würden? Aber wenn es bereits genug Fische in Brügge gab, verhielt es sich mit Fellen und Wolle vielleicht genauso? Dies galt es zu prüfen.

»Ich werde diesem Hewie eine gehörige Lehre erteilen«, knurrte Leaf, doch River hörte ihr schon nicht mehr richtig zu. Ihre Fingerspitzen wanderten weiter über den Bachboden, über Kiesel und moosbewachsene Steine. Sie mussten mit einer Ware handeln, die es nicht überall gab, die möglichst nicht austauschbar war. Es musste etwas sein, das ... Ihre Hände hielten inne, als sie etwas Raues berührten. Und da war ihr auf einmal so klar wie der Sternenhimmel auf offenem Meer, welche Ware das war.

»Wir müssen sofort zu Isla.« River sprang auf und zog Leaf, die noch immer auf Hewie schimpfte, ungeduldig aus dem Wasser. »Ich glaube, ich weiß, wie ich Morgans Herz doch noch gewinnen kann.«

KAPITEL 25

»Nein ... nicht ... nicht, nein!«
River schreckte aus dem Schlaf hoch und hätte sich beinahe den Kopf an der Tischplatte über ihr angeschlagen. »Leith?«

Obwohl bereits das erste Morgenlicht durch das Fenster in die Kajüte drang, war es um sie herum noch düster. Ihr Rücken war verspannt von der Nacht auf dem Boden, und nachdem sie mit Isla und deren Großvater Dubh noch bis weit in den Abend hinein gearbeitet hatte, fühlte sie sich noch immer erschöpft. Trotzdem tastete sie sich mit ihren von kleinen Schnitten übersäten Händen am Boden entlang, bis sie die Bettkante fand, und setzte sich vorsichtig neben den Jungen, der leise schluchzte.

»Hast du schlecht geträumt?« Sie bekam keine Antwort, und Leith drehte sich auch nicht zu ihr um. Dennoch spürte sie, dass seine hageren Schultern noch immer zuckten.

»Psst, alles wird gut.« Behutsam strich sie über seinen in die Decke gewickelten Rücken. Sollte sie Morgan holen? Er war schließlich der Vater.

»Du lügst.« Leiths Stimme klang erstickt, als würde er sich seine Möwe vor den Mund halten.

River schwieg und strich einfach weiter über seinen bebenden Körper. Was sollte sie sagen? Natürlich würde für den Jungen nicht alles gut werden. Er hatte seine Mutter verloren. Und ganz gleich, was sie ihm auch sagte, brächte ihm das Caitriona nicht wieder zurück.

»Darf ich mich zu dir legen?« Anfangs hatte sie sich vor allem wegen Morgan mit dem Jungen verstehen wollen, aber jetzt, in diesem

Moment, wollte sie einfach nur um Leiths willen für ihn da sein. Sie senkte die Stimme. »Ich glaube, unter dem Tisch ist ein Monster, und wenn ich dorthin zurückgehe, träume ich auch schlecht.«

»Ein Monster?« Schlagartig saß der Junge senkrecht im Bett und drehte den Kopf in ihre Richtung. »Ist es gefährlich?«

»Sehr gefährlich sogar.« River rutschte näher zu ihm. »Es ist ein Schattenmonster. Man kann es nur zu zweit besiegen.«

Leith zögerte. »Ich kann es gar nicht sehen.«

»Das ist ja das Furchtbare daran. Gerade wenn man es nicht sieht, schlägt es zu.«

Leith drückte die Möwe noch fester an sich. »Ich will, dass das Monster geht.«

»Ich auch.« River kroch zu ihm unter die Decke. »Ich habe gehört, dass es sich auflöst, wenn wir beide an etwas Schönes denken.«

Leith schwieg und drehte sich auf die Seite. Sie glaubte schon, er wäre wieder eingeschlafen, da fragte er leise: »Ist es jetzt weg?«

Sie tat so, als würde sie nachsehen. »Ja, ich glaube, das ist es.«

»Woher weißt du das, wenn du es nicht sehen kannst?«

River musste schmunzeln. »Na, ich habe an etwas Schönes gedacht, und du doch auch, also muss es doch weg sein?«

Leith drehte sich auf den Rücken und zog die Decke mehr zu sich. »An was hast du denn gedacht?«

»An meine jüngste Schwester, Skye. Sie weiß alles über magische Wesen. Und du?«

Leiths Stimme war kaum zu verstehen. »Wie Vater und ich einmal zusammen beim Fischen waren.«

»Würdest du denn gern wieder einmal mit deinem Vater zum Fischen gehen?« River stützte sich auf einen Ellbogen, konnte die Augen des Jungen aber trotzdem nicht sehen.

»Er mag mich nicht.« Leith atmete leise aus. »Er will nicht mehr, dass ich sein Sohn bin.«

»Wie kommst du denn darauf? Hast du das gerade geträumt?«

Das Kind zuckte mit den Schultern. »Es ist, weil ich braune Haare habe wie Mutter.«

River strich ihm über die vom Schlaf zerzausten Locken. »Aber deine Mutter hat er doch auch lieb gehabt, oder nicht?« Wie jedes Mal machte ihr der Gedanke an Caitriona zu schaffen, doch sie ließ sich nichts anmerken. »Dein Vater ist zurzeit einfach sehr beschäftigt, aber er hat dich ganz sicher lieb und würde niemals wollen, dass du nicht sein Sohn bist.«

Leith schwieg eine Weile. »Kommt das Schattenmonster wieder, wenn ich einschlafe?«

»Nein, ganz bestimmt nicht. Es ist jetzt weg.«

»Und nächste Nacht?«

»Da denken wir wieder an etwas Schönes.«

Leith rutschte etwas näher zu ihr. »Gibt es bei den Sternen, wo meine Mutter jetzt ist, auch Schattenmonster?«

River schluckte. »Nein.« Sie hauchte Leith einen Kuss auf die Stirn. »Die Sterne leuchten so hell, dass sie alle Schatten vertreiben.«

Der Junge atmete hörbar aus. Und wenige Augenblicke später war er wieder eingeschlafen.

Als Morgan die Tür zu seiner Kajüte aufriss, weil ihn – er konnte es noch immer nicht glauben – der Kot einer Möwe am Arm getroffen hatte und er sein Leinenhemd wechseln wollte, erstarrte er im Türrahmen. Dort, in seinem Bett, lag Leith, die Möwe vor den Mund gepresst und den Kopf auf Rivers Schulter gelegt. Er trat sofort einen Schritt zurück.

Einer von Rivers Zöpfen hing vom Bett auf den Boden hinab, und er hatte beinahe Sorge, dass ihr Körper gleich nachfolgen würde, so nah, wie sie an der Kante lag. Leith dagegen hatte den Großteil des Betts für sich erobert und das, obwohl er doch auf dem Fell auf dem Boden schlafen sollte. War das schon die ganze Woche der Fall gewesen? Und wieso hatte sich River nicht darüber beschwert?

Er starrte unschlüssig zur Truhe, dann wieder auf River und den Jungen.

Noch vor ein paar Tagen hätte er sie mit Caiti verwechselt, nun aber nicht mehr. Ihre Zöpfe waren etwas unordentlich und ihr Mund leicht geöffnet. Zudem schnarchte sie, was ihn seltsam betroffen machte, da er nur deshalb nicht davon wusste, weil er seit ihrer Hochzeit noch keine einzige Nacht mit ihr verbracht hatte. Im Grunde kannte er diese Frau überhaupt nicht, an die Caitis Junge sich da schmiegte.

War das richtig? War es das, was seine erste Frau sich gewünscht hatte? Dass die beiden eine Familie wurden, während er zu keinem der beiden gehörte?

Oder hatte Hewie recht, und Caiti hatte diesen Wunsch noch nie gehabt?

Und was bedeutete es, dass er so kurz nach River nun auch von einer Möwe attackiert worden war? Etwa, dass Caiti ihm ein erneutes Zeichen senden wollte? Oder dass Möwen einfach Möwen waren und ihren Kot auf jeden fallen ließen, der das Pech hatte, unter ihnen zu stehen?

»Guten Morgen.« River blinzelte verschlafen und lächelte ihn an. Er konnte es kaum glauben. Nach ihren bisherigen Wortwechseln hatte sie stets den Blick gesenkt, wenn sie einander wieder begegnet waren, und auch nicht mit ihm geredet, wahrscheinlich weil auch er nicht mit ihr gesprochen hatte. Und nun lächelte sie? War das eine neue List? Oder ein Versöhnungsangebot?

»Guten Morgen.«

River drehte den Kopf in Leiths Richtung und legte einen Finger an den Mund. »Er hatte eine schlimme Nacht.«

Morgan nickte knapp, wusste nicht, wie er sich verhalten sollte. Wollte River, dass er wieder ging?

Sie lächelte noch immer, machte aber keine Anstalten aufzustehen, sondern blieb im Bett liegen. »Kann ich dir in irgendeiner Weise behilflich sein?«

Sofort war Morgans Misstrauen geweckt. River führte ganz sicher etwas im Schilde. Niemand war einfach nur freundlich, schon gar nicht nach dem, was er letztens zu ihr gesagt hatte. »Ich brauche nur ein anderes Leinenhemd«, brummte er.

Rivers Blick wanderte zu dem Fleck auf seinem Ärmel, und sie wurde bleich. »Willst du das nicht lieber mit einem Lappen wegmachen?«

Doch er schüttelte den Kopf. Er wollte das Leinenhemd nicht mehr tragen. Er wollte ein neues. Also trat er auf leisen Sohlen in den Raum, ging zur Truhe mit seinen Kleidern und hob den Deckel an.

»Seltsam«, murmelte er, als er dort nur sein schwarzes Wams, eine weitere Hose, Strümpfe und den silbernen Gürtel fand. Hatte er das Hemd an eine andere Stelle gelegt?

Mit zusammengezogenen Brauen sah er sich im Raum um, als River sich räusperte. »Wirklich, du solltest einen Lappen nehmen. Am besten sofort, bevor der Fleck eintrocknet.«

Morgan wandte sich zu ihr um. Sie wollte ihn loswerden. Ganz eindeutig. »Hast du mein Leinenhemd gesehen?«

River starrte ihn an und zog sich die Decke bis ans Kinn. Leith spürte diese Bewegung wohl, denn er seufzte im Schlaf und drehte sich auf die andere Seite. »Welches meinst du?«

Er verschränkte die Arme und lehnte sich gegen die Tischkante. »Das in meiner Truhe.«

River schloss kurz die Augen und meinte dann: »Ich fürchte ... das ist nicht mehr dort.«

Er hob die Augenbrauen. »Ach ja? Und wo ist es dann?«

»Ich ... habe es an.«

»Was?« Morgans Kinn klappte nach unten. Warum zur Hölle trug River seine Kleidung? Und sagte sie ihm etwa gerade freiwillig die Wahrheit?

Sie kaute auf ihrer Unterlippe, ehe sie murmelte: »Leith hatte mein Nachthemd schon als Kopfkissen benutzt, als ich gestern in die Kajüte kam, und da mein Kleid noch nass war ... Es tut mir leid, ich hätte dich fragen sollen.«

Morgans Blick glitt zu dem Jungen. Leiths Kopf ruhte tatsächlich auf Rivers Nachthemd, so wie sein eigener jede Nacht auf Caitis Tuch, das er aus der Kajüte mitgenommen hatte. Er bekam eine Gänsehaut.

»Ich würde es dir ja zurückgeben, nur ...«

»Du hast es beschädigt?« Er sah sie streng an.

»Nein, das nicht, nur ...«

Seine Miene verfinsterte sich. Sie wollte es behalten? Wie schon seinen Kompass? »Nur was?«

»Nur wäre ich dann nackt.«

Erst jetzt verstand er. »Du hast *nur* mein Leinenhemd an?« Bei einem langen Nachtgewand wäre das nicht ungewöhnlich, aber sein Leinenhemd reichte ihr höchstens bis knapp über die Knie. Andererseits: Hätte sie auch noch seine Hose anziehen sollen? Er schluckte, während sein Blick über Rivers von der Decke umhüllten Körper wanderte. Was würde sie tun, wenn er sich ihr jetzt näherte? Wenn er langsam die Decke zurückschieben würde und seine Hände an ihrem Bein nach oben wandern ließe?

»Nun, dann ...« Sein Blick fiel auf Leith, der noch immer friedlich schlief, und er schüttelte sich kurz. »... dann muss ich wohl doch den Lappen nehmen.«

River atmete auf, und er wollte gerade aus der Kajüte stürmen, als sie ihn noch einmal ansprach: »Morgan.«

Er hielt inne, und ihre Blicke trafen sich. River zögerte kurz, dann holte sie tief Luft. »Leith hat heute Nacht geweint, weil er denkt, dass du ihn nicht magst.« Ihre Worte trafen ihn wie ein Schlag in die Magengrube. »Meinst du, du könntest vielleicht heute mit ihm zum Fischen gehen?«

»Allein?« Seine Nackenhaare stellten sich auf, und er musste sich im Türrahmen abstützen.

River kaute auf ihrer Lippe. »Ich ... könnte mitkommen, wenn du das möchtest?« Ihre blauen Augen funkelten lebhaft im Morgenlicht. »Ich hatte ohnehin gehofft, dass ich dir später noch etwas zeigen kann.«

Morgan schwieg, sah zu Leith, der sich wieder an River kuschelte. Und dann nickte er, obwohl er selbst nicht wusste, warum er das tat.

KAPITEL 26

»Fahren wir raus aufs Meer? Zu den Seehunden?« Leiths Augen glänzten, als River dem Jungen, der heute sogar seine Stoffmöwe auf dem Schiff gelassen hatte, ins Beiboot half.

»Nicht ganz«, schmunzelte sie. »Wenn wir zum Meer wollen, müssen wir zuerst tiefer ins Land.«

»Das verstehe ich nicht.« Leith schob die Unterlippe nach vorn, und Morgan konnte es ihm nicht verdenken. Auch ihm hatte Gregors Tochter nicht gesagt, wohin sie fuhren. Doch sie blieb hartnäckig und warf einen ihrer Zöpfe über die Schulter. »Was wäre das denn für eine Überraschung, wenn ich euch zuvor schon alles verriete?«

Als auch er ins Boot geklettert war, griff River nach den Rudern. Er hob eine Augenbraue. »Du willst das machen?«

»Sollte ich nicht?« Sie tauchte die Paddel ins Wasser, als habe sie das schon viele Male zuvor getan. »Ich dachte, so könnt ihr die Aussicht besser genießen.«

Morgan sah zu Hewie, der noch immer mit zusammengepressten Lippen in seiner leicht nach vorn gebeugten Haltung oben an der Reling des Schiffs stand. Was sein Freund dazu sagen würde, dass er River jetzt auch noch statt seiner rudern ließ, wusste er nur allzu gut. Hewie hatte ihm schließlich schon wegen der gemeinsamen Bootsfahrt ein schlechtes Gewissen gemacht.

Allerdings, rief Morgan sich in Erinnerung, hatte Hewie das auch getan, nachdem er zugestimmt hatte, dass Leith Unterricht von Jan bekam, was sich jedoch als gute Entscheidung herausgestellt hatte. Er blickte wieder zu River und stellte fest, dass ihm gefiel, wie resolut sie die Ruder in der Hand hielt. Also nickte er. Lang würde sie ohnehin nicht durchhalten.

Doch er hatte sich geirrt. Weder als sie den Strand von Coldbackie hinter sich ließen noch als sie tatsächlich an einem Strand mit Seehunden vorbeikamen, wurden Rivers Arme müde. Stattdessen zeigte sie auf die Klippen und erzählte von den Vögeln, die dort brüteten, lachte fröhlich mit Leith, als sie einen Fischschwarm entdeckten, und begrüßte natürlich den Seehund, der so zutraulich zu dem Boot geschwommen kam, als wäre River tatsächlich eine Selkie. Mit jedem weiteren Paddelschlag wurde Leith ausgelassener, und als River den Jungen irgendwann absichtlich nass spritzte, lachte er sogar und flüchtete sich auf Morgans Schoß.

Dem wurde die Kehle eng. Wann waren Leith und er sich das letzte Mal so nah gewesen? Und warum hatte er in diesem Moment, in dem die Sonne auf sie herabstrahlte und das Wasser um sie herum glitzerte, nicht wie sonst das Gefühl, dass er ihn am liebsten von sich stoßen wollte?

»Dort vorn gehen wir an Land«, verkündete River nun.

»Aber da ist doch nichts.« Leith lehnte sich aus dem Boot, und Morgan hob schon seine Hände, weil er befürchtete, der Junge könnte über Bord gehen. »Können wir nicht woandershin? Vielleicht zu den Seehunden?«

River lächelte geheimnisvoll. »Manchmal liegt das Schöne eben verborgen.«

Nachdem sie das Boot an den Strand gezogen hatten, mussten sie noch etwa eine halbe Meile landeinwärts über steinige Pfade mit hohen Gräsern gehen, bis River schließlich stehen blieb. »Da sind wir.«

Leith ließ die Schultern hängen. »Aber da ist doch nur ein Fluss.« Auch Morgan zog die Augenbrauen zusammen. Hätten sie sich am Meer nicht besser erfrischen können?

Doch River ließ sich nicht beirren. »Warst du denn schon einmal in einem Fluss, Leith?«

Die Augen des Jungen weiteten sich. »Du meinst, ich darf baden?«

River strich ihm über die hellbraunen Locken. »Vielleicht hat dein Vater ja Lust, mit dir ins Wasser zu gehen?« Er runzelte die Stirn, doch sie zeigte auf ihr Kleid und lächelte unschuldig. »Eine Hose kann man viel besser hochkrempeln.«

Morgan zögerte. Was hatte River dieses Mal vor? »Na gut«, brummte er, als er Leiths hoffnungsvollen Blick auffing. »Aber erst müssen wir unsere Stiefel ausziehen.«

Wenig später watete Morgan barfuß und mit hochgekrempelter Hose in den Fluss. Das klare Wasser reichte ihm an dieser Stelle nicht einmal bis zu den Knien, aber Leith würde es wohl fast bis zum Bauchnabel reichen. Da entdeckte Morgan einen Stein, der sich in der Mitte des Flusses knapp unterhalb der Wasseroberfläche befand, und er griff nach seinem Sohn, der noch immer am Ufer stand. »Da stellen wir dich wohl besser drauf.«

»Da war ein Fisch!« Leith ging in die Knie und zeigte wild fuchtelnd ins Wasser. »Und da ist noch einer.«

Morgan musste lächeln. Irgendwie war der Übermut des Kindes ansteckend. »Soll ich dir zeigen, wie man sie fängt?«

Leith riss die Augen auf. »Mit den Händen?«

Morgan nickte. »Erst gehst du in die Knie.« Leith nickte eifrig und wollte sich schon auf den Stein knien, wo er vollkommen nass geworden wäre. »Nein, nicht ganz so tief, du musst gebeugt stehen bleiben.«

Der Junge hielt sofort inne und sah dann zu, wie Morgan selbst die Beine beugte. »Jetzt hältst du deine Hände ins Wasser und bewegst sie nicht.« Leith tat es ihm nach. »Und wenn dann ein Fisch kommt, packst du ganz schnell zu und wirfst ihn an Land.«

Der Junge nickte abermals. Er hatte seine Lippen fest zusammengekniffen und suchte mit den Augen aufmerksam das Wasser ab. »Da kommt wieder einer«, wisperte er aufgeregt und beugte sich ein Stück weiter nach vorn.

»Ruhe bewahren«, warnte Morgan. »Und jetzt ... zupacken.«

Leith schloss die Hände so heftig im Wasser zusammen, dass er sich nass spritzte. »Oh, nein, wo ist er denn jetzt hin?«

Morgan musste lachen und legte ihm eine Hand auf die Schulter. »Du hast die Hände kurz vor dem Zupacken noch einmal weiter auseinandergezogen, deshalb ist er entkommen. Versuche es noch einmal.«

Leith nahm seine Zunge zwischen die Zähne und beugte erneut die Knie. Der nächste Fisch kam, und er versuchte es wieder. Und wieder. Ohne Erfolg.

Irgendwann ließ er die Schultern hängen. »Die Fische sind einfach schneller als ich.«

River, die ihnen mit einem zufriedenen Lächeln vom Ufer aus zusah, meldete sich mit funkelnden Augen zu Wort. »Na, da hilft nur noch eins.« Leith wandte sich ihr zu. »Eine Wasserschlacht!«

Der Junge lachte begeistert, als River sich zum Wasser hinabbeugte und ihn zum zweiten Mal an diesem Tag kräftig nass spritzte. Er tauchte seine Hände wieder und wieder in den Fluss und schleuderte schließlich auch mit den Füßen Wasser in ihre Richtung.

Morgan trat einen Schritt zur Seite, um nicht zwischen die Fronten zu geraten. Als River das bemerkte, sah sie kurz zu ihm. Überlegte sie etwa, ihn ebenfalls nass zu spritzen? Kurz hoffte er sogar, dass sie es wagte. Doch Leith überschüttete sie genau in diesem Augenblick mit einem weiteren Schwall des kühlen Nasses, sodass sie sich wieder dem Jungen zuwandte. »Na warte, das wirst du mir büßen.«

Irgendwann hob River die Hände. »Ich gebe auf.«

Leith strahlte Morgan an und zeigte auf River. »Hast du gehört? Ich habe sie besiegt!«

Morgan schmunzelte. River verstand es anscheinend doch, mit dem Jungen umzugehen. »Das hast du gut gemacht.«

Leiths Strahlen wurde noch breiter, aber er war mittlerweile auch vollkommen durchnässt und hatte bereits blaue Lippen. Daher griff Morgan ihn unter den Achseln und trug ihn zurück an Land, wo sich der Junge ohne Protest von River über die Haare streichen ließ.

Gerade wollte auch er wieder ans Ufer treten, als River ihn mit zur Seite gelegtem Kopf fragte: »Hast du das Fischen etwa auch aufgegeben?«

»Au ja!«, rief Leith. »Fang du uns einen Fisch.«

Morgan erinnerte sich nicht daran, wann das Kind ihn das letzte Mal so offen angesehen hatte. Er blieb stehen. »Hat da wer Hunger?«

Leith nickte eifrig, und er merkte, dass auch sein eigener Magen rumorte. »Also gut«, brummte er und watete zurück in die Mitte des Flusses. So schwer konnte das ja nicht sein.

Er ging in die Knie und tauchte seine Hände ins Wasser, so, wie er es Leith zuvor gezeigt hatte.

»Siehst du schon einen Fisch?« Leith setzte sich ans Ufer und spähte mit großen Augen in den Fluss.

Morgan schüttelte den Kopf. Tatsächlich war nach ihrer wilden Wasserschlacht kein einziger Fisch mehr zu sehen.

Nun trat auch River neben Leith und legte dem Jungen eine Hand auf die Schulter. »Also sieht man überhaupt nichts außer Wasser?«

Morgan blickte verwundert in ihre Richtung. Da war er wieder, dieser sonderbare Glanz in ihren Augen. Er konzentrierte sich wieder auf das Wasser. »Na ja, da sind noch Steine.«

»Nur Steine?« River schien den Atem anzuhalten.

Morgan richtete sich auf und stemmte die Hände in die Hüfte. »Nein, da sind natürlich auch noch Kiesel, Moos, Muscheln, Sand. Warum willst du das wissen?«

River setzte sich neben Leith. Ihre Stimme klang heiser.»Kannst du uns schon einmal Feuerholz von da drüben holen, bis die Fische zurückkommen?«, bat sie ihn.

»Wie ein wahrer Highlandkrieger?« Leith rannte davon, ehe River ihm antworten konnte.

Morgan sah Gregors Tochter eindringlich an. Ihre braunen Zöpfe fielen verführerisch in den Ausschnitt ihres Kleids, und ihr schiefes Lächeln versprach trotz des unsicheren Ausdrucks in ihren Augen ein Abenteuer.»Du wolltest gar nicht hierher zum Baden kommen, stimmts?«

River atmete hörbar ein.»Du hast gesagt, dass unter der Wasseroberfläche nur Gefahren schlummern. Aber das stimmt nicht.« Sie holte abermals Luft, und nun vibrierte ihre Stimme vor Begeisterung, als sie hastig sprach.»Dort liegen auch wahre Schätze.«

Nun verstand Morgan gar nichts mehr.»Wenn du einen Schatz dort versenkt hast, habe ich ihn jedenfalls noch nicht entdeckt.«

»Doch, hast du«, entgegnete River.»Du weißt nur noch nicht, dass es einer ist.«

Morgan zog die Brauen zusammen und sah wieder zurück in das Flussbett. Was meinte sie nur?

»Es sind die Muscheln«, gestand River schließlich und öffnete den Lederbeutel, den sie an ihrer Hüfte trug.»Isla, Dubh und ich haben gestern unzählige von ihnen gesammelt. Und weißt du, was wir in einigen gefunden haben?«

River streckte ihm ihre geöffnete, zitternde Hand entgegen. Er kam neugierig näher und erkannte zu seiner Überraschung, dass Perlen in ihrer Handfläche schimmerten. Fünf silberfarbene, glänzende Perlen.

Prüfend nahm er eine von ihnen zwischen die Fingerspitzen und hielt sie ins Sonnenlicht.»Und die kommen alle aus diesem Fluss?«

»Aye«, bestätigte River atemlos.»Aber Islas Großvater sagt, dass viele Flüsse in Schottland Muscheln mit Perlen führen. Es ist unser verborgener Schatz.« Sie lächelte, und ein andächtiger Ausdruck trat in ihre Augen. »Die raue Schönheit, die knapp unter der Wasseroberfläche schlummert.«

Morgan legte die Perle zurück in Rivers Hand. Er verstand zwar noch immer nicht, warum sie sich so sehr darüber freute, doch ihre gute Laune war ansteckend. »Das gibt bestimmt ein schönes Armband.«

»Oder eine Kette. Oder einen Ring.« Nun leuchteten Rivers Augen geradezu, und sie sprach immer schneller. »Oder Ohrringe. Oder einen Kopfschmuck. Oder eine Verzierung für ein Kleid. Oder ...«

Morgan musste lachen. »Na, dann muss ich dir immerhin keinen Schmuck mehr kaufen.«

River hielt ihm die Perlen direkt unter die Nase. »Mir nicht, aye.« Wieder hielt sie die Luft an. »Aber was ist mit anderen Frauen?«

Er konnte ihr nicht ganz folgen. »Du meinst Isla? Will sie nach dem Pferd jetzt auch noch Schmuck?«

River musste kurz schmunzeln, schüttelte dann aber den Kopf. »Nein, ich meine nicht sie, sondern reiche Frauen. Sie würden doch vielleicht Perlen kaufen, oder nicht?« River umfasste einen ihrer Zöpfe. »Weil sie Freude an ihrer Schönheit haben?«

Morgan überlegte. »Nur gibt es eigentlich keine reichen Frauen, sondern nur Frauen mit reichen Männern.«

»Oh.« River blinzelte mehrmals. »Aber ... würden diese Männer ihren Ehefrauen nicht eine Freude machen wollen?«

»Wohl eher ihren Mätressen.«

River riss die Augen auf, senkte den Blick und räusperte sich. »Nun, nicht alle sind so, oder? Es gibt auch Männer, die ihren Ehefrauen Schmuck schenken. So wie du.« Sie legte eine Hand auf ihre Brust und straffte die Schultern. »Du hast mir diese wunderschöne Kette in unserer Hochzeitsnacht gegeben.« Sie sah ihm offen, fast träumerisch in die Augen. »Und Cailan hat für Flower gleich zwei goldene Armreife gekauft.«

Morgan zögerte. »Die meisten Männer kaufen ihren Frauen aber nur deshalb Schmuck, weil sie damit ihren Reichtum zur Schau stellen können.«

»Aber das ist doch wunderbar!« River ließ die Perlen zurück in den Lederbeutel gleiten und griff nach seiner Hand. Kurz wirkte es, als ob sie sich selbst angesichts ihrer Kühnheit, ihn zu berühren, erschreckte, doch dann lächelte sie und zog ihre Hand nicht zurück. »Das bedeutet nämlich, dass nicht nur die guten Ehemänner, sondern alle reichen Ehemänner unsere Perlen kaufen würden.«

Morgan starrte auf ihre Hand, die seine umfasste. »Und wie kommen die reichen Ehemänner an die Perlen? Denn abgesehen von deinem Vater und mir habe ich in dieser Gegend noch keine gesehen.«

Nun griff River auch noch nach seiner anderen Hand und schloss kurz die Augen. »Deshalb verkaufen wir sie auch nicht hier, wo sie sich ohnehin jeder Lord aus seinen Flüssen holen könnte.« Ihr Griff wurde kräftiger, beinahe so, als wollte sie sich an ihm festhalten, damit sie nicht umfiel. »Sondern ...« Sie holte noch einmal tief Luft. »In Brügge.«

»In Brügge?« Morgan sah in ihre strahlenden Augen, in die nun ein unsicherer Ausdruck trat, dann auf ihre Lippen. Ging das nun wieder los? »Ich habe dir doch erklärt, warum wir keinen Handel treiben können.«

River zuckte ob seines schroffen Tonfalls zusammen, dann aber stieß sie heiser hervor: »Weil niemand dort mehr Fische will. Oder mehr Felle. Oder mehr Wolle. Aber Perlen sind eine andere Ware.« River hob das Kinn und beugte sich näher zu ihm, ihr Atem ging schnell. »Sie sind einzigartiger und wertvoller, weil sie nicht austauschbar sind. Wir können sie teurer verkaufen, und außerdem brauchen sie kaum Stauraum.«

Er zögerte. »Weshalb wir sie einfach Aidan mitgeben könnten. Ohne unser eigenes Schiff einsetzen zu müssen.« Ihm schossen die unterschiedlichsten Gedanken durch den Kopf, und er strich River eine Strähne aus dem Gesicht. Der Handel mit Perlen war auf jeden Fall eine Überlegung wert. Wieso war er noch nicht darauf gekommen?

River legte eine Hand auf seine Brust. »Also findest du meinen Vorschlag gut?«

Morgan zögerte, während er aus den Augenwinkeln sah, wie Leith mit einem Stapel dünner Äste zurückkam. Er wollte nichts überstürzen, denn es gab fast immer etwas, was man noch nicht bedacht hatte. Und dennoch: Warum schlug sein Herz dann auf einmal so schnell? Sein Blick wanderte zurück zu Rivers Lippen, und als sie daraufhin näher an ihn herantrat, zurück zu ihren Augen. Abenteuerlust und Hoffnung standen nun in ihnen, Gefühle, die er schon seit vielen Monaten verloren hatte. Sein Mund wurde trocken, und er schluckte. »Also gut, ich werde darüber nachdenken.« Er strich mit dem Daumen über ihre Hand und kam ihr nun seinerseits ein Stück entgegen, bis Leith seinen Namen rief und er sich daraufhin ruckartig abwandte. »Nachdem ich uns einen Fisch gefangen habe.«

KAPITEL 27

Heute musste ihr Glückstag sein. Erst hatte Morgan zugestimmt, über ihren Vorschlag nachzudenken, und ihre Hand gehalten. Und nun zog er ihr sogar beim Abendessen mit ihrer Familie den Stuhl zurück. Das Herz schlug ihr bis zum Hals, als sie sich setzte und ihm ein Lächeln schenkte. »Danke.«

Morgan neigte leicht den Kopf, bevor er zwischen ihr und ihrem Vater, der am Stirnende der Tafel saß, Platz nahm. »Das war aber sehr aufmerksam«, lobte ihn Rhona, die Morgan gegenübersaß, ehe sie sich an Leith zu ihrer Rechten wandte. »Da kannst du etwas von deinem Vater lernen.«

Der Junge nickte stolz, und River wurde warm ums Herz. So fröhlich wie heute hatte sie den Jungen noch nie erlebt.

»Erzählst du mir von eurem Ausflug, Leith«, bat Flower nun, die ebenso wie Skye und Artair bereits am Tisch saß. »Kaum zu glauben, dass die ganze Zeit über die Sonne geschienen hat, wo es doch jetzt so furchtbar regnet.«

Leith zuckte mit den Schultern und erzählte von den Seehunden, während Rhona immer öfter zur Treppe sah. River lächelte ihrer Mutter zu. »Leaf kommt bestimmt bald.« Schließlich hatte ihre Schwester nach ihren Abenteuern im Wald meist einen so großen Hunger, dass sie das Abendessen kaum erwarten konnte, auch wenn sie oft nicht bis zu dessen Ende blieb.

Sie sprachen noch ein wenig über Conall, der heute gleich mehrere Sätze gesagt hatte, als das Tor zur Halle aufflog und Leaf, gefolgt von Jan, hereingestürmt kam. »Um Gottes willen, was ist denn nun wieder los«, stöhnte ihre Mutter. Auch River zog die Brauen zusammen. Sie kannte die Miene ihrer Schwester nur allzu gut. Leaf war wütend, sehr wütend sogar. Und die Schlammspritzer auf Jans Hose deuteten darauf hin, dass er ein Opfer ihrer Wut geworden war.

Noch ehe Leaf die Tafel erreichte, suchte sie Morgans Blick und verkündete scharf: »Ich war es nicht. Also denke nicht einmal daran, das auch nur zu behaupten.«

»Was warst du nicht?«, fragte Rhona empört und erhob sich, während auf Artairs Gesicht Sorge trat.

Leaf hob jedoch nur das Kinn und setzte sich breitbeinig auf ihren Stuhl. »Ich werde Jans falsche Anschuldigungen ganz sicher nicht wiederholen.«

»Jan, würdest du uns dann bitte erklären, was hier vor sich geht?« Gregors Stimme war ruhig, doch das leichte Zucken seiner Augen verriet River, dass er Leafs Gebaren ebenso wenig guthieß wie ihre Mutter.

Jan sah mit gerunzelter Stirn zu ihrem Vater, dann wieder zu Leaf. Er räusperte sich. »Ich wünschte, Leaf würde selbst sagen, was vorgefallen ist.«

Diese starrte Jan nur mit feindseligem Blick an, der sich daraufhin räusperte und vorschlug: »Vielleicht ... sprechen wir besser nach dem Abendessen.«

»Ach, jetzt verlässt dich der Mut?« Leaf stützte beide Hände auf den Tisch auf und schnaubte höhnisch. »Ich habe nichts anderes erwartet.«

Artair warf Leaf einen beschwörenden Blick zu, und sein Mund formte stumm die Worte *Wie schlimm ist es, Wildfang?*, während Jan sich auf die Lippe biss und kein Wort sagte. »Nun rede schon, Jan«, drängte ihr Vater. »Was hat meine Tochter dieses Mal angestellt?«

Jan räusperte sich abermals. River bemerkte, dass er seine Hände immer wieder öffnete und schloss, und bekam Mitleid mit ihm.

Es war offensichtlich, dass er Leaf nicht verpetzen wollte, die offenbar etwas Schlimmes getan haben musste.

»Ich ... ähm ... ich habe Leaf dabei gesehen, wie sie etwas vergraben wollte.« Er blickte kurz zu Leaf, doch diese presste eisern die Lippen zusammen und ignorierte sogar Artair.

Jan kratzte sich am Hals. »Es war ein verschnürtes Bündel, und ich befürchtete, eine Katze wäre darin.«

»Nur weil ich gesagt habe, dass ich eher eine Katze vergraben würde, als noch ein weiteres Mal meinen Nachmittag auf Französisch zu beschreiben, heißt das noch lange nicht, dass ich genau das auch getan habe!« Leaf wandte sich an Flower, die erschreckt eingeatmet hatte. »Du weißt, dass ich nichts gegen unschuldige Tiere habe.«

»Jedenfalls«, fuhr Jan fort, »habe ich Leaf gebeten, das Bündel zu öffnen. Darin war zum Glück keine Katze, sondern ein gelbes Kleid und ...«

Nun war es Rhona, die nach Luft schnappte. »Du wolltest es vergraben, Leaf? Nachdem ich es so mühevoll für dich genäht habe?«

»Deshalb habe ich es ja vergraben«, murrte Leaf und drehte den Kopf nun doch zu Artair. »Aber ich hätte es genauso wie das letzte besser verbrennen sollen.«

Rhona blieb der Atem weg, während Artairs Mundwinkel kurz zuckten, ehe er warnend den Kopf schüttelte. So war Gregor nun derjenige, der Jan dazu aufforderte, weiterzureden: »Ein Kleid, sagtest du, und ... was sonst noch?«

Jan atmete tief aus und legte dann zwei Gegenstände vor Morgan auf den Tisch. »Dieses Taschentuch, in das dieser Kompass eingeschlagen war.«

»Dann warst du es also doch?« River konnte es nicht fassen, dass ihre Schwester sie belogen hatte, obwohl sie ihr versichert hatte, mit dem Verschwinden des Kompasses nichts zu tun zu haben.

»Nein, natürlich nicht.« Leaf schlug mit der Hand auf den Tisch. »Warum zur Hölle sollte ich denn einen Kompass vergraben?«

»Aye, das ergibt keinen Sinn«, bekräftigte Artair, der wie immer bedingungslos hinter Leaf stand.

Morgan betrachtete das Taschentuch mit den gestickten Verzierungen gründlich, ehe er Leaf fragte: »Warum hast du das ebenfalls gestohlen?«

»Ich habe nichts gestohlen.« Leaf schüttelte den Kopf. »Ich schwöre es bei allem, was mir heilig ist.«

»Nur dass dir nichts heilig ist ...«, murmelte Rhona und wandte sich dann zuerst an Morgan: »Ich entschuldige mich zutiefst für das Verhalten meiner Tochter«, und danach an Jan: »Ich danke dir.«

Dieser nickte knapp, ehe er sich mit betretenem Gesicht abwandte und sich zwischen Isla und den Söldner Ninian an einen der Tische für die Burgbewohner setzte.

»Du wirst heute nicht mit uns essen, Leaf«, sagte ihr Vater leise. »Geh in dein Gemach.« Leaf reagierte nicht, und so setzte er seinen Alekrug krachend auf dem Tisch ab. »Sofort!«

River sah, wie Leafs Gesicht alle Farbe verlor, und dachte an all die Tage, an denen ihre Schwester versucht hatte, ihr auf ihre Weise zu helfen. Wie sie dagestanden hatte, um sie aufzufangen, falls sie vom Baum fallen würde, und hinter ihr durch den Schlamm gekrochen war. Warum hätte sie das tun sollen, wenn sie andererseits Zwist zwischen ihr und Morgan säen wollte, indem sie dessen Kompass stahl?

»Ich glaube genauso wie Artair, dass Leaf es nicht war. Denn hätte sie den Kompass entwendet, würde sie dazu stehen.« River sah wieder in das sommersprossige Gesicht ihrer Schwester. »Das würdest du mir nicht antun.«

»Ganz recht.« Leaf breitete die Arme aus.

»Und wie gelangte der Kompass dann in Leafs Besitz und zu dem Kleid, das sie vergraben hat?«, fragte Gregor mit sichtbarem Zweifel.

Nun meldete sich Morgan mit einem Räuspern und einem Blick zu River zu Wort. »Jemand anders könnte ihn in das Bündel getan haben.«

»Du meinst ... ich war es?« Sie wurde blass. »Ich war doch heute nicht einmal hier.«

Morgan schüttelte nachdenklich den Kopf und strich mit dem Finger über die Stickereien des Taschentuchs, ehe seine Miene sich verfinsterte. »Nein, ich meinte nicht dich damit.«

»Oh, ich weiß, wer heute den ganzen Tag auf der Burg herumgeschnüffelt hat, bevor er ganz eilig wieder zurück zum Schiff ging.« Leaf nahm ihr Essmesser und rammte es in die Tischplatte. »Es war dieser Hewie, der uns sowieso nicht leiden kann und wohl auch ein erbärmlicher Feigling ist.«

Dieses Mal schlug Gregor mit der Faust auf den Tisch und erhob sich. »Kein weiteres Wort mehr, oder ich sperre dich eigenhändig in deine Kammer.«

Leaf stieß ihren Stuhl zurück und funkelte ihren Vater zornig an. »An einem Tisch, an dem man der Wahrheit nicht ins Gesicht sehen kann, will ich ohnehin nicht länger bleiben.«

Nachdem Leaf mit hocherhobenem Haupt aus der großen Halle gestürmt war und Artair ihr auf Gregors Bitte hin gefolgt war, verlief das weitere Abendessen größtenteils in Schweigen. Nur Rhona bemühte sich immer wieder um ein Gespräch, da sie dank des wiedergefundenen Kompasses am morgigen Tag nun nicht nur Flower, sondern – wie Morgan soeben knapp erklärt hatte – auch River und Leith verabschieden musste.

»Aber wenigstens diese Nacht verbringt ihr noch mit uns auf der Burg«, bat Rhona, nachdem die Nachspeise abgeräumt worden war. »Bei diesem Regen seid ihr sonst doch völlig durchnässt, bevor ihr das Schiff erreicht.«

Da Morgan bereits aufgestanden und einige Schritte in Richtung Burgtor gegangen war, antwortete River an seiner Stelle: »Es ist bestimmt nur halb so schlimm.« Als Rhona daraufhin leise seufzte, fügte sie hinzu: »Mach dir keine Sorgen, Mutter, wir kommen schon nicht zu Schaden.«

Ein krachendes Donnern ertönte, und alle zuckten heftig zusammen. Woraufhin Flower mit entschlossenem Gesichtsausdruck verkündete: »Mutter hat recht. Ihr solltet besser hierbleiben.«

»Vor allem wegen des Kindes«, bekräftigte Rhona und kniete sich vor Leith. »Wo ich doch schon Rivers Kammer für dich hergerichtet habe. Mit einer warmen Bettpfanne.«

»Also gut«, brummte Morgan mit zusammengepressten Lippen. »Wir bleiben.«

»Bist du etwa immer noch hier?« Isla, an deren Anwesenheit auf der Burg River sich noch nicht gewöhnt hatte, streckte schon zum zweiten Mal während der letzten Stunde ihren roten Lockenkopf, ohne vorher zu klopfen, in die Kammer, in der die Schlafstätte für Morgans Sohn eingerichtet worden war. »Oder willst du am Ende gar nicht zu deinem Piraten?«

River legte ihren Finger an die Lippen und sah die Freundin warnend an. »Leith ist gerade erst eingeschlafen.«

»Unser kleiner Goldschatz.« Isla schloss die Tür leise, trat dann auf Zehenspitzen näher und kniete sich neben die Bettkante. »Manchmal denke ich, Morgan hat ihn auf See erbeutet, so lieb und empfindsam, wie er ist.«

River nickte langsam. »Er schlägt sich wirklich tapfer.«

Isla umfasste mit beiden Armen ihre Knie und bettete den Kopf darauf. »Hoffentlich bekomme ich auch bald ein Kind wie ihn.«

»Wer weiß«, River legte ihre Hand auf Islas Kopf, »vielleicht trägst du es ja schon in deinem Bauch?«

Doch die Freundin schüttelte den Kopf. »Nein, bestimmt nicht. Und heute Nacht passiert es auch nicht.«

River strich Isla eine Locke aus der Stirn, damit sie deren Gesichtsausdruck besser sehen konnte. »Wie kannst du dir da so sicher sein?«

Isla seufzte gedehnt. »Jan macht sich Vorwürfe wegen der Sache mit Leaf. Er sagt, er hätte den Kompass einfach irgendwohin legen sollen, wo ihn Morgan auf jeden Fall findet.« Sie rollte mit den Augen. »Und jetzt hat er Angst, dass dein Pirat schlecht von ihm denkt und ihn nicht mehr mitnehmen will.«

»Ach je.« Rivers Herz wurde schwer. »Dabei hat Leith so gute Fortschritte dank Jan gemacht. Morgan muss ihn mitnehmen.« Wie sollte sie sonst je besser schreiben lernen?

»Uns«, verbesserte Isla. »Oder willst du mich etwa nicht mehr dabeihaben?«

River schnipste mit dem Finger gegen Islas Schläfe. »Leidest du an Übermüdung?« Wenn sie überhaupt jemanden dalassen wollte, dann war das zweifelsohne Hewie, der ihr mit jedem Tag, der verging, feindseliger begegnete.

»Also geht es dir nicht nur um Jan? Sondern auch um mich?«

»Isla, hör bitte endlich damit auf. Langsam grenzt es an Beleidigung, was du mir unterstellst.«

Isla zuckte mit den Schultern. »Jan hat gesagt, er braucht etwas Zeit für sich allein. Vielleicht schlafe ich heute Nacht einfach hier.«

River seufzte. Sie wusste, dass Jan Schwierigkeiten am liebsten mit sich selbst ausmachte. »Na, dann sind wir schon zu zweit.«

»Wie bitte?« Isla hatte in ihrer Überraschung lauter gesprochen als bisher, sodass Leith sich im Schlaf regte. *Bitte nicht*, stöhnte River innerlich und sah sich schon weitere Geschichten erfinden, damit der Junge wieder einschlief. Doch dann drehte er sich einfach auf die andere Seite, presste die Möwe wieder an seinen Mund und atmete ruhig weiter.

Sie sah warnend zu Isla, die den Kopf von ihren Knien genommen hatte, und flüsterte: »Du weißt doch, dass Morgan ... lieber allein schläft.«

»Schon, aber heute schläft er allein in deiner Kammer. Die zwei Betten hat. Das solltest du dir nicht gefallen lassen. Schon gar nicht, wenn er dir wirklich wichtig ist.«

River zeigte auf das große Bett, in dessen Mitte Leith wie ein verlorener Prinz ruhte. »Er hätte Leith wohl kaum dieses Zimmer überlassen, wenn er mich bei sich haben wollte, schließlich weiß er, dass der Junge ohne Gesellschaft nicht in den Schlaf findet.«

Isla verdrehte die Augen. »Wo ist deine Achtung vor dir selbst, River? Der Mann liegt in deiner Kammer. Es ist deine letzte Nacht zu Hause. Zeig ihm, was du willst.«

River kaute auf ihrer Lippe. »Isla, er hat mir ins Gesicht gesagt, dass er nicht mit mir schlafen will.«

Die Freundin stützte nun wieder beide Hände auf ihre Knie und sah ihr bedeutsam in die Augen. »Na und? Hast du nie etwas gesagt, das du im Nachhinein bereut hast?«

River musste unwillkürlich schmunzeln. »Aber sicher doch, zum Beispiel gestern, als ich deiner Großmutter versprochen habe, dass du vielleicht sogar einen Titel bekommst, wenn sie dich mit mir gehen lässt ...«

»... was hoffentlich ernst gemeint war.« Isla spitzte die Lippen und sah sie mit strengem Blick an.

River kniff die Freundin in den Arm, ehe sie den Kopf zur Seite legte. Was, wenn Isla mit ihrer Vermutung recht hatte? Und Morgan nur zu stolz war, um seine Worte zurückzunehmen? Wo er ihr doch heute sogar über die Hand gestrichen hatte?

»Vielleicht ... würde er gern weiter über den Handel mit Perlen mit mir reden.« Diesbezüglich hatten sie sich doch am Nachmittag gut miteinander verstanden.

»Vielleicht«, nickte Isla. »Aber vielleicht würde er auch einfach gern das hier tun, traut sich aber nicht.« Sie gab River einen langen Kuss auf den Mund. »Willst du deinem Piraten da nicht auf die Sprünge helfen?«

KAPITEL 28

River hatte noch nie so lange gebraucht, um ihre eigene Kammer zu betreten. Mittlerweile wusste sie nicht einmal mehr, wie oft sie die Hand schon gehoben hatte, um die Tür zu öffnen, nur um sie dann doch wieder sinken zu lassen. *Es ist mein eigener Raum*, mahnte sie sich in Gedanken. *In dem ein Mann liegt, der mich nicht will.* Sie ballte die Hände. *Oder mich erst will, wenn ich nicht mehr dumm bin.* Sie öffnete die Hände wieder. *Der heute trotzdem mit mir gelacht hat.* Sie ballte sie erneut. *Und immer noch seine erste Ehefrau liebt.* Sie öffnete sie wieder. *Der mir aber ihre Kette geschenkt hat.* Gott, würde das nie ein Ende nehmen?

Sie lehnte den Kopf gegen die Tür, die unerwartet aufschwang, sodass sie beinahe der Länge nach in den Raum gestürzt wäre, hätte sie nicht ein starker Arm gehalten. »River?«

Ihre Haut kribbelte. Morgans Griff war weder grob noch schmerzhaft, sondern einfach nur fest und stützend. Eine absichtliche Berührung, keine zufällige, um sie zu halten und nicht fallen zu lassen.

Ihr Herz schlug schneller, und ihr Blick wanderte seinen kräftigen Unterarm nach oben. Wo war sein Leinenhemd? Ihr wurde warm, als sie wie angewurzelt zum ersten Mal den nackten, muskulösen Oberkörper ihres Ehemanns betrachtete. Sie blinzelte, und der Geruch von Leder und Salz stieg ihr in die Nase.

»River.« Seine Stimme war kaum mehr als ein Flüstern. Er hielt sie noch immer, drehte sie zu sich. Sie bekam eine Gänsehaut, und ihr Mund wurde trocken, als sie nun ganz langsam den Blick zu ihm hob. Sie sah sein Kinn, bedeckt von seinem dunklen Bart, die

Lippen, die leicht bebten. Die Anspannung in seinen Kiefermuskeln. Und dann seine Augen, die, umgeben von einem dichten Wimpernkranz, eisblau im flackernden Kerzenlicht glänzten. Es waren die schönsten Augen, die sie je gesehen hatte. Nur warum blickten sie sie stets so verschlossen und hart an?

»Ist etwas geschehen?« Morgan ließ sie abrupt los, und River taumelte erneut, während er die Arme verschränkte.

Sie blinzelte mehrmals und konnte nichts anderes tun, als ihn einfach nur anzustarren. »N... nein.«

Er musterte sie daraufhin fragend, und sie wusste, dass sie nun etwas sagen sollte, aber ihr Kopf war wie leer gefegt. Ihr Blick wanderte wieder zu seinem nackten Oberkörper, er sah wirklich aus wie ein verwegener Pirat, wie er so dastand, nur mit seiner Hose bekleidet. Doch wie immer lächelte er nicht. Andererseits, welcher Pirat tat das schon?

»Wieso bist du dann hier?« Morgans Stimme klang nun sanfter, und sie atmete erleichtert auf. Bis er die Augenbrauen in die Höhe zog und ihr klarwurde, dass er immer noch auf eine Antwort von ihr wartete.

Ihr Blick fiel auf die beiden Betten im Raum, und ihr Herz schlug nun so laut, dass sie glaubte, er könne es hören. Der zerknitterten Leinendecke nach zu urteilen hatte er in ihrem Bett gelegen, in dem sie schon so oft von einem Mann wie ihm geträumt hatte. Sie schluckte und bemerkte, dass auf dem Tisch neben dem Bett nicht eine, sondern gleich sieben Kerzen brannten, die eine Art Herz formten. Hatte er sie etwa doch erwartet?

Als Morgan ihren überraschten Gesichtsausdruck bemerkte, wandte er sich rasch um, und sie konnte deutlich sehen, wie sich seine Schultern verspannten. War es ihm peinlich, zu offenbaren, dass auch er ein empfindsamer Mensch war?

Sie lächelte. »Dieser Raum war bei Nacht noch nie so hell.«

Er drehte sich wieder zu ihr um und sah sie mit undurchdringlicher Miene an. »Und das ... ist alles, was du denkst?«

River wagte es, wieder in seine Augen zu sehen. »Nein, ich finde es auch sehr ... rührend und ... gefühlvoll.«

Morgan brummte. »Ich weiß nicht.«

Sie trat einen Schritt näher, wobei ihr Islas Worte wieder in den Sinn kamen. *Vielleicht will er dich küssen, traut sich aber nicht.* Sie biss sich kurz auf die Lippe. Aber gab es ein eindeutigeres Zeichen als das brennende Herz? Was sonst sollte Morgan damit bezwecken?

Sie suchte wieder seinen Blick, der nun wachsam war, als erwartete er jeden Moment einen Angriff. Und an der Ader an seinem Hals konnte sie sehen, dass auch sein Herz schnell schlug. Sie holte tief Luft, überwand den Abstand zwischen ihnen und griff nach seinen Händen. »Willst du ...?«

Ihre Stimme brach. Nein, sie sollte nicht fragen, sondern ihm lieber körperlich bedeuten, dass sie ihn gern küssen würde. Also blinzelte sie und stellte sich leicht auf die Zehenspitzen.

Morgans Worte klangen heiser. »Will ich was?«

River schluckte. Nichts sagen, einfach machen. Sie wollte die Augen schließen, doch es gelang ihr nicht.

Morgan legte seine Hand vorsichtig auf ihre Schulter. Seine Stimme war kaum mehr als ein Flüstern. »Will ich was, River?«

Küss ihn, River, küss ihn. »Willst du ...« Warum nur war ihr plötzlich so heiß? Und warum konnte sie nicht mehr klar denken. Und was wäre, wenn sie sich erneut irrte und er sie doch nicht küssen wollte? Sie hörte ihren eigenen Herzschlag im Ohr pulsieren und antwortete schließlich: »Willst du ... dass ich dir die Burg zeige?«

»Wie bitte?« Morgans Augen weiteten sich.

River fächelte sich zitternd Luft zu. Die Burg zeigen? Wie war sie denn nur darauf gekommen? War sie denn nun von allen guten Geistern verlassen? Wenn er sie ohnehin nicht schon für schwachsinnig hielt, tat er es jetzt ganz sicher.

Sie lächelte, glaubte jedoch, dass sie eher eine Grimasse zog. »Aye, die Burg. Ich dachte, weil wir doch morgen abreisen und ...

du bestimmt noch nicht die Aussicht von unserem Burgturm genossen hast?«

Morgan musste schmunzeln. »Hast du vergessen, dass es stürmt?«

»Nein ... natürlich nicht. Aber das Donnern hat aufgehört, und etwas Regen macht doch einem Seemann nichts aus, oder etwa doch?«

Morgan zögerte einen Augenblick, dann legte er eine Hand an ihre Wange. »Nein, das macht einem Seemann nichts aus.«

Und dann beugte er sich zu ihr hinab und küsste sie.

Morgans Kuss war, als würde ein einziger Funke vom Wind in einen Heuhaufen getragen und alles in Brand setzen. Es war, als würde ein Stern, der lange am Horizont geleuchtet hatte, endlich zu einer Sternschnuppe, die mit glühendem Schweif durch die Nacht schießt. Es war magisch, unvergesslich und berauschend. Es war der Himmel, solange der Kuss dauerte, und die Hölle, als er aufhörte, und sie wollte Morgan immer wieder küssen. Erst in der Kammer und jetzt, weil Morgan darauf bestanden hatte, auf dem Burgturm. Immer und immer wieder und am liebsten sofort.

»Du musst mich zwischendrin Luft holen lassen.« Morgans raue Stimme drang durch den strömenden Regen an ihr Ohr, während sie eng aneinandergedrängt an den Zinnen standen. Ihre Hände waren in seinem Nacken verschränkt, die seinen umfassten ihre Hüften und zogen sie eng an ihn. Ihr Kleid klebte wie eine zweite Haut an ihrem Körper, nass und kalt, und dennoch fror sie nicht, sondern glühte.

»Du musst eben durch die Nase atmen«, hauchte sie, ehe ihr Mund wieder den seinen fand. Sein Bart kitzelte auf ihrer Haut, seine Lippen lagen fordernd auf ihren. Er griff mit der Hand in ihre nassen Haare, während der Regen über ihre Gesichter rann. Sie ertranken förmlich ineinander, und River stöhnte, als seine Zunge ihren Mund erkundete. Er schmeckte so rau und süß zugleich, war so ungeduldig und doch so behutsam, dass es kaum mehr auszuhalten war und dennoch niemals enden sollte.

»Wolltest du mir nicht die Aussicht zeigen?« Morgan löste sich heftig atmend von ihr und sah sie mit halb geschlossenen Augen an. Doch nur wenige Lidschläge später funkelte ein Schalk in ihnen, den sie noch nie zuvor an ihm wahrgenommen hatte.

River musste lachen. »Siehst du etwa nicht alles, was du sehen musst, Mylord?«

Er brummte und zog sie wieder an sich, küsste sie stürmischer als der Sturm, der in der Ferne mit seinen gleißenden Blitzen den Himmel zerriss. Es war, als sei ein Damm zwischen ihnen gebrochen und als würden die Wassermassen, die er zuvor zurückgehalten hatte, nun über sie hinwegrauschen und sie mit sich fortspülen, ohne dass sie etwas dagegen tun konnten. Hitze breitete sich in ihrem Schoß aus, während sie noch immer kaum glauben konnte, dass Morgan sie küsste. Dass er ihr endlich zeigte, dass er sie doch wollte – und niemals wieder gehen lassen würde.

»Deine Lippen sind ganz blau«, murmelte er zwischen zwei Küssen. Er strich ihren Rücken hinab. »Und du zitterst.«

»Vor Glück, ich zittere vor Glück«, hauchte sie, ehe sie sich erneut im Spiel ihrer Zungen verlor.

Irgendwann, als ihre Lippen schon geschwollen waren, drehte er sie um und legte seine Arme von hinten um ihre Taille. Sie spürte sein heftig schlagendes Herz in ihrem Rücken, seine warmen Lippen unterhalb ihres Ohrs.

»Es tut mir leid«, murmelte er, während seine Finger sich mit ihren verschränkten und sie, umgeben von Wind und Wasser, in das Dunkel der Nacht starrten.

Sie wandte den Kopf zur Seite und sah ihn mit angehaltenem Atem an. Was meinte er?

Er beugte sich wieder nach vorn, stahl ihr noch einen Kuss, und beinahe hätte sie vergessen, dass er etwas hatte sagen wollen. Doch dann murmelte er: »Ich muss jetzt los.«

River legte ihre Hand an seine Wange. »Jetzt? Wohin?«

Er sah ihr fest in die Augen. »Zu meinem Schiff. Wenn Hewie tatsächlich meinen Kompass gestohlen hat, muss ich ein ernstes Wort mit ihm reden.«

»Also glaubst du, dass Leaf mit ihrer Vermutung recht hatte?«

»Vielleicht.« Morgans Miene wurde ernst. »Das bestickte Taschentuch, in das der Kompass eingeschlagen war, gehört zumindest Hewie. Und wer weiß, vielleicht findet sich auch noch meine Landkarte bei ihm.«

»Aber, das heißt ja …«, Rivers Herzschlag beschleunigte sich, »dass du wirklich nicht länger denkst, dass ich dich bestohlen habe?«

»Außer du hast sein Taschentuch entwendet.«

River sog scharf die Luft ein. »Natürlich nicht. Warum sollte ich das tun?«

Morgan nickte, ehe er ihr einen letzten, atemraubenden Kuss gab. »Aye, warum solltest du das tun?«

KAPITEL 29

D»u musst damit aufhören. Es sollte einfach nicht sein.«
»Nichts soll einfach sein. Alles ist die Folge unseres Handelns.«
»Ich meine es ernst. Du musst es vergessen.«
»Vergessen? Kannst du etwa vergessen?«
»Nicht das, was du getan hast.«
»Wir. Wir haben es getan.«
»Du wirst es nicht schaffen. Und wenn es das Letzte ist, wofür ich auf dieser Erde sorge.«
»Also hast du doch etwas von mir gelernt.«
»Aye. Man segelt entweder in den Sturm hinein oder um ihn herum. Aber man lässt ihn nicht einfach auf sich zukommen.«

KAPITEL 30

Als sich der warme Körper enger an sie schmiegte, wachte River schlagartig auf. War Morgan doch zurückgekommen? Aber wieso roch er nach Lavendel? Vorsichtig drehte sie den Kopf zur Seite und sah in traurige, graue Augen. »Skye?«

Ihre jüngste Schwester legte ihren Kopf wieder auf ihre Brust und drückte sich nochmals enger an sie.

»Skye, was ist denn los?«

Die Dreizehnjährige schwieg eine Weile, ehe sie sich mit einer verräterischen Bewegung über die Augen fuhr und dann von ihr abließ. »Er hat schon nach dir geschickt. Der Wind steht anscheinend gut.«

Ruckartig setzte sich River im Bett auf. Morgan wartete auf sie? »Wieso hast du mich dann nicht geweckt?«

Skyes Blick zeigte keinerlei Schuldbewusstsein. »Isla wollte erst noch ins Dorf gehen, um sich von ihren Großeltern zu verabschieden.«

»Also kommen sie und Jan mit?«

Skye nickte und rutschte wieder näher an sie heran. »Kann ich nicht auch mitkommen?«

»Da ist Leaf bestimmt dagegen, du bist doch ihre Lieblingsschwester.« River sah in Skyes blasses Gesicht und wurde wieder ernst. »Keine Sorge. Ich werde euch ganz oft besuchen.«

Skye schüttelte den Kopf. »Flower sagt, dass Morgan so schnell nicht mehr hierherkommt.«

River legte die Stirn in Falten. »Und warum meint sie das?«

»Weil er mehr an sich denkt als an dich.«

River verschränkte die Arme. Das hatte Flower zu Skye gesagt? Misstraute sie Morgan also noch immer? Doch halt, Flower wusste schließlich noch nichts von den Ereignissen der letzten Nacht. Bei der Erinnerung an Morgans Küsse lief erneut ein Schauer über Rivers Körper. Gab es denn einen stärkeren Beweis dafür, dass er sie wollte? Dass sie ihm etwas bedeutete?

Sie griff nach Skyes Händen. »Mach dir darüber keine Sorgen. Morgan denkt genauso sehr an mich wie Cailan an Flower.« Sie seufzte. »Cailan wird sie bestimmt sehr vermisst haben.«

»Deshalb reist Flower heute ja ebenfalls ab.« Skye schwieg kurz. »Aber sie hat immerhin versprochen, dass sie und Cailan uns in ein paar Wochen wieder besuchen.«

River drückte Skyes Hand. »Wir werden auch wiederkommen.«

Skye erwiderte darauf nichts.

»Jetzt hör mal«, brummte River und stupste sie in die Seite. »Was Flower und Cailan können, können wir auch.«

Skyes Stimme war kaum mehr als ein Flüstern. »Dein Herz ist schon lang nicht mehr hier zu Hause.«

River wollte ihrer Schwester gerade widersprechen, aber diese schüttelte nur den Kopf und zog mit zittrigen Händen ein Pergament aus ihrem Rock. »Damit du uns nicht vergisst.«

Vorsichtig faltete River es auseinander und blickte in die lächelnden Gesichter ihrer Familie, die auf der hüfthohen Mauer im Rosengarten saß, hinter der sich das Meer erstreckte. »Oh, Skye«, hauchte sie und blickte noch einmal genauer auf die Zeichnung. Ihr Vater saß ganz links, neben ihm Artair, dann folgten Leaf, die bezeichnenderweise auf der Mauer stand, und Skye. Danach kamen Rhona mit Conall auf dem Arm und Flower. Es folgten sie selbst und ... »Ist das Morgan?«

Skye schüttelte den Kopf. »Nein, Jan. Er gehört doch auch so gut wie zur Familie. Als ich für Flowers Hochzeitsgeschenk nur uns vier Schwestern gezeichnet habe, hat Artair sich ausgeschlossen gefühlt. Darum habe ich jetzt alle Familienmitglieder gemalt. Obwohl du natürlich recht hast: Cailan und Morgan habe ich vergessen.«

»Aber wieso hat Jan Haare?«

Skye lächelte. »Ich habe ihm welche gezeichnet, weil er doch so traurig darüber ist, dass er keine mehr hat.«

River schmunzelte. Für sie sah der Mann nach wie vor eher wie Morgan aus, aber das musste sie Skye ja nicht sagen.

»Du hast uns alle wunderbar getroffen.« Sie nahm Skye in den Arm. »Ich werde das Pergament nachher sofort in mein Tagebuch legen, damit ich es immer bei mir habe.«

Skye blinzelte. »Wenn du es irgendwann deinen Freunden in Brügge zeigst, kannst du sagen, dass es von einer großen Künstlerin stammt.«

River musste lachen. »Wenn ich irgendwann Freunde in Brügge habe, wirst du ihnen das selbst sagen.« Sie gab Skye einen Kuss. »Denn du, Skye, siehst mich heute sicher nicht zum letzten Mal.«

»Gott, ich hätte nie gedacht, dass sie weinen würden.« Isla legte den Ellbogen auf Rivers Schulter, während die Umrisse ihrer winkenden Großeltern, die ebenso wie Rivers gesamte Familie zum Abschied an den Strand gekommen waren, immer kleiner wurden. »Vielleicht hätte ich doch bei ihnen bleiben sollen. Erst verlieren sie meine Eltern und jetzt auch noch mich.«

»Wir kommen doch wieder.« River legte tröstend ihren Arm um Isla. »Und außerdem war Lorna doch erleichtert, dass jetzt nicht nur Jan, sondern auch ich auf dich achtgeben werde.«

»Ja, das stimmt schon«, seufzte Isla mit verdächtig rauer Stimme. »Du bist schließlich eine Lady und kannst dazu noch Fische putzen.«

River musste unwillkürlich lächeln, obwohl sie selbst gegen die Tränen in ihren Augen ankämpfte. »Es wird ihnen schon gut gehen. Solange man einen Menschen hat, der einen liebt, ist alles in Ordnung.«

Isla nickte und gab ihr ein Küsschen auf die Backe. »Und davon habe ich gleich zwei bei mir.«

River blickte hastig über ihre Schulter, ob Morgan die Geste beobachtet hatte, doch er war noch immer in seiner Kajüte, in die er sich gleich nach der Abfahrt zurückgezogen hatte. Seinen tiefen Augenringen nach zu schließen hatte er in der letzten Nacht noch lange mit Hewie gesprochen und musste nun wieder zu Kräften kommen. Sie hätte ihm nach der gestrigen Nacht gern Gesellschaft geleistet, doch sie spürte, dass Isla sie gerade mehr brauchte.

»Was war eigentlich mit Flower los?«, fragte sie diese nun und wandte sich endgültig vom Strand ab. »Ich hatte tatsächlich kurz den Eindruck, ihr würdet euch streiten, anstatt euch voneinander zu verabschieden.«

River entfuhr ein leises Stöhnen. »Leaf hat mich zum Abschied noch einmal daran erinnert, immer mit tiefer Stimme zu Morgan zu sprechen. Und Flower hat mir daraufhin eingeschärft, dies ja nicht zu tun.« *Bleib einfach du selbst, River. Verbiege dich nicht, hörst du?* Sie schüttelte den Kopf, als sie sich an die Worte ihrer älteren Schwester erinnerte. »Flower muss endlich verstehen, dass ich selbst weiß, was gut für mich ist. Und mich darin unterstützen.« Sie sah erneut über die Schulter, bevor sie wisperte: »Zum Beispiel hätte sie mir in den letzten Tagen noch genauer verraten können, auf welche unterschiedliche Arten man einen Mann glücklich machen kann.«

Isla kam mit ihrem Kopf näher. »Du meinst im Bett?«

River blickte ein drittes Mal über ihre Schulter, doch da war nur Jan, der Leith etwas erklärte, was diesen strahlen ließ.

»Aye«, flüsterte sie. »Denn nach den gestrigen Küssen glaube ich, dass du recht gehabt hast. Morgan will mich. Und wenn es dann so weit ist, will ich einfach alles richtig machen, verstehst du?«

Isla schaute am Schiffsrumpf hinab, und auch Rivers Blick fiel auf den Schriftzug *Caitriona*. »Ab jetzt bist du dran«, bekräftigte Isla.

River hörte eine Möwe schreien und sah ein letztes Mal zu ihrer Familie und zu Castle Varrich, das in der Ferne auf dem Kalkfelsen thronte. Sie straffte die Schultern und reckte das Kinn in den Wind, ehe ein entschlossener Ausdruck auf ihr Gesicht trat.

Aye, ab jetzt war sie dran. Nicht Caitriona, nicht Hewie, sondern sie.

Sie und Morgan und ihr Traum von Brügge.

KAPITEL 31

Hewies Worte hallten seit ihrem Streit vor einer Woche noch immer in Morgans Kopf, als er als Erster und ohne Begleitung auf Dunrobin Castle zuschritt.

Die Küsse mit River im Regen seien ein Zeichen dafür gewesen, dass der Himmel weinte, hatte der Freund ihm vorgeworfen.

Und das flammende Herz, mit dem Morgan habe herausfinden wollen, ob Caitrionas Geist nur eine Erfindung von ihm, Hewie, sei, habe schlichtweg fünf Kerzen zu wenig gehabt.

Und wie könne Morgan überhaupt nach all den Jahren, in denen sie sich kannten, nach all den Krisen, die sie gemeinsam durchgestanden hätten, glauben, dass ausgerechnet er, der nie ein Wort über die Nachricht verloren hatte, die sie in der Hand von Morgans totem Vater fanden, ihm jetzt in den Rücken fiele? Und dabei auch noch so unfassbar dumm wäre, den gestohlenen Kompass ins eigene Taschentuch zu wickeln, obwohl er schon mehrmals ohne Kompass gesegelt war?

Morgan presste die Lippen fest zusammen, als ihn die hohen dunklen Mauern von Dunrobin Castle an diesem wolkigen Tag mit nichts als Kälte begrüßten. War dieses Gemäuer wirklich noch sein Zuhause oder nicht vielmehr ein düsteres Grab, in dem er gefangen war und nicht mehr wusste, was er noch glauben sollte und was nicht?

Die Schritte hinter ihm wurden schneller, und River schloss außer Atem zu ihm auf. Seit jener Nacht vor einer Woche hatte er sie nicht mehr geküsst. Genau genommen hatte er seit jener Nacht nicht einmal mehr mit ihr geredet. Irgendwann hatte ihn Jan besorgt gefragt, ob er vielleicht seekrank sei, und da ihm alles recht gewesen war, um allein in seiner Kajüte bleiben zu können, hatte er dies einfach bejaht. River hatte es zunächst kaum glauben können, doch dann hatte sie gemeint, dass sein Gesicht tatsächlich so grau wie Stein sei, und ohne Protest mit Leith an Deck unter den Sternen geschlafen. Nur einmal hatte sie versucht, ihn wieder zu küssen, doch er hatte rasch Übelkeit vorgetäuscht. Nach Hewies Vorwurf, dass Caitriona bei der Vorstellung, wie er River küsste, ein zweites Mal sterben würde, war ihm das nicht allzu schwer gefallen.

»Trägst du mich über die Torschwelle?«, fragte River in einem tieferen Tonfall als sonst.

Er sah weiter geradeaus auf die Steine von Dunrobin Castle, die die gleichen waren, aus denen auch Caitrionas Grabplatte gehauen war. Wäre es ein Verrat an seiner ersten Frau, wenn er diesen Brauch vollzog? Oder aber ein Verrat an River, wenn er ihn unterließ?

»Morgan?«

Er kämpfte mit sich selbst und drehte sich schließlich zu River um. In ihren blauen Augen lagen Zuneigung und Wärme. Aber waren ihre Gefühle aufrichtig? Oder benutzte sie ihn nur, um an sein Vermögen und nach Brügge zu kommen? Hatte sie am Ende doch den Kompass und die Landkarte gestohlen und den Verdacht mit dem bestickten Taschentuch absichtlich auf Hewie gelenkt?

Sie griff nach seiner Hand. »Oder bin ich dir zu schwer?«

Morgans Blick streifte ihre schmale Gestalt, die in einen dunkelblauen Umhang gehüllt war, bevor er an ihren Brüsten hängen blieb. War es ein gutes oder ein schlechtes Zeichen, dass sie größer als die Caitrionas waren?

River bemerkte sein Starren und legte schützend eine Hand auf ihren Ausschnitt. Er nahm ein leises Pfeifen in seinen Ohren wahr.

»Nein, du bist mir nicht zu schwer.«

Sie lächelte erleichtert und trat einen Schritt näher. Der Duft von Minze stieg ihm in die Nase, und er fragte sich, wann er aufgehört hatte, Rosmarin zu erwarten. Er schluckte. In jener Nacht, als sie sich auf dem Burgturm von Castle Varrich geküsst hatten, hatte er überhaupt nichts gerochen. Er hatte sie einfach nur in seinen Armen gehalten, nicht nachgedacht und das getan, was sein Körper gefordert und er sich in all den Wochen nach Caitrionas Tod verwehrt hatte. Herrgott, er war immer noch ein Mensch. Er hatte Bedürfnisse. War er deshalb schwach geworden? Und konnte man ihm dafür einen Vorwurf machen? War es nicht eher löblich, dass er sein körperliches Verlangen mit seiner Ehefrau stillte, anstatt zu einer Dirne zu gehen? Oder sollte er überhaupt kein Verlangen mehr nach Caitrionas Tod verspüren?

»Es muss ja auch nicht weit sein«, sagte River nun und legte einen Arm um seinen Nacken.

Da trat Hewie zu ihnen. Seine Miene wirkte besorgt, doch Morgan kannte ihn gut genug, um den Spott in seiner Stimme nicht zu überhören. »Habt Ihr Euch am Fuß verletzt, Mylady?«

Doch bevor Morgan Hewie für seine Bemerkung zurechtweisen konnte, schloss schon Jan zu ihnen auf. »Kennt Ihr diese Tradition etwa nicht?«, erkundigte er sich und nickte Leith zu, der an seiner Hand ging. »Kannst du uns denn erklären, warum dein Vater River über die Torschwelle tragen sollte?«

Der Junge nahm seine Möwe aus dem Gesicht und nickte. »Weil River heute zum ersten Mal auf Dunrobin Castle ist.«

»Eine gute Überlegung, Leith«, lobte Hewie. »Aber der wahre Grund ist ein anderer, das stimmt doch, Jan?«

Leith führte sein Stofftier wieder vor die Lippen und blickte unsicher zwischen den beiden Männern hin und her. Morgan fühlte sich unwohl in seiner Haut. Denn im Gegensatz zu seinem Sohn wusste er genau, dass Hewie von seiner Ehe mit River sprach, die nun Caitrionas Platz als Herrin dieser Burg einnehmen würde.

Er wollte gerade Rivers Arm lösen, da nahm sie ihn dankbarerweise selbst von seiner Schulter und ging zu Leith. »Wenn ich genau darüber nachdenke, sind neue Traditionen doch viel schöner als alte. Darum nehmen Morgan und ich dich jetzt auch in unsere Mitte, und du führst uns beide in die Burg?«

Leiths Augen strahlten. »Mutter hat immer gesagt, dass Dunrobin Castle sowieso mir gehört.«

Daraufhin ertönte ein lautes Lachen hinter ihnen, und Morgan drehte sich schlagartig um.

»Guten Abend, Schwager.« Logan MacLeod, der Ehemann seiner Schwester Niamh, schritt mit offenen Armen auf sie zu und grinste breit. »Und ich dachte schon, ich wäre der einzige Mann hier mit Wetteifer.«

»Logan.« Morgans Körper versteifte sich, als er den gedrungenen Mann mit den hellbraunen Haaren musterte. Hatte er tatsächlich verdrängt, dass dieser zu Besuch kommen wollte?

Der Erbe des MacLeod-Clans legte ihm einen Arm um die Schultern, als er ihn erreichte, und nickte in die Runde. »Willkommen auf Dunrobin Castle.« Morgan presste die Lippen noch fester aufeinander. Übernahm Logan etwa gerade seine Rolle als Hausherr?

Er nickte knapp und befreite sich aus dessen Griff, während Hewie, Jan, Leith und River seinen Schwager begrüßten. Dieser hatte jedoch nur Augen für River.

»Mylady, die Freude ist ganz meinerseits.« Logan machte eine tiefe Verbeugung vor River, nicht jedoch ohne zuvor einen zu langen Blick auf ihren Ausschnitt geworfen zu haben. »Wir hatten schon Sorge, dass Ihr meinen finsteren Schwager doch nicht heiraten wollt.«

Morgan zog die Augenbrauen zusammen, sein Unmut wuchs. Wie konnte es Logan wagen, so über ihn zu sprechen?

Er wollte gerade etwas erwidern, als River ihm zuvorkam. »Aber nicht doch, Mylord. Welche Frau würde einen Mann wie Euren Schwager nicht heiraten wollen?«

Dabei sah sie zu ihm und schenkte ihm ein strahlendes Lächeln, während sich Logans Lippen spöttisch verzogen und er den Kopf schief legte. »Nun, das vermag ich wohl nicht zu beurteilen.«

Morgan erwiderte Rivers Lächeln kurz, ehe er Logan seinerseits nun zur Begrüßung auf die Schulter schlug, und dies alles andere als freundschaftlich. »Wo hast du meine Schwester gelassen?« Nur wegen Niamh hatte er zugestimmt, beide auf Dunrobin Castle zu empfangen. »Ist sie bei meiner Großmutter?«

Logan antwortete ihm nur knapp. »Du weißt doch, wie das ist.«

Morgan zog die Brauen zusammen, und Logan senkte seine Stimme so weit, dass nur er ihn verstehen konnte. »Frauen brauchen meistens länger, um sich wieder anzuziehen.«

Morgan glaubte, sich verhört zu haben, und er packte seinen Schwager fest an der Schulter. Was maßte dieser sich an, so von seiner Schwester zu sprechen? Hatte Logan sich denn kein Stück geändert, seit er Niamh bei ihrer Hochzeit im letzten Jahr vor allen Gästen an die Brust gefasst hatte und danach zudem noch viel zu früh mit ihr in die Kammer mit dem Brautbett verschwunden war?

Logans Blick kehrte zurück zu River. »Wenn ich Euch so ansehe, wird mir klar, warum Morgan ausgerechnet Euch geheiratet hat.« Er neigte leicht den Kopf. »Ihr erinnert in Eurer ganzen Erscheinung ganz ohne Zweifel an ...«

»Niemanden.« Morgan schnitt Logan scharf das Wort ab. Eher würde die Hölle zufrieren, als dass er zuließ, dass sein Schwager Caitis Namen in den Mund nahm.

Logan sah ihn forschend an, dann sah er wieder zu River. »Nun ... In jedem Fall bietet Ihr einen Anblick, den kein Mann leicht vergisst.«

Logan trat einen Schritt nach vorn und hob River kurzerhand auf seine Arme. Sie keuchte überrascht, während Morgan sogleich zischte: »Lass sofort meine Frau los, Logan.«

Doch dieser hob nur eine Augenbraue und meinte: »Hat Mylady nicht gesagt, dass neue Traditionen schöner wären als alte? Warum also sollte ich sie nicht über die Torschwelle tragen?«

Nun reichte es Morgan. River war seine Ehefrau, Dunrobin Castle war seine Burg, und er hatte verdammt noch einmal hier das Sagen. »Lass sie sofort wieder los, habe ich gesagt.«

»Wollt Ihr das denn, Mylady?«

River nickte hastig. »Aye, ich kann selbst laufen.«

Logan nickte, hielt sie aber trotzdem noch einen Moment fest. »Ich weiß, dass Ihr das könnt. Aber solltet Ihr das an diesem Tag überhaupt müssen?«

River schwieg, und Logan setzte sie ab, ohne Morgan dabei eines Blickes zu würdigen, und wandte sich dann ungerührt an Leith: »Willst du auf die Schultern von Onkel Logan?«

Leith konnte sein Glück gar nicht fassen, suchte aber zuerst bei Jan, dann bei Hewie und erst zuletzt bei Morgan selbst um Erlaubnis. »Darf ich denn?«

Morgan nickte widerwillig. »Wenn Logan nichts anderes zu tun hat, als Sutherlands hochzuheben.«

Logan neigte leicht den Kopf. »Ich kann natürlich auch die Burgführung übernehmen.« Er sah zu River. »Oder wisst Ihr schon, in welcher Kammer Ihr schlaft?«

»Die wirst du ihr ganz gewiss nicht zeigen«, knurrte Morgan, noch bevor River antworten konnte.

Logan lachte. »Was denn, ich wollte doch nur freundlich sein.« Er blickte wieder zu River, genauer gesagt auf ihre Lippen. »Deine Frau zählt doch jetzt zur Familie.«

KAPITEL 32

Das war schon ungeheuerlich, wie dieser Logan dich einfach hochgehoben hat. So als wäre *er* mit dir verheiratet.« Isla hielt Rivers Arm fest, sodass diese stehen bleiben musste, obwohl sie doch Morgans Schwester Niamh zu ihren Zimmern folgen sollten.

River sog scharf die Luft ein und deutete mit dem Kinn nach vorn zu Niamh. »Pass auf, du sprichst von ihrem Ehemann.«

»Na und?« Die Freundin zuckte mit den Schultern. »Macht es das weniger wahr?«

River warf Isla einen mahnenden Blick zu. Niamh hatte sowohl Morgan als auch sie sehr freundlich begrüßt und ihr angeboten, sie zu ihrem Zimmer zu geleiten. Und obwohl es River missfallen hatte, dass sie nun nicht von Morgan in ihr Schlafgemach geführt werden sollte, hatte sie ihrer Schwägerin nicht zu nahe treten wollen.

»Vielleicht sind die MacLeods eben sehr herzlich.« River jedenfalls hatte es gefallen, dass Logan so bemüht um sie gewesen war. Auch wenn sie seine aufdringlichen, musternden Blicke zugegebenermaßen verwirrt hatten.

Isla wollte etwas erwidern, doch da drehte sich Niamh um und zeigte auf die Tür neben sich. »Isla, hier ist die Kammer von dir und Jan. Früher hat mein Bruder Aidan darin gewohnt.«

Isla wandte den Kopf und sah mit leuchtenden Augen zu Niamh. »Wir bekommen tatsächlich das frühere Gemach eines Lords? Danke vielmals, da hab ich's ja fast so gut wie River bei Morgan!«

»Isla, bitte mäßige deinen Ton«, zischte River der Freundin zu.
»Du sprichst mit einer Lady.«

Doch Niamh winkte ab. »Nennt mich ruhig beim Vornamen.« Sie lächelte und zeigte dabei ihre kleine Zahnlücke. »Was sollte die förmliche Anrede innerhalb des engsten Familienkreises schon bringen außer Abstand zwischen uns?«

»Wenn das keine wahren Worte sind«, lobte Isla, während sie zu River sah. »Die MacLeods sind offenkundig frei von jedem Standesdünkel.«

River wäre Isla am liebsten auf den Fuß getreten, damit diese endlich ihren Mund hielt, doch Niamh verstand die Worte ihrer Freundin zum Glück nicht als Beleidigung. »Aye. Besonders mein Schwager Finley ist uns allen weit voraus.«

»Ach, natürlich, Finley!« Isla ließ Rivers Arm los. »Ich habe an Flowers Hochzeit kurz mit ihm gesprochen. Es ist eine Schande, dass er und Hailey nicht in Tongue geblieben sind. Dabei wollte er unbedingt einmal mit mir raus aufs Meer fahren, um zu erfahren, wie es ist, wenn nichts außer Ruhe um einen herum herrscht und man den eigenen Gedanken ungestört nachhängen kann.«

»Ich vermisse Finley auch«, gestand Niamh mit ihrer dunklen Stimme, bevor sie die Tür zu Islas Kammer aufdrückte. »Ein warmes Bad steht schon bereit.«

»Hast du das gehört, River?«, sagte Isla und wandte sich dann wieder an Niamh. »Schrubbt mir auch jemand den Rücken?«

»Wenn du das möchtest, werde ich jemanden senden.«

»Aber ja doch«, lachte Isla, ehe River ihr Einhalt gebieten konnte.

»Du darfst ihr das nicht übel nehmen«, bat River, sobald Isla in ihrer Kammer verschwunden war und sie mit Niamh weiter den Gang entlangschritt. Die Steine der Wände waren hier heller als im Gebäudeteil mit der großen Halle, in der sie Morgan mit den anderen Männern zurückgelassen hatten.

Niamh machte eine wegwerfende Handbewegung, wobei der weite Ärmel ihres Kleids, den ein Pelzbesatz zierte, den Blick auf die vielen Armreife an ihrem blassen Handgelenk freigab. »Keine Sorge, das tue ich nicht. Ich finde es erfrischend, wenn jemand die Wahrheit sagt.«

River atmete erleichtert auf, während Niamh auf eine weitere Tür mit den Worten »Hier schlafe ich« zeigte, bevor sie gemeinsam am Ende des Gangs die Treppe ins nächste Geschoss hinaufstiegen.

Wieder ging ihr Niamh einen schmalen Gang mit weiteren Türen voraus, der gewiss zurück zum Turm führte, der diesen Teil des Gebäudes mit der großen Halle verband. Dann blieb Niamh auf einmal stehen und sagte: »Da sind wir.«

»Hier?« River kaute auf ihrer Lippe. Schlief Morgan denn nicht näher an der großen Halle, über der zudem die Bibliothek lag, in der er, wie Niamh vorhin erwähnt hatte, oft arbeitete? Aber vielleicht genoss man von hier aus eine bessere Aussicht auf das umliegende Land?

Niamh strich sich über ihre mit schwarzen Edelsteinen besetzte Haarspange. Dann drückte sie nach einem Moment des Zögerns die Tür auf und ließ River in den Raum treten. River stockte der Atem, denn nicht nur ein, sondern gleich zwei Fenster fluteten das Zimmer mit Licht. Durch das rechts von ihr gelegene sah sie den Wald und die mit Heidekraut bewachsenen Berge der Highlands, während sie durch das Fenster gegenüber der Tür nicht nur auf den Burghof, sondern auch auf das hinter einem Streifen aus Baumkronen liegende Meer mit Morgans Schiff blicken konnte. Vor jenem Fenster stand auch ein Tisch mit einem Stuhl, der das gleiche reiche Schnitzwerk aufwies wie die zwei größeren Sessel, die vor dem rechten Fenster und dem daran angrenzenden Kamin standen. Links von ihr bedeckten dagegen erst weiße Schaffelle den Boden, ehe ein breites Bett aus Holz mit geschnitzten Bettpfosten und einem Baldachin mit Vorhängen die gesamte Wand für sich beanspruchte.

»Das ist unglaublich«, hauchte River und drehte sich einmal um sich selbst. Dieser Raum war so reichlich und kostbar ausgestattet, wie sie noch nie zuvor einen gesehen hatte. Sie sog den Geruch des

Meers, der durch die offen stehenden Fenster strömte, tief in ihre Lungen und strahlte in Niamhs Richtung. Diese stand jedoch noch immer mit zusammengepressten Lippen im Türrahmen, sodass River sie verwundert fragte: »Willst du denn nicht hereinkommen?«

Doch Niamh schüttelte den Kopf. »Ich sehe besser zu, dass man dir ebenfalls einen Zuber und eine Truhe für deine Kleider bringt.«

River runzelte die Stirn und sah wieder zu der großen Bettstatt mit Baldachin. Eine eigene Truhe hielt sie für unnötig. Sicher würde sie Morgans Truhe mitbenutzen können, wo sie doch kaum mehr Kleidung mitgebracht hatte als das Perlenkleid, das sie am Leib trug. Doch sie konnte seine Truhe nirgendwo im Raum ausmachen. Schlagartig kam in ihr das ungute Gefühl auf, dass Morgan gar nicht die Absicht hatte, diesen Raum mit ihr zu teilen. Sie trat näher an das Bett heran und bemerkte nun, dass es samt der dünnen Bettdecke völlig eingestaubt war.

Als sie sich wieder zu Niamh umdrehte, war deren Gesichtsausdruck noch düsterer geworden. »Ich schicke dir auch jemanden, der die Leinen wechselt.«

River antwortete nicht, ihr Blick glitt erneut durch den Raum und blieb schließlich an den Kerzenhaltern auf dem Kaminsims hängen – die allesamt leer waren.

Ihr ungutes Gefühl verstärkte sich. »Warum ... gibt es denn keine Kerzen hier?«

Niamh stand noch immer im Türrahmen. »Ich werde auch jemanden bitten, dir Kerzen zu bringen.«

»Mir?« River sah ihre Befürchtung, dass sie diese Kammer allein bewohnen würde, nunmehr bestätigt. »Das heißt also ... dass Morgan nicht hier schläft?«

Niamh zog ihre Hände in die weiten Ärmel mit Pelzbesatz zurück. »Er hat nur gesagt, dass du in diesem Zimmer schlafen sollst.« Sie nickte in Richtung der linken Wand. »Leith schläft gleich nebenan, weißt du?«

River konnte ihre Enttäuschung nicht länger verbergen, obwohl sie es geahnt hatte. »Also ist das hier nicht Morgans eigentliches Schlafzimmer?«

Niamh zögerte. »Letztes Mal, als ich zu Besuch war, hat er im Raum über der Bibliothek geschlafen.«

»Du meinst, im anderen Teil des Gebäudes?«

Niamh nickte mit gesenktem Kopf. »Die Aussicht von hier ist jedoch um einiges schöner.«

River sah sich noch einmal um, und ihr Blick blieb an dem silberbeschlagenen Tisch aus Eichenholz hängen. Hatte sie sich nicht einst vorgestellt, dass Morgan seinen ersten Brief an ihren Vater an genau so einem Tisch geschrieben hatte? »Vielleicht weiß Morgan das nach den Tagen auf See ja auch zu schätzen?«, überlegte sie laut, wollte es aber selbst nicht recht glauben. »Könnte das nicht sein?«

Niamh hob kurz die Schultern. »Der Raum hat früher unserem Vater gehört.«

»Wirklich?« Rivers Augen weiteten sich. »Du meinst, das hier ist das Zimmer des Clanführers?«

»Seit er den neuen Gebäudeteil errichten ließ, hat Vater zumindest hier geschlafen.«

»Ich verstehe.« River strich sich übers Kleid. Wann war Morgans Vater überhaupt gestorben? Hatte Morgan bislang vielleicht nur noch nicht seine Sachen in den Raum bringen lassen?

Ein Hoffnungsschimmer kam in ihr auf, der ihre Zweifel jedoch nicht vertrieb. Sie sollte Morgan beim Abendessen also besser daran erinnern, dass sie hier keinesfalls allein schlafen wollte. »Wie viel Zeit habe ich denn noch bis zum Abendessen?«

Niamh trat sogleich in den Gang zurück. »Ich frage nach und lasse es dir mitteilen.«

River kam noch einmal auf ihre Schwägerin zu und umarmte sie aus einer inneren Regung heraus. »Danke. Ich möchte keinesfalls zu spät kommen, wenn Morgan mich allen Bewohnern der Burg vorstellt.«

Ihr Haar war beinahe wieder getrocknet, als es erneut an der Tür zu Rivers Kammer pochte. »Ich habe doch gesagt, du kannst einfach hereinkommen«, erinnerte sie die Magd freundlich, die beständig auf und ab lief, um das mittlerweile kühl gewordene Badewasser Eimer für Eimer wieder nach unten zu tragen und heißes nachzufüllen. »Ich bin schon längst wieder angezogen.«

Die Tür wurde mit einem Fuß geöffnet, und River erschrak, als anstatt der Magd Logan den Raum betrat. Ein verwegener Ausdruck lag auf seinem Gesicht, während er die große Truhe in seinen Armen geräuschlos absetzte. »Fändet Ihr es sehr unangebracht, wenn ich das schade fände?«

River stockte der Atem, und sie fühlte sich für einen Moment geschmeichelt, ehe sie entschieden nickte. »Aye, Mylord, das wäre sehr unangebracht.«

Er zwinkerte. »Das habe ich schon befürchtet. Wo soll die Truhe hin? Neben das Bett?«

Irgendwie war ihr Logans Anwesenheit im Raum und in unmittelbarer Nähe ihrer Schlafstatt nicht geheuer. »Danke, ich kann sie nachher selbst dorthin schieben.«

Logan zuckte mit den Schultern. »Wie Ihr wollt.« Er ging zur Tür und schloss sie.

»Was tut Ihr?« River blickte ihn unsicher an und hörte Leafs Stimme wieder sagen: *Besser vorsichtig als nachsichtig.*

Logan schien zu ahnen, was in ihr vorging, und hob ungläubig die Hände. »Mylady, jetzt beleidigt Ihr mich aber.«

River blinzelte und verfluchte Leaf dafür, dass sie sie so misstrauisch gemacht hatte. Aber andererseits sollte sich Logan bei geschlossener Tür auch nicht in ihrem Schlafzimmer aufhalten. Nur Morgan sollte das. »Ich kenne Euch nicht, das ist alles.«

»Hat Cailan Euch denn nicht von mir erzählt? Oder Flower?«, wollte Logan verwundert wissen.

Als sie den Kopf schüttelte, ließ er sich geräuschvoll auf die Truhe sinken. »Dieser verdammte Sinclair. Wie soll man denn seinen

Ruf aufrechterhalten, wenn der eigene Cousin nicht einmal dazu beiträgt?«

River musste angesichts seines gespielten Verdrusses lachen. Zumal sie mittlerweile sicher war, dass Logan ihr nichts Böses wollte. »Was habt Ihr denn für einen Ruf?«, platzte es aus ihr heraus.

Sein Blick wanderte daraufhin kurz zu ihren Lippen, dann zurück zu ihren Augen. River wurde es warm. »Wollt Ihr das wirklich herausfinden?«

Sie verschluckte sich fast, obwohl sie gar nichts im Mund hatte. Logan lachte und zeigte dabei seine leicht schief stehenden Zähne. »Wie geht es Cailan eigentlich? Ich habe ihn schon viel zu lang nicht mehr gesehen.«

River beruhigte sich wieder. »Gut, soweit ich weiß. Er und Flower sind sehr glücklich.«

Logan stand von der Truhe auf und setzte sich stattdessen in einen der Sessel. »Wenn nur alle Ehen so wären, nicht wahr?«

River versteifte sich. »Wie meint Ihr das?« Hatten sie und Morgan etwa unglücklich gewirkt?

Logan neigte den Kopf. »Das wisst Ihr doch genau.« Sein Blick schweifte bedeutungsschwer durch den Raum, in dem nirgendwo etwas zu sehen war, das Morgan gehörte. »Wir können ehrlich miteinander sein, River.« Das Mitgefühl in Logans Stimme traf sie unvorbereitet, und sie wollte, dass er augenblicklich ging.

»Ich war ehrlich.« Sie ging zur Tür und öffnete sie. »Danke für die Truhe, Lord MacLeod.«

Das Schmunzeln kehrte auf Logans Lippen zurück. »Ich verstehe schon, Ihr wollt nicht mit mir darüber sprechen. Aber das ist kein Grund, mich so förmlich anzusprechen. Du und Logan zu sagen wäre besser. Wir sind doch eine Familie.«

River bezweifelte, dass es gut war, ihn so vertraut anzusprechen. Trotzdem nickte sie.

»Ich will es hören.«

»Was?«

»Wie du meinen Namen sagst.«

Dieses Mal schüttelte River entschieden den Kopf. »Nein, ganz sicher nicht.«

»Nein.« Logan ließ sich das Wort auf der Zunge zergehen. »Wünschst du dir schon, dass du das an deinem Hochzeitstag zu Morgan gesagt hättest?«

Sie blinzelte. »Logan?«

Er grinste. »Jetzt hast du es doch gesagt.«

Woraufhin sie die Tür noch ein Stück weiter öffnete. »Ich bin müde«, log sie. Außerdem wollte sie nicht, dass die Magd sie hier zusammen vorfand, wenn sie zurückkam. Oder noch schlimmer: Morgan.

Logan schwieg einen Augenblick. »Ich bin auch oft müde in meiner Ehe.«

Der Unmut in seinen Augen traf sie, wie schon zuvor sein Mitleid, unvorbereitet. »Das tut mir leid«, murmelte sie. »Aber ich bin meiner Ehe mit Morgan nicht müde, sondern von der Reise, sie war anstrengend.«

Endlich erhob sich Logan, jedoch nicht, ohne ihr zuzuzwinkern. »Selbstverständlich.«

»Du glaubst mir nicht.« River stemmte die Hände in die Hüften. Langsam und mit einem spöttischen Lächeln um die Lippen kam er auf sie zu.

»Wann hat er dich denn das letzte Mal geküsst, mein lieber Schwager?«

»Was?«

Logan kam so dicht vor ihr zum Stehen, dass sie seinen Atem spüren konnte. »Ich habe gefragt«, sagte er langsam, »wann Morgan dich das letzte Mal geküsst hat.«

»Das geht dich nichts an.« River zwang sich, seinem Blick standzuhalten. »Und es ist auch nicht wichtig.« Schließlich war Morgan seekrank gewesen.

Logan sah so tief in ihre Augen, dass sie sich für einen Augenblick nicht rühren konnte. »Ich habe dir mehr Feuer zugetraut, Mylady.«

»Bitte?«

Logans Stimme klang belustigt. »Zwischen deiner Schwester Flower und Cailan konnte man das Knistern geradezu hören.«

River schnaubte. »Willst du mich etwa beleidigen?«

Logan lachte. »Ich bin nicht gegen dich, River. Wir sind uns ähnlicher, als du denkst.«

Das Herz schlug River bis zum Hals, doch sie wusste nicht zu sagen, ob dies nur der Wut über sein anmaßendes Verhalten geschuldet war. Sie trat einen Schritt zurück. »Was willst du von mir?«

Seine Mundwinkel zuckten. »Jetzt gerade? Ich glaube nicht, dass ich das sagen sollte.«

River verschlug es die Sprache, doch da wurde Logans Gesichtsausdruck schon wieder ernst. »River, ich meine es nur gut mit dir. Du kannst jederzeit mit allem, was dir auf dem Herzen liegt, zu mir kommen. Niemand weiß schließlich besser als ich, was es heißt, mit einem Mitglied des Clans Sutherland verheiratet zu sein.«

Rivers Lippe zitterte leicht, und sie reckte das Kinn nach vorn. »Du solltest jetzt gehen.«

»Weil dein Ehemann gleich kommt?«

River schwieg, und Logan lachte wieder. »Die Sutherlands lieben keinen von uns beiden. Je früher du das verstehst, desto weniger schmerzhaft wird es für dich.«

Das war nun wirklich genug, selbst wenn es Logan gut meinte. Sie straffte die Schultern und wies ihn scharf zurecht: »Ich sehe dich dann beim Abendmahl. Zusammen mit deiner Frau.«

»Oh, aber es gibt gar keines.«

Sie blinzelte verunsichert. »Aber Morgan muss mich doch unserem Clan vorstellen.«

Logans Stimme klang bedauernd. »Glaub mir, River, sie werden dir das Abendmahl hierher in die Kammer bringen. Und wenn sie das tun, dann schau doch einfach mal aus dem Fenster und frag dich, wo dein Ehemann wohl hingeht, während du hier allein in deiner Kammer verweilst.«

River war zutiefst getroffen, als ihr wenig später tatsächlich eine Frau mit weißem, hüftlangem Haar eine dampfende Pilzsuppe brachte. »Mein Enkel dachte wohl, dass du für ein rauschendes Fest zu erschöpft bist.«

River stellte einen der Kerzenhalter, der noch immer keine Kerzen hatte, wieder auf dem Kaminsims ab und nahm Morgans Großmutter die Schale aus den mit Altersflecken bedeckten Händen. »Danke, aber mir geht es bestens.«

Morgans Großmutter richtete sich zu ihrer vollen Größe auf, überragte River nun beinahe um einen halben Kopf und nickte. »Habe ich dem Jungen auch gesagt, aber er ist eben stur wie ein Bock.«

River wunderte sich über diese Aussage, ließ sich dies aber nicht anmerken. Genauso wenig wie ihre Enttäuschung darüber, dass Morgan tatsächlich nicht mit ihr zu Abend aß, sondern seine Großmutter gesandt hatte. Dabei hatte sie doch unbedingt mit ihm über seinen Schlafort reden wollen, anstatt sich nun eingestehen zu müssen, dass Logan mit seinen letzten Worten recht behalten hatte. »Ist Morgan denn sehr erschöpft?«

»Er ist in letzter Zeit immer erschöpft.« Die Alte legte ihr eine Hand auf den Rücken und schob sie zum Tisch. »Jetzt fang erst mal an zu essen, sonst wird es kalt.«

River sah ihr unsicher ins Gesicht. Sie konnte sich doch nicht setzen und essen, während Morgans Großmutter stehen musste? Doch diese machte eine wegwerfende Handbewegung und lehnte sich gegen den Fenstersims. »Ich bin in meinem Leben schon lang genug gesessen.«

River nahm einen Löffel der köstlich duftenden Suppe zu sich und merkte erst jetzt, wie hungrig sie war. »Das schmeckt vorzüglich«, lobte sie, ehe ihr Blick zurück zu Morgans Großmutter wanderte. »Wollt Ihr auch etwas davon haben? Und was ist mit Leith?«

Doch die alte Frau schüttelte nur den Kopf, ihre langen Haare umgaben sie dabei wie ein Umhang. »Ich habe ihn bereits zu Bett gebracht.«

»Und er ist schon eingeschlafen?« River verspürte einen kurzen Stich, weil Leith das auf der Burg anscheinend konnte, ohne dass sie zuvor gemeinsam das Schattenmonster vertrieben.

Morgans Großmutter nickte. »Aye, nachdem wir beide an etwas Schönes gedacht haben.« Sie verschränkte die Arme. »Das war dein Einfall, nicht wahr?«

River zögerte. Im Blick der Alten lag etwas Lauerndes, und sie wollte nichts Falsches antworten. »Kann es je schaden, an etwas Schönes zu denken?«

Ihr Gegenüber seufzte und stützte sich mit der Hand an der Wand ab. »Nein, in Zeiten wie diesen sollten wir das wohl alle abends tun.«

River führte rasch einen weiteren Löffel Suppe zum Mund, während vor dem Fenster die Dämmerung langsam den Tag vertrieb. »Hat Morgan ... noch etwas Wichtiges zu tun?« Briefe schreiben vielleicht, die er nach seiner langen Abwesenheit dringend noch vor dem Schlafengehen beantworten musste?

»Du musst ihn wohl mögen«, befand die Alte forsch. »Denn du hast schon zwei Mal nach ihm gefragt, aber noch kein einziges Mal wissen wollen, wie ich heiße.« Sie hielt ihr die Hand hin. »Mein Name ist Bronnen.«

River ergriff die Hand und musste dabei unvermittelt an ihr erstes Zusammentreffen mit Morgan denken.

»Ich bin vielleicht alt, aber nicht zerbrechlich«, tadelte die Alte. »Drück ruhig zu.«

River musste wider Willen lächeln, während sie ihren Händedruck verstärkte. Anders als Islas Großeltern schien Bronnen trotz ihres hohen Alters tatsächlich noch genauso kraftvoll zu sein wie ihre Mutter Rhona. Ob das daran lag, dass sie anstatt in einer zugigen Kate auf einer Burg mit reichlich gutem Essen lebte?

Bronnen umfasste Rivers Hand nun auch noch mit ihrer zweiten und sah ihr fest in die Augen: »Stärker, als Caitriona es sich je getraut hat. Das lob ich mir.«

River zuckte bei der Nennung von Morgans erster Ehefrau kurz zusammen, woraufhin Bronnen ihre Hände noch einmal fester drückte. »Hab keine Angst vor den Schatten, mein Kind, oder du bist auf dieser Burg verloren.«

River nickte, auch wenn sie nicht sicher war, dass sie verstanden hatte, was Bronnen ihr damit sagen wollte. Diese ließ ihre Hand nun wieder los und sah sie ernst an: »Es sind große Fußstapfen, in die du da trittst. Wir hatten Caitriona alle sehr gern.«

River schluckte. »Sie muss eine gute Mutter gewesen sein. Sie fehlt Leith sehr.«

»Sie war auch eine gute Ehefrau.«

River schluckte abermals. »Ich bin sicher, auch Morgan vermisst sie.«

»Du bist sicher?« Bronnen schob die Pilzsuppe beiseite und setzte sich auf die Tischplatte. »Kind, du musst es wissen. Du bist jetzt Morgans Ehefrau. Du musst für ihn da sein, wenn er Kummer hat.«

River bekam eine Gänsehaut, und sie verschränkte ihre Finger ineinander. »Ich soll ihn trösten, wenn er Kummer hat ... wegen ihr?«

»Na, wer soll es denn sonst tun?« Bronnen runzelte die Stirn. »Du dachtest doch wohl nicht, dass du und er das einfach totschweigen könnt?«

River senkte schuldbewusst den Blick. Sie dachte daran, wie ihre Mutter und Leaf sie dazu gedrängt hatten, mehr über Caitriona herauszufinden. Aber sie hatte es nicht getan, zum einen, weil es sich nicht ergeben hatte, und zum anderen, um sich selbst vor der bitteren Wahrheit zu schützen, dass Morgan seine erste Frau noch immer liebte. Aber was, wenn Morgan tatsächlich mit jemandem über seinen Schmerz sprechen wollte?

In diesem Augenblick hätte sich River am liebsten für immer in ihrer Kammer eingeschlossen, obwohl diese gar keinen Riegel besaß. »Ich weiß nicht, ob ich das kann.«

Bronnen zeigte mit dem Finger auf sie. »Du hast vorhin gefragt, ob Morgan heute Abend etwas Wichtiges zu tun hat.« Sie deutete zum Fenster. »Das hat er. Und du solltest dabei an seiner Seite sein.«

River fröstelte und tatsächlich, als sie sich erhob und ans Fenster trat, sah sie einen Mann den Burghof verlassen. Genau wie Logan es vorhergesagt hatte. Sie legte die Arme um ihre Schultern. Auf einmal hatte sie es überhaupt nicht mehr eilig, mit Morgan zu sprechen. »Soll ich nicht besser warten, bis er zurückkommt?«

»Er wird danach nicht in dieses Zimmer kommen, aber das weißt du schon, nicht wahr?«

River schluckte. Aye. Wenn sie tief in sich hineinhörte, wusste sie das spätestens seit ihrem Gespräch mit Logan. »Vielleicht braucht er einen Moment für sich selbst? Jetzt, wo er endlich nicht mehr seekrank ist?« Sie schwieg kurz. »Und wenn er mich gern bei sich hätte, hätte er mich doch sicher gebeten, mit ihm zu kommen.«

Bronnen kniff die Augen zusammen. »Ein Sutherland wird nicht seekrank. Und wer mit ihm an einem Tisch sitzen will, lädt sich besser selbst dazu ein.«

Rivers Kehle wurde eng. »Wohin geht er denn?«

Bronnen tätschelte ihre Wange. »Ich glaube, das weißt du auch.«

KAPITEL 33

Von allem, was er in dieser Welt berühren konnte, hasste er nichts mehr als diese raue, von wogendem Gras umgebene Steinplatte auf dem Hügel nahe der Klippen. Nichts stand darauf. Kein einziger Buchstabe. Kein Datum. Nicht einmal ein Symbol. *Weil die, die mich lieben, wissen werden, wer hier liegt.*

Morgan zog seine Nägel über die graue Steinfläche, bis sie brachen. Er wünschte sich, dass dort ein Buchstabe eingemeißelt wäre, aus dem er Moos kratzen könnte. Oder eine kleine Unebenheit, in die Sand geweht war. Einfach irgendetwas, das er entfernen konnte, um ein kleines Stückchen näher bei ihr zu sein.

»Warum?«, schluchzte er und umfasste den Stein mit beiden Händen. »Warum tust du mir das an?«

Der Stein bewegte sich nicht, sagte nichts, war einfach nur kalt und tot. Genau wie seine Frau unter der Erde, die nun auf Ewigkeit von ihm durch diese steinerne Wand getrennt war. »Ich liebe dich, Caiti.« Tränen strömten ihm über die Wangen und in seinen Bart. Er presste sein Gesicht gegen den Stein, während sein ganzer Körper zitterte. »Hörst du?« Er lauschte einen kurzen Moment, ehe er kaum hörbar wiederholte: »Trotz allem ... liebe ich dich ... ich ...«

Er konnte nicht weitersprechen. Seine Trauer, der Schmerz, seine Angst und seine Schuld, vor allem seine Schuld, übermannten ihn. Denn wie konnte er jetzt nach Hause und in eine warme, helle Burg gehen, in der seine neue Frau auf ihn wartete, während Caiti hier allein in der Dunkelheit lag?

»Morgan?«

Er fuhr ruckartig auf und wandte sich um. Erst konnte er in der Dämmerung niemanden erkennen, doch dann machte er die Umrisse einer Frau aus, die etwas abseits des ausgetretenen Pfads im hohen Gras stand. »River?« Seine Kehle schnürte sich zusammen. Sie sollte nicht hier sind. Was fiel ihr ein, ihm einfach zu folgen? Noch dazu an diesen Ort! »Wie lange stehst du schon da?«

Sie war noch zu weit von ihm entfernt, als dass er ihre Gesichtszüge ausmachen konnte. Aber er verstand, was sie sagte. »Lang genug.«

Lang genug? Um zu hören, was er gesagt hatte? Er ballte die Hände zu Fäusten. »Du wirst nie wieder hierherkommen, hast du das verstanden?«

River rührte sich nicht, sodass er aufsprang und sich vor ihr aufbaute. »Ob du mich verstanden hast?«

River schluckte. »Wie will ich dich jemals verstehen, wenn du nicht mit mir sprichst?«

Morgan packte sie am Oberarm. »Du sollst mich in Ruhe lassen, verdammt.«

Rivers Lippen zitterten, und eine Träne rann über ihre Wange. »Und wer hört dir dann zu?«

»Ich brauche niemanden, der mir zuhört«, zischte er und stieß sie so heftig von sich, dass sie fast gestürzt wäre.

River hob ihren Arm und zeigte zu der Steinplatte. »Sie ist weg, Morgan.« Ihr Atem ging heftig. »Ganz gleich, wie sehr du sie liebst, sie ist weg. Aber ich ... Ich bin da.« Sie fügte leise in bittendem Tonfall hinzu: »Lass mich dich doch in den Arm nehmen.«

»Hier?« Seine Stimme überschlug sich fast. »Du denkst, dass du mich ausgerechnet hier in den Arm nehmen solltest? Wie kannst du so etwas vorschlagen? Du kannst sie doch nicht einfach ersetzen, du ...« Seine Stimme brach. »Geh einfach, River. Bitte. Geh.«

»Nein.« River schob die Grashalme beiseite und ging auf ihn zu. »Wir haben lange genug über sie ... über Caitriona geschwiegen.«

Ihre Stimme war leise, aber fest. »Meinst du nicht, dass es an der Zeit ist, zu reden?«

Morgan schwieg, und River trat noch einen Schritt näher. »Ich will sie nicht ersetzen, Morgan. Ich will dir nur helfen und sie deshalb besser kennenlernen.«

»Es geht aber nicht um dich. Es geht darum, dass ich«, er schlug sich auf die schmerzende Brust, »dass ich meine Frau verloren habe. Dass sie jetzt einfach weg ist, während du da bist und keine Ahnung hast, wie sich das anfühlt.«

»Da irrst du dich.« River schlang schützend die Arme um sich. »Ich habe es bei Isla erlebt. Ihre Eltern sind vor drei Jahren ertrunken, sie sind beim Übergang von Ebbe zu Flut aufs offene Meer getrieben worden und kamen nicht mehr zurück. Deshalb musste sie zu ihren Großeltern ziehen.« River zeigte zurück zur Burg. »Sie hat es gehasst. Sie hat sich schuldig gefühlt. Sie ist weggelaufen, sie hat das Essen verweigert, sie hat um sich geschlagen. Aber irgendwann hat sie sich einfach von ihnen in den Arm nehmen lassen und angefangen, mit ihnen über alles zu sprechen. Weil sie erkannt hat, dass ihre Großeltern für den Verlust ihrer Eltern nichts können, sondern einfach nur für sie da sein wollen.«

River trat noch einen Schritt näher auf ihn zu, woraufhin er zwei zurückwich. »River …«

»Eine Umarmung, Morgan.« Sie streckte bittend die Hand nach ihm aus. »Nur eine Umarmung, dann gehe ich zurück in die Kammer, in die du nicht kommen wirst.«

»River, ich kann nicht …« Er wollte sich die Brust aufreißen, um wieder frei atmen zu können. »Wenn sie sehen würde, wie ich dich … hier …« Er schloss die Augen.

River schwieg lange. »Denkst du wirklich, Caitriona würde nicht wollen, dass dich jemand tröstet?«, wisperte sie schließlich mit erstickter Stimme.

»Ich …« Er griff in das hohe Gras, doch es bot ihm keinen Halt.

»Gott ... ich schäme mich so ... ich ...« Wieder drohte ihn sein Schmerz zu überwältigen. »Ich weiß nicht ... ich ...« Und dann nahm River ihn einfach wortlos in den Arm.

Er erstarrte, wollte sie von sich stoßen und gleichzeitig noch näher an sich heranziehen, atmete tief ihren Duft nach frischer Minze ein. Seine Schultern begannen zu zucken, und kurz lehnte er seinen Kopf an den ihren.

Sie drückte ihn fester, und er fragte sich, ob er tatsächlich mit River über all das sprechen könnte, was ihn innerlich zerfraß.

Doch dann presste er die Lippen aufeinander und schob sie von sich. »Es geht nicht.«

»Warum nicht?«, fragte sie unendlich traurig.

Er schwieg.

Und nach einer geraumen Weile, in der er nur dastand und durch sie hindurchstarrte, wandte sich River ohne ein Wort ab und ging.

KAPITEL 34

»Morgan will heute Abend ein Fest zu deinen Ehren ausrichten, River!«

Jan platzte mit einem Strahlen, wie sie es noch nie zuvor bei ihm gesehen hatte, in Islas und seine Kammer. Dorthin hatte sich River nach den erschütternden Erkenntnissen der letzten Nacht geflüchtet und war dicht an Isla geschmiegt und von Jan mit beruhigenden Worten getröstet schließlich eingeschlafen.

»Er will ein Fest für sie ausrichten?« Isla setzte sich ruckartig im Bett auf und strich River über die Wange. »Hast du das gehört? Ich habe doch gleich gesagt, dass ihr gestern Fortschritte gemacht habt.«

River schnaubte leise. »Was bedeutet schon ein Fest oder eine Umarmung, wenn er doch Caitriona liebt?«, erwiderte sie und dachte an Flower, die ihr das von Anfang an gesagt hatte.

»Nun hör doch damit auf. Wir hatten das doch schon gestern Nacht. Dass er Caitriona noch immer liebt, zeigt doch nur, dass dein Pirat loyal ist. Natürlich denkt er an sie, jetzt, da er wieder zurück in seinem und ihrem Zuhause ist. Du müsstest dich eher schlecht fühlen, wenn er das nicht tun würde.«

»Ich fühle mich aber jetzt auch schlecht.« River schob trotzig die Lippe nach vorn und fühlte sich kein Stück erwachsener als Leith.

»Weil du immer wieder das Wichtigste vergisst.« Isla griff nach der Kette, die River gestern Nacht auf den Tisch neben dem Bett gelegt hatte, weil sie diese nun, da sie um Morgans wahre Gefühle wusste, nie mehr tragen würde. »Jedes Herz kann mehrmals lieben. Und wenn dir dafür dieses Schmuckstück«, sie hielt River die Kette unmittelbar vors Gesicht, »oder eure Küsse im Regen noch nicht genug Beweis sind, dann erinnere dich doch bitte daran, dass er jetzt – nach der gestrigen Nacht – ein verdammtes Fest für dich ausrichten will.«

»Bestimmt hat ihn seine Großmutter dazu gezwungen.« River rollte sich auf die Seite. »Er will mich doch gar nicht.«

»Wenn du das glaubst, bist du wirklich dumm.«

River drehte sich mit blitzenden Augen wieder zu Isla um. »Musst du mich jetzt auch noch daran erinnern? Sei doch einfach froh, dass du eine neue Kette hast, und lass mich in Ruhe.«

»River.« Nun mischte sich auch Jan ein und trat ans Bett. »So kenne ich dich gar nicht. Ich dachte, du magst Morgan? Erinnerst du dich nicht mehr, wie du stundenlang seinen Namen in dein Tagebuch geschrieben hast?«

River zuckte mit den Schultern und sah vor ihrem geistigen Auge ihr Tagebuch verlassen in der Truhe liegen, die Logan ihr in die Kammer gebracht hatte, in die Morgan sie verbannt hatte. »Und was hat mir das bisher gebracht, außer jede Menge Tränen? Vielleicht hat Leaf recht, und ich hätte Morgan einfach nicht heiraten sollen.«

»Hat Leaf nicht auch gesagt, dass du durch den Schlamm robben musst?« Isla stupste sie in den Bauch. »Sie würde dich damit bewerfen, könnte sie dich jetzt sehen.«

Wider Willen musste River bei dem Gedanken kurz lächeln.

»Isla hat recht«, bekräftigte Jan. »Du brauchst ein dickeres Fell und einen längeren Atem, wenn du Morgan für dich gewinnen willst. Du darfst nicht bei jedem Rückschlag sofort daran denken aufzugeben. Nur zähe und hartnäckige Menschen sind wirklich gute Kaufleute und haben es zu etwas gebracht.«

»Aber die Liebe ist doch kein Geschäft.« River kaute auf ihrer Lippe. »Er soll mich einfach sehen und mögen, so wie ihr euch auch.« Warum nur war ihr dieses Glück nicht vergönnt?

»Du irrst dich, River.« Jans Stimme wurde härter. »Im Leben ist alles ein Geschäft. Nur manchmal hat man das Glück, dass beide Partner sofort erkennen, was sie davon haben.«

»Also soll ich jetzt meine Vorteile laut anpreisen?« River runzelte die Stirn. Nur welche Stärken besaß sie überhaupt, und hatte sie außerdem nicht schon alles versucht, um Morgans Herz zu gewinnen?

Jan schüttelte den Kopf. »Nein, aber wenn ich dir einen anderen Rat geben darf?«

River sah in Jans gutmütige braune Augen – überlegte kurz, ob das von Schaden sein könnte – und nickte dann.

»Du, River, bist eine beeindruckende, schlaue und starke junge Frau«, führte Jan daraufhin aus. »Und die Herrin dieser Burg. Hör auf, dich einschüchtern und wegschicken zu lassen. Weder von Morgan noch von Hewie noch von Caitriona.«

Isla verschränkte die Arme. »Also, so was Schönes könntest du mir auch mal sagen.«

Jan griff kurz nach Islas Hand, dann meinte er an River gewandt: »Stell keine Fragen, sondern mache klare Aussagen. Arbeite an deinen Schwächen, aber nutze vor allem deine Stärken.«

»Meine Stärken?« Jans unerschütterlicher Glaube an sie war wirklich rührend.

Ihr Lehrer deutete auf das Perlenkleid, das sie noch immer trug. »Darin hat Morgan dich schon ein Dutzend Mal gesehen. Warum gehst du nicht zu seiner Schwester und leihst dir für das Fest ein anderes Kleid? Eines, das dir so gut zu Gesicht steht, dass er den Blick nicht mehr von dir wenden kann?«

»Was du jetzt schon nicht kannst«, murmelte Isla und entzog Jan ihre Hand.

River schluckte. Hatte Jan recht? War sie im Umgang mit Morgan bisher zu unsicher und zögerlich gewesen, anstatt auf ihre Stärken zu setzen? Dabei wusste sie nicht einmal, ob Morgan sie überhaupt hübsch fand ... »Aber was ist dann mit unserem Unterricht?«

Jan legte eine Hand auf ihre Schulter. »Leith und ich werden heute gut ohne dich auskommen. Denn wenn Pim van Bergen mich eins in Brügge gelehrt hat, dann, dass man Gelegenheiten immer den Vorzug vor seinen Gewohnheiten geben sollte.«

Eine Weile später klopfte River vorsichtig an die Tür des Zimmers, das Morgans Schwester gestern als das ihrige bezeichnet hatte. »Niamh?«

Es dauerte einen Moment, bis sich die Tür öffnete und Logan schwer atmend vor ihr stand. »River.« Er grinste, und sein Blick lag unverhohlen auf ihren Lippen. »Kann ich etwas für dich tun?«

River schalt sich eine Närrin, hatte sie doch tatsächlich vergessen, dass auch Logan diese Kammer bewohnte. Doch wie konnte er im Beisein seiner Ehefrau nur in solch einem anzüglichen Tonfall mit ihr reden? War er vielleicht betrunken?

Sie lugte vorsichtig an ihm vorbei, doch das Paar nackter Füße im Bett vor ihr regte sich nicht. Schlief Niamh vielleicht noch?

Logan trat zur Seite. »Komm ruhig rein.«

River zögerte. »Eigentlich habe ich nur eine Frage an Niamh. Aber wenn sie noch im Bett liegt ...«

Logans Grinsen wurde breiter. »Sie ist mehr als wach.«

River sah irritiert zu ihm. Wenn sie wach war, warum grüßte sie sie dann nicht? Sie zögerte, schritt dann aber doch an Logan vorbei zum Bett. Dort lag tatsächlich eine wache Frau mit dunklen Haaren neben einem leeren Weinkrug, aber es war nicht Niamh.

»Mylady.« Die Magd, die sie gestern gewaschen hatte, war feuerrot im Gesicht und hatte die Decke bis zum Kinn hochgezogen.

»Oh, entschuldige.« River trat erschrocken einen Schritt rückwärts und prallte gegen Logans Brust. »Ich dachte, Niamh ...« Sie warf ihm einen bösen Blick zu, doch er lachte nur herzhaft. »Das ist mein nächster gut gemeinter Ratschlag, Mylady. Die Ehe wird leichter, wenn man sie nicht zu ernst nimmt.«

»Wo ist Niamh?«, brachte sie mit Mühe heraus.

»Versuch es mal in der alten Bibliothek.« Logan zwinkerte, und sie roch nun deutlich den Alkohol in seinem Atem, als er ihr ins Ohr flüsterte: »Außer natürlich du willst lieber bleiben?«

Erst als River außer Atem den Turm erreichte, der das ältere mit dem neueren Wohngebäude verband, wurden ihre Schritte langsamer. Wie konnte Logan nur so etwas tun? Noch dazu in der Kammer, die er sich mit Niamh teilte? Zwar hatte sie ihn bereits als einen äußerst freimütigen Mann kennengelernt, doch sie hatte seine unerhörten Andeutungen für leere Worte gehalten. Zumal er sich ernsthaft nach ihrem Wohlergehen erkundigt hatte. Nun aber sah sie ihn als das, was er war: als einen schamlosen Frauenhelden, der seine Ehefrau betrog und ihr, River, nur vorgeheuchelt hatte, dass er sich um sie sorgte.

Ihr Bauch zog sich zusammen, während sie im Turm die Stufen der Wendeltreppe erklomm und schließlich vor einer Tür stehen blieb, die wohl in den ersten Stock des älteren Gebäudes mit der Bibliothek führte. Ahnte Niamh nicht, was ihr Ehemann hinter ihrem Rücken trieb? Oder wusste sie ganz genau über ihn Bescheid und war deshalb vor ihm in die Bibliothek geflohen? Und vor allem, musste River ihr vom Fehltritt ihres Mannes erzählen?

River legte ihre Hand fest um den Türknauf der Bibliothek, während ihr Blick kurz zurück zur Wendeltreppe wanderte, die auch zu der Kammer ihres eigenen Ehemanns einen Stock höher führen musste. Morgan würde doch nicht etwa ...?

Ein kalter Schauer erfasste sie. Sie sollte jetzt wirklich mit Niamh sprechen. Andererseits konnte sich Morgan, nachdem er ja verkündet hatte, dass es heute Abend ein Fest geben sollte, kaum noch in seiner Schlafkammer aufhalten?

River sah rasch über ihre Schulter, dann schlich sie auf leisen Sohlen die Treppenstufen weiter nach oben. Schließlich wollte sie nicht mehr als einen kurzen Blick in Morgans Raum werfen, um sicher zu sein, dass darin nichts auf die Gegenwart einer anderen

Frau hindeutete. Und außerdem: Hatte Jan sie nicht daran erinnert, dass sie jetzt die Herrin dieser Burg war? Und hatte sie als solche nicht das Recht, das Schlafgemach ihres Ehemanns zu betreten? Auch wenn sie natürlich erst einmal herausfinden müsste, in welchem Raum er überhaupt schlief ...

Der Geruch von Rauch und Rosmarin stieg ihr in die Nase. War etwa gerade eben jemand vor ihr nach oben gegangen?

Mit einem lauten Quietschen wurde in diesem Moment die Turmtür unter ihr im ersten Stock geöffnet, und River schlug sich die Hand vor den Mund, um nicht vor Schreck laut aufzuschreien. Sie presste sich eng gegen die Turmwand, während Stimmen zu ihr nach oben drangen.

»... nicht doch Logan befehlen soll, dass er damit aufzuhören hat?«

River wurde es schlagartig heiß, und sie begann zu schwitzen. Denn das war Morgans zornige Stimme.

»Und was ändert das?«, hörte sie nun Niamh fragen. »Das hatten wir doch schon, Morgan. Das hilft doch nichts.«

»Wusstest du das schon vor der Hochzeit?« Morgans Stimme klang betroffen.

»Aye, ich habe es geahnt.« In Niamhs Stimme lag Hoffnungslosigkeit. »Aber was hätte ich tun sollen? Ihn nicht heiraten?«

Morgan schwieg. »Ich wünschte, ich könnte dir helfen.«

»Es ist nicht so, dass er ein schlechter Mensch ist. Wenn wir uns deswegen nicht streiten, kann er sehr angenehm sein.«

»Hör auf damit, Niamh. Hör auf, es schönzureden.«

»Das habe ich nicht versucht«, verteidigte sich Niamh. »Und du willst wirklich nicht mit mir zusammen ans Meer gehen? Nachdem wir schon so lang in der Bibliothek waren?«

Aye, geh mit, bat River inständig. Doch Morgan zögerte. »Hewie wollte mir unbedingt noch etwas zeigen.«

»Bist du der Lord dieser Burg oder er?«, neckte Niamh.

»Na gut.« Morgan seufzte. »Wo du recht hast, hast du recht.«

Rivers Herz schlug noch immer schnell, obwohl Morgan und Niamh den Turm längst verlassen hatten und sie unentdeckt geblieben war. Himmel, war das knapp gewesen! Was hätte Morgan wohl gesagt, wenn er sie dort entdeckt hätte? Sie hätte lügen und ihm sagen müssen, dass sie sich verlaufen hatte. Aber ob er ihr das geglaubt hätte?

Sie lehnte ihren Kopf gegen die kühle Steinwand. Sie sollte auf der Stelle zurück in ihre eigene Kammer gehen und dort warten, bis Niamh vom Meer zurückkam. Doch ihr Blick wanderte wieder die Treppe nach oben. Würde sie je eine bessere Gelegenheit bekommen als jetzt, wo sie doch mit Sicherheit wusste, dass Morgan sich nicht in seinem Zimmer aufhielt?

Rivers Füße trugen sie wie von selbst die verbleibenden Treppenstufen nach oben. Die Tür zum zweiten Geschoss stand bereits offen, und so betrat sie einfach den Gang, von dem drei weitere Türen abgingen. Welche davon war wohl Morgans Schlafzimmer? Und was lag hinter den anderen verborgen?

Nur eine der Türen, jene ganz rechts, stand offen. Hatte Morgan heute früh vergessen, sie zu schließen? Sie lauschte einen kurzen Moment, schlich, als alles still blieb, leise zur Tür und lugte vorsichtig in den Raum.

Niemand war darin zu sehen, doch das Bild, das sich ihr bot, war so überwältigend, dass sie einfach eintreten musste. Obwohl ein dunkles Tuch vor dem Fenster hing, war die Kammer nicht düster, sondern wurde von zwölf Kerzen hell erleuchtet. Unzählige Scherben aus zerbrochenem Spiegelglas bedeckten die Wände und die Decke und funkelten im Schein der Kerzen wie Sterne am Nachthimmel. Ein Bett besaß der mit Fellen ausgelegte Raum nicht, dafür aber einen mit Schnitzereien verzierten Tisch, auf dem ein mit Silber gerahmter Spiegel stand. Vor diesem lagen eine Bürste, mehrere gläserne Fläschchen, Schriftstücke und ein glatt geschliffenes Holzbrett mit einer eingelassenen silbernen Halterung, in der ein Büschel getrockneter Zweige steckte.

River bekam eine Gänsehaut, während sie sich dem Tisch näherte. Sie sah nach links und rechts, sah überall das Flackern der Kerzen in den glitzernden Spiegelscherben, sah sich selbst in ihnen, wenn auch völlig verzerrt. Ihre Hände griffen nach der silberbeschlagenen Stuhllehne, als sie den Tisch erreichte. Sie schwankte leicht und betrachtete sich nun in dem unversehrten Spiegel. Sie ahnte, wessen Augen vor ihr in ihn hineingeblickt hatten.

Sie zog den Stuhl vorsichtig zurück, weil sie sich setzen musste, denn ihre Beine drohten unter ihr hinwegzuknicken. Sie wusste genau, wessen Raum das hier gewesen war.

Mit zittrigen Fingern blickte River erneut in den Spiegel, schob sich die Haare aus dem Gesicht, um es genauer zu betrachten. Hatte Caitriona auch blaue Augen gehabt? Dichte Wimpern? Und dunkle Augenringe, die ihr die nahezu schlaflose Nacht beschert hatte. War ihre Haut von der Sonne gebräunt gewesen? Hatte ihre Nase ein Muttermal gehabt? Sie berührte kurz die kleine Erhebung, ehe ihr Daumen über ihren Mund streifte. Waren Caitrionas Lippen oft von Morgans Küssen geschwollen gewesen, nach denen sich River sehnte, die sie aber nicht bekam?

Schwere legte sich auf Rivers Brust, und sie ließ die Hand sinken. Ihr Blick wanderte zu der Bürste, deren Griff mit silbernen Efeuranken verziert war. Noch immer hingen einzelne hellbraune Haare zwischen den Borsten. Vorsichtig strich River mit den Fingerspitzen darüber. Sie fröstelte. Hatte sich alles an Caitriona so samtig weich angefühlt?

Sie legte die Bürste vorsichtig zurück und griff nach einem der abgerundeten Glasfläschchen. Der Deckel lag nur lose auf und fiel mit einem dumpfen Geräusch auf die Tischplatte. Erschrocken zuckte River zusammen.

Sie brachte den immer noch rollenden Deckel zum Stillstand, hob das Glasfläschchen an ihre Nase und brauchte einen Moment, um zu erfassen, was sie da roch. Es war Rosmarin. Ihr Atem ging schneller, und ihre Hände wanderten zu einem anderen Fläschchen, wieder Rosmarin, und zum nächsten, noch einmal Rosmarin. Ihr Blick glitt zu den vertrockneten Zweigen in dem fein geschliffenen Holzbrett, sie fuhr mit den Fingern darüber und hielt sie sich unter die Nase. Ohne Zweifel, Rosmarin.

Übelkeit stieg in ihr auf, und sie fächerte sich Luft zu. Deshalb hatte Morgan damals so heftig reagiert, als sie ihm erzählt hatte, wie gern Hailey mit Rosmarin kochte. Und deshalb hatte Leith auch gewollt, dass sie das Gewürz auf sein Wunschband schrieb. Nur war es nie um Rosmarin als Gewürz gegangen. Es war immer um den Duft gegangen. Caitrionas Duft.

River begann am ganzen Körper zu zittern, während sie erneut an dem Fläschchen roch. In diesen Duft hatte sich Morgan also verliebt. War er je hinter Caitriona getreten, während sie hier gesessen und sich das duftende Öl auf den Hals gerieben hatte? River blickte erneut in den Spiegel und glaubte, sterben zu müssen, als sie dort einem Paar feindseliger Augen begegnete. »Habt Ihr Spaß, Mylady?«

Das Fläschchen glitt ihr aus der Hand, ergoss seinen Inhalt auf ihre Brust und ihren Rock, um dann auf den Boden zu fallen, wo es krachend zerbarst. Das konnte doch nicht wahr sein. Das durfte einfach nicht wahr sein.

»Hat man Euch nicht beigebracht, dass man fremde Sachen nicht anfassen soll?«

River zitterte nun am ganzen Körper, aber sie wandte sich dennoch um und blickte in die Augen des Mannes, der ihr noch nie freundlich begegnet war. »Und hat man Euch nicht beigebracht zu klopfen, bevor Ihr einen Raum betretet, Hewie?«

Der schnaubte darauf höhnisch. »Ich bin wohl kaum derjenige, der in diesem Raum unerwünscht ist.«

River rückte den Stuhl zurück und stand auf. Sie dachte an Jans Worte und hob das Kinn. »Mir wurde nicht verboten, mich hier aufzuhalten.«

Hewie ging um sie herum und lehnte sich mit verschränkten Armen gegen den Tisch. Beinahe so, als wollte er ihn für sich beanspruchen.«Und doch schnüffelt Ihr hier herum wie eine Diebin. Sucht Ihr etwas Bestimmtes? Eine gewisse Nachricht vielleicht?«

River schob den Stuhl wieder zurück an den Tisch. »Ich verbitte mir diese Unterstellungen. Und wovon sprecht Ihr überhaupt?«

Doch Hewie lachte nur bitter. »Ihr müsst mir nichts vormachen, Mylady. Ich weiß genau, dass Ihr danach sucht. Aber die Nachricht ist nicht hier.«

River runzelte die Stirn, während ihr Blick über die Schriftstücke glitt, denen sie bisher noch gar keine Beachtung geschenkt hatte. Es waren Zeichnungen von Möwen auf Papier, das so fein war, dass es wohl vom Kontinent stammen musste. Möwen, die flogen, die Fische jagten, die, den Kopf zwischen die Flügel gesteckt, schliefen. Und dann war da noch ein Brief, dessen Siegel noch nicht gebrochen war. River deutete darauf. »Ist das die gewisse Nachricht, von der Ihr sprecht?«

Hewie griff nach dem Brief und hielt ihn River hin. »Nein, natürlich nicht. Das sind Caitrionas letzte Worte an Morgan.« Hewie sah sie verächtlich an. »Wollt Ihr sie nicht lesen, nachdem Ihr ja auch keine Skrupel hattet, Euch an ihren anderen Gegenständen zu bedienen?«

River zögerte einen Moment, dann schüttelte sie den Kopf. »Legt ihn wieder hin. Caitrionas Worte sind weder an Euch noch an mich gerichtet.«

Hewie legte den Brief zurück auf den Tisch und zeigte zu den Kerzen. »An mich sehr wohl. Denn Morgan will den Brief nachher lesen, wenn wir mit Caitrionas Geist sprechen.«

Augenblicklich musste River an das Herz denken, das Morgan in ihrer Kammer auf Castle Varrich mit entzündeten Kerzen gebildet hatte. Das Blut in ihren Adern gefror. »Brennen deshalb die Kerzen?«, wollte sie wissen. »Weil sie ein Teil des heidnischen Rituals sind?«

Hewie musste lachen. »Ihr spielt Eure Rolle wirklich gut, Mylady. Beinahe hätte ich Euch abgenommen, dass Euch das tatsächlich betrübt. Aber wir wissen beide, dass Euch Morgan in Wahrheit gleichgültig ist.«

River stockte bei diesen Worten der Atem. »Habt Ihr deshalb etwas gegen mich? Weil Ihr denkt, dass ich ihn nicht mag?«

Hewies Augen wurden zu schmalen Schlitzen. »Es macht keinen Unterschied, ob Ihr ihn mögt oder nicht, solange Ihr alles tut, um ihm zu schaden. Oder glaubt Ihr, ich sehe nicht, wie Ihr Leith von ihm entfremdet?«

»Von ihm oder von Euch?«, fragte River empört, und ihr Tonfall wurde schärfer. »Kam Euch je in den Sinn, dass Ihr Morgans Vertrauter und Leiths Freund bleiben könnt, auch wenn mich die beiden mögen? Dass auch Ihr und ich Freunde werden könnten?«

Hewie schnaubte höhnisch. »Meine Hochachtung, Mylady. Ein anderer hätte Euch das, was Ihr sagt, bestimmt geglaubt. Genau wie die Sache mit den falsch geschriebenen Wörtern. Ein genialer Schachzug, um harmlos zu wirken, das muss ich schon sagen.«

River reckte das Kinn weiter nach vorn, während sie mit jedem Wort von Hewie zorniger wurde. Nicht einschüchtern lassen, hatte Jan gesagt. »Wenn Ihr meine Freundschaft nicht wollt, gut. Aber in einem könnt Ihr Euch sicher sein: Ich bin schon öfter, als mir lieb ist, zu Boden gefallen, aber immer wieder aufgestanden. Solltet Ihr also meinen, mir noch mehr Steine in den Weg legen zu müssen, lasst Euch gesagt sein, dass ich sie beiseiteräumen und Euch unter ihnen begraben werde. Haben wir uns da verstanden?«

Hewie neigte leicht den Kopf. »Klar und deutlich. Nur werdet Ihr damit keinen Erfolg haben.«

»Weil Ihr Morgan von meinen ach so fürchterlichen Absichten erzählen werdet? Tut, was Ihr nicht lassen könnt.«

Hewie mahlte mit dem Kiefer. »Ihr wisst genau, dass ich das nicht kann. Aber ich werde andere Wege finden, das schwöre ich.«

River trat verwirrt einen Schritt zur Seite. Worauf spielte Hewie denn nun wieder an? Der Mann war ihr ein Rätsel. Dann aber befeuchtete sie entschlossen ihre Finger und löschte damit den Docht der Kerze neben sich. »Vor allem ist Morgan jetzt erst einmal mit seiner Schwester am Strand. Alles andere werden wir dann sehen.«

KAPITEL 35

»Nein, ich glaube, ich habe mich geirrt!« Logan kippte mit seinem Stuhl leicht nach hinten und machte schmunzelnd eine ausgreifende Handbewegung über den dicht mit Burgbewohnern gefüllten Raum hinweg. »Unsere große Halle auf Ardvreck Castle ist nicht doppelt, sondern dreifach so groß wie eure.«

Morgan verzog verächtlich den Mund und sah von den mit Wandteppichen geschmückten Mauern mit den Fackelhalterungen in die loyalen Gesichter seiner Clansmänner. »Es kommt nicht allein auf die Größe an.«

Logan lachte und schlug ihm auf den Rücken. »Das, mein Freund, ist wohl eine der meisterzählten Lügen. Und wenn man sie oft genug hört, glaubt man sie eben irgendwann, was?«

Morgan stellte seinen Alekrug ab und lächelte säuerlich. »Ganz im Gegenteil. Als Clanführer wird man ständig angelogen und glaubt am Ende niemandem mehr. Aber woher solltest du das auch wissen, da doch nicht du, sondern dein Vater der Clanführer der MacLeods ist?«

Logan war für einen Moment sprachlos, während Morgan sich im Stuhl des Clanführers auf der Empore zurücklehnte und die Hände auf den Tisch legte. Wie hatte er nur je denken können, dass dieser selbstsüchtige Prahler ein passender Ehemann für Niamh war? Sein Blick glitt zu seiner Schwester, die zwar neben Logan saß, sich aber ausschließlich mit Isla und Jan unterhielt. Was für ein Leben musste Niamh nun führen, nur weil er blind auf den alten Ehevertrag vertraut hatte, den sowohl sein als auch Logans Vater vor Jahren untereinander ausgehandelt hatten?

Hewie, der auf seiner anderen Seite saß, räusperte sich. »Morgan, noch einmal wegen vorhin.« Er senkte die Stimme. »Bist du ganz sicher, dass du den Brief wirklich nicht lesen willst?«

Morgan zog die Augenbrauen zusammen. Nachdem er dank des Tages, den er am Strand mit seiner Schwester verbracht hatte, nun verstand, wie sehr diese in ihrer lieblosen Ehe litt, hatte er Hewie doch mehr als deutlich erklärt, dass er nichts mehr von Geistern oder Zeichen hören wollte. Danach hatte es nicht einmal mehr der harschen Standpauke, die ihm seine Großmutter gehalten hatte, bedurft, um sich einzugestehen, dass River gestern Abend nur zu ihm gesagt hatte, was er innerlich schon längst wusste. Caitriona war fort, und er musste endlich damit zurechtkommen, auch wenn es ihm noch so schwerfiel. »Ich habe es ernst gemeint, Hewie. Noch ein weiteres Wort darüber, und ich mache Jan zu meiner rechten Hand.«

Hewie machte gerade Anstalten, dennoch etwas zu entgegnen, als sich das Tor ihnen gegenüber öffnete und River im gebündelten Lichtschein der Kerzen links und rechts der Türflügel mit hocherhobenem Haupt in die große Halle trat. Augenblicklich verstummten alle Gespräche, und die ersten Burgbewohner, darunter auch die gesamte Besatzung, die mit ihnen auf Castle Varrich gewesen war, erhoben sich von den Sitzbänken.

River schenkte ihnen ein strahlendes Lächeln, während sie in ihrem hochgeschlossenen weißen Kleid und mit den zu einer Krone zusammengesteckten Haaren durch die große Halle schritt. Ihre Schultern waren gestrafft, und ihr Blick war fest, obwohl sie sämtliche Augenpaare auf sich gerichtet wusste. *Ist das die gleiche Frau, die sich sonst für alles entschuldigt und ständig unsicher zu Boden sieht?*, fragte sich Morgan.

Wie gebannt und ohne seinen Blick einen Lidschlag lang von ihr abzuwenden, verfolgte er ihren Weg zur Empore. Und erst als sie fast vor ihm stand, fiel ihm ein, dass auch er sich erheben sollte. Seine Stimme war trocken, als er sprach: »Begrüßt mit mir Lady

River Sutherland, meine Ehefrau und die Herrin von Dunrobin Castle.«

Lauter Beifall brandete auf, und River bedankte sich bei den Burgbewohnern, indem sie huldvoll in alle Richtungen ihren Kopf neigte, ehe sie ihm dankend zulächelte und sich an Hewie wandte: »Ich fürchte, Ihr sitzt auf meinem Platz.«

Morgan sah, wie Hewies Wangen sich röteten, doch River hatte recht. Der Platz an seiner rechten Seite gebührte fortan ihr. Er nickte Hewie zu. »Wenn du dich bitte neben meine Großmutter setzen würdest?«

Hewie drehte den Kopf zu seiner Rechten, wo erst Leith und dann Bronnen saßen. »Du meinst ganz außen an den Rand der Tafel? Aber das geht doch nicht.«

»Warum?« River hob eine Augenbraue. »Habt Ihr Euch am Fuß verletzt?«

Ein lautes Lachen ertönte von links, und Logan ließ seinen Stuhl geräuschvoll wieder nach vorn kippen. »Ich wusste doch, dass die Lady Feuer hat.«

Die Art und Weise, wie Logans Blicke über River wanderten, erregte zunehmend Morgans Unmut und löste auch bei Niamh Ärger aus. River ließ sich von Logans Worten jedoch nicht beeindrucken und ging hocherhobenen Hauptes um die Tafel herum, bis sie neben Hewies Stuhl zum Stehen kam.

Dieser zögerte noch einen Moment, dann erhob er sich jedoch und zischte etwas in Rivers Richtung, das Morgan nicht verstand. River entlockte dies allerdings nur ein Lächeln, als sie sich neben ihm auf Hewies Stuhl setzte und das Abendessen begann.

Eine ganze Weile lang wusste Morgan nicht, was er zu River sagen sollte. Ihre Begegnung in der vergangenen Nacht stand wie eine Mauer zwischen ihnen, und er hatte unaufhörlich das Gefühl, dass er sich ihr erklären musste. Umso dankbarer war er daher auch, dass River, nachdem sie während der Vorspeise geduldig zugehört hatte, wie Leith bis hundert zählte, nun von sich aus das Wort an ihn richtete. »Ich habe noch nie Fackelhalterungen wie diese gesehen. Man meint wirklich, dass es Bärentatzen sind, die aus der Wand kommen. Sie verleihen dem Saal eine Eleganz, die man mit schierer Größe nicht erreichen kann.«

Morgan sah kurz zu Logan, der sich bei dieser Bemerkung heftig verschluckte, und musste schmunzeln. »Mein Vater hat sie vor vielen Jahren von einem Schmied in Brügge anfertigen lassen, der sein Handwerk außerordentlich gut verstand.«

»Das dachte ich mir schon.« River neigte den Kopf. »Hat dieser Schmied nur Fackelhalter hergestellt?«

Morgan schüttelte den Kopf. »Nein, hauptsächlich waren es fein gearbeitete und mit Edelsteinen besetzte Haarspangen. Mein Vater hat Niamh damals eine mitgebracht, sie wird sie dir gewiss zeigen.«

River nickte eifrig. »Ich werde sie morgen darum bitten, wenn ich ihr das Kleid zurückgebe.«

Morgan sah abermals auf den weißen, mit silbernen Stickereien verzierten Stoff, der Rivers Körper wie eine zweite Haut umhüllte. »Du solltest es behalten.« Er berührte kurz ihre Hand. »Es steht dir ausgezeichnet.«

Rivers Augen leuchteten, während Logan sich zu ihnen hinüberbeugte. »Was höre ich da, Schwager? Du verschenkst das Kleid, das ich für meine Frau fertigen ließ, anstatt ihr eigene nähen zu lassen?«

Morgans Augen verengten sich, und er wandte den Kopf zu Logan. »Selbstverständlich kann River sich so viele eigene Kleider nähen lassen, wie sie will.«

»Aber das ist doch nicht das Gleiche.« Logan schnalzte mit der Zunge. »Eine Frau wie River sollte überhaupt nicht in die Verlegenheit kommen, sich selbst um ihre Kleidung kümmern zu müssen, weil ihr Ehemann sie mit edlen Gewändern überhäuft.« Logan senkte die Stimme und suchte Rivers Blick. »Habe ich nicht recht, Mylady? Sollte ein Mann einer Frau nicht jeden Wunsch von den Augen ablesen?«

River antwortete ihm gelassen, wenn auch in spitzem Tonfall: »Manche Männer haben Wichtigeres zu tun, als Frauen den ganzen Tag in die Augen zu starren.«

Logan pfiff leise durch die Zähne, während Morgan Rivers kühler Blick auffiel. Konnte sie Logan etwa auch nicht leiden?

Auf dessen Gesicht trat nun wieder ein Grinsen. »Wenn wir ehrlich sind, wären Kleider doch ohnehin das falsche Geschenk gewesen, oder nicht?« Er nickte in die Richtung der Fackelhalter. »Ein paar Kerzenständer würden gewiss viel größere Begeisterung bei River auslösen. Mit Kerzen, versteht sich. Irgendetwas muss einen bei Nacht ja wärmen, wenn der eigene Ehemann so viel Wichtigeres zu tun hat.«

Morgan sah, wie River bleich wurde. »Ist alles in Ordnung?«

Sie nickte, während Logan ihr zuzwinkerte. »Vielleicht würde ein Kuss von deinem Ehemann wieder mehr Farbe in dein Gesicht bringen?«

Rivers Augen weiteten sich, und sie sah kurz von Logan zu ihm. Lag da etwa Hoffnung in Rivers Blick? Rasch griff Morgan nach seinem Alekrug, sodass auch sie ihren Kopf abwandte. »Küsse gehören wohl kaum an den Esstisch«, erklärte sie schneidend, jedoch nur so laut, dass niemand außer ihnen dreien es hören konnte.

Logan lachte leise. »Noch keine drei Wochen verheiratet, und deine Braut hat schon genug von dir, Schwager. Was hast du nur falsch gemacht?«

Morgan musste seine gesamte Willenskraft aufbringen, um Logan nicht auf der Stelle an die Gurgel zu gehen. »Hast du vergessen, dass Leith mit am Tisch sitzt?«

»Aber nein.« Logan stand kurzerhand auf und trat hinter den Jungen. »Sag mal, Leith. Hast du nicht gesagt, du kannst mittlerweile mühelos bis hundert zählen? Glaubst du, du schaffst das auch mit geschlossenen Augen und zugehaltenen Ohren?«

Leith, der soeben noch in ein Gespräch mit Hewie und Bronnen vertieft gewesen war, schnaubte beleidigt. »Natürlich kann ich das.« Keinen Augenblick später waren seine Augen geschlossen, die Stoffmöwe lag auf dem Tisch, und die kleinen Hände waren auf die Ohren gepresst. »Eins, zwei, drei ...«

Logan sah erst grinsend zu Morgan, dann mit undeutbarer Miene zu River. »Was meinst du, Mylady? Gibst du deinem Ehemann noch eine Chance? Oder liegt es am Ende doch an ihm?«

River zögerte kurz, dann wandte sie sich Morgan zu. In ihrem Blick lag eine Verletzlichkeit, die ihn tief berührte, aber auch noch etwas anderes. Entschlossenheit. »Mylord.« Sie griff vorsichtig nach seiner Hand, beinahe so, als hätte sie Angst, dass er ihr diese vor aller Augen wieder entzog.

»Aye?«

Sie strich mit ihrem Daumen über seinen Handrücken. »Logan beleidigt uns. Also kannst du ihn jetzt entweder des Tisches verweisen«, sie holte tief Luft, »oder aber du küsst mich, und zwar so, dass du seine Worte Lügen strafst.«

Morgan starrte auf ihre bebenden Lippen und sah dann in die Gesichter der anderen Anwesenden, deren Aufmerksamkeit mittlerweile ebenfalls auf sie gerichtet war. »Logan kann mich zu gar nichts drängen.«

Er schob seinen Stuhl zurück und wollte aufstehen. Dann aber bemerkte er den Schmerz in Rivers Blick und hielt inne. Wenn er ihre Bitte jetzt zurückwies, würde er sie vor allen bloßstellen. Gestern an Caitis Grab hatte sie niemand beobachtet, doch heute würde sein ganzer Clan Zeuge davon werden. Das würde nicht nur Rivers Stellung auf der Burg untergraben, sondern sie regelrecht dem Gespött aller preisgeben. War das nicht noch schlimmer als das, was Logan Niamh antat?

Morgan schluckte einmal und warf einen Blick zu seiner Schwester und zu seiner Großmutter, dann zog er River mit sich in den Stand. Fahrig strich er ihr mit dem Finger über die Wange und eine Haarsträhne hinter das Ohr, die sich aus ihrer geflochtenen Krone gelöst hatte. Er neigte seinen Kopf zu ihr hinab und zog sie mit der anderen Hand eng an sich. Ihre blauen Augen waren auf ihn gerichtet, ihr Atem ging heftig.

»Du willst also einen Kuss, mit dem ich Logans Worte Lügen strafe?«, flüsterte er so leise, dass nur River ihn verstehen konnte.

Sie nickte unmerklich und öffnete ihre Lippen leicht. »Wie damals im Regen.«

Logan trommelte mit den Fingerspitzen auf die Stuhllehne und raunte mit gedämpfter Stimme: »Wird das heute noch etwas bei dir, Schwager, oder muss ich am Ende für dich einspringen?«

»Niemand außer mir küsst meine Frau.« Und dann küsste er sie, als wäre niemand anders im Raum. Als ständen sie beide wieder mitten in der Nacht auf dem Burgturm in Castle Varrich und als wäre der tosende Beifall nichts anderes als der grollende Donner in der Ferne.

Sein Herz schlug heftig und voller Verlangen. Er küsste sie fordernd und besitzergreifend, stürmisch und lang. Es war ein Kuss, der keinen Zweifel daran ließ, dass diese Frau zu ihm gehörte. Dass er sie wollte und dass alle im Raum ihr die gleiche Achtung schuldeten wie ihm.

»Fünfundneunzig, sechsundneunzig ...«

Morgan umfasste Rivers Hüfte, beugte sie nach hinten und küsste sie noch einmal feurig und innig und hemmungslos. Seine Haut prickelte, und er legte eine Hand an ihre Wange, ehe er Leith »hundert« sagen hörte und er sich schwer atmend wieder von ihr löste.

River bebte am ganzen Körper, doch sie sah in unverwandt an, als sie ihm leise ein »Danke, Morgan« zuflüsterte.

»Nicht dafür.« Er schüttelte leicht den Kopf.

Logan klatschte langsam in seine Hände. »Wie rührend.« Er sprach nun so leise, dass ihn die anderen Burgbewohner nicht mehr hören konnten. »Da könnte man fast meinen, ihr beide wollt jetzt gleich auf eure Kammer gehen. Die Frage ist nur: in deine oder in ihre?«

River sog scharf die Luft ein, während Morgan sich mit einem Knurren zu Logan umwandte. Dieser grinste jedoch nur noch breiter: »Falls du dich jetzt fragst, wo genau Rivers Kammer sich befindet, sage ich es dir: Es ist die letzte im zweiten Stock, gleich über meiner.« Logan machte ein unschuldiges Gesicht. »Du weißt schon. Die ohne Riegel.«

Morgan ballte die Hände zu Fäusten, hielt dann aber an sich, denn er wollte es vor den Augen aller Anwesenden nicht zu Handgreiflichkeiten zwischen ihm und seinem Schwager kommen lassen, zumal diese Logans Sticheleien ohnehin nicht vernommen hatten. So atmete er nur mehrmals tief ein und aus und erklärte dann: »River und ich essen jetzt zu Ende. Und danach gehen wir in *meine* Kammer.«

»Also musst du heute Abend nirgendwo anders mehr hin?« Logan blinzelte teuflisch.

»Das kommt darauf an.« Morgans Selbstbeherrschung bröckelte zunehmend, und er legte Logan seine Hand so nah am Hals auf die Schulter, dass sein Daumen fest gegen dessen Kehle drückte. »Vielleicht werfe ich dich heute Abend ja noch aus meiner Burg, wenn du die Reste deines eh schon jämmerlichen Anstands nicht sofort wiederfindest.«

»Na, na, ich will dir doch nicht die Stunden mit deiner süßen River stehlen.« Logan entwand sich seiner Hand und funkelte ihn spöttisch an. »Auch wenn du mir morgen gern zeigen kannst, wie es um deine Schwertkünste steht, nachdem du an meiner Hochzeit im Bogenschießen so kläglich gegen mich verloren hast.«

KAPITEL 36

»Du musst das morgen nicht tun.« River folgte Morgan mit schnellen Schritten in seine Kammer, in der zu ihrer Überraschung nur ein breites Bett und eine Kleidertruhe standen. »Beachte Logan einfach nicht weiter.«

Morgan löste seinen Gürtel mit der Silberschnalle und warf ihn in die Truhe. »Oh, ich will aber.« Er fuhr zu ihr herum. »Zumal es geradezu an ein Wunder grenzt, dass ich ihn wegen seiner unzähligen Übergriffigkeiten nicht sofort auf den Burghof gezerrt habe.«

River nickte, auch wenn dafür eher ihre beschwichtigenden Worte der Grund gewesen sein dürften. Trotzdem drückte sie die Tür hinter sich vorsichtshalber zu. Ein unangenehmes Geräusch drang an ihr Ohr, als Morgan ein breites Schwert aus der Halterung an der Wand zog und die Klinge im Schein des Kaminfeuers betrachtete. Sie schluckte und ging auf ihn zu. »Ihr verwendet doch aber sicher keine Schwerter mit scharfer Klinge?«

Morgan ließ das Schwert vor sich durch die Luft surren. »Ein Holzschwert wird Logan wohl kaum Benehmen beibringen.«

Die schnelle Bewegung trug den Rauch verbrennenden Holzes an ihre Nase. »Aber was ist, wenn er dich verletzt?«

Morgan wirbelte zu ihr herum, das Schwert in ihre Richtung erhoben. »Denkst du etwa wie er, dass ich nicht mit Waffen umgehen kann?«

River wich unwillkürlich einen Schritt zurück. Sie befürchtete zwar keinen Lidschlag lang, dass Morgan die Beherrschung verlieren würde, doch so zornig hatte sie ihn noch nie gesehen. Sie räusperte sich. »Nein, natürlich nicht, nur ... habe ich dich noch nie kämpfen gesehen. Und wenn du im Bogenschießen gegen Logan verloren hast ...«

Morgan schleuderte das Schwert auf den Boden. »Also schenkst du Logans Worten doch Glauben?«

River straffte ihre Schultern. »Ich wollte doch nur sagen, dass du niemandem etwas beweisen musst. Lieber kämpfst du nicht, bevor noch jemand verletzt wird.«

»Gott, River, ich bin der Clanführer dieser Burg.« Morgan deutete mit dem Finger auf sie, während er mit großen Schritten näher kam. »Und Logan hat mich und dich auf dem Fest beleidigt. Willst du etwa, dass er mich für feige hält?«

Mittlerweile stand sie mit dem Rücken an der Wand neben der Tür. »Ich würde dich nicht für feige halten. Ganz im Gegenteil. Es wäre ein Beweis von Stärke, wenn du nicht auf Logans Sticheleien eingehst.«

»Du denkst also wirklich, dass ich gegen ihn verliere.« Morgan stand nun unmittelbar vor ihr, und sein Geruch nach Salz und Leder hüllte sie ein.

Sie sah in seine eisblauen Augen und glaubte die Kälte, die in ihnen lag, auf ihrer Haut zu spüren. »Du könntest stattdessen auch gemeinsam mit mir nachsehen, ob es in den Flüssen hier ebenfalls Perlen gibt.«

Morgan stützte seine Hände links und rechts neben ihrem Kopf an die Wand. Sein Atem ging schnell, und er lehnte seine Stirn gegen ihre. »Ist das alles, woran du je denkst?«

Rivers Herzschlag beschleunigte sich, und sie blinzelte. »Nein, ich mache mir lediglich Sorgen um dich.«

Morgan stieß die Luft hart aus. »Weil du mich für keinen echten Mann hältst.« Er griff nach ihren Handgelenken und führte sie über ihrem Kopf zusammen. »Gottverdammt, ich sollte dich jetzt einfach küssen.«

River lief ein warmer Schauer über den Rücken. »Worauf wartest du dann noch?«

Morgan stieß einen heiseren Laut aus, und im nächsten Moment lagen seine Lippen auf ihren. Es war ein harter, unnachgiebiger Kuss, der mehr nahm, als er gab. Er war grob und dennoch überwältigend, sodass sie nicht anders konnte, als ihn zu erwidern. Morgans Zunge eroberte gnadenlos ihren Mund. Sie spürte das Blut heftig in ihren Armen pulsieren, die er immer noch an der Wand fixierte, doch selbst als er seinen Körper gegen ihren presste, wusste sie, dass ein Wort von ihr genügen würde, damit er von ihr abließ, und so ließ sie sich nur allzu gern von ihm gefangen nehmen.

Er war Eis und Feuer zugleich, hart und hemmungslos, und doch genau das, was sie brauchte. Ein heiseres Stöhnen entwich ihrer Kehle.

»Zu stark?«, murmelte er und gab ihre rechte Hand frei, doch sie schüttelte nur den Kopf und drängte sich ihm noch mehr entgegen, sog seinen hitzigen Atem gierig ein, genoss, wie sein Bart über ihre glühende Haut kratzte.

Seine Lippen fanden ihre, immer und immer wieder, eroberten, was ihnen schon längst gehörte, und bekamen doch nie genug. Ihre Schläfe, ihre Augen, ihre Brauen, ihr ganzes Gesicht.

»Das kitzelt«, keuchte River, als seine Zunge ihr Ohrläppchen neckte.

Sofort nahm Morgan es zwischen die Zähne, und seine Berührungen jagten ihr Schauer über den Rücken. »So besser?«

River stöhnte und drehte seinen Kopf mit ihrer freien Hand wieder zu sich. Sie wollte ihn sehen, wollte mit ihren Lippen seine fiebrige Erregung schmecken und spüren.

Morgan ließ nun auch ihr anderes Handgelenk los, umfasste ihre Pobacken und hob sie auf seine Hüfte. Instinktiv verlagerte sie ihr Gewicht, indem sie ihm beide Hände um den Hals schlang und ihm mit ihrem Becken entgegenkam.

Wieder küsste er sie und rieb seinen Körper an ihrem. Es war ein berauschendes Gefühl, derart überwältigt zu werden und es nicht anders zu wollen, weil ihr Verlangen mit jeder Berührung nur umso mehr wuchs. Er keuchte, als er ihre Röcke nun in fahrigen Bewegungen nach oben schob.

»Willst du noch?«, fragte er, während seine rauen Finger ihren Oberschenkel nach oben fuhren.

»Könntest du denn jetzt noch aufhören?«, fragte sie atemlos.

Er lachte leise. »Ich könnte.«

»Oh.«

»Aber ich will nicht.«

Sie warf ihren Kopf zurück, als er sie zwischen den Beinen berührte und seine Finger sie unnachgiebig und immer schneller und quälender verwöhnten. Schließlich bestand sie nur noch aus Lust und Verlangen, die sie mit sich fortrissen und gleich einer tosenden Welle genau in dem Moment, in dem sie die Anspannung nicht länger auszuhalten glaubte, über ihr zusammenbrachen. Sie schrie seinen Namen, und erst als sie wieder Luft bekam, öffnete sie ihre Lider und schlug sich entsetzt die Hand vor den Mund.

»War das denn zu viel?« Er strich ihr behutsam über die Wange.

Doch River schüttelte den Kopf. Sie sah Morgans Lippen noch immer beben und die Ader an seinem Hals noch immer heftig pulsieren. Langsam beugte sie sich zu ihm, um das Feuer erneut zu entfachen, das sie in wilder Leidenschaft verbunden hatte. Doch Morgan hielt sie zurück. »Sprich mit mir, habe ich dir wehgetan?«

»Nein ... ich ...« Sie sah die Sorge, die in seinem Blick lag, und erklärte schließlich verlegen: »Ich war nur am Ende überhaupt nicht still. Sondern sehr laut.«

»Was?« Morgan sah sie einen Augenblick fassungslos an, ehe er sie erneut auf seine Arme hob und zum Bett trug. So sanft, wie er sie auf die seidene Decke bettete, hätte sie beinahe meinen können, einen vollkommen anderen Mann vor sich zu haben.

River sah ihm dabei zu, wie er seine Stiefel abstreifte und sich das Leinenhemd über den Kopf zog.

»River, vergiss das mit dem Stillsein einfach. Bitte.«

»Warum?«, fragte sie und hätte sich am liebsten dafür geohrfeigt. Musste sie wirklich immer alles hinterfragen, noch dazu ausgerechnet jetzt?

Morgan strich ihr mit dem Daumen über die Lippe, sodass sie sich wieder beruhigte. »Erstens sollte kein Mann seiner Frau den Mund verbieten.«

»Und zweitens?«

»Zweitens gefällt es mir, wenn du meinen Namen schreist.«

»Ich habe nicht ...«

»Doch, du hast.«

Bevor sie weiter protestieren konnte, küsste er sie wieder, dieses Mal jedoch ganz sanft.

Sie schloss die Lider und genoss seine Liebkosungen, die auf ihre Art genauso erregend waren wie seine stürmischen Küsse zuvor. Behutsam strich Morgan über ihr Schlüsselbein, ihre Schultern und Arme, und River fühlte sich so wohl wie noch nie in ihrem Leben.

Er küsste sie, immer und immer wieder, und in jedem Kuss lag Zärtlichkeit. Sie strich mit ihren Händen über seinen starken Rücken, während ihr Verlangen nach ihm schon wieder wuchs. War das denn zu glauben?

Sie wusste nicht, ob Augenblicke oder Stunden vergangen waren, als sie Morgans Hände schießlich an ihrer Hüfte und seinen warmen Atem an ihrem Ohr spürte. »Drehst du dich um?«

»Du meinst auf den Bauch?« Sie musste daran denken, was Flower ihr über das körperliche Zusammensein von Mann und Frau erzählt hatte, und ihr wurde noch heißer. Würden sie also so ...?

Morgan schien in ihren Augen zu lesen wie in einem Buch und schmunzelte. Im nächsten Moment drehte er sie auch schon eigenhändig um, schob ihre Haare zur Seite und küsste ihren Nacken und ließ seine Hand zu ihrem Po wandern.

»In dieser Position kann ich dich gar nicht sehen«, murmelte sie.

»Du hast deine Augen doch sowieso zu.«

»Wenn Father Maxwell wüsste, was du vorhast ...«

»Du weißt wirklich viel zu viel für eine unschuldige Frau«, flüsterte Morgan. »Wo ich doch eigentlich erst einmal nur dein Kleid öffnen wollte.«

River stöhnte und wäre am liebsten vor Scham in der Matratze versunken. Er hatte die Schnürung schon fast gelöst, als ihr schlagartig bewusst wurde, dass sie, sobald er ihr das Kleid ausgezogen hätte, gänzlich nackt daliegen und er jeden körperlichen Makel und jede Delle an ihr wahrnehmen würde.

Sie drehte sich ruckartig um und setzte sich auf. Morgan sah sie irritiert an, doch sie zeigte nur auf den Kamin. »Ist es nicht sehr hell hier?«

Doch Morgan lächelte nur und sagte: »Vergiss auch das.«

Er löste die restliche Schnürung mit einer Schnelligkeit, die eindeutig von viel Übung zeugte. Doch bevor River länger darüber nachdenken konnte, nahm er ihren Mund schon wieder gefangen und zog ihr das Oberkleid über die Brüste bis zur Hüfte hinab, sodass nur noch ihr Unterkleid ihren Oberkörper bedeckte. Wieder küsste Morgan ihren Hals, ihr Schlüsselbein, als er plötzlich mitten in der Bewegung verharrte.

»Was ist?«

Anstatt ihr zu antworten, griff Morgan grob nach dem Bändchen, das ihr Unterkleid vorn zusammenhielt, und löste es. Auf seine Stirn trat eine steile Falte, als er nun auf ihre Brüste starrte. War er etwa von ihnen abgestoßen?

River schluckte, als Morgan nun auch noch an ihrer Haut roch und ihr auf einmal der Geruch von Rosmarin in die Nase stieg, den das Überkleid zuvor verborgen hatte. Sie erschauderte. Nein, das durfte einfach nicht wahr sein.

In Morgans Gesichtszügen las sie nun Schmerz anstelle von Lust, und Härte. »Findest du das lustig, ja?«

River zitterte. Sie wollte eine Hand auf Morgans Wange legen, doch sein eisiger Blick hielt sie davon ab. Sie schluckte. »Es tut mir leid, es war ein Unglück.«

»Ein Unglück?« Morgans Stimme bebte, und er zog sie näher zu sich heran. »Also weißt du genau, wovon ich spreche?«

River nickte knapp.

Sofort stieß Morgan sie unsanft zurück in die Kissen. »Mir gestern erzählen, dass du sie nicht ersetzen willst, und dann das. Wie kann man nur so grausam sein?« Er wischte sich mit der Hand über den Mund, bevor er aus dem Bett sprang und sich sein Leinenhemd wieder anzog.

»Nein, bitte, warte.« River hielt mit einer Hand ihr Unterkleid zusammen und rutschte zur Bettkante. »Ich wollte das nicht. Wirklich. Ich dachte ja nicht, dass wir heute ... nach gestern ... Bitte, Morgan, du musst mir glauben.«

Morgan stieg in seinen rechten Stiefel, sein Kinn zitterte vor unterdrückter Wut. »Was soll ich dir glauben, River? Dass der Duft von Caitriona zufällig an deinen Körper kam? Noch dazu ausgerechnet auf die Brüste, genau dorthin ... wo du doch wissen musstest, dass Caitriona dort ... dass sie da ...«

Dass sie da was? Den Duft am liebsten aufgetragen hatte? River blinzelte. »Das Fläschchen ist mir aus der Hand gefallen, und sein Inhalt hat sich auf mein Kleid ergossen, als Hewie mich erschreckt hat.«

Morgan hielt mitten in der Bewegung inne, sodass sie hastig weitersprach. »Ich ...«, sie rieb sich mit der Hand über die Stirn, »ich wollte doch nur kurz nachsehen, wo deine Kammer ist, in der ich eigentlich schlafen sollte.« Sie schluckte. »Aber ich habe mich im Raum geirrt, und dann stand ich da inmitten der tausend Spiegelscherben und der vielen Kerzen und ...« Sie brach ab. »Es tut mir leid, das ist auch keine Entschuldigung. Ich hätte einfach sofort wieder gehen sollen.«

»Aye, das hättest du.« Morgan zögerte kurz, zog dann aber seinen zweiten Stiefel an.

»Es tut mir wirklich leid. Ich habe den Duft auch nicht absichtlich auf meine Brüste gerieben. Wie auch, ich wusste doch gar nicht, dass sie das getan hat.« River schlüpfte wieder in ihr Überkleid und stand mit zittrigen Beinen auf. Wie konnte dieser Abend nur so furchtbar enden? Sie sah noch einmal in Morgans hartes Gesicht und ging dann zur Tür. Nach dem Schmerz, den sie ihm offensichtlich bereitet hatte, war es schließlich nicht gerecht, dass nun auch noch er gehen sollte.

»Was tust du da?«

Sie drehte sich noch einmal kurz um. »Ich gehe zurück in meine Kammer und wasche mich.« Der Kummer in Morgans Augen brach ihr beinahe das Herz, und so wandte sie sich in einer heftigen Bewegung ab und wollte gerade die Tür öffnen, als sie seine Stimme erneut hörte. »Warte.«

River hielt inne.

Morgan atmete schwer, und als sie zu ihm sah, setzte er sich wieder auf die Kante seines Betts.

»Weißt du nun, wie Caitriona gestorben ist oder nicht?«, presste er hervor. »Und ich warne dich, wehe, du lügst mich an.«

River konnte kaum fassen, dass Morgan ausgerechnet jetzt von seiner ersten Frau sprach und darüber, wie diese gestorben war. »Nein, ich weiß es nicht«, wisperte sie.

Kurz glaubte sie, Morgan aufatmen zu sehen, bevor ein feuchtes Glitzern in seine Augen trat. Er schluckte mehrmals, bis er schließlich sagte: »Caitriona trug ihren Duft immer nur an den Handgelenken. An der Brust ... hatte sie harte Knoten.« Er rang nach Luft. »Die ihren Körper am Ende vergiftet haben.«

River schlug sich die Hände vor den Mund, als sie das Ausmaß der Schmerzen verstand, die sie ihm gerade bereitet hatte. »Morgan ... ich weiß nicht, was ich sagen soll. Das alles tut mir so unglaublich leid.«

Morgan nickte langsam. »Nimm einen Kerzenständer und benutze ihn, um deine Kammer zu verriegeln.«

River nickte und zog dann, nach einem letzten Blick auf ihren Ehemann, die Tür hinter sich so lautlos zu, als sei sie nie da gewesen.

KAPITEL 37

U nd dir ist wirklich gleich, wie ich es anstelle?«
»Solange du die Tat vollbringst.«
»Selbst ich habe Grenzen.«
»Willst du mehr Gold?«
»Nein, das wäre wirklich unter meiner Würde.«
»Kann ich auf dich zählen oder nicht?«
»Gib mir drei Wochen.«
»Das ist zu lang.«
»Ist es nicht. Oder willst du, dass Morgan zu früh davon erfährt?«

KAPITEL 38

NOCH DREI WOCHEN ...

»Du hast mir ein Pferd versprochen, und das will ich jetzt auch haben.« Isla blieb mitten im Burghof stehen und stampfte mit dem Fuß auf.

River drehte sich bedrückt zu ihr um. Zwar sprach Morgan seit jener Nacht vor vier Tagen noch mit ihr. Aber die wenigen höflichen Worte, die sie beim Abendessen, oder wenn sie sich zufällig über den Weg liefen, wechselten, versetzten sie noch lange nicht in die Lage, Isla eines seiner Reittiere anvertrauen zu können. Und sie selbst besaß kein eigenes.

Sie hakte sich bei der Freundin unter. »Jetzt komm schon. Die letzten Male sind wir doch auch gelaufen.«

Isla verdrehte die Augen, ließ sich dann aber von ihr durch das Burgtor auf den steinigen Pfad führen. »Soll das jetzt mein Leben sein?« Sie seufzte dramatisch. »Morgens langweile ich mich, weil du, Jan und Leith nur mit Buchstaben und Zahlen beschäftigt seid, meine Mittage verbringe ich nicht zu Pferd, und abends warte ich stundenlang darauf, dass mein Ehemann von seinen Spaziergängen zurückkommt. Das ist doch erbärmlich.«

River wies mit der Hand auf die Bäume vor ihnen und den dahinterliegenden Strand. »Freu dich doch, dass Jan seine Freude an der Natur gefunden hat. Auf Castle Varrich saß er immer nur in der Bibliothek.«

Isla blieb wieder stehen. »Aber warum nimmt er mich dann nie mit?«

River griff nach der Hand der Freundin. »Er kommt doch danach wieder.«

»Und schläft.« Isla seufzte tief. »Langsam glaube ich, dass er überhaupt keine Kinder mit mir haben will.«

»Isla.« River schenkte ihr ein Lächeln. »Übertreibst du nicht ein wenig? Ich finde, du hast sehr viel Glück mit deinem Ehemann.«

Isla schnaubte. »Das sagst du doch nur, weil deiner noch weniger mit dir zu tun haben will als meiner mit mir.«

River schwieg betroffen, und ihr Blick fiel auf Caitrionas silberne Herzkette, die im Ausschnitt von Islas Kleid verschwand. So herzlos hatte die Freundin noch nie mit ihr gesprochen. Sie ließ deren Hand los. »Wenn du keine Lust hast, musst du nicht mit mir mitkommen.«

Isla schloss die Augen. »Tut mir leid. Das hätte ich nicht sagen sollen.« Sie schüttelte sich kurz. »Ich denke nur immer öfter, dass Jan viel lieber mit dir verheiratet wäre.«

»Isla, ich kann das wirklich nicht mehr hören.« Jan und sie waren gute Freunde, mehr nicht. Warum wollte Isla das nicht einsehen?

»Aber so verhält es sich nun einmal.« Isla lief weiter. »Vielleicht sollten wir einfach die Ehemänner tauschen. Ich hätte überhaupt nichts dagegen, wenn mich einmal jemand gegen die Wand drücken und besinnungslos küssen würde.«

Ein Ast brach hinter ihnen. River fuhr auf der Stelle herum und blickte in ein Paar belustigter, eisblauer Augen. »Redet ihr etwa von meinem Bruder?«

»Nein.«

»Aye.«

River wandte fassungslos den Kopf zu Isla, die Niamh im selben Moment wie sie geantwortet hatte. Was, wenn Niamh Morgan nun von Islas vorlautem Benehmen erzählte? River wäre vor Scham am liebsten im Erdboden versunken.

Niamh jedoch trat nur einen Schritt nach vorn und hakte sich schmunzelnd bei ihr und Isla ein. »Wusste ich doch, dass er mich anlügt.«

River horchte auf. Was meinte Niamh damit? Hatte Morgan etwa geleugnet, dass sie sich geküsst hatten und …?

Niamhs Schmunzeln wurde breiter, als sie mit der Hand nach hinten deutete. »Er sieht uns im Übrigen gerade nach.«

Sofort wandte River den Kopf. Und tatsächlich, dort am Fenster seiner Kammer stand Morgan, blickte aber nicht zu Niamh oder Isla, sondern zu ihr. Sein Kinn schillerte vom Kampf mit Logan noch immer blaugrün, doch er hatte Logan besiegt, was dazu geführt hatte, dass dieser bei den Abendessen nun meistens schwieg. Nur, und das war das Bedauerliche, tat Morgan das auch.

Vorsichtig hob sie die Mundwinkel zu einem Lächeln, obwohl sie damit rechnete, dass Morgan sich abwenden würde. Doch er wich ihrem Blick nicht aus und nickte knapp. Vielleicht hatte Jan ja recht, und sie sollte es einfach wagen, abends noch einmal zu Morgans Kammer zu gehen.

»Guten Morgen, Mylord!«, hörte sie da zu ihrem Entsetzen Isla laut rufen. »Ihr seid doch so reich, kann ich jetzt nicht mal mein Pferd haben?«

River fuhr augenblicklich zu Isla herum und herrschte sie an. »Lass das.« Sie sah zurück zum Fenster, doch nun war Morgan verschwunden. »Was soll er denn jetzt nur denken?«

Isla lachte. »Na hoffentlich, dass ich ein Pferd will. Vielleicht das von seiner Großmutter?«

Rivers Augen weiteten sich vor Entsetzen. Doch Niamh schien sich nicht an Islas Worten zu stören, sondern fragte diese lediglich: »Kannst du denn überhaupt reiten?«

Isla schüttelte ihren roten Lockenkopf. »Nein, aber so schwer wird es schon nicht sein. Ich setze mich einfach in den Sattel und los geht's.«

Niamh legte den Kopf zur Seite. »Ohne dass dir jemand zuvor zeigt, wie es geht?«

Isla antwortete in ihrer gewohnt forschen Art. »Du kannst es mir doch zeigen, oder?« River warf ihr einen warnenden Blick zu, doch die Freundin missachtete ihn und sprach munter weiter. »Und ein Pferd hast du doch bestimmt auch.«

Nun musste Niamh lachen und zeigte mit ihren blassen Fingern in Richtung des Pferdestalls. »An Pferden mangelt es auf dieser Burg nicht. Logan ist auch ständig mit ihnen unterwegs. Er hat mir sogar beigebracht, wie man mit ihnen über Gräben springt.«

»Na also.« Isla klatschte freudig in die Hände. »Worauf warten wir dann noch?«

»Isla.« River hakte sich bei ihr ein und trat ihr absichtlich auf den Fuß. »Niamh hat bestimmt schon andere Pläne.«

»Eigentlich ... nicht.« Ihre Schwägerin lächelte und zeigte dabei ihre kleine Zahnlücke. »Kommst du auch mit, River?«

River blickte daraufhin kurz zurück zum Fenster, an dem Morgan gerade eben noch gestanden hatte. Wollte sie wirklich Gefahr laufen, dass er sie ein zweites Mal mit einer wild kreischenden Isla, dieses Mal noch dazu auf dem Rücken eines Pferdes, sah? »Nein danke.« Sie sah kopfschüttelnd zu der Freundin. »Ich komme erst dann mit, wenn du dich tatsächlich im Sattel halten kannst.«

Wieder nichts. Enttäuscht warf River die leere Muschelschale in das wogende Gras am Flussufer. Was, wenn es einfach keine Perlen im Golspie Burn gab?

Sie griff erneut nach ihrem Arbeitsgerät, einem Stock, der an seinem vorderen Ende eine Gabelung aufwies, und watete im kalten Flussbett stromaufwärts. Die mit Moos bewachsenen Kiesel kribbelten unter ihren nackten Füßen. Vielleicht sollte sie doch besser mit den Fischern in den angrenzenden Dörfern sprechen? Aber konnte sie das tun, ohne Morgan zuvor um Erlaubnis zu fragen?

Ihr Blick glitt weiterhin über den Flussboden, während sie durch das klare, sprudelnde Wasser watete. Zum Glück hatte sie ihr Überkleid ausziehen können, nachdem sich sowieso keine Menschenseele hierher verirrte. Denn im Unterkleid, das sie auf einer Körperseite in Höhe ihrer Oberschenkel mit einem Lederband zusammengebunden hatte, kam sie viel schneller und leichter voran.

Sie atmete den frischen, würzig-erdigen Geruch des Flusses tief ein und schmeckte ihn beinahe auf ihrer Zunge.

Was würden die Händler in Flandern wohl sagen, wenn sie ihnen aus den Tiefen des Golspie Burn die silberschimmernden Perlen brächte, die hier doch irgendwo sein mussten? Sie stellte sich vor, wie es sein würde, wenn sie und Morgan auf Aidans Schiff nach Brügge segeln und dort erwartungsvoll von den Kaufleuten im bekannten Gasthof Ter Beurze in Empfang genommen würden. Bei Wein, Käse und Trauben begännen die Männer dann darum zu feilschen, wer von ihnen den Zuschlag für die Perlen erhielte. Sie würden immer höhere Preise bieten. Doch am Ende würden Morgan und sie nur mit demjenigen ein Geschäft abschließen, der im Auftrag eines liebenden Ehemanns unterwegs war. Ja, wer weiß, vielleicht sähen sie irgendwann sogar dessen Frau mit den Perlen am Hals und einem Strahlen im Gesicht entlang der Brügger Kanäle und Backsteinhäuser flanieren, während sie selbst zu den Markthallen mit dem hohen Belfried unterwegs waren?

Endlich machte River wieder eine Muschel im rauschenden Wasser aus. Sie kehrte ihren Stock um und löste diese mit der Gabel vom Stein. Danach hastete sie stromabwärts zurück zum Ufer, griff dort nach ihrem Dolch und fuhr mit seiner Spitze zwischen die beiden Schalenhälften der Muschel, um sie zu öffnen. Als sie die Schalen auseinanderzog, hielt sie gespannt den Atem an, doch ... wieder nichts.

Enttäuschung überkam sie. Wie sollte sie jemals mit Perlen handeln können, wenn sie keine einzige fand? Sie wollte sich schon in den Schatten des Baums am Ufer sinken lassen, da kamen ihr Leafs Worte in den Sinn. *Durch den Schlamm, immer weiter durch den Schlamm.* Sie seufzte, legte ihren Dolch zurück und watete wieder ins Flussbett. Was würde ihre Schwester wohl sagen, wenn sie wüsste, wie treffend ihr Rat doch gewesen war?

»Seit wann schauen Wassernixen denn so verdrießlich drein?«

River traute ihren Ohren kaum und drehte sich auf der Stelle um. Sie rutschte auf einem glitschigen Stein aus und wäre, hätte sie nicht im letzten Moment ihren Stock in den Grund des Flusses gerammt, vor lauter Schwung bestimmt ins Wasser gefallen. Am Ufer, im Licht der mittlerweile tief stehenden Sonne, erkannte sie einen Mann, der an einem Baum lehnte. Mit ihrem Überkleid in der Hand.

»Himmel, hast du mich erschreckt!« River lachte erleichtert auf, denn es war nicht Morgan, der sie hier undamenhaft in ihrem Unterkleid durch den Fluss watend vorfand, sondern nur Logan. Und nachdem sie ihn mit einer fremden Frau im ehelichen Gemach erwischt hatte, konnte er ihr hieraus wohl kaum einen Vorwurf machen.

»Entschuldige, das war nicht meine Absicht.« Logan hob das Kleid höher. »Hast du aus Protest jetzt aufgehört, Niamhs Kleider zu tragen, damit Morgan dir endlich eigene schenkt?«

Bei der Erinnerung daran übertönte das Rauschen in ihren Ohren kurz das des Flusses, dann stemmte sie eine Hand in die Hüfte. »Leg das wieder hin.«

»Mylady, hältst du mich etwa nicht für einen Gentleman?« Logan legte sich eine Hand aufs Herz. »Da das Kleid gewissermaßen ein Geschenk von mir ist, werde ich es dir bringen.« Er stieß sich verwegen lächelnd von dem Baum ab, an dem er sein Pferd nicht einmal angebunden hatte, und trat einen Schritt näher auf sie zu. Sein linkes, beim Schwertkampf mit Morgan verletztes Bein zog er noch immer durch das wogende Gras nach.

»Lass das, du hast Schmerzen«, beharrte River und kam ihm ihrerseits entgegen. Auch wenn sie Logan nicht sonderlich gut leiden konnte, musste er sich nicht für sie quälen. Zumal sie ohnehin aus dem Fluss steigen und sich wieder ordentlich anziehen sollte, denn auch wenn Logan gezwungenermaßen zur Familie gehörte, sollte sie nicht nur im Unterkleid mit ihm sprechen.

Doch Logan winkte ab. »Wenn ich am Ende mit deinem Lächeln belohnt werde, ist mir das die Schmerzen allemal wert.«

»Bist du wieder betrunken?«

»Betrunken?« Logan blieb überrascht stehen. »Warum sollte ich betrunken sein?«

River kniff die Augen zusammen. »Weil du wieder Dinge zu mir sagst, die du nicht sagen solltest. Wie damals, als ich nach Niamh gesucht habe und du mich in eure Kammer gebeten hast, obwohl dort die Magd im Ehebett lag.«

»Oh, das.« Logan kratzte sich am Ohr. »Bist du mir deshalb böse?«

»Das fragst du noch?« River schloss ihre Hand fester um den Stock, damit sie nicht wieder auf einem Stein ausrutschte. »Hältst du mich etwa für eine Frau, die Morgan betrügt? Mit dem Ehemann seiner Schwester?«

»Nein, River, so bist du nicht.«

»Du solltest dabei nicht so klingen, als ob du das bedauertest, Logan.«

Logan zuckte mit den Schultern und stieg in den Fluss, da sie das Ufer noch nicht erreicht hatte. »Ich soll also nicht bedauernd klingen, ja? Aber es ist nun einmal so, dass ich das tatsächlich bedauere. Denn du bist viel zu schön für eine Ehe ohne Leidenschaft. Ich hasse es, dich unglücklich zu sehen.«

River zog scharf die Luft ein, sie wollte sich keinesfalls von dieser heuchlerischen und obendrein einfältigen Schmeichelei rühren lassen. »Deine Stiefel werden nass.«

Logan schmunzelte. »Wenn einem jemand wirklich wichtig ist, muss man Opfer bringen.«

River hob eine Augenbraue. »Warum machst du das dann nicht für deine eigene Frau? Hasst du es nicht, sie unglücklich zu sehen, weil du sie betrügst?«

Logans Gesichtsausdruck wurde augenblicklich ernst. »Niamh ist nicht deswegen unzufrieden. Wir haben ein gewisses Übereinkommen.«

Ein Übereinkommen? Dass er Niamh hintergehen durfte und diese nichts dazu sagte? River reckte kampflustig das Kinn. »Was hast du nicht letztens zu Morgan beim Abendessen gesagt? *Küsst du so schlecht, dass deine Frau dich nicht mehr will?*«

»Nein, River, ich küsse verdammt gut.« Sein Blick streifte ihre Lippen, und seltsamerweise hatte sie keinen Zweifel daran, dass er die Wahrheit sagte. »Und damals beim Abendessen wollte ich dir übrigens nur helfen.«

»Du wolltest mir helfen? Indem du mich beleidigt hast?« Auch wenn die Vorstellung absurd war, fühlte sie sich seltsam davon gerührt.

»Ich habe Morgan beleidigt, nicht dich. Und das auch nur, damit er dich küsst und mit auf seine Kammer nimmt.«

»Ich glaube dir nicht.« Rivers Blick wanderte zu Logans Mund. War je etwas, das er sagte, die Wahrheit?

Logan verschränkte die Arme. »Gut, ich gebe zu, ich weiß auch nicht mehr, was mich da geritten hat. Außerdem hat es ja ohnehin nichts geholfen, nicht wahr?«

Seine Worte schmeckten bitter auf ihrer Zunge. »Sprich nicht schlecht über Morgan.«

»Du hältst ganz schön viel von einem Mann, der die meiste Zeit am Grab seiner süßen Caitriona verbringt.«

Logan trat nun direkt vor sie hin, und sie hätte ihn für seine grausame Ehrlichkeit am liebsten in den Fluss geworfen. »Darf ein Mann nicht trauern?«

»Bei einer Frau wie dir hätte ich sicher keine Zeit dafür.«

Sie schüttelte empört den Kopf. »Weil du kein Herz hast.«

»Mag sein.« Logan stand keine zwei Handbreit mehr von ihr entfernt und griff sanft nach dem Stock in ihrer Hand. »Aber wer braucht schon ein Herz, wenn es nur wehtut?«

»Warum bist du so unglücklich mit Niamh?« River sah ihm in die Augen, deren Grau sie unwillkürlich an Flowers Ehemann Cailan denken ließ. »Sie spricht nur gut von dir.«

Logans Miene wurde grimmig, und er schnaubte. »Willst du mich jetzt etwa bedauern oder gar trösten, River?«

»Hast du nicht gesagt, wir wären eine Familie?«

»Aye.« Logan ließ seine Hand den Stock hinaufgleiten, bis sein kleiner Finger ihren Daumen berührte. »Aber mir wäre lieber, wir wären etwas anderes.«

»Freunde?«, presste sie hervor und bemerkte irritiert, wie auf einmal Hitze in ihr aufstieg. Logan war ihr viel näher, als er sein sollte, aber trotzdem fühlte sie sich nicht bedroht.

Logan neigte den Kopf. »Die über ihre schwierigen Ehen reden?«

»Hast du mir nicht genau das angeboten?«

»Aye.« Er senkte seine Stimme. »Und das meine ich noch immer.«

»Aber?« Ihr Mund wurde trocken. Sie sollte dieses Gespräch besser abbrechen und gehen.

»Ich bin kein selbstloser Mann, River«, antwortete er und schloss seine Hand behutsam um ihre. »Und ich finde dich viel zu schön, um nur mit dir befreundet sein zu wollen.«

Rivers Unterlippe bebte. »Das kannst du nicht sagen.«

Logan blinzelte unschuldig. »Warum? Magst du meine Gesellschaft nicht?«

»Ich bin mit Morgan verheiratet.«

»Und wo ist Morgan?« Logan ließ ihre Hand los und breitete die Arme aus. »Sollte er nicht mit dir hier sein?«

»Er hat zu tun.«

Logans Mundwinkel zuckten. »Mir fällt auch einiges ein, was ich gern tun würde, River. Aber mit dir.« Seine Stimme war zuletzt immer leiser geworden. »Es muss auch niemand wissen. Und wo du doch sowieso schon dabei warst zu baden ...«

River glaubte ihren Ohren nicht zu trauen. Was erlaubte sich Logan? »Ich war nicht baden«, erwiderte sie barsch, um ihren schneller gehenden Herzschlag zu übertönen.

Logan blickte ihr forschend ins Gesicht. »Was hast du dann getan? Den Fischen zugesehen?«

»Gib mir mein Kleid zurück, Logan.« Die zuvor angenehme Kühle des Flusswassers ließ sie nun frösteln. Sie musste weg, bevor ihr Körper noch verräterischer auf Logans Nähe reagierte, die sie doch nicht im Mindesten berühren sollte.

»Du zitterst.« Logans Stimme war sanft, obwohl in seinen Augen ein Feuer glomm. »Du hast doch nicht etwa Angst vor mir? Ich würde nie etwas tun, das du nicht willst. Versprochen.«

»Mein Kleid, Logan.«

Er hielt es ihr mit einem verführerischen Lächeln entgegen. »Was bekomme ich dafür?«

»Nichts.« River riss ihm das Kleid so kraftvoll aus der Hand, dass es ihr in den Fluss fiel. »Oh, verdammt!«

Entschlossen wandte sie sich ab und watete ihrem Kleid hinterher, doch die Strömung trug es so schnell mit sich fort, dass sie es nicht mehr zu fassen bekam. Zur Hölle mit Logan.

»Du belügst dich selbst, River«, hörte sie ihn hinter sich herrufen. »Du sehnst dich nach einem Mann, der nur an dich denkt. Der nur dich will.«

»Aye.« Sie stieg aus dem Fluss und ging an ihm vorbei, wobei sie ihre eigene Empfindlichkeit für Logans Worte nur noch zorniger machte. »Nur ist dieser Mann nicht du, sondern mein Ehemann!«

»Er will dich nicht, River. Was muss noch geschehen, damit du das einsiehst?«

Ein Schrei brach aus Rivers Brust, und in ihrer Erregung und ihrer Wut packte sie einfach Logans Pferd am Zügel und schwang sich auf dessen Rücken. »Ich sollte Morgan von deinem ungebührlichen Verhalten mir gegenüber erzählen.« Nur was, wenn es dann zu einem erneuten Kampf zwischen den beiden kam?

Logan setzte ihr fluchend nach, kam mit seinem verletzten Bein aber nicht schnell genug voran, um sie aufzuhalten. »River, bitte. Komm sofort wieder runter von dem Gaul.«

Das Pferd stieg, weil Logan vor ihm mit den Armen fuchtelte, doch River saß fest im Sattel. Ohne darüber nachzudenken, was sie tat, schnalzte sie mit der Zunge und wandte das Tier in die andere Richtung. »Das war deine letzte Warnung, Logan. Und jetzt viel Spaß beim Zurücklaufen, Mylord.«

KAPITEL 39

Morgan befand sich auf dem Rückweg von Caitis Grab zur Burg, als er ein sich näherndes Hufgetrappel vernahm und sich umdrehte. Er hatte mit vielem gerechnet, aber ganz sicher nicht mit River, die mit offen wehendem Haar und nur mit ihrem Unterkleid bekleidet auf seinem Hengst saß.

Sie hatte offenbar auch nicht damit gerechnet, auf ihn zu stoßen, denn als sich ihre Blicke kreuzten, machte sie auf der Stelle kehrt.

»River, warte.« Doch sie hörte ihn entweder nicht oder wollte ihn nicht hören, sondern galoppierte stattdessen mit seinem Hengst zwischen den Baumstämmen in die entgegengesetzte Richtung davon. Er runzelte die Stirn, legte rasch zwei Finger in den Mund und pfiff. Sofort blieb das Tier stehen.

»Nun lauf schon, bitte«, hörte er River mehrfach flehen, während er auf sie zuging. Sie hielt einen Stock in der Hand, und kurz schien ihm, als wollte sie das Pferd damit wieder in Bewegung setzen, doch dann presste sie nur heftig ihre Unterschenkel gegen den Bauch des Tieres. »Bitte, lauf doch endlich.«

»Mercur, zu mir.« Ohne zu zögern, trottete ihm der Hengst brav entgegen. River war aschfahl im Gesicht, und sie brauchte einige Momente, bis sie ihn ansah.

»Mylord.« River wirkte wie ein Häufchen Elend, wie sie da auf seinem großen dunklen Hengst saß. Die Zügel hatte sie fallen gelassen, vermutlich, da das Pferd ohnehin nicht ihren Befehlen gehorchte.

Morgans Blick wanderte von ihrem Kinn über ihre zarten Schultern zu dem kleinen Bändchen, das ihr Untergewand über den Brüsten zusammenhielt. Was wäre wohl geschehen, wenn er es in jener Nacht nicht gelöst hätte? Er schluckte. »Wo zur Hölle ist dein Kleid?«

River biss sich auf die Lippe. »Es ist ... noch am Fluss.«

»Am Fluss?« Er traute seinen Ohren kaum. Sie war den ganzen Weg vom Golspie Burn bis hierher mit fast nichts am Körper geritten? »Was tut es dort?«

River wiegte ihren Kopf unruhig hin und her. »Es ist ... davongetrieben.«

»Das Wasser hat es dir vom Körper gerissen?«

»Ich habe es ausgezogen, damit es nicht nass wird, und ... dann ist es mir in den Fluss gefallen.«

Morgan fasste seinen Hengst so hart an den Zügeln, dass sie ihm in die Handflächen schnitten. »Hat dich jemand gesehen? Ein Mann aus dem Dorf?«

River zögerte kurz, dann schüttelte sie den Kopf. »Auf dem Rückweg bin ich niemandem begegnet.«

Seine Zähne mahlten. »Das tust du nie wieder, verstanden?«

River nickte. »Ich reite auch lieber ... bekleidet.«

»Ich meinte, halb nackt und allein in Flüssen baden. Aber wo wir gerade beim Reiten sind.« Sein Hengst rieb seinen Kopf an seiner Schulter. »Was hat dich dazu bewogen, für dein Abenteuer auch noch Mercur zu stehlen?«

»So heißt der Verräter also.«

Morgan musste angesichts Rivers zerknirschtem Gesichtsausdruck wider Willen kurz lachen. »Mein Vater hat ihn mir von einem venezianischen Händler aus Flandern mitgebracht. Samt Namen.«

»Das ist dein Pferd?« River wirkte so erschrocken, als würde sie gleich aus dem Sattel fallen.

Morgan zog fragend seine Augenbrauen zusammen. »Deshalb hast du ihn doch genommen, oder?«

River öffnete kurz den Mund und schloss ihn wieder, um dann zu antworten: »Ja, natürlich. Und er ist also aus Flandern? Ich wollte schon immer ein Pferd aus Flandern reiten. Um es ... mit unseren schottischen vergleichen zu können.«

»Ach so?« Morgan musste schmunzeln. »Willst du jetzt mit Pferden handeln anstatt mit Perlen?«

River verengte die Augen. »Machst du dich gerade über mich lustig?«

Morgan betrachtete sie erneut, wie sie da nur in ihrem Unterkleid auf seinem Pferd saß, aber Sorge hatte, dass er ihre Handelsidee mit den Perlen nicht mochte. Er schüttelte leicht den Kopf und deutete dann mit der Hand neben sich. »Komm mal da runter.«

River zögerte kurz, und er sah erst jetzt, dass sie auch keine Stiefel trug. »Wolltest du wirklich so in den Burghof einreiten?« Was hätte seine Großmutter nur dazu gesagt? Obwohl ... So, wie er Bronnen kannte, hätte ihr das am Ende sogar noch gefallen.

»Ich hätte natürlich davor angehalten und die Satteldecke um mich gelegt.« Rivers krächzende Stimme war eine erstaunliche Mischung aus Verlegenheit und absolutem Ernst. »Oder gewartet, bis es dunkel ist.«

Morgan schüttelte den Kopf. »Du hast wirklich immer eine Antwort parat.«

River sah ihn mit großen Augen an. »Ist das gut oder schlecht?«

Er streckte seine Arme aus, und River schwang zögernd ein Bein über den Hals des Pferdes und ließ sich aus dem Sattel gleiten. Vorsichtig setzte er sie auf dem Boden ab, ließ seine Hände jedoch noch länger auf ihren Hüften verweilen. »Hewie denkt, dass dich das zu einem schlechten Vorbild für Leith macht.«

River keuchte. »Und du?«

»Ich denke, dass ich dich für diesen Auftritt übers Knie legen sollte.« River zuckte kurz zusammen, als seine Hand an ihrer Seite hinabfuhr. »Nur würde das wahrscheinlich überhaupt nichts bringen.« River blinzelte, und er beugte seinen Kopf zu ihr hinab, plötzlich selbst kurzatmig. »Du wirst so lange an diesen Fluss gehen, bis du eine Perle findest, oder?«

»Woher weißt du, dass ich Perlen gesucht habe?« Ihre Stimme war kaum mehr als ein Hauchen.

Er nickte in Richtung des gegabelten Stabs in ihrer Hand, und auf ihre Lippen trat ihr schiefes Lächeln. »Das hast du sofort verstanden?«

»Aye. Isla hat es mir aber auch gesagt, als ich in den Burghof kam und sie mich vom Sattel aus mit einem Seil fangen wollte.«

»Oh, bitte sag, dass das nicht wahr ist.« River schlug sich angesichts Islas unmöglichen Verhaltens die Hände vor den Mund.

Morgan schmunzelte. »Bei ihr hätte ich tatsächlich Sorge, dass sie ein schlechtes Vorbild für Leith wäre.«

River fasste sich wieder. Dann sah sie ihn wieder an, und er wurde gewahr, wie viel Hoffnung in ihrem Blick lag. Er beugte sich zu ihr hinab, hielt aber mitten in der Bewegung inne und machte einen Schritt zurück. War er nicht nach vielen schlaflosen Stunden zu dem Schluss gekommen, dass er River fortan wie eine Verwandte behandeln und die Nacht mit ihr einfach vergessen wollte?

Sein Blick streifte ihre Lippen, dann wandte er sich abrupt dem Sattelgurt zu, um die Decke besser herausziehen zu können. »War deine Suche nach Perlen denn erfolgreich?«

Sie seufzte. »Ich werde morgen an einer anderen Stelle suchen.«

Morgans Kopf fuhr herum. »Aber nicht allein.«

»Würdest du denn … mitkommen?«

Er schwieg einen Moment. »Nein, aber ich weiß da einen guten Ersatz für mich.«

KAPITEL 40

NOCH EINEINHALB WOCHEN ...

»Sie haben welche gefunden!« River stürmte strahlend in den Burggarten, in dem Jan und Leith die Steine der hohen Mauer zählten. Sie drehte sich suchend im Kreis. »Wo ist Morgan? Ich dachte, er wäre hier?«

Leith wandte sich zu ihr um und meinte ernst. »Er hat mir bis hundertfünfunddreißig zugehört. Dann kam Hewie.«

River runzelte die Stirn. Dass Hewie sie nicht mochte, wusste sie. Aber seit wann versuchte er, auch Morgan und Leith auseinanderzubringen? Gefiel ihm etwa nicht, wie Morgan sich seit ein paar Tagen um den Jungen bemühte? »Was genau wollte Hewie eigentlich?«

Leith zuckte mit den Schultern. »Hörst du mir jetzt ab hundertsechsunddreißig zu?«

River trat von einem Bein auf das andere. Sie platzte beinahe vor Freude und nickte Leith zu. Seine grauen Augen glänzten vor Glück, und er straffte die Schultern und meinte: »Oder ich fange ab hundert noch einmal zu zählen an. Hundert ... hunderteins ... hundertzwei ...«, zählte er langsam.

River warf Jan einen ungeduldigen Blick zu, doch dieser nickte ihr aufmunternd zu, und so wartete sie geduldig, bis der Junge bei hundertneunundneunzig angekommen war.

»Zweihundert!« River strich ihm über das hellbraune Haar. »Wunderbar, Leith, als Nächstes kommt die Dreihundert.«

Leith nahm seine flügellose Möwe vom Boden auf und sah sie an. »Mo sagt, ich soll als Nächstes lieber auf Französisch zählen.«

»So, sagt das Mo?« River zwinkerte Jan zu. »Na, dann übt ihr beide besser fleißig.« Ein Hauch von Wehmut erfasste sie. »Ich erinnere mich noch gut an die vielen Stunden, in denen ich das ebenfalls mit meinen Schwestern zusammen getan habe.« Ob sie sie wohl vermissten?

»Warum habe ich eigentlich keine Schwestern?« Wie immer drückte Leith sein Stofftier ans Gesicht.

»Also ...« River war gedanklich bereits wieder bei Morgan gewesen und wo sie ihn am besten suchen sollte. »Hättest du denn gern Schwestern?«

Leith nickte. »Jan hat gesagt, dann ist man nie allein.«

River sah daraufhin zu Jan, der entschuldigend die Achseln hob. Unvermittelt musste sie an Morgans leidenschaftliche Küsse denken. Obwohl er in den letzten Tagen bei ihren gemeinsamen Ausflügen zu den Fischern vermutlich mehr mit ihr gesprochen hatte als in der gesamten Zeit davor, schliefen sie noch immer in getrennten Kammern. Dabei sah er sie manchmal durchaus so an, als ob er sie wieder küssen wollte, doch wenn sie sich ihm dann leicht entgegenbeugte, wandte er sich sofort von ihr ab.

»Ich wäre auch einverstanden mit einem Bruder.« Leith spitzte die Lippen. »Oder muss ich dann die Burg mit ihm teilen?«

River schüttelte den Kopf und ging vor dem Jungen in die Knie. »Es braucht manchmal einfach Zeit, bis ein Bruder oder eine Schwester zur Welt kommt.«

Leith blinzelte. »Kann Mutter sie nicht aus den Sternen zu mir senden?«

River biss sich auf die Lippe. An manchen Tagen schaffte sie es, nicht an Caitriona zu denken, wenn aber nicht, war dies jedes Mal mit Scham über ihre Eifersucht auf eine Tote verbunden. »Ich fürchte nein.«

»Leith.« Jan trat hinter den Jungen und legte ihm eine Hand auf die Schulter. »Wolltest du River nicht eigentlich etwas anderes fragen?«

Leith nickte und deutete augenblicklich auf ein eisernes Gitter in der Mauer des Gartens zum Hof. »Est-ce que tu ... vouler ... me montrer ... cachot?«

»Ob ich dir den Kerker zeigen will?« River zog verwundert die Augenbrauen zusammen und blickte durch die Gitterstäbe hindurch zu einer in den Boden eingelassenen Türklappe mit Treppen, die in die dunkle Tiefe führten. »Was wollt ihr beide denn an einem so schönen Tag wie heute dort unten?« Zumal sie dort auf nichts anderes als auf stinkende Ratten und, wie Niamh erwähnt hatte, verlassene Zellen stoßen würden?

»Leith will überall in der Burg die Steine zählen. Wir waren schon in der Bibliothek, auf dem Turm, im Burghof, in der Schatzkammer, in der Küche und heute im Garten.« Jan warf seufzend einen Blick gen Himmel. »Siehst du, Leith. River ist auch dagegen.«

Doch Leith stampfte mit dem Fuß auf. »Jan sagt, dass der Kerker zu gruselig für mich ist. Aber Hewie ist oft dort unten. Kommt ihr, du und Vater, mit?«

River musste schmunzeln. »Also ich weiß nicht. Warum geht ihr nicht erst einmal an den Strand und zählt dort die Möwen?«

Leith warf ihr einen beleidigten Blick zu.

»Na gut, aber nicht heute.« River strich ihm, bevor sie ging, noch einmal über die Haare.

»Warum denn nicht?«

Sie konnte ihre Ungeduld nicht länger zurückhalten und wandte sich bereits ab. »Weil ich deinem Vater heute dringend etwas zeigen muss.«

»Gleich für zwei Wochen?« Morgan verschränkte die Arme und lehnte sich in seinem Stuhl in der Bibliothek zurück. »Wo genau willst du denn auf einmal hin, Hewie?«

Hewies Hände fuhren über die Lehne des Stuhls, der dem Morgans auf der anderen Seite des Schreibtischs gegenüberstand. »Fort. Ich würde es dir auf deiner Landkarte zeigen, aber du denkst ja noch immer, dass ich sie gestohlen und auf Castle Varrich vergraben habe.«

»Du bist beleidigt.« Morgan legte die Feder zurück auf den Tisch und sah seinen Freund prüfend an, der ihm darauf keine Antwort gab.

»Hewie.« Morgan erhob sich und kam um den Tisch herum. »Du weißt, wie sehr ich deinen Rat schätze.« Tatsächlich hatte sein Freund, ganz gleich, um was es gegangen war – um den Streit mit seinem Vater, die Hochzeit von Niamh oder um seinen Kummer wegen Caitriona –, immer ein offenes Ohr für ihn gehabt. Und er andersherum auch für ihn.

»Ach ja?« Hewie schnaubte und wandte seinen Blick ab.

»Ja.« Morgan legte eine Hand auf Hewies Schulter. »Nur musst du verstehen, dass ich am Ende meine eigenen Entscheidungen treffe. Und das unabhängig davon, bei wem oder wo sich meine Landkarte gerade befindet.«

»Das habe ich schon verstanden.« Hewie schüttelte seine Hand ab und setzte sich mit verschränkten Armen auf die Bank in der Fensternische. »Sei versichert, Morgan, bei allem, was ich tue, habe ich immer nur dein Wohl und das unseres Clans im Sinn.« Er fuhr sich über das Haar. »Deshalb kann ich auch nicht länger hier herumsitzen und dir dabei zusehen, wie du dich ins Unglück stürzt, verstehst du?«

Morgans Tonfall wurde schroffer. »Weil ich River nicht zu Aidan senden werde?«

Hewie sprang wieder auf und breitete seine Arme aus. »Wenn ich dir doch nur begreiflich machen könnte, dass River ...« Er blieb stehen und machte eine hilflose Geste. »Du darfst sie einfach nicht zu nah an dich heranlassen.«

»Darf ich dich daran erinnern, dass sie nicht einmal bei mir schläft?«

»Aber das wird sie.« Hewie ballte die Hände zu Fäusten und öffnete sie wieder. »Merkst du nicht, wie sie dir jeden Tag näherkommt? Eine kurze Berührung beim Abendessen hier, ein Nachmittag mit Leith da. Sie bringt dich dazu, dich in sie zu verlieben.«

»Mein Herz gehört Caiti.« Aber schloss das denn wirklich aus, dass er River körperlich nahekam? Oder Zeit mit ihr verbrachte, wie er es in den letzten Tagen immer öfter getan und genossen hatte? Schließlich war River jetzt seine Frau, und Caitriona selbst hatte darauf bestanden, dass er sie heiratete.

»Dein Herz ist nicht mehr bei Caitriona. Ich kenne dich seit mehr als zehn Jahren, Morgan. Ich weiß, wie du eine Frau ansiehst, mit der du eine Nacht verbringen willst, und ich weiß, wie du eine Frau ansiehst, in die du verliebt bist. Und River siehst du auf beide Arten an, gottverdammt.«

Morgan verlor langsam die Geduld. »Vorsicht, Hewie.«

»Vorsicht was? Du weißt genau, dass ich recht habe. Du hast Caitriona ... verraten, du wirst uns alle verraten, wenn du River gestattest, dass sie so nah an dich herankommt.«

Morgan verschränkte erneut die Arme vor der Brust. »Haben dir das deine Geister vorausgesagt?«

Hewie stieß heftig den Atem aus und schüttelte den Kopf. »Wieso kannst du mir nicht einfach vertrauen und mir glauben, dass River weder für dich noch für Leith gut ist? Genauso wenig wie Jan und diese unverschämte Tochter eines Fischers?«

Morgan schwieg und sah seinen Freund ernst an. »Weil es keinen Sinn macht, Hewie. Je länger ich darüber nachdenke, desto sicherer bin ich mir, dass Caitriona einfach wollte, dass wir alle glücklich werden. Ganz gleich, was sie gesagt hat oder nicht.«

»Hat River das zu dir gesagt?« Hewies Wangen waren mittlerweile gerötet.

Morgan nickte. »Und sie hat damit recht.«

»Gott, Morgan.« Hewie trat zu ihm und packte ihn am Leinenhemd. »Hast du vergessen, dass du keiner Frau trauen darfst? River ist falsch und wird dich hintergehen ...«, Hewie schloss kurz die Augen, bevor er fortfuhr, »... genau wie Caitriona.«

Morgan schmeckte plötzlich Eisen in seinem Mund und bemerkte erst jetzt, dass er sich in die Lippe gebissen hatte. »Ich dachte, du hältst Caitriona für unschuldig?«, stieß er knurrend hervor.

Hewies Atem wurde schneller. »Ja und nein. Ich habe noch einmal darüber nachgedacht. Dass sie an einer harten Brust gestorben ist, war doch ein klares Zeichen dafür, dass dein Vater mit seinen damaligen Anschuldigungen recht hatte. Wer soll sich als Nächstes umbringen vor Scham, weil du dich schon wieder belügen lässt? Deine Großmutter?«

Morgan holte mit der Faust aus und schlug sie Hewie so fest gegen das Kinn, dass die Haut an seinen Fingerknöcheln aufplatzte. »Das nimmst du auf der Stelle zurück.«

Hewie taumelte und rieb sich stöhnend über sein schmerzendes Kinn. »Seit wann schlägst du so verdammt hart zu?«

Morgan setzte ihm nach und packte ihn an der Schulter. »Bisher habe ich dich als meinen Freund betrachtet. Aber vielleicht war genau das der Fehler.«

»Morgan.« Mit Mühe wand sich Hewie aus seinem Griff und hielt schützend die Hände vor sich. »Vergibst du mir, wenn ich mich entschuldige?«

Morgan hatte gute Lust, Hewie noch einen Faustschlag in den Bauch zu verpassen. Doch er zügelte sich und atmete mehrmals tief durch. »Wenn du nicht vorhast, bis nächste Woche damit zu warten, vielleicht.«

»Und wenn ich länger warte?«

Morgan packte Hewie an seinem bereits geschwollenen Kinn. »Verlierst du jetzt völlig den Verstand? Oder entschuldigst du dich jetzt?«

Hewie presste die Lippen zusammen. »Mein Verstand ist so klar wie schon lange nicht mehr.«

»Also?«

»Entschuldigung.« Morgan ließ Hewie so ruckartig los, dass dieser nach hinten taumelte und gegen den Tisch stieß. Hastig griff er nach dem Weinkrug, der darauf stand.

»Bediene dich ruhig«, knurrte Morgan sarkastisch, während sich seine Wut langsam legte.

Hewie hatte schon fast den ganzen Krug geleert, als er Morgan bat: »Kannst du mir noch eines versprechen?«

»Versprechen?« Morgan traute seinen Ohren kaum. Sah er etwa aus, als wäre er in der Stimmung, Hewie jetzt auch noch einen Gefallen zu tun?

»Bitte, Morgan.« Hewie klang so verzweifelt, wie er ihn noch nie zuvor erlebt hatte.

Er schnaubte. »Ich werde River nicht vom Burgturm stoßen, falls du das vorschlagen willst.«

»Schlaf nicht mit ihr, bis ich zurück bin.«

Nun war Morgan wirklich sprachlos. Hewie musste geistig verwirrt sein, wenn er sich traute, dies von ihm zu verlangen. »Hast du etwa vor, den Papst selbst auf meine Burg zu bitten, damit er die Ehe mit River annulliert?«

Hewie biss sich auf die Unterlippe. »Ich kann dir jetzt noch nicht mehr sagen.«

Morgan schüttelte den Kopf, und auf einmal wich seine Wut tiefer Trauer. »Ich verstehe dich einfach nicht mehr, Hewie. Warum ist dir das so wichtig? Zumal ich sowieso nicht vorhatte, das zu tun.«

»Was hat wer nicht vor?«, fragte River da auf einmal in der Tür stehend und betrat strahlend wie die Sonne den Raum. Ihre Haare waren nur oberhalb der Stirn geflochten und fielen ihr an den Seiten offen in weichen Wellen bis zur Taille hinab. Schlagartig wurde ihm klar, dass er gelogen hatte. Besonders jetzt, nachdem sich Hewie und er gestritten hatten und einander ferner waren denn je, wollte er nichts lieber, als sich Rivers Berührungen hinzugeben.

»Hewie ... wollte gerade gehen.« Morgan warf seinem einstigen Freund einen warnenden Blick zu, woraufhin dieser nach einem letzten Zögern wortlos den Raum verließ.

»Hewie sieht mich immer an, als ob ich der Teufel höchstpersönlich wäre.« River starrte auf die Tür, die dieser gerade hinter sich geschlossen hatte. In den letzten Tagen war ihr Hewie zwar kaum begegnet, aber spätestens nach dem Blick, den er ihr gerade beim Hinausgehen zugeworfen hatte, war klar, dass er sie noch immer als Feindin betrachtete. Hatte er gerade eben wieder versucht, sie bei Morgan schlechtzumachen?

Morgan lehnte sich gegen die Tischkante. »Vielleicht wird es Zeit, dass Hewie endlich heiratet.«

River schüttelte bedauernd den Kopf. Sie kannte keine Frau, der sie eine Ehe mit diesem missgünstigen Mann wünschen würde, auch wenn er dadurch mit anderem beschäftigt wäre. Aber warum sprachen sie über Hewie, wo es doch viel Wichtigeres zu berichten gab? »Morgan.« Sie eilte zu ihm und griff nach seinen Händen. Er zuckte kurz zusammen, doch sie dachte nicht daran, sie loszulassen. »Weißt du, was geschehen ist?«

»Nein.«

»Willst du es nicht wissen?« River kaute auf ihrer Unterlippe. Das vorherige Gespräch mit Hewie schien ihn aufgewühlt zu haben, trotzdem lag nicht jene abweisende Härte in seinem Gesicht, die ihr so verhasst war.

»Doch.«

River stemmte die Hände in die Hüften. Ein bisschen mehr Begeisterung könnte er schon zeigen. »Rate mal, was es ist.«

»Sehe ich so aus, als wäre ich ein kleiner Junge von acht Jahren?«

Sofort stellte sich wieder das ihr bekannte Engegefühl in der Brust ein, doch dann entdeckte sie das Funkeln in seinen Augen. »Du weißt es längst, nicht wahr?«

Morgan legte den Kopf zur Seite. »Du meinst, dass Isla heute doch tatsächlich auf meinem Pferd zusammen mit meiner Schwester ausgeritten ist?«

»Das hat sie nicht getan!« Sie hatte Isla doch inständig darum gebeten, sie nicht mehr vor Morgan zu blamieren.

»Ich kann nur hoffen, dass sie nicht auch noch ihr Kleid im Fluss verliert.«

Doch diesmal ließ sie sich nicht beirren, sondern fragte: »Mylord Sutherland, hast du Spaß daran, mich zu ärgern?«

Morgan zögerte kurz, dann beugte er seinen Kopf etwas weiter zu ihr hinab. »Mein Vater hat immer gesagt, das sei der wahre Sinn einer Ehe.«

Rivers Mund wurde trocken. Sie sah in Morgans eisblaue, von dunklen Wimpern bekränzte Augen und atmete seinen ihr mittlerweile vertrauten Geruch nach Salz und Leder ein. »Mein Vater sagt dagegen immer, dass die meisten Dinge mehr als nur einen wahren Sinn haben.«

Morgans Blick ruhte auf ihrem Mund. »Und welcher Sinn wäre das?«

River befeuchtete ihre Lippen und stellte sich leicht auf die Zehenspitzen. »Ein starkes Bündnis zwischen unseren Clans?«

Morgan legte einen Finger unter ihr Kinn. »Nicht eher eine stattliche Burg und ein schöner Titel für dich, Lady Sutherland?«

River schüttelte den Kopf. »Ich habe noch nie verstanden, wie du darauf gekommen bist, dass mir dein Titel so viel bedeutet.«

»Wenn das nicht ausschlaggebend war, was war es sonst?« Seine Miene war verschlossen, aber seine Stimme klang weich. Als könne er sich nicht entscheiden, was er nun denken oder tun sollte.

River blinzelte. »Deine eigenen Worte?«

Morgan knurrte leise. »Meine eigenen Worte? Kann es sein, dass du mich diesbezüglich mit dem Piraten in Islas Fantasie verwechselst?«

River wurde es warm. »Ich glaube nicht, dass der Pirat so viel geredet hätte wie du.«

Morgan fasste in ihr Haar und bog ihren Kopf behutsam und dennoch bestimmt in den Nacken. Ihr Herzschlag beschleunigte sich, während sein Gesicht dem ihren immer näher kam. Sie schloss die Augen. Wartete. Aber er küsste sie nicht.

Sie öffnete die Lider wieder und sah in Morgans Augen jenen lustvollen Ausdruck stehen, den sie aus ihrer einzigen Nacht in seiner Kammer kannte, doch sein Gesicht war ihrem nicht mehr nah. Enttäuschung überkam sie. Wie oft waren sie in den letzten Tagen an genau diesem Punkt gewesen? Und wie sehr hatte sie seine Rückzüge satt, und zwar nicht nur deshalb, weil er ihr damit das Gefühl gab, dass Logan doch recht gehabt haben könnte.

Sie hob eine Hand und strich ihm durch das dunkle Haar. Sie wollte seine Lippen wieder auf ihrem Mund spüren, seine Hände auf ihrer Taille, seinen Herzschlag, seine Erregung. Er griff nach ihrer Hand und hielt sie fest. »Was wolltest du mir sagen, River?«

Sie sah ihm tief in die Augen und dachte: *Dass ich dich will. Dass ich dich vermisse. Dass ich ...* Sie schloss kurz die Augen. Würde er sie zurückstoßen, wenn sie ihn jetzt küsste?

»Du hattest recht«, sagte sie stattdessen, kam dabei seinem Gesicht aber immer näher. »Es waren nicht deine Worte.« Morgan atmete scharf ein, zog seinen Kopf aber nicht zurück. »Es waren auch nicht deine Schiffe, von denen ich mittlerweile weiß, dass es sie gar nicht gibt.« Sie konnte seine Miene nicht lesen, doch die Ader an seinem Hals pochte heftig. »Es warst du, auch wenn ich dich noch nicht kannte. Und die Hoffnung, dass ich mit dir träumen könnte.«

River hielt den Atem an, und als Morgan nichts darauf sagte, küsste sie ihn. Es war ein langsamer, sanfter Kuss. So zart und leicht wie die Bande, die sie in den letzten Tagen geknüpft hatten. Zunächst erwiderte er den Kuss kaum, doch dann waren seine

Hände auf ihrer Taille, und er zog sie an sich. Sofort legte sie die Arme um seinen warmen Nacken und presste sich noch enger an ihn. Er drehte sie beide so, dass nun sie die Kante des Tisches hinter sich hatte, während er sie küsste.

Seine Zunge fand die ihre, und sie schmeckte Wein und seufzte heiser, fuhr ihm über den Rücken und den Po. Er keuchte, drückte sie tiefer auf den Tisch hinab. Sie zog ihn mit sich, auf sich. Beschriebene Blätter fielen raschelnd zu Boden, und das Tintenfass kippte krachend um, doch sie küssten sich weiter, immer leidenschaftlicher, immer stürmischer. Bis sich Morgan plötzlich schwer atmend von ihr löste und sich wieder aufrichtete.

»Willst du die Tür verriegeln?«, fragte ihn River völlig außer Atem.

Morgan blickte kurz zur Tür. »River ...« Er fuhr sich mit den Händen durch die Haare. »So können wir nicht weitermachen.«

»Warum? Gefällt es dir nicht?«

»Doch.« Auch sein Atem ging noch immer schnell. »Nur zu gut.«

»Es gibt kein zu gut.«

Morgan schwieg und sah sie nur an. Allerdings so eindringlich, als sähe er bis auf den Grund ihrer Seele. Sie erschauderte. War das der Blick eines Mannes, der nicht nur ihren Körper, sondern alles von ihr wollte?

»Ich habe noch zu tun«, erklärte er schließlich abrupt und wandte sich ab.

River drückte seine Hand. »Hoffentlich nicht allzu viel.« Ihr Übermut von zuvor kehrte zurück, und sie öffnete den Lederbeutel, der am Gürtel ihres Kleides hing. »Schau, was die Fischer heute früh gefunden haben.«

Sie zog drei Perlen aus dem Beutel hervor und bot sie Morgan auf der flachen Hand dar. Er pfiff leise und hielt die größte der silbern schimmernden Perlen ins Licht. »Sie ist einfach wunderschön«, murmelte er.

River trat neben ihn. »Findest du?« Ihr Blick fiel auf die anderen beiden Perlen. Mit ihrer gleichmäßigen Rundung waren sie vollkommen. Die große Perle dagegen war eher oval und passte nicht so recht zur Form der anderen.

Morgan hob eine Augenbraue. »Findest du etwa nicht?«

River wiegte den Kopf hin und her. »In einer Kette würde sie wohl herausstechen.«

»Das stimmt.«

River berührte seinen Arm. »Aber die Fischer haben noch weitere Muscheln gesehen. Gib ihnen ein wenig Zeit, und sie werden noch mehr makellose Perlen finden.«

»Und was willst du mit der anderen Perle tun?«

River zuckte mit den Schultern. »Vielleicht können wir sie für den halben Preis verkaufen?«

Morgan sah erneut zu der ovalen Perle auf seiner Hand und schüttelte den Kopf. »Ketten sind nicht die einzigen Schmuckstücke, die sich herstellen lassen. Diese Perle kann ein Ring werden.«

River kaute auf ihrer Lippe. »Aber wären runde Perlen nicht auch für Ringe schöner?«

Morgan schüttelte den Kopf. »Dann wären doch alle Ringe gleich.«

»Schon, aber sie wären auch ohne Fehler. Einfach perfekt, verstehst du?«

»Aye.« Morgan gab ihr die Perle zurück und sah sie forschend an. »Aber wer will das schon, wenn der Schmuck dafür nicht einzigartig ist?«

Rivers Mund wurde trocken. »Meinst du wirklich?«

»Ich bin keine Frau. Das musst du mir sagen.« Morgan ging um den Schreibtisch herum und stellte das fast vollständig ausgelaufene Tintenfass wieder aufrecht. »Ich werde Aidan schreiben. Ihn wissen lassen, dass wir Perlen gefunden haben, die er mit geteiltem Gewinn in Brügge verkaufen kann.«

River hob unsicher eine Augenbraue. »Nur das?«

Morgan, der bereits nach der Feder gegriffen hatte, runzelte die Stirn. »Was denn sonst?«

River räusperte sich und legte ihre Hände auf die Lehne des Stuhls, der dem von Morgan gegenüberstand. »Erinnerst du dich noch, als ich dir das erste Mal von meiner Idee erzählt habe?«

Morgan nickte, und so fuhr sie fort. »Du warst anfangs nicht begeistert, weil du nichts mit Schmuck anfangen kannst. Was, wenn es Aidan ebenso geht? Was, wenn er sich nicht auf dieses neue Geschäft einlässt, weil Perlen eine ganz andere Ware sind als Fische und Felle?«

»Aidan kennt sich gut in Brügge aus. Wenn er sich nicht darauf einlässt, dann nur, weil er denkt, dass er die Perlen dort nicht verkaufen kann.«

»Genau darum sollten wir ihm zeigen, wie man sie verkauft.«

Morgan verschränkte die Arme. »Willst du etwa mit nach Brügge?«

»Jederzeit.« River nahm nun gegenüber von Morgan Platz und beugte sich weit über den Tisch. »Aber das meinte ich nicht einmal.«

»Sondern?«

»Wir sollten ihm zeigen, wie man die Perlen verkauft, indem wir sie ihm verkaufen.«

Morgan stützte sein Kinn in die Hand. »Und wie willst du das anstellen? Mein Bruder hütet sein Vermögen besser als seinen Augapfel.«

Ihr Blick wanderte zu der Feder und den unbeschriebenen Papierbögen neben Morgan. Sie schluckte, ehe sie zurück zu Morgan sah. »Ich möchte Aidan eine Geschichte erzählen.«

Morgan folgte ihrem Blick, und er legte beinahe schützend die Hand auf die Feder. »Du meinst ... du willst ihm schreiben?«

River legte ihre Hände in den Schoß, damit Morgan nicht sah, wie sehr sie zitterten. Seit mehr als drei Wochen übte sie täglich mehrere Stunden mit Jan. Sie hatten Wörter in ihre Silben zerlegt, damit sie sich diese besser merken konnte. Schwierige Worte hatte sie mittels Merksätzen auswendig gelernt und Buchstabenkombinationen, die sie immer wieder verwechselte, durch Regeln besser verstanden. Jan hatte all ihre Texte verbessert, und sie hatte diese mehrere Male abgeschrieben. Aufzugeben kam nicht infrage, und nachdem sie dies Jan zu Beginn gesagt hatte, hatte er ihr jedes Mal gut zugeredet, sobald sie es doch in Erwägung gezogen hatte. Sie war nicht dumm. Sie konnte Schreiben lernen. Sie wollte nach Brügge, und wenn sie Aidan dafür einen Brief schreiben musste, der ihn von ihrem Vorhaben überzeugte, würde sie das tun. Sie atmete tief ein und aus. »Gib mir bitte die Feder.«

Morgan zögerte, doch dann schob er ihr die Feder, einen Papierbogen und das Tintenglas wortlos hin.

River starrte auf die leere Seite. *Es sind nur Buchstaben*, beruhigte sie sich. *Eine Silbe nach der anderen, und ich werde es schaffen.* Sie räusperte sich. »Wie sprichst du deinen Bruder an?«

»Einfach nur Aidan.«

Sie nickte. Ai-dan. Zwei Silben.

Die Feder kratzte über das Blatt.

Aidan. Erinnerst du dich noch an die Zeit, als du und deine Frau ...

»Wie heißt Aidans Frau noch einmal?«
»Mirte.«

Mir-te.

»Haben die beiden aus Liebe geheiratet?«
Morgan nickte.

... als du und deine Frau Mirte frisch verheiratet wart? Erinnerst du dich an das Glitzern in ihren Augen, wenn du zufällig ihre Hand berührt hast, und an die Sehnsucht in

ihrem Blick, wenn ihr euch am Abend wiedergesehen habt?
Und würdest du nicht alles dafür tun, dass euch diese Liebe ...

»Wie lange sind sie verheiratet?«
»Drei Jahre.«

... in den nächsten drei Jahren genauso stark erhalten bleibt?

Die Worte flossen nun direkt von der Feder auf das Papier, ihre Geschichte erzählte sich, ohne dass sie lange darüber nachdenken musste.

Du fragst dich nun sicher, wie das möglich sein soll. Und ich sage dir: Schenke Mirte Perlen, die jahrelang im Herzen unserer schottischen Flüsse gereift sind. Perlen von einer Schönheit und Vollkommenheit, die genauso einzigartig sind wie eure Liebe.

»Was schreibst du denn so lang?« Morgans Stimme klang gleichermaßen besorgt wie neugierig.
»Noch einen Augenblick.« River setzte die Feder erneut aufs Papier und musste sich beeilen, um mit der Niederschrift ihren Gedanken hinterherzukommen.

Und nun denke an all die anderen Männer. Wollen sie nicht auch, dass die Liebe in ihren Ehen erhalten bleibt? Und ist es daher nicht beinahe deine Pflicht, dass du die Perlen, die wir hier in den Flüssen um Dunrobin Castle sammeln, nach Brügge bringst und dort an liebende Ehemänner verkaufst? Damit sie dank dir in die ganze Welt gelangen und gleichzeitig unseren Wohlstand mehren?
Lass uns wissen, wie du darüber denkst.
Morgan und River

River legte die Feder zur Seite und sah freudestrahlend auf das Schreiben. Welcher Mann würde dieser Idee noch widerstehen können? Nun noch einmal die Silben durchgehen und dann ...

Doch ehe sie es sich versehen konnte, hielt Morgan schon den Brief in Händen. Ihr Herz stand für einen Moment still. »Warte, ich war noch nicht fertig.«

Morgan missachtete ihren Einwand, und sein Blick flog über die Zeilen. Ihr Herz pochte wild in ihrer Brust. »Lass mich doch bitte noch einmal prüfen, ob ...«

»... man Aidan wirklich E-I-D-A-N und Jahre wirklich mit Doppel-A schreibt?« Morgans Stimme war sanft und schnitt dennoch wie ein glühendes Messer in ihr Herz.

Sie presste die Lippen zusammen. »Ich sagte doch, ich bin noch nicht fertig. Lass mich die beiden Wörter verbessern.«

Morgan legte den Brief vor sich hin. »River ... Es sind nicht nur die beiden Wörter.«

Sie glaubte, keine Luft mehr zu bekommen. »Wie viele sind es denn?«

Morgan sah ihr liebevoll in die Augen. »Ich würde sie lieber nicht zählen.«

River konnte sich einen Moment lang nicht rühren, dann aber griff sie nach dem Blatt und zerknüllte es mit beiden Händen. Nur mit Mühe hielt sie ihre Tränen zurück. »Es tut mir leid«, sagte sie mit erstickter Stimme, stand auf und wollte die Bibliothek verlassen, doch Morgan hielt sie am Arm fest.

»Lass mich los.« Nun liefen ihr doch noch Tränen über die Wangen. Sie hatte so viele Stunden geübt, hatte alles getan, was ihr Jan riet, und trotzdem hatte es nicht gereicht. Sie war einfach nicht gut genug und hatte sich wieder vor Morgan blamiert. Bestenfalls hätte sie auf eine Wachstafel schreiben sollen, aber nicht auf kostbares Papier, das ihrer nicht würdig war. Sie versuchte, ihre Hand aus seinem Griff zu lösen, doch er gab sie nicht frei.

»Du kannst noch nicht gehen.«

Sie schüttelte traurig den Kopf, wollte fort von all den Büchern mit ihren richtigen Buchstabenfolgen, die dicht an dicht in den Regalen standen. Eiden. Gleich das erste Wort hatte sie falsch geschrieben. Kein Wunder, dass Morgan sie nicht ernst nahm und nicht bei sich in der Kammer schlafen ließ. Wollte er ihr nun sagen, dass sie endgültig in seinen Augen versagt hatte und zurück nach Castle Varrich gehen sollte? Sie konnte es ihm nicht einmal verübeln.

»Du musst dir noch einen weiteren Absatz ausdenken.«

»Was?« River zitterte am ganzen Körper. Machte er sich ein weiteres Mal über sie lustig? Doch Morgan deutete ernst auf den Tisch und den Stuhl, auf dem sie gesessen hatte, ehe er ihren Arm losließ, einen weiteren Stuhl neben ihren stellte, nachdem sie wieder Platz genommen hatte, und sich auf ihn setzte. Er nahm ein neues Papier und griff nach der Feder und dem Tintenfass.

»Auch wenn mein Bruder ein gefühlvoller Mann ist, dürfen wir die vielen anderen Männer nicht vergessen, die zwar Perlen kaufen, aber nicht für ihre Ehefrauen.«

River blinzelte. »Und du denkst, dass ich für diese die richtigen Worte finde?«

Morgan neigte den Kopf. »Du bist gut im Geschichten erzählen. Also, was würdest du einem Mann sagen, der die Perlen für seine Mätresse kauft?«

River schluckte. Plötzlich sah sie vor sich, wie Morgan ihr eine Perlenkette um den Hals legte, danach aber nicht ihren Mund, sondern andere Stellen ihres Körpers küsste. »Das ... würde ich dir nur ungern erzählen.«

Morgan beugte sich zu ihr und sah ihr verwegen in die Augen. »Willst du unsere Perlen nun verkaufen oder nicht?«

River zögerte. »Vielleicht ... würde mir ein Satz für die Männer einfallen, die nur ihren eigenen Reichtum zur Schau stellen wollen.«

Morgan neigte den Kopf. »Na gut. Wir können meinetwegen mit ihnen beginnen.«

KAPITEL 41

DIE LETZTE WOCHE ...

»Kauft Perlen, damit euch die Frauen in den Brügger Badehäusern noch teuflischere Vergnügungen bereiten?« Zehn Tage nach dem Gespräch mit River blieb seine Schwester am Strand stehen und sah Morgan entgeistert an. »Das hast du wirklich in Rivers Beisein an Aidan geschrieben? Kein Wunder, dass sie lieber bei Jan und Leith bleibt.«

Morgan sah unsicher zu Niamh. »Was ist falsch daran?« War das nicht genau der Grund, weshalb ein Mann einer Prostituierten Perlen schenkte?

Niamh strich sich die Haarsträhnen aus dem Gesicht, die der Wind sofort wieder dorthin trug. »Die arme River denkt bestimmt, du willst weiß Gott was mit ihr anstellen.«

Morgan runzelte die Stirn. »Wohl kaum. Ich habe ihr deutlich zu verstehen gegeben, dass sie für mich nicht mehr sein kann als eine Schwester oder Verwandte.« Das hatte er in der Tat, obwohl dies unverantwortlich gegenüber seinem Clan war und besonders seine Großmutter weitere Nachkommen begrüßen würde. Aber damit konnte er in seiner derzeitigen Gemütsverfassung nicht auch noch umgehen.

»Und wann war das bitte?« Die Stimme seiner Schwester überschlug sich beinahe vor Verständnislosigkeit über sein Verhalten.

»Nachdem wir den Brief an Aidan geschrieben haben.« Morgan verschränkte die Arme. »Wir haben von Brügge gesprochen, und – Gott, Niamh – wenn ich ihr das nicht gesagt hätte, wäre sie vermutlich mit in meine Kammer gekommen.«

»Das ist natürlich eine furchtbare Vorstellung.« Niamh schnaubte verächtlich.

Er presste die Lippen zusammen, denn er verstand sich ja selbst nicht. Manchmal wollte er nichts lieber, als River zu berühren und bei ihr zu sein. Doch wenn sie ihn dann mit inniger Zuneigung ansah und sein Herz dann verräterisch schnell schlug, musste er einfach fliehen. »Es ist eben nicht so einfach.«

Niamh schnaubte. »Natürlich ist es einfach. Du bist ein Mann, sie eine Frau, ihr seid verheiratet. Und wenn man es genau nimmt, ist es sogar deine Pflicht, das Lager mit ihr zu teilen. Wer sollte euch daraus einen Vorwurf machen?« Niamh zeigte mit dem Finger auf ihn, wobei die weiten Ärmel ihres Kleids, die üppig mit silbernen Schnüren und Glöckchen besetzt waren, hin und her schwangen. »Und komm mir nicht wieder mit Caiti. Wir wissen beide, dass sie dir nichts anderes als Glück wünschen würde.«

Morgan seufzte. Zu diesem Schluss war er inzwischen auch gekommen. »Und was soll ich deiner Meinung nach tun?«

Niamh blieb so abrupt stehen, dass ihre Stiefelspitzen feuchten Sand aufwirbelten, der auf seiner Hose landete. »Muss ich dir das wirklich erklären, nachdem du derjenige bist, der von teuflischen Vergnügungen in Badehäusern schreibt?«

Morgan musste wider Willen lachen. »Seit wann bist du denn so vorlaut, kleine Schwester?«

Niamh watete in die am Strand auslaufenden Wellen, um ihre Stiefel zu säubern. »Das Leben ist kurz.« Sie sah auf den Ozean und klang auf einmal bitter. »Du hast ein unbeschreibliches Glück, dass du erst Caiti lieben durftest und River jetzt deine Träume teilt. Sie gibt sich wirklich viel Mühe.«

Morgan folgte ihrem Blick zu seinem Schiff, der *Caitriona*. Er hatte mit River darüber gescherzt, wie sie damit eines Tages in die weite Welt hinausfahren würden. Erst nach Brügge, wo man sie für ihre Perlen schätzte, und dann weiter nach Frankreich, Spanien und sogar Nordafrika.

Er schüttelte sich kurz. »Bin ich ein Narr, Niamh?«

Sie musste lachen. »Das kommt darauf an, mit wem du dich vergleichst.«

Morgan legte einen Arm um seine Schwester und bemerkte überrascht, dass sie heute anders als gewohnt nicht nach Lavendel roch. »Wenn Aidan Ja sagt, soll er dir einen Perlenring aus Brügge bringen.«

»Und welche Beschreibung passt zu mir? Die von ihrem Ehemann ungeliebte Schwester?«

Die Rastlosigkeit in Niamhs Augen machte ihn betroffen. »Mein Angebot steht. Ich kann Logan jederzeit aus meiner Burg werfen, und du bleibst hier. Oder gehst zurück nach Aberdeen, wenn du das lieber willst. Zu Aidans Familie und deiner ... Evi, richtig?«

Niamh zögerte kurz, dann schüttelte sie den Kopf. »Sie hat inzwischen geheiratet. Ich habe damit abgeschlossen. Und außerdem habe ich nichts gegen Logan. Wenn er will, kann er sehr einfühlsam sein und mich sogar zum Lachen bringen. Nur warum gesteht er mir nicht die gleichen Freiheiten zu wie ich ihm?«

Morgans Brust wurde eng. »Du weißt ganz genau, warum.«

Niamh verdrehte die Augen. »Aber ich bin doch schon schwanger. Ich muss noch einmal mit ihm reden.«

»Du bist schwanger?« Morgan traute seinen Ohren kaum. »Das hast du mir noch gar nicht gesagt.«

Niamh zögerte kurz. »Ich wollte nicht an alte Wunden rühren.«

»Ist es von Logan?«

Niamh verzog unwillig den Mund. »Was denkst du denn von mir?«

Er hielt sie am Arm fest und drehte sie zu sich. »Also ist es von Logan?«

»Aye.« Seine Schwester funkelte ihn aufgebracht an. »Und jetzt gratulierst du mir besser zu dem kleinen MacLeod in meinem Bauch.«

»Glückwünsch.«

»Morgan.« Niamh musste lachen. »Bei deinem grimmigen Blick

hätte ich doch besser Isla mitnehmen sollen. Sie hat sich nämlich aufrichtig über meine Schwangerschaft gefreut.«

Morgan winkte ab. »Das kann ich mir bildlich vorstellen.«

Niamh hakte sich bei ihm unter. »Du bist viel zu hart zu ihr. Wusstest du, dass auch sie ihre Eltern verloren hat?«

Um Morgans Mund legte sich ein harter Zug. »Wir haben Vater nicht verloren.«

»Du weißt, wie ich es meine.« Niamh stupfte ihn in die Seite. »Ich finde, du könntest netter zu Isla sein.«

»Und ich finde, du könntest vorsichtiger mit Isla sein.« Seine Stimme klang selbst in seinen Ohren schroff. »Ganz gleich, was du mit Logan ausgemacht hast. Isla ist immerhin mit Jan verheiratet. Und ich will ihn nicht als Lehrer für Leith verlieren. Oder dich, was weiß ich wohin.«

Niamh schwieg eine Weile. »Jan hat Isla geschlagen.«

Morgan runzelte die Stirn. So hatte er Jan nicht eingeschätzt.

»Sie hätte vermutlich nichts gesagt, wenn ich nicht beim Baden den blauen Fleck an ihrer Rippe entdeckt hätte.«

»Ich nehme an, Isla hat Jan einen Grund dafür gegeben.«

Niamh schnaubte. »Sie war traurig, dass Jan sich nicht um ein Kind mit ihr bemüht. Nennst du das einen Grund?«

Morgan presste die Lippen aufeinander. »Nicht alle Männer wollen Kinder.«

Niamh blieb stehen und sah ihn mit blitzenden Augen an. »Würdest du etwa River schlagen, nur weil sie nicht den ganzen Tag allein sein will?«

Morgan warf ihr einen ungläubigen Seitenblick zu. »Fragst du das ernsthaft?«

Niamh stemmte die Hände in die Hüften. »Aye.«

»Ich bin mir sicher, dass Isla noch mehr getan hat, als sich nur Kinder zu wünschen.«

»Und wenn nicht? Was würdest du tun, wenn River jetzt Kinder will?«

»Sie hat doch Leith.«

»Nein, ich meine, ein eigenes Kind. So, wie Großmutter es sich wünscht, damit deine Nachfolge mehrfach gesichert ist.«

Morgan musste an River mit einem geschwollenen Bauch denken, und ihm wurde übel. »Hast du nicht gesagt, dass du keine alten Wunden aufreißen willst?«

Doch Niamh ließ nicht locker. »Würdest du sie deshalb schlagen?«

»Natürlich nicht.«

»Gut.« Niamh nickte. »Sonst hätte mein guter Glauben an Männer schweren Schaden genommen.«

Morgan schwieg eine Weile. »Du denkst doch nicht, dass River Kinder will?«

Niamh zuckte mit den Schultern. »Warum sollte sie das nicht wollen? Um Leith kümmert sie sich jedenfalls sehr liebevoll.«

»Niamh.« Er sah seine Schwester drohend an.

»Was denn? Ich sage nur die Wahrheit.« Sie zog ihn weiter den Strand entlang. »Und wenn du dich selbst davon überzeugen willst, kannst du sie und Leith ja heute in den Kerker begleiten. Der Junge war traurig, als du gestern keine Zeit für ihn hattest.«

»Kann Vater wirklich nicht mitkommen?« Leith blieb unsicher auf der fünften Stufe der Treppe stehen, die vom Burghof hinunter in den Kerker führte, und drückte seine flügellose Möwe an die Lippen.

River legte ihm beruhigend die Hand auf die Schulter. »Hewie kommt wohl jeden Augenblick von seiner Reise zurück, und dein Vater will ihn begrüßen.«

Jan, der vor ihnen stand, griff an die eiserne Gittertür, die er soeben mit Morgans Schlüssel aufgeschlossen hatte. »Lasst uns doch besser in die Burg zurückgehen.«

River sah ihn an. Schon den ganzen Morgen lang war Jan unruhig und strich sich immer wieder über den kahlen Schädel. Lag es vielleicht am Schlafmangel? Seitdem sie ihm davon berichtet hatte, dass Morgan gleich nach ihrem fehlerhaft geschriebenen Brief davon gesprochen hatte, sie fortan nur noch wie eine Verwandte zu behandeln, hatte Jan jede Nacht mit ihr geübt. Er war sehr aufgebracht gewesen, dass ihre Ehe zerbrechen könnte, nur weil er als ihr Lehrer versagt hatte, und versprach ihr, alles zu tun, damit sie endlich richtig Schreiben lernte. Was ihr bisher trotz aller Bemühungen noch immer nicht gelungen war ...

Sie presste die Lippen zusammen. »Aye, lasst uns zurückgehen.« Sie musste schließlich besser werden, wenn sie wollte, das Morgan sie liebte. Zumal auch bald eine Antwort von Aidan eintreffen würde und Hewie nun zudem wieder gegen sie hetzen würde.

»Du meinst, weil es im Kerker gruselig ist?« Leith sah River mit großen Augen an.

Es war Jan, der an ihrer Stelle antwortete. »Sehr gruselig sogar. Wir gehen jetzt wieder.«

Leith gab jedoch nicht so schnell auf. »Aber du hast doch die ganze Woche gesagt, dass ich nur der König der Steine werden kann, wenn ich sie an jedem Ort der Burg zähle?«

River sah zu Jan. So bleich, wie dieser war, hätte man tatsächlich meinen können, dass er sich fürchtete. Dabei hatte er gestern noch darauf gedrängt, dass sie hierherkamen. Hatte er unterschätzt, wie eng und dämmrig allein schon die Treppe nach unten war?

Sie versuchte, Leith aufzumuntern. »Für mich bist du schon jetzt der König der Steine. Wie wäre es, wenn du als Nächstes der König der Buchstaben wirst?«

Jan nickte eifrig. »Ein guter Einfall. Kommt ihr wieder hoch?«

Ohne ihre Antwort abzuwarten, drehte er sich um und ging die Stufen zum Burghof hinauf. Nur um dort keinen Schritt später mit einer hochgewachsenen Gestalt zusammenzuprallen und dabei fast die Fackel in seiner Hand fallen zu lassen.

»Nanu, Jan.« Das war Logans überraschte Stimme. »Ist es euch zu düster dort unten?«

»Aye«, bestätigte Jan ungewohnt abweisend, während Logans Kopf am Treppenabgang auftauchte. Ein spöttisches Lächeln lag auf seinen Lippen, als er zu River hinabblickte. »Hast du etwa auch Angst im Dunkeln, Mylady? Oder fehlen dir nur die Kerzen, die mein Schwager dir nicht zur Verfügung stellt?«

River presste die Lippen zusammen. Logan trug ihr also noch immer nach, dass sie ihn allein am Fluss zurückgelassen hatte. »Komm, Leith, wir gehen jetzt wieder hoch, damit Jan abschließen kann.«

Sie zog den Jungen die nächsten drei Stufen nach oben, sodass sie unterhalb von Logan zum Stehen kamen. »Wieder auf der Flucht, Mylady?«

»Nein.« River wollte an ihm vorbei auf den Hof treten, doch Leith blieb plötzlich stehen. »Kann Onkel Logan nicht mitkommen?«

River schüttelte entschieden den Kopf und zog den Jungen weiter nach oben und ins Freie. »Wir müssen wirklich in die Burg zurück.« Sie nickte Jan zu. »Schließt du bitte die untere Tür ab?«

Jan reichte ihr sogleich die Fackel und holte mit einer fahrigen Bewegung den Schlüsselbund hervor. Dann aber zögerte er. »Ich meine, wenn Leith wirklich will ...« Anstatt abzuschließen, drückte er ihr hastig den Schlüsselbund in die Hand und wandte sich zum Gehen. »Ich erwarte euch, wenn ihr zurück seid, in der Bibliothek.«

»Nein, Jan, warte.« Wollte er sie vor lauter Angst tatsächlich allein mit Leith und Logan in den Kerker gehen lassen? Obwohl sie die Herrin der Burg war und sich klar und deutlich ihm gegenüber geäußert hatte?

Doch da war er schon eiligen Schrittes davongeeilt, als sei er tatsächlich auf der Flucht.

Logan zuckte mit den Schultern. »Es sieht wohl so aus, als ob nur wir drei da hinuntergehen.«

»Ganz sicher nicht.« River funkelte Logan blitzend an, drückte ihm die Fackel in die Hand und wandte sich mit Leith ebenfalls zum Gehen.

Doch der Junge blieb erneut stehen. »Mit Onkel Logan habe ich keine Angst mehr.« Er sah zu seiner Möwe. »Und Mo auch nicht. Und Mutter wäre bestimmt mitgegangen.«

River stöhnte innerlich. Konnte sie das auf sich sitzen lassen?

»Wenn River nicht will, gehen wir eben zu zweit.« Logan nickte ihr zu. »Gib mir den Schlüsselbund.«

River verschränkte die Arme. Logan war zwar Leiths Onkel, aber das hieß noch lange nicht, dass er sich tatsächlich auf den Umgang mit Kindern verstand. »Ich halte das für keine gute Idee.«

»Dann komm mit.« Logan lächelte lässig, ehe ihm anscheinend etwas einfiel und er sich kurz nach unten beugte, um in seinen Stiefel zu greifen. »Erkennst du ihn wieder?«

Logan bot ihr nun einen Dolch auf der flachen Hand dar. Es war derjenige, den sie, wie ihr erst später bewusst geworden war, in ihrer Hast am Fluss vergessen hatte. Sofort griff sie danach.

»Den hättest du mir auch früher zurückgeben können.«

»Das habe ich versucht. Aber du bist mir ausgewichen.«

»Bin ich nicht.«

»Bist du doch«, widersprach er. »Und du tust es gerade schon wieder. Wie kann ich mich da mit dir aussöhnen?«

Rivers Augen weiteten sich, und Logan lachte leise. Leith hatte sich derweil schon zurück auf die erste Stufe des Treppenabgangs gewagt.

»Also was ist?«, fragte Logan. »Soll ich jetzt allein mit dem Jungen dort runtergehen, oder kommst du mit? Ich denke wirklich, dass Leith sich freuen würde.«

River starrte auf den Dolch und überlegte kurz. Bereute Logan sein Verhalten am Fluss tatsächlich, sodass er die Grenzen der Freundschaft ihr gegenüber nicht wieder überschreiten würde?

»River, ich will, dass du bei mir bleibst, bitte.« Leith kam zurück zu ihr gerannt und zog an ihrem Kleid. »Und vor mir gehst.«

Leith blickte sie dabei so voller Hoffnung und Vertrauen an, dass sie gar nicht anders konnte, als zu nicken. Zumal der Junge ohnehin nicht lang im Kerker verweilen wollen würde, wenn er sich jetzt schon gruselte. »Also gut, ich komme mit. Aber Onkel Logan geht als Erster die Treppe hinunter. Und sorgt dort unten für unsere Sicherheit.«

»Hier ist es aber kalt«, wisperte Leith und umklammerte Rivers Hand, als er hinter ihr von der letzten Treppenstufe in einen finsteren, abwärts verlaufenden Gang trat. Rivers Hand tastete die feuchte Wand des Gemäuers entlang, in dessen Tiefe sie gestiegen waren, und konnte sich im spärlichen Licht der Fackel ein Lächeln nicht verkneifen. Das war aber schnell gegangen, dass Leith seine Abenteuerlust wieder verloren hatte. »Ich friere auch«, bestätigte sie, obwohl sie mittlerweile im Gegensatz zu dem Jungen die Neugier gepackt hatte, den Kerker ihrer Burg zu erkunden. Aber, ermahnte sie sich, das konnte sie auch jederzeit ohne Leith tun. Mit Morgan vielleicht.

»Wenn euch kalt ist«, unterbrach Logan ihre Gedanken, »rückt näher zu mir auf.« Logan nahm seinen Neffen auf den Arm, um mit ihm einige Schritte weiter in den Gang zu gehen.

Doch River blieb stehen. Nicht weil sie Angst hatte. Es war hier unten zwar wirklich sehr düster, die Luft zudem stickig und abgestanden, aber sie war eine erwachsene Frau. Ihr ging es vielmehr um Leith, der sich offensichtlich nicht traute, zu sagen, dass er den Kerker schaurig fand. »Leith kann auch hier am Eingang seine Steine zählen.«

Logans Mundwinkel zuckten. »River, glaubst du etwa, dass weiter unten Geister auf uns warten?«

»Es gibt hier Geister?« Leiths Augen weiteten sich. »So wie das Schattenmonster?«

»Nein, das Schattenmonster ist nicht hier, und sonst auch niemand«, sagte River mit beruhigender Stimme.

Genau in diesem Moment huschte etwas an ihren Füßen vorbei und ließ sie zusammenschrecken. Unwillkürlich trat sie doch einen Schritt näher zu Logan und Leith.

»Da war aber etwas«, hauchte Leith.

»Aye«, bestätigte Logan. »Das war der berüchtigte Rattenkönig.«

»Es gibt einen Rattenkönig?«, fragte Leith nun freudig aufgeregt.

»Wir sollten ihn begrüßen, das gehört sich so.« River räusperte sich. »Oder wir verlassen sein Königreich, bevor er uns bemerkt.«

»Oh, das hat er aber schon«, meinte Logan belustigt, ehe er mit Leith auf dem Arm weiter den dunklen Gang hinunterging. River hielt einen Moment inne, dann folgte sie seinen hallenden Schritten.

»Wartet.« Es kam ihr so vor, als ginge Logan immer schneller, je tiefer sie sich in das Kellergewölbe wagten. Ihre Hände tasteten sich die raue Mauer des Gangs entlang, in die ab und an eiserne Gitter eingelassen waren. Sie wusste, dass niemand hier eingesperrt war. Trotzdem stellte sie sich nun jedes Mal vor, dass eine knochige Hand nach ihr greifen könnte, zumal sie sich nicht mehr im unmittelbaren Lichtkreis von Logans Fackel befand.

Vom feuchten Boden stieg Kälte empor und ließ sie noch stärker frösteln als zuvor. Sie wollte in den Sonnenschein zurückkehren, doch sie konnte Leith unmöglich hier zurücklassen. Das hätte Caitriona sicher auch nicht getan.

»Leith? Logan?« River musste sich ducken, weil die Deckenhöhe plötzlich niedriger wurde. Sie konnte die beiden nun nicht mehr sehen, weil sie vor ihr um eine Biegung gegangen waren. Wollten sie sie etwa allein lassen, um sie zu erschrecken? Wie weit waren sie ihr schon voraus?

»So antwortet doch!« River hastete gebückt und mit eingezogenem Kopf um die Biegung, wo sie unverhofft gegen einen breiten Männerrücken prallte, der daraufhin ins Wanken geriet.

»Mo!«, erfolgte keinen Lidschlag später Leiths erstickter Schrei.

»Hölle und Verdammnis«, fluchte Logan und trat dann einen Schritt zurück. »Du hättest uns fast in das Loch gestürzt.«

»Ich?« Sie schnappte nach Luft. »Ihr hättet mir doch antworten können. Ich dachte, ihr wärt schon viel weiter vorn.«

»Onkel Logan, Mo ist in die Burg des Rattenkönigs gefallen.« Leith begann auf Logans Arm zu schluchzen.

River trat daraufhin vorsichtig einen Schritt vorwärts und wagte einen Blick in das runde Loch vor sich. Sie schauderte. »Was ist das?«

»Eine Zelle im Boden, über der sich früher einmal ein eisernes Gitter befunden hat.«

»Der Rattenkönig will Mo einsperren?« Leith schniefte heftig. »Onkel Logan, du musst ihn zurückholen.«

»Beruhige dich, Junge. River näht dir sicher einen neuen Freund.«

River warf Logan einen bösen Blick zu. Caitriona hatte Leith die Möwe geschenkt. Sie war nicht ersetzbar. »Wie tief ist die Zelle?«

Logan trat nun vor das Loch, ging dann auf die Knie und leuchtete mit der Fackel in die Zelle hinab. »Etwas mehr als eine Mannshöhe.«

River schlang die Arme um ihren Oberkörper, damit sie nicht mehr zitterte. »Da wird jemand wie du doch wohl hinunterkommen.«

Logan schnaubte. »Und dann was? Ziehst du mich danach wieder nach oben? Wenn Leith den Fetzen wiederhaben will, müssen wir es andersherum machen.«

River bekam eine Gänsehaut. »Du willst ernsthaft mich dort hinunterschicken?«

Logans Stimme hatte schon wieder den gewohnt amüsierten Klang. »Muss ich dich daran erinnern, dass Leith die Möwe wegen dir aus der Hand gefallen ist?«

Rivers Mund wurde trocken. »Wie ich schon sagte: Das wäre nicht passiert, wenn du zuvor auf meine Rufe geantwortet hättest.«

»River, bitte.« Leith zog an ihrem Kleid, seine Stimme bebte. »Mo hat sicher große Angst.«

Sie sah erneut in das Loch. Sollte sie es wirklich wagen? Oder sollte sie besser Morgan holen? Aber würde ihr dieser dann nicht den berechtigten Vorwurf machen, dass sie anstelle von Jan mit Logan in den Kerker gegangen waren? Und würde Hewie, wenn er schon zurückgekehrt war, ihn darin nicht noch bestärken und ihr einen Strick daraus drehen?

Sie schluckte und kniff die Augen zusammen, waren dort unten wirklich Ratten? Und was, wenn Logan sie nicht wieder aus dem Loch herauszog? Obwohl nein ... Auch wenn er ihr wegen seines verletzten Stolzes einen Schrecken einjagen wollte, würde er das gewiss nicht tun.

»Bitte, River.«

Sie holte tief Luft und steckte den Dolch in ihren Ausschnitt. Jan wusste, dass sie hier unten war. Selbst wenn sie sich in Logan täuschte, würde zumindest er irgendwann nach ihr sehen. Genau wie Morgan. Wenn es darauf ankam, würde er sie nicht im Stich lassen. Sie war schließlich seine Ehefrau und die Herrin dieser Burg.

Sie legte ihre Hand auf die Schulter des Jungen. »Ich werde Mo zurückholen.«

Sie schloss kurz die Augen, ging dann in die Knie, setzte sich vorsichtig auf den feuchten Boden und schob sich mit den Füßen voran an den Rand des Lochs. Währenddessen stellte Logan Leith auf den Boden, gab ihm die Fackel und kniete sich dicht neben ihr auf den Boden. »Hier, nimm meine Hand.«

Widerwillig ergriff sie Logans Hand und ließ sich von ihm helfen.

Als ihre Füße mit einem lauten Platschen auf dem Grund aufkamen, versank sie knöcheltief im Schlamm. Ihre Stiefel waren sofort durchnässt, doch zumindest hörte sie kein Tier davonhuschen. Ihr Herz schlug schnell, und ihr Atem ging stoßweise. Um sie herum war nun nichts als klamme Steinwände. Aus diesem Loch würde sie ohne Hilfe nicht wieder herauskommen.

»Siehst du Mo schon?«

Leiths hoffnungsvolle Stimme ließ River den Boden genauer betrachten. Er war schlammig, an manchen Stellen stand sogar ein Fingerglied tief Wasser, und ganz anders als das Flussbett, das sie stundenlang abgesucht hatte, stank er entsetzlich. Doch – und das war das Wichtigste – neben ihren Füßen lag Leiths Möwe.

»Aye, ich sehe sie!« River hielt die Luft an und ging in die Hocke. Ihre Finger konnten das Stofftier fast schon greifen, da huschte etwas großes Schwarzes darüber. Ein schriller Schrei entwich ihr, und sie sprang so schnell auf, dass sie mit dem Rücken und ihrem Kopf hart gegen die Wand schlug.

»River?«, drang Logans Stimme zu ihr.

Ihr schwindelte, sodass sie nicht gleich antwortete.

»River, geht es dir gut?«

»Ich ... nein ...« Sie tastete nach ihrem Kopf, alles um sie herum drehte sich, und da war dieser pochende Schmerz, der ihr das Denken beinahe unmöglich machte.

»River, brauchst du Hilfe?«

Sie wollte sich hinsetzen, musste sich zumindest abstützen.

»Leith, hör mir zu«, drang Logans Stimme an den Rand ihres Bewusstseins. »Du gehst jetzt mit der Fackel zurück und holst deinen Vater zu Hilfe. Sofort. Ich steige zu River hinab und helfe ihr.«

Kurz glaubte River, Leith widersprechen zu hören, doch dann entfernten sich über ihr rennende Schritte, und um sie herum wurde alles zunehmend dunkel.

»River?« Wieder Logans Stimme. »Wenn du mir nicht antwortest, muss ich zu dir hinunterkommen.«

Sie hörte, was Logan sagte, doch sie fühlte sich noch immer so furchtbar benommen. Und nun wurde auch noch alles schwarz um sie herum!

»Zur Hölle noch mal!« Ehe sie es sich versah, war Logan zu ihr in das enge Kerkerloch gesprungen.

»Hast du den Verstand verloren?«, stammelte sie nun entsetzt, als langsam die Erkenntnis zu ihr durchdrang, dass sie nun beide hier unten gefangen waren.

Doch er ging nicht darauf ein, sondern fragte: »Blutest du?«

Ihre Finger fuhren wieder über ihren Kopf, doch nein, sie ertastete keine Feuchtigkeit. »Ich weiß nicht, ich ... nein. Oje, mir wird übel.«

Krampfend beugte sie sich zur Seite, spürte Logans stützende Hände, die sie hielten, während sie glaubte, sich erbrechen zu müssen, es dann am Ende aber doch nicht tat.

»Kannst du dich an der Steinwand emporziehen, wenn ich dich anhebe?« Noch nie hatte seine Stimme so besorgt geklungen.

River stützte sich an seinem Arm ab, die Welt um sie herum schwankte noch immer. »Mir ist so schlecht.«

»Keine Sorge, das wird wieder«. Logan nahm sie sanft in den Arm und strich ihr beruhigend über den Rücken. »Atme tief ein und aus.«

»Es ist so dunkel hier.«

»Ich halte dich.« River lehnte ihre Stirn gegen seine Brust. Und da, langsam, wurde es besser.

»Danke«, murmelte sie.

»Immer«, antwortete er.

»So solltest du zu Niamh sein«, sagte sie noch immer etwas neben sich stehend. »Sie hätte es wirklich verdient.«

Logan schob sie ein Stück von sich. »Ich war so zu Niamh. Ich habe wirklich alles versucht, um ihr Herz zu gewinnen. Aber Niamh ... liebt Frauen. Sie will mich nur zum Freund und nicht zum Mann haben.«

Die Bitterkeit in Logans Stimme traf River unvorbereitet. »Das tut mir leid«, murmelte sie und fragte sich gleichzeitig, ob Niamh ihrerseits Isla auch nur als Freundin betrachtete oder ob beide weiterführende Gefühle füreinander hegten.

»Wir können wohl beide nie sein, wen unsere Ehepartner sich wünschen«, fuhr Logan leise fort. »Ich bin keine Frau, du nicht Caitriona. Obwohl du ihr wirklich bemerkenswert ähnlich siehst.«

River keuchte erschreckt. »Was sagst du da?«

Logan legte ihr sanft eine Hand auf die Wange. »Wusstest du das etwa nicht? Du hast die gleichen hellbraunen Haare, das gleiche schiefe Lächeln. Aber wenn ich dich ansehe, denke ich nie an Caitriona. Ich denke immer nur an dich, River.«

Sie erschauderte und wusste einen Augenblick nicht, ob es wegen ihrer inneren Verzweiflung oder Logans zarter Berührung war.

»Ich könnte dich mit nach Ardvreck Castle nehmen«, sagte Logan, als sie nichts antwortete. »Du könntest sagen, dass du Niamh dort besuchst und ... Was ist?«

Sie hatte sich heftig in seinen Arm gekrallt, denn in der Ferne hörte sie nun Schritte. Und die Stimmen von Morgan und Hewie. Dabei wurde ihr eines klar: *So*, in diesem Loch, zusammen mit Logan, durften beide sie auf keinen Fall finden.

»Versuche mich doch, hier herauszuheben, Logan! Wenn Morgan mich so mit dir sieht ...« Ihr wurde warm und kalt zugleich.

Logan atmete scharf ein und umfasste ihr Gesicht nun mit beiden Händen. »Würde das nicht alles einfacher machen?«

Sie schüttelte entschieden den Kopf. »Wenn du auch nur einen Funken Ehrgefühl in dir hast, hilfst du mir jetzt dabei, nach oben zu gelangen.«

Doch Logan reagierte nicht. Sie trat ihm auf den Fuß. »Logan, bitte. Tu mir das nicht an. Und nimm sofort die Hände von meinem Gesicht.« Sonst würde es am Ende auch noch so aussehen, als hätten sie sich gerade geküsst.

Ein zarter Lichtschein erhellte zunehmend das Gewölbe. River sah an den Steinwänden nach oben, und ihr Herzschlag raste. Da erst ließ Logan seine Hände sinken und schien zu begreifen, was sie gerade zu ihm gesagt hatte.

»Hölle noch mal«, fluchte er, als ihre Blicke sich trafen. »Tu einfach so, als seist du bewusstlos.«

»Was?«

Er hob sie auf seine Arme. »Mach verdammt noch mal die Augen zu.«

»Wurde ja auch Zeit, dass ihr kommt.« Morgan hörte Logans Stimme, noch bevor er ihn sah. Sein Herz schlug ihm bis zum Hals, und seine Kehle war wie zugeschnürt, seit Leith ihn – er war gerade dabei gewesen, Hewie zu begrüßen – darüber in Kenntnis gesetzt hatte, dass River sich mit Logan in einem Kerkerloch befand. Allein. Im Dunkeln. Und mit Absicht?

Seine Hände zitterten, als er die Fackel über das Loch senkte. Beinahe wäre sie ihm aus der Hand geglitten. Er wusste nicht, was er erwartet hatte, nachdem Hewie bereits deutliche Vermutungen geäußert hatte, die alle in eine Richtung gingen. Doch auch wenn er versucht hatte, sich innerlich auf das Schlimmste vorzubereiten, überstieg der Anblick Rivers, die reglos in Logans Armen lag, seine schlimmsten Vorstellungen.

Sofort warf er Hewie die Fackel zu, ging auf die Knie und ließ sich hinunter in das Loch gleiten.

»Ist sie tot?« Morgan erkannte den Klang seiner eigenen Stimme nicht mehr. Seine Hände rissen Rivers schlaffen Körper aus Logans Arm und drückten ihn eng an sich. Er hielt sein Ohr ganz nah an ihren Mund, um zu hören, ob sie atmete. Sie durfte nicht tot sein, sie durfte ihn einfach nicht verlassen haben ... Er brauchte sie, sie musste atm... Endlich ein Atemzug!

Er stützte sich mit dem Rücken gegen die kühle Wand und sandte ein Dankesgebet an alle Götter, die es geben mochte.

Am ganzen Körper zitternd, drückte er River sanft einen Kuss auf die noch immer geschlossenen Augenlider. Dann durchbohrte sein Blick Logan. »Du hast hoffentlich eine verdammt gute Erklärung hierfür.«

Hewie trat mit der Fackel näher an das Loch und hielt sie so tief wie möglich vor sich, damit Morgan seinen Schwager besser sehen konnte. Dieser zuckte jedoch nur mit den Schultern. »River wollte Leiths Möwe aus diesem Loch holen. Kaum dass sie hier unten war, ist sie zusammengebrochen.« Logan neigte unbewegt den Kopf. »Ich nehme an, das lag an dem Knochen.«

Morgan sah zu Boden, wo neben der dreckverschmierten Möwe tatsächlich ein Fingerknochen lag, dann wieder in Rivers totenblasses Gesicht. Er erschauderte. Was musste das für ein Schrecken für sie gewesen sein. »Hewie, hilf mir, sie nach oben zu heben.«

»Und die Fackel?«

»Steckst du verdammt noch mal in die nächste Wandhalterung, nun mach schon.«

Hewie nickte widerwillig, und wenige Augenblicke später lag River am Rand des Lochs, bevor Hewie auch ihn nach oben zog.

»Und was ist mit mir?«, ließ sich Logan vernehmen.

Morgan hob River auf seinen Schoß und strich ihr sanft über die schweißnasse Stirn, bevor er seinen Schwager im Loch wissen ließ: »Du hättest es verdient, dass du für immer da unten bleibst. Wie konntest du meine Frau nur da hinabklettern lassen?«

»Ich bin ihr immerhin hinterhergesprungen.«

»Was doch sehr verwunderlich ist.« Hewie räusperte sich und sah zu Logan. »Wie lang wart ihr jetzt zu zweit in diesem Loch? Eine ganze Weile, oder?«

Logan schwieg einen Augenblick. »Wir sollten River an die frische Luft bringen.«

»Ist das alles, was du zu sagen hast?« Hewies Stimme klang so scharf wie selten zuvor. »Oder erinnerst du dich noch an andere Dinge? Einen Kuss vielleicht? Oder gar noch mehr?«

»Vorsicht«, gab Logan daraufhin zurück. »Ich meinte, schon einmal klar und deutlich gesagt zu haben, dass auch ich Grenzen habe. Und diese sind jetzt erreicht. Verstanden?«

Hewie schnaubte, doch Morgan hörte den beiden kaum zu, sondern hatte nur Augen für River, deren Lider nun leicht flatterten. »River? Hörst du mich?«

Sie antwortete ihm nicht, und so erhob er sich mit ihr auf seinen Armen und wandte sich an seinen Freund. »Hewie, du holst Logan da raus. Und danach schickst du meine Großmutter sofort in Rivers Kammer.« Seine heisere Stimme hallte gespenstisch durch das Gewölbe. »Sie wird wissen, was zu tun ist.«

KAPITEL 42

»Mo fragt, ob er doch Flügel haben kann.« Eine Woche nach dem Vorfall im Kerker schob Leith seine Möwe vorsichtig zu River hinüber und kuschelte sich unter der Bettdecke näher an sie. Ein Lächeln umspielte ihre Lippen, und sie sah von ihrem Tagebuch auf, um über den inzwischen gereinigten Kopf des Stofftiers zu streichen. »Ist Mo da ganz sicher?«

Leith nickte. »Mit Flügeln hättest du ihn nicht retten müssen. Er wäre dem Rattenkönig einfach davongeflogen.«

River legte einen Arm um Leith. »Für dich habe ich ihn gern gerettet.«

»Vater sagt, dass du beinahe gestorben wärst.«

»Dein Vater übertreibt.« Und das tat Morgan wirklich. Obwohl sie sich bestens von dem Schrecken im Loch erholt hatte, bestand er noch immer mit entschiedener Fürsorge darauf, dass sie in ihrer Kammer blieb und sich ausruhte. Dabei hätte sie am liebsten wieder, wie nach ihrer vorgetäuschten Ohnmacht, in seinen Armen gelegen, dieses Mal vorzüglich versunken in einen Kuss.

»Ich will nicht, dass du auch zu den Sternen gehst.« Leiths Augen wurden feucht.

»Keine Sorge, ich bleibe hier.« River strich ihm über die Wangen und klappte ihr Tagebuch zu. »Auch wenn mir wirklich nach etwas frischer Luft zumute wäre, zumal dein Vater ohnehin erst mittags zu uns kommt. Gehst du mit mir an den Strand?«

»Und was ist mit Jan? Er bringt doch bestimmt gleich das Frühstück.«

River lächelte. »Wieso besuchen wir zur Abwechslung heute nicht einmal ihn und nehmen ihn mit an den Strand?«

Doch Jan war nicht in seiner Kammer, dafür aber Isla. Dunkle Ringe lagen unter ihren Augen, und als River die Tür öffnete, zog sie schnell die Ärmel ihres Kleids nach unten. »Ach, hast du dich daran erinnert, dass es mich auch noch gibt?«
River schaute sie verwundert an. Sie hatte Jan täglich nach Isla gefragt, und er hatte ihr immer gesagt, dass sie mit Niamh ausritt, spazieren oder schwimmen gegangen war. »Du warst doch ständig unterwegs.«
»Hm.« Isla verschränkte die Arme und sah kurz zu Leith, woraufhin sich ihre Miene verhärtete.
River legte unwillkürlich schützend eine Hand auf Leiths Schulter. »Hast du Jan gesehen?«
Isla spitzte die Lippen. »Ach, deshalb bist du also gekommen.«
Rivers Augen verengten sich. »Willst du mir etwas sagen, Isla?«
»Aye, geh wieder.«
River blinzelte mehrfach. »Wir sollten wohl eher miteinander reden.«
»Oh, bitte, erbarm dich meiner bloß nicht.« Isla rümpfte die Nase. »Geh lieber zu Jan. Er ist mit Hewie am Strand.«

»... es beim Blut unserer Mutter geschworen, Jan. Warum seid ihr also noch da?« River blieb auf der Stelle stehen, nachdem der Wind Hewies letzte Worte zu ihr und Leith hinter den Felsen getragen hatte. Was hatte das zu bedeuten? Hatte sie sich eben verhört, oder hatte Hewie tatsächlich gerade gesagt, dass Jan sein Bruder war?
»Weil ich zu dem Schluss gekommen bin, dass du lügst, Hewie. Dass deine Drohungen nichts als leere Worte sind«, vernahm River nunmehr eindeutig Jans Stimme.

»Verdammt, Jan. Du hättest einfach in Brügge bleiben und dort glücklich werden sollen.«

»Damit Pim mir noch mehr Schaden zufügt, nachdem du mich dort einfach zurückgelassen hast?« River fühlte sich immer unwohler.

»Ich wusste ja nicht, dass er so weit gehen würde.«

»Aber jetzt weißt du es, oder nicht? Und trotzdem willst du, dass ich gehe? Wo hast du nur dein Herz gelassen, Bruder?«

»Bei Morgan und Clan Sutherland. Ich gebe dir noch drei Tage Zeit, verstanden?«

Anscheinend ohne Jans Antwort abgewartet zu haben, kam Hewie um den Felsen gestürmt und wäre fast mit ihr zusammengestoßen. Er schnaubte höhnisch. »Na, was für ein Zufall, Mylady, aber damit kann ich mir das Gespräch mit Euch wohl sparen.« Er sah zu Leith. »Du kommst mit mir auf die Burg zurück.«

»Aber ich will doch mit River ...«

Hewie zog die Brauen zusammen. »Was, denkst du, würde deine Mutter dazu sagen, Leith? Deine leibliche, meine ich?«

River warf ihm einen kühlen Blick zu. »Es reicht jetzt. Wenn Ihr etwas gegen mich habt, bitte, aber Leith hat damit nichts zu tun.«

Hewie sah sie eine Weile verächtlich an, dann lachte er. »Er hat damit nichts zu tun?« Er schüttelte den Kopf. »Gott, Euch kommt wirklich jede Lüge über die Lippen.« Hewie griff nach Leiths Hand. »Komm jetzt, dein Vater wird sonst sehr böse.«

Jan, der inzwischen ebenfalls um den Fels getreten war, legte ihr eine Hand auf die Schulter. »Lass ihn gehen. Sonst wird alles nur noch schlimmer für den Jungen.«

»Warum hast du mir nicht gesagt, dass Hewie dein Bruder ist?« Kaum dass sie allein waren, konnte River nicht länger an sich halten. Gleichzeitig musterte sie ihren Lehrer eingehend, konnte jedoch keinerlei Ähnlichkeit zwischen ihm und Hewie ausmachen.

Jan deutete mit der Hand nach vorn. »Gehen wir ein Stück am Wasser entlang?«

River wollte ihm erst widersprechen, doch dann merkte sie, dass sie ohnehin viel zu aufgebracht war, um sich zu setzen oder an Ort und Stelle stehen zu bleiben. Also folgte sie Jan, der sich schon umgedreht hatte.

»Lass mich dir die Geschichte von vorn erzählen«, bat er über das Rauschen der anbrandenden Wellen hinweg. »Ich habe dir erzählt, dass mein Vater ein Kaufmann war, richtig?«

Sie nickte knapp.

»Nun, die Wahrheit ist, dass ich meinen Vater gar nicht kenne. Vielleicht war er ein Kaufmann, vielleicht aber auch ein Seemann oder ein Hufschmied, vielleicht sogar der Herzog von Burgund.«

»Wie das?«

»Nun, das liegt wohl an dem Beruf meiner Mutter.«

River riss die Augen auf. »Du meinst, sie war eine ...«

»... Prostituierte in einem Brügger Badehaus«, ergänzte Jan ihren Satz freimütig. »Aber wenn ich das deinem Vater gesagt hätte, hätte er mich nie eingestellt.«

Reichte das als Entschuldigung aus? River vergrub die Hände in den Ärmeln ihres Kleids. Jan hatte ihre Familie und sie also jahrelang belogen, obwohl sie ihn gewiss nie verraten hätte, wenn er ihr die Wahrheit gestanden hätte.

»Jedenfalls ist meine Mutter kurz nach Hewies Geburt gestorben. Wir konnten natürlich nicht auf dem Dachboden des Badehauses wohnen bleiben, und da hat uns ihr langjähriger Liebhaber, Pim van Geleen, bei sich aufgenommen. Frag mich nicht, warum, vielleicht weil er dachte, dass wir seine Söhne sind.«

»Aber ich dachte, du bist bei den van Bergens aufgewachsen?«

Jan verzog den Mund. »Ich wollte nicht den gleichen Namen tragen wie Pim. Er mochte Hewie, aber zu mir war er alles andere als freundlich, besonders wenn er mit seinen Kaufmannsfreunden getrunken hatte.« Jan hielt einen Moment inne. »Er trägt auch die Schuld daran, dass ich keine Kinder zeugen kann.«

»Oh, Gott, Jan.« River schlug sich die Hand vor den Mund. »Weiß Isla das?«

Er schüttelte den Kopf. »Ich ... kann nur schwer darüber reden.«

Sie nickte, sodass Jan weitersprach. »Jedenfalls dachte ich, dass zumindest zwischen Hewie und mir kein böses Blut mehr herrscht. Wir hatten uns zwar heftig gestritten, als Pim nur ihn in die Lehre nach Aberdeen gesandt hat. Aber ich dachte, das könnten wir jetzt, wo wir doch beide in Schottland glücklich sind, vergessen. Nur trägt Hewie mir meine Worte von damals noch immer nach.«

»Was hast du denn zu ihm gesagt?«

Jan schwieg lange. »Ich habe ihm beim Abschied gewünscht, dass er auf der Fahrt mit dem Schiff nach Schottland untergeht.« Jan schüttelte sich. »Ich schäme mich dafür. Wahrscheinlich habe ich deshalb nie erzählt, dass Hewie mein Bruder ist. Ich hatte Angst, dass wir dann genau dieses Gespräch führen würden und du schlecht von mir denken wirst.«

»Jan ...« River legte eine Hand auf seinen Arm. »Du kannst mir alles sagen.«

Er schwieg wieder, ehe er sich zu ihr umdrehte. »Hewie droht mir.« Er blähte die Backen und rieb sich über den kahlen Schädel. »Er sagt ... er sagt, dass Isla abartig ist.«

»Weil sie manchmal ungezügelt ist?«

Jan schloss die Augen. »Nein. Weil Isla ...« Er atmete heftig ein und aus. »Weil Isla anscheinend nicht mich, sondern Niamh liebt.«

»Aber Jan, das stimmt doch nicht.«

»Wirklich?« In seinen braunen Augen stand tiefe Traurigkeit. »Und warum küsst sie Niamh dann?«

River blinzelte. Das hatte sie nicht gewusst.

»Ich weiß nicht, vielleicht ...«

»Schon gut«, schnitt Jan ihr leise das Wort ab. »Ich kann sie verstehen. Ich habe sie enttäuscht, weil ich keine Kinder zeugen kann.

Und wenn ich ehrlich bin, wusste ich zudem schon lang, dass ich viel zu alt und ruhig für sie bin.«

River schwieg. Was hätte sie dazu auch sagen sollen?

»Es ist in Ordnung«, fuhr Jan fort, doch seine Stimme sagte das genaue Gegenteil. »Vielleicht kommt sie ja zu mir zurück, wenn sie genug von Niamh hat?«

River schüttelte den Kopf. Wie konnte Isla das Jan nur antun?

Er fasste sie leicht an der Schulter. »Aber das geht nur, wenn Hewie sie nicht verrät. Morgan würde uns beide aus der Burg werfen, wenn er von ihrer Neigung wüsste. Und dann kann ich nicht einmal mehr dich und Leith unterrichten.« Jans Augen füllten sich mit Tränen. »Das wäre mein Ende.«

»Das würde Morgan nicht tun.« Oder doch?

»Das war noch nicht alles.« Jan fuhr sich über den Kopf. »Hewie denkt auch, dass du … und Isla … dass Morgan eine Frau braucht, die nicht so ist wie Isla und seine Schwester.«

»Und deshalb kann er mich nicht leiden?«, wurde River schlagartig klar.

»Er hat wohl gesehen, wie Isla nackt mit dir auf Castle Varrich gebadet hat.«

»Oh, Gott.« River schlug sich die Hand vor den Mund. »Glaubst du, das hat er Morgan gesagt?« Wollte dieser sie vielleicht deshalb nur wie eine zweite Schwester behandeln? Weil er dachte, dass sie Isla liebte?

Jan zuckte hilflos mit den Schultern. »Das Beste wäre wohl, wenn du Abstand von Isla hältst. Und Morgan irgendwie davon überzeugen könntest, dass du ihn auch … körperlich willst. Vielleicht erkennt er dann, dass Hewie lügt, und glaubt auch dessen andere Anschuldigungen nicht mehr.«

Rivers Herz wurde schwer. »Und wie soll ich das machen?«

Jan sah sie an. »Das kann ich dir nicht sagen, River. Ich weiß nur, dass du mir und Isla helfen musst. Man segelt entweder in den Sturm hinein oder um ihn herum. Aber man lässt ihn nicht einfach auf sich zukommen.«

KAPITEL 43

Kaum dass das Abendessen abgeräumt war, griff River vorsichtig nach Morgans Hand. Der Geruch von Bratäpfeln hing noch in der Luft, die ausgelassenen Gespräche der Burgbewohner plätscherten wie ein Wasserfall im Hintergrund vor sich hin, doch sie achtete nicht darauf. »Musst du heute Abend noch wohin?«

Es war ihre erste Berührung seit ihrer vermeintlichen Ohnmacht und das, obwohl sie sich ihres Erachtens ansonsten – und vor allem in den letzten drei Tagen – durchaus nähergekommen waren. So hatte Morgan zum Beispiel mit ihr freudig die neuesten Perlenfunde der Fischer im Dorf begutachtet und sich lächelnd von ihr und Leith Mos neue Flügel zeigen lassen. Nur war er ihr, wann immer sie nach seiner Hand gegriffen oder ihn anderweitig hatte berühren wollen, trotzdem geschickt ausgewichen. Doch da sie sich beim Essen gerade so gut und ausgelassen unterhalten hatten, wollte sie nun auch das erneut wagen.

Morgan entzog ihr jedoch seine Hand, und sie konnte daraus nur den Schluss ziehen, dass Hewie ihm schon wieder irgendwelche Lügen über sie, oder vielleicht sogar über Isla und sie, ins Ohr gewispert hatte.

Dennoch wollte sie es noch einmal versuchen, als sie zu ihrer großen Verwunderung sah, dass Morgan seine Hand nur umgedreht hatte, um seine Finger mit ihren zu verschränken. Er strich mit dem Daumen über ihren Handrücken, beinahe wie ausgewechselt. »Ich war vorhin schon dort, falls du das meinst.«

Dort. River schluckte. Sie wusste genau, dass Morgan jeden Tag zu Caitrionas Grab ging. Jan hatte ihr geraten, sich das nicht weiter zu Herzen zu nehmen. Caitriona sei nicht ihre Gegnerin, sondern lediglich die Frau, die vor ihr mit Morgan verheiratet gewesen wäre. Sie musste nicht in deren Fußstapfen treten, sondern konnte einfach ihre eigenen Spuren auf dem Stück des Weges hinterlassen, das ihr und Morgan gehörte.

»Gut.« River blickte in Morgans eisblaue Augen, die im Fackelschein der großen Halle warm glänzten. »Dann kommen wir noch rechtzeitig.«

»Rechtzeitig wofür?«

Sie lächelte. »Ich habe eine Überraschung für dich vorbereitet.«

»Was, du auch?« Morgans Augen weiteten sich.

Sie blinzelte. »Wer hat denn noch eine Überraschung?«

Morgan lachte und drückte ihre Hand noch ein wenig fester. »Ich. Für dich. Aber ich möchte deine zuerst sehen.«

»Ist es ein Pferd?«

»Nein.«

»Ein neues Kleid?«

»Nein.«

»Ein Ausflug? Ein Gedicht? Ein ...«

»River«, erklärte er ihr auf dem Weg hinab zum Strand, auf dem er die ganze Zeit über ihre Hand gehalten hatte, »der Sinn einer Überraschung ist, dass du dich überraschen lässt.«

River biss sich auf die Lippe. »Hat es mit Leith zu tun?«

Morgan lachte. »Ich dachte, wir müssten für deine Überraschung rechtzeitig da sein? Aber wir hätten wohl doch besser mit meiner beginnen sollen, wenn du so ungeduldig bist.«

»Ich bin nicht ungeduldig.«

»Nein, überhaupt nicht.«

»Höchstens ein kleines bisschen.« River blieb stehen. »Findest du das schlimm?«

Morgan legte eine Hand an ihre Wange. »Nein.« Er sah tief in ihre Augen, überlegte kurz, sie zu küssen, doch dann zog er sie stattdessen zum Meer. »Also, wo ist nun meine Überraschung?«

»River, das ist unglaublich.« Morgan ließ ihre Hand los und schritt mit staunenden Augen über den Heckaufbau seines Schiffs, das in der Bucht vor Anker lag. Als River am Strand mit ihm in das Beiboot gestiegen war, hatte er gedacht, dass ihre Überraschung eine Ruderfahrt bei Sonnenuntergang wäre. Doch er hatte sie unterschätzt. »Stammt das hier alles von dir?«

River trat neben ihn und schien nach seinen Worten sichtbar erleichtert zu sein. »Also gefällt es dir?« Er nickte, und ihre Augen strahlten. »Das meiste ist von mir, aye. Nur die Kerzen waren die Idee deiner Großmutter. Ich habe es nicht übers Herz gebracht, ihr zu sagen, dass sie im Wind nicht lange brennen werden.«

Morgan schüttelte ungläubig den Kopf. Die Felle auf dem Boden, die Kissen, die Wolldecken, Dutzende von Kerzen und dann, einmal quer über das ganze Heck gespannt, die Leine mit rund zwanzig Kohlezeichnungen, die in der untergehenden Sonne im Wind wehten.

Er trat zu einer Zeichnung in der Mitte, die eine mit Perlen besetzte Krone zeigte und ganz anders war als die Bilder von Möwen, die Caiti so gern skizziert hatte. Zwar handelte es sich um das gleiche kostbare Papier, das River gewiss ebenfalls von seiner Großmutter erhalten hatte, doch Rivers Zeichnungen waren viel gröber und dennoch nicht weniger beeindruckend.

Er hob seine Hand und strich über die nächste Zeichnung. Diesmal die eines Dolches, dessen Griff ebenfalls mit Perlen besetzt war. Danach fuhren seine Finger über das perlenbesetzte Zaumzeug eines Pferds, über einen Rosenkranz aus Perlen, einen Stuhl, dessen Armlehne ebenfalls mit Perlen verziert war, und dann, als er weiter nach rechts ging, Kleider, Ringe, Gürtel, Amulette, alle mit Perlen. Und zuletzt eine Kette, die nicht aus glatten, runden, sondern unterschiedlich geformten Perlen bestand, die von der Mitte der Kette ausgehend zum Nackenverschluss hin immer kleiner wurden.

»Du hast also sogar dafür eine Lösung gefunden.« Er drehte sich lächelnd zu River um, die erwartungsvoll von einem Bein auf das andere trat.

Augenblicklich legte sich ein Strahlen auf ihr Gesicht. »Also würdest du so eine Kette kaufen?«

Morgan trat zu ihr. »Aye.« Er zwinkerte ihr zu. »Ich denke, ich könnte sie meiner Mätresse schenken.«

Rivers Lächeln erlosch, doch er zog sie sofort in seinen Arm und tauchte mit ihr unter den Zeichnungen hindurch, sodass sie ganz hinten am Heck vor der untergehenden Sonne standen. »Denkst du wirklich, dass ich noch weitere Frauen in meinem Leben brauche?«

River blinzelte. »Ich weiß nicht, ich ...«

Aber er wusste es. Spätestens jetzt. Nach all den Tagen, in denen er versucht hatte, sie von sich zu stoßen, erst wegen Caiti, dann, nach dem Vorfall im Kerker, aus Angst, sich wieder zu verlieben und damit verwundbar zu machen, war er sich nun ganz sicher. Und zwar nicht wegen der Standpauke seiner Großmutter. Oder wegen der Sache, die er vorhin erst erfahren hatte. Sondern einfach nur, weil er endlich verstanden hatte, dass er keinen Tag mehr ohne River mit ihren einzigartigen Einfällen, ihrer arglosen Schüchternheit und ihrem gefühlvollen Herzen verbringen wollte. Ganz gleich, wie sehr ihm das irgendwann wehtun könnte. »Ich will nur noch eine Frau an meiner Seite haben, River. Und diese Frau bist du.«

Er legte einen Finger unter ihr Kinn, während die letzten Strahlen der Abendsonne ihr Gesicht in ein warmes Rot tauchten, und beugte sich zu ihr hinab. Kurz sah er noch, dass sie wieder lächelte, dann küsste er sie schon.

Es war ein langsamer Kuss, aber kein zögerlicher. River erwiderte ihn sofort und schlang ihre Hände um seinen Nacken. Und er küsste sie immer wieder, während er sein Herz wild schlagen hörte und ihren Duft nach Minze und Meer tief in sich aufnahm. Er umfasste ihren Kopf mit beiden Händen und zeigte ihr mit jeder Berührung, was er für sie empfand. Seine Gefühle für sie, die er in den letzten Wochen nicht hatte zulassen wollen, überkamen ihn nun mit einer Wucht, mit der er nicht gerechnet hatte, und er gab sich ihnen hin.

Irgendwann nahm er wahr, dass die Sonne hinter dem Horizont verschwunden war, doch dafür leuchteten die Wolken am Himmel nun umso schöner in Rot, Orange, Rosa und Lila. Hinter ihnen flatterten Rivers Zeichnungen im Wind, und erst als sich eine von ihnen von der Leine löste und über ihre Köpfe hinwegflatterte, löste er sich lachend von ihr und griff nach dem Blatt.

»Ohrringe also.« Er legte sanft je einen Finger auf Rivers eigene hängende Ohrringe und schmunzelte. »Eigentlich hätte ich es damals schon wissen müssen.«

»Was hättest du wissen müssen?« Sie sah ihn mit ihren tiefblauen Ozeanaugen an.

»Dass du voller Ideen steckst.« Er küsste sie wieder. »Und unerschütterlich bist. Also genau das, was Aidan sich von dir erhofft.«

»Aidan?«

Morgan steckte die Zeichnung am Rücken in den Hosenbund, drehte River sanft in Richtung des Meers und legte seine Arme um ihre Taille. Er spürte ihren Herzschlag und liebkoste mit den Lippen ihren Nacken. »Er hat geschrieben.«

River wandte sich sofort wieder zu ihm um, sodass ihr Gesicht nah an seinem war. »Und was sagt er?«

Morgan konnte nicht widerstehen, River noch einmal zu küssen, wenn auch nur kurz, da sie ihn aufgeregt ein Stück von sich wegdrückte und fragte: »Nun sag schon, was sagt Aidan?«

»Also willst du meine Überraschung jetzt schon wissen?«

»Unbedingt.«

Er lachte, während seine Vorfreude mit jedem ungeduldigen Blinzeln von River stieg. »Erstens richtet er liebe Grüße an Niamh aus.«

»Und zweitens?«

»Zweitens ... ist Aidan von unserem Vorhaben begeistert.« River stieß einen Laut der Freude aus und warf sich ihm in die Arme. »Das ist wundervoll, Morgan, ich kann es gar nicht glauben, das ist ...«

»... noch nicht alles.«

River löste sich wieder von ihm. »Nicht?«

Er schüttelte den Kopf. »Aidan hat nämlich eine Bedingung gestellt.«

Rivers Brauen zogen sich zusammen. »Bedingungen sind nie gut. Will er einen größeren Anteil vom Gewinn für sich behalten?«

»Nein.« Morgan hatte vorgehabt, diesen Moment noch viel mehr in die Länge zu ziehen, doch nun wollte er augenblicklich das Strahlen in Rivers Augen zurückhaben. »Er besteht darauf, dass du ihn nach Brügge begleitest.«

»Nach Brügge? Ich? Nach Brügge?«

Er lachte und legte beide Hände an ihr vor Freude glühendes Gesicht. »Um der feinen Gesellschaft dort von diesen einzigartigen Schmuckstücken aus Schottland vorzuschwärmen.«

»Morgan, das ... das kann ich gar nicht glauben ... Ich weiß gar nicht, was ich dazu sagen soll.« Sie stieß einen heiseren Laut aus. »Brügge. Wir segeln also nach Brügge.« Sie hielt einen Moment inne. »Du kommst doch mit, nicht wahr? Du sprichst mit den Herren, ich mit den Damen?«

Morgan strich ihr mit dem Daumen eine Freudenträne von der Wange und nickte. »Wenn Aidan mich lässt.«

»Er muss dich lassen. Du bist sein Bruder. Und du bist klug und erfahren und einflussreich und überzeugend und mein Ehemann. Und ich will, dass du mitkommst.«

»Habe ich da nicht auch noch ein Wort mitzureden?«

»Nein.« River schlang die Arme um seinen Nacken und küsste ihn stürmisch, leidenschaftlich und hemmungslos. Das Lila um sie herum wurde zu dunklem Blau, die letzten Farben des Tages wichen langsam der Nacht, und die ersten Sterne funkelten am Firmament, doch River ließ ihn nicht los, und auch er gab sie nicht frei.

Zwischen Küssen und atemlosen Seufzern sanken sie auf die Felle und Wolldecken. Sie zog ihm sein Leinenhemd über den Kopf, und er befreite sie aus ihrem Überkleid. Ihre Hände und Münder erkundeten und schmeckten einander.

Doch als sie ihn wieder zu sich nach oben ziehen wollte, blieb er, wo er war. Genau dort, wo Rivers Herz schlug. Zoll um Zoll zog er ihr Unterkleid tiefer, küsste ihre Brüste und spürte, dass dort keine harten Knoten waren, sondern nur Wärme und glühende, salzige Haut. River stöhnte und fuhr mit den Fingern durch seine Haare, beruhigte ihn, ohne es zu wissen. Oder vielleicht wusste sie es ja auch?

Er kehrte zu ihrem Mund zurück und ließ nun seine Hand zu Rivers Brust wandern, umfasste und liebkoste sie, wie er es schon längst hätte tun sollen.

Der Wind frischte auf, doch ihm war nicht kalt. Er glühte vor Erregung, genau wie River, die sich unter ihm wand, die Beine um seine Hüften schlang. Er rieb sich an ihr, wollte sie. Seine Finger fanden ihren Weg unter ihr Kleid und an ihre empfindlichste Stelle. Er berührte sie, strich darüber, merkte an ihrem Stöhnen, wie sehr es ihr gefiel.

Sanft biss er in ihren Hals, musste sich zurückhalten, um nicht über sie herzufallen wie ein wildes Tier. Er quälte sich, und er quälte sie, aber er wollte es dieses Mal richtig machen. So, wie River es verdiente und es schon von Anfang an hätte sein sollen.

Noch eine Zeichnung wehte von der Leine über sie hinweg, doch noch ehe er ihr nachsehen konnte, schüttelte River den Kopf. »Bitte, lass sie davonfliegen.«

Er spürte ihre Hände am Bund seiner Hose, doch es gelang ihr nicht, sie zu öffnen. Ein Knurren entwich seiner Kehle. Kurz löste er sich von River und richtete sich auf, um ihr dabei zu helfen, als er im Augenwinkel eine Bewegung bemerkte.

»Gottverdammt, Hewie?«

Sofort richtete auch River sich auf und wandte sich zu Hewie um. Dieser war zu ihnen auf das Heck getreten und hielt die Zeichnung in der Hand, die der Wind soeben davongetragen hatte. »Das gehört wohl euch.«

Morgan starrte fassungslos auf seinen Freund. Was zur Hölle tat er hier? »Du nimmst jetzt die Zeichnung und gehst sofort wieder zurück an Land.«

Erste Regentropfen fielen, während Hewie langsam den Kopf schüttelte. »Ich kann nicht.«

Morgan blickte zu River, die sich schützend ihr Unterkleid vor die Brust hielt, dann wieder zurück zu dem mehr als unerwünschten Eindringling. »Auf der Stelle, Hewie.«

»Nein.« Hewies Stimme zitterte. »Ich muss dir etwas sagen.«

»Selbst wenn meine Burg in Flammen stehen würde, will ich das jetzt nicht wissen.« Der Regen wurde stärker, und die Tropfen prasselten auf die Schiffsplanken.

»Bitte, Morgan.«

»Geh, Hewie. Jetzt sofort!«

Hewie sah verzweifelt zu River und wieder zurück zu Morgan selbst. Dann holte er tief Luft und zerknüllte die Zeichnung in seinen Händen. »River belügt dich, Morgan. Sie will nur ein Kind von dir, damit sie als dessen Mutter auf Dunrobin Castle bleiben und dich umbringen kann.« Hewies Finger bebte, als er damit anklagend auf River zeigte. »Das war ihr gemeinsames Vorhaben von Anfang an, damit sie hier glücklich werden können, wenn du nicht mehr bist.«

»Bitte was?« River keuchte, während es Morgan die Sprache verschlug. »Ich will meinen Ehemann ganz sicher nicht umbringen! Eher würde ich selbst Hand an mich legen! Und was soll das für ein gemeinsames Vorha...«

»Doch, genau das wollt ihr!«, unterbrach Hewie sie. »Du und Isla und ...«

»Schluss jetzt, Hewie!«, wetterte Morgan, nachdem er sich vom ersten Schrecken erholt hatte, und schüttelte auf einmal eher betrübt als wütend den Kopf. »Ich wollte es nicht wahrhaben, aber du bist tatsächlich krank, wenn du River ein Mordkomplott unterstellst.« Warum hatte er nur so lange die Augen davor verschlossen? Obwohl er es doch schon hätte ahnen können, als Hewie zum ersten Mal von irgendwelchen Geistern und deren Beschwörung gesprochen hatte.

Hewie stampfte mit dem Fuß auf. »Morgan, du musst mir glauben. Hast du nicht gemerkt, wie versessen sie darauf ist, mit dir zu schlafen?«

»Sie ist meine Ehefrau, Hewie!« Er raufte sich die Haare.

Hewie trat näher auf ihn zu, seine Hand zeigte zittrig zum Himmel. »Die Möwen kreisen, Morgan. Der Himmel weint.« Aus Hewies Augen rannen Tränen. »Du musst aufhören, bitte!«

»Hewie. Du weißt doch genau, was ich denke und will. Also hör auf, mir die Nacht zu verderben, und geh.«

»Ein Kind wird sie für ewig an Dunrobin Castle binden.«

»Gottverdammt, Hewie, niemand hier versucht gerade, ein Kind zu bekommen!«

River erhob sich. »Wir gehen jetzt besser zur Burg zurück. Hewie sollte sich dort hinlegen.«

»Nein, ich werde nicht schweigen. Morgan, es ist nämlich so, dass ...«

»... ich dir als dein Lord verspreche, dass du deine Tage fortan in meinem Kerker verbringst, wenn du jetzt nicht sofort den Mund hältst! Hast du mich verstanden?«

Hewie öffnete den Mund trotzdem, doch dann schloss er ihn wieder und nickte mit hängenden Schultern. Morgan zitterte am ganzen Körper und sah zu Rivers Zeichnungen, die inzwischen vom Regen durchweicht und nicht mehr zu erkennen waren. Er griff nach ihrer Hand. »Du ahnst gar nicht, wie leid mir das alles tut.«

KAPITEL 44

Morgan hatte Hewie nur kurz in dessen Kammer bringen und einen Mann vor seine Tür stellen wollen, der ihn bewachte. Warum also war er immer noch nicht zurück?

Mit einem unruhigen Gefühl im Bauch lief River in Morgans Kammer auf Dunrobin Castle auf und ab. Nutzte Hewie etwa die Gelegenheit, um noch weitere Anschuldigungen gegen sie vorzubringen? Redete er Morgan vielleicht gerade ein, dass er mit seinen Worten von *ihrem gemeinsamen Vorhaben, um hier glücklich zu werden, wenn Morgan nicht mehr lebte,* die vermeintliche Liebschaft zwischen ihr und Isla gemeint hatte?

River setzte sich in ihrem noch immer nassen Unterkleid auf Morgans Bett, nur um gleich darauf wieder aufzustehen. Würde Morgan Hewie glauben? Zumal sie ihm doch vorhin ganz eindeutig gezeigt hatte, wie sehr sie ihn wollte?

Sie begann, ihre nassen Zöpfe zu lösen, damit ihre Haare schneller trockneten. Ihr war kalt, und sie zitterte am ganzen Körper. Ihr Blick fiel auf die Truhe an der Wand. Ob darin wohl noch ein trockenes Leinenhemd von Morgan war?

River eilte zur Truhe und öffnete den Deckel. Sie fand darin ein zusammengeknülltes Plaid, eine zerknitterte Hose, Strümpfe, aber kein Leinenhemd. Sie beugte sich tiefer über die Truhe, hob die Kleidungsstücke einzeln heraus, um zu sehen, ob sich darunter nicht doch noch ein Leinenhemd befand. Doch alles, was sie zuunterst in der Truhe fand, war ein Brief mit der Aufschrift: *An Aidan.*

River erkannte Morgans Schrift sofort. Es waren die gleichen wohlgeschwungenen Buchstaben wie auf dem Brief, den er an ihren Vater nach Castle Varrich gesandt hatte. Die sorgfältige, gleichmäßige Schrift, die er anscheinend nur verwendete, wenn er ein offizielles Schreiben verfasste, und nicht die schnell hingeworfene Schrift mit den krakeligen Buchstaben, mit der er seinen ersten Brief an Aidan geschrieben hatte. Sie zögerte. War das womöglich schon eine Antwort, die Morgan an Aidan aufgesetzt hatte? Aber warum hatte er sie unter der Kleidung in seiner Truhe versteckt?

River nahm den Brief heraus und legte ihn aufs Bett. Sie würde ihn nachher gemeinsam mit Morgan lesen, natürlich nur, wenn es in ihm um ihre gemeinsame Reise nach Brügge ging. Aber weswegen hätte er seinem Bruder sonst schreiben sollen? In ihrem nassen Unterkleid fröstelte sie zunehmend. Am besten wäre es daher, sich erst einmal vor dem warmen Kaminfeuer auszustrecken.

Sie griff nach dem Kissen, das auf Morgans Bett lag, und wollte gerade damit aufstehen, als sie das feine Tuch bemerkte, das darunter lag. Sie hielt es hoch und faltete es auseinander. Es war groß und reichte beinahe bis zum Boden. War das eine dünne Decke, die Morgan benutzte, wenn es ihm nachts zu warm wurde?

River blickte zur Tür, konnte auf dem Gang aber immer noch keine Schritte vernehmen. Also streifte sie ihr nasses Unterkleid ab und wickelte sich in die dünne Decke ein.

Auf dem Boden vor dem Kamin war es ihr auf Dauer zu hart, und sie ging daher zum Bett zurück. Ihr Blick fiel wieder auf Morgans Brief.

Er war nicht versiegelt. Ihre Finger strichen an der Kante des gefalteten Blatts entlang. Sollte sie einen kurzen Blick wagen, um sich die Zeit, bis Morgan käme, möglichst angenehm zu verkürzen? Zumal er sicher nichts dagegen hätte, konnte es darin doch eigentlich um nichts anderes als ihr gemeinsames Handelsunternehmen gehen.

River legte den Brief wieder zurück, nahm ihn erneut zur Hand, nur um ihn noch zwei weitere Male zurückzulegen. Doch als Morgan immer noch nicht kam und sie der Gedanke an die Lügen, die ihm Hewie in der Zwischenzeit wohl erzählen mochte, in eine immer düsterere Stimmung versetzte, faltete sie ihn zuletzt doch auseinander.

Aidan,
es freut mich, dass Marten und deine Frau wohlauf sind, und ich weiß deine erneute Anteilnahme an Caitrionas Tod zu schätzen.
Nach deinem großzügigen Angebot bin ich dem Schicksal noch einmal dankbarer dafür, dass du mein Bruder bist, und habe entschieden, meine zweite Ehefrau River zu dir zu schicken.
Sie wird Mirte sicher eine Hilfe im Haushalt sein.
Ich werde nicht mitkommen. Ich kann ihren Anblick kaum ertragen und in ihrer Gegenwart kaum atmen. Es war ein Fehler, sie zu heiraten, wo doch mein Herz auf ewig Caitriona gehört.
Ich danke dir für dein großmütiges Entgegenkommen.
Dein Bruder Morgan

River saß eine Weile wie erstarrt, dann begannen ihre Hände zu zittern. *River zu dir schicken ... Hilfe im Haushalt ... nicht mitkommen ... Anblick kaum ertragen ... Fehler, sie zu heiraten ... Herz auf ewig Caitriona ... großmütiges Entgegenkommen.* Ihr wurde übel, und sie würgte. Wie konnte Morgan so etwas schreiben, wo er ihr gerade erst gesagt hatte, dass er nur noch eine Frau an seiner Seite haben wollte: sie.

Seine Worte auf dem Schiff kamen ihr wieder in den Sinn. *Wenn Aidan mich mitlässt.* Oh, wie leicht könnte er nun seinem Bruder die Schuld daran geben, wenn er nicht mit ihr mitkommen würde. Und was hatte er noch gleich zu Hewie gesagt? River presste ihre

Hände an ihre Kehle. *Du weißt doch genau, was ich denke und will. Also hör auf, mir die Nacht zu verderben?*

Hatte Morgan nur eine Nacht körperlicher Befriedigung gewollt, bevor er sie in die Ferne schickte? Doch für Hewie, ihren ewigen Feind, stellte sie trotzdem immer noch eine zu große Gefahr dar. *Ein Kind wird sie für ewig an Dunrobin Castle binden.* Aber dass Hewie, um sie endgültig loszuwerden, sie sogar eines Mordvorhabens an Morgan beschuldigte, ging nun wirklich zu weit.

Nein. River fegte den Brief vom Bett und ballte die Hände zu Fäusten. Hewie mochte vielleicht wirklich krank sein, aber für Morgan gab es keine Entschuldigung. Er hatte schwarz auf weiß geschrieben, dass er sie fortsenden würde. Es war also ganz gleich, ob er Hewies Einflüsterungen, dass sie und Isla eine Affäre hätten, Glauben schenken würde oder sie ihm zeigte, wie sehr sie ihn liebte. Morgan wollte sie nicht. Er wollte nur Caitriona. Es verhielt sich genau so, wie er es vor Wochen an deren Grab zu ihr gesagt hatte.

Erst jetzt wurde sie von einem Weinkrampf geschüttelt und kauerte wie ein Häuflein Elend auf dem Boden, als die Tür der Kammer aufflog und Morgan mit grimmiger Miene hereinstürmte. »Ich will jetzt die Wahrheit wissen, River.« Er kam mit drohenden Schritten auf sie zu, während die Tür hinter ihm ins Schloss fiel.

»Du willst die Wahrheit?« River starrte ihn ungläubig an, während sie sich erhob und sich die Tränen aus dem Gesicht wischte. »Du?« Sie lachte heiser, während Morgan sie am Handgelenk packte.

»Wer war mit dir am Fluss, bevor du nur mit einem Unterkleid am Körper zur Burg zurückgeritten kamst?«

River entriss ihm ihr Handgelenk. »Das geht dir also gerade durch den Kopf, sonst nichts?«

»Wer war mit dir am Fluss?«

»Warum lügst du mich an und sagst mir, dass wir gemeinsam nach Brügge gehen, wenn du das gar nicht vorhast?«

Morgan wirkte für einen Augenblick irritiert, dann wurde sein Blick wieder grimmig. »Versuche nicht, mich mit irgendeinem wirren Gerede abzulenken.«

River lachte höhnisch. »Abzulenken, gut, dass du das gerade sagst, denn genau das sollte ich doch auf dem Schiff für dich werden? Eine Ablenkung für eine Nacht, bevor du meinen Anblick bei Tageslicht nicht mehr ertragen kannst.«

Morgan hielt sie an den Oberarmen fest. »Ich habe keine Lust mehr auf irgendwelche Spielchen. Also frage ich dich jetzt ein letztes Mal: Wer war mit dir am Fluss?«

River presste die Lippen zusammen und funkelte Morgan wütend an. »Dein Pferd war mit mir am Fluss.«

»Ganz richtig, mein Pferd war mit dir am Fluss. Und rate einmal, wer gerade auf ebendiesem Pferd in den Burghof geritten ist?«

»Was kümmert mich dein Pferd, wo du mich doch seit Wochen belügst? Hast du auch nur einmal daran gedacht, wie sich das für mich anfühlt?«

Morgan lachte bitter. »Ob ich weiß, wie es sich anfühlt, belogen zu werden? Verraten zu werden? Hintergangen zu werden?« Er schüttelte sie kräftig. »Du durchtriebene Hexe. Du dachtest wohl, dass ich es nie erfahre? Aber im Gegensatz zu dir arbeitet mein Kopf richtig. Wenn ich also sehe, wie Logan auf meinem Pferd in den Burghof reitet und er mir zudem grinsend sagt, dass er sich Mercur vor vier Wochen schon einmal ausgeliehen hat, um zum Fluss zu reiten, kann ich eins und eins zusammenzählen.« Morgan atmete heftig aus. »Hast du mit ihm geschlafen?«

»Nein«, fauchte River.

»Also leugnest du weiterhin, dass er bei dir am Fluss war?«

»Nein, er war bei mir am Fluss.« Sie atmete heftig. »Aber was kümmert dich das? Du liebst doch ohnehin nur deine Caitriona. Hast du an sie gedacht, während du mich geküsst hast?«

Morgan bebte nun am ganzen Körper. »Wage es nie wieder, ihren Namen in den Mund zu nehmen.«

»Ach, ich soll schweigen und still sein? Oder hättest du es heute Nacht doch lieber laut?«

Morgan stieß sie von sich. »Du hast keine Ahnung, was ich will.«

»Aye, immerhin darin sind wir uns einig.« Tränen rannen erneut über Rivers Gesicht. »Aber woher sollte ich auch wissen, was du willst, wenn du mir nie eine Chance gegeben hast? Und dabei habe ich alles, wirklich alles versucht.«

Morgan lachte. »Oh, nein, nicht alles! Schließlich trägst du das Tuch, das Caitriona gehört hat, wenn wir schon dabei sind. Hättest du nicht besser nackt im Bett auf mich warten sollen, wo du mir doch unbedingt Logans Kind unterjubeln willst?«

River starrte Morgan mit offenem Mund an und hätte das Tuch am liebsten sofort fallen gelassen, wäre sie dann nicht nackt vor ihm gestanden. »Ich habe nicht mit Logan geschlafen, sondern seine Annäherungsversuche jedes Mal zurückgewiesen.«

»Ach wirklich?« Morgan schnaubte. »Und wieso erfahre ich dann erst jetzt davon?«

»Weil nichts geschehen ist. Warum hätte ich dir also etwas sagen sollen, zumal ich keinen weiteren Streit zwichen euch heraufbeschwören wollte?«

Morgan ballte die Hände. »Aye, warum? Ich bin ja nur der Ehemann, der Logans Sohn durchfüttern soll. Ich bin wirklich gespannt, was du in acht Monaten behaupten wirst, River, wenn dein Bauch prall und geschwollen ist, obwohl ich nicht mit dir geschlafen habe. Vielleicht, dass du eine Erinnerungslücke hattest?

»Wie kannst du es wagen, mir solch eine Niederträchtigkeit zu unterstellen? Nach dem Brief, den du an Aidan geschrieben hast?«

Morgan zog die Brauen zusammen. »Woher weißt du davon? Hast du etwa meine Unterlagen durchsucht?«

River schnaubte. »Unterlagen kann man das wohl nicht nennen.«

Morgan überkreuzte die Arme. »Dieses Urteil überlässt du besser jemand, der mit Papier und Feder umgehen kann.«

»Im Gegensatz zu mir, willst du damit sagen?«

Morgans Augen funkelten boshaft. »Hat es dich viel Anstrengung gekostet, zu dieser Schlussfolgerung zu kommen?«

»Ich bin nicht dumm.«

»Könntest du probeweise deinen Vornamen buchstabieren? Nur damit wir dessen ganz sicher sein können.«

River reckte das Kinn. »Du musst mir nicht noch mehr wehtun.«

»Aber nein.« Morgan trat einen Schritt auf sie zu. »Um dir wehtun zu können, müsstest du ja zuerst verstehen, dass ich dich beleidige.«

Sie schwankte kurz, als hätte er ihr einen Schubs versetzt. »Ich bin schon besser geworden im Schreiben.«

Morgan hob höhnisch eine Augenbraue. »Hast du in letzter Zeit vielleicht anstatt Pfau und Blau die Worte Morgan und Logan geübt? Ich habe nämlich den Eindruck, diesbezüglich besteht bei dir Verwechslungsgefahr. Meinen Namen schreibt man mit M-O-R ...«

»Hör auf.«

»... G-A-N.«

»Hör auf!« River trat heftig mit dem Fuß auf den Boden.

»Ach, sehr schön.« Morgan nickte. »Neben der schrillen Stimme stampfen wir jetzt auch noch wie ein Kind auf. Fehlt nur noch, dass du dir wieder deine lächerlichen Zöpfe flichtst. Sag, wolltest du mit dieser *Frisur* wirklich die Damen in Brügge verzaubern?«

Wieder rannen Tränen über Rivers Wange. »Den Einzigen, den ich je verzaubern wollte, warst du, Morgan. Aber jetzt verstehe ich: Es lag gar nicht an mir oder daran, wie gut ich schreiben kann oder nicht. Es lag allein an dir. An dir und deinem bemitleidenswerten Verharren in der Vergangenheit.«

»Ich bin tatsächlich bemitleidenswert, aber nur, weil du dich noch immer in meiner Gegenwart befindest. Vermisst dich dein Liebhaber nicht schon schrecklich?«

»Weißt du, vielleicht sollte ich tatsächlich mit Logan schlafen. Er ist wenigstens nicht grausam.«

Morgan zitterte. »Solange ihr dieses Mal mein Pferd nicht entwendet, soll es mir recht sein. Auch wenn ich wirklich nicht verstehe, was Logan an dir findet.«

River erbebte. »Vielleicht sollte ich dir dankbar sein. Denn Aidans Boden zu putzen ist bestimmt nicht schlimmer, als weiterhin mit dir in dieser Burg zu leben.« River griff nach ihrem nassen Überkleid und eilte zur Tür. »Und Morgan«, sie drehte sich noch einmal um, »glaubst du wirklich, dass Logan und ich ausgerechnet dein Pferd stehlen würden, wenn wir dich heimlich am Fluss hintergehen wollten?«

Morgan schnaubte. »Euch beiden ist alles zuzutrauen.«

»Außer der Wahrheit«, sagte sie leise, bevor sie die Tür öffnete und ihm ein letztes Mal unverwandt in die Augen sah. »Aber das war wohl mein Fehler, diese von dir zu erwarten.«

KAPITEL 45

Also hatte sie es nicht geschafft.
Noch während sich die Tür zu Morgans Kammer öffnete und er rasch in Caitrionas Zimmer mit dem zerbrochenen Spiegelglas verschwand, wusste er, dass ihm das nur noch zwei Möglichkeiten ließ.

Entweder River schaffte es, Morgan zurückzugewinnen, und bekäme endlich ein Kind von ihm, dank dem niemand mehr ihre Stellung als Morgans Witwe, sobald dieser tot wäre, anzweifeln könnte.

Oder aber er musste statt River jemand anderen finden, durch den er den Clan der Sutherlands kontrollieren konnte, bis Leith alt genug war, um seine neue Puppe zu werden.

Nur wenn er zwischenzeitlich anstatt River jemand anders finden musste, stand sie ihm im Weg. Und wer ihm im Weg stand, musste sterben.

KAPITEL 46

Ihre Füße trugen River als Erstes zur Kammer von Isla und Jan. Sie klopfte mehrfach und öffnete, als sie niemand hereinbat, die Tür, doch der Raum war leer. Wo waren Freunde, wenn man sie brauchte?

Sie schlug die Tür wieder zu und eilte, noch immer tränenüberströmt, den Gang hinunter. Wenn niemand für sie da war, würde sie schon einmal ihre Sachen zusammensuchen. Denn sie wollte keinen Tag länger in der Burg verweilen.

»Guten Abend.«

Fast hätte sie vor Schreck aufgeschrien, als Logan kurz vor der Treppe zu ihrer Kammer aus dem Schatten heraustrat. Sie ballte die Hände zu Fäusten. »Du gehst mir besser sofort aus dem Weg.«

Logan schnalzte mit der Zunge. »Erst jagen mich Isla und meine nackte Ehefrau aus unserer Kammer, und jetzt willst du auch noch, dass ich verschwinde?«

River blieb stehen und sah auf die Tür, neben der Logan stand. »Isla und Niamh sind da drin?«

Logan verzog den Mund. »Ich habe ihnen eine Stunde gegeben, die aber schon längst vorüber ist.«

River presste die Lippen aufeinander. Wie konnte Isla Jan das nur antun? Sie schüttelte den Kopf und wollte an Logan vorbeigehen, doch er hielt sie sanft am Arm fest. »River, was machst du überhaupt hier? Und dazu noch in diesem Tuch?«

»Morgans Meinung nach versuche ich bestimmt gerade, dich in diesem Tuch zu verführen.« River riss sich los und hastete an Logan vorbei hoch in ihre Kammer. Sie wollte endlich dieses Tuch loswerden.

»River, du weinst ja.« Logan hatte seinen Fuß in ihre Tür gestellt, noch ehe sie ihm diese vor der Nase zuknallen konnte.

»Was du nicht sagst.« River wollte die Tür zudrücken, doch Logan war stärker als sie, drückte sie auf und betrat mit ihr den Raum.

»Was ist los? Hast du dich mit Morgan gestritten?«

River presste kurz die Augenlider zusammen. »Er denkt, dass ich schwanger bin. Von dir.«

»Wie soll das denn geschehen sein? Durchs reine Anschauen?« Logan lachte, doch als er sie erneut weinen sah, wurde er schlagartig ernst.

»River.« Er trat zu ihr, doch sie hob abwehrend ihre Hand.

»Gib mir deinen Dolch, Logan.«

»Wofür?«

Sie schüttelte müde den Kopf. »Gib ihn mir einfach.«

Logan bückte sich, zog seinen Dolch aus seinem Stiefel und reichte ihn ihr mit dem Griff voran, doch als sie danach griff, ließ er ihn nicht los. »Du willst damit doch nichts Dummes anstellen, oder?«

»Nein. Ich mache nur, wozu mir meine Schwester Leaf schon vor meiner Abreise geraten hat.«

Logan sah sie fragend an und überließ ihr die Waffe. River ließ sich damit aufs Bett sinken, packte einen Haarbüschel und schnitt ihn über ihrer Hand kinnlang ab.

»Was tust du denn da?«

»Ich schneide meine Haare.« Sie griff nach den nächsten Strähnen, zog die scharfe Klinge des Dolchs über sie hinweg.

»River, hör doch auf.«

»Nein.« Schon packte sie das nächste Büschel. Und das nächste. Bis ihre heiß geliebte Haarpracht vor ihr auf dem Boden lag.

Mit zitternden Händen ließ sie den Dolch sinken und reichte ihn Logan zurück, der stumm vor ihr stehen geblieben war.

»Warum?«, wollte er nach einer Weile wissen.

»Weil ich mir jetzt keine Zöpfe mehr flechten kann, mit denen ich aussehe wie ein Kind.«

Logan ging vor ihr in die Knie. »Hat Morgan das gesagt?«

River biss sich auf die Lippe und konnte nicht verhindern, dass ihr erneut Tränen in die Augen stiegen. »Jetzt hat er wenigstens recht, und es gibt nichts mehr an mir, was ein Mann schön finden könnte.«

Logan schwieg lang. »Du weißt, dass ich nie zu Morgan gesagt habe, ich hätte mit dir geschlafen.«

»Aber angedeutet hast du es, oder nicht?«

»Es tut mir leid.« Logan sah ihr unverwandt in die Augen. »Soll ich zu ihm gehen und ihm sagen, dass ich gelogen habe?«

River ließ die Schultern hängen. Sie sollte Logan böse sein, aber das spielte nun ohnehin keine Rolle mehr. »Morgan wird dir nicht glauben. Genauso wenig wie mir.«

»Aber er hat unrecht, dir zu misstrauen.« Logan strich mit der Hand über ihre Wange. »Es gibt wenig Frauen, die ihrem Ehemann gegenüber so hartnäckig loyal sind wie du. Und die mit kinnlangen Haaren kein Stück weniger anziehend sind als davor.«

River hob ihren Blick und sah in Logans graue Augen. Seine Worte waren Balsam auf die Wunden in ihrem Herzen, die Morgan verursacht hatte, dennoch glaubte sie ihm nicht. »Bitte, Logan«, bat sie daher leise, »hör auf, mich anzulügen.«

»Ich bin bestimmt kein guter Mann, River«, sagte Logan und setzte sich neben sie aufs Bett. »Aber kein einziges Wort, das ich zu dir gesagt habe, war eine Lüge.«

River schluckte und flüsterte: »Kannst du mich dann einfach kurz in den Arm nehmen? Wie im Kerker?«

Er schüttelte den Kopf. »Das hat schon damals nicht zu mir gepasst.«

»Weil das nur gute Männer tun?«

»Aye.« Logan legte eine Hand auf ihren Oberschenkel, zögerte kurz und strich dann mit seinem Mund über ihr Ohr. »Und weil ich bessere Wege kenne, die dich Morgan auf der Stelle vergessen lassen. Wo er dich doch kein bisschen verdient hat.«

River wachte auf, weil sie etwas Schweres auf ihrer Taille spürte. Sie öffnete die Augen und sah das Licht der Morgensonne auf das blütenweiße Bettlaken neben sich fallen. Obwohl sie demnach lang geschlafen hatte, fühlte sie sich erschöpft. Ihr Nacken war verspannt und ihr war kalt, besonders am Oberkörper. Sie blinzelte wieder und sah an sich hinab.

Sie war, bis auf die Decke über ihrer Hüfte, vollkommen nackt. Und eine Männerhand lag auf ihrem Bauch.

Sofort riss River die Augen auf und rollte sich zur Seite. Von einem Moment auf den anderen raste ihr Herz. Sie sah ihre Haare auf dem Boden liegen und Logan in ihrem Bett, der herzhaft gähnte und dessen graue Augen sie ansahen. »Guten Morgen, River. Hast du gut geschlafen?«

River riss sofort die Bettdecke über ihre Brüste, und Logan brummte protestierend. »Dafür ist es jetzt wohl ein bisschen zu spät.«

Er stützte sich auf seinen Ellbogen und berührte ihre Wange, doch River schlug seine Hand weg. Logan blinzelte verwirrt. »Bist du noch zu müde?«

River schüttelte den Kopf. Nein, sie war nicht müde. Sie war hellwach. Viel zu wach.

»Wenn das so ist ...« Ehe River es sich versah, fasste er sie bei der Taille und rollte sich auf sie. Sein Mund suchte ihren, doch River presste sofort ihren Unterarm gegen seine Kehle. »Logan, hör auf.«

Er strich ihr mit den Händen durch die Haare. »Bist du sicher? Dir hat es doch auch Spaß gemacht.«

Sie erinnerte sich an Küsse, zärtliche Berührungen am ganzen Körper. An das Gefühl, bei ihm geborgen zu sein. An einen Daumen, der ihre Tränen fortwischte. An einen Arm, der sie seitlich an sich zog. An seine Frage, ob er aufhören sollte. Und an seine Hand, die ihre hielt, als sie den Kopf schüttelte und ihre Körper zu einem wurden.

»Du bist ja ganz bleich.« Logan zog die Brauen zusammen und sah sie für einen Moment einfach nur an. River erwiderte den Blick und sah in seine grauen Augen, die doch eisblau sein sollten, auf seine hellbraunen Haare, die doch schwarz sein sollten, und auf seinen Mund, der doch von einem Bart umgeben sein sollte und den sie nie hatte küssen wollen.

Sie fühlte sich so elend wie schon lange nicht mehr. Noch viel elender als gestern. Dabei hatte sie doch einfach nur begehrt werden wollen, genauso, wie sie war, ohne dass man ihr falsche Versprechungen machte und sie belog. Vielleicht hatte sie auch nicht länger mit dem Vorwurf von Morgan leben wollen, dass sie ihn betrogen hätte, und diese Lüge deshalb in eine Wahrheit verwandelt. Nachdem all seine anderen Beteuerungen, dass er mit ihr nach Brügge gehen wollte, dass er ihre Einfälle liebte und sie in seinem Herzen trug, niemals wahr werden würden.

Doch am Ende hatte sie sich damit nur selbst belogen. Denn am Ende hatte sie nur das getan, was Morgan ihr vorgeworfen hatte. Ihn betrogen. Wie hatte sie das nur tun können? Wie hatte sie ihn nur hintergehen können? Sie schämte sich wie nie zuvor in ihrem Leben.

»Mit dir erlebe ich wohl auch ein erstes Mal. Bisher hat nämlich noch keine Frau bei der Aussicht, erneut mit mir zu schlafen, geweint.«

»Was mache ich denn jetzt?« River hatte nicht einmal mehr die Kraft, Logan von sich herunterzuschieben, sondern lag einfach nur da und starrte an die Decke.

War es ihre Schuld, dass es so weit gekommen war?
Oder Morgans?
Oder Logans?
Oder Caitrionas?

Sie merkte, wie Logan den Kopf senkte, sich von ihr herunterrollte und dann seine Hose anzog. Er griff nach seinem Leinenhemd, doch bevor er es sich überzog, ging er zu der Truhe, die er ihr am Tag ihrer Ankunft auf Dunrobin Castle gebracht hatte, und warf ihr ein Unterkleid aufs Bett. »Los, zieh dich an.«

River rührte sich nicht. Wozu auch? Sie musste nirgendwohin. Sie hatte niemanden, der sie vermisste. Sie konnte einfach hier liegen bleiben, bis sie keine Schuld, keine Reue und keine Trauer mehr spürte.

Logan kam zum Bett zurück. »Gewöhnlich liegt meine Stärke im Ausziehen von Kleidern, aber für dich mache ich eine Ausnahme.« Er nahm das Unterkleid zur Hand und zog es über Rivers Kopf, die ihn teilnahmslos gewähren ließ. Er schob ihre Arme unter den Trägern des Unterkleids hindurch, hob sie aus dem Bett und stellte sie auf den Boden, wo sie einfach nur dastand und auf das Blut auf dem Laken starrte, ihr Blut, während Logan zuerst die Decke und dann das Laken vom Bett zog und beides zusammenfaltete.

»Was tust du da?«

Er drehte sich zu ihr um. »Nach was sieht es denn aus? Ich versuche, dir zu helfen.«

»Warum?«

Logan fuhr sich mit der Hand durch die Haare. »Weil ich falschlag und deine Ehe nicht so enden muss wie meine. Dafür liebst du Morgan viel zu sehr.«

River begann zu zittern. »Meine Ehe besteht nur auf dem Papier. Ganz gleich, was ich fühle, Morgan liebt mich nicht. Morgan … liebt … Caitriona.«

Logan ließ sich auf das Bett sinken. »Niamhs Standpauke wegen meines selbstsüchtigen Charakters hat mich wohl tiefer getroffen, als ich dachte. Also werde ich dir jetzt etwas sagen, River. Ich kann Morgan nicht ausstehen. Aber er liebt dich.«

»Du hast ihn gestern nicht gehört.« River blickte auf ihre abgeschnittenen Haare, die noch immer neben Caitrionas Tuch auf dem Boden lagen, und ihr wurde klar, dass Leaf nicht recht hatte: Kürzere Haare machten eine Frau nicht weniger verwundbar.

Logan erhob sich wieder und warf ihr das Laken zu. »Worte sind Worte. Mir hat Morgan gestern Abend angedroht, mich mit dem Schwert zu durchbohren, wenn ich nicht auf der Stelle von seiner Burg verschwinde.«

River riss die Augen auf. »Warum bist du dann noch da?«

»Weil Morgan nicht meint, was er sagt.« Logan zog sich sein Leinenhemd an. »Weil er eifersüchtig...«

Das Klopfen an der Tür ließ Logan augenblicklich verstummen. River ließ das Laken hinter den Sessel fallen, griff geistesgegenwärtig nach einem Kerzenhalter und verriegelte die Tür.

»River?«, hörte sie Morgan rufen.

Zu Tode erschrocken blickte sie zu Logan. Dieser formte mit den Lippen nur ein stummes Wort: verdammt.

KAPITEL 47

Es gab Irrtümer, für die man nichts konnte. Die dadurch entstanden, dass man sich zuvor noch nie in einer vergleichbaren Lage befunden hatte. Diese Irrtümer waren verzeihlich. Bei Irrtümern, die man immer wieder beging, verhielt es sich jedoch anders. Man verlor jeden Anspruch auf Vergebung. Selbst wenn man sich entschuldigte.

»River?« Morgans Herz drohte zu zerspringen, als er trotzdem erneut gegen die Tür ihrer Kammer klopfte. »Bist du wach?«

Er hörte leise Geräusche hinter der Tür, bekam aber keine Antwort. Er lehnte die Stirn gegen das Holz. Seine Hand schloss sich fester um den zerknüllten Brief, den er im Morgengrauen nach einer schlaflosen Nacht auf dem Boden seiner Kammer entdeckt hatte. Warum nur hatte er ihn Hewie während ihres Besuchs in Castle Varrich schreiben lassen? Er biss sich auf die Lippe. Er hätte ihn zumindest vernichten müssen, nachdem ihm klar geworden war, dass er ihn nie abschicken würde. Doch stattdessen hatte er ihn nach seiner Rückkehr zunächst auf seinen Schreibtisch und später auf den Boden seiner Truhe gelegt und dort vergessen. Deshalb hatte er gestern Abend auch angenommen, dass River von jenem Brief an Aidan sprach, den er gerade erst in der Bibliothek zu schreiben begonnen hatte, wo er noch immer zwischen anderen Schriftstücken lag.

»River?« Wieder keine Antwort. Sollte er einfach den Raum betreten, so, wie Jan heute Morgen einfach mit Leith in seine Kammer geplatzt war?

»*Entschuldigt, Mylord, aber Leith ist untröstlich, weil er seine Möwe nicht findet.*«

»*Ihr tretet einfach, ohne vorher um Erlaubnis zu bitten, hier ein, und das wegen eines Stofftiers?*«

»*Ihr habt natürlich recht, vergebt uns. Es ist nur ... Der Junge ist ohnehin schon vollkommen aufgelöst, nachdem River ihm gestern Nacht gesagt hat, dass Ihr sie fortsendet, und er nun auch noch seine zweite Mutter in so kurzer Zeit verliert, und da dachte ich ... Vergebt mir, Mylord, wir hätten Euch nicht stören dürfen.*«

»River, ich muss mit dir reden.« Morgan legte seine Hand auf den eisernen Türknauf. Sollte er wie Jan einfach in die Kammer gehen, ihr sagen, dass sie den falschen Brief gelesen hatte, und noch einmal in Ruhe mit ihr über alles sprechen? Sie fragen, was wirklich am Fluss geschehen war. Ob sie Logan tatsächlich zurückgewiesen hatte? Gestern Abend hatte er das in seiner Wut für eine schlechte Ausrede gehalten, zumal River in Liebesangelegenheiten für eine unschuldige Frau viel zu viel wusste. Aber je länger er darüber nachgedacht hatte, desto mehr hielt er es für möglich. Außerdem hatte River recht. Warum sollte sie ausgerechnet sein Pferd stehlen, wenn sie vermeiden wollte, dass er von ihrer Affäre mit Logan erfuhr? Oder war genau das der Reiz gewesen? Die Furcht, dass er sie jeden Moment entdecken könnte?

»River, bitte.« Er brauchte jetzt Antworten. Er konnte kein neues Leben mit ihr aufbauen, mit ihr nach Brügge reisen und eine Familie sein, wäre da immer die quälende Ungewissheit, dass River ihn nur dazu benutzte, Logans Kind aufzuziehen. Damit er sie – wie Hewie vermutete – nicht mehr von Dunrobin Castle fortsenden konnte. Obwohl Hewie eigentlich davon gesprochen hatte, dass River ein Kind von ihm wollte, um ihn danach umzubringen und alleinige Herrin der Burg zu sein. Warum nur musste Hewie ausgerechnet jetzt den Verstand verlieren, wo er ihn so dringend brauchte?

»River, ich komme jetzt rein.« Morgan holte einmal tief Luft und wollte die Tür öffnen. Doch sie bewegte sich nicht.

Sie war verriegelt.

Warum war diese Tür verriegelt?

Er drückte wieder dagegen. »River, mach mir sofort auf.«

»Lass mich.«

Er hörte, wie ein Stuhl verrückt wurde. Sein Herzschlag stolperte, und er schlug heftig gegen die Tür, die doch nie wieder verriegelt hätte sein sollen. Die auch gar keinen Riegel mehr hatte, sondern nur noch die eisernen Halterungen dafür. Schlagartig fiel ihm ein, dass er selbst River geraten hatte, einen Kerzenhalter als Riegel zu benutzen – damit Logan nicht einfach ihre Kammer betreten konnte.

Angst überkam ihn, und er schlug wieder gegen die Tür. »River, du machst jetzt sofort diese Tür auf! Ich befehle es dir!«

»Nein.«

Ihm wurde gleichzeitig heiß und kalt. Stieg sie etwa gerade auf einen der Stühle? »River, ich flehe dich an, tu das nicht. Es tut mir leid. Bitte, mach die Tür auf, damit ich dir alles erklären kann. River.« Er trat mit aller Wucht gegen die Tür. »River! Gottverdammt, mach mir jetzt auf!«

»Warum?«

Morgan wurde es eiskalt. Er trat drei Schritte zurück und warf sich mit aller Wucht gegen die Tür, die daraufhin tatsächlich nachgab und den Weg in den Raum freigab. Er stürmte hinein und sah River, die ihn entsetzt anstarrte. Ein Stein fiel ihm vom Herzen, denn sie war unversehrt, bis auf die Haare, die sie sich, warum auch immer, bis auf Kinnlänge zurückgeschnitten hatte. Sie stand neben einem Stuhl vor dem geöffneten Fenster, doch das selbst gedrehte Seil aus zerrissenen Laken lag noch nicht um ihren Hals, sondern in ihrer Hand.

Mit einem Schritt war er bei ihr, riss ihr das Seil aus der Hand und schloss sie fest in seine Arme.

Doch River erwiderte seine Umarmung nicht und fragte ihn erst nach einer Weile: »Warum weinst du?«

Er hatte gar nicht bemerkt, dass ihm Tränen über das Gesicht liefen, doch nun fasste er sie an den Schultern und schüttelte sie heftig. »Weißt du nicht, dass das eine schreckliche Sünde ist und deine Seele dann auf ewig verdammt sein wird?«

Rivers Lippen bebten, doch sie antwortete nicht.

Er schüttelte sie heftiger. »Versprich mir, dass du das nie wieder tust. Versprich mir, dass du dich nie wieder umbringen willst, nur weil wir gestritten haben.«

»Mich umbringen?« River schüttelte den Kopf. »Ich will mich nicht umbringen.«

»Gut.« Morgan legte die Hände an ihre Wangen. »Das sagst du jetzt noch zehnmal, damit ich es dir glaube.«

River trat einen Schritt zurück. »Wenn du mir beim ersten Mal nicht glaubst, werden das weitere zehn Male auch nicht ändern.«

Eine Träne lief über ihre Wange, und er schloss die Augen. »River …«, begann er, brachte dann aber kein weiteres Wort heraus.

Sie trat noch einen Schritt zurück und hob das Seil vom Boden auf. »Du solltest jetzt gehen.«

Morgan starrte auf das Seil in Rivers Hand, dann auf ihre rosigen Lippen, die aber, wären seine Befürchtungen eingetreten, genauso blutleer hätten sein können wie die seines Vaters. Er schüttelte sich. Ein Bild wie dieses wollte er nie wieder sehen. »Gib mir das Seil.«

River schob es hinter ihren Rücken. »Geh bitte.«

Morgan atmete heftig ein und aus. »Mein Vater Rowan hat sich in diesem Raum erhängt, River. Ich kann, will und werde deshalb jetzt nicht gehen.«

River keuchte erschreckt: »Er hat sich umgebracht? Hier?«

Morgan nickte, während ihm die Erinnerung die Kehle zuschnürte. Nur Hewie war bei ihm gewesen, als sie ihn damals gefunden hatten, und bis auf Aidan, Niamh und Caitriona hatte er bisher niemandem davon erzählt.

»Das wusste ich nicht«, stammelte River. »Das hat mir nie jemand erzählt. Das muss furchtbar gewesen sein.«

»Aye, es war furchtbar«, hörte er sich sagen, während ihn seine Erinnerung wieder in die Vergangenheit und in diesen Raum schickte, den er nie wieder hatte betreten wollen. Er zitterte heftig.

»Aber weißt du, was das Schrecklichste war?«

»Was?«

Er brauchte einen Moment, um sich zu fassen. »Mein Vater hielt einen zerknüllten Zettel in seinen erkalteten Fingern.«

»Was für einen Zettel?« Rivers Stimme war nahezu tonlos.

Morgan sah ihr in die Augen. »Ein Zettel, auf dem nur ein einziger Satz stand. Und der lautete: *Ich bringe mich um, weil ich nicht mit der Schande leben kann, dass mein Enkel ein Bastard ist.*«

Schlagartig wich jegliche Farbe aus Rivers Gesicht. »Heißt das, dass Caitriona dich mit einem anderen Mann ... und dass Leith ...«

»Nicht mein Sohn ist?« Morgan ballte die Hände. »Caitriona hat es immer geleugnet, aber wenn ich Leith betrachte, erkenne ich nichts von mir in ihm. Aber weißt du, an wen er mich erinnert?«

River schüttelte stumm den Kopf.

Morgan schnaubte, noch immer ungläubig, dass ihm das nicht schon viel früher gekommen war. »Er erinnert mich an Logan, der gestern im Burghof genau darüber einen Witz gemacht hat, dass Leith die gleichen hellbraunen Haare und die gleichen grauen Augen hätte wie er.« Morgan hielt kurz inne, bevor er weitersprach. »Deshalb muss ich auch wissen, River, ob du am Fluss mit Logan geschlafen hast?«

Tränen strömten aus Rivers Augen, doch sie schüttelte den Kopf. »Nein.«

»Kannst du das, bei allem, was dir heilig ist, schwören?« Morgan hielt den Atem an und sah zu River, die am ganzen Körper zitterte, die sich hatte umbringen wollen. Denn er glaubte ihr nicht, dass das nicht ihre Absicht gewesen war. Weil ihr Vorhaben nicht aufgegangen war? Oder weil er ihr unrecht getan und ihr jede Aussicht auf Glück genommen hatte?

»Aye, ich schwöre es.«

Morgan atmete aus, und die Anspannung in seinen Schultern wich tiefer Schuld. »Also wolltest du wirklich wegen meiner Worte sterben?«

»Morgan, ich ... Es tut mir leid, ich ...«

»Nein.« Er hob eine Hand. »Mir tut es leid. Ich hätte gestern nicht so mit dir umgehen dürfen. Ich wusste zwar nicht, dass du den falschen Brief gelesen hast.«

»Den falschen Brief?«

Morgan nickte. »Aye. Du hast einen Brief gelesen, den Hewie geschrieben hat, als ich dich noch gar nicht richtig kannte und den ich dann in meiner Truhe vergessen habe. Hewie hatte schon immer etwas gegen unsere Ehe, Gott weiß, warum. Vielleicht war er damals schon krank. Jedenfalls wollte er dich zu Aidan senden, nicht ich.«

River zitterte. »Heißt das ... der Brief?«

»Das heißt, dass unsere Hochzeit kein Fehler war. Ich in deiner Gegenwart sehr wohl atmen kann und mit dir nach Brügge segeln werde. Auch wenn du nicht gut schreiben kannst, bist du außergewöhnlich klug und hübsch, und ich glaube ...«, Morgan holte tief Luft, »... ich glaube, dass ich dich liebe, wenn du mich tatsächlich nicht betrogen hast.«

Eine neue Tränenflut strömte über Rivers Gesicht. »Nein.« Sie schlug die Hände vors Gesicht und schluchzte heftig. »Nein, oh, mein Gott, nein, nein, nein.«

»Nein?«

River schluckte heftig, hob ihr kreidebleiches Gesicht und sah ihn an. »Morgan, ich habe dich nicht mit Logan am Fluss betrogen. Und auch nicht im Kerker. Nur ...«

»Nur was?

»Nur hier, letzte Nacht.« Sie reichte ihm das aus dem zerrissenen Bettlaken geknüpfte Seil mit dem deutlich sichtbaren Blutfleck darauf.

Morgan war unfähig, sich zu rühren. »Und dieses Seil ...«

»Dieses Seil ...«, River schluchzte immer heftiger, »war nicht für mich. Sondern für Logan. Damit er vorhin durch das Fenster fliehen konnte.«

KAPITEL 48

Ob es leichter war, eine Frau zu beerdigen oder sie auf Nimmerwiedersehen aus seiner Burg reiten zu sehen, konnte er nicht sagen. Er wusste nur, dass beides schrecklich war.

Niamh, die neben ihm am Fenster stand, griff nach seiner Hand. Die grauen Wolken am Himmel zogen sich immer dichter zusammen. »Bist du dir sicher, dass du sie gehen lassen willst?«

Morgan schwieg und sah auf Rivers schmale Gestalt. Er hatte in den letzten achtundvierzig Stunden weder gegessen noch getrunken, sondern sich einfach in seiner Kammer eingeschlossen und an die Wand gestarrt. Seine aufgeplatzten Fingerknöchel brannten noch immer von den Schlägen, die er Logan verpasst hatte, waren aber nichts im Vergleich zu dem Schmerz in seinem Innern, der zu seinem ständigen Begleiter geworden war.

Sein Blick glitt zu Logan, der vor River ritt. Hätte er ihn nicht doch besser umbringen sollen? Vorgehabt hatte er es allemal, als er vor zwei Tagen mit gezogenem Schwert in den Burghof gestürmt war. Doch hatte er sich von Niamhs Flehen, dass Logan schließlich der Vater ihres Kinds sei, davon abhalten lassen. Und von seiner rigorosen Großmutter, die sich doch tatsächlich zwischen ihre Schwerter geworfen hatte, um eine jahrelange Fehde mit den MacLeods zu verhindern. Und so war Logan mit einer leichten Schnittwunde am Bauch davongekommen. Um die sich seine Großmutter nach Logans Beteuerungen, dass seine Bemerkung über Leiths Abstammung doch nur ein schlechter Scherz gewesen sei, auch noch gekümmert hatte. Mochten sie beide zur Hölle fahren.

Er hätte Logan zum Abschied zumindest noch die Nase brechen sollen, denn selbst wenn nichts zwischen ihm und Caitriona gewesen war – was er stark bezweifelte –, hatte Logan doch mit River geschlafen. Doch dann wäre er auch ihr noch einmal begegnet, und nichts wäre schlimmer gewesen, als River noch ein letztes Mal zu sehen und ihre Stimme zu hören.

»Morgan? Hörst du mich überhaupt?«

Er sah zu seiner Schwester. Es war ihr Einfall gewesen, dass Logan River auf deren Heimreise begleitete. Denn Isla hatte bei Niamh auf Dunrobin Castle bleiben wollen, woraufhin sich auch Jan zunächst geweigert hatte, sich River anzuschließen. Warum er nun doch hinter seiner Schülerin herritt, wusste Morgan nicht. Aber es war auch nicht wichtig. Jan erinnerte ihn an River. Und alles, was ihn an River erinnerte, wusste er lieber in weiter Ferne.

»Noch ist es nicht zu spät.« Niamh blickte ihn eindringlich an. »Du weißt doch überhaupt nicht, ob sie schwanger ist.«

Morgan erwiderte darauf nichts, sondern sah wieder zu River, deren Pferd nun das Burgtor erreicht hatte. »Sie hat sich nicht von mir verabschiedet.«

Niamh atmete scharf aus. »Du hast ihr ausrichten lassen, dass sie gehen soll. Und trotzdem stand sie beinahe eine Stunde lang vor deiner Tür, um sich zu verabschieden.«

»Wer hat ihr das erlaubt?«

»Ich. Nachdem Leith sie weinend mit seiner Möwe beworfen hat, hoffte ich, dass zumindest du dich wie ein erwachsener Mann benehmen würdest.«

Was hätte er getan, wenn sie geklopft hätte? Sie angeschrien? Oder sie in den Arm genommen? Doch auch das war jetzt nicht mehr wichtig. Das gemeinsame Leben, das sie hätten haben können, wenn er ihr nicht ständig misstraut und sie ihn nicht betrogen hätte, würde es nie mehr geben. Einmal mehr kam sie ihm wie eine Selkie vor, die nun in ihre Welt zurückkehrte. Ohne ihn. Und auf ewig verloren.

Noch ehe River durch das Burgtor ritt, drehte er sich mit einem Ruck um. »Lässt du bitte Hewie zu mir bringen.«

»Er ist schon nebenan in Caitrionas altem Zimmer.«

Morgan runzelte die Stirn. »Er ist geistig verwirrt. Ich habe doch gesagt, dass er in seiner Kammer bleiben muss.«

»Nicht doch, ich habe mit ihm gesprochen. Er hat sich anscheinend nur den Kopf heftig gestoßen, doch jetzt geht es ihm wieder gut.« Sie machte eine Pause. »Er hat sich immerhin von River verabschiedet.«

Morgan schwieg lange. »Dann kam wohl alles so, wie es kommen musste.«

Niamh schüttelte den Kopf. »Weißt du nicht mehr, was Vater immer gesagt hat? Mit dem Leben ist es wie mit einem Sturm. Er überrascht uns nicht einfach, und wenn doch, dann nur deshalb, weil wir zuvor nicht genau hingesehen haben.«

»Nur dass der Sturm dieses Mal schon vorüber ist, Niamh.«

»Nein.« Seine Schwester sah ihm fest in die Augen. »Dass du River aus deinem Burgtor reiten lässt, bedeutet nicht, dass der Sturm vorüber ist. Es bedeutet nur, dass du mit geschlossenen Augen auf den Sturm zusegelst.«

KAPITEL 49

Er hatte ihr nicht nachgesehen bei ihrem Abschied vor einer Woche.

River fasste die Zügel ihres Pferdes fester und sah nach vorn zu der sich in der Ferne abzeichnenden Weggabelung. Beide Pfade führten nach Castle Varrich, der eine durch den Wald nahe der Rinderweiden, der andere durch das Dorf Tongue. Doch wo war der Pfad, der sie zurück nach Dunrobin Castle brachte und zurück zu dem Moment, in dem sie Morgans Kammer im Streit verlassen hatte? Könnte sie die Zeit zurückdrehen, hätte sie Logan niemals mehr einen Fuß in ihr Zimmer setzen lassen.

»… Ihr müsst sie endlich zu Verstand bringen, Lord MacLeod«, drang Jans Stimme von weit hinten an ihr Ohr. »Ihre Mutter wird das nicht verkraften. Und ihr Vater … ihr Vater schlägt sie am Ende grün und blau.«

Die Schwermut drückte auf ihre Brust und ihre Kehle. War sie am Ende ihre neue beste Freundin, nachdem Isla sie mit den Worten verabschiedet hatte: *Denkt Jan wirklich, dass ich mich ausgerechnet von dir umstimmen lasse? Nachdem du dich wie eine Hure durch fremde Betten geschlafen hast?*, und ihr dann die Tür vor der Nase zugeschlagen hatte? Nur um danach in ihrer Kammer zu schluchzen, River aber trotz ihres Flehens nicht mehr zu öffnen?

»Grün und blau! Habt Ihr kein Herz, Mylord? Wie könnt Ihr das River antun? Wo Ihr doch genau wisst, dass sie nur wegen Eures Fehltritts leiden muss?«

»Still jetzt«, fuhr ihm Logan über den Mund, trieb mit einem Schnalzen sein Pferd an und schloss mit einigen Galoppsprüngen zu River auf.

»Hat er recht?«, fragte er sie, nachdem er in den letzten Tagen kaum mit ihr gesprochen hatte, und sein fordernder Ton erschreckte sie. Sie wandte den Kopf zu ihm und bemerkte seinen ernsten und besorgten Blick. Warum nur gab Logan ihr keinen Grund, ihn zu hassen?

»Ich weiß es nicht«, antwortete sie ihm nach einer Weile. Ihr Vater hatte sie noch nie geschlagen. Aber was wusste man schon sicher? Sie hatte sich bislang auch nicht für eine Frau gehalten, die ihren Ehemann betrog – noch dazu im selben Zimmer, in dem sich sein Vater umgebracht hatte.

»Du schwankst im Sattel.« Logans Kiefer mahlten. »Du isst nicht. Und du siehst aus wie eine Leiche.«

Sie wollte nicht sterben, nicht tot sein. Denn das Reich der Toten gehörte Caitriona, und River wollte ihr nicht gegenübertreten und ihr sagen müssen, dass sie Leith im Stich gelassen hatte – nachdem er sich endlich so mühevoll an sie gewöhnt hatte und nun wieder unter Hewies Einfluss stehen würde. *Leith wird Euch nicht ewig böse sein,* hatte Hewie ihr nach ihrer kurzen Verabschiedung vor Morgans Kammer noch hinterhergerufen, ihr kurz davor aber noch harsche Vorwürfe gemacht. *Wie konntet Ihr das tun? Das ergibt überhaupt keinen Sinn. Wieso habt Ihr ihm Euren Betrug gestanden? Dachtet Ihr etwa, er würde Euch vergeben? War Euch nicht klar, dass Ihr damit alles zerstört?*

»River, mein Angebot steht.« Logan legte seine Hand auf ihren Arm. »Du kannst mit mir nach Ardvreck Castle kommen.« Er schwieg einen Moment. »Ich hätte dich dort gerne bei mir.«

River sah in sein Gesicht. Sie suchte nach einem Anzeichen von Belustigung, nach einem spöttischen Zucken der Mundwinkel, nach einem schelmischen Funkeln in seinen Augen. Doch sie fand nach wie vor nur Ernsthaftigkeit und Sorge in seinem

Blick. War das nicht alles, was sie früher von einem Mann gewollt hatte?

»Du bekommst ein eigenes Zimmer und kannst tun und lassen, was du willst.« Logan beugte sich näher zu ihr. »Freiheit, verstehst du? Ich stelle keine Erwartungen an dich.«

River schluckte. Das letzte Mal hatte sie sich frei gefühlt, als sie auf Morgans Schiff Richtung Dunrobin Castle in eine vermeintlich hoffnungsvolle Zukunft gesegelt war. Als sie noch geglaubt hatte, mit Morgan eine glückliche Ehe führen zu können und eines Tages nach Brügge zu gehen. Nur war sie damals nicht frei gewesen. Weil ihr Herz und ihre gesamten Pläne an Morgan gebunden gewesen waren. Und sie mit seinem Verlust auch sich und die von ihr ersehnte Zukunft verloren hatte.

»So sag doch etwas, River. Du warst doch sonst nie um eine passende Erwiderung verlegen.«

»War«, flüsterte River und schüttelte den Kopf. »So vieles war.« Die Frage war nur, was blieb, und ihr blieb nichts.

»Jetzt klingst du wie mein Bruder Finley«, meinte Logan verdrießlich.

River sah ihn an und spürte ... nichts. »Ich kann nicht mitkommen.«

»Sei nicht stur, River. Ich will nicht, dass deine Eltern dir wegen meines Fehlverhaltens wehtun.«

»Danke, Logan. Aber sie können mir nicht wehtun.« Und das konnten sie wirklich nicht. Mochte ihr Vater sie schlagen, ihre Mutter in Ohnmacht fallen und Leaf verächtlich vor ihr ausspucken. Sie konnten ihr damit nicht wehtun. Weil sie wusste, was sie falsch gemacht hatte und deshalb schon genug Schuld, Scham, Wut und Trauer spürte. Deshalb würde es aber auch nichts helfen, sich auf Logans Burg zu flüchten, wo sie doch wusste, dass sie dort nicht glücklich werden würde. Es würde nicht helfen, den nächsten Fehler zu machen, um den ersten zu verstecken.

»Wenn du ein Kind bekommen solltest ...«

River bekam eine Gänsehaut und antwortete schnell: »Dann weiß meine Schwester Flower bestimmt, was man dagegen tut.«

Logan presste die Lippen aufeinander. »... dann musst du meinetwegen niemandem sagen, dass es nicht von Morgan ist. Auch wenn mein Schwager diese Schmach weiß Gott verdient hätte.«

Logans verdrießlicher und gleichzeitig mitfühlender Gesichtsausdruck rührte River. »Also hast du doch gelogen.« Sie löste seine Hand von ihrem Arm und drückte sie kurz. »Du bist ein guter Mann.«

Logans Miene verfinsterte sich. »Keinesfalls. Wehe, du behältst mich so in Erinnerung. Dann hebe ich dich sofort von deinem Pferd und zerre dich in diesen Wald hinein, das schwöre ich.«

River öffnete gerade den Mund, um etwas zu erwidern, als Jan schwer atmend mit seinem Pferd zu ihnen aufschloss. »Und ich schwöre, dass ihr beide den Verstand verloren habt, wenn wir alle drei nicht sofort umkehren! Du bist doch ein schlaues Mädchen, River. Oder habe ich mich in dir geirrt?«

River sah Jan mitfühlend an. Schon in den letzten Tagen hatte er immer wieder darauf gedrängt, dass sie umkehren sollten. Islas Entschluss, ihn zu verlassen, musste ihn noch härter getroffen haben als sie der Umstand, dass ihre beste Freundin sie aufgrund ihres Ehebruchs einfach fallen gelassen hatte. Sie sah Jan eindringlich an. »Du musst genauso wenig mit mir mitkommen wie Logan.«

»Aber ich kann nicht ohne dich zurück. Du musst um deinen Ehemann kämpfen und ich um Isla und ... du willst doch immer noch nach Brügge?«

»Soll ich ihn knebeln?« Logan warf Jan einen so grimmigen Blick zu, wie ihn River noch nie zuvor bei ihm gesehen hatte.

Sie schüttelte den Kopf und meinte an Jan gerichtet: »Ich habe um Morgan gekämpft. Ich bin mitten in den Sturm hineingesegelt, wie du es mir gesagt hast. Und habe Schiffbruch erlitten.«

Jan schnaubte. »Das dürfte wohl an Lord MacLeod liegen.«

In River kam Wut auf. Seit wann sprach Jan in diesem Tonfall mit ihr? »Ich kehre nicht um, sondern reite nach Castle Varrich. Wenn du nicht mitkommen willst, ist das deine Entscheidung.«

»Aber du brauchst mich, River. Oder hast du das vergessen?«

Sie atmete scharf ein. »Drohst du mir etwa?«

Jan presste die Lippen aufeinander. »Nein, nein ... ich will dir nur helfen. Ich will uns helfen.«

»River braucht keine Hilfe«, mischte Logan sich ein und nickte ihr zu. »Ist es nicht so?«

Sie schwieg einen Moment und sah erst zu Logan, der sie nach Ardvreck Castle mitnehmen wollte, und dann zu Jan, der sie nach Dunrobin Castle zurückbringen wollte. Keine der beiden Burgen war ihr Zuhause, und sie wusste nicht einmal, ob Castle Varrich es noch war. Sie dachte an Brügge, an ihre Perlen, an das Meer und an die weite Welt. Und auf einmal war sie sich sicher, dass sie einen Weg finden würde, um eines Tages dort hinzugelangen. Auch ohne jemanden an ihrer Seite.

»Aye, so ist es.« Sie nickte Logan knapp zu. »Ich weiß mir selbst zu helfen.«

»Aber Brügge ...?« Jan schien am Rand der Verzweiflung zu sein.

»Brügge hat achtzehn Jahre lang auf mich gewartet. Es wird noch ein paar Wochen länger warten können, bis ich einen Weg gefunden habe, um dorthin zu kommen.«

Jan fluchte heftig, wendete sein Pferd und ritt ohne ein weiteres Wort davon.

Noch während River ihm verwirrt nachsah, wendete Logan ebenfalls sein Pferd. Sie zog die Brauen zusammen. »Du gehst auch?«

Logan nickte. »Du wirst deinen Weg finden.« Er griff nach ihrer Hand und drückte einen Kuss darauf. »Ich wusste immer, dass du Feuer hast, Mylady. Gnade all denen, die sich in Brügge daran verbrennen werden.«

KAPITEL 50

»Ich muss dich etwas fragen, Isla.«
»Ach, seit wann redest du denn mit mir, der abartigen Frau?«
»Entschuldige?«
Isla winkte ab. »Lass nur, denn eigentlich ist mir sowieso gleich, was du von mir denkst. Solange Morgan hinter Niamh steht, sind wir sicher. Also, was gibt's, Hewie? Will Morgan wieder wissen, ob ich etwas von River gehört habe?«
»Hast du denn?«
»Nein. Und bevor du fragst: Niamh hat auch nichts von Logan gehört. Die beiden könnten also sehr wohl nackt zusammen in irgendeinem Bett liegen und sich miteinander vergnügen. Oder auch einfach tot sein.«
»Du sagst das so einfach dahin, dabei war River doch deine Freundin?«
»River hat sich keinen Deut um mich gekümmert, seitdem wir auf dieser Burg sind. Es drehte sich alles immer nur um sie und Morgan. Und als Morgan sie nicht wollte, hat sie zuerst mit meinem Ehemann geschlafen, um es dann mit Logan zu treiben. Nennst du das eine Freundin? Ich kann vieles verzeihen, aber das kann ich ihr nicht vergessen.«
»River soll mit Jan geschlafen haben?«
»Bist du taub? Das habe ich doch gerade eben gesagt. Tja, ich war ihm wohl nicht fein genug. Anstatt mit mir zu schlafen, hat er immer nur an River gedacht. Dass ihre Lippen viel voller waren als meine und ihre Haare viel glänzender. Und natürlich war sie auch viel

schlauer und einfallsreicher als ich.« Isla schnitt eine Grimasse. »Dabei kann sie nicht einmal richtig schreiben, wusstest du das?«

»Jan hat dir gesagt, dass er vor Logan mit River geschlafen hat?«

»Du musst wirklich taub sein. Aber noch einmal, ja, das hat er gesagt. Und zwar kurz bevor wir uns voneinander verabschiedet haben und ich mich nicht bei Niamh dafür einsetzen wollte, dass er hier auf der Burg als Leiths Lehrer bleiben kann. Zum Glück hatte ich mich da schon in Niamh verliebt und ...« Isla runzelte die Stirn. »Aber warum wirst du denn auf einmal so bleich? Liebe ist eben Liebe. Wieso versteht das denn keiner?«

Hewie nickte schwach. »Aufrichtige Liebe macht mir keine Angst.« Es war der Hass, den er fürchtete.

KAPITEL 51

»Keine Blutung? Seit zehn Wochen?« Flower wandte sich abrupt von dem vorgestern geborenen Hochlandkalb ab, das sie auf den Weiden von Ribigill anlocken wollten.

River nickte. Ihre Familie wusste bisher nur, dass sie fortan nicht mehr auf Dunrobin Castle leben würde, und vermutete deshalb, dass Morgan sie verbannt hatte. Dieser Vermutung hatte sie zwar ausdrücklich widersprochen – denn sie wollte keinesfalls eine Fehde mit Clan Sutherland heraufbeschwören –, aber anschließend zu allen weiteren Mutmaßungen geschwiegen. Weshalb ihr Vater nun nicht mehr mit ihr sprach, außer wenn er sie zur Rückkehr zu Morgan bewegen wollte, bis ihre Mutter sich dann einschaltete und sie in Schutz vor ihm nahm. Und das, obwohl Rhona es ihr immer noch übel nahm, dass sie sich ihre schönen langen Haare abgeschnitten hatte. Sie räusperte sich. »Vielleicht sind es auch schon elf Wochen.«

»Elf?« Flower zog die Brauen zusammen und blickte auf Rivers Bauch. »Und die Übelkeit am Morgen hattest du gestern nicht zum ersten Mal, nicht wahr?«

River presste die Lippen zusammen. Flower war doch erst vor drei Tagen mit ihrem Ehemann Cailan angekommen und hatte das trotzdem bemerkt? »Nein.«

Flower nickte langsam. »Dann wächst da wohl ein kleiner Sutherland in dir.«

River stöhnte heftig und ließ sich ins Gras sinken. Das Kalb, das sich ihnen bereits genähert hatte, erschreckte sich und sprang auf wackeligen Beinen zurück zu seiner Mutter unter den Unterstand der umzäunten Weide. Zwar hatte River schon geahnt, dass sie schwanger war, aber ihre Befürchtung nun von Flower bestätigt zu bekommen war noch einmal etwas anderes. Musste dies jetzt noch zu allem anderen dazukommen?

Dabei hatte sie sich alles so gut überlegt. Nachdem Jan zurückgekommen und sich bei ihr für seinen Wutausbruch entschuldigt hatte, hatte er sie tatkräftig bei ihren Plänen, ohne Morgan nach Brügge zu reisen, unterstützt. Und obwohl sie auf niemanden mehr hatte angewiesen sein wollen, konnte sie doch nicht leugnen, dass sie ohne seine Hilfe längst nicht so schnell vorangekommen wäre. Denn er hatte ihr die Namen der einflussreichsten Familien in der Handelsstadt genannt und die Briefe, die sie ihm daraufhin diktierte, aufgesetzt. Drei Nächte lang hatte sie damit gehadert, dass sie dazu immer noch nicht selbst in der Lage war, bis sie begriff, dass sie es eben doch konnte, wenn auch auf andere Weise: nämlich indem sie jemanden wie Jan gefunden hatte, der ihr beim Schreiben behilflich war. Da Flower und Cailan nach ihrem Aufenthalt auf Castle Varrich zu einem Besuch bei Finley und Hailey in den Süden Schottlands aufbrechen wollten, hatten sie und Jan sich den beiden anschließen wollen, um dann von dort aus auf den Kontinent zu reisen. Einige Perlen hätten sie auch mit dabei, nachdem Dubh – der River nur zu Besuch in Castle Varrich wähnte und nichts von Islas Trennung von Jan ahnte – einige Burschen im Dorf angewiesen hatte, in den Flüssen nach Perlen für sie zu suchen, und diesen dabei tatkräftig zur Hand gegangen war. Und nun drohte ein Kind all diese Pläne zu durchkreuzen?

»Du freust dich nicht.« Flower legte ihr eine Hand auf die Schulter, doch River konnte nicht länger sitzen bleiben und begann nun, vor ihrer Schwester auf und ab zu gehen. Wie viele Wochen brauchte sie wohl bis zum Hafen in Edinburgh, wenn sie jetzt sofort aufbrach?

»Vielleicht ist ein Kind ja genau das, was du jetzt brauchst«, erklärte Flower zu Rivers Überraschung, denn ihre Schwester hatte sich früher immer dagegen ausgesprochen, Kinder haben zu wollen.

Flower schien ihre Gedanken zu erahnen, und sie hob leicht die Hände. »Ich weiß, das muss gerade ich sagen. Aber nicht jede Frau kann Kinder bekommen. Bei manchen dauert es lange, bis sie schwanger werden.« Nach einer Weile fügte sie hinzu: »Und anders als ich wolltest du doch schon immer ein Kind.«

»Ja, aber mit einem Ehemann, der mich liebt.« River wandte sich ab, und einmal mehr stieg Neid in ihr auf, als sie daran dachte, mit welchen Blicken Cailan Flower beim gestrigen Abendessen bedacht hatte. »So wie du einen hast.«

Flower wollte nach Rivers Hand greifen, doch River wich ihr aus. Ihre Schwester ließ die Schultern hängen. »Aye, Cailan liebt mich. Und ich liebe ihn. Trotzdem ...« Flower holte tief Luft und sah zu dem neugeborenen Kalb, das den Namen Fionella erhalten hatte. »Trotzdem lastet es schwer auf uns, dass ich noch nicht schwanger bin, obwohl ich es mittlerweile gerne wäre.«

River glaubte, sich verhört zu haben. Ihrer großen Schwester gelang einmal etwas nicht? »So liebevoll, wie Cailan mit dir umgeht, würde man das nicht denken.«

Flower bog den Rücken durch. »Aye, er ist der Beste. Er gibt sich viel Mühe, zuversichtlich zu bleiben, dass es schon irgendwann klappen wird. Und das, obwohl sein Vater letztens die Mutmaßung angestellt hat, ob er wohl schon Enkel hätte, wenn Cailan anstatt mit einer viel beschäftigten Tierheilerin wie mir mit Eleanor MacDonald verheiratet wäre.«

River erinnerte sich an die eindeutigen Geräusche, die letzte Nacht aus dem Raum von Flower und Cailan gedrungen waren, als sie sich vom Burgturm in ihre eigene Kammer zurückgezogen hatte. »Ich bin mir sehr sicher, dass Cailan die Ehe mit dir nicht bereut.«

»Ich weiß. Trotzdem, was ich sagen wollte, River, andere Frauen würden dich darum beneiden, dass du ein Kind in dir trägst. Auch ich beneide dich darum.«

»Machst du dich lustig über mich? Was will ich denn mit einem Kind ohne Ehemann?«

»Du hast einen Ehemann, River, und ihr könnt euch nach eurem Streit wieder versöhnen. Ich bin mir sicher, Morgan sieht das genauso.«

Nun verstand River gar nichts mehr. »Das sagst du ernsthaft, obwohl du Morgan noch nie leiden konntest?«

Flower schüttelte den Kopf. »Ich konnte die Vorstellung nicht ertragen, dass du unglücklich mit Morgan wirst. Das heißt aber nicht, dass ich ihn nicht leiden kann.« Sie griff wieder nach ihren Händen, und dieses Mal zog River sie nicht zurück. »Außerdem war Logan bei uns zu Besuch und hat mir versichert, dass dein Ehemann dich liebt. Auch wenn er dich nach der Sache mit Logan fortgeschickt hat und sich diesbezüglich nicht umstimmen lassen wollte.«

»Der Sache mit Logan?«, fragte River alarmiert.

»Ja, Logan hat mir alles erzählt. Ich weiß daher, dass Morgan dir fälschlicherweise vorgeworfen hat, dass du mit Logan geschlafen hättest, nur weil ihr zusammen ausgeritten seid. Morgan muss dir sehr zugetan sein, wenn ihn allein schon dieser Umstand so eifersüchtig macht.«

»Das hat dir Logan gesagt?«

Flower nickte. »Cailan hat ihm natürlich kein Wort geglaubt, zumal Logan uns auch gebeten hat, nach Castle Varrich zu reisen, um dort nach dir zu sehen.«

Rivers Hände begannen zu zittern, und als Flower ihr sacht die Hand auf die Schulter legte und sie fragend ansah, konnte sie die Tränen nicht länger zurückhalten. »Es ist so verdammt ungerecht.« River holte Luft. »Ich wollte immer nur alles richtig machen ... für alle ... und gut zu allen sein ... aber ich glaube einfach, dass Morgan mich nicht wirklich will und liebt und ...«

Flower schob sie von sich und sah sie entsetzt an. »Also hat Cailan doch recht? Und du hast Morgan mit Logan betrogen?«

River presste die Lippen zusammen. »Nur zu, halte dich nicht zurück, mach mir ruhig Vorwürfe. Ich sehe deinem Gesicht doch eh an, was du denkst.«

Flower schluckte sichtlich. »Logan kann was erleben, wenn ich ihn das nächste Mal sehe.«

River schnaubte. »Hast du vergessen, dass dazu immer zwei gehören? Und dass ich auch einfach Nein zu ihm hätte sagen können?«

»Logan ...«

»Nicht Logan, Flower. Ich!«

Flower schwieg einen Moment und rang sichtlich um Fassung. Dann sagte sie ernst: »Aye, auch du. Aber jeder macht Fehler.«

»Aber ich *bin* der Fehler!« Rivers Wut wich der Verzweiflung. »Du hättest an meiner Stelle und in meiner Situation bestimmt nicht mit Logan geschlafen.«

»Woher willst du das wissen?« Flower griff erneut nach ihren Händen. »Und genauso wenig weißt du, ob Morgan nicht mit einer anderen Frau geschlafen hätte, wäre er in deiner Lage gewesen.«

River schluckte. »Weil er ... weil ihr ...«, dann schwieg sie und beendete ihren Satz in Gedanken: *Weil ihr einfach besser seid als ich?*

»River, ich kenne dich. Und wenn du deine Loyalität gegenüber Morgan aufgegeben hast, dann nur, weil Morgan dir einen verdammt guten Grund dafür gegeben hat.«

Aye, er hatte ihr viele Gründe gegeben. Aber was zählte das jetzt noch? »Das bringt doch alles nichts mehr«, murmelte River. »Ich muss ihn einfach vergessen.« Nur wie sollte das gehen, solange sie insgeheim noch immer auf eine Versöhnung mit Morgan hoffte, obwohl sie von Logan schwanger war?

»Du solltest ihm schreiben.«

»Was?«

»Ihm sagen, dass du schwanger bist. Das Kind kann schließlich genauso gut von ihm sein.«

Bitterkeit stieg in River empor, und sie schloss kurz die Augen. »Nein, kann es nicht.«

Flowers Augen weiteten sich, aber diesmal sagte sie kein Wort, sondern wartete, ob River sich ihr noch weiter erklären würde. Als das nicht der Fall war, meinte sie nach einer Weile: »Du solltest ihm trotzdem schreiben. Damit ihr beide entscheiden könnt, wie ihr weitermachen wollt. Vielleicht erkennt Morgan das Kind ja trotzdem als seines an, da es nicht sein Erbe ist?«

River schüttelte den Kopf. »Das könnte ich nicht von ihm verlangen.« Morgan und sie waren wie die Sterne und das Meer. Bei Nacht sah es so aus, als würden sie ineinander übergehen. Aber sobald die Sonne aufging, drifteten sie auseinander, und es gab kein Zusammenfinden mehr. Sie musste an das Bild denken, das Skye für sie gezeichnet hatte. Darauf war sie neben ihrer Familie und Jan zu sehen, aber Morgan hatte gefehlt.

»Du solltest ihm trotzdem schreiben. Einfach, damit er es weiß.«

River sah sie bittend an. »Könntest du … es nicht wegmachen?«

Flower wandte ihren Kopf und betrachtete das neugeborene Kälbchen. »Weißt du, wie viele Frauen schon dabei gestorben sind?«

Rivers Schultern bebten. »Aber ich will es nicht bekommen. Ich will in Brügge ein neues Leben beginnen.«

Flower schüttelte den Kopf. »Sei ehrlich, River. Weswegen willst du das Kind nicht bekommen? Weil es Brügge im Weg steht? Oder weil es dich an deinen Fehler erinnert?«

River blinzelte. »Beides? Ich … ich weiß es nicht.«

»Dann werde dir erst einmal darüber klar. Denn ein Fehler wird nicht dadurch geheilt, dass man den nächsten macht.«

»Denkst du denn, ich könnte zusammen mit dem Kind nach Brügge gehen?«

Flower schwieg lange. »Früher hätte ich Nein gesagt. Aber inzwischen bin ich der Meinung, dass es nicht immer nur den einen Weg gibt, sondern mehrere.«

River blähte die Backen. »Und wenn mein Kind genauso wenig schreiben kann wie ich? Wenn es genauso naiv und gutgläubig wird wie ich?«

Diesmal lächelte Flower und legte ihre Stirn an die Rivers. »Ersteres ist kein Grund, das Kind nicht zu wollen. Und was Zweiteres betrifft, wird es dann ein ganz wunderbarer Mensch, River. Genau wie du es bist.«

Aidan, vergiss den Handel mit den Perlen. River und ich kommen nicht nach Brügge, weil ... sie mich verlassen hat? Nein. Morgan stützte seinen Ellbogen auf den Tisch der Bibliothek und das Kinn in seine Handfläche. Das konnte er nicht schreiben, schließlich hatte er River fortgesandt.

... weil wir nicht mehr Mann und Frau sind? Nein, das ging auch nicht. Denn sie hatten diese Entscheidung nicht einvernehmlich getroffen, sondern er hatte sie vielmehr mit seinen wüsten Beleidigungen und Verdächtigungen von sich gestoßen und in die Arme von Logan getrieben.

Er presste die Kiefer zusammen. Der Gedanke, River könnte die gemeinsam mit Logan verbrachte Nacht genossen haben, war furchtbar. Einen Augenblick hoffte er sogar, dass Logan grob zu ihr gewesen war und nur an die Befriedigung seines eigenen Verlangens gedacht hatte. Ein Gedanke, den er sofort bereute, denn an allem, was geschehen war, trug allein er die Schuld. Genauso wie an der Tatsache, dass Leith kaum mehr sprach, seine Großmutter ihn mied und er sich an Caitrionas Grab noch mehr schämte als früher, sodass er seit Wochen kaum noch in den Schlaf finden konnte.

Aidan, die Sache mit den Perlen war ein dummer Einfall. Kaum dass er den Satz zu Ende geschrieben hatte, strich er auch ihn wieder durch. Es war kein dummer, sondern ein brillanter Einfall gewesen. River und er in Brügge, um sie herum Menschen und Güter aus aller Welt. Er schluckte. Hatte Niamh recht damit, dass er vorschnell reagiert und River nicht hätte wegschicken dürfen? Er wusste doch gar nicht, ob sie überhaupt schwanger gewesen war. Aber vielleicht war sie es inzwischen? Weil sie mit Logan auf Ardvreck Castle lebte?

Die Tür zur Bibliothek flog auf, und Isla kam hereingerauscht. Sie legte ein vergilbtes Pergament vor ihn auf den Tisch. »Das gehört wohl dir.«

Morgan zog die Brauen zusammen. Um Niamhs willen hatte er versprochen, freundlich zu Isla zu sein, obwohl sie die Standesunterschiede zwischen ihnen ständig missachtete, keinerlei Höflichkeit kannte und er schon mehrmals kurz davor gewesen war, sie einfach aus seiner Burg zu werfen. Vor allem aber konnte er ihre Anwesenheit, seitdem River nicht mehr auf Dunrobin Castle weilte, noch einmal weniger ertragen als früher. Und wie sollte Isla überhaupt in den Besitz von etwas gelangen, das ihm gehörte?

Er griff nach dem Pergament und faltete es auseinander. Und dann verstand er plötzlich überhaupt nichts mehr. »Das ist meine Landkarte.« Innerlich hatte er schon nicht mehr damit gerechnet, dass er sie jemals wiedersehen würde.

Isla trat vor seinen Tisch und blickte ihn offen an. »Nur dass das klar ist. Ich habe die Karte nicht gestohlen. Ich habe sie heute zufällig unter der Matratze gefunden, als ich sie zurechtrückte, nachdem Niamh und ich uns auf ihr gewälzt haben. Jan muss sie dort versteckt haben.«

»Jan?« Morgan zog die Brauen zusammen. Er war sich nie ganz schlüssig gewesen, ob Hewie oder River die Karte entwendet hatte. Aber Jan hatte er niemals verdächtigt. »Wieso sollte er denn meine Seekarte stehlen?«

»Tja, da fragst du die Falsche. Ich dachte, ich kenne ihn, aber je länger er weg ist, desto mehr kommt er mir vor wie ein Fremder. Wäre er bloß in Brügge geblieben, hätte ich weniger Ärger gehabt.«

»Jan ist in Brügge aufgewachsen?« Das wurde ja immer kurioser.

Isla machte eine wegwerfende Handbewegung. »Aye, im Haus eines Kaufmanns namens Pim van ... mir fällt sein restlicher Namen nicht mehr ein.«

Jetzt wurde Morgan erst recht hellhörig. »Etwa van Geleen?« Bei dem auch Hewie aufgewachsen war?

Isla zuckte mit den Schultern. »Vielleicht, ich weiß es, wie gesagt, nicht mehr. Er hat mir nur einmal von ihm erzählt. Mit River hat er sicher öfter darüber gesprochen.« Damit schien alles gesagt, und Isla wollte sich gerade zum Gehen wenden, als ihr noch etwas einfiel. »Warte, das gehört eigentlich auch dir.«

Sie führte die Hände um ihren Nacken und öffnete eine feine Silberkette, deren Anhänger in ihrem Ausschnitt steckte. Morgan staunte nicht schlecht, als Isla die Kette vor ihn hinlegte und er das silberne Herz erkannte, das er erst Caitriona und dann River geschenkt hatte. »River wollte sie nicht länger tragen. Und ich will sie auch nicht mehr.« In Islas Augen trat Schmerz. »War ja doch nur ein Herz aus kaltem Metall, ein Almosen von der mildtätigen River an die ihr nicht ebenbürtige Isla.«

Morgan legte die Kette auf seine Handfläche und schloss seine Finger um das silberne Herz. »Rede nicht schlecht von meiner Ehefrau.«

Isla zuckte mit den Schultern. »Jeder bekommt das, was er verdient. Auch wenn ich manchmal immer noch hoffe, dass sie zurückkommt und sich für alles entschuldigt.«

Morgan schluckte. »Schick bitte Hewie zu mir. Ich muss mit ihm reden.«

KAPITEL 52

Die ersten Worte, die sie von Morgan gelesen hatte, waren also nicht von ihm geschrieben worden. Während River allein in der Bibliothek von Castle Varrich saß, fuhr sie mit den Fingern über die Buchstaben jenes Briefs, den Morgan einst an ihren Vater gesandt hatte. Wie sehr sie von der gleichförmigen, makellosen Handschrift doch beeindruckt gewesen war. Dabei war es Hewies Schrift gewesen, nicht die von Morgan.

River nahm den Brief aus ihrem Tagebuch, zerknüllte ihn und warf ihn in den Kamin. Sie wartete nicht, bis die Flammen das Schriftstück verschlungen hatten, sondern blickte auf das leere Papier vor ihr, das Skye ihr stillschweigend von Father Maxwell aus dem Bergkloster geholt hatte. Ein Brief. Ein einziger, letzter Brief, in dem sie Morgan alles erklärte und der den Abschied von Angesicht zu Angesicht ersetzen sollte, der nicht stattgefunden hatte.

River nahm die Feder zur Hand und tauchte deren Spitze in die Tinte. Mit jedem Strich des Federkiels auf dem rauen Papier würde sie Morgan einmal mehr beweisen, dass sie nicht richtig schreiben konnte und es ihr trotz aller Bemühungen nicht gelungen war, diese Fertigkeit zu erlernen. Aber das würde sie nicht länger daran hindern, ihm das Schreiben trotzdem zu schicken.

Sie war nun einmal, wie sie war. Und das war gut so. Je öfter Flower ihr das in den letzten beiden Wochen gesagt hatte, desto mehr hatte sie begonnen, es zu glauben. Sie konnte nicht fehlerfrei schreiben. Aber dafür konnte sie andere Dinge. Sie konnte mit Geschichten überzeugen, groß träumen und Auswege aus den schwierigsten Lagen finden.

Dieser Brief war ein Teil ihres Auswegs. Ein Teil ihrer Zukunft, weil sie mit ihm die Vergangenheit abschloss. Und obwohl sie Jan hätte bitten können, ihn für sie zu verfassen, hatte sie es nicht getan. Denn sie wusste, dass sie diesen Brief selbst schreiben musste. Mit all den Fehlern, die sie nun einmal machte.

Morgann.

War hier nicht schon ein n zu viel? Ganz gleich, sie würde die Worte genauso zu Papier bringen, wie sie sich in ihrem Kopf anhörten.

Morgan,
erinnerst du dich noch an den ersten Satz, den ich zu dir gesagt habe? Er war eine Entschuldigung. Weil ich dich mit einem Stein beworfen hatte und dachte, du würdest mich dafür verurteilen. Ich war naiv und, obwohl ich dich nicht kannte, in dich verliebt und wollte so sehr, dass du mich magst. Ich wollte dein Frühling sein. Dein Neubeginn. Deine Zukunft.
Doch ich habe mich geirrt. Caitriona war dein Frühling, und ich war dein Winter. Und trotzdem ist mein letztes Wort an dich keine Entschuldigung, sondern ein Danke.
Danke für die Augenblicke, in denen wir zusammen gelacht haben, und für die Küsse im Regen. Und danke, dass du mit mir an Brügge geglaubt hast.
Vielleicht war es das, was ich am meisten an dir geliebt habe: dass du wie ich träumen kannst.
Morgan, wenn du das liest, bereite ich mich auf meine Reise nach Brügge vor. Jan wird mich begleiten, und ich werde dort versuchen, einen Handel mit Perlen aufzubauen – in jeglicher

Form und Größe. Ich weiß noch nicht genau, wie ich es machen werde, aber mir wird schon etwas einfallen.
Grüße Leith von mir. Und Isla. Ich weiß nicht, was ich ihr getan habe, aber ich hoffe, dass sie glücklich wird. Ich hoffe, dass ihr alle glücklich werdet.
Ich und mein Kind werden es eines Tages auch sein.
Ein letztes Mal an dich denkend
River Sutherland

Sie atmete tief durch, als sie merkte, dass ihr Tränen in die Augen stiegen, drängte sie zurück und wartete dann so lange, bis die Tinte getrocknet war und sie ihr Schreiben zusammenfalten konnte. Danach war es jedoch mit ihrer Selbstbeherrschung vorbei, und sie weinte bitterlich. Bis sie irgendwann ihr Tagebuch zuklappte, den Brief mitnahm und ging.

»Du hast was getan?« Jans sonst so gutmütige Stimme überschlug sich, als sie nach ihrem Besuch im Dorf gemeinsam zurück zur Burg gingen.

River blieb verwundert nahe der baufälligen Kirche von Tongue stehen und sah, wie sich auf Jans Hals rote Flecken bildeten. »Ich habe Morgan einen Brief geschrieben und ihm von meinem Kind berichtet. Damit sowohl er als auch ich frei sein können.«

Jan packte sie an den Schultern, sein Gesicht verwandelte sich in eine zornige Fratze. »Du Närrin, du törichtes, dummes Ding, du …« Er schüttelte sie heftig und so lange, dass River ihm gegen das Schienbein treten musste, damit er sie losließ.

»Was erlaubst du dir?«, zischte sie und funkelte den Mann an, den sie noch nie in solch einem aufgebrachten Zustand erlebt hatte.

Jan griff wieder nach ihr und schüttelte sie erneut. »Ist der Brief schon unterwegs?«

Sie kniff die Augen zusammen und stieß ihn von sich. »Aye, das ist er.« Was war nur mit ihm los? Sollte sie vielleicht besser um Hilfe rufen? Graham oder Kerr könnten sie sicher noch hören.

»Gott, River, nein. Nein ... ich kann es nicht glauben, denn jetzt wird er dich nie wieder zurücknehmen! Du nutzloses Mädchen, du ...«

Sie sah Jan fassungslos an. »Du vergreifst dich erneut im Tonfall mir gegenüber. Hast du dich gegenüber Isla auch so verhalten?«

Jan trat zu ihr und forderte schneidend: »Du schreibst jetzt sofort einen zweiten Brief und sagst ihm, dass du das Kind verloren hast.«

»Das zu verlangen steht dir nicht zu«, entgegnete River mit wachsendem Zorn und legte eine Hand auf ihren Bauch. »Außerdem werde ich das keinesfalls tun. Ich reise bald mit Cailan und Flower nach Süden. Auch wenn du mir das anscheinend nicht geglaubt oder zugetraut hast.«

»Ich hätte das schon noch verhindert. Ein Wort über das Kind in deinem Bauch kurz vor eurer Abreise, und dein Vater hätte dich und mich, anstatt uns in den Süden ziehen zu lassen, eigenhändig zurück nach Dunrobin Castle gebracht.«

River glaubte, ihren Ohren nicht zu trauen. »Du kannst jederzeit nach Dunrobin Castle zurückkehren, aber ich reise nach Brügge. Daran können mich auch meine Eltern nicht hindern, denn das nötige Silber für diese Reise hat mir Flower bereits gegeben.«

Jan stand wie vom Donner gerührt da. »Du willst deinen Plan also tatsächlich in die Tat umsetzen. Wieso wissen deine Eltern dann noch nichts davon?«

Sie schob das Kinn nach vorn. »Weil ich das bislang nicht für nötig befunden habe und es vollkommen ausreicht, wenn ich ihnen das erst jetzt sage.«

Jan drehte sich im Kreis und strich mit den Händen immer wieder über seinen kahlen Kopf. »Bitte überlege es dir noch einmal. Als schwangere Frau musst du auch an dein Kind denken.«

»Das tue ich«, antwortete River kühl, »indem ich es nicht auf einer Burg aufwachsen lasse, in der es unerwünscht ist.«

»Bitte, River. Du hast keine Ahnung, was das für dich bedeutet!«

»Nein, und das muss ich auch nicht, denn jedes neue Vorhaben stellt ein Wagnis dar. Man weiß nie, wie es ausgeht. Und jetzt lass mich besser allein und beruhige dich, bevor du noch mehr Dinge sagst, die du hoffentlich nicht so meinst.«

KAPITEL 53

Die Spiegelscherben an der Zimmerdecke glitzerten im Schein der Kerze wie die Sterne am Nachthimmel. Als er nach einer weiteren schlaflosen Nacht an Caitrionas Grab vor Kurzem ihre Kammer betreten hatte, war er sich so sicher gewesen, dass heute der Tag war – und nicht erst an Samhain in einigen Wochen –, um Caitrionas letzten Brief zu lesen. Denn er hatte gestern kurz vor der Dämmerung tatsächlich ihre Stimme gehört.

Gut, vermutlich hatte er sich aufgrund des Schlafmangels nur eingebildet, ihre Stimme zu hören, zumal er nicht verstanden hatte, was sie zu ihm sagte. Dennoch war er danach überzeugt gewesen, dass es nunmehr an der Zeit war, sich der Vergangenheit zu stellen. Und sie dann für immer gehen zu lassen.

Als er nun jedoch das versiegelte Schreiben in den Händen hielt und sich im Spiegel betrachtete, verengte sich seine Kehle. Denn wenn er den Brief jetzt öffnete, würde er ihre letzten Worte kennen, und danach wäre Caitriona genauso fort wie River. Oder war River am Ende nur fort, weil er zu lange an Caitriona festgehalten hatte? Weil er nicht früh genug erkannt hatte, dass sein Herz nicht länger nur einer Toten gehörte?

Seine Hände zitterten, als er das Siegel brach. Vorsichtig faltete er das Schreiben auseinander. Was, wenn ihm Caitriona darin gestand, dass Leith doch nicht sein Sohn war? Was würde er dann tun? Nie wieder an ihr Grab gehen? Leith enterben?

Er legte den Brief wieder zurück auf den Tisch, schloss die Augen und atmete tief den Geruch von Rosmarin ein, der noch immer im

Raum hing. Doch ihm trat nicht das Bild von seinem erhängten Vater oder von Caitriona vor Augen, sondern von River, wie sie aus dem Burgtor von Dunrobin Castle ritt. War es denn wirklich so wichtig, wer der leibliche Vater eines Kindes war? Und vor allem: Rechtfertigte es, dass man dafür einen geliebten Menschen von sich stieß? So, wie er es mit Caitriona immer wieder getan hatte, was er nun im Nachhinein bitter bereute. Würde es ihm eines Tages ebenso mit River gehen? Wenn er erfuhr, dass sie gestorben war?

Entschlossen nahm er Caitrionas letztes Schreiben wieder in die Hand. Was er mit Staunen vor sich sah, war jedoch gar kein Brief.

Es war eine Zeichnung!

Noch bevor er diese genau betrachten konnte, schwang jedoch die Tür zu Caitrionas Zimmer auf, und Hewie eilte keuchend herein. »Morgan, wir müssen sofort nach Castle Varrich!«

Noch einmal verwunderter, als er es ohnehin schon war, sah Morgan in das aschfahle Gesicht seines Freundes, der ihm in den letzten Wochen eine unverzichtbare Stütze gewesen war. »Warum das?«

Hewie rang noch immer um Atem und streckte zwei Briefe in die Luft. »River hat geschrieben.«

Sofort legte Morgan die Zeichnung zur Seite und erhob sich von seinem Stuhl. »Was, heute?«

Hewie schüttelte den Kopf. »Nein, vor zwei Tagen.«

»Vor zwei Tagen!« Morgan holte tief Luft. Warum erfuhr er das erst jetzt?

»Heute ...«, Hewie zitterte am ganzen Körper, »kam dann der Brief von Jan. Morgan, River ist in Lebensgefahr.«

»Was?« Morgan hastete auf Hewie zu und riss ihm den vorderen Brief aus der Hand. Er öffnete ihn und las ihn in fliegender Eile. »River war schwanger.« Sein Herz blieb stehen. »Und hat das Kind verloren, nachdem sie die Treppe hinuntergestürzt ist. Sie weiß nicht, ob sie verbluten wird, bittet mich aber um Vergebung für ihre Taten und darum, dass ich Jan wieder als Lehrer für Leith bei mir aufnehmen möge.« Seine Stimme kippte, und er hielt sich kurz an Hewie fest. »Gott, was mache ich nur, wenn sie schon tot ist?«

»Nein, du verstehst nicht, Morgan. Das ist nicht Rivers Schrift. Den Brief hat nicht River, sondern Jan geschrieben.«

»Aye, weil River ihre Briefe nie selbst schreibt.«

»Falsch.« Hewie zeigte auf den zweiten Brief. »River hat sehr wohl selbst an dich geschrieben, noch dazu den bemerkenswerten Satz, dass sie sich nicht mehr bei dir entschuldigen wird. Was im genauen Gegenteil zu dem steht, was Jan geschrieben hat.«

Morgan riss Hewie den anderen Brief aus der Hand. Wieder flogen seine Augen über die Zeilen. »River ist tatsächlich schwanger. Und will mit Jan nach Brügge? Das muss vor dem Sturz gewesen sein.«

»Nein, es gab gar keinen Sturz. Und ich halte den Brief von Jan für eine einzige Lüge. Er weist zahlreiche Schreibfehler auf, die Jan nie machen würde, verstehst du? Und die hat er absichtlich gemacht, damit es so aussieht, als stamme der Brief von River und nicht von ihm.«

Morgan verstand nun überhaupt nichts mehr. »Ist River nun dem Tode nah oder nicht?«

»Nein. Oder vielleicht. Je nachdem, ob Jan auf eine Antwort von dir wartet oder nicht.«

Morgan packte Hewie am Leinenhemd. »Was soll das heißen. Sprich endlich klar und deutlich mit mir. Was hat Jan damit zu tun, dass River vielleicht stirbt oder nicht?«

Hewie schluckte mehrmals heftig, bevor er kleinlaut sagte: »Jan ist dein älterer Halbbruder, Morgan. Dein Vater hatte ein Affäre mit meiner Mutter, als diese als Köchin im Nationenhaus der Schotten in Brügge gearbeitet hat.«

»Ich dachte, deine Mutter war eine Prostituierte?« Kam Hewies Krankheit etwa zurück? Und was war das für eine abenteuerliche Behauptung Jan betreffend?

»Ja, das war sie. Aber davor hatte sie eine Liebschaft mit deinem Vater. Deshalb bildet Jan sich ja auch ein, dass ihm Dunrobin

Castle gehört, und deshalb will er dich auch töten.« Hewie sprach immer schneller, immer hastiger. »Allerdings erst, nachdem er hier eine sichere Stellung gefunden hat. Dank seinem Einfluss auf River hatte er das bislang. Aber jetzt ist River wieder auf Castle Varrich, und Isla will ihn nicht mehr, weshalb er nach einem anderen Weg sucht, der ihn zurück zu unserem Clan bringt. Und diesen Weg sieht er wohl gegeben, indem er dir Rivers vermeintlich letzten Wunsch im Angesicht ihres tragischen Todes per Brief schickt. Weil du Caitrionas letzten Wunsch doch damals auch in Ehren gehalten und umgesetzt hast.«

»Das ist doch Wahnsinn, Hewie.« Morgan keuchte auf. »Woher willst du das alles wissen? Du kannst das alles doch nicht nur deshalb behaupten, weil Jan vor Aufregung ein paar Schreibfehler gemacht hat? Du musst wirklich zu einem Heiler gehen.«

»Nein, ich bin nicht krank, und ich habe auch einen Beweis für das, was ich sage«, erwiderte Hewie mit Nachdruck.

Hewie zog einen zerknitterten Zettel aus seinem Hosenbund, der gelblich schimmerte.

»Was ist das?«, fragte Morgan mit einem Zittern in der Stimme.

»Du weißt, was es ist.«

Morgan griff zitternd nach dem dünnen Papier und faltete es auseinander. Die Tinte darauf war mittlerweile schon fast verblichen, doch er erinnerte sich noch gut genug an den einen Satz, der darauf stand. *Ich bringe mich um, weil ich nicht mit der Schande leben kann, dass mein Enkel ein Bastard ist.*

»Ich dachte, du hättest den Zettel verbrannt.«

Hewie senkte den Blick. »Das habe ich nicht, stattdessen habe ich ihn damals an einen sicheren Ort in den Bergen gebracht und erst vor wenigen Wochen wieder zurückgeholt. Du erinnerst dich?«

»Warum?«

Hewies Stimme war kaum mehr als ein Wispern. »Weil ich Angst um dein Leben hatte und du mir nicht geglaubt hast.«

»Dass River gefährlich ist und mich ermorden wollte, wie du gesagt hast?«

»Ich dachte zunächst tatsächlich, dass River gefährlich ist.« Hewie wirkte zutiefst verzweifelt. »Aber Jan hat sie nur benutzt.« Hewie hielt Jans Brief neben die ausgeblichene Schrift auf dem vergilbten Zettel. »Ich hätte dich von Anfang an vor ihm warnen und dir sagen müssen, dass ich vor vielen Jahren eine geheime Unterredung zwischen Jan und deinem Vater ermöglicht habe. Du hast Jan damals nicht gesehen, weil er im Dorf übernachtet hat und Rowan angeblich erst einmal kennenlernen wollte. Ich habe dem zugestimmt, weil ich glaubte, ihm dies schuldig zu sein, nachdem ich ihn in Brügge bei Pim zurückgelassen hatte.«

»Also bist du doch gemeinsam mit ihm aufgewachsen?« Genau das hatte Hewie vor ein paar Tagen noch geleugnet, als er ihn nach dem Gespräch mit Isla danach gefragt hatte.

Hewie nickte zögernd, und Morgan schnaubte verächtlich.

»Na gut, aber mit seinem leiblichen Vater sprechen zu wollen macht Jan noch lange nicht gefährlich.« Wer wirklich in Gefahr schien, war River. Hewie musste also endlich zum Punkt kommen.

Nun begann Hewie tatsächlich lautlos zu weinen. »Morgan, dein Vater ... dein Vater hat sich nicht selbst umgebracht. Jan hat ihn getötet. Und ich ... ich wusste das schon in dem Moment, als wir die Nachricht in Rowans Hand gefunden haben.« Hewie deutete mit zitternder Hand auf einen verschmierten Buchstaben. »Weil nur ein Linkshänder seine Worte ungewollt verwischt.«

Morgan verschlug es nun vollends die Sprache, und er hielt die beiden Schriftstücke gleichfalls nebeneinander, um sie zu vergleichen. Die Buchstaben auf dem Zettel seines Vaters waren zwar aufrechter geschrieben und entsprachen damit Rowans Handschrift. Doch sie waren genau wie die Buchstaben von Jans Brief leicht verwischt, hinzu kam noch, dass sich viele exakt glichen.

Morgan taumelte zurück auf seinen Stuhl. »Du wusstest all die Jahre, dass mein Vater sich nicht selbst getötet hat?« Seine Hände begannen zu zittern. »Und dass dieser Zettel«, er hielt den vergilbten Fetzen in die Luft, »eine Fälschung war?«

Hewie nickte schwach. »Jan hasst dich, Morgan. Das war sein erster Schritt, um dir dein Leben zur Hölle zu machen und dich mit Leith zu entzweien.«

»Nein.« Morgan wurde übel, und er sprang wieder auf die Beine. »Du, Hewie, hast mir das Leben zur Hölle gemacht. Ist dir eigentlich klar, dass ich sechs Jahre lang zu Unrecht an Caitrionas Treue gezweifelt habe? Und keinen Zugang mehr zu meinem eigenen Sohn gefunden, ja ihn in den letzten Wochen sogar für das Kind von Logan gehalten habe? Nur weil du nicht den Mund aufgemacht hast?«

Als Hewie stumm nickte, verlor Morgan die Beherrschung und schlug ihm mit der Faust mitten ins Gesicht. »Wie konntest du mir das antun?« Sein Atem ging heftig, und er legte eine Hand um Hewies Hals. »Du wusstest genau, wie sehr ich gelitten habe. Wie Caitriona gelitten hat. Wie es sie vielleicht sogar krank gemacht hat, während ich wie ein Narr dachte, die harten Knoten in ihrer Brust seien die Strafe für ihren Ehebruch … Wieso hast du mir nichts gesagt, Hewie? Wieso?«

Hewie keuchte erstickt, doch Morgan lockerte seinen Griff nicht, sodass er nur krächzend herausbrachte: »Weil Jan gesagt hat, du würdest uns dann beide hängen. Weil doch ich derjenige war, der die Unterredung zwischen ihm und deinem Vater ermöglicht hat. Und weil Jan mir gedroht hat, dann zu behaupten, dass ich von allem gewusst hätte, verstehst du? Und dass ich deshalb lieber zu ihm stehen sollte, zumal wir die gleiche Mutter hätten und zusammen aufgewachsen sind.«

Morgan atmete stoßweise ein und aus. »Meine Frau ist mit dem Gedanken gestorben, dass ich sie für eine Ehebrecherin halte. Ist dir das klar?«

»Ich habe versucht, es ihr zu sagen.« In Hewies Augen stand unendliche Schuld. »Ich habe jedes verdammte Geisterritual ausprobiert, um es ihr doch noch zu sagen.«

»Mir hättest du es sagen sollen! Oder bist du etwa doch auf Jans Seite?«

»Niemals.« Hewies Blick wurde fest. »Alles, was ich getan habe, habe ich nur für dich getan. Weil ich mir geschworen habe, dass Jan dir und den Sutherlands nie wieder Schaden zufügen wird.«

»Das hat ja wunderbar geklappt.« Morgan drückte noch einmal fester gegen Hewies Kehle. »Bis auf den Umstand, dass Jan wohl gerade versucht, meine Ehefrau umzubringen, wenn ich dich richtig verstanden habe?« Endlich ließ er Hewie, der nach Luft rang, los und ging vor ihm auf und ab. »Weil er denkt, dass ich ihn aufgrund seines Briefes, in dem er mir vermeintlich Rivers letzten Wunsch mitteilt, wieder hier willkommen heiße.«

Hewie lehnte sich mit dem Rücken an die Wand und ließ sich würgend an ihr hinabgleiten. »Es tut mir leid. So unendlich leid.«

Morgan packte Hewie erneut und zog ihn nach oben.

»Bitte«, flehte Hewie. »Finde erst River. Jan darf nicht auch noch ihr Leben nehmen, nachdem ich ihr schon so großes Unrecht getan habe.« Er schluckte. »Sie liebt dich, Morgan.«

Ein Schauer erfasste Morgan, und er beugte sich näher zu Hewie. »Wenn sie wegen dir stirbt, nur weil du bislang geschwiegen hast, wirst du dir wünschen, nie geboren worden zu sein.«

»Ich weiß.«

Morgan schüttelte angewidert den Kopf. »Dich erwartet eine verdammt lange Zeit in meinem Kerker.«

»Du wirst mich nicht töten?«

Morgan knurrte warnend. »Bring mich nicht auf Gedanken.« Aber nein, er würde Hewie, auch wenn dieser es verdient hatte, nicht töten. Und konnte es auch nicht. Denn wer zur Hölle sollte sonst mit ihm sein Schiff nach Castle Varrich segeln, nachdem die vollkommen unfähige Besatzung vom letzten Mal dafür ganz sicher nicht infrage kam?

KAPITEL 54

»Vater wird also wirklich nicht kommen?« River blickte mit hängenden Schultern zum Tor der großen Halle, vor dem der Söldner Ninian zur Abwechslung einmal nicht mit Artair, sondern mit dem Stallknecht Tevin aneinandergeriet.

Ihre Mutter legte ihr eine Hand auf die Schulter. »Deine Enthüllungen haben uns beide sehr getroffen.«

River schluckte. Sie hatte ihren Eltern mittlerweile nicht nur von der anstehenden Reise nach Brügge erzählt, sondern auch von ihrer Schwangerschaft, weil sie sich nicht von Jan erpressen lassen wollte, auch wenn dieser sich mehrmals für seinen Wutausbruch bei ihr entschuldigt hatte. Seitdem sprach ihr Vater immerzu von einer Burg, die dem Kind in ihrem Bauch zustand, und war noch einmal zorniger als schon zuvor, weil sie nach wie vor nicht zu Morgan zurückgehen wollte. Aber konnte sie das ihrem Vater wirklich verdenken? Schließlich wusste er nicht, dass das Kind in Wahrheit von Logan war, denn das hatte sie dann doch für sich behalten.

River seufzte. »Immerhin sprichst du noch mit mir, Mutter.« Denn sie hatte eigentlich erwartet, dass vor allem Rhona außer sich darüber sein würde, dass sie ohne Ehemann und schwanger auf den Kontinent reisen wollte.

Ihre Mutter fächerte sich Luft zu. »Es scheint mein Schicksal zu sein, dass alle meine Töchter eigensinnig sind. Was bin ich dankbar, dass zumindest Conall ein Junge ist.«

River suchte mit den Augen den Burghof ab und fragte sich, wo Conall überhaupt war. Hatte Rhona ihn etwa in der Burg zurückgelassen?«»Ich glaube nicht, dass Conall weniger eigensinnig ist als wir Schwestern, nur weil er ein Junge ist.«

Rhona schüttelte den Kopf. »Nein, das nicht. Nur wird ihn das in weniger Schwierigkeiten bringen als uns Frauen.«

River legte eine Hand auf ihren Bauch. Wo ihre Mutter recht hatte, hatte sie recht. Sollte sie sich daher also wünschen, dass ihr Kind ein Junge wurde? Oder eher, dass sich die Welt um sie herum veränderte?

Rhona, deren Blick zu der Hand auf ihrem Bauch geglitten war, legte den Kopf schief. »Dein Vater und ich haben erst wirklich zueinander gefunden, nachdem Flower geboren war. Ich habe daher keinen Zweifel, dass dieses Kind dich und Morgan wieder zusammenbringen wird, wenn du aus Glasgow zurück bist.«

»Ich gehe nach Brügge, Mutter.« River presste die Lippen zusammen. »Und nicht zurück zu Morgan.«

»Ja, das ist genau die Antwort, die du vorausgesagt hast, Cailan.« Rhonas Blick wanderte zu ihrem Schwiegersohn, der soeben neben Flower aus dem Rosengarten trat, und lächelte dabei verschwörerisch. River betrachtete ihre Mutter mit Argwohn. Hatte Rhona etwa hinter ihrem Rücken etwas mit Cailan ausgehandelt? Dass er sie aus Glasgow wieder zurückbringen würde, anstatt ihr bei der Weiterreise nach Brügge behilflich zu sein? Nein, das würde Cailan ihr nicht antun.

»Ich gehe nach Brügge und ziehe dort in ein Beginenhaus.« River sah ihre Mutter ernst an. Sie erinnerte sich noch sehr gut an Jans frühere Erzählungen über Frauen, die in der Handelsstadt außerhalb von Klöstern unverheiratet und in religiösen Laiengemeinschaften zusammen in eigenen Höfen lebten und sich dennoch frei in der Stadt bewegen konnten. Ein wenig wie die verwitwete Dorfheilerin Greer hier in Tongue, nur dass die Beginen in Brügge sich dank ihrer Gemeinschaft gegenseitig unterstützten.

Rhona tätschelte Rivers Arm. »Lass uns doch an eurem letzten Abend auf Castle Varrich nicht davon sprechen. Ich habe mit deinem Vater in den letzten Tagen weiß Gott schon genug gestritten, und Leaf, Skye und Artair warten bereits auf uns am Strand.«

»Und Conall?«

»Der schläft. Wenn er aufwacht und schreit, muss sich heute Abend dein Vater um ihn kümmern. Ich hatte ihm schon vor einigen Wochen gezeigt, wie das geht, damit ich endlich die letzten Zeilen eines Gedichts niederschreiben konnte.«

Die Wolldecken im Sand, die Körbe mit Essen, das Feuer erinnerten River an das Fest zu ihrer Hochzeit. Und daran, dass sie damals den Glauben an die Liebe noch nicht verloren hatte. Genauso wenig wie die Hoffnung auf eine glückliche Ehe und die Vorfreude auf eine abenteuerliche Zukunft. Wobei ihr Letzteres wenigstens zum Teil geblieben war, zusammen mit der Gewissheit, dass Morgan dieses Mal ganz sicher nicht im letzten Moment auf dem Fest erscheinen würde, um mit ihr zu tanzen. Sie schluckte. Würde sie denn jemals aufhören, an ihn zu denken? Wie gern hätte sie jetzt Islas Meinung dazu gehört.

»... haben?«

River blinzelte mehrfach und sah zu Skye, die neben ihr auf der Wolldecke saß und sie traurig ansah. »Wie bitte?«

Skye deutete auf ihr Ohr. »Ich habe dich gefragt, ob ich deine Perlenohrringe haben kann? ... Als Erinnerung, falls du nicht wiederkommst.«

»Bloß nicht.« Leaf drückte Skyes ausgestreckten Arm nach unten. »Oder willst du etwa, dass man dir statt River das Ohr einreißt, um an den Schmuck zu kommen?« Sie sah zu River. »Das ist mein voller Ernst. Vergrab die Ohrringe. Wirf sie ins Meer. Denn mit deinen kinnlangen Haaren springen sie deinen Feinden nur noch mehr ins Auge. Obwohl mir deine Haare wirklich ausgesprochen gut gefallen. Ich sollte mir meine auch abschneiden.«

Rhona räusperte sich. »Leaf MacKay, dein Zopf bleibt unverändert an deinem Kopf. Haben wir uns da verstanden?«

Leaf verdrehte die Augen, beugte sich zu River und streckte schon die Hand nach ihrem Ohrring aus, als River ihr Einhalt gebot. »Ist schon gut, ich mache es selbst.«

»Wirklich?« Leaf schien ehrlich erstaunt zu sein.

River nickte, während sich einmal mehr das Gefühl innerer Leere bei ihr einstellte. Diese Perlenohrringe hatte sie zusammen mit Isla gefertigt, um Morgan besser zu gefallen. Sie zog die Ohrringe aus ihrem Ohr. Es war an der Zeit, andere zu tragen.

»Hier.« Sie drückte sie in Leafs Hand. »Du kommst bestimmt an einem Schlammloch vorbei, in dem du sie versenken kannst.«

Leaf grinste. »Gleich morgen früh, wenn ich wieder in den Wald gehe.« Sie sah zu Artair, der gegenüber von ihnen ein Stück Brot abriss. »Kommst du da mit, oder hast du Angst, dass ich dich wieder im Messerwerfen besiege?«

»Sehe ich so aus, als könnte ich diese Anschuldigung auf mir sitzen lassen?« Artair zwinkerte ihr zu. »Aber ich warne dich. Dieses Mal musst du auch mit der linken Hand werfen, Wildfang.«

»Ich würde dich sogar mit geschlossenen Augen besiegen«, entgegnete Leaf.

»Nur schließt du sie nicht, weil du Artair viel zu gern anschaust«, neckte Skye ihre Schwester mit einem Lächeln.

»Schluss jetzt«, unterbrach Rhona das Gespräch, ehe Leaf und Artair widersprechen konnten, und sah beide warnend an. »Niemand wirft morgen mit Messern im Wald. Verstanden?«

»Und wie wir das tun«, erwiderte Leaf hitzig. »Oder habt ihr etwa vergessen, dass die elendige Sippe der Ross immer näher an die Burg unseres Onkels heranrückt?«

River runzelte die Stirn. »Also hat Onkel Malik geschrieben?« Wegen ihrer eigenen Sorgen war die schon mehr als ein Jahr währende Fehde mit Clan Ross in den Hintergrund gerückt.

»Eine schwangere Frau soll man nicht mit schlechten Nachrichten belasten«, warnte Rhona.

Doch Leaf überhörte den Einwand ihrer Mutter gekonnt und erklärte an River gewandt: »Ach ja, du weißt es ja noch nicht. Nachdem kurz nach deiner Abreise Torin Ross' ältester Sohn Yule getötet wurde, haben diese Bastarde doch tatsächlich brennende Pfeile in die Burg unseres Onkels geschossen. Unsere Cousine Fia kam dabei ums Leben.«

Obwohl weder River noch ihre Schwestern die hochmütige Fia in den letzten Jahren gesehen hatten, ebenso wenig wie sie mit ihrer Verwandtschaft mütterlicherseits in den Lowlands in Austausch gestanden hatten, machte River die Nachricht über Fias Schicksal betroffen.

»Das war bestimmt Lennox, der seinen Bruder rächen wollte«, wetterte Leaf. »Dabei haben die Ross die Fehde angefangen! Wenn ich diesen Heuchler zwischen die Finger bekomme ...« Leaf machte vor ihrem Hals eine eindeutige Handbewegung, die Cailan zum Lachen brachte.

»Hat Artair dir etwa beigebracht, so zu kämpfen?«

Leaf schnitt eine Grimasse in Cailans Richtung, woraufhin Artair ihr aufmunternd auf die Schulter schlug, doch River hörte schon gar nicht mehr zu. Ihr Blick wanderte zum Meer. Hatte Fia jemanden gehabt, der sie liebte, auch wenn sie nicht verheiratet gewesen war? Jemanden, der nun um sie trauerte, so wie Morgan nach Caitrionas Tod getrauert hatte?

Die Wellen rollten davon unbeeindruckt im gleichmäßigen Rhythmus weiter an den Strand. Bedauerte Morgan nun auch ihren Verlust und das, was nie mehr sein würde? Oder glaubte er, dass sie, wie sie ihm in ihrem Brief geschrieben hatte, von nun an nicht mehr an ihn denken würde?

In der Ferne am Horizont glaubte sie kurz den Mast eines Schiffs auszumachen. Sie schüttelte den Kopf über sich selbst. Sie sollte endlich damit aufhören, ständig an Morgan zu denken. Und an manchen Tagen gelang ihr das auch. Zumindest zeitweise.

Sie wollte gerade wieder an den Gesprächen ihrer Familie teilnehmen, als sie Jan auf sich zueilen sah. Hatte sie ihm nicht gesagt, dass sie diesen Abend ungestört mit ihrer Familie verbringen wollte? Jan neigte ehrerbietig den Kopf vor Rhona, ehe er sich an River wandte. Sein Gesicht war bleich, aber er wirkte ruhig und gefasst. »Dein Vater schickt mich. Er möchte gern noch einmal mit dir sprechen.«

»Jetzt?« Rhona zog die Brauen zusammen. »Er weiß doch, dass wir am Strand sind. Wieso kommt er nicht zu uns?«

»Er möchte unter vier Augen mit River sprechen. Er wartet oben an den Klippen.«

»Und Conall?« Rhona sprang auf. »Sag mir ja nicht, er hat ihn allein gelassen?«

»Conall ist bei der Köchin.«

»Du meinst, bei der kinderlosen Wynda, die in Gedanken nur noch bei ihrem neuen Ehemann, dem Schankwirt, ist? Die wird das ja ganz hervorragend deichseln.« Rhona erhob sich schimpfend und eilte ohne ein weiteres Wort davon. River versuchte, in Jans Gesicht zu lesen. Hatte er ihrem Vater etwa doch noch gesagt, dass das Kind nicht von Morgan war? Denn aus welchem Grund wollte ihr Vater sonst auf einmal mit ihr sprechen, wo er sich doch eindeutig dagegen ausgesprochen hatte, diesen letzten Abend im Kreis seiner Familie zu verbringen?

Jan neigte den Kopf und senkte die Stimme. »Ich glaube, er will sich entschuldigen.«

River hätte Castle Varrich auch im Streit mit ihrem Vater verlassen, aber anders war es ihr natürlich lieber. Also nickte sie Jan bejahend zu.

»Soll ich mitkommen?« Flower machte Anstalten, sich zu erheben. Doch River schüttelte den Kopf. In Brügge könnte Flower ihr in schwierigen Situationen auch nicht beistehen. So straffte sie die Schultern und stand auf. »Dann wollen wir meinen Vater nicht zu lang warten lassen.«

Kam er etwa zu spät, war River vielleicht schon tot? Morgan stand im Ausguck seines Schiffs, und obwohl sie volle Fahrt machten und gerade die steinigen Inseln vor der Bucht von Tongue passierten, ging es ihm nicht schnell genug.

Er kniff die Augenlider zusammen und spähte in die Bucht. Doch mehr als die Umrisse von Castle Varrich, das hoch auf dem Kalkfelsen über der Küste thronte, konnte er nicht ausmachen. Er schlug mit der Faust gegen den Mast. Wenn seine Angst um River doch nur wieder seiner Wut auf Hewie weichen würde ... Doch das tat sie nicht, stattdessen schien sie sich geradezu in seiner Brust eingenistet zu haben.

Da er keinen Moment länger tatenlos bleiben wollte, schwang er seine Beine über den Mastkorb und ließ sich an einem Seil hinab aufs Deck gleiten. Als er auf den Schiffsplanken landete, fuhr Isla zu ihm herum, die bislang mit steinerner Miene an der Reling gestanden und ebenfalls in die Bucht von Tongue gestarrt hatte.

»Warum hast du nicht früher den Piraten gegeben und River bei dir behalten?« Islas Stimme klang verzweifelt, auch wenn sich ihre Rede ihm gegenüber nach wie vor nicht schickte.

Morgan starrte sie finster an. Hätte Isla sich nicht heimlich auf das Schiff geschlichen, hätte er sie sicher nicht mitgenommen. Obwohl er sich in diesem Moment ebenfalls insgeheim wünschte, dass er River niemals aus seinem Burgtor hätte reiten lassen.

Isla trat einen Eimer um, der an Deck stand. »Gottverdammt, kann dieses Schiff nicht schneller fahren?«

Morgan wollte an ihr vorbeigehen, doch sie griff nach seinem Arm. »Was, wenn River uns nicht verzeihen kann? Ich war gemein zu ihr. Ich wünschte mir fast, Hewie hätte mir nicht von Jans Lügen erzählt.«

Morgans Blick wanderte zu Hewie. Wie oft hatte er in den letzten Nächten das Gleiche gedacht? Er war noch nie von jemandem so sehr verraten worden wie von ihm und wandte seinen Kopf ab, weil er Hewies Anblick nicht mehr ertragen konnte. War Hewie nicht schuld, dass River jetzt in Gefahr war? Weil er Woche um Woche verhindert hatte, dass ihre Ehe sich zum Guten entwickelte? Nein, das war Unsinn. Der Einzige, der daran Schuld trug, war Morgan selbst. Er allein. Er hatte Hewies Lügen geglaubt. Er hatte Kerzen angezündet und Geister beschworen und der Vergangenheit nachgetrauert, anstatt sich auf River einzulassen. Er hatte sich geweigert, ihr zuzuhören, und sie mit seiner Härte und seinen Beleidigungen in Logans Arme getrieben. Und er hatte sie durch sein Burgtor reiten lassen, obwohl er schon damals gewusst hatte, dass er sie liebte.

»Wir müssen die Segel einholen.« Hewie trat wie in den letzten Tagen vorsichtig und stets mit einem gewissen Abstand zu ihnen. Fürchtete er noch immer, dass er, Morgan, ihm jeden Augenblick den Dolch in sein verräterisches Herz rammen könnte?

Morgan knirschte mit den Zähnen. Hewie hatte den Tod verdient. Er sollte ihn kielholen oder ins Meer schmeißen und ertrinken lassen oder sonst auf irgendeine grausige Weise in die Hölle schicken. Nur mahnte ihn eine leise Stimme in seinem Kopf, dass Hewie trotz seines abscheulichen Schweigens am Ende doch noch gesprochen hatte. Und dass er ohne ihn noch immer nichts von Jans mörderischen Plänen wissen würde.

Er fuhr so heftig zu Hewie herum, dass dieser zusammenzuckte. »Wir sind noch nicht da.«

Hewie zögerte einen Moment, bis er leise, aber drängend erwiderte: »Wenn Jan dein Schiff sieht, wird er schnell handeln. Er darf nicht ahnen, dass wir kommen.«

»Wenn wir uns links halten, kommen wir zu einer Bucht vor Coldbackie Beach«, mischte sich nun Isla ein. »Niemand sieht uns dort anlanden, und wir können von dort am Strand entlang bis nach Castle Varrich gehen.« Sie schluckte. »Wir haben schließlich Ebbe.«

»Es gibt kein Wir.« Morgan starrte erst Isla, dann Hewie warnend an. »Ich gehe an Land, und ihr beide bleibt zurück an Bord.«

Nicht dass Isla am Ende Jan heiter zuwinkte oder Hewie ihn doch noch verriet. »Das schwört ihr mir jetzt bei eurem Leben.«

Hewie und Isla sahen sich einen Moment an, dann nickten beide. Aber hatte er nicht gerade gesehen, wie Isla während ihres Schwurs die Finger schlecht versteckt zwischen ihren Rockfalten gekreuzt hatte?

Er atmete heftig aus und wandte sich ab, während Hewie das Schiff nach links steuerte. Der Wind wehte ihm die Haare ins Gesicht und ließ sein weites Leinenhemd flattern.

River musste einfach noch leben. Sie musste. Er ballte seine Hände zu Fäusten, als er daran dachte, wie er sie zum letzten Mal geküsst hatte. Er würde es wieder tun. Genau hier, auf diesem Schiff. Etwas anderes durfte er sich nicht erlauben zu glauben.

»Vater.« Rivers Stimme zitterte nur leicht, als sie auf Gregor zutrat, der mit dem Rücken zu ihr an der Klippe stand und aufs Meer schaute.

Sofort drehte ihr Vater sich zu ihr um und kam ihr einige Schritte entgegen. Mit einem Lächeln im Gesicht legte er ihr eine Hand auf die Schulter. »Wusste ich doch, dass du wieder zu Sinnen kommen würdest. Du wirst also zurück zu Morgan gehen?«

River blickte zu Jan. Dieser nickte eifrig. »Aye, River. Du hast doch vorhin gesagt, dass du das eigentlich möchtest, aber Sorge hast, dass dich niemand mehr ernst nimmt, wenn du jetzt einen Rückzieher machst, nachdem du so sehr von Brügge geschwärmt hast.«

Ihr Vater legte den Kopf zur Seite. »Einen Fehler einzugestehen braucht Mut. Ich halte dich nicht für feige, nur weil du es dir doch noch anders überlegt hast und jetzt das Richtige tun willst. Im Gegenteil, du ahnst gar nicht, wie erleichtert ich bin, dass wir die Burg jetzt doch noch bekommen.«

River sah wieder zu Jan, ehe sie einen Schritt von ihrem Vater zurücktrat. »Ich glaube, hier liegt ein Missverständnis vor. Ich werde in Brügge Handel treiben und keinesfalls zur Handelsware werden, nur damit du eine Burg bekommst.«

»Also willst du dich nicht entschuldigen?« Gregor legte die Stirn in Falten.

»Nein. Und ich wüsste auch nicht, wofür.«

Gregor schnaubte und wandte sich an Jan. »Tja, da hast du meine Tochter wohl falsch verstanden.«

Jan faltete bittend die Hände. »River, lass mich vor deinem Vater nicht wie ein Lügner dastehen. Du wolltest dich doch bei ihm entschuldigen?«

»Nein, das wollte ich nicht«, widersprach River nachdrücklich. »Und ich übernehme auch nicht die Verantwortung dafür, dass du ihm falsche Hoffnungen gemacht hast.«

»Schon gut, Jan.« Gregor schüttelte den Kopf. »Du hast mich ja schon vorgewarnt, dass die Launen von Schwangeren unberechenbar sind.« Er schnaubte noch einmal, dann wandte er sich ohne ein weiteres Wort ab und ging.

Kaum dass er außer Sichtweite war, funkelte River Jan ungehalten an. »Wie kannst du es wagen, meinem Vater einen solchen Unsinn einzureden? Wo du doch ganz genau wusstest, dass ich nicht zu Morgan zurückgehe?«

Jans Gesicht wurde noch eine Spur blasser, und seine Stimme klang seltsam hohl. »Aye, das wusste ich.«

»Was sollte das dann?«

In Jans Blick trat nun ein Ausdruck der Härte, den sie noch nie zuvor gesehen hatte. »Mach einen Schritt zurück.«

River zog die Brauen zusammen. Hinter ihr kam nur die Klippe, auf der sie sich einst zusammen mit Morgan den Sonnenuntergang angesehen hatte. »Ich setze mich jetzt ganz sicher nicht mit dir zum Reden an den Abgrund.«

»Wir reden auch nicht.« Jan packte sie am Arm und zerrte sie zur Klippe, wo er sie zu Boden warf und sich danach breitbeinig auf ihren Rücken setzte.

»Jan!«, rief sie und versuchte, ihn abzuschütteln, doch er drehte ihr die Arme auf den Rücken und fesselte sie mit einem Hanfseil, das er zuvor aus seinem Hemd gezogen hatte, ehe er sie wieder umdrehte.

Angst stieg in River auf, und sie öffnete den Mund, um nach ihrem Vater zu schreien. Doch schon setzte ihr Jan einen Dolch an die Kehle. »Still jetzt.«

River schlug das Herz bis zum Hals, und sie begann zu schwitzen. Sie blickte zu Jan auf, der nun heftig atmete und ihr eine Haarsträhne aus dem Gesicht strich.

»Willst du mir etwa Gewalt antun?«

Jan lachte trocken auf. »Wenn ich das könnte, wäre alles viel leichter gewesen. Dann hätte ich einen eigenen Erben zeugen können, anstatt mir Leith aneignen zu müssen.«

Aneignen? Leith war doch keine Sache. River zerrte an ihren Fesseln, doch das raue Seil schnitt sich nur umso tiefer in ihre Haut. Und Jan drückte ihr den Dolch noch einmal enger an die Kehle. »Halte still. Oder willst du alles nur noch schlimmer machen?«

Ihr Atem ging schneller, sie holte tief Luft und schrie aus Leibeskräften: »Hilfe!«

Doch Jan presste ihr so schnell und hart die Hand auf den Mund, dass ihr Rufen nicht mehr als ein dumpfer Laut war. »River, verflucht.« Auf Jans Stirn trat eine Falte. »Kannst du dich nicht benehmen?«

Benehmen? Er sprach in dieser Situation von gutem Benehmen? Würde der Dolch an ihrem Hals nicht bereits ihre Haut ritzen, hätte sie Jan heftig in die Finger gebissen. Er musste verrückt geworden sein, das war die einzige Erklärung für sein Verhalten.

Auf Jans Gesicht trat ein schmerzhafter Ausdruck. »Es wird auch nicht lange wehtun.« River spürte den Dolch fester an ihrer Kehle. Und erst jetzt begriff sie, was er vorhatte. Jan wollte ihr nicht Gewalt antun. Er wollte sie umbringen!

KAPITEL 55

Der Sand unter Morgans Stiefeln erschwerte ihm das Rennen, und Muschelschalen zerbrachen unter seinen Sohlen, doch als er mehrere Menschen am Strand von Coldbackie sah, lief er noch einmal schneller. Das Schwert an seinem Gürtel schlug gegen sein Bein, doch er achtete nicht weiter darauf, weil ihn die Hoffnung vorantrieb, dass die Frau im moosgrünen Kleid auf der Wolldecke River war.

Schließlich erkannte er Skye und Leaf, die sich im Sand wälzten, und Artair, der gerade zu einem anderen Mann – war das Cailan Sinclair? – hinaus aufs Meer schwamm. Ein klammes Gefühl kam in ihm auf. Würde River wirklich lieber auf einer Wolldecke neben ihren rangelnden Schwestern sitzen, anstatt ebenfalls schwimmen zu gehen?

Leaf bemerkte ihn als Erste, ließ von Skye ab und kam ihm mit funkelnden Augen entgegen. »Du bist hier nicht willkommen.«

Aber Morgan hatte keine Zeit für solche Spielchen. »Wo ist River?«

»Sie will dich nicht sehen.«

»Aber ich will sie sehen.« Er wollte sich an Leaf vorbeidrängen, doch sie bückte sich schnell und warf ihm Sand in die Augen.

Er fluchte heftig, während nun auch die beiden anderen Frauen zu ihnen eilten. Als er wieder sehen konnte, erkannte er Skye. Und Flower anstatt River. Er fluchte wieder. Damals, als er Flower zum zweiten Mal gesehen und sie zunächst für River gehalten hatte, war er erleichtert gewesen, seiner Braut nicht begegnet zu sein.

Heute dagegen verhielt es sich umgekehrt, und er hätte seinen Schwertarm dafür gegeben, hätte River nun vor ihm gestanden.

»Morgan, was tust du hier?« Flower begegnete ihm nicht annähernd so feindselig wie Leaf, wenn auch nicht übermäßig freundlich.

»Wo ist River?« Sein Herzschlag raste. »Ist sie schon mit Jan nach Brügge aufgebrochen?« Wenn ja, könnte sie bereits tot in jedem Graben liegen. Ihm wurde übel.

»Nein, erst morgen«, mischte sich Leaf ein. »Und du wirst sie ganz sicher nicht daran hindern.«

Morgan packte Leaf bei den Schultern. »Wo ist meine Ehefrau?«

Ein Knie in seine Lendengegend war die Antwort, und er keuchte heftig, während Leaf zischte: »Sie will nichts mehr mit dir zu tun haben. Lass sie in Ruhe.«

Morgan war bei diesen Worten, als würde man ihm einen Dolch ins Herz stoßen. Also hatte River die Worte in ihrem Brief ernst gemeint und dachte nun nicht länger an ihn? Weil ihr Herz jetzt Logan gehörte?

Er schloss kurz die Augen und erkannte, dass ihm selbst der Gedanke, dass sie in diesem Moment in Logans Armen lag, lieber war, als sie in Jans Gesellschaft zu wissen. Bei Logan wäre sie immerhin sicher. Er mahlte mit den Kiefern und sah zu Flower. »Ich muss mit ihr reden. Wo ist sie?«

Flower sah ihn forschend an. »Sie ist mit Jan auf die Klippen gegangen, um dort mit unserem Vater zu sprechen, der eure Trennung nicht gut aufgenommen hat.«

Morgan blickte sofort die steile Klippe nach oben, unter der sie standen, konnte von hier aus aber nichts erkennen.

Flower zeigte auf einen ausgetretenen Pfad hinter sich. »Der kürzeste Weg nach oben ist dieser hier.«

Morgan wandte den Kopf und sah zu seinem großen Entsetzen ... Gregor.

Der allein und ohne River den Pfad herunter zum Strand kam.

Ohne ein weiteres Wort rannte er los.

»Ich liebe dich.« Etwas Besseres, um Jan von seinem Tun abzuhalten, war River auf die Schnelle nicht eingefallen, als er schwitzend und bebend den Dolch von ihrem Hals auf ihr Herz gerichtet hatte.

Sie war nicht sicher, ob er ihre Worte überhaupt vernommen hatte, nachdem er nun bewegungslos auf den Dolch an ihrer Brust starrte. Also brüllte sie die Worte erneut: »Jan, hör auf. Ich liebe dich!«

Ihr war schlecht vor Angst. Aber sie musste jetzt ruhig bleiben. Sie musste jetzt die richtigen Worten finden, um ihn von seinem Vorhaben abzubringen.

»Ich liebe dich!« Tränen rannen aus ihren Augen, und Jan stöhnte heftig und hob seinen Dolch. River sah den blitzenden Stahl über sich und wie seine Hand nach unten sauste, erwartete jeden Moment, den Hieb oder Schmerz zu spüren. Doch er kam nicht. Jan hatte den Dolch ins Gras gerammt.

»River, verdammt, das kannst du doch nicht sagen.«

Sie zitterte am ganzen Körper, aber sie musste jetzt weiterreden.

»Aber es stimmt.« Jan fuhr sich mehrfach über den kahlen Kopf.

River glaubte, sich jeden Moment übergeben zu müssen, doch sie redete ihm weiter gut zu. »Es stimmt. Ich liebe dich. Deshalb wollte ich auch nicht zu Morgan zurück, sondern lieber mit dir nach Brügge gehen. Weil ich es nicht ertragen kann, dass er mich küsst, obwohl ich immer nur dich wollte.«

Jans Atem ging stoßweise, und er zog den Dolch aus dem Gras. »Du lügst, River. Du hättest mich zu Isla zurückgehen lassen.«

River suchte verzweifelt nach einer Erklärung. »Aber doch nur, weil ich wusste, dass du mit Isla nicht glücklich wirst. Und dann umso schneller merkst, dass auch du mich liebst. Das tust du doch, oder?«

»Ich liebe niemanden.«

Rivers Stimme bebte. »Aber selbst wenn du mich nicht liebst, Jan, sind wir doch Freunde und kennen uns schon so lange. Und niemand ist für mich so wichtig wie du. Es tut mir so leid, dass ich dir das nicht früher gesagt habe.«

Jan verengte die Augen. »Eine großartige Vorstellung, River. Nahezu unübertrefflich. Nur hättest du das Morgan erzählen sollen, nicht mir. Doch ihm hast du geschrieben, dass du von Logan schwanger bist. Und das war dein Todesurteil.«

»Warum?« Jan glaubte ihr nicht. Gott, warum glaubte er ihr nicht? Sie brauchte mehr Zeit, um sich etwas anderes einfallen zu lassen. »Warum? Bitte, sag mir, warum ich sterben muss, zumindest das bist du mir schuldig.«

Jan setzte den Dolch wieder an ihre Brust, und sein Atem ging schwer, während er sprach. »Du stirbst, weil du versagt hast. Du hättest dir und damit auch mir einen Platz auf meiner Burg sichern sollen. Wir hätten Leith gemeinsam erziehen können, sobald du nach der Geburt von Morgans Kind als dessen Witwe die rechtlich unangefochtene Herrin der Burg gewesen wärst. Wir hätten Leith nach meinen Vorstellungen formen und durch ihn Clan Sutherland endlich so führen können, wie es mir gefällt und eigentlich zusteht. Aber jetzt ... muss ich einen anderen Weg suchen, um dies zu erreichen.«

»Ich werde Morgan schreiben, dass ich mich geirrt habe. Dass ich nicht schwanger bin.«

»Er wird dir nicht glauben.« Jan verstärkte den Druck auf ihre Brust. »Außerdem habe ich ihm schon geschrieben. Dass du das Kind verloren hast und im Sterben liegst. Und dass es dein letzter Wunsch ist, dass er mich wieder als Leiths Lehrer einsetzt.«

River keuchte und fragte, obwohl sie die Antwort schon zu kennen glaubte: »Wieso denkst du, dass er meinen letzten Willen in Ehren halten wird?«

»Weil er das bei Caitriona auch getan hat. Und weil er dich liebt, so, wie mich noch nie jemand geliebt hat, und mein Vater schon gar nicht.«

»Pim hat deinen wahren Wert nicht erkannt.«

»Pim ist doch nicht mein Vater.« Jan lachte trocken. »Rowan Sutherland ist mein leiblicher Vater. Ich bin sein ältester Sohn, und damit steht mir die Führung von Clan Sutherland zu.«

River wurde eiskalt, als ihr plötzlich in den Sinn kam, dass Hewie dies gewusst und deshalb auch gedacht haben musste, dass sie Jan in seinem Vorhaben unterstützen würde. Hatte er deshalb immer versucht, sie von Morgan fernzuhalten?

Aye, natürlich. Die Erkenntnis traf sie wie ein Schlag in die Magengrube, denn damit war alles, was Jan ihr jemals über Hewie erzählt hatte, falsch. Und alles, was Jan je getan oder gesagt hatte, eine Lüge. Wie hatte sie sich nur so lange von ihm blenden lassen können?

»Jetzt bist du sprachlos«, fuhr Jan mit einem Lächeln fort, das River das Blut in den Adern gefrieren ließ. »Ich bin nicht Jan van Bergen und noch weniger Jan van Geleen, sondern Jan Sutherland – Lord Jan Sutherland.« Er wiederholte die drei letzten Worte immer wieder, so als ob sie ihm Mut machten, und umfasste auch mit seiner zweiten Hand den Griff des Dolchs.

Sie musste handeln. Sofort.

»Ich verstehe das alles nicht.« Konnte sie Jan vielleicht so lange in ein Gespräch verwickeln, bis ihre Geschwister sie vermissten und nach ihr suchen würden? »Du bist also ein Lord. Aber warum hast du dann Isla geheiratet? Sie ist doch weit unter deinem Stand.«

Jan schnaubte selbstgefällig. »Natürlich ist dieses dumme Weib unter meinem Stand.«

»Also hast du sie gar nicht geliebt?« Die arme Isla. »Und dennoch hast du ihr einen überaus gefühlvollen Heiratsantrag gemacht?«

»Das war für mich die größte Zumutung von allen.«

»Aber geküsst hast du sie doch sicher auch?«, versuchte River, das Gespräch mit möglichst ruhiger Stimme weiter in Gang zu halten.

Nun lachte Jan heiser. »Ich habe mich dabei so geekelt. Aber alles hat nun einmal seinen Preis.« Er umklammerte den Dolch nun so fest, dass River seine Knöchel weiß hervortreten sah.

»Und der entwendete Kompass?«, fragte sie schnell. »Warst das auch du?«

Er nickte.

»Aber warum?« Eine kalte Böe wehte über sie hinweg.

Jan schnalzte mit der Zunge. »Erschließt sich dir das nicht von selbst?«

Rivers Brust wurde eng, hatte Jan sie etwa durchschaut und antwortete ihr deshalb nicht?

Sie räusperte sich. »Hast du vielleicht gehofft, dass Morgan Hewie verstößt, wenn er ihn für den Dieb hält?«

Auf Jans Gesicht trat ein grimmiger Ausdruck. »Gehofft, dass ich nicht lache. Ich bin niemand, der hofft. Aber nein, der Einfall, Hewie den Diebstahl anzuhängen, kam mir tatsächlich erst später.«

»Aber aus welchem Grund hast du den Kompass dann anfänglich verschwinden lassen?« Sie fragte sich, wie lang sie dieses Spiel wohl noch spielen konnte. Denn die Spitze von Jans Dolch hatte sich bereits durch den Stoff ihres Kleides gebohrt und ließ sie erschauern.

»Der Kompass hat mir die Zeit verschafft«, hörte sie Jan in diesem Moment wie erwartet sagen, »die du brauchtest, um Morgan dazu zu überreden, uns drei nach Dunrobin Castle mitzunehmen.«

Rivers Atem ging stoßweise, doch sie redete weiter. »Aber du hast doch gezögert, als ich dir genau das zum ersten Mal vorgeschlagen habe, so als wolltest du gar nicht nach Dunrobin Castle. War das nur vorgetäuscht?«

»Jetzt schaue nicht so gekränkt.«

Doch die Tränen, die in Rivers Augen traten, waren nicht der Kränkung geschuldet, sondern der Angst. Rasender Angst. »Und als du mich in der Bibliothek getröstet hast? War das auch nur gespielt, um dein Vorhaben besser umsetzen zu können?«

»Aye.«

»Und ich dachte, du wärst mein Freund«, stieß River hervor, als ein anderer, noch furchtbarerer Gedanke sie durchfuhr. Wenn er sie jetzt tötete, wer warnte Morgan dann vor Jan? Und was wäre mit Leith?

»Ich habe dir vertraut«, hauchte sie und wog ihre Chancen ab.

»Hast du also auch die Wachstafeln gegeneinander ausgetauscht, von denen ich damals meine Liste für Morgan abgeschrieben habe – damit möglichst viele Fehler in ihr enthalten sind?«

»Ohne deine erbärmlichen Fehler hättest du mich nicht gebraucht.«

»Nein, der Fehler war, zu denken, dass ich dich wegen meiner Fehler brauche«, korrigierte River ihren ehemaligen Lehrer, traf eine Entscheidung und spuckte Jan mitten ins Gesicht.

Kurz verschwand daraufhin der Dolch von ihrer Brust, und sie rollte sich mit aller Kraft zur Seite. Doch schon im nächsten Moment hatte sich Jan wieder gefangen und sich ihrer bemächtigt, bevor sie auf die Beine kam. Dafür schnitt der Dolch nun nicht nur in den Stoff ihres Kleids, sondern in die Haut auf ihrer Brust.

Jan schüttelte den Kopf, Bedauern stand in seinen Augen. »Ich habe dich überschätzt, River. Aber jetzt erkenne ich, dass du genauso gefühlsgetrieben bist wie Isla.« Er seufzte. »Sie hat mich ebenfalls angespuckt, als ich ihr zum Abschied von unserer kleinen Affäre erzählt habe.«

»Du hast was?«

Jan kniff die Augenlider zusammen. »Die Menschen sind leichtgläubig, sobald Liebe mit im Spiel ist.«

»Morgan liebt mich aber nicht.« War das vielleicht der Weg, um Morgans Leben zu retten? »Er will mich nicht, hat mich von Anfang an nicht gewollt. Er verachtet mich und wird deshalb auch meinen vermeintlich letzten Willen nicht vollziehen. Mich zu töten wird dir daher nichts nutzen, denn er wird dich danach keinesfalls auf Dunrobin Castle willkommen heißen. Vor allem nicht, wenn er versteht, dass du ein Mörder bist.«

»Aber das wird er nicht.« Jan blickte sie nun mit offensichtlichem Stolz an. »Denn du, mein armes Mädchen, hast dich vor lauter Gram nach dem Streit mit deinem Vater von der Klippe gestürzt, nachdem du dich eigentlich bei ihm entschuldigen wolltest. Hinzu kam dann noch die Scham, einen Bastard in dir zu tragen.«

»Dann mach mich los und lass mich wenigstens selbst in meinen Tod springen«, forderte River, denn im Stehen wären ihre Chancen größer, Jan entweder zu entkommen oder ihn zu überwältigen.

Jan schien tatsächlich darüber nachzudenken, da hörte River plötzlich, wie ein Schwert gezogen wurde und eine tiefe Stimme hinter Jans Rücken befahl: »Meine Ehefrau findet heute ganz sicher nicht ihren Tod. Und jetzt leg den Dolch weg, oder ich durchbohre dir dein schwarzes Herz, du mörderischer Hurensohn.«

KAPITEL 56

»Du sollst ihn weglegen, habe ich gesagt.« Morgan setzte die Spitze seines Schwerts auf Jans Nacken, der mit dem Rücken zu ihm auf River kniete. Am liebsten hätte er ihn gleich an Ort und Stelle durchbohrt, doch dann würde Jan blutspritzend auf River stürzen und Morgan selbst nie von ihm erfahren, was er unbedingt noch wissen musste.

»Nur wenn du im Gegenzug dein Schwert weglegst«, antwortete Jan mit belegter Stimme.

»Du vergisst, dass ich derjenige von uns beiden bin, der im Vorteil ist und dir ein Schwert an den Kopf hält.«

Jan schwieg, und Morgan blickte in Rivers meerblaue Augen voller Unglauben und Erschütterung. Sie lebte. Und er war, auch wenn sie ihn nicht mehr liebte, wenigstens nicht zu spät gekommen. Sein Mund wurde zu einem Strich. »Bist du taub, Mann?«

»Ich lege den Dolch erst weg, wenn du dein Schwert senkst«, erklärte Jan mit heiserer Stimme. »Oder ich sterbe, aber dann stirbt River mit mir.«

Morgan sah auf den Dolch auf Rivers Brust. Wäre er oder Jan schneller? »Also gut, dann auf drei«, knurrte er. »Eins, zwei ...«

Jan hob wie erwartet seinen Dolch – welche Wahl hatte der Mann schon, wenn er überleben wollte? –, und so lockerte auch Morgan sein Schwert. Er brauchte es ohnehin nicht. Sobald Jan den Dolch fallen ließe, würde er sich einfach mit dem ganzen Gewicht seines Körpers auf ihn werfen und ihn mit bloßen Händen in die Hölle senden. »Drei.«

Mit einem markerschütternden Schrei wirbelte Jan herum und rammte seine Waffe geradewegs in Morgans Oberschenkel, noch bevor Morgan sein Schwert wieder erheben konnte. Morgan brüllte fluchend auf, während Jan River zu seinem Entsetzen an den Rand der Klippe zog, sie als Schutzschild vor sich zerrte und sie mit einem Arm um ihren Hals im Würgegriff hielt. »Wenn du nicht auf der Stelle gehst, stürze ich sie dort hinunter!«

Morgan fühlte unbändige Wut, während er mit dem Dolch in seinem Oberschenkel und seinem Schwert in der Hand näher auf beide zukam. »Du denkst doch nicht ernsthaft, dass ich sie mit dir allein lasse?«

»Das hast du doch davor auch. Oder hast du schon vergessen, dass sie dich mit Logan betrogen hat? In ihrem Bauch wächst sein Kind heran, nicht deins.«

Morgan sah zu River, die so bleich wie eine gekalkte Wand war und um Luft rang. Sie war also tatsächlich schwanger. Sein Herz blieb für einen Moment stehen, doch dann drohte er donnernd: »Und wenn sie mit jedem Mann in ganz Schottland geschlafen hätte. Sie ist meine Ehefrau, und du wirst sie jetzt gehen lassen oder sterben.«

Jan lachte auf und wich geschickt Rivers Tritten nach hinten aus. »Mein Leben bedeutet mir nichts im Gegensatz zu der Vorstellung, dass du auf ewig leidest. Bruder.«

Bruder. Also stimmte es.

River versuchte, etwas zu sagen, doch es kam kein Ton aus ihrer Kehle. Sie war so still, wie Morgan sie sich in ihrer Hochzeitsnacht gewünscht hatte, als er ihre Gegenwart kaum ertragen konnte. Er hob sein Schwert, doch Jan zog River nur noch näher zur Klippe. »Sie ist tot, bevor du bei mir bist.«

»Gott, so lass sie doch verdammt noch mal atmen.«

»Ich lasse sie los. Wenn du das Schwert nimmst und es dir selbst ins Herz stößt.«

»Nein.« River hatte Jan doch noch mit einem Tritt gegen das Schienbein getroffen, sodass er kurz den Griff um ihren Hals lockerte. Tränen rannen ihr über das Gesicht, während sie nach Luft schnappte.

»Ist das nicht rührend?« Jan sah zu River. »Sie wird eine wunderbar trauernde Witwe abgeben, wenn wir zu Leith nach Dunrobin Castle zurückkehren, meinst du nicht? Und eine gute Mutter für deinen Sohn.«

Morgan sah zu River. Als er einst auf dieser Klippe mit ihr gestritten hatte, hatte er in seiner Wut darüber nachgedacht, sie in die Fluten zu stürzen. Nun aber würde er sein Leben geben, um ihres zu retten.

»Woher weiß ich, dass du nicht lügst?« Morgan erkannte seine eigene Stimme kaum wieder und sank auf die Knie.

Jan lächelte hämisch. »Soll ich es beim Leben unseres Vaters schwören?«

Da kam ein letzter erstickter Laut von River, ehe ihr Körper erschlaffte. Morgans Herz blieb stehen, und Jan erbleichte. Er löste den Arm um ihren Hals, woraufhin sie leblos zu Boden sank. »Ich habe sie tatsächlich umgebracht«, flüsterte er fassungslos, während für Morgan die Welt um ihn herum in tausend Stücke zerbrach.

Er ließ sein Schwert fallen, riss sich den Dolch aus dem Oberschenkel und schleuderte ihn geradewegs in Jans Brust. Gleichzeitig wurde Jans Kopf von einem Pfeil durchbohrt, woraufhin Jan rücklings von der Klippe stürzte.

Auf der Reise hierher hatte Morgan sich Jans Tod viele Male vorgestellt, und er hatte jeden Moment davon genießen wollen. Doch nun war es ihm völlig gleich, ob der Pfeil oder sein Dolch ihn getötet hatte oder ob er elendig in den Fluten ertrank. Alles, woran er dachte, war River.

Wie ein Betrunkener stürzte er nach vorn und warf sich neben sie ins Gras, sah auf ihrem Hals die roten Abdrücke von Jans Arm und die noch nicht getrockneten Tränen auf ihrem Gesicht. »Nein, River, nein.« Er begann, am ganzen Körper zu zittern. »Du kannst nicht tot sein.« Er schüttelte sie heftig. »Du darfst nicht tot sein. Ich brauche dich.« Er holte würgend Luft. »Ich liebe dich.«

»Ich liebe dich auch.« Rivers Stimme war schwach, doch es war eindeutig ihre Stimme. Sie war am Leben, und nun öffnete sie auch ihre meerblauen Augen, die bis auf den Grund seiner Seele sahen. Die für ihn blinzelten. Die leuchteten.

»Wie ist das möglich?« Er tastete mit den Händen nach ihrem Herzschlag und tatsächlich: Da war er, ganz eindeutig.

»Ich konnte doch nicht zulassen, dass du für mich stirbst.«

Morgan legte fassungslos eine Hand an Rivers Wange. »Du hast das nur gespielt?«

River lief erneut eine Träne über die Wangen. »Ich bin eben so gerissen wie ein Kaufmann.«

Morgan musste gleichzeitig lachen und weinen, und obwohl sein Oberschenkel brannte, konnte er nicht anders, als River in seine Arme zu ziehen. »Du bist kein Kaufmann, sondern eine Kauffrau. Meine Kauffrau. Und ich werde dich nie wieder gehen lassen. Hörst du? Nie wieder.«

»Obwohl ich schwanger bin?«

Morgan beugte sich zu ihr hinab und küsste sie, bevor er ihr wieder in die Augen sah. »Lass dein erstes Kind von Logan sein. Solange du die nächsten zehn mit mir bekommst.«

»Versprochen!«

Morgan küsste sie wieder. »Du bist nicht nur der Frühling, River. Du bist das ganze Jahr. Und vor allem bist du meine einzigartige, wunderbare, vollkommene Perle.«

River blinzelte. »Ich glaube, das sind schon die Folgen des Blutverlustes.«

Doch Morgan schüttelte heftig den Kopf und strich ihr zart über die Wange. »Weißt du eigentlich, dass es deine Schreibfehler waren, die dich gerettet haben?«

River blickte ihn fragend an, während er ihr eine Haarsträhne aus dem Gesicht strich. »Jan hat in seinem falschen Brief an mich vergessen, dass du Sutherland mit z schreibst. Und weißt du, was ich finde?«

»Was?«, fragte River so leise, dass er sie kaum verstand.

Ein Räuspern ließ ihn kurz über seine Schulter blicken, wo er Hewie mit dem Bogen in der Hand auf sie zutreten sah. Er war also doch nicht auf dem Schiff geblieben. »Entschuldigt, aber Rivers Familie kommt zusammen mit Isla die Klippe hinaufgestürmt und wird gleich da sein. Was soll ich ihnen sagen?«

»Mir ganz gleich, solange du sie noch kurz aufhältst.«

Hewie runzelte die Stirn, doch Morgan hatte seinen Kopf schon wieder zu River gewandt.

»Was findest du?«, hauchte sie.

Er beugte sich abermals zu ihr hinab und gab ihr einen Kuss, in den er all die Liebe legte, die er für sie empfand. »Dass Sutherland mit z geschrieben sowieso viel schöner aussieht als mit th.«

KAPITEL 57

»Da bist du ja endlich.« Morgan richtete sich in dem breiten Bett auf Castle Varrich auf, als River auf leisen Sohlen die eigens für sie hergerichtete Kammer betrat, die sie dieses Mal nicht ausgeschlagen hatten.

Ihr Blick glitt über seinen nackten Oberkörper, der sich regelmäßig hob und senkte, und sie lächelte. »Du bist noch wach?«

Morgan nickte. »Nachdem dein Vater mir in den letzten Stunden sehr eindringlich meine Pflichten als Ehemann erklärt hat, werde ich nie wieder einschlafen, ohne dass du neben mir liegst.«

River verzog das Gesicht, während sie die Tür schloss und sich dann auf die Bettkante neben ihn setzte. Sie fand, dass Morgan eher ihrem Vater seine Pflichten hätte erklären sollen als umgekehrt. Dieser hatte schließlich ihre gesamte Familie in der Hoffnung auf eine Versöhnung zwischen den Eheleuten am Strand festgehalten, anstatt Morgan auf die Klippen zu folgen. Was sich erst nach Islas Ankunft am Strand geändert hatte. Sie schüttelte den Gedanken ab, und ihr Blick glitt zu Morgans Bein, über das er die leinene Decke geschlagen hatte. »Flower hat doch gesagt, dass du schlafen musst, damit die Wunde schneller heilt.«

»Viele Menschen haben mir in den letzten Wochen vieles gesagt.« Morgan strich liebkosend über ihren Arm. »Außerdem ist es nur ein Kratzer.«

»Ein Kratzer?« River erinnerte sich noch sehr gut daran, wie tief der Dolch in seinem Oberschenkel gesteckt hatte. Und auch

Flower hatte bei der Behandlung der Wunde vorhin mehrmals Morgans Glück betont, nicht noch mehr Blut verloren zu haben.

»Aye, ein Kratzer.« Morgan beugte sich zu ihr und gab ihr einen langen, sanften Kuss, der sie leise stöhnen ließ.

»Ich wäre schon viel früher hier gewesen«, murmelte sie, als er sich wieder von ihr löste. »Aber Isla wollte mich einfach nicht gehen lassen.«

»Das überrascht mich nicht.« Morgan strich ihr nun über jeden einzelnen Finger. »Du bedeutest ihr sehr viel. Auch wenn sie endlich damit aufhören muss, mich einen Piraten zu nennen.«

River musste lachen. Nachdem sie lange mit Isla über alles gesprochen und sie sich gegenseitig fest umarmt hatten, hatte die Freundin ihr tatsächlich berichtet, was Morgan doch in der letzten Woche für ein düsterer, sturmumwölkter Piratenkapitän gewesen war. »Isla ist gut so, wie sie ist. Du wirst sie wohl als meine beste Freundin hinnehmen müssen.«

»Aye, das werde ich.« Morgan wiegte nachdenklich den Kopf. »Echte Freunde sind Gold wert.«

»Das sind sie.« River drückte sanft seine Hand. »Deshalb sollte man sie auch nicht leichtfertig gehen lassen.«

Morgan presste die Lippen zusammen. »Wenn du von Hewie sprichst ...« Er schüttelte den Kopf. »Ich befürchte, ich muss genau das tun, denn ich kann ihm nicht mehr vertrauen.«

»Vertrauen kommt nach Vergeben, zumal sein Pfeilschuss dir eindeutig gezeigt hat, auf wessen Seite er steht.«

Morgan sah sie aufmerksam an. »Dass ausgerechnet du dich für ihn einsetzt ...«

»Ich denke einfach nur, dass er eine zweite Chance verdient hat, trotz all dem, was du mir vorhin über ihn erzählt hast. Wie jeder Mensch, der einen Fehler macht und ihn ernsthaft bereut.«

Morgans Blick wanderte zu ihrem Bauch, und River versteifte sich. Sie wollte ihre Hand zurückziehen, doch Morgan hielt sie fest. »Du hast recht.« Er sah ihr ernst in die Augen. »Ich rede morgen noch einmal mit Hewie, versprochen.«

»Du wirst mehr als genug Zeit dafür haben. Denn meine Mutter wird gewiss auch noch ein fünftes Mal von mir hören wollen, dass Jan wirklich tot ist und mir keine Gefahr mehr von ihm droht.«

»Das klingt, als würde dich sein Verlust traurig stimmen.«

River hob die Schultern. »Ein Teil von mir ist auch traurig. Obwohl er mich benutzt hat, war er trotzdem viele Jahre lang mein Freund. Und ich kann noch immer nicht glauben, dass er mich wirklich töten wollte.«

Morgan schüttelte den Kopf und strich mit der Hand sanft über ihren Bauch. »Ich hoffe wirklich, unser Kind wird deine Eigenschaft zur Nachsicht haben.«

»Unser Kind?« Rivers Herz stand still. »Heißt das, du wirst sagen, dass ...?«

»... ich sein Vater bin?« Morgan zog sie näher an sich und schwieg einen Moment. »Ja, auch wenn es mir nicht leichtfallen wird und es mir natürlich lieber wäre, es wäre wirklich mein Kind.« Er holte tief Luft. »Aber was geschehen ist, ist geschehen. Wir beide haben Fehler gemacht. Und ich habe so viel Zeit mit Leith verpasst, und das alles nur, weil mir das Blut in seinen Adern wichtiger war als er selbst. Gott, es waren sicher mehr Stunden und Tage, als Leith je zählen kann.«

»Unterschätze ihn nicht«, murmelte River und verschränkte ihre Hände mit Morgans. »Besonders nicht, wenn es um Zahlen geht.«

Morgans Mundwinkel zuckten, er küsste ihre Finger und seufzte. »Jedenfalls möchte ich Leith wieder näherkommen und mehr Zeit mit ihm verbringen. Und ich möchte, dass wir eine echte Familie sind und nichts zwischen uns steht. Vor allem aber will ich, dass nichts zwischen mir und dir steht, River. Weder dieses Kind ... noch die Vergangenheit. Auch wenn ich keine Ahnung habe, wie man ein guter Vater ist.«

River war so gerührt, dass sie zunächst nur ein »Danke« herausbrachte, dann aber ihre Arme um Morgans Hals schlang und ihn voller Liebe küsste.

»Weißt du eigentlich«, lächelte sie, als sie sich wieder von ihm löste, »dass ich auch nicht weiß, wie man eine gute Mutter ist. Wir können also gemeinsam üben, wenn wir Isla zurück nach Dunrobin Castle bringen und Leith mitnehmen.«

Morgan hob eine Braue. »Mitnehmen wohin?«

»Auf unsere Reise zu Aidan.« Rivers Lächeln wurde strahlender. »Nur weil ich Flower gesagt habe, dass ich nun doch nicht mit ihr und Cailan nach Glasgow reise, habe ich Brügge noch lange nicht aufgegeben.«

»Aber du bist doch schwanger.«

»In Brügge gibt es auch Hebammen.«

»Aber du wärst vorhin auf der Klippe beinahe gestorben.«

River strich über seinen Bart. »Ist das nicht ein Grund mehr, das Leben zu leben?«

Morgans eisblaue Augen funkelten im Licht der Kerzen. »Brügge also.«

Ein warmer Schauer durchlief River. »Morgen früh zeige ich dir all die neuen Zeichnungen, die ich angefertigt habe.«

»Und heute?«

»Heute will ich, dass du mich einfach in den Arm nimmst.«

»Nur das?«, fragte Morgan enttäuscht.

River musste lachen. »Aber übermorgen, wenn es deinem Bein schon etwas besser geht …«

Morgan ließ sie nicht zu Ende reden, sondern verschloss ihr den Mund mit einem Kuss. »Ich habe genug von übermorgen.« Er zog River von der Bettkante neben sich auf die Matratze und rollte sich halb auf sie. »Wurden wir zuletzt nicht genau an dieser Stelle von Hewie unterbrochen?«

Rivers Körper reagierte sofort auf seinen. »Unterbrochen?« Sie schlang ihre Arme und Beine um ihn und flüsterte in sein Ohr: »In meiner Vorstellung haben wir nie aufgehört.«

EPILOG

BRÜGGE, ZEHN MONATE SPÄTER

»Noch einmal geht nicht, sonst verpassen wir das Schiff.« River griff lachend nach Morgans Händen, die ihre Brüste von hinten umfassten, während seine Lippen über ihren Hals strichen. Sie sahen einander in dem Spiegel an, vor dem sie standen, und er lächelte ihr zu, während seine Hand ihren nackten Bauch hinabwanderte.

»Aidan wird schon auf uns warten.« Seine Finger berührten sie zwischen den Beinen, und River legte stöhnend den Kopf in den Nacken.

»Morgan, wir können doch nicht jeden Tag zu spät kommen. Und schon gar nicht heute.«

Kurzerhand hob er sie auf seine Arme und trug sie zurück zu dem Himmelbett mit Vorhängen. Hätte sie je geglaubt, dass ihr Körper ihm nach der Geburt des kleinen Ronan auch nur einen Zoll weniger gefallen würde, hätte sie sich gewaltig geirrt.

Er drehte sie so, dass sie auf ihm saß, und zwinkerte ihr zu. »Dieses Mal machst du die Arbeit.«

River musste lachen. »Arbeite ich dir sonst etwa zu wenig?« Erst letzte Woche hatte er sich lautstark darüber beschwert, dass er sie wegen der vielen Treffen, die sie einerseits mit Kaufleuten aus aller Welt und andererseits mit der gehobenen Brügger Gesellschaft hatte, kaum mehr zu Gesicht bekam.

Morgan setzte sich auf, gab ihr einen langen, besitzergreifenden Kuss, und sofort war jeder Gedanke an den Handel mit Perlen, mit dem sie nach den schwierigen Anfangsmonaten endlich Erfolg in

Brügge hatten, verschwunden. Sie schlang ihre Hände um seinen Hals und schloss die Augen, als sie ihn in sich aufnahm.

»Ich liebe dich, River.«

»Ich liebe dich auch.«

Sie sah in seine eisblauen Augen, die sie so gut kannte wie nichts anderes auf der Welt, und küsste ihn ihrerseits, atmete seinen Geruch nach Salz und Leder ein, als es an der Tür klopfte.

»Morgan? River? Wir müssen los.«

»Nicht jetzt, Hewie.« Morgan drehte sich mit River so auf der Matratze, dass sie ihre Beine um seine Hüfte legen konnte. Hewie klopfte noch ein zweites Mal, doch keiner von ihnen konnte jetzt noch aufhören. River legte sich eine Hand vor den Mund, doch Morgan zog sie weg. »Nein, River. Ich will dich hören.«

»Aber Hewie ...?«

»Hewie, die Nachbarn, die ganze Straße ...«

»Die ganze Straße?« Aber als Morgan sich wieder in ihr bewegte, bezweifelte sie keinen Lidschlag lang, dass er dieses Versprechen wahrmachen würde. Und zwar ... »Morgan!«

Außer Atem und selbst am ganzen Körper bebend, strich er ihr über die Wange. »*Das* hat wohl eher ganz Brügge gehört«, murmelte er lachend.

Wieder ein Klopfen an der Tür. »Habt ihr's jetzt? Das Schiff!«

Morgan grinste und wirkte keineswegs gehetzt. »Hewie erwischt immer den falschen Moment.«

River erwiderte sein Schmunzeln. »Wir sollten nicht zu hart zu ihm sein. Er kümmert sich liebevoll um Leith und Ronan, wenn wir einmal allein sein wollen.«

Morgan schwang seine Beine aus dem Bett. »Du willst mir damit aber nicht sagen, dass er der bessere Vater von uns beiden wäre?«

Sie schüttelte den Kopf. »Nein.« Erst gestern Abend hatte Morgan mit Leith eine Skizze für ein Floß gezeichnet, das sie in Schottland bauen wollten. Sie hatte ihnen dabei mit Ronan im Arm von einem Sessel aus zugesehen. »Aber er ist uns eine große Hilfe.«

Morgan strich ihr eine kurze Haarsträhne hinters Ohr. »Vielleicht würde sich Niamh freuen, wenn er zu Hause auch ihre Tochter ab und an betreut.«

»Wenn Isla ihn lässt. Niamh hat mir geschrieben, dass sie sogar noch mehr als Logan in die Kleine verliebt ist.«

»Ach ja, sie sind ja zu ihm nach Ardvreck Castle gereist, das hatte ich schon wieder vergessen.« Morgan schüttelte den Kopf. »Zum Glück führt meine Großmutter ein strenges Regiment. Sonst müsste ich mir ernsthaft Sorgen um meine verlassene Burg machen.«

»Vergiss Cailan nicht. Ohne den Schutz der Sinclairs hätten sich Clans wie die Ross bestimmt schon über unsere Grenzen gewagt.«

Morgan stand auf und griff nach seinem Leinenhemd. »Trotzdem wird es Zeit, dass wir wieder nach Hause kommen, zumal die politische Stimmung hier von Woche zu Woche angespannter wird. Und jetzt, da Flower schwanger ist, gehört Cailan ohnehin an ihre Seite und sollte nicht unser Land vor Grenzüberschreitungen schützen.«

River nickte und zog sich ihr Unterkleid über den Kopf. »Nicht nur das. Vater wird unsere Rückkehr auch begrüßen.«

»Du meinst wegen der Fehde mit den Ross?« Morgan stieg in seine Hose. »So freigiebig, wie er dich mit mir verheiratet hat, wundert es mich, dass er bislang noch nicht auf eine Ehe zwischen Leaf und Lennox hingearbeitet hat, um Frieden zu schaffen.«

River griff nach ihrem meerblauen Überkleid mit den Perlenverzierungen. »Leaf würde vermutlich eher unsere gesamte Burg in Schutt und Asche legen, als ihren erklärten Feind zu heiraten.« Zumal das Artair ganz und gar nicht gefallen dürfte ...

»Wollen wir wetten, dass dein Vater trotzdem bald versuchen wird, diese Verbindung zustande zu bringen?«

River schüttelte den Kopf, während Morgan ihr half, das Überkleid zu schnüren. Wenn sie in den Wochen in Brügge eins an den Spieltischen der gehobenen Gesellschaft gelernt hatte, dann, dass man nur Wetten abschließen sollte, wenn man sich sicher war, dass man sie auch gewann.

»Ich gehe jetzt ohne euch.« Hewie klang mittlerweile sehr ungehalten.

River musste lachen. »Da vermisst wohl jemand Schottland ganz besonders.«

Morgan hauchte ihr erneut einen Kuss auf den Hals, als könnte er nie genug von ihr bekommen. »Kannst du ihm das wirklich verübeln?«

»Nein.« River ging zu dem Tisch an der Wand und nahm behutsam die Zeichnung einer durch die Sterne gleitenden Möwe ab, unter der in Caitrionas Handschrift die Worte *Liebe ist, was wir daraus machen* standen. »Ich vermisse Schottland ja ebenfalls.«

Sie ging zu der offenen Truhe mit ihren Habseligkeiten und legte das Bild behutsam zu ihrem Tagebuch. Morgan schmunzelte. »Du meinst wohl: Du kannst es nicht erwarten, unseren Fischern deinen neuesten Einfall vorzuführen?«

River nickte stolz. Sie schloss die Truhe vorsichtig und drehte sich schwungvoll zu ihm um. »Im Herbst mit seinen vielen grauen Tagen wird das wahre Wunder bewirken. Stell dir nur vor, wie viel mehr Perlen wir finden werden, wenn wir erst auf den Grund der Flüsse sehen können!«

Morgan lehnte sich an den Bettpfosten. »Ein langer Eimer mit einem Glasboden ist wirklich das Letzte, auf das ich gekommen wäre.«

River strahlte und trat zu ihm. »Dafür hast du ja mich.«

Morgan nahm ihre Hand und strich mit seinem Daumen über ihren Ring mit der ovalen Perle, den er ihr gleich nach ihrer Ankunft in Brügge geschenkt hatte. »Aye, River. Dafür und für all die anderen Abenteuer dieser Welt habe ich dich.«

DANKE

Be with me always - take any form - drive me mad! only do not leave me in this abyss where I cannot find you!

Emily Brontë, *Wuthering Heights*

Zwei Frauen zu danken, mit denen ich noch nie gesprochen habe, ist sicher ein seltsamer Weg, diese Danksagung zu beginnen. Aber ohne Emily Brontë, die *Sturmhöhe* geschrieben hat, und Mithu M. Sanyals Vortrag, der meine Begeisterung dafür auf der Frankfurter Buchmesse 2022 entfacht hat, wäre *Die Liebe der Lady River* nicht entstanden.

Sturmhöhe handelt von einer Liebe, die stärker ist als die Grenzen von Leben und Tod. Wenn nun also jemand so tief geliebt hat wie Brontës Protagonist Heathcliff, dass wir über 150 Jahre später noch davon berührt sind – und das trotz widriger Umstände –, was würde dann wohl passieren, wenn dieser Mensch sein Herz einer anderen Frau noch ein zweites Mal öffnen soll?

Genau diese Frage liegt der Geschichte von Morgan und River zugrunde, und es hat mir unendlich viel Spaß gemacht, mich von ihren Empfindungen überraschen zu lassen und auch einmal dunkleren Emotionen wie Wut, Eifersucht, Schuld und Trauer nachzuspüren. Gerade wegen der Schatten, die die Vergangenheit auf die Liebe meiner Romanfiguren River und Morgan wirft, war mein Wunsch umso größer, sie endlich miteinander glücklich werden zu lassen. So groß sogar, dass ich in manchem Moment vergessen habe, dass es nicht nur um Rivers Liebe für Morgan, sondern auch um Rivers eigene Entwicklung und die Liebe für sich selbst geht ... Danke, River, dass du trotz meiner Ungeduld stark geblieben bist!

Nun möchte ich aber nicht nur Fremden und meinen Figuren danken, sondern natürlich auch all den wunderbaren Menschen, die sehr real und unmittelbar zu diesem Roman beigetragen haben!

An erster Stelle dir, liebe Anne, die du diese Geschichte vom Exposé bis zum Rohmanuskript mit Einsatz und Begeisterung begleitet hast. Logan wäre ohne dich nicht die Romanfigur, die er nun ist, und auch für die Hinweise zur Gestaltung des Endes bin ich dir sehr dankbar. Danke auch dir, liebe Corinna, die du *Die Liebe der Lady River* mittendrin übernommen hast und mir dabei stets so schnell und vertrauensvoll zur Seite stehst, als wärst du von Anfang an meine Lektorin gewesen. Die Zusammenarbeit ist mir eine Freude! Und auch dir, liebe Heike, möchte ich herzlich danken. Deine konstruktive Kritik macht mir viel Spaß, und ich bin immer wieder erstaunt und fasziniert, welche inhaltlichen und sprachlichen Unstimmigkeiten du für mich entdeckst und geradebiegst. Ebenso geht mein Dank an die Mitarbeitenden von Droemer Knaur, die über das Lektorat hinaus in allen Abteilungen das Beste für diese Geschichte tun.

Dir, liebe Eva, und euch, dem Team der Literarischen Agentur Gaeb & Eggers, möchte ich ebenfalls danken. Wann immer eine Entscheidung zu treffen ist – ganz gleich, ob zur Schriftart des Covers oder zu Marketingmaßnahmen –, steht ihr hinter mir und beratet mich kompetent und zuverlässig. Das ist eine große Entlastung beim Schreiben!

Danke auch an euch, meine lieben Testleser:innen. Ohne euch, liebe Nicole, Jana, Emily, Bettina, Sabrina, Isi, Annka, Christa und Cata, würden meine Held:innen zu viel weinen, Caiti nicht nach wildem Rosmarin riechen, Leith denken wie ein Erwachsener, Morgan den falschen Clannamen haben und ich beim Schreiben den Mut verlieren! Auch danke an euch, liebe Mastermindies, für unseren regelmäßigen Austausch und an dich, liebe Sandra, für unsere Co-Working-Sessions. An die lieben Autor:innen von Delia ebenfalls danke für das warme Willkommen und die Zeit in Quedlinburg.

Meine liebe Familie, auch euch von Herzen danke. Dir, lieber Papa, für die Liebe zum Wasser, zu der River nur wegen dir gefunden hat, und den Einfall mit dem Kompass. Dir, liebe Mama, für Akutberatung in Schreibkrisen und Brainstorming zu allen Fragen. Euch, meinen lieben Schwestern, für tiefe Einblicke in die weibliche Psyche und unvergessliche Stunden voller Lachen. Euch, meinen Großeltern, meiner erweiterten Familie und meinen Freund:innen für ungebrochene Begeisterung und bedingungslosen Rückhalt.

Und natürlich dir, lieber Colin, der du mir gezeigt hast, dass Happy Ends nicht nur in Büchern möglich sind! Deine Liebe und Zuversicht lassen mich mit noch größerer Leidenschaft in die emotionalen Krisen meiner Figuren stürzen und dabei doch nie die Hoffnung verlieren. Die Zeit mit dir in Brügge war mindestens so schön, wie River sich die ihre im Roman vorstellt, und ich freue mich auf all die Abenteuer, die noch auf uns beide zukommen. Wenn Bonnie Tyler »Holding Out for a Hero« singt, denke ich nicht nur an River und Morgan, sondern – aus unseren ganz eigenen Gründen – an dich!

Zuletzt danke ich euch, liebe Leser:innen. Schreiben bedeutet für mich, die Welt und ihre Gefühle zu erkunden, und nichts ist schöner für mich, als wenn ich diese Überlegungen und Erlebnisse mit euch teilen kann. *Sturmhöhe* hat in mir etwas ausgelöst, und hoffentlich löst *Die Liebe der Lady River* in euch etwas aus. Was immer es ist, ich bin gespannt und freue mich, wenn ihr und wir uns gemeinsam auf Veranstaltungen oder Social Media (@kristin_maciver) darüber austauschen.

Und wenn ihr jetzt erleben wollt, wie es mit Rivers Schwester Leaf weitergeht, freue ich mich, wenn ich euch noch ein drittes Mal nach Castle Varrich mitnehmen darf ... Es wird frech und wild und ganz schön romantisch!

TRIGGERWARNUNG

Dieses Buch enthält potenziell triggernde Inhalte.

Diese sind:

- Trauerbewältigung nach dem Tod der eigenen Ehefrau
- Erwähnung eines Selbstmords bzw. Mords durch Erhängen, der vor der Handlung des Romans stattgefunden hat

Falls es euch momentan mit diesen oder anderen Themen nicht gut geht, unterstützt euch die Telefonseelsorge rund um die Uhr, anonym und kostenlos:

0800-1110 111 // 0800-1110 222
https://www.telefonseelsorge.de/

Sorgt gut für euch.

Eine junge Frau zwischen ihren eigenen Träumen, den Erwartungen ihrer Eltern – und der großen Liebe

KRISTIN MACIVER

DER TRAUM DER LADY FLOWER

ROMAN

Schottland, 1485: Lady Flowers größtes Ziel ist es, Tierheilerin zu werden, und keineswegs, sich mit ihrer vorgesehenen Rolle als Ehefrau und Mutter zufrieden zu geben. Cailan Sinclair kämpft vor allem mit seiner Verantwortung als Clanerbe. Doch nun soll ausgerechnet Cailan, Flowers heimliche Jugendliebe, ihr einen standesgemäßen Ehemann aussuchen.
In Flower wehrt sich alles gegen diese Vorstellung, nicht nur, weil eine Ehe nicht in ihre Pläne passt, sondern auch, weil Cailan immer noch die gleiche Anziehung auf sie ausübt wie früher. Als er den perfekten Mann für sie findet, steht sie plötzlich nicht nur zwischen zwei Verehrern, sondern auch zwischen ihren Träumen und der Liebe …

»Der knisternde Auftakt voller Leidenschaft und Humor – prickelnd, sinnlich und unterhaltsam bis zur letzten Seite.«

Hannah Conrad